Martin Mosebach

Eine lange Nacht

Martin Mosebach

EINE LANGE NACHT

Roman

Aufbau-Verlag

Erstes Kapitel

Gründerzeit

Das Bild war klein und wirkte von weitem wie schmutziger Lehm. Kein Licht und keine Tiefe war in den Farben. Opake Pasten, auf der Palette hin- und hergeschoben, gemischt und gemanscht, von düsterer, unbestimmbarer Tönung. Die Farben hatten sich gegen die immer neuen Mischungen gleichsam gewehrt, indem sie schon auf dem Pinsel ihren Geist aufgaben. Bei genauerem Hinsehen war dann doch etwas zu erkennen auf der leicht gebogenen Malpappe. Ein Erdhaufen lag im Schatten, ein paar vom Wind gebeugte Halme wuchsen darauf wie schütteres Haar. Ein schlammiger Weg erreichte schräg ansteigend die Höhe des Haufens. Dort stand ein unförmiger Kasten, vielleicht ein Strandkorb, und ragte in den gelbgrauen Himmel, der von dunkler Feuchtigkeit troff. »Strand bei Zingst« stand polizeilich objektiv auf dem Messingschildchen darunter. Die Oberfläche des Gemäldes im länglichen Marine-Format war mit Pickeln und Pöckchen bestreut. Ein Silberrähmchen umgab es wie der Rand eines Backblechs.

»Eine kolossal ulkige Sache«, sagte die Besitzerin und nahm das Bild mit leicht zitternden Händen, deren krumm gewachsene Fingernägel nicht ganz sauber waren, von der Wand. »Liebermann saß in den Dünen und übte sich in Plein-air-Malerei« – sie sagte »Pleng-Air« –, »und da fiel ihm das Bild wie eine gebutterte Stulle in den Sand.« Die ganze Vergeblichkeit, im Freien zu malen, komme in dem »Strand bei Zingst« zum Ausdruck. Wenn es warm sei, locke der Geruch der Ölfarbe Mücken und Fliegen an. Die

Wolken bewegten sich. Das Licht wechselte. Und dann fielen auch schon die ersten Tropfen und zwangen zum überstürzten Einpacken. Dabei verschmierte alles.

»Mein Schwiegervater war mit Liebermann befreundet, bei ihm hingen die Wände voll, ist inzwischen alles verkloppt, dies ist der stolze Rest.«

Obwohl die Worte der alten Dame keine Ehrfurcht für das Bild forderten, hielt der junge Mann es mit gespannter Aufmerksamkeit und ging zum Fenster, um das volle Tageslicht darauf scheinen zu lassen. Sah es nicht aus, als halte er dies letzte Stück einer einst namhaften Sammlung nicht bloß in Händen, sondern solle es auch in übertragenem Sinne »an die Hand« bekommen? Kein Zweifel, dies Bild war Kunst, ein legitimes Kunstwerk, wie es in den Museen hing, mit Schildchen und dem Namen des Meisters darauf. Ohne Bedenken und ängstliches Zögern war der Pinsel darauf herumgefahren, ungeduldig, vielleicht sogar lustlos. Der Ärger eines großen Mannes war erkennbar. Da watete der Maler bei einem von Professor Sauerbruch befohlenen Kuraufenthalt in der elenden »frischen Luft« durch den Dünensand, im Gepäck eine wacklige Reisestaffelei, einen dreifüßigen Jagdhocker, den Holzkasten mit den Farbtuben, den Sonnenhut, den Malstock, den ganzen im Freien ein wenig komisch wirkenden Ausrüstungskram. Das Meer zu malen war unmöglich, weil der Wind ihm immerfort den Hut vom Kopf trug. Eine Sandgrube bot ein wenig Schutz, aber keinen Blick, der Wind blies auch hier noch das Feuer für die Zigarre aus. Schließlich fiel der dennoch hervorgezwungene Entwurf, diese im Werden begriffene Ursubstanz, in den Sand.

Der Sand stand für die Allgegenwart des Hinderlichen, das sich der Vollendung des Werks entgegensetzt. An den Stränden der Seebäder schien der Sand lebendig zu werden. Er kroch in Hosenaufschläge, Taschen, Schuhe; im Winter noch rieselte er aus den im Sommer getragenen Jacken. Es gab heilige Ikonen, in deren Farben zu Staub zermahlene Reliquien gemischt waren, um das Bild und den Dargestellten handfest identisch zu machen. Unversehens war hier dasselbe geschehen. Die Darstellung des Sandes wollte nicht glücken, nasser Matsch war aus den staubtrockenen Körnchen geworden. Da trat der echte Sand in der ganzen unwiderstehlichen Einfachheit der Natur hinzu und vollendete das Werk, während der Maler dies Gnadengeschenk noch verfluchte und die Arbeit endgültig aufgab.

Gab es ein besseres Verkaufsargument als eine noch unbekannte Anekdote? Liebermanns Berlin mit den Sommerfrischen an der Ostsee – lebte es in dem fragmentarischen »Strand bei Zingst« nicht ausdrucksvoller als in vielen vollendeten Genreszenen und Portraits? Die Anekdote hob das Bild über andere unvollkommene, kleine Werke hoch hinaus.

Die Provenienz des Bildes – der junge Mann dachte bereits in Kategorien, die ihm bis dahin ferngelegen hatten – war untadelig. Durch die Hand des Künstlers in die »von Schenkendorffsche Sammlung« gelangt, die es nunmehr als einziges und letztes Werk repräsentierte, würde es nun zum erstenmal an die Öffentlichkeit treten. Wie man es nur anfing, den Vorhang so eindrucksvoll wegzuziehen, daß die richtigen, die wichtigen Leute hinsahen?

Die Antiquitätenaufkäufer träumen von Leuten, »die nicht wissen, was sie haben«. Zu diesen Leuten gehörte Frau von Schenkendorff freilich nicht. In der Familie ihres Mannes war Max Liebermann eine Legende, aber nicht als Maler, sondern wegen seiner Schlagfertigkeit, Grobheit und Bissigkeit. Daß sie beim Verkauf der Bilder bisher ungeschickt vorgegangen war, wußte Frau von Schenkendorff. Jetzt war sie gleichgültig gegenüber Verlusten und hielt es für klüger, andere für sich handeln zu lassen. Ihr Prinzip war einfach. Sie nannte die Summe, die sie unbedingt benötigte, und der Agent hatte sie aufzubringen. Was in seiner Tasche landete, wollte sie nicht wissen. In der Beauftragung ihrer Geschäftsträger verfuhr sie wahllos. Dieser Nachbarsjunge hatte ihr früher so brav die Post vorgelesen. Jetzt durfte er zeigen, was er sonst noch konnte.

Unter den symmetrisch angeordneten Bildern über dem Sopha der Frau von Schenkendorff gab es eine Elfenbeinminiatur aus dem neunzehnten Jahrhundert mit dem Portrait der Philippine Welser, die das Haar in einem goldenen Netz trug. Die Haut der Welserin sei so durchscheinend gewesen, daß man den Rotwein durch ihre Kehle habe fließen sehen. Zu diesen Worten machte Frau von Schenkendorff stets eine vielsagende Miene. Darüber hingen drei Aquatintablätter mit Ansichten von Schloß Wilhelmshöhe in Kassel. Herren mit breitrandigen Hüten erklärten den Damen an ihrem Arm die Anlagen. Dann kam ein buntes biedermeierliches Familiengruppenbild: eine junge Frau malte, ein großer Junge hielt eine Geige unterm Arm, und ein Bübchen zeigte sein Steckenpferd, Darmstädter Vorfahren der Frau von Schenkendorff, auf Friedhöfen begraben, die heute ihrerseits unter Kaufhäusern begraben liegen. Zwischen diesen Bildern hing der »Strand bei Zingst« als trüber Gast. Er war gleichsam »reine Kunst«, kaum mehr gegenständlich und für den jungen Mann früher fast unsichtbar. Aber jetzt wuchs dem vom Nagel heruntergenommenen Bild plötzlich Bedeutung zu; die anderen hübschen Bilder traten in den Schatten. Sie waren jetzt nur noch Andenkenplunder, Lebenstreibgut, Zeugen glücklicherer Tage, als sie in irgendeinem Flur gehangen hatten.

Während der junge Mann das kleine Rechteck ins Licht hielt, fühlte er, daß ihm der Schlüssel zur Zukunft in die Hände gelegt worden war. Gerade sah er noch die Tore zufallen, auf die er sich viele Jahre lang, allerdings unentschlossen und saumselig, hinbewegt hatte, da tat sich mitten in der fugenlos steilen Mauer ein zierliches Pförtchen auf.

Es gab gewiß Händler, die mit weniger angefangen hatten. Der »Strand bei Zingst« war vielleicht kein Museumsbild, aber das Kind eines museumswürdigen, die Museumswände füllenden Malers. Es war eine Ware, gerade weil es kein Hauptwerk war. Um ein Hauptwerk zu lancieren, brauchte man Erfahrung. Die Kunsthandelswelt glich dem Vernehmen nach einem Fluß voll blutdürstiger Piranhas. Wären etwa Liebermanns rote und blaue Pinselhieb-Papageien plötzlich auf dem Markt erschienen, hätten die Händler sich vermutlich darauf gestürzt wie die scharfzahnigen Fische auf eine verwundete Kuh.

Das wäre auch ein schönes Sujet für Liebermann gewesen, aber er ist ja wohl nur bis Paris gekommen, dachte der junge Mann. Er würde mit dem »Strand bei Zingst« ganz beiläufig die Szene betreten, ausgewiesen durch makellose Ware, nicht spektakulär, aber solide, und für einen Liebermann günstig. Ein »echter Liebermann«, wie man naiv sagte, – der junge Mann war nicht naiv –, gehörte in der Welt, aus der er kam, in die Kategorie des dem Handel Entzogenen. Erstaunlich, daß man Liebermanns einfach so kaufen konnte, und dann noch in dem vernachlässigten Wohnzimmer der Frau von Schenkendorff, das in den Augen seiner Mutter mit den angeschmorten Seidenschals über den Lampenschirmen und dem abgetretenen Linoleum wie das Innere eines Zigeunerplanwagens aussah. Aber an solch abwegigen Orten, auf Speichern, in Hühnerställen und unter Packen alter Zeitungen wurden, wie die »Vermischten Nachrichten« bestätigten, oft außerordentliche Kunstwerke entdeckt. Der Kunsthändler – der junge Mann sah sich bereits als Kunsthändler – mußte mit Überraschungen aufwarten. Die Tür sprang auf, da stand der junge Kunsthändler mit einer seltsam gesprenkelten Krawatte – »Californissimo« – und hatte lässig ein in Folie gehülltes Paket unterm Arm. »Da ist ein bißchen Sand drin«, sagte der junge Kunsthändler herablassend zu den begierigen Sammlern.

Frau von Schenkendorff wußte von seiner Examensblamage, ohne ihr viel Bedeutung beizumessen. Die meisten Leute ihrer Bekanntschaft hatten Pech, wurden vorzeitig entlassen, machten Bankrott, wanderten aus und kehrten noch hoffnungsloser zurück. Das alles trübte in der Gesellschaft der Frau von Schenkendorff die Laune nicht für lange Zeit. Jetzt war sie alt und vertrug weniger Sekt und Zigaretten, als ihr lieb war, aber in den Tüten der Besucher, die zu ihr in den vierten Stock hinauffanden, klirrten dennoch stets Flaschen. Das Examen sei geplatzt? Dann habe er jetzt wohl Zeit. Das sagte sie ohne jeden Hohn.

Das Sopha unter dem »Strand bei Zingst« hatte scharfe Sprungfedern, die sich durch den alten Gobelinstoff bohrten und unvorbereitete Besucher stachen. Dabei mußte man doch nur in die weiche Kuhle neben dem Dorn hineinfallen, eine Höhlung wie von Kaninchenfellen und Herbstlaub gepolstert, um zwar tief, aber weich zu sitzen. Und so war es mit allem. Ein Sessel mit drei Beinen tat zuverlässig seinen Dienst, wenn man das vierte Bein durch zwei Bände des Lexikons ersetzte. Die Bücher paßten, als habe sich der Verleger mit dem Polsterer abgesprochen. Wo ein Sessel trotz abgebrochenem Bein noch geschätzt wurde, da durfte auch ein abgebrochener Jurist auf Verwendung hoffen.

»Irgendwas hast du vermutlich ja doch gelernt«, sagte Frau von Schenkendorff. Er war immerhin zum Examen gelangt. Dafür mußte man Scheine über Seminare und Klausuren vorweisen. Sie hielt eine gewisse Mogelei für selbstverständlich; auch die wollte geleistet sein. Es gab Leute, die waren zu dumm zum Abschreiben.

»Sieh mal, Lou – in meiner Familie hießen die Ludwige

immer Lou –« Diese Anmerkung versäumte sie nie, denn obwohl mit ihrer Familie, wie sie stets betonte, kein Staat zu machen sei, blieben ihre Eltern Vorbild für alle Fragen des Umgangs. »Sieh mal, Lou, ich will zweitausend Piepen und keine Mark weniger.« Frau von Schenkendorff hatte oft Verzicht geleistet in ihrem Leben. Sie hatte zurückgesteckt, bis hinter ihr nur noch die Wand ihres Zimmers war, aber das hatte ihr Festigkeit verliehen. Sie blickte den jungen Mann mit hellblauen Augen an und hatte plötzlich mit ihren weißen Löckchen etwas von dem friderizianischen General, ihrem Vorfahr, dessen kaltes Blut in aussichtsloser Lage Legende war.

»Ich nannte es immer das gekruselte Bild.« Das war ihr Abschiedsgruß an den »Strand bei Zingst«.

In Ludwigs kleiner Studentenwohnung hing nun das Schenkendorffsche Bild, wo vorher ein Max-Ernst-Plakat angeheftet war. »Ein großes, ein wichtiges Werk.« Ludwig repetierte die Geschichte mit den Sandkörnern, mit dem fluchenden alten Mann, der die Pappe aufhebt; sie besaß das Rasche, das Verletzende, das Wilde echter Kunst. Die Erde erhob sich und vollendete den Malprozeß, der ihrem Lobpreis galt, mit ungeschicktem, aber großartigem Prankenhieb.

Gutes Nordlicht fiel von der Seite herein. Das Bild bekam etwas Plastisches. Es war, als ob sich der Lehmklumpen aus dem Rahmen wölbe. Die Erde streckte dem Betrachter die Faust entgegen. Solche Gesten schätzte das Publikum.

Um Geld zu verdienen mußte erst einmal Geld aufgewandt werden. Darin unterschied das Arbeiten sich nicht von einem Besuch im Spielkasino, der mit dem Kaufen von Chips begann. Wie beim Roulette stand der mögliche Gewinn in einem Verhältnis zum Einsatz. Vielleicht ließ der Liebermann sich beleihen? Womöglich erkannte eine Bank in dem Liebermann das Geschäft und »stieg ein«, wie Ludwig dachte, als dampfe da schon eine Lokomotive.

Zweitausend Mark forderte Frau von Schenkendorff für den «Strand bei Zingst«. Ein neuer prächtiger Rahmen im Museumsstil überstieg diesen Betrag vermutlich bereits. Ein Museumsphotograph mit spezialisiertem Atelier hatte schöne große Photographien zu machen. Man mußte in Liebermanns Œuvre–Katalog recherchieren. Und wenn die Skizze dort nicht aufgeführt war? Der »Strand bei Zingst« war unsigniert. Nun, eine Signatur machte noch kein Bild. Das größte Gewicht auf die Signatur legte der Fälscher. »Ich wäre gegenüber auffälligen und gut lesbaren Signaturen immer sehr mißtrauisch«, hörte Ludwig sich mit der Autorität eines langen Berufslebens sagen.

Gegenüber dem Mädchen, dessen Telephonnummer er am Schwarzen Brett der Universität gefunden hatte, war er schon ganz der erfahrene Kaufmann großen Stils. »Perfekt in der Form, tadellose Ortographie!« war hübsch symmetrisch gesetzt auf dem Anschlag des Mädchens zu lesen. Die unschuldige Unbildung kannte keine Hemmung, sich erhobenen Hauptes in den Universitätshallen feilzubieten. Ludwig hatte den Zettel abgerissen; die Halle war leer um die Mittagszeit. Sein Freund Pressler plante eine »Studie über den Verfall«. Das fehlende H sprach für den fehlenden Hauch des Geistes; das sollte die These des Werkes sein. Gab es in der großen Stadt nicht noch andere Sekretärinnen? Vielleicht, aber sicherlich teurere als diese hier.

Im Dunkeln auf seinem Bett ausgestreckt, sprach er mit dem Schreibmädchen. Es war, als glücke die neue Rolle besser ohne Licht.

»Ich weiß nicht genau, ob Sie der Aufgabe gewachsen sein werden«, sagte er in den Hörer. Es gehe keineswegs um das Schreiben einer Examensarbeit. Er sei augenblicklich in Verlegenheit. »Meine Mitarbeiterin hat mich verlassen.« Das war fast barsch gesagt. Ein Mann, der nicht wußte, wo der Kopf ihm stand, stahl sich eine Minute, um den nächsten Tag zu retten.

Eine Pendeluhr schlug, als das Mädchen den Hörer abnahm. Seinen Namen sprach es so beiläufig aus, daß Ludwig nur ein O mitbekam. Die Stimme war hell und weich, geradezu kindlich. Es klang Neugier darin und die Verwunderung, angerufen zu werden, als habe es den «tadellos ortographierten« Zettel in der Universität gar nicht gegeben.

»Ich bin Kunsthändler«, sagte Ludwig. Jetzt klang seine Stimme melancholisch. Der Sprecher überblickte das weite Feld des Kunsthandels. Er arbeitete hart, er hatte Erfolg, aber er empfand keine Freude darüber. Er hatte in zu viele Abgründe gesehen.

»Der Kunsthandel ist doch etwas Schönes«, sagte das Mädchen mit sehnsüchtiger Stimme. »Ich stelle mir das herrlich vor – jeden Tag mit Kunst zu tun haben. Kunst ist doch schön – nicht wahr?«

Das stritt der Kunsthändler nicht ab. »Wir haben von Berufs wegen mit schönen Dingen zu tun.«

Wichtig an dieser Antwort war der Plural der ersten Person. Wer ganz allein und nur am Telephon seinen Geschäften nachging, mußte »wir« sagen und von den Aktivitäten »unseres Hauses« sprechen. Der einzelne zählte nicht in einer Welt der Korporationen; er mochte noch so tüchtig sein, aber seine Arbeitskraft war begrenzt. Was geschah, wenn ihm, wie Ludwigs Freund Bruno Hütte sagte, »ein Ziegelstein auf den Kopf fiel«? »Wir« machte, daß sich der Kunde in Sicherheit wiegte. Eine Argonautenschar, in deren Kriegsrat alle Weisheit einfloß, stand für ihn bereit.

»Unsere Klientel besteht nicht aus Privatleuten. Wir betreuen Museen und große Kunstsammlungen«, fuhr Ludwig fort. »Gegenwärtig haben wir eine interessante kleine Sache zu lösen. Ich gebe Ihnen nur das Stichwort Liebermann ...«

»Lieber Mann?« fragte das Mädchen. Es schien alarmiert.

»Ich meine den Maler.«

»Ach so.« Der Ausruf klang enttäuscht. Es raschelte, als halte sie die Muschel zu. Im Hintergrund war gequetscht eine weibliche Stimme zu hören. »Natürlich, Liebermann«, sagte das Mädchen dann. »Natürlich, der berühmte Maler. Liebermann ist berühmt.«

So plauderten sie. Manchmal belebten kleine Mißverständnisse das Frage- und Antwortspiel der Unterhaltung. Was bezweckte Ludwig mit diesem Gespräch? Ging es wirklich um das Abschreiben von Expertisen und um die Museumspost?

Natürlich wirkte es anfeuernd, daß das Mädchen alles so genau wissen wollte und jede Auskunft mit Staunen entgegennahm. Seinem Anruf wurde dort drüben offenbar Bedeutung beigemessen. Das Rascheln kehrte wieder. Auch die weibliche Stimme, die er nicht wahrnehmen sollte, mischte sich manchmal ins Gespräch. Es waren zwei Ohren, die sich dort an die Muschel preßten.

Draußen schien der Mond, aber die volle weiße Scheibe leuchtete nicht in das Mansardenzimmer, sondern strahlte die Dächer an, die wie in einer Filmnacht vor seinen Augen lagen. Ein Fassadenkletterer in Turnschuhen hätte hier am Rand der Regenrinne mit seinem Verfolger kämpfen können, alles stumm, nur von fernem Verlehrslärm untermalt.

Manche Pläne scheiterten, wenn man sie aussprach. Er hatte am Bankschalter so selbstgewiß sein erstes Referendarsgehalt angekündigt, daß die Dämonen aufwachten und das Examen durchkreuzten. Jetzt hingegen waren sie ungefährlich. Das Mädchen drüben fiel als Person nicht ins Gewicht. Wenn er mit ihr sprach, war es, als denke er. Und mußte er sich nicht eindenken in sein Vorhaben? Er mußte vergessen, daß er Anfänger war und von dem Geschäft, aus dem ein Beruf werden sollte, nichts verstand. Beim Examen schadete die angemaßte Sicherheit. Im Geschäftsleben war sie die Voraussetzung des Erfolges.

Durch das geöffnete Fenster drang warmer Pflanzenduft herein, der Atem eines weiten Wiesen-, Busch- und Baumgeländes, das, von Mauern umgeben und von Kassenhäuschen bewacht, am Ende der Straße begann. Dieser »Palmengarten« war im letzten Jahrhundert rund um die Palmenkübel des vertriebenen Großherzogs von Nassau herum entstanden. Hier wuchsen Blumenteppiche auf schwarzfeuchter Erde. Smaragdgrüne Rasenflächen umgaben die korinthischen Säulen des Tennis-Clubhauses. Über die Sandwege wurden Kinderwagen im Promenadentempo geschoben. Am Imbißstand kaufte man Erdnüsse, heiße Würstchen und dicke Limonadenflaschen. Hohe Bäume beschirmten das Menschen- und Blumengedränge.

Dies war für Ludwig das Land seiner Kindheit, mehr noch als Weihnachten, sonst der Höhepunkt des Kinderglücks. Der Entenweiher war im Winter immer zugefroren, so wollte es Ludwig in der Erinnerung scheinen. Dort lief er Schlittschuh. Die anderen Kinder besaßen fest in hohen Schnürstiefeln verankerte Schlittschuhe. Er fühlte sich mit seinen Schlittschuhen zum Anschnallen unendlich bedauernswert. Er war der einzige Rothaarige mit den einzigen anschnallbaren Schlittschuhen auf dem ganzen Teich. Jetzt drehte er eine elegante Kurve mit weitausgestreckten Armen in voller Fahrt, da riß ihm eine Scharte im Eis die Beine weg und ließ ihn hart aufs Steißbein knallen. Ein Schlittschuh hatte sich gelöst. Mit durchgefrorenen Fingern schraubte er ihn wieder fest. In solchen Augenblicken konnte Ludwig die Tränen nicht zurückhalten. Er hatte viel geheult in seinen Kinderzeiten. Heulen im Palmengarten, während die hausgroßen Baumwipfel rauschten und die Schnellstraßen, die mit ihrem Verkehrsstrom die West- und Nordseite des Parks begrenzten, den Palmengarten als eine sturmumbrauste, sattgrüne Insel, eine Azoreninsel im Atlantik, erscheinen ließen. Die Luft war vom Duft schrill farbig gezüchteter Blüten parfümiert. Die Hyazinthenbeete vor allem verströmten eine aufreizende Süße. An jedem Blättlein hing ein funkelnder Tropfen, künstlicher Tau, der von der Riesenwolke der Fontäne herbeigeweht war, und Ludwig lief die Nase. Die Tränen zogen saubere Straßen durch seine schmutzigen Wangen. Was war eigentlich immer so schrecklich gewesen? Was hatte ihn in einer Umgebung von Enten, Sandkästen, Tulpen und Rutschbahnen immerfort in den Zustand der Verzweiflung versetzt?

Das Gymnasium bedeutete das Ende der Nachmittage im Palmengarten. Jetzt fuhr Ludwig mit dem Fahrrad außen herum und hörte an heißen Sommertagen nur von fern die Klänge des Orchesters aus der großen Muschel. Und doch blieb ihm bewußt, daß das Herz seines Viertels der Palmengarten war. Die Häuser der näheren Umgebung waren mit ihren Erkern und Balkons zum Palmengarten ausgerichtet, aber auch die weiter weg stehenden Häuser orientierten sich, das meinte er deutlich zu fühlen, zum Palmengarten hin, sie standen in seinem Sog.

Eine künstliche Landschaft aus Teichen, aufgeschütteten Hügeln, mit einem Wasserfall aus der Wasserleitung, mit Glashäusern für Urwaldpflanzen und einem Heer von Gärtnern, die bunte Topfblümchen zu immer neuen Mustern zusammensetzten, als herrsche im Palmengarten ein ewiger Fronleichnam. Inmitten der dichtbebauten Stadt war der Park ein Leerraum von alltäglicher Feiertäglichkeit, ein duftendes Vakuum. Auf den Landschaften Poussins lag im Mittelpunkt der harmonischen Bergzüge, der Baumgruppen, der kubistischen Städte voller Pyramiden und Kuppeln oft ein großer Teich, ein Nichts, ein Spiegel für Wolken und Baumwipfel. In Ludwigs Viertel war das nicht anders. Schule und Kirche waren eingegliedert in die kulissenhaften Straßenzeilen, die Fluchtlinien liefen von ihnen weg auf die Parkmauern zu. Auch die Enten, die in ihrer Speerspitzenformation über die Häuser hinwegflogen, suchten die Mitte.

Wie war einem solchen Kraftfeld zu entkommen? Hier gab es keine Bewegung, und hier wurden auch keine Bilder gekauft. Nach Vorstellung von Ludwigs Eltern kaufte man keine Bilder. Bilder gelangten durch Erbschaft oder Schenkung ins Haus. Bilder waren für Ludwigs Eltern wie die Laren und Penaten eines Haushaltes, keine Handelsware. Sie mußten mit dem Haus, das sie beschützen sollten, verbunden sein. Sie mochten wie wundertätige Ikonen durch das Meer schwimmen, um zu dem Ort ihrer Bestimmung zu gelangen. Es konnte jedenfalls nie darum gehen, nach Geschmack und Willkür Schönes um sich zu versammeln. Auch wenn den Eltern eine Ausstellung gefiel, verloren sie nach Überreichung einer Preisliste augenblicklich jedes Interesse daran. Was würden sie sagen, wenn sie hörten, daß ihr Sohn sich als Kunsthändler versuchte?

Morgens fiel die Sonne rötlich in Ludwigs Zimmer und streifte dabei die Wand mit dem »Strand bei Zingst«. Die Sandkörner wurden zu schwarzen Riesenbuckeln mit glasigen Lichtpünktchen und warfen lange Schatten; das Bild sah aus wie auf der Herdplatte geschmolzene Kunststofffolie. Wenn die Sonne weg war und helles kühles Licht hereinströmte, wirkte das Bild satt und tief, die Sandkörnchen waren verschwunden, ein dunkles Leuchten, ein tiefer Raum tat sich auf. Die schmutzigen Lehmfarben bekamen einen französisch pastetenhaften Charakter. Ludwig dachte, daß er eine Jacke in diesen Farben haben sollte, das rote Haar setzte eine solche Strohmiete gleichsam in Brand. Ein üppiges Bild war es jetzt oder hätte es jedenfalls werden können. Dann verblaßte das Tageslicht, und es war, als steige in dem Bild eine schwarze Brühe auf. Es ersoff in

Lichtlosigkeit und farbloser Dumpfheit. Wenn schließlich die Lampe das Bild beleuchtete, zerfiel es vor den Augen des Betrachters. Es bestand nur noch aus unverbundenen Pinselstrichen, ein loser Haufen Kartoffelschalen fiel dem Betrachter entgegen. Das sah aus, als habe man nicht ein Bild, sondern die Palette gerahmt.

Jede Stunde, die der »Strand bei Zingst« in der Studentenmansarde hing, wußte Ludwig weniger, was das eigentlich für ein Bild war, auf das er seine Zukunft gründen wollte.

Die europäische Kunstwelt sollte mit dem »Strand bei Zingst« vertraut gemacht werden, gewiß. Wie ein Politiker hatte er sich an diesem Plan berauscht und seine Wirkung bei dem Telephongespräch mit dem unbekannten Mädchen ausprobiert. Aber da gab es auch das Ehepaar van Twillebeeckx, von dem Ludwig nur die Frau näher kannte, eine Schulfreundin seiner Mutter. Das waren wohlhabende Leute mit einem gewissen Anspruch auf Repräsentation. Die Wände seien dort mit Bildern und Spiegeln vollgehängt, hieß es. Für den Geschmack von Ludwigs Mutter hätte man dort erst einmal Luft schaffen müssen, aber wo zwanzig Bilder hingen, paßte auch noch das einundzwanzigste dazu, und die neue Dekoration der Bilderschar mußte Frau van Twillebeeckx, wenn Ludwig sie richtig einschätzte, begeistern. War Herr Dr. van Twillebeeckx nun eigentlich Bankier, Kaufmann oder Rechtsanwalt? Ludwigs Mutter mochte ihn nicht. Herr Dr. van Twillebeeckx denke nur an sich. Dieser schwere Vorwurf wird freilich oft zu Recht ausgesprochen. Ludwigs Mutter, die ihr Leben auf den Vater ausgerichtet hatte, wie sich eine Tulpe mit immer weiter geöffneter Blüte der Sonne zuwendet, wäre nie auf den Einfall gekommen, ihren Mann der Selbstsucht anzuklagen, bebte aber vor Widerwillen, wenn sie neue Kostproben vom Egoismus des Herrn Dr. van Twillebeeckx serviert bekam.

»Er trägt seine Tasse Kaffee irgendwohin, trinkt einen

Schluck und läßt sie halbvoll stehen – läßt sie stehen, als lebten wir im Hotel. Hier hat vorhin diese Kaffeetasse gestanden, habe ich zu ihm gesagt, wie ist sie wohl in die Küche gekommen? Daraufhin er: Du hast sie rausgetragen. Das war die Antwort.«

Ludwigs Mutter bestätigten solche Geständnisse in der Überzeugung, hinter glänzenden Fassaden hause oft das schwarze Elend. Vielleicht regte sich bei Twillebeeckx aber manchmal die Reue? Wurden am Ende auch Reuegaben bei Frau van Twillebeeckx niedergelegt? Sie wies gelegentlich mit großer Zufriedenheit neuen Schmuck vor, warum nicht auch einmal ein Bild? Ein Kunsthändler mußte Psychologe, Psychotherapeut und Soziologe sein. Er mußte ein riesiges Fresko der Gesellschaft in sich tragen. Das Verkaufen war dann nur noch Nebenergebnis einer mächtigen analytischen Imaginationsleistung.

Daß Ludwig ein saumseliger Student sei, daß Ludwig sich herumtreibe und vermutlich zuviel trinke, war im Haus Twillebeeckx bekannt. Herr van Twillebeeckx hörte gern, wenn andere Leute mit dem Leben nicht zurechtkamen. Er wärmte sich an fremdem Versagen wie an einem Feuerchen. Er beriet auch gern. Sein geheimes Laster bestand in der Beratung hoffnungsloser Fälle. Schon als Kind hatte er gern das Zappeln dicker Fliegen beobachtet, die sich immer tiefer in einem klebrigen Spinnennetz verstrickten. Herr van Twillebeeckx sah dem Unglücklichen mit einem Spinnenblick zu, aber nicht wie die hungrige, sondern wie eine naturforschende Spinne, die vor der Spinnenakademie sprechen wird. Die Ratschläge, die er dem in sein Schicksal Verstrickten vom Rande des Netzes zurief, hatten nicht geradezu dessen Verderben zum Ziel, trafen aber ahnungsvoll stets genau den Punkt, der dem Hilfsbedürftigen nicht diente.

»Aha, der junge Drais«, sagte Twillebeeckx am Telephon statt einer Begrüßung. Der junge Drais war ein Pechvogel, der Beratung dringend bedürftig. Da wollte er sich gern eine halbe Stunde Zeit nehmen.

Im Vorzimmer hing ein älteres Gemälde aus England, ein Pferderennen; die Pferde flogen mit ausgestreckten Beinen wie Pfeile durch die Luft, die Jockeys saßen auf ihnen wie die Hexen auf dem Besen. Ein dekoratives Vorzimmerbild. Ludwig nahm sich vor, dies Urteil lobend fallenzulassen. Er hatte natürlich etwas anderes dabei. Auf dem »Strand bei Zingst« war die Löwenpranke sichtbar. In seiner Kleinheit war der »Strand bei Zingst« ein monumentales Werk. Ein Hauptwerk von Liebermann sah im Detail nicht anders aus als diese Studie. Ludwig würde Herrn van Twillebeeckx dazu veranlassen, das Bild durch eine zusammengerollte Postkarte wie durch ein Fernrohr zu betrachten. Der isolierte Ausschnitt enthüllte die Qualität der Malerei. Der Kunde ging in seinem zukünftigen Reich mit dem Auge spazieren und entdeckte, was vor ihm nur der Maler gesehen hatte.

Die kleinen Jockeys flogen schweigend. Die Sekretärin war bei Herrn van Twillebeeckx. So muß es sein, dachte Ludwig, ein diskretes Büro werde ich haben, luxuriös, verschwiegen. Wer zu mir kommt, betritt keinen Laden. Man besucht mich auf Vereinbarung. Meine Sekretärin wird die Termine ausmachen. Hier dachte er an das Mädchen mit der sanften, höflichen Neugier, der hellen, fast kindlichen Stimme. Das wichtigste war eine angenehme Stimme am Telephon. Höflich, mild, weich, warm sollte der Kunde angesprochen werden. Die Neugier des Mädchens war nicht unangenehm, sondern ermutigend, sie machte gesprächig und verleitete preiszugeben, was sonst nicht herausgerutscht wäre. Vielleicht war das Mädchen nicht besonders hübsch? Auch gut; nach einem hübschen Mädchen hatte Ludwig keinen Bedarf. Bloß kein hübsches, womöglich beunruhigend hübsches Mädchen im Büro.

Wie herrlich war die Freiheit. Wie köstlich war es, sich abends allein ins Bett zu legen und am Morgen allein aufzuwachen. Das Beste gegenwärtig war Erikas Verschwinden. Sogar ihr Name war ihm fremd geworden. Vielleicht mußte das Examen verpatzt werden, damit das Schicksal die Figur Erika von dem Lebensschachbrett nehmen konnte, auf dem Ludwig – als Bauer? als Läufer? als König? – hin- und hergeschoben wurde. Das Schicksal gab nichts umsonst. Mit Erika war er Student gewesen; ohne sie würde er niemals wieder Student sein. Schon den Menschengeruch in den Korridoren der Universität hatte er jetzt auf dem Weg zum Schwarzen Brett als fremd und abstoßend empfunden. Ein radikaler Abschied gab Mut und Kraft zu weiteren radikalen Abschieden.

Also kein niedliches Mädchen, sondern ein nüchternes, höfliches, geschmackvolles. »Ludwig Drais Fine Arts« war ein würdevolles Haus. Je länger Herr van Twillebeeckx Ludwig warten ließ, desto glücklicher versank er in eine schon fühlbar anwesende Zukunft.

Herr van Twillebeeckx befand sich in einer kleinen Verlegenheit. Die unteren Ebenen der Außenpolitik, wo die Jumelagen gefeiert werden und das Leben nur aus Ehrungen, Galaaufführungen und Banketten zu bestehen scheint, waren in seinen vorgerückten Jahren sein Betätigungs- und Bestätigungsfeld geworden. Die Industrie- und Handelskammer hatte eine Sparte: »Begegnung mit den europäischen, amerikanischen und asiatischen Partnern«. Geschäftsleute aus dem Ausland bekamen in Vorträgen zu hören, wie mit unaufhörlicher Innovations- und Reformbereitschaft »mehr oder weniger alle Probleme« in den Griff zu bekommen seien. Das waren berauschende Abende, die den Teilnehmern das Gefühl gaben, »an einer neuen Welt zu bauen«, »eine Brücke in die Zukunft zu zimmern« oder sich überhaupt als »Erben der Zukunft« zu empfinden.

Besonders schätzte er aber Treffen mit Geschäftsleuten aus primitiven, schlecht regierten Ländern mit einer in den Kinderschuhen steckenden Industrie und viel Privilegien- und Bestechungswesen. Twillebeeckx wies niemals eine Einladung in Regionen zurück, die auf den Rat eines weisen alten Mannes aus Deutschland ehrfurchtsvoll warteten. Man tat ein Werk der Mildtätigkeit, wenn man sich nach Zaire oder Nigeria, nach Pakistan oder Guatemala begab. Die Geschäftsleute dort gehörten oft zum Clan des Staatspräsidenten und hatten viele weißgekleidete Diener. Mit der rührenden Gastfreundschaft der Armen machte man seinen Aufenthalt zum Staatsbesuch. Es gab auch immer etwas Schönes geschenkt, obwohl es manchmal nicht leicht war, die Gabe – einen großen Elefantenzahn etwa – der häuslichen Umgebung einzufügen. Daß er dann auch um Maklerdienste gebeten wurde, war ihm nicht unwillkommen, denn die Kaufherren aus Tausendundeiner Nacht, die im eigenen Land so souverän schalteten, erwiesen sich im Geschäft mit dem Westen als unterwürfig und boten Konditionen an, die auch den Vermittler nicht vergaßen. Das war seine Außenpolitik. Er tat seinen Gastgebern Gefallen. Und er wußte, daß er damit zu etwas Großem beitrug: zur Verschmelzung und Verfilzung aller irdischen Verhältnisse, zur Unterwerfung der ganzen Welt unter einheitliche Grundsätze des Produzierens und Verkaufens. Da durfte man sich selbst die Orden der erbärmlichsten Länder im Miniaturformat an den Smoking stecken.

Soeben war er aus Pakistan zurückgekehrt, wo er Gast einer Industriellenfamilie gewesen war. Man handelte mit Jute und Hirse von den eigenen unabsehbaren Gütern, man nähte Schuhe, man brannte Spucknäpfe und Porzellanknöpfe für Telegraphenleitungen, man produzierte eine wahrscheinlich wurffeste mechanische Schreibmaschine, verpackte Tee und Gewürze auf eine in Europa unverkäufliche Weise und belieferte die einheimische Lastwagenindustrie mit Zubehör. Dem Haupt der Sippe, einem weißbärtigen, frommen Greis, der sich den Titel eines Hadschis durch regelmäßige Mekka-Pilgerfahrten schon häufig erworben hatte, war er freilich nicht vorgestellt worden. Aber die zahllosen Neffen dieses Mannes – hatte er denn keine Söhne? – nahmen ihn in ihre Mitte, reichten ihm beim Gastmahl die Schüsseln mit scharf gewürztem Hammelfleisch und legten ihm die saftigsten Stücke mit den bräunlichen, innen rosigen Fingern auf den Teller.

Jeder der dunkelbraunen älteren und jüngeren Herren, die Twillebeeckx in Karachi und Hyderabad kennenlernte, sprach ehrfurchtsvoll von »my uncle«. »Die immer mit ihrem komischen Onkel«, sagte Twillebeeckx nachts im Bett unter dem kreisenden Ventilator, dessen Luftzug die Krawatte über der Stuhllehne linde bewegte. Welches Gewicht im Konzern besaß jener Mr. Khan, der ihn in den letzten Tagen begleitet hatte, ein kleiner, schon älterer Mann mit großen Augen und Silberfäden im Haar? Er verwaltete neuerdings das Baumwollressort, das unter seinem Vater lange darniedergelegen hatte, obwohl Pakistan Großexporteur von Baumwolle war. Von Vetternwirtschaft konnte in einem Familienverband tadelnd freilich nicht gesprochen werden. Gegenwärtig suchte Mr. Khan einen Mann in Deutschland, der das Geschäft dort wieder ankurbelte. Ein hoffnungsloses Unterfangen, das sah Herr van Twillebeeckx sofort. Keinem guten Mann konnte man so etwas antragen. Das war etwas für gescheiterte Existenzen, die nichts anderes fanden und bald wieder aufgaben, bis die Neffen und Großneffen Khan endlich begriffen, daß sich bei ihnen zu Hause etwas ändern mußte, wenn die Produktion jemals ein Erfolg werden sollte.

Diese Naturvölker sind wirtschaftlich einfach noch nicht reif. Das sieht man schon an diesem impertinenten

Familienwesen. Bei uns, dies dachte er voll Befriedigung, denn er war sein Leben lang Angestellter gewesen, ist man darüber längst hinaus. Wir lösen die Familienkonzerne von den Familien, wir führen ihnen neue Kräfte zu, frisches Blut von außen, auch finanziell, wir öffnen sie den Aktionären, lassen alles zirkulieren, neue Ideen dringen ein, alles wird auf eine breitere Basis gestellt – davon sind diese Völker noch Jahrzehnte, vielleicht Jahrhunderte entfernt.

Auch Twillebeeckx war in Pakistan als Onkel aufgetreten, die orientalische Versuchung war unwiderstehlich gewesen. Mr. Khan mußte ihn für einen Patriarchen halten, der über eine Armee junger Leute gebot und nach seinem Wohlgefallen Ämter vergab. Ich brauche einen Idioten und zwar augenblicklich, dachte er, als Mr. Khan zum drittenmal anrief.

»Der größte Unsinn ist die Universität«, sagte Herr van Twillebeeckx, der mit der Beratung begann, bevor er gefragt worden war. Ludwig saß auf der Stuhlkante und war seinem Kunden entgegengebeugt, um ihm die Worte von den Lippen zu lesen. Sein Haar glich einem Hahnenkamm; er sah derart gespannt aus, als werde er gleich krähen. Das Stürmische in der Erscheinung des jungen Mannes verwirrte Twillebeeckx. Er hatte einen gebrochenen Menschen erwartet.

»Die Universität hindert die jungen Leute daran, ins Geschäftsleben einzutreten, sie hindert daran, Erfahrung mit der Praxis zu erwerben. Wir haben unter den jungen Leuten heute das Problem der Überqualifikation bei gleichzeitiger Unterqualifikation in praktischer Hinsicht. Ich bin Praktiker«, sagte Twillebeeckx, erinnerte sich jetzt aber daran, daß auch er einen ökonomischen Doktortitel führte. »Es sei denn, man macht es wie ich«, fügte er deshalb hinzu.

»Wie haben Sie es gemacht?« fragte Ludwig und sah Twillebeeckx so wißbegierig an, daß der alte Mann jede Vorsicht vergaß.

»Ich war der jüngste Doktorand meiner Generation.«

Das sei allgemein bestaunt worden. Man habe sich in Frankfurt geweigert, das für möglich zu halten. Für die Doktorarbeit habe er sich sechs Wochen Zeit gelassen. »Neben mir stand ein Eimer mit kaltem Wasser. Immer wenn ich vor Erschöpfung zusammenzubrechen drohte, tauchte ich den Kopf da hinein. Dann ging es weiter.« Twillebeeckx verfiel unversehens in den Stil von Kriegserzählungen. Bei seinem Tag- und Nachtmarsch durch das Reich der Volkswirtschaft war es ihm wie einem Heißhungrigen ergangen, der sich an den Vorspeisen überfrißt und nachher das Hauptgericht nicht anrührt. Nach seiner Promotion hatte er jeden Appetit auf die Wissenschaft und zugleich die Fähigkeit, ein Buch zu lesen, verloren.

»Und das war 1932 in Berlin?« fragte Ludwig alarmiert. »Dann müssen Sie ja Max Liebermann gekannt haben!«

Twillebeeckx hatte in seinem ganzen Leben niemals verneint, einen berühmten Mann gekannt zu haben, wofern er nur tot war. Bei den Lebenden war er vorsichtiger. Es konnte sogar nützlich sein, jemanden »komischerweise« nicht zu kennen, den man in Wahrheit durchaus kannte, denn dann konnte man auch kein Empfehlungsschreiben an ihn richten.

»Und ob ich den ollen Liebermann gekannt habe«, rief er deshalb, »das war doch eine dolle Type.« Ein Bankier? Ein Minister? Ein Boxer? fragte er sich im geheimen.

Ludwig war glücklich, seine Überleitung gefunden zu haben. Mit fliegenden Händen öffnete er das Paket; es war, als wolle er das Bild wie ein As auf den Tisch werfen.

»Da haben Sie einen echten Liebermann«, sagte er, indem er das Werk vor sich hielt, wie Renaissancejünglinge Medaillen vor ihre Brust halten. Das Licht des Zimmers kam aus zwei großen Fenstern in seinem Rücken. Schon Ludwigs Gesicht konnte Twillebeeckx kaum erkennen. Das Bild war beinahe schwarz. Richtig, dachte Twillebeeckx, da gab es einen Maler Liebermann.

»Sie schleppen ja Schätze mit sich herum«, sagte er listig. Ironie war fast immer am Platz. »Haben Sie das Städel leergeräumt? Oder stammt das nette Ding aus einer Konkursmasse?«

Nein, antwortete Ludwig im Triumph, es sei kein Notverkauf und dennoch unerhört billig! Die Provenienz sei einzigartig. Im Atelier des Künstlers erworben und aus preußischem Adelsbesitz.

»Was soll denn das Gekrusel da?« fragte Twillebeeckx, der sich der Bildfläche genähert hatte. Er lieferte Stichwort um Stichwort. Alles konnte nun zur Sprache kommen: der Ostseekult der Berliner – da nickte Twillebeeckx, als gewinne das Bild bei ihm, weil die Berliner an die Ostsee fuhren –, die Plein-air-Malerei, das Authentische, das Spontane, das Anekdotische, das Frische, das Fragmentarische, die großartige Unbekümmertheit Liebermanns. Auch hier nickte Twillebeeckx; die »dolle Type« bestätigte sich offenbar.

»Nee, die Zeit hatte was«, sagte er unwillkürlich im Berliner Tonfall, als gelte es, den vertrauten Umgang mit Liebermann durch ein Echo zu belegen. Ludwig fühlte, wie alles ihm entgegenkam, wie einig er mit Herrn van Twillebeeckx über eine große Epoche der deutschen Kunst war. Er müsse jetzt ein Geständnis machen. Dies Bild werde ihm natürlich aus den Händen gerissen. Vermutlich werde über den »Strand bei Zingst« nächste Woche ein Artikel in der Zeitung erscheinen. Berlin fordere das Bild für die Nationalgalerie. »Und und und«, sagte Ludwig, der schnell gesprochen hatte und dabei einen scharfen Blick auf Twillebeeckx richtete.

»Ich verstehe von diesen Dingen überhaupt nichts, aber ich müßte mich doch sehr täuschen, wenn dieses Sandgekrusel nicht eine ziemlich beachtliche Werteinbuße bedeutet.«

»Im Gegenteil«, rief Ludwig freudig und sicher. Twillebeeckx sah ihn mit kalten Augen an. Es war der verlorene

Blick eines Menschen, der gerade an etwas anderes denkt. Dabei war er genau bei der Sache.

»Achthundert Mark?« sagte er leise und als sei das eine Zahl, die ihm gerade im Traum zugeflogen sei.

»Genau«, rief Ludwig strahlend, er habe es genau getroffen. Achthundert Mark werde der Rahmen kosten, ein Museumsrahmen aus einer Art Ebenholz, ein Renaissance-Plattenrahmen, der das Bild richtig zur Geltung bringe. Er war auf die Diskussion über den Preis gut vorbereitet. Wenn er bedachte, welche Arbeit in den Verkauf dieses Bildes zu investieren war, mußte er zehntausend oder besser zwölftausend Mark dafür haben, wenn der bloße Einsatz und ein kleines Honorar herauskommen sollten. Zwölftausend Mark waren ein bescheidener Betrag. Was gab Herr van Twillebeeckx für ein Auto aus? Was hatte seine letzte Reise nach Hongkong gekostet? Nichts, denn er war eingeladen. Aber auch Ludwig hatte sich für das Bild bisher noch nicht in Unkosten gestürzt. Am Preis änderte das betriebswirtschaftlich gesehen gar nichts. Dem Sammler, der das Bild für zwölftausend Mark kaufte, war es gleichgültig, welcher Arbeitsaufwand beim Verkauf betrieben worden war. Der Sammler hatte nicht vor, Ludwigs Mühe und die Briefe des Mädchens zu bezahlen. Er bezahlte das Bild.

»Ganz recht«, sagte Twillebeeckx, als er die Summe hörte, und überwand blitzschnell die Verstimmung über die Nichtachtung seines aufrichtigen und durch Bargeld gedeckten Angebots. »Genauso habe ich das geschätzt, das ist der Marktpreis für einen Liebermann aus dieser Periode. Und Sie werden ihn erhalten. Wenn Sie lang genug mit dem Ding wie mit einem Bauchladen herumlaufen und den Leuten damit ins Haus fallen, werden Sie es schließlich verkaufen.«

Er wollte endlich in ein anderes Fahrwasser gelangen und riß deshalb ohne Vorbereitung das Steuer herum.

»Ich will, daß Sie Geschäft machen, Geld verdienen. Richtig Geschäft machen, richtig Geld verdienen.« Dazu klopfte er leise mit der Faust auf die Lederplatte des Schreibtischs. Es war, als kaufe er das Bild nur deswegen nicht, weil Ludwig damit nicht »richtig Geld« verdiene. Das kraftvolle und zugleich gebremste Klopfen hatte etwas von der Kolbenbewegung einer Dampflokomotive.

In Pakistan gab es noch Dampflokomotiven, mit einer war er sogar gefahren. Was einstmals Symbol elefantenhafter Energie war, galt jetzt als Zeichen der Schwäche. Viele Hände arbeiteten in Pakistan, aber das Land war hilflos. Es konnte diese Produktivität nicht in Wirtschaftskraft verwandeln.

»Jetzt ist Gründerzeit«, sagte Twillebeeckx. Wie alt sei er? Siebenundzwanzig? Ach du lieber Gott! Alles besetzt, alles vergeben, alles aufgeteilt. »Ihre Mitbewerber in der Wirtschaft sitzen alle längst fest in den Apparaten, während Sie noch nicht einmal Ihren Titel haben! Wissen Sie, was man mit Ihnen früher gemacht hätte?« Er nahm Ludwig jetzt als Typus, den Versager, den Tunichtgut aus bürgerlichem Haus. »Man hätte Sie in die Kolonien geschickt und von dort wären Sie zwanzig Jahre später steinreich zurückgekehrt.«

Und genau das wolle auch er jetzt tun: ihn in die Kolonien schicken. »Und zwar Erster Klasse – ich sehe schon, daß Ihnen Pakistan nicht paßt, scheußliches Klima, scheußliches Essen, scheußliche Leute – da haben Sie schon recht, obwohl es Ihnen gut täte, mal rauszukommen –, hier sitzen Sie im Fett, haben eine kleine Freundin – machen Sie mir nichts vor. Und Sie brauchen auch gar nicht weg. Der alte Onkel Twillebeeckx arrangiert alles nach Maß: Pakistan liegt in Ihrem Büro! Da gehen Sie morgens hin und abends wieder nach Haus.«

Erstaunlicherweise war Ludwig nicht enttäuscht vom Verlauf des Gesprächs, das immer weiter vom Verkauf des Liebermann wegführte. Das Schlüsselerlebnis der letzten

Stunde war die blitzartige Einsicht, daß man das Bild auch verkaufen konnte, ohne viel hineinzustecken, ja, daß der Gewinn größer war, je weniger man für den Verkauf ausgab. Wir werden den Laden zunächst mal ganz klein halten, wenig oder gar keine Ausgaben, und die Einnahmen brutto für netto, dachte er, während Twillebeeckx ihm die enormen Handelsumsätze mit den Kattunballen aus dem Wüstenreich ausmalte. Und so war zwischen ihnen nach der kurzen, von Twillebeeckx polternd eingeführten Dissonanz doch wieder jene äußerliche Harmonie eingekehrt, die zwei geschworene Feinde bei Mozart für die Dauer eines Duetts zusammenzwingt und sie, gleichsam gegen ihren Willen, himmlische Akkorde hervorbringen läßt.

»Sie müssen sich gut überlegen, was ich Ihnen vorgeschlagen habe, aber nicht zu lang«, sagte Herr van Twillebeeckx. »Diese Sachen laufen einem davon, wenn man zögert. Mr. Khan will von mir nächste Woche eine Antwort haben, und aus alter Verbundenheit mit Ihrer Familie habe ich zuerst an Sie gedacht.«

»Noch ist das Bild in meiner Hand. Es wäre zu traurig, wenn es nächste Woche plötzlich weg wäre, denn halten kann ich es nicht für Sie.«

So ging das Treffen mit wechselseitigen freundlichen Ratschlägen im Geist der Uneigennützigkeit zu Ende. An der Tür winkte der Alte den Jungen zu sich heran, als wolle er unsichtbare Lauscher von seiner Mitteilung ausschließen.

»Diese Adligen, die Ihnen das Bild gegeben haben«, er blickte in wilder Komplizenschaft, »die müssen Sie hart anpacken. Pressen müssen Sie die. Diese Leute leben auf dem Mond.« Dabei schlug er die Fäuste aufeinander, als solle die zarte Frau von Schenkendorff zwischen ihnen zermahlen werden. Am kleinen Finger trug er einen Siegelring, mit wer weiß welchem Wappen.

Arbeit hieß die Zukunft. Es mußte gearbeitet werden. Deshalb ergriff Ludwig, auf dem Bett liegend, das Telephon und wählte die Nummer »seiner Sekretärin«, wie er das Mädchen nun schon selbstverständlich nannte. Warum rief er es stets an, wenn es dunkel war?

»Ich habe auf Ihren Anruf gewartet«, sagte es mit glockenheller Stimme. Im Hintergrund war die Pendeluhr zu hören. Es war, als habe das Mädchen gebadet, sich die Nägel gefeilt, das Haar mit einer Pflegepackung gekräftigt und liege jetzt mit einer großen Tasse Schokolade gleichfalls auf dem Bett. Ludwig entschuldigte sich für sein längeres Schweigen. War es schon zwei Tage her, seit sie zum erstenmal miteinander gesprochen hatten? Sie mache sich vermutlich falsche Vorstellungen von der Arbeit, die sie erwarte.

»So bin ich überhaupt nicht«, sagte das Mädchen, »ich finde, man muß seine Arbeit lieben. Etwas Schönes schreiben macht doch Spaß. Man lernt auch viel dabei. Ich habe einmal für einen Rechtsanwalt geschrieben – was man da lernt. Wie die Leute sich benehmen. Eine Gier. Jeder will nur haben, haben, haben. Abstoßend war das. Hochinteressant.«

Auch er sei Jurist, habe das aber hinter sich gelassen. Gemessen an seinem heutigen Beruf sei die Jurisprudenz traurig, trocken, langweilig. »Ach – Sie waren Jurist?« fragte das Mädchen staunend. Sie bringe das gar nicht zusammen. Kunst, Schönheit, Bildung – und dann Jurist. Im Hintergrund wurde etwas gesagt. Es war dieselbe Stimme wie das letztemal. Sofort lag auch wieder die Hand auf dem Hörer.

»Es ist gut, Jurist zu sein, wenn man Kaufmann ist«, sagte das Mädchen dann, »man wird nicht so leicht betrogen.«

»Man lernt auf eine andere Art denken. Man begreift das Abstraktionsprinzip.« Das Abstraktionsprinzip verinnerliche man schließlich, man sehe die Welt nur noch nach dem Abstraktionsprinzip. Ob sie wisse, was geschehe, wenn sie im Supermarkt Strumpfhosen kaufe?

»Dann habe ich Strumpfhosen gekauft.«

»Sie haben zunächst einmal einen Kaufvertrag geschlossen. Dieser Kaufvertrag hatte mit dem Bezahlen und Mitnehmen quasi nichts zu tun!«

»Wieso – nichts?«

»Fast nichts. Es war ein Akt für sich. Da war das Fach mit den Strumpfhosen, darunter stand ein Preis. Dieses Fach mit dem Preis, das war ein Angebot. Und als Sie die Strumpfhose herausgenommen haben – was war das?«

»Was?«

»Die Annahme des Angebots. Jetzt ist ein Kaufvertrag zustande gekommen. Aus dem Vertrag erwachsen den Parteien Rechte und Pflichten. Der Supermarkt ist verpflichtet, Ihnen die Ware zu übergeben und Ihnen zu gestatten, damit den Raum zu verlassen. Er ist berechtigt, dafür den vertraglich vereinbarten Preis zu fordern. Und wenn Sie die Strumpfhosen aus dem Laden heraustragen, dann nehmen Sie nach Erfüllung Ihrer Vertragspflichten Ihr vertraglich vereinbartes Recht in Anspruch.«

»Ach, so ist das.« Es klang, als sei sie enttäuscht.

Ludwig steigerte sich in eine Leidenschaft des Erklärens hinein, in eine heftige, gereizte Pedanterie. Die Kluft sollte sichtbar werden, die das dumpfe Leben von der Sphäre professioneller Bewußtheit trennte. Aber war das Beispiel gut gewählt? Machte es die intellektuell faszinierende Gestalt des Abstraktionsprinzips deutlich, oder wurde daraus ein von häßlichen alten Männern ausgedachtes System, um die kleinen Leute einzuschüchtern und sich ewige Überlegenheit zu sichern?

»Wissen Sie, ich bin von diesen Dingen geprägt«, das klang nun viel weniger eifernd, geradezu entschuldigend.

»Ja«, sagte das Mädchen, aber nicht abschließend, sondern wie ein schöner Laut, der ins Offene hineinfließt.

Jetzt schwiegen sie.

»Mein Vater ist ein ganz anderer Mann als ich«, sagte Ludwig plötzlich.

Wo kam denn jetzt der Vater her? Es stand doch fest, daß die Eltern mit allem, was von nun an geschah, nichts zu tun haben durften.

Und dennoch drängte es ihn, irgendwem die Bewunderung zu gestehen, die er für seinen Vater empfand. »Er ist ein außerordentlicher Mann. Aber es gibt vieles an ihm, das ich nicht nachahmen darf. Ich muß mich als Geschäftsmann davor hüten, meinen Vater als Modell zu nehmen. Er hat überhaupt kein Verhältnis zum Geld. Was nehmen Sie zum Beispiel in der Stunde?« Diese Frage sollte keine Lohnverhandlungen einleiten, es ging ihm jetzt um etwas anderes.

»Fünfundzwanzig Mark«, sagte das Mädchen so schnell, als habe es nicht nachgedacht.

»Gut, fünfundzwanzig Mark, das habe ich erwartet«, sagte Ludwig, der nichts dergleichen getan hatte. »Aber mein Vater ist davon überzeugt, daß eine Frau, die einem schnell auf der Schreibmaschine etwas schreibt, für ›ein paar Pfennige‹ arbeitet – das ist sein Maßstab, das Leben kostet eigentlich nichts.« Er fand ihre Forderung eigentlich zu hoch, aber er konnte jetzt nicht darauf eingehen. »Es ist eine Kultur der Bedürfnislosigkeit, die er zur Vollendung entwickelt hat. Stellen Sie sich einen schönen bäuerlichen Garten vor, im Taunus an einem heißen Augusttag, so wie heute. Eine Wiese mit verkrüppelten alten Pflaumenbäumen; die Pflaumen fallen ab und platzen in der Hitze und beginnen zu faulen und zu gären; es liegt Alkoholduft über der Wiese, als sei eine Flasche Pflaumenwein ausgelaufen.« Das war nicht lange her. Der Vater hatte eine bösartige Sommererkältung. Sein Lieblingsspaziergang erschien ihm plötzlich zu anstrengend. Er wollte nur still auf einem Stuhl sitzen. Der Husten machte in seiner Brust ein Geräusch, als werde ein Haufen Kies abgeladen. Die Backenknochen traten hervor, die Augen schimmerten rötlich. Er sah alt aus. »Und als wir vom Spaziergang zurückkamen, war natürlich er es, der die großen Erlebnisse hatte. Ein terrakottafarbener Schmetterling – er nannte ihn beim Namen, er kennt alle Schmetterlinge – war über die gärenden Pflaumen geflattert und hatte sich vom Alkoholdunst berauschen lassen. Ein betrunkener Schmetterling. Rotbraun auf Pflaumenblau. Die chinesische Oper von der einsamen Konkubine; sie erwartet den Kaiser und betrinkt sich dabei. Ein Specht machte dazu die Xylophonmusik. Ich bewundere das«, sagte Ludwig nach einer kurzen Pause, »aber es macht mich auch verrückt. China, die Ming-Kultur, die Peking Oper um sich herum vorzufinden, selbst wenn man hustend auf einem Gartenstuhl sitzt, führt nur dazu, niemals nach China zu fahren und sich darauf auch noch etwas einzubilden. Lebenskunst nennt man das, aber ich als Kunsthändler kann mir, wenn Sie dies Wortspiel einmal erlauben, diese Kunst nicht leisten. Heute bin ich von einem der bedeutendsten deutschen Großkaufleute nach Karachi eingeladen worden. Mein Vater hätte freundlich abgesagt. Nun, ich kann dem aus andern Gründen nicht folgen ...«

»Warum?« fragte das Mädchen schnell.

»Ich bin zu beschäftigt. Sie sehen selbst, es geht bei mir rund um die Uhr.« Warum sprach er plötzlich wie der Beamte im Paßbüro, der im Hintergrund des Amtszimmers frühstückte, während sich im Warteraum die Menge staute? Im Dunkeln glitt man unversehens von einer Rolle in die andere.

»Sehen Sie, dieser Stil der Bedürfnislosigkeit geht ja von einer gewaltigen Täuschung aus«, fuhr er fort. »Die edlen Genüsse der Weisen kosten in Wahrheit ein Vermögen. Die Bibliotheken, die kritischen Gesamtausgaben, die Orchester, die Aufführung von Peking- und Wagneropern, das alles muß ja erwirtschaftet werden. Wer bezahlt denn das?

Das bezahlen doch wir mit unserer nüchternen Arbeit. Dann bauen wir das Museum, dann kaufen wir für Millionen das Werk von Liebermann – und dann erscheinen die spartanischen Genießer, werfen einen Blick darauf und denken darüber nach, wie wenig es bedarf, um aus der Kunst stets neues Glück zu schöpfen.«

»So sehen Sie das?« sagte das Mädchen grüblerisch. Was meinte dieser Mensch? Was war das für ein Mensch? mochte das Mädchen sich fragen. Schließlich sagte es: »Und Sie wären also mit fünfundzwanzig Mark einverstanden?«

Jetzt sprach Herr van Twillebeeckx aus ihm, mit bauchrednerischer Geläufigkeit. »Fünfundzwanzig Mark ist die Ebene, wo wir hinwollen, aus tiefem Tal, Schritt für Schritt. Wir sagen: Wir arbeiten so hart, daß diese fünfundzwanzig Mark eines Tages drin sind – das ist unser gemeinsames Ziel. Könnten Sie mit dieser Sicht der Dinge leben?«

Eines war nicht besprochen worden, als Ludwig schließlich auflegte: wann die Arbeit anfangen sollte. Bei Ludwig regte sich diese Frage wie eine Fliege, die im Dunkeln über seine Stirn kroch; ein Handwedeln verscheuchte sie nicht.

Herr und Frau van Twillebeeckx hatten ihre Ehe in ein Alter gerettet, in dem man sich nicht mehr trennt, wenn auch die Illusionen erloschen sind. Sie besaßen ihre Ehe, wie sie ihr Haus, ihre Möbel und Bilder besaßen, ohne noch Freude daran zu empfinden. Hätte nicht von vornherein klar sein müssen, daß solche Leute nicht zum Kundenstamm eines aufsteigenden Kunsthändlers gehören konnten? Wenn man die Erfolgsgeschichte berühmter Händler studierte, dann waren sie häufig zusammen mit ihren besten Kunden groß geworden. Der richtige Augenblick, aus einem Mann einen Sammler zu machen, war der Umzug aus der Wohnung der ersten Ehejahre in ein großes Haus. Dann trat plötzlich eine Art Leere ein. Die gesamte Anstrengung war bis dahin auf das Haus gerichtet. Jetzt war es da. Die Frau war da. Der Hund war da. Die Kinder blieben aus, zunächst mit Absicht, dann aber schien es, als griffen die für das Gebären geschaffenen Mechanismen irgendwie nicht richtig.

Ludwig staunte, daß ihm das Offensichtliche solange verborgen geblieben war. Es gab sein Paar, sein kinderloses, immer mehr Geld einsammelndes Paar, das soeben im Holzhausenviertel ein Haus mit grauen Muschelkalksäulen gekauft hatte, ein Haus mit zwölf Zimmern, und diese Menschen besaßen, das wußte Ludwig, eigentlich keine Bilder. An einer langen Wand hing da bisher ein falscher Rothko, von einem Freund mit drei Ölfarbtuben in einer halben Stunde fabriziert. »Unser Farbfleck«, sagte der Hausherr etwas verlegen, wenn das riesige Rechteck zu nachdrücklich bestaunt wurde. Dann hatten sie ein paar alte Plakate und einen riesigen Plan von New York in Kupferstichmanier, aber damit würden sie in ihrer neuen Umgebung allenfalls die Garderobe dekorieren können. Der Mann war etwa zehn Jahre älter als Ludwig, die Frau war Anfang Dreißig. Sie war hübsch und ein wenig schwerfällig. Es kostete sie Überwindung, aus dem Sessel aufzustehen und in die Küche zu gehen. Sie hatte viele Sommersprossen und eine helle Haut, aber die Augen waren fast schwarz. Ihre Beine waren lang, das fiel vor allem auf, wenn sie in engen Hosen und Stiefeln vom Reiten kam. Ihre Taille war exakt eingeschnitten, und ihre Brüste sahen unter anliegenden Pullovern groß und fest aus.

»Scheußlich ist der Rothko«, sagte sie ohne Leidenschaft. Das improvisierte Fabrikat hieß in diesem Haushalt so selbstverständlich »der Rothko«, daß Ludwig manchmal glaubte, sie sei in seine Herkunft nicht eingeweiht. »Aber irgendwas muß schließlich hier hängen.« Ging die Frau irgendeiner Tätigkeit nach? Hatte sie eine Ausbildung? Einmal war

Ludwig unerwartet in die Wohnung gekommen. Der Mann war nicht da. Ein Mißverständnis, Ludwig war erst am nächsten Tag erwartet worden. Die Frau führte ihn unbefangen in das große Wohnzimmer und ließ ihn unter dem Rothko Platz nehmen. Klebrige Gläser und leere Flaschen standen herum, über den Sesseln lagen Kleidungsstücke, ein Aschenbecher war mit Kippen gefüllt, ein vertrockneter Blumenstrauß stand in trübgrünem Wasser. Aber sie versuchte nicht, diesen Zustand der Wohnung zu erklären. Bürgerliche Frauen widerstanden oft nicht der Versuchung, Entschuldigungen zu murmeln, wenn nicht aufgeräumt war. Auf so etwas ließ die Frau sich nicht ein. War das Souveränität oder bemerkte sie nicht, wie es bei ihr aussah?

Wenn das Paar ausging, bot es den musterhaften Anblick von Eleganz und Erfolg. Die Frau konnte übergroße Sonnen in den Ohren oder funkelnde Gehänge wie Christbaumschmuck tragen, das war bei ihr nicht zuviel; dahinter stand so viel ruhiger, satter, schläfriger Körper, daß das künstliche bunte Blitzen um ihren Kopf herum kaum etwas Materielles hatte. Dennoch überraschte es, die Frau so geschmückt zu sehen. Sie strahlte etwas zutiefst Uneitles aus. Wirken Pferde mit großen Federbüschen auf dem Kopf, bemalte indische Elefanten, bekränzte Kühe beim Almabtrieb nicht immer verwirrt und traurig? Der Mann an ihrer Seite hatte sportliche Falten, dichtes Haar, eine jugendlich schlanke Haltung, war in seinem Lächeln und seinem höflichen Mienenspiel nach rechts und links aber etwas zu angestrengt, als versuche er, die Teilnahmslosigkeit seiner Frau zu überspielen. Sie sah ihm zu, als verstehe sie kein Deutsch. »Mondgesicht« wird allgemein wohl nicht als Kompliment empfunden, weil man sich darunter ausdrucksarme Dickbackigkeit vorstellt, Glatzköpfigkeit und stille Torheit mit dem starren Lachen von Lampionmasken. Und doch war es ein Mondgesicht, das die Frau in weißer Milde über einer

Gesellschaft leuchten ließ. Ein Licht wie Milch ging von ihr aus, fern und rein und rund. Ludwig kam nie mit ihr ins Gespräch. Erika erklärte kopfschüttelnd, die Frau gelte allgemein als strohdumm. Ein Mann wie der Anwalt sei angeschmiert mit einer solchen Frau. Nie werde sie ihm ein Haus führen können. In diesen harten Worten lag eine versteckte Anklage. Solche leeren Kühe liebten die Männer. Ludwig solle bloß nicht tun, als sei nicht auch er von ihr angezogen.

Tatsächlich versuchte er immer, sie ausführlich zu betrachten, wenn sie mit ihrem beflissen strahlenden, die gesellschaftliche Arbeitslast allein tragenden Mann irgendwo erschien. Der sonst mühelos dozierende Ludwig, der oft auch ohne nachzudenken sprach, wußte nicht, was er zu ihr sagen solle. Mit dem Mann klappte das Gespräch besser. Der Mann entwickelte eine Art Sympathie für Ludwig und bot ihm mehrfach an, nach dem Examen doch »zu uns zu kommen – wir brauchen immer begabte junge Leute«.

Nun, das war vorbei: aber vielleicht war gerade das jetzt von Vorteil. Vielleicht gab es in dem Mann eine Regung des Mitgefühls und den Wunsch, dennoch etwas zusammen zu tun. Das Ehepaar ging viel aus, aber das hieß nicht, daß es Freunde hatte. Freunde erwirbt man nicht bei großen Abendessen oder in dem Gedränge von Cocktails. Der Mann war Ludwig immer einsam vorgekommen. Er hatte hier nicht diesen Fundus von Leuten, mit denen man jung gewesen ist, dieses Geflecht, das sich später nicht mehr herstellen läßt. Er kam aus dem Norden; Ludwig stellte sich eine Schlechtwetterlandschaft vor, durch die der Wind wehte und die Einwohner davontrieb, bis nach Frankfurt gelegentlich. Hier begann sofort das wilde Arbeiten. In der großen Kanzlei, die ihn aufnahm, mußten die jungen Leute sich durch Unermüdlichkeit bewähren. Und nachdem er diese große Kanzlei verlassen hatte, um auf eigenen Füßen zu stehen, war die Arbeit nicht weniger geworden.

Seit wann kannte er seine Frau? Wo hatte er sie aufgetrieben? Wann war für eine Liebesgeschichte mit der ganzen von der Liebeserwartung geforderten Unvernunft überhaupt Zeit gewesen? Der Mann war erschöpft, als Ludwig ihn zum letztenmal gesehen hatte, die Frau hingegen ausgeruht, mit jungem Gesicht, das in eigentümlichem Gegensatz zu ihrem entwickelten Körper stand. Zu den modernen Verhältnissen gehört, daß die Leute ungezogene, ungewandte Kinder haben, denen ihre sportlichen, großen Körper und eine sprachlose Muffigkeit etwas schwer Bewegliches, Möbelhaftes geben. Über diese stumpfen, raumverdrängenden Geschöpfe wachen angstvolle Elternaugen, die jede Trübung auf den blanken Stirnen mit Sorgen verfolgen und mit verliebtem Takt und äußerster Delikatesse jedes Mißbehagen zu erforschen suchen. War der Anwalt in Begleitung seiner Frau nicht wie solch ein Vater, der voll Stolz, zugleich aber vom letzten Zusammenstoß noch eingeschüchtert, seine große Tochter ausführt?

Als der Anwalt auf das Klingeln nach einer Weile in Schlafanzug und Morgenrock die Tür öffnete, glaubte Ludwig, es stehe in seinen Sternen, diese Leute stets zur Unzeit heimzusuchen. Aber er irrte sich. Er war erwartet. Es war ein später Samstagvormittag.

»Ich wollte eigentlich ins Büro gehen«, sagte der Anwalt, der rasiert und gekämmt war, aber verschlafen wirkte. »Aber ich habe keine Lust. Wenn es Sie nicht stört, bleibe ich im Morgenrock.«

Ludwig erklärte lebhaft, er halte es genauso. Wenn es möglich sei, verbringe er einen freien Tag im Morgenrock. Der Anzug und die Krawatte stünden für die Ketten an der Galeerenbank. Der Anwalt ging auf diese launigen Bemerkungen nicht weiter ein.

Von innen erst offenbarte das Haus seine Größe. Man

trat durch weißlackierte Türflügel mit Jugendstilglasfenstern aus dem Vestibül in ein hohes Treppenhaus. In der Mitte hing an langer Kette eine Bronzeampel herab, die aus der Erbauungszeit des Hauses stammte. Ringsum waren weiße Türen. Der viele weiße Lack erinnerte an die Sanatorien, die in der Jugendstilzeit im Taunus gebaut worden waren. Seitdem der Anwalt und seine Frau das Haus vor einem halben Jahr gekauft hatten, war hier nicht viel geschehen. Das Haus war offenbar in ordentlichem Zustand übergeben worden. Dennoch sah man auf der fahlgelb gestrichenen Rauhfasertapete Rechtecke, wo Bilder gehangen hatten. Auch die Nägel steckten noch in der Wand. Der grasgrüne Teppichboden war auf den Stufen abgetreten, auch ein paar Flecken waren zu sehen. In einem eingerichteten Haus wären sie nicht aufgefallen, so aber erzeugten sie den Eindruck säuberlicher Schäbigkeit, die in leergeräumten Häusern mit dem Begriff »besenrein« verbunden ist. Wahrscheinlich hatte dies Haus, wie viele in seiner Nachbarschaft, zuletzt als Büro gedient.

Der grüne Boden zog sich auch in den großen Wohnraum hinüber, dessen Tür der Anwalt jetzt öffnete, auf den ersten Blick sah es aus, als erstrecke er sich sogar bis in den kleinen, von hohen Taxushecken eingefaßten Garten, der über ein Treppchen zu erreichen war. Die niedrigen Sessel, die einem das Gefühl gaben, man liege auf einem Haufen mit Federn gefüllter Säcke, kannte Ludwig aus der alten Wohnung, und an der Wand neben der Jugendstilkaminattrappe aus unruhigem düsterem Lahnmarmor lehnte auch die kupferstichartige New-York-Ansicht. Der Nagel darüber stammte noch von den Vormietern. Auf dem Boden aber war eine alte Spielzeugeisenbahn aufgebaut, eine Acht aus Schienen und eine große Lokomotive mit Tender und drei Waggons, nicht elektrisch, sondern zum Aufziehen. »Sie funktioniert nicht gut«, sagte der Anwalt und tippte mit dem Fuß gegen die Lokomotive, so daß sie umkippte, »erst ist sie zu schnell, so daß die Waggons entgleisen, und dann läuft sie auch schon aus. Das war mein Weihnachtsgeschenk für meine Frau. Wir saßen hier zwischen den Umzugskartons – die Kartons sind immer noch nicht ausgepackt, aber hier gibt es so viele Zimmer, daß man sie nicht sehen muß –, und die Schienen liefen im Kreis um einen kleinen Weihnachtsbaum, fertig geschmückt im Blumengeschäft gekauft. Es war eine große Überraschung. Sie hat vor Freude geweint.«

Ludwig war verlegen. Fast war es, als wolle der Anwalt selbst zu weinen beginnen. Ihm war offenbar auch nicht wohl zumute. Mit dem Fuß versuchte er, den Zug wieder aufzustellen, aber das gelang nicht, obwohl er sich Zeit nahm.

Der Nagel über dem Kamin war frei. Ein gutes Omen. Ludwig hatte sein Paket bei sich, den Schatz aus den Ostseedünen. Wäre er nur schon richtig gerahmt gewesen. Er zögerte, ihn einfach an diesen Nagel zu hängen, weil er fürchtete, der »Strand bei Zingst« könne auf der rauhfaserpockigen salbengelben Wand mickrig aussehen. Wenn das Bild aber ein helles Viereck abdeckte, war seine Anschaffung wirtschaftlich gerechtfertigt, denn alle Räume neu streichen zu lassen, kostete mehr.

»Sie wundern sich vermutlich über das Geschenk«, sagte der Anwalt, der den Zug nun in Frieden ließ, »es ist kein Geschenk für eine Frau, außer sie interessiert sich für altes Spielzeug, aber meine Frau mag kein altes Spielzeug und sammelt nichts. Es war ein symbolisches Geschenk. Ich habe ihr damit etwas Heißersehntes geschenkt. Dieses Spielzeug hier auf dem grünen Teppichrasen stand für etwas Größeres, Vollständigeres. Es stand für eine Aufgabe, einen Lebensinhalt. Jeder Mensch braucht einen Lebensinhalt, auch meine Frau. Ich war in der glücklichen Lage, ihn ihr zu beschaffen. Kennen Sie den Palmengarten?«

Das war die Frage eines Neubürgers.

»Ein Entenehepaar landet hier gelegentlich und watschelt im Gras draußen herum, das Federkleid des Weibchens ist braun-weiß wie eine kleingemusterte Kittelschürze, und der Erpel trägt seinen hellgrauen Sommeranzug mit weißem Kragen zum dunkelgrünen Kopf. Sie kommen aus dem Palmengarten und fliegen nach einer Weile wieder dorthin zurück. Enten sind treu. Wußten Sie das?«

An Sonntagen, wenn sich aus Omnibussen die Bewohner ländlicher Gebiete in den Park ergossen, watschelten viele menschliche Entenpaare über die geharkten Wege, an Steckkissen von Primeln, Bottichen voll Hyazinthen, Klettergerüsten voll Rosen vorbei. Durch die pastellfarbenen Blusen der Frauen, die ihre steifen Kostümjacken ausgezogen hatten, sah man die Träger und Gestänge der Büstenhalter. Die Männer waren in Hosenträgern und trugen ihren Frauen die Handtaschen. Solche Busgesellschaften erfrischten sich mit Fürst-Pückler-Eis und Flaschenbier. Ludwig stellte sich immer vor, daß auf der Heimfahrt allen schlecht wurde.

Zwischen diesen in der Herde geführten sonntäglichen Besuchern bewegte sich Frau von Schenkendorff geschäftig. Eine Sonnenbrille hütete auch an verhangenen Tagen ihr Inkognito. In der Einkaufstasche trug sie einen Haufen Brotkrümel, die sie nachmittags während ihrer Teestunde vorbereitete, wie sie im Ersten Weltkrieg Scharpie für die Lazarette gezupft hatte. Mit harten orangefarbenen Schnäbeln fuhren die Enten in die Einkaufstasche. Sie erwarteten sie ungeduldig, die Schnabelstöße entzückten ihre Patronin. Wenn sie nicht erschien, weil sie bettlägerig war, wußten die Enten im Palmengarten als erste, daß ihr etwas fehlte.

Die Enten mußten sich nicht waschen, nur mit dem Schnabel gelegentlich ordnend zwischen die Flügelfedern fahren, wo zwischen Hellgrau und Hellbraun das Stück

Pfauenfeder, der metallisch glänzende Streifen, saß. Das Wasser machte sie nicht naß, ob es von oben oder von unten kam. An Regentagen, wenn der Park troff, wenn die Wassertropfen aus den rauschenden Baumkronen herauszuregnen schienen, jedes Blatt Tränen weinte und die luftigen Riesenkörper der Blutbuchen und Kastanien erschauerten, wenn große klare Pfützen auf den Sandwegen aussahen wie überall hervorbrechende Quellen und die Blüten ihren Duft verloren, als werde er von dem vielen Wasser verdünnt, dann wanderten die Enten in glänzender Verlassenheit durch das tropfende, rinnende Reich, und wenn sie sich gelegentlich schüttelten und die Tröpfchen weiß wie Hagelkörner von ihren Federn sprangen, war das Gefieder gleich wieder staubtrocken.

An einem Sommerabend nach einem langen Regen, als sich ein strahlendes Himmelsblau zwischen die grauen Wolken schob und unversehens kühles Rosa die Wolken übergoß, war Ludwig dem Anwalt und seiner Frau im Palmengarten begegnet, einem dahinwandelnden Paar, das einen Regenschirm dabeihatte und sich offenbar allein glaubte. Der Anwalt hatte den Arm um die Schulter seiner Frau gelegt und versuchte sie im Gehen hin und wieder zu küssen, was aber nicht so leicht gelang, denn das Laufen hielt die Wange, die er küssen wollte, in ständiger Bewegung. Beide lachten, das hörte man in der Stille von ferne, und Ludwig schlug sofort einen Seitenpfad ein.

»Meine Frau gehört einer anderen Generation an als ich«, sagte der Anwalt jetzt, »es genügen heute schon ein paar Jahre, um andere Generationen mit anderen Erfahrungen und Wünschen entstehen zu lassen. Ich bin noch im Krieg geboren, und sie ist schon ein richtiges Friedenskind wie Sie ja auch. Aus der Perspektive kleiner Kinder unterscheiden sich Krieg und Frieden wohl kaum, wenn man, wie ich, von Bombennächten und Tod der Eltern verschont geblieben ist. Und doch ist alles anders, die Welt wird aus anderen Augengläsern angeschaut. Vielleicht sind die Unterschiede zwischen den unmittelbar aufeinanderfolgenden Generationen besonders kraß. Wenn ich Sie vor mir sehe, der Sie ja wiederum fünf Jahre jünger als meine Frau sind, dann empfinde ich viel weniger Trennendes.«

War das ein Kompliment? Wollte der Anwalt damit eine Geistesverwandtschaft ausdrücken? Beklagte er einen Mangel an Intimität im Verhältnis zu seiner Frau? Und doch hatte Ludwig sie als Liebespaar durch den verlassenen Park wandern sehen, entspannt wie nach einer Umarmung im Regenrauschen bei weitgeöffneten Fenstern. Das Vorbeiziehen des ganz in sich versunkenen Paares erinnerte Ludwig daran, daß in seinen Kinderjahren der Palmengarten ein Liebesgarten war. Wie Kobolde aus dem Gefolge des Puck, die durch den mittsommernächtlichen Wald toben, um Liebespaare zu erschrecken, zogen die Kinder durch die dunklen Gebüsche und pirschten sich an einsame Bänke heran. Der Impuls zu diesem Anschleichen entstand stets plötzlich, mitten in anderen Spielen. Die Liebespaare waren Studenten von der nahen Universität, aber den Kindern erschienen sie alt, es war Ludwig unbegreiflich, wie Männer mit langen Hosen und Bügelfalten und verdrückten Krawatten mit kleinen Pünktchen und Frauen mit weiten Röcken und hohen Absätzen solches Vergnügen empfinden konnten, sich an warmen Tagen unter Blätterwogen derart ineinander zu verwickeln, daß sie, wenn die Kinder mit Gebrüll aus dem Rhododendronbusch hervorbrachen, kaum voneinander loskamen.

Am Weiher erhob sich eine Tuffsteingrotte, in der es nach dem Dreck der Schwäne roch. Durch den Steingarten mit den Alpenpflanzen führten kleine Pfade. Der botanisch Interessierte gelangte auf ihnen zu fleischblättrigen Gewächsen, die zwischen Felsritzen wuchsen. An den verborgensten Winkeln standen immer wieder Bänke, geschützt von schwarzem Taxus. Die zu Matsch zerfallenden roten Taxusbeeren weckten in Ludwig die Vorstellung von etwas Übelriechendem, obwohl sie tatsächlich nach fast nichts rochen. Vielleicht waren es die zerknäulten Papiertaschentücher zwischen ihren Wurzeln, die diese Vorstellung von Schmutz entstehen ließen, ein kindlicher Puritanismus, der eine fremde Körperlichkeit als unreinlich und peinlich ablehnte.

»Ein oder zweimal habe ich mit meiner Frau einen Spaziergang im Palmengarten gemacht«, sagte der Anwalt. »Wenn ich aus dem Büro komme, ist der Palmengarten geschlossen. Das gilt im übrigen für die meisten Institutionen. Museen, Theater sind für mich unerreichbar, ich müßte mir dafür Urlaub nehmen«, das klang schuldbewußt. Es war, als verstehe er, wenn man ihn wegen zu seltener Palmengarten-Spaziergänge verurteile.

Wie hieß seine Frau eigentlich? Niemals sagte er: »Ich habe dies oder jenes mit Annette oder Elisabeth oder Maria getan«; immer war sie »meine Frau«. Daran war nichts Auffälliges, viele Leute redeten so. Auch Ludwigs Vater sagte »meine Frau«, und Ludwigs Mutter fühlte sich damit vollständig erfaßt, sie war »seine Frau«, zu allererst und hauptsächlich war sie das und nun schon so lange, daß andere Stadien ihres Daseins längst unwahrscheinlich geworden waren. Aber war die Frau des Anwalts in diesem Sinne »seine Frau«? Oder glaubte er, sie könne »seine Frau« werden, wenn er sie nur lange genug und gegen alle inneren Zweifel so nannte?

»Ich weiß nicht, ob ich Ihnen das alles erzählen soll«, sagte der Mann, aber seine Stimme klang nicht nach Ungewißheit. Es war eher, als suche er einen Anfang. Ludwig erinnerte sich der Worte des Apostels Paulus, die allerdings von den Tugenden des Priesters und nicht vom Kunsthändler sprachen: »Ihr sollt allen alles sein.« Er war bereit, dem Anwalt alles zu sein, wenn er dadurch dem Ziel näher kam, den »Strand bei Zingst« ins Spiel zu bringen. Er war sich jetzt klar, daß Geld in diesem Haus »überhaupt keine Rolle spiele«, wie man sagte, wenn es die erste Rolle spielte. Das Haus war, an Frankfurter Verhältnissen gemessen – Frankfurt war nicht Hamburg –, ein außergewöhnliches Haus. Es war mit Sicherheit teuer. Die Lähmung, die seine Bewohner nach dem Erwerb befallen hatte, hatte nichts mit einer Erschöpfung ihrer Mittel zu tun, sie war seelischer Natur. Die beiden waren keine Augenmenschen, und noch weniger besaßen sie Vorstellungsvermögen. Blank wie geputzte Schiefertafeln lagen die Räume vor ihnen. Nun mußte man etwas darauf schreiben, und da fiel ihnen nichts ein. Daß sie mitten im großen Salon eine Eisenbahn aufstellten, war nach Ludwigs Gefühl ein gutes Zeichen. Es deutete darauf hin, daß man das Bedürfnis nach Ungewöhnlichem in sich fühlte, daß man die Räume wie eine Landschaft sah, daß man ihre Leere genoß, das Hallen wie in großen Eisenbahntunnels.

»Sie sind hierhergekommen, weil Sie bei uns anfangen wollen«, sagte der Anwalt, der vom Ausgang des Examens also nichts gehört hatte. »Ich weiß gegenwärtig nicht recht, was werden wird. Ich will für die Zukunft nichts ausschließen. Sie kennen meine Frau, nicht wahr?«

Ludwig glaubte plötzlich, daß der Mann etwas getrunken habe, drei oder vier Cognacs auf nüchternen Magen.

Das erste Jahr sei schrankenlos glücklich gewesen, sagte der Anwalt.

Eine Frau mit hohen Backenknochen und rotgefärbtem Haar guckte ins Zimmer, das war die Putzfrau. Der Anwalt schickte sie Kaffee kochen.

»Kaffee für zwei?« fragte die Frau mit fremdartiger Sprachmelodie.

»Wir nehmen für zwei, sonst kocht sie zu wenig«, sagte der Mann. Er blieb wohl beim Cognac.

Ein Fresko malte der Anwalt von seinem ersten Ehejahr, einen farbigen Fries in freundlichen Farben. Nie war es ihm so wohl in seiner Haut gewesen. Nie hatte er soviel geleistet.

»Ich habe jeden Tag von halb acht morgens bis zehn Uhr abends gearbeitet«, sagte er zufrieden. Den ganzen Tag Arbeit, besonders effizient, besonders schnell, sogar genial. Alles gelang. Abends holte seine Frau ihn von der Kanzlei ab. Sie war gebadet und ausgeruht, er war wohlig erschöpft. Sie gingen ins Kino, gleich in welchen Film. Der Anwalt war Cineast.

»Für Cineasten ist jeder Film interessant«, sagte er, »gute und schlechte Filme gibt es nur für Laien.« Sie hatte ein Picknick vorbereitet, harte Eier und Tomaten, die er im Dunkeln neben ihr aß. Einmal liebten sie sich in einer leeren Spätvorstellung. Daß der Saal doch nicht ganz leer war, bemerkten sie, als es zu spät war. Es war der einzige Film, den sie vorzeitig verließen. Er mußte immer alles bis zu Ende sehen.

Sie hatten ihr Ritual. Nach dem Kino gingen sie zum Bahnhof, um die Zeitung des nächsten Tages zu kaufen. Das hatte etwas von Zeitdiebstahl, von einem Vorausschießen über den Tag, an dem man gerade lebte. Dann in ein finsteres Lokal, eine schwarzlackierte Diskothek, ein Transvestitenloch, eine Bar für schwarze Amerikaner, eine Hurenbar. Das war großstädtisch und jugendlich, er bewies ihr damit, daß sie ihre Jugend nicht an ihn verschwende. Und auch Ludwig erfuhr nun, daß ein tüchtiger, von morgens bis abends hart arbeitender Anwalt kein trockener Schleicher sein mußte. Vollständig wie seine Schriftsätze und lückenlos wie seine Plaidoyers organisierte er auch das Vergnügen.

»Ich habe keine besonderen Vorlieben«, sagte der Anwalt, »ich bestehe auf Qualität, das ist alles. Ich bin immer noch bereit, meine Frau zu begleiten, wohin es ihr Spaß macht, zu Mick Jagger oder nach Oberammergau, zu afrikanischen Trommelgruppen oder in die Scala. Das war für mich niemals die Schwierigkeit. Die Schwierigkeit lag bei ihr: sie wußte nicht, was sie gerne machen würde.«

»Waren Sie schon mal an der Ostsee?« fragte Ludwig unvermittelt. Das war ein Husarenstreich an Geistesgegenwart.

»Irgend etwas ist mit dem Bild nicht in Ordnung«, sagte der Anwalt, nachdem er eine Weile auf das unter munterem Reden ausgepackte Werklein blickte. »Wirft die Farbe Blasen und platzt ab? Ist das Ding in die Nähe von Feuer gekommen? Was sind denn diese vielen kleinen Pöckchen? Ist das eine besondere Technik?« Jetzt war Ludwigs Stunde gekommen. Er schilderte die Ostsee, das schlechte Wetter, das Wagnis des großen Mannes, sich ungeschützt den Natureindrücken auszusetzen, den Verzicht des großen Mannes auf die »schöne Aussicht«, diese Gleichgültigkeit gegenüber dem gefälligen Motiv, statt dessen der Sand als eigentliches Motiv, dummer, massenhafter Sand, wüstenhaft – das Große an einem großen Maler sei, hinter dem Strandkorb bei Zingst das ganze Entsetzliche der Sahara zu ahnen, obwohl in dem Strandkorb eine Tasche mit gekochtem Schinken und einem Flacon Kirschgeist wartete.

»Es ist weniger sandig als sirupartig. Was die Dünen sein sollen, kommt mir vor wie ein mit schwarzem Apfelkraut beschmiertes Butterbrot«, sagte der Anwalt in geistesabwesender Klarsicht. Er setzte das Bild mit größter Behutsamkeit auf den Boden und lehnte es an die Wand neben den New-York-Kupferstich. Sollte Ludwig nun aufspringen und es mit dem Lächeln eines Zauberkünstlers an den Nagel über dem Kamin hängen? Aber vielleicht war der Platz neben dem New-York-Bild der ehrenvollere? Er blieb im Sessel sitzen.

»Sie kennen, wie gesagt, den Palmengarten«, fuhr der Anwalt fort. »Sehen Sie, meine Frau ist für eine normale

Arbeit, eine Arbeit, für die man sich morgens ins Büro begibt und dort bis zum Abend bleibt, nicht gemacht, obwohl es ein Büro war, wo ich sie kennengelernt habe.« In der großen Kanzlei, in die der Anwalt nach seinem glänzenden Examen eingetreten war, war die Atmosphäre sehr unpersönlich. Über Vorzüge und Nachteile untergeordneter Angestellter wurde nicht gesprochen. Es herrschte da auch ein gewisser Wechsel. Die Schreib- und Empfangs- und Telephondamen kamen mit den Anwälten kaum in Berührung. Ihr Chef war der Bürovorsteher, an den sich auch die Klagen über unzuverlässige Arbeit richteten. Es war ungewöhnlich, daß der Anwalt gleich am ersten Tag gewarnt wurde, seine Briefe möglichst nicht von der großen Dunkelhaarigen schreiben zu lassen. Die große Dunkelhaarige war unbeliebt. Man wurde sie aber nicht los. Außerdem sprach sie Französisch. Arbeitsrechtlich gesehen war es auf jeden Fall die erfreulichste Lösung, daß der Anwalt sie heiratete.

»Man könnte über mich sagen: er hat seine Sekretärin geheiratet. Aber das stimmt nicht«, sagte der Anwalt. »Sie war niemals meine Sekretärin. Dazu wäre sie überhaupt nicht in der Lage gewesen. Außerdem ist sie gar keine Sekretärin. Sie ist in diesen Beruf hineingerutscht, und sie hat nichts unternommen, um sich daraus wieder zu befreien. Niemals würde sie das tun. Sie ist lieber unglücklich und läßt sich täglich zurechtweisen.« Als feststand, daß sie heirateten, war sie am nächsten Morgen bereits im Bett geblieben. Die Auflösung ihres Dienstverhältnisses überließ sie ihrem zukünftigen Mann. Die Gratulationen, die er zu seiner Vermählung empfing, waren aufrichtig.

Nie wieder Sekretärin sein, das hatte er ihr zum Hochzeitsgeschenk gemacht. Aber wie packt man eine solche Gabe ein? Wie überreicht man sie? Sie bestand in etwas Verneinendem, sie feierte ein Nichtsein. Er nahm eine Last von ihren wohlgeformten und bei aller Weiblichkeit durchaus kräftigen Schultern. Jetzt war sie frei.

Dem Anwalt war lange nicht klar, daß er seine Frau mit einem Nichts zu Hause eingeschlossen hatte, während er sich wie ein Gladiator in der Arena seiner Kanzlei verausgabte. Was hatte sie den Tag über getan, diesen Tag, der für ihn vollgestopft war mit Ereignissen? Wie viele Menschen hatte er gesprochen? Die Stimmungswechsel der verschiedenen Telephonate, schneller als in einem atemlos geschnittenen Film. Der Genuß der Formulierungen, die Gereiztheit über die Langsamkeit und Dummheit der Mitmenschen, die stillen Triumphe, die geräuschvollen Kompromisse. Wenn er in seinen Terminkalender sah, war ihm, als habe er den ganzen Tag einen Rennwagen mit Höchstgeschwindigkeit über eine unübersichtliche Piste gesteuert.

Wenn er sie aus dem Büro anrief, ließ sie immer ein paarmal läuten, bevor sie den Hörer abhob. Er sah sie vor sich, neben dem Telephon auf dem Sopha liegen und dem Klingeln zuhören. Warum auch nicht? Es war ihr gutes Recht. Er hatte sich sein Leben genauso eingerichtet, wie er das haben wollte, und er erwartete und hoffte von ihr, daß sie dasselbe tat.

Muß jeder Mensch unbedingt arbeiten? In der Umgebung des Anwalts hätte die Antwort Ja gelautet. Wenn die Ehefrauen seiner Kollegen keine kleinen Kinder mehr hatten, dann taten sie irgend etwas; sie waren Ärztinnen, machten Meinungsforschungsanalysen oder hatten Antiquitätengeschäfte. Das war das übliche. Der Anwalt war zufrieden, wie es war. Wenn seine Frau zu Hause auf dem Sopha liegen wollte, war er glücklich, daß sie es tat.

Nun hatte sich etwas ereignet, das den Frieden störte. Es war offenbar etwas Böses geschehen. Die Frau auf dem Sopha war nicht glücklich, zu Anfang vielleicht, aber immer schneller immer weniger. Was geschehen war, sagte der Anwalt nicht. Plötzlich sah er sein Leben und das Leben seiner

Frau in neuem Licht. Er entfaltete jetzt gesellschaftlichen Eifer und begann, mit ihr auszugehen. Seitdem er zeigte, daß er sich mit seiner Frau sehen lassen wollte, wurden sie viel eingeladen. Er führte seine Frau »unter Menschen«, wie er sagte. Sie sollte Freundschaften schließen. Das Leben mit ihr allein war ein Traum gewesen, aber er war bereit, auf diese intimen Abende zu verzichten.

Sie blieben Fremdkörper im Gesellschaftsleben. Die Frau schwamm durch eine Cocktailmenge, als seien die Menschen Wasserpflanzen und Felsen und Pfähle von Bootsstegen. Er unternahm den Versuch, Abendessen zu geben, in Restaurants oder in der Wohnung, in der ein Traiteur mit Stühlen, Tischen, Blumen und Kerzen Restaurantstimmung erzeugte. Die Abende waren Desaster, der Anwalt fühlte sich danach ausgeleert wie von der härtesten Arbeit nicht.

Nach einem solchen Abendessen war er, was sonst nie geschah, am anderen Morgen im Bett geblieben. Er hatte einen Kater und zwar nicht vom Wein. Und während er im Bett lag und an die Zimmerdecke guckte, denn auf seinem Nachttisch lag kein Buch, das Schlafzimmer war für einen Aufenthalt in wachem Zustand nicht eingerichtet, empfand er in seiner allgemeinen Übelkeit und Zerschlagenheit auch eine leise Angst, in den Vormittag seiner Frau einzudringen und sie womöglich von etwas abzuhalten, etwas Privatem, das sie in seiner Gegenwart unterdrückte. Er fürchtete, durch sein ungewohntes Verweilen lästig zu sein. Gegen Abend raffte er sich auf. Es war warm draußen. Er wollte sich von seinem Verdruß darüber ablenken, daß eine Schwäche in seinem Leben enthüllt worden war. Sie gingen in den Palmengarten.

»Kennen Sie im Palmengarten die kleine Eisenbahn?«

Ludwig haßte die kleine Eisenbahn im Palmengarten. Sie sollte den Park für Touristen anziehender machen. Der Park war einst in verschiedene, optisch voneinander getrennte Regionen aufgeteilt, die ihn, für ein Kind jedenfalls, sehr groß erscheinen ließen. Die Beete im französischen Stil am Eingang, die Fontäne, die Konzertmuschel und die Gewächshäuser bildeten den städtischen Teil, in dem ein boulevardartiges Gedränge herrschte, die Luft von Wasserrauschen, Stimmen, Schritten auf Kies und der Musik der Kapelle erfüllt war. Diese Gegend des Parks verkörperte die Idee von Nizza oder Cannes, mit Blumencorso und Hotels und Palmen und Eisbechern aus Hotelsilber unter Sonnenschirmen.

Hinter dem Gesellschaftshaus lag ein großer Teich mit vielen Buchten und kleinen Inseln. Das Gelände um ihn herum war aufgeschüttet, so daß ihn Hügel mit hohen Bäumen einfaßten. In der Uferböschung steckten Felsbrocken, die wie in einem japanischen Tempelgarten ein Felsgebirge symbolisierten. Nahe der nach Schwanendreck riechenden Grotte stand eine Alpenhütte aus Holz mit einem Balkon unterm Giebel, die Anlegestelle der Ruderboote. Hier war man am Vierwaldstätter See, im Hochgebirge, in der Schweiz.

Ein anderer Teil war englischer Park mit dichtem Rasen und alten Bäumen und Ausblicken auf sanft geschwungene, einem Bachlauf folgende Wege, ein weiterer Teil war ein um einen Gartenpavillon herum angelegter Rokoko-Rosengarten. In Ludwigs Kindheit gab es aber auch vernachlässigte Regionen, in denen der Park friedhofsmäßig düster vor sich hin schlief, wo das Taxusgehölz die anderen Pflanzen verdrängte und nur ledriger Efeu den Boden bedeckte. Von einem im Krieg zerstörten Gewächshaus war ein Plateau erhalten, auf dem hohe Steinvasen standen. Die Kinder glaubten, hier habe ein Schloß gestanden, dies Plateau hieß bei allen Spielen und Verabredungen stets »das Schloß«. Dahinter begannen die Pflanzschulen, Glasbeete, niedrigen Gewächshäuser, ein Reich aus Torf und Gießkannen. Abends saßen hier Fasane und pickten Samen. Wenn Ludwig als Kind den Palmengarten betrat, empfing ihn hinter dem Kassenhäuschen eine gedrängte, stark farbige, stark duftende, orgelartig brausende, knirschende, plätschernde, tönende Welt. Unter den Bäumen mit ihrem roten, hellgrünen, schwarzen und silbernen Laub waren die Schatten stärker, auf den Wasserflächen blitzten die Lichter heller als jenseits der Mauern. Hier erst herrschte die wahre Verschiedenheit, das Meer und die Berge lagen zur Disposition und auch das Gestrüpp, staubiges Gehölz, ein weiter Spielplatz mit gußeisernen Wippen und Schaukeln aus der Kaiserzeit, auf denen er bis in das Laub der Kastanien schwang, und die von schimpfenden Gärtnern gehüteten Zucht- und Nutzgärten.

Ludwig war erwachsen, als er den Park wieder betrat. Im Park blühten nun zehnmal soviel Blumen, zeigten doppelt so viele Gewächshäuser seltenere Pflanzen, war der letzte Winkel erschlossen. Und um die neugeschaffenen Herrlichkeiten herum führte eine Eisenbahn, der Zugwagen mit dem Motor war putzig als Dampflokomotive maskiert, und dahinter folgten offene mit Markisen dekorierte Waggons, in denen die Besucher des klein gewordenen und durch die Kürze der Fahrt noch viel kleiner werdenden Parks mit Eistüten und Photoapparaten Platz nahmen. Der Park hatte nur noch Schauseiten, man konnte sich nicht mehr wie früher hinter die Kulissen begeben.

Als der Anwalt und seine Frau an jenem Abend im Palmengarten spazierengingen, hatte die Eisenbahn ihren Betrieb noch nicht eingestellt. Sie kauften eine Fahrkarte, die Schaffnerin setzte sich in den Triebwagen, und die Fahrt begann. Der Anwalt blickte vorsichtig zu seiner Frau hinüber. Sie hatten seit Stunden vermieden, sich anzusehen. Er traute seinen Augen nicht. Sie lächelte.

An der Endhaltestelle kamen sie mit der Lokomotivführerin ins Gespräch. »Sie haben Glück gehabt«, sagte die Frau, »dies war die letzte Fahrt. Nicht nur für heute, sondern überhaupt.« Sie habe diese Eisenbahn geliebt. Die Arbeit sei hochinteressant gewesen. Man sei mit Menschen zusammengekommen. Heute nachmittag sei zum Beispiel ein Ehepaar aus Neuseeland dagewesen. Was es in Neuseeland alles gab, war kaum zu fassen.

»Und jetzt?« fragte die Frau.

»Schluß, Schluß, Schluß«, sagte die Lokomotivführerin. Niemand habe die Kosten für die Eisenbahn durchgerechnet. Sie erhalte das Fahrgeld – das klinge gut, aber man rechne einmal nach! Fünfzig Pfennige hätten sie eben beide bezahlt. Das sei eine Mark. »Eine Mark verdient an dieser Fahrt.« In ihrer Stimme lag Hohn.

Der Himmel war jetzt aprikosenrosa. Es ergoß sich eine wehmütige Abendsüße über die drei, die neben dem Bähnchen standen. Der Untergang der Sonne schuf eine Stimmung von Zeitlosigkeit, da erschien die Rede vom Abschied unwirklich.

»Für meine Frau stand in diesem Augenblick fest, die Eisenbahn zu übernehmen.« Genau das war es, was sie immer gesucht hatte. Der Anwalt fand es, anders als Ludwig, sinnvoll, daß durch einen solchen Park ein Bähnchen fuhr. Es machte keinen Krach, und es belebte den Park. Das Bähnchen beförderte schnell und leise eine große Menschenmenge, die sonst über die Wege getrampelt wäre. Nein, kein Wort gegen das Bähnchen. Nur für seine Frau hätte er sich, wenn sie denn durchaus wieder arbeiten wollte, etwas anderes gewünscht. War dieses Einkassieren und Herumfahren nicht dem Taxifahren oder dem Sitzen an einer Ladenkasse verwandt? Der Anwalt war nicht plump, aber als sie spürte, daß er ihr diesen Wunsch nicht erfüllen wolle, wandte sie sich ab und verstummte.

Binnen kurzem kämpfte der Anwalt mit seiner ganzen Kraft darum, ihr das Eisenbähnchen zu verschaffen. Leicht war das nicht. Die Vorgängerin war, anders als sie es unter rosafarbenem Himmel dargestellt hatte, wegen des Verdachtes der Untreue aus ihrem Amt gedrängt worden. Ein Ersatzmann stand schon bereit. Der Anwalt sprach mit dem Mann und handelte eine Abfindung aus. Das alles zog sich hin. Im Winter verkehrte das Bähnchen ohnehin nicht. Es wurde dann in einem großen Schuppen in der Nähe der Pflanzgärten überholt.

Nach Weihnachten führte der Anwalt seine Frau in den Palmengarten. Es hatte nachts leichten Frost gegeben. Auf den Wiesen lag Rauhreif, die Zwergahornbäume mit ihren bizarren Ästen waren zu Glas geworden. Nebel ließ die Welt klein werden. Sie fanden den Schuppen nicht sofort, so groß er war. Die Hecken und die niedrigen Glashäuser machten ihn unsichtbar. Der Anwalt schloß auf. Schienen führten unter der Tür durch, Schienen zogen sich in das Dunkel. Und auf den Schienen stand der Triebwagen mit dem falschen Blechschornstein. Die übrigen Wagen waren im Dämmer zu ahnen. Die Frau wandte sich ihrem Mann zu und gab ihm mit feuchten kalten Lippen einen langen Kuß auf den Mund.

Die Haltestelle der kleinen Eisenbahn lag bei einem Kinderspielplatz mit niedrigen Wippen und einem Karussell für ganz kleine Kinder. Weiter unten begann der große Weiher, am Ufer wuchs Schilf. Sein grünlich dunkles Wasser war unergründlich. Aus der ewigen Nacht hoben sich große Goldfische dem Licht entgegen und ließen sich wieder wegsinken. Das kleine Schweizer Haus hatte die Umgestaltung des Parks überlebt. Das Fenster, das auf den Balkon führte, war stets geschlossen, aber Ludwig stellte sich vor, daß jemand dort wohnte, daß dort ein Leben in Schönheit mit Blick auf den See und die Boote geführt werde. Das Bähnchen fuhr oberhalb des Schweizer Hauses um den Weiher, wie die Bernina- oder die Furtschellas-Paß-Bahn im Engadin über Schluchten und kühne Brückenbauten führt. Wenn man mitten in Frankfurt einen Schweizer Bergsee in Puppenformat anlegte, dann gehörte das Eisenbähnchen einfach dazu, da hatte der Anwalt recht. Die Frau des Anwalts war eigentlich eine Art Sennerin auf den künstlichen Almen des Palmengartens geworden, auf denen statt Kühen Pfauen, Perlhühner und Enten herumspazierten. Das Besuchervolk bewohnte den Park nicht, sondern floß nur hindurch wie das Flußwasser durch eine Reuse.

Als Ludwig jetzt erfuhr, daß die Frau des Anwalts die Palmengartenlok steuerte, war ihm, als sei sie zugleich in das Schweizer Haus eingezogen. Dort stieß sie morgens, wenn Schwärme von Enten spritzend und flügelschlagend auf dem Weiher landeten, die Fensterläden auf und blickte in eine jungfräuliche Landschaft, die von künstlichen Regenfällen erfrischt, von Rechen geharkt, von Gartenscheren gestutzt und von im Morgengrauen ausgewechselten Blumenkübeln überraschend neu geschmückt war. Nicht fern stand ihre Lokomotive. Der Tau lag auf dem Tender. Die Pforten des Parks waren noch geschlossen. Jetzt fand sein eigentliches Leben statt.

Das Schweizer Haus mit seinem Balkon war in Wahrheit bereits vergeben. Zum Wohnen war es nicht eingerichtet; das Wohnen dort war in der Dienstanweisung sogar ausdrücklich ausgeschlossen. Das kümmerte den Bewohner aber nicht. Es war der Bootsverleiher, neben der Frau mit ihrer Eisenbahn der zweite halbselbständige Unternehmer des Parkes. Er war ein kräftiger, schwerer Mann mit weich geschwungenen und gewölbten Muskeln, die etwas Weibliches, Molliges hatten, so voll und rund waren die Brüste ausgebildet. Sein blondes Haar war sehr fettig und dadurch dunkel, seine großen Hände waren wie durch allzulange Aufenthalte in der Badewanne aufgeschwemmt und aufgeweicht. Wären die Beine nicht kurz und das Becken recht breit gewesen, hätte man ihn für einen Modellathleten genommen. Der Bootsverleiher trug sich strandmäßig mit einem breit rotweißgeringelten Tricot, unter dem die Körperpracht plastisch hervortrat. Er wirkte dort mit seinen Booten einzelgängerisch, ja einsiedlerhaft, vor allem an den Regentagen, aber er entstammte einer vielköpfigen und traditionsreichen Schaustellerfamilie mit Schießbuden und großem Karussell. Im Herbst, wenn der Bootsverkehr zum Erliegen kam, trat er wieder in Familiendienste und schraubte mit weichen aufgetriebenen Pranken das Karussell zusammen. Es gelang ihm ohne Hilfe, ein Boot über die Uferböschung ans Land in den Bootsschuppen zu ziehen und dort aufzubocken, wenn etwas zu reparieren oder anzustreichen war. Die Frauen, die sich von ihren Freunden über den Weiher rudern ließen, kreischten oft, wenn das Boot schwankte. Bei dem Bootsverleiher, der über die zusammengeschobenen Boote mit unbekümmertem Aufstampfen wie über festes Land kletterte, neigten sich die Boote, als duckten sie sich vor ihm. Konnte man in dem Palmengartenweiher eigentlich ertrinken? In der Mitte des Weihers konnte ein Erwachsener nur auf Zehenspitzen stehen. Der Bootsverleiher trug Verantwortung. So still und nachdenklich er sich zwischen dem Schweizer Haus und dem Bootssteg hin und her bewegte, so laut schallte seine Stimme, wenn böse Buben anfingen, andere Boote zu rammen und mit den Rudern das grüne Wasser spritzen zu lassen. Dann kam wieder das helle Kreischen aus weiblichen Kehlen, das an heißen Sommertagen wie der Schrei der Möwen über dem Weiher lag.

Der Bootsverleiher hatte ein kleines Radio, dessen langen silbernen Antennenzauberstab er immer neu ausrichtete. Der Empfang war schlecht. Er hörte nie Musik und stellte sofort einen anderen Sender ein, wenn etwas Musikalisches angekündigt wurde. Die sonoren Stimmen der Sprecher mit ihrer geschulten, gelegentlich überakzentuierten Sprechweise erzeugten das Murmeln, das seine Arbeit untermalte.

Versunken saß der Bootsverleiher in einem Deckstuhl. Wer ihn ansprach, wurde mit einem langen Blick bedacht. War man reif genug, um mit einem Boot umzugehen? Ein Boot hat Persönlichkeit. Der Blick des Bootsverleihers wanderte über die freien Boote, die am Steg festgemacht waren. Er bedachte die Eignung der Boote und den Charakter und Körperbau der Mieter. Weil es denn einmal sein sollte, machte er schließlich das Boot Nummer sieben los. Der Bootsmieter und seine Freundin setzten sich auf die Sitzbretter. Das Boot schwankte. Der Bootsverleiher gab dem Boot einen kraftvollen, mehr schiebenden als stoßenden Tritt. Er war wie der an Land gesprungene Wilhelm Tell, der im Sturmesbrausen das Boot seiner Häscher zurück ins Chaos stößt. Es glitt aufs offene Wasser hinaus. Jetzt war das Ufer schon weit und das gegenüberliegende noch nicht nah. Blank dehnte sich die Fläche aus, in der sich die Wolken spiegelten. Modergeruch umfing die auf der Wasserfläche Ausgesetzten, wie vom Meer die Salzluft aufsteigt.

Wer hatte den Bootsverleiher je rudern sehen? Ebensogut könnte man fragen: Wer hat je einen Bademeister schwimmen sehen? Der Bademeister verbringt Sommer für Sommer am Beckenrand sitzend, in seinen weiten kurzen Hosen, die keine Badehosen sind, und läßt sich von der Sonne ausdörren wie ein Stockfisch. Und auch der Bootsverleiher mit seiner Hand für die Boote, die unter seinem schweren Schritt gehorsam erzitterten, kam niemals auf den Einfall, sich eine stille Abendstunde lang, von dem ernsthaften Murmeln des Radios begleitet, auf dem Teich zu bewegen und die rosafarbene Spiegelfläche mit den Rudern zu zerteilen und in Tinte verwandelt zu sehen. Die Intimität, die ihn mit den Booten verband, verbot, vom Bootsverleiher zum Bootsmieter werden. Nachts schloß er die Boote an eine starke Kette, als hätte er Stiere gefesselt.

Im Bootshaus gab es weder fließendes Wasser noch ein Klosett. Der Bootsverleiher schlief auch nicht jede Nacht dort. Er hatte sich in dem Balkonzimmer ein Matratzenlager gebaut. Die Wände waren aus rohem Holz, es sah berghüttenmäßig dort oben aus, und man vergaß vollständig, daß bald hinter dem Schweizer Haus eine vierspurige Stadtautobahn die Luft mit nie abreißendem Brausen erfüllte. Warum sollte man dieses Brausen nicht für das Rasen eines Sturmes nehmen, der über eisige Felswände weht, den ewigen Schnee in kleinen Wölkchen vor sich her treibt und sich in den Klüften und Echowänden fängt? Der Bootsverleiher hatte eine Petroleumlampe, die ein trauliches Licht verbreitete. In einem Eimer holte er bei den Gewächshäusern Wasser. In den morgendlichen Frühnebeln hätte ein Eindringling den Bootsverleiher sehen können, wie er nackt vor dem Schweizer Haus stand und den Eimer über sich goß. Aus dem Haus drang Kaffeeduft. Das Radio murmelte wie zum Zeichen, daß die Zirkulation des Bootsverleihers nach dem frostigen Guß zu kreisen begann. Dies war Leben in seiner reinsten Form. »Ich lebe«, hätte der Bootsverleiher, mit seiner Neigung zum Sinnieren, an einem solchen Morgen sagen können.

Der Bootsverleiher saß fest dort unten im Tal. Die Frau des Anwalts war die sich unablässig Bewegende, sie lenkte das Bähnchen durch einen weiten Teil des Parks und kehrte zurück, ohne angehalten zu haben. Abends fuhr sie den Zug in den Schuppen. Dort schloß sie ihn ein und machte sich mit dem großen Portemonnaie voll kleiner Münzen auf den Weg zum Kassenhäuschen, wo ihr Auto stand. Sie hatte ihre Reithosen an während der Arbeit, als sei der Triebwagen ein starkes Roß, dazu aber keine Reitstiefel, sondern leichte, handschuhdünne Stiefelchen. Das Haar hatte sie hochgesteckt, um den Hals trug sie Seidentücher mit aufgedruckten Zaumzeugen und Sätteln und Trensen. Der Schuppen des Bähnchens war ihr Stall. Es wurde, wenn die Sonne darauf schien, darin kreatürlich dumpf und warm.

So schweigsam die Frau sonst war, mit den Fahrgästen kam sie stets ins Gespräch, vor allem wenn es nur wenige waren. Anders als ihre Vorgängerinnen liebte sie die »schlechten Tage«.

Bei den Leuten, die eine Fahrt mit dem Bähnchen machten, und den Leuten, die ein Boot mieteten, gab es wenige Überschneidungen. Das war ein anderer Menschenschlag. Die Bähnchenfahrer wollten nicht laufen, sie wollten nichts entdecken, sondern alles auf dem Tablett serviert bekommen. Die Frau des Anwalts verstand das. Sie verabscheute aufwendige Buffets bei großen Einladungen, weil sie der Zwang zur Wahl um jeden Appetit brachte. Was ihr serviert wurde, aß sie auch auf. Es war weniger Anspruchslosigkeit oder Gleichgültigkeit in solcher Folgsamkeit enthalten als Dankbarkeit. Auch bei den Fahrgästen vermeinte sie oft, Dankbarkeit, in Spuren wenigstens, festzustellen.

»War das aber schön.« Dies Bekenntnis von den Lippen alter Frauen machte sie zutraulich. Sie selbst empfand die Fahrt als unerhört reizvoll. Nun saß sie allerdings vorn im Triebwagen und konnte die Geschwindigkeit regulieren. Das machte schon etwas mehr Spaß, als nur zu gucken. Von fern blickte sie, wenn sie abfuhr, noch ein ganzes Stück auf den Weiher hinab. Dabei sah sie natürlich auch den Mann, und sie hörte auch seine weithin tragende, dem Stiergebrüll gleichende Stimme und ihre wortlosen Mahnungen, aber sie sah ihn nie so nah, daß sie auch nur sein Gesicht und sein Alter hätte erkennen können. Sein Radius war klein, und wenn er die Petroleumlampe anzündete, hatte sie den Park längst verlassen. Das reizende Bild eines Lämpchens im Dachfenster des Schweizer Hauses, das sich auf dem Weiher spiegelte, kannte sie nicht. Hätten die beiden Parkunternehmer, die Zugführerin und der Bootsmann, nicht eigentlich den Platz tauschen müssen? War das Über-die-Hügel-Schweifen nicht etwas Männliches? War das feste Am-Wasser-Sitzen nicht Sache der schönen Müllerin?

Die Frau war jetzt dem Palmengarten verschworen. Sie sprach nicht nur mit den Fahrgästen, sondern auch mit den Gärtnern, die in der Nähe des großen Schuppens Stauden umsetzten. Die Gärtner stammten aus Marokko. Sie scherzten mit der Frau und luden sie nach Hause zum Couscous ein. Sie war nicht abgeneigt, die Einladung anzunehmen, wie sie ihrem Mann sagte. Gegenüber den Gärtnern blieb sie unbestimmt.

Ins Kino gingen sie nicht mehr. Die Frau war abends erschöpft. Den Mann machte die Arbeit munter, sie hingegen mußte sich hinlegen. Die Rhythmen paßten nur noch mit Mühe zusammen. Nur wenn sie beide sich das vornahmen, gelang es ihnen, im gleichen Takt zu schwingen.

Der Park war von Mauern mit spitzen Dornen umgeben, die das Übersteigen erschwerten. Der Palmengarten sollte keiner jener Parks sein, die sich nach Einbruch der Dunkelheit in Schattenreiche der Unordnung verwandeln. So gepflegt wie am Tag war der Palmengarten auch in der Nacht, wenn die Blütenkelche sich schlossen. Freilich lag der Park mitten in Frankfurt. Seine Ränder durchdrang das Licht der Bogenlampen, das Verkehrsrauschen verstummte nie, und in tiefer Dunkelheit heulte fern eine Polizeisirene.

Als sich die Frau des Anwalts eines Abends mit ihrer klimpernden Geldtasche auf den Heimweg machte, war der Himmel noch von einer bereits weggetauchten Sonne ausgeleuchtet, der Taxusheckeneingang, in den sie einbog, jedoch schon finster. Die Schwärze des Gangs fraß alle Gegenstände auf, schmolz sie ein, innerhalb dieser Schwärze war kein Körper vorstellbar. Aber während die Frau mit festem Schritt voranging und die Steinchen unter ihren Stiefeln knirschten, war ihr auf einmal, als verdichte sich die Schwärze vor ihren Augen. Sie war jetzt etwas Festes. Sie war ein schwarzer Mann. Die Frau wäre fast in ihn hineingelaufen, wenn sie nicht, noch drei Schritte von ihm getrennt, das Weiß seiner Augen gesehen hätte.

Die Frau gab keinen Laut von sich. Sie lief in großen Sätzen, die engen Hosen und die leichten Stiefel bewährten sich. Sie wußte nicht, ob ihr der schwarze Mann folgte, aber sie hielt nicht inne und jagte nur immer voran. Vor sich sah sie ein Lichtpünktchen. Jetzt hatte sie das Licht auch schon erreicht. Die Lampe stand auf dem Bootssteg, daneben saß der Bootsverleiher auf seinem Deckstuhl und aß ein Wurstbrot. Das Radio lief. Es empfing sie der Frieden einer Fischerhütte. Der Bootsverleiher war sofort bereit, den Verfolger zu stellen. Mit einer starken Taschenlampe leuchtete er ins Dunkel. Da war niemand. Er wollte den schwarzen Mann suchen gehen. Die Frau bat ihn, das nicht zu tun. Was würde solange aus ihr?

»Ich weiß wohl, daß hier nachts jemand herumschleicht«, sagte der Bootsverleiher. »Hier gehörten große Hunde hin, Mastinos oder Molosser, dann wäre Ruhe.« Die Ruhe kehrte auch so ein. Die Frau war schon wieder gefaßt, obwohl sie noch zitterte. Die Einladung des Bootsverleihers, eine Flasche Bier zu trinken, bevor er sie zum Ausgang begleitete, nahm sie gern an. Sie habe, während sie das Bier auf dem Bootssteg trank, die Augen des schwarzen Mannes aus dem Dunkel auf sich gerichtet gefühlt, sagte sie heiter, als sie ihrem Mann den Vorfall erzählte.

Der Palmengarten war kein irdisches Paradies, das hatte sie jetzt begriffen. Hier herrschte Frieden, nicht weil die Löwen neben den Lämmern lagen, sondern weil die Löwen aus dem Palmengarten, so gut es ging, herausgehalten wurden. Die

Frau fragte sich, ob sie unter den lustigen marokkanischen Gärtnern einen Feind hatte. Der Park stieß im Norden an ein Gebiet, in dem die amerikanischen Besatzungssoldaten wohnten. Auch von dort waren Unholde zu gewärtigen.

Mit dem Erlebnis des Palmengartens als Urwald, in dem einsame Frauen Freiwild waren, kam es zur Bekanntschaft mit dem Bootsverleiher. Wenn im Zwielicht das Gelände unsicher wurde, bot der Bootsverleiher einen vollständigen Schutz. Dieser Mann war die reine Kraft. Jede seiner Bewegungen war eine Drohung gegenüber der Dreistigkeit.

Von ihrer Alm, wo das Züglein weidete, kam die Lokomotiv-Sennerin nun täglich an das Gestade des Sees hinabgestiegen, und in ihrem Korb war immer etwas Gutes, denn sie hatte bei ihrem Aufenthalt auf dem abendlichen Bootssteg bemerkt, daß der Bootsverleiher nicht aus dem vollen schöpfte. Im Werftraum des Schweizer Hauses verwahrte er einen Vorrat von Büchsen mit Bohnen in Tomatensauce, eine ungesunde Nahrung, erklärte die Frau, indem sie die Figur des Bootsverleihers prüfend betrachtete; nein, sichtlich Schaden hatte er mit seiner Diät noch nicht genommen.

Auch der Anwalt stattete dem Bootsverleiher einen Dankesbesuch ab. Sie saßen abends auf dem Bootssteg. Das Wasser roch modrig. Es platschte leise auf der weiten Fläche, als sei ein Fisch gesprungen. Ein Schwarm weißlicher Nachtschmetterlinge flatterte um die Petroleumlampe. Man muß sich in einer solchen Stimmung nicht groß unterhalten.

»Er hatte es sich dort schöngemacht. Ich war überrascht, ihn so zufrieden und im Einklang mit seiner Behausung zu sehen. Wir hatten damals gerade dieses Haus gekauft. Ich freute mich auf das Haus, und ich glaube immer noch, daß es ein guter Kauf war und daß man etwas daraus machen kann ...«

»Vor allem wenn man ein paar Bilder hängt«, sagte Ludwig.

»Gewiß«, sagte der Anwalt, aber das war bloß ein höfliches Konversationszugeständnis, denn es ging ihm um Wichtigeres: »Ich brauche dieses Haus nicht. Ich kann überall leben, auch in einem Hotelzimmer. Dort vielleicht sogar am liebsten. Aber bei ihm war das anders. Er liebte seine Umgebung.« Der Anwalt beschrieb das hölzerne Balkonzimmer: »Peinlich aufgeräumt! Das hatte etwas von einer Kajüte an sich oder einer Gefängniszelle. Männliche Ordnung, nicht aufs Dekorative ausgerichtet, sondern aufs Praktische.« Und gerade dadurch entstand unbeabsichtigt eine ganz eigene Schönheit. An einem langen Brett hing alles, was der Mensch braucht: eine dunkelangelaufene Stahlschere, ein Büchsenöffner, ein Korkenzieher, ein Schraubenzieher, ein Bierflaschenöffner, ein scharfes Messer, eine Zange. »Alles Lebenswichtige, was wir in diesem großen Haus hier nicht haben. Wenn ich eine Flasche Wein trinken will, drücke ich den Korken mit dem Kaffeelöffel in die Flasche.« Um die Wahrheit seiner Worte zu beweisen, zeigte er auf einen verbogenen Blechkaffeelöffel, der auf dem Kaminsims lag. Die Höhle von Robinson Crusoe mit der geretteten Seemannskiste, mit den kostbaren Werkzeugen und den selbstgemachten Geräten habe er in diesem Dachzimmer im Schweizer Haus wiedergefunden. Eine Umgebung wie ein Fingerabdruck, sagte der Anwalt. Natürlich sei im Lampenschein alles noch viel romantischer gewesen.

»Es war eine Verzauberung, mitten in diesem spießbürgerlichen Park im Bundesgartenschaustil – falsches Japan, falsches England, falsches Deutschland – einen Waldläufer zu entdecken. Es hätte mich nicht gewundert, wenn der Bootsverleiher dort auf Pelztierjagd gegangen wäre.« Konnte der Anwalt gegen diese Freundschaft seiner Frau etwas einwenden?

»Nein«, rief er geradezu leidenschaftlich. Er habe den Bootsverleiher schätzen gelernt, diesen finsteren Mann, der lange wortlos seinen Gedanken nachhing. Der Bootsverleiher sei die Einsamkeit gewohnt gewesen. Vielleicht habe er sich gezwungenermaßen an die Einsamkeit gewöhnen müssen. Solche Überwindungen machten den Menschen stolz. Er wies Gesellschaft nicht zurück, der Anwalt hatte sogar das Gefühl, willkommen zu sein, aber man mußte sich mit seinem Schweigen abfinden. Wenn er sprach, kamen nur anklagende, drohende Andeutungen. Es gab Gärtner, die glaubten, im Bootsschuppen Geräte abstellen zu dürfen, nur weil das in Jahren der Schlamperei, in denen es oft monatelang keinen Bootsverleiher gab, so eingerissen war. Das erstemal, als der Bootsverleiher Schaufeln, die in die Pflanzgärten gehörten, im Bootsschuppen entdeckte, raffte er sie zusammen, als seien sie welke Reiser, trug sie langsam durch den Park und lehnte sie säuberlich an die Wand eines Glashauses. Das zweitemal trug er die Geräte wiederum bis zum Glashaus, warf sie dort aber auf den Boden. Das drittemal – er hatte ein drittes Mal erwartet, und tatsächlich, es trat ein, die Kerle kannten keinen Anstand – stieß er einen Wutschrei aus, nahm die Geräte und schleuderte sie in ein Gebüsch. Als die Gärtner kamen und suchten, zuckte er schweigend mit den Schultern. Aber am nächsten Tag hing am Bootsschuppen ein neues stabiles Schloß. Das Recht zu einem solchen Schloß, zu dem allein er den Schlüssel besaß, wollte ihm die Verwaltung verwehren. Nicht jeder Streit war durch einen urtümlichen, aus der Tiefe einer breiten Brust dringenden Schrei beizulegen. Dies bäuerliche, fischer- und fährmannartige Leben im Freien mußte auch in den zugestandenen und respektierten Grenzen stets neu erkämpft werden.

»Er war auch bei uns. Wir haben ihn hierher eingeladen. Er saß dort, wo Sie jetzt sitzen«, sagte der Anwalt. »Wir haben viel getrunken an diesem Abend. Meine Frau ist nicht sehr gesprächig, wie Sie wissen, und der Bootsverleiher erst recht nicht, aber an diesem Abend gerieten wir alle drei in Lachlaune. Ich hatte einen Karton Champagner geschenkt bekommen, und diese sechs Flaschen waren am Ende des Abends leer. Es war heiß, und die Lachlust wuchs mit dem Champagnernachschub, und obwohl ich allein die Unterhaltung bestritten habe, war das nicht anstrengend, weil die beiden meine Einfälle honorierten und ich mich, wie ich glaube, zum Schluß vollkommen auf sie einstellte – das ist überhaupt meine besondere Gabe – dies Einstellen auf den Verhandlungspartner ...«

Mit vielem, was für andere Leute unerträglich sei, könne er umgehen, sagte der Anwalt nach einer Pause. Ehebruch – ein schreckliches Wort. Ein Wort, das nach öffentlicher Steinigung rieche. Ein steinzeitliches Wort. Ein Wort, das an Zweikampf denken lasse, an Verstoßung, an Tötung des ertappten Paares. »Der Unterschied der Geschlechter ist an den Folgen des Ehebruchs zu erkennen«, lehrte Ludwigs Freund Pressler, »der Mann, der die Ehe bricht, macht seine Frau unglücklich. Die Frau, die die Ehe bricht, macht ihren Mann lächerlich.« Ludwig prunkte gern mit solchen Maximen seines Freundes.

»Das ist doch dummes Zeug«, sagte der Anwalt milde und melancholisch. »Das war etwas zwischen uns dreien. Wir waren ein Zweiermolekül und wurden ein Dreiermolekül. Das war etwas Einzigartiges, sehr einfach und doch schwer zu erklären.« Es sei damals, nach ihm immer noch unbegreiflichen, beängstigenden Krisen endlich eine Beruhigung eingetreten. Die Frau war plötzlich nicht mehr unglücklich. Die kleine Eisenbahn war dazu die Vorbereitung. Sie war der Schlüssel zur Lösung. Damit wurde das Schloß der Zukunft geöffnet. Der Anwalt betrachtete den Bootsverleiher als seinen Freund, obwohl das eine sehr ideelle Freundschaft war. Sie bestand nicht aus Begegnungen. Begegnungen mußten vielmehr vermieden oder auf wenige, distanzierte beschränkt bleiben. Wenn der Anwalt Dienstreisen unternahm, zog die Frau mit seinem Wissen und seiner ausdrücklichen Billigung, ja Ermutigung in das Schweizer Häuschen. Ihre weiße Haut nahm einen zarten Bronzeton an. Die Eisenbahnfahrten bei jedem Wetter und die Sonnenbäder auf dem Balkon des Schweizer Hauses versöhnten sie mit dem Klima Frankfurts, unter dem sie bis dahin gelitten hatte. Jetzt kamen Wetterfühligkeit und Klagen über Kopfschmerzen überhaupt nicht mehr vor.

Als der Anwalt fragte, was er dem Bootsverleiher zum Geburtstag schenken könne, meinte die Frau, eine Pfeife. Wenn Kurt allein in seinem Schweizer Haus sitze, dann sei eine Pfeife vielleicht eine schöne Beschäftigung. Das Nachstopfen, das Hantieren mit dem Pfeifenbesteck, das konzentrierte Anzünden, das versonnene Rauchen, das waren Tätigkeiten, die sie sich bei ihm vorstellen konnte. Für den Anwalt war ihr noch nie ein Geschenk eingefallen, aber das erregte jetzt keine Eifersucht. Der Bootsverleiher – der Name Kurt ging dem Anwalt nicht so glatt von der Zunge – blieb ein verschlossener Mann. Sein Schweigen beschäftigte ihre Phantasie. War das nicht ganz normal? Da dachte sie nun nach: was war das eigentlich für ein Mensch? Was mochte er denken? Wie sah es in seinem Herzen aus?

»Bei mir mußte sie sich solche Fragen niemals stellen, denn ich rede ununterbrochen. Sie bittet mich höchstens manchmal, still zu sein. Auch das akzeptiere ich. Ich verstehe sie nicht immer, aber ich akzeptiere jeden ihrer Wünsche.«

Jetzt wurde der Anwalt zum Verteidiger, was er in seinem Berufsleben nur sehr selten war, denn er übernahm vorwiegend Wirtschaftssachen. Etwas Werbendes und Eiferndes lag in seiner Stimme. Er glaubte offenbar, Ludwig könne zu Lasten der Frau irgend etwas mißverstehen. Der Anwalt war von seiner Frau in das Grübeln über die Person des Bootsverleihers hineingezogen worden. Solche kräftigen

Männer auf Jahrmärkten hatten gern irgendeinen Schmuck am Leib, Tätowierungen, Ohrringe, Kettchen, einen tollen Schnurrbart, aber bei ihm gab es nichts dergleichen, nicht einmal einen Ring oder eine auffällige Armbanduhr, und da mußte selbstverständlich auch die Pfeife bei aller Qualität klassisch unaufdringlich sein, ein gutes Stück aus feinporigem Bruyère-Holz, rotbraun wie ein schöner Schuh. Er suchte eine etwas kleinere Pfeife aus und stellte sich den Bootsverleiher mit dieser zierlichen Pfeife in der schweren Hand vor, das war, als schließe sie sich um einen aus dem Nest gefallenen Vogel.

Zur Geburtstagsfeier war der Anwalt nicht gebeten. Das hatte er auch nicht erwartet. Einen Abend mit Gelächter und Champagner würde es nie wieder geben. Die Pfeife wurde eingepackt, nicht zu schön, männlich eben. Der Anwalt tat einen in Whisky getränkten, stark nach Vanille duftenden Tabak in einer altmodisch bedruckten Dose dazu, etwas Spezielles, Geburtstägliches. Die Frau des Anwaltes nahm das Päckchen mit, als sie morgens zu ihrer Eisenbahn ging.

Abends war das Fest. Der Anwalt sah die Fülle dieses Bildes vor sich. Mondschein über dem Palmengartenweiher, das kalte weiße Licht des Mondes und das warme goldene Lampenlicht mischten ihre Reflexe auf dem Wasser. Trotz des Verkehrsgebrauses herrschte in den Köpfen Stille.

Am nächsten Morgen stand die Frau sehr früh am Bett ihres schlafenden Mannes und weckte ihn. Nach dem schönen Geburtstagsabend war sie mit dem Bootsverleiher auf dem Lager im Balkonzimmer eingeschlummert. Und dann mußte der Bootsverleiher sich ganz leise erhoben haben und hinuntergeschlichen sein. In dem Werftraum, wo die Böcke für die Boote standen, hatte er sich aufgehängt.

War der Entschluß, sich an einem Deckenbalken zu erhängen, die Anwort auf etwas, das während der Geburtstagsfeier geschehen war? Hatte der Bootsverleiher sich schon in selbstzerstörerischer Absicht in den Palmengarten zurückgezogen, um hier in Frieden Hand an sich zu legen? War der Bootsverleiher eifersüchtig auf den Anwalt? Hatte er die Frau ganz für sich gewinnen wollen, war aber zurückgewiesen worden? War dies ein Tod auf dem Gipfel einer der Steigerung nicht mehr fähigen Seligkeit, die den innerlich ausgetrockneten Bootsverleiher wie ein Wolkenbruch überschwemmte, Selbstmord aus Glücksüberreizung? War der Bootsverleiher etwa unfähig zur physischen Liebe gewesen? Wenn das bei solchen höchst männlichen Persönlichkeiten eintrat, war es meist eine Katastrophe. Die Phantasie des Anwaltes, die ihm in seinem Geschäftsleben so hilfreich war, wenn er versuchte, die Gedanken des Gegners zu denken, gebar immer neue Wahrscheinlichkeiten, aber keine Gewißheit. Es gab das majestätisch einfache Faktum: der schwere Mann hängend an einem um den stärksten Deckenbalken geschlungenen Strick. Die Totenstarre war bereits eingetreten. Als die Frau ihn berührte, wich er leise zurück. Ein kleines Kind hätte den zentnerschweren Mann um sich selbst drehen können.

In diesen für die Verdauungsspaziergänge der gründerzeitlichen Bürger geschaffenen Park hatte sich der Tod Einlaß verschafft, der in einem Garten ohne Jagd und ohne Raubtiere überhaupt nicht vorgesehen war. Wo der Tod ausgeschlossen ist, hat aber auch das Leben, seine wichtigste Voraussetzung, keinen Platz. Und deshalb war es für den Anwalt, als sei diese künstliche, alberne Schweizer Landschaft jetzt erst zum Leben erwacht. Der Bootsverleiher hatte in einer schlimmen Stunde seine Seele ausgehaucht und sie in diese Kulissen- und Attrappenlandschaft hineingeblasen. Und weil diese Seele groß war, füllte sie die weite Wasserfläche, die Rhododendronbüsche, die Inseln, die Schwanendreckgrotte, das Taxusgehölz rund um das Schweizer Haus und das Schweizer Haus selbst vollständig aus.

Was aber geschah an diesem noch warmen, von strahlendem Sonnenschein beleuchteten Wochenende mit der vielfach eigens aufgesuchten kleinen Eisenbahn? Für die Frau stellte sich diese Frage mit einer Dringlichkeit, die der Anwalt nicht zu mildern vermochte. Sie empfand die Pflicht, das Bähnchen auch an einem solchen Tag aus dem Schuppen zu holen. Und was geschah mit dem Bootsverleih? Junge Männer, an Blumen mehr als uninteressiert, würden sich am Bootshaus versammeln und enttäuscht auf die von Ketten gesicherten Boote blicken, die sich rund um die kleine Enteninsel drängten.

Der Anwalt, im Bett liegend, aufgewühlt durch die Todesbotschaft, war in höchster Sorge um seine Frau. Die saß mit geradem Rücken am Bettrand, war zwar unausgeschlafen, sah aber nicht aus, als habe sie eine einzige Träne vergossen. Er fürchtete, daß sie ihm ihre Erschütterung verbarg.

»Man wird mir alles kaputtmachen, was ich aufgebaut habe«, sagte sie hoffnungslos. »Kurt war meine einzige Stütze dort. Die Gärtner, die Verwaltung, Frau Smazal von der Kasse, Frau Seubert, Herr Neumann – alle sind meine Feinde. Alle sind gegen die Eisenbahn. Sie wollen die Bahn nicht, und sie mißtrauen dem Bootsbetrieb. Sie werden mir im Bootshaus jemanden vor die Nase setzen.«

Hätte sie doch geweint und geschrieen. Er hätte sie getröstet und in den Arm genommen. In ihrem eisigen Zustand jetzt wagte er sie nicht einmal zu berühren.

»Der Bootsverleih muß heute weitergehen, morgen auch. Es darf da keinen Einbruch geben.« Sie werde allein die beiden einander so fernen Aufgaben übernehmen. Eine Stunde Bahnfahrt und eine Stunde Bootsverleih, an diesen Wechsel müsse das Publikum sich eben gewöhnen. Der Anwalt saß nun gleichfalls hoch aufgerichtet im Bett. Er war alarmiert. Was war im Palmengarten mit seiner Frau geschehen?

Den Freitagabend hatte er im Büro verbracht. Es wäre

herrlich gewesen, dafür am Samstagvormittag im Bett zu bleiben. Auf diesen Morgen hatte er seit zehn Tagen hingelebt. Was er bis dahin nicht kannte, beherrschte seinen Körper inzwischen: das Bedürfnis nach Ruhe. Seelisch war er darauf noch gar nicht vorbereitet. Was machte man, wenn man ruhig war?

Der Anwalt stand auf. Er begleitete seine Frau in den Palmengarten. Vor dem Schweizer Haus banden sie ein Boot los und ruderten zur Enteninsel. Dort lösten sie die Kette, die durch die Bootsringe gezogen war, indem sie über die Boote stiegen wie gestern noch der Bootsverleiher, allerdings nicht so stampfend und selbstsicher auf schwankendem Grund. Der Anwalt war mehrfach dabei, ins Wasser zu fallen. Schwäne glitten herbei und sahen ihn an.

»Die tun nichts, die sind das gewohnt«, sagte die Frau. Die Überführung der Boote an den Bootssteg war schwere Arbeit. Die Boote gehorchten nicht, sie waren kaum zu manövrieren. Am Bootssteg standen schon Leute.

»Ich bin neu hier«, sagte der Anwalt zu zwei fünfzehnjährigen Jungen. Er bot ihnen an, sie umsonst solange rudern zu lassen, wie sie wollten, wenn sie ihm vorher beim Herüberholen der Boote halfen. Da hatte seine Frau sich aber schon ihrer Eisenbahn zugewandt. Von fern sah er den bunten Zug mit morgendlich flatternden Markisen hinter Taxushecken verschwinden.

In der Woche mußte es ohne ihn gehen, aber er begleitete morgens früh seine Frau in den Park und bereitete, in seinem dunklen Anzug von Boot zu Boot steigend, mit wachsender Selbstverständlichkeit die Boote zur Vermietung vor. Die Ruder waren in dem Bootsraum eingeschlossen. Es kostete ihn Überwindung, diesen Raum zu betreten. Sein Blick suchte jedesmal die Deckenbalken ab.

»Ich hätte den Vormittag eigentlich im Büro verbringen müssen, da liegt eine achtzigseitige Klageerwiderung, die genauso ausführlich beantwortet werden will, und ab mittags habe ich keine Zeit dafür. Statt dessen haben wir geplaudert. Sie müssen sich nicht entschuldigen. Man trifft sich viel zu selten. Melden Sie sich. Kommen Sie vorbei. Wir nehmen einen Drink.« Er nahm jetzt wieder die strahlende, die beflissen höfliche Miene an, die Ludwig von den Auftritten des Paares bei den Cocktails kannte, wenn der Anwalt für seine Frau mitlächelte. Er sah auf die Uhr. Eine Sorgenwolke flog über die eben noch in gesellschaftlicher Heiterkeit geglättete Stirn. »Ich werde längst im Palmengarten erwartet. Der Betrieb läuft bald auf Hochtouren ...«

Kurz vor dem Einschlafen wählte Ludwig die Nummer des Mädchens, aber es war besetzt. Was hatte sie denn da zu plaudern? Man war schließlich in der Vorbereitungsphase. Da hieß es Tag und Nacht bereit sein. Wenn das Mädchen glaubte, es werde sich die Arbeit für ihn stundenweise, wie es gerade paßte, legen und ansonsten ein Privatleben mit nächtelangen Telephonaten führen können, dann hatte es sich getäuscht. Wer bei ihm von Anfang an mittat, der gestaltete in gewissen Grenzen auch mit.

Das Mädchen war immer noch besetzt. Das ging nun wirklich nicht an. Er kannte nicht einmal ihren Namen. Das war doch keine Zusammenarbeit.

Diese ärgerlichen Überlegungen kreuzten allerdings schon halb unbeabsichtigt, als Pfeile, die aus dem Dunkel abgeschossen werden, durch seine Gedanken. Er lag auf dem Bett, und das Bett besaß Zaubermacht über ihn.

Anfangs hielt sich in der träumerischen Ferne, in die er nun sank, die Verstimmung wie ein Faden, der die Verbindung zur Außenwelt herstellte. Aber dann waren Ärger und Verstimmung plötzlich weggeschoben.

Zugleich war das Mädchen da. Er sah es nicht, aber er hörte seine Stimme: »Ach so? So ist das? Ist das auch wirklich so?«, als sei es von etwas, das er gesagt hatte, noch nicht überzeugt.

»Frankfurt gab es damals gar nicht«, hörte er sich in belehrendem Ton sagen. »Dies alles war Steppe, Karst, vollkommen unfruchtbares Land, eine Wüste, durchzogen von flachen stinkenden Flüssen, deren Wasser wegsickerte. Nicht einmal Tiere lebten hier. Es gibt keinerlei Funde aus dieser Zeit, versteinerte Schnecken oder solche Sachen. Alles konzentrierte sich auf den Palmengarten. Der Palmengarten war von verfilzten Hecken eingefaßt, ein vollständig abgeschottetes Kleingebiet. Man kann sagen, daß außerhalb nichts war. Selbst die Steine hatten etwas Pulvriges, selbst das Wasser war dickflüssig und gelb, eher wie Pudding. Innerhalb des Palmengartens hingegen gab es alles. Alles, was es heute auf der Welt gibt, alle Erscheinungsformen des Lebens haben sich damals aus dem Palmengarten heraus entwickelt. Das Kleinklima dort war stets schwül, ein Dampfkessel war das, fast unerträglich, aber überfruchtbar. Das Leben trieb im Palmengarten die tollsten Blüten. Alles war sehr klein, den Proportionen des Parkes angepaßt. Die Pferde zum Beispiel waren nicht größer als Katzen. Das bezweifeln Sie? Das ist aber erwiesen: Die Pferde, und zwar die allergrößten, waren wie Katzen, mit Hufpfoten oder einem Pfotenhuf.« Hier erschien ihm als blitzartiger Einschub aus der Außenwelt das Bild der Versteinerungen von hasen- und katzengroßen Urpferden, die in der Nähe von Darmstadt gefunden worden und im Senkenbergmuseum ausgestellt waren, und dieser Blick in die Museumsvitrine, dies eingeblendete Bild eines längst vergessenen Museumsbesuchs, gab seiner Erzählung eine erhöhte Wahrscheinlichkeit. Es war als versüße ein Zuckerkristall Realität seinen ganzen Traumstrom.

»Dann lebten Enten dort, groß wie Spatzen, Spatzen groß wie Bienen, Bienen groß wie Stecknadelköpfe. Alles übrige hat sich dann daraus entwickelt: Störche und Adler aus den Enten, Amseln und Meisen aus den Spatzen; ich kann hier nicht alles aufzählen« – er fühlte aber, daß seine ornithologische Unwissenheit jetzt überwunden war. Das alles lag glasklar vor seinen Augen und in solcher Anschauungsfülle, daß er mit dem Beschreiben gar nicht nachkam.

»Sehen Sie, man kann ja auch den Ursprung der bedeutendsten Ströme, der Gewässer und Meere vollständig auf den Palmengarten zurückführen«, fuhr er nun geradezu eifernd fort, als komme es darauf an, bei dem Mädchen einen Widerstand niederzuzwingen. »Das ist gerade das Wesen der Zelle, daß sie, so klein sie ist, eben schon unerhört viel, im Grunde sogar alles, enthält. Die Entwicklung geht von Zellen aus. Wasser besteht im Gegensatz dazu aus Kristallen, jedenfalls in gefrorenem Zustand, und nun kann man sich sehr gut vorstellen, wie diese Kristalle sich übereinandertürmen, sich vermehren und immer dicker und dichter werden.« Er sah dabei den Palmengartenweiher im Winter vor sich, mit einer Eisdecke, die nur dort aufgehackt war, wo einem Schwan über Nacht die Füße festgefroren waren. An diesen Löchern tummelten sich die roten Rücken der Goldfische. Manche Goldfische waren wie der Schwan überrascht worden und steckten nun wie die Fliege im Bernstein ganz im Eis. Sie blieben bis zum Tauwetter in ihrem gläsernen Sarg. Und nun krachte der Weiher. Das war zu hören, der »krachende Frost« war keine Phrase. Risse verbreiteten sich über die Fläche, es bildeten sich große Schollen, die von elementarer Gewalt übereinandergeschoben wurden, das wuchs aus dem Weiher heraus, eine zackig geformte Riesenpyramide wie aus Spiegelsplittern, die sich knirschend und in der Sonne funkelnd immer höher schob, ein atemraubendes Naturschauspiel, von splitterndem Lärm begleitet, eine titanische Unordnung im Äußeren, dahinter aber ein mächtiger Wille, der eine Form aus dem Zerbrochenen und zackig

Unregelmäßigen bildete. Das Chaos steckte nur im Kleinen, das unordentlich Kleine der einzelnen Scholle mußte sich zum großen Ganzen fügen. Es entstand ein Berg von der Form eines Vulkankegels, ein Vesuv aus Eis. Der hielt nun seinen Gipfel einer gleißenden Riesensonne entgegen, die so hell war, daß sie den Himmel für das Auge verdunkelte. Sie blendete mit hämmerndem und heißem Licht. Und nun schien da hoch oben etwas in Gang zu kommen. Ein Knistern und Rauschen und Ächzen, aus dem dann auch ein Glucksen drang. Dort hoch oben schmolz das Eis, und das Schmelzwasser begann in der Sonne heiß zu werden und zu kochen. Und man sah, wie sich am Gipfel ein Rand aus Eis zu bilden begann. Das Wasser kochte dort oben in einem Krater. Und nun trat das Wasser über den Rand und lief sprudelnd, kochend, gebirgsbachartig springend den Berg hinab, kristallklar, allmählich abkühlend, jetzt schon tief, reißend, voller Wellen, stromartig, mit einem Gewimmel von aus der Erstarrung befreiten Goldfischen.

»Vier solche Ströme flossen dort oben herab, nach allen vier Himmelsrichtungen. Verstehen Sie, wie sich das alles ergibt? Die vier Ströme: Donau, Ganges, Tiber und Rio de la Plata. Alle damals dort entsprungen.«

Wieso vier Ströme? dachte er, während er beschwörend sprach. Wo sind der Nil und der Rhein? Ihm war, als müsse es gelingen, den Nil und den Rhein auch bei den vier Strömen unterzubringen, ohne ihre Zahl zu vermehren.

»Mit den Landschaften und Ländern war es natürlich nicht anders«, fuhr er dann entschlossen fort. »Italien ist uns heute als Stiefel bekannt und Frankreich als Sechseck und Spanien als Viereck, wenn man Portugal dazurechnet, und Deutschland hat leider immer die Schwierigkeit, daß man nicht weiß, was eigentlich alles dazugehört, aber all diese Länder haben natürlich nicht immer so ausgesehen. Das ist die Ausgewachsenheit dieser Länder, auch ihre Erstarrung, ja Versteinerung, die sich in diesen festen Formen offenbart. Im Palmengarten war Italien noch keineswegs ein Stiefel, sondern seltsam eingerollt, ja eingewickelt wie ein Haufen alter, feuchter Lappen. Die Schweiz war bereits bewundernswert fertig, sie brauchte nach Hinausschleuderung in die große Welt eigentlich nur noch ihr neues Format auszufüllen. Auf den Kieswegen war die Wüste Sahara präfiguriert, Afrika stand in den beiden Gewächshäusern mit Bananenpalmen und Schlingpflanzen vorbereitet da, das Gekreisch der beiden Papageien dort erfüllte die Luft wie später in dem großen Dschungel das Pfeifen, Zischen und Kreischen. Der Park war eng, gemessen an der Unendlichkeit des ihn umgebenden Raumes, die Sonne und der Mond gingen in ihm auf und unter wie in den gewaltigsten Ländern der unbesiedelten Weltgegenden. Vor allem aber war er bewohnt. Ein Mann rannte darin herum und versuchte, den Park durch raumgreifende Bewegung auszufüllen. Dieser einzige Mensch der Welt war ...«

»Er war rothaarig«, sagte das Mädchen.

»Wieso?« fragte Ludwig verdutzt.

»Weil das Rot früher die einzige Farbe war. Rothaarige sind in der Minderheit, und deshalb wäre es sinnlos, wenn der einzige Mann blond oder braun gewesen wäre, denn davon gibt es Massen.«

Ludwig staunte. Was sie sagte, war mit Händen zu greifen, so klar. Sie hatte einen messerscharfen Verstand. Er hörte sie »Distinguo«, rufen, als werde sie von fünf alten Scholastikern streng geprüft.

Natürlich hatte der einsame Mann Beschäftigung und Unterhaltung mit den Tieren des Parkes. Er schwamm und tauchte in den perlenden Fluten des Weihers. Die Delphine, die dort lebten, brachten ihm Edelsteinkugeln an Land, mit denen er spielte. Er bestieg die Schwanendreckgrotte und blickte über die Anlage bis hin zu ihrer Grenze. Unter Blutbuchen und Kastanien war sein Bett aus duftenden Kräutern bereitet. Die Sonne gehorchte ihm. Wenn er ihr Rosa sehen wollte, herrschte den ganzen Tag Abendrot. Es war warm, und so war der Mann denn nackt, obwohl Ludwig das nicht so deutlich sah. Es gab da immer großbelaubte Zweige und Vogelflügel und neu aufgeblühte Rosen, die sich vor seine Blöße schoben, er sah manchmal geradezu umrankt aus.

Gern sah man dem Einsiedler nicht zu. Sein Hin- und Herlaufen hatte etwas Kindisches. Mit der Motorik eines Dreijährigen umarmte er Bäume, schlug Purzelbäume und rollte die Abhänge hinunter, und es mochte ja köstlich sein, sich wie dieser Mann der Sonne auszusetzen, aber es hatte zugleich auch etwas Peinliches.

»Und dabei kann man ihn nicht verurteilen, denn er war in dieser überwältigend schönen Umgebung allein«, sagte Ludwig. Der Mann sprach nicht. Er ernährte sich mühelos am Buffet in der Nähe des Eingangs von unbegrenzten Mengen von Kaffee, Streuselkuchen und heißen Würstchen, im Frühling gab es japanische Kirschen und japanische Pflaumen, japanische Mandeln kamen später. Zwischen den Goldfischen lebten träge Karpfen, die sich, wenn sein Schatten über den Weiher fiel, geradezu todessüchtig zum Ufer drängten und ihre vorgestülpten Mäuler aus dem Wasser reckten. Auf dem Gartengrill des Bootsverleihers war im Handumdrehen ein solcher Karpfen zubereitet. In den Gewächshäusern wuchsen Feigen und kleine grüne Bananen und ausgefallene südamerikanische Kartoffelsorten.

Der Mann war etwa um die dreißig Jahre alt und das schon von allem Anfang an, und so viele Winter und Sommer sich auch aneinanderreihten, sie ließen ihn nicht altern, seine Haut blieb glatt und hell. Wenn der Mann morgens erwachte, zwischen den Narzissen der Liegewiese gelagert, war es, als hätte die Nacht die Erinnerung an den vorangegangenen Tag ausgelöscht. Sein Atem war rein wie der eines Säuglings. Er betrank sich nicht und rauchte auch keine Zigarren, obwohl in den Schauhäusern Prachtexemplare kubanischer Tabakstauden ausgestellt waren, und zu waschen brauchte er sich auch nicht. Er war frischer als bloß neugeboren, denn das Neugeborensein ist eine blutige Angelegenheit, und hier war nichts von Schmerzen und Krämpfen und fatalen Gerüchen. Da standen die Narzissen von gestern. Er bestaunte sie wie etwas vollkommen Neues, nie Gesehenes. Die Wiese war wie Samt und lockte von neuem, Purzelbäume darauf zu schlagen. Das hätte ewig so weitergehen können. Das Äquilibrium des Palmengartens war damals vollkommen. Außer mit Sonne und Mond und den Gestirnen gab es keine Verbindung zur Außenwelt, und dort existierte auch nichts, womit die Verbindung gelohnt hätte. Woher kam nun dennoch plötzlich ein Gefühl des Ungenügens im Palmengarten auf?

Diese Frage rührt an eines der größten Rätsel überhaupt. So wie alles eingerichtet war in der vollendeten Übereinstimmung aller Lebensumstände mit der geistigen Verfassung des einzigen Bewohners, gab es nicht die kleinste Lücke, durch die das Ungenügen hätte eindringen können. Logisch-philosophisch war das Ungenügen im Palmengarten dieser Epoche eine Denk- und Empfindungsunmöglichkeit. Das verstand das Mädchen sofort. Kühl bestätigte sie Ludwigs Beweisführung: »Ja, ich weiß.« Ungeduld klang aus ihren Worten. Sie hat einen eisigen Verstand, dachte Ludwig geradezu ehrfürchtig, aber auch ein wenig mißtrauisch. »Ja, ich weiß«, das sagte sich schnell und leicht, aber ob es immer der Wahrheit entsprach?

Das Ungenügen war plötzlich da. Schließlich war es riesengroß, das Ungenügen, es trat aus dem Mann heraus und hielt seine Seele in den Krallen. Wenn er nun morgens erwachte, dann brummte ihm der Kopf, denn er hatte schlecht geschlafen, sich hin und her gewälzt und quälend lange wachgelegen. Er sprang nicht mehr vor Neugier und Lebenslust auf, sondern blieb so lang liegen, bis es unbequem wurde. Er schlenderte angeödet durch den Palmengarten. So, da sprühte die große Fontäne. Der Mann watete durch das Bassin und versuchte die Fontäne zu verstopfen. Eine Weile machte das Spaß. Aber dann kam wieder die Unruhe über ihn. Am Rand des Palmengartenweihers saß er und betrachtete sein Spiegelbild. Schließlich griff er, mit großer Hoffnung im Herzen, in das Wasser. Das Bild zerfloß in Ringen. Jetzt war dem Mann nach Tränen zumute.

»Solche Tränen von Wilden haben etwas sehr Rührendes«, sagte Ludwig lehrhaft zu dem Mädchen.

»Wieso?« fragte das Mädchen.

»Nun, weil …«

Die Antwort fiel ihm nicht ein, es gab sie, aber Ludwig bekam sie nicht zu fassen. Ihm war, als könne er sie später noch einfügen. Was mit dem Mann geschah, war nämlich etwas überaus Unerwartetes, Beunruhigendes.

Die Langeweile war gewachsen. Der Mann konnte sich auf einmal daran erinnern, daß er sich früher weniger und noch früher überhaupt nicht gelangweilt hatte, daß die Langeweile also zunahm und mit jedem Tag unerträglicher war. Alles, was er bisher unternommen hatte, ließ er jetzt bleiben. Die Langeweile verschärfte sich, er tat nichts mehr dagegen. Es war, als hoffe er, daß die Ödnis unerträglich werde, weil dann in ihm vielleicht etwas zersprang und die Spannung, die jetzt jeden Atemzug belastete, nachließ.

Spannung, das war das Wort. Im Körper fühlte der Mann einen Druck, und wenn er ruhig lag, dann war ihm, als sitze dieser Druck unter dem linken Arm, in der Gegend der Rippen. Kein Gramm Fett hatte der Mann am Leib, und dennoch schien ihm, als sei sein Leibesumfang in letzter Zeit gewachsen. Er bekam kaum mehr Luft, solch ein

Druck war das auf den Lungen, und zugleich wölbte sich der Leib unter den Rippen, und auch auf den Rippen lag ein Druck, als sollten sie auseinandergerissen werden, und es blähte sich und schob sich vor, es war längst sehr schmerzhaft, was dem Mann widerfuhr, und weil er noch niemals Schmerzen empfunden hatte in seinem Leben, verblüffte ihn dies Gefühl aufs höchste. Vor lauter Verwunderung vergaß er zunächst zu schreien. Der Schrei kam erst, als sich zur Gewißheit gesteigert hatte, daß dies alles, was sich da mit ihm ereignete, furchtbar weh tat. Und jetzt schrie er, aber wer sollte ihn hören?

Nun, zunächst er sich selbst. Es war das erstemal, daß er seine Stimme vernahm, und das war mindestens so erschreckend wie der Schmerz. Er verstummte, während das Wüten in ihm nicht nachließ. Er horchte in das Dunkel. Da war nichts, die Enten schliefen. Das grauenerregende Geräusch, das er soeben vernommen hatte, kam also gar nicht von außen? Aber zu akustischen Experimenten war nicht die Zeit. Der Schmerz im Innern war so beißend, so zerfetzend geworden, daß dem Mann mit dem Wissen, das auch der unbelehrtesten Kreatur gegeben ist, klar war, nun sei sein Ende gekommen.

Statt dessen tat es plötzlich einen Ruck, wie wenn ein Segel, das lange standgehalten hat, mit einem Schlag durchreißt. Der Schmerz ließ augenblicklich nach, und ein heißes entlastetes Wundbrennen erfüllte seine linke Seite. Aber wer faßt sein Erstaunen, als er mit der rechten Hand dorthin tastete und den eigenen Körper nicht spürte, wo er ihn vermutete, sondern weit entfernt davon, über seine Grenzen hinausgewachsen? Das war alles warme Haut, was er da ertastete, sehr weich war dieser Körper, es gab feste und knetbare Stellen. Und zugleich spürte er nichts, während er dort mit der Hand auf und ab fuhr, nicht einmal Taubheit – nein, nichts. Es war, als betaste er etwas anderes, während es doch das eigene Fleisch war. Und dann war da etwas Langes, Dünnes, mit einem Knochen Versehenes; er hätte schwören können, es sei ein Arm – aber es war nicht der eigene Arm. Und es gab am Ende dieses Armes auch eine Hand, eine Hand, die kleiner war, als die seine, und innen Polster hatte und die plötzlich seinen Händedruck erwiderte, und dann seine Hand losließ und nun über seinen Körper wanderte. Das war kitzlig, nicht unangenehm, aber als sie zwischen seine Beine vorstieß und dort herumkrabbelte, war das zwar immer noch angenehm, zugleich aber auch beunruhigend, er schob sie ganz vorsichtig auf eine andere Bahn.

Jetzt war es, als falle der neue fremde Körper, der aus ihm herausgewachsen war, vollends von ihm ab. Wo seine Rippen waren, fühlte sich plötzlich alles leer, überdehnt und wund an. Der Mann drehte sich zur Seite. Aber während er sich noch mit diesem neuen Gefühl der Leere befaßte, hörte er es neben sich atmen. Da wußte er, daß er nicht allein war.

Wenn Ludwig gut geschlafen hatte, verließen ihn alle Sorgen. Woher kam dann die üble Laune, mit der er am anderen Morgen die Augen aufschlug?

Zuerst befiel ihn ein Schreck, als er die Wand am Fenster leer sah. Wo war das Bild? War es gestohlen? Nein, da lag es, mit dem Nagel von der Wand gefallen, zwischen Büchern und Zeitungen, mißachtet und armselig, der Silberrahmen war schäbiger denn je. Der Krieg hatte erbarmungslos den wahren Zustand bürgerlicher Kultur offenbart. Vor dem Krieg hatten die Nachkommen alter Familien in ihren unzerstörten Häusern mit den Bildern und Möbeln gesessen, die ihnen über Generationen zugewachsen waren. Aber als es nach dem Krieg daranging, etwas Neues zu schaffen, das ansehnlich und menschenwürdig aussah, kam heraus, daß das ästhetische Konto seit langem überzogen war. Die Barockmöbel waren jüngst erst verbrannt; der Geschmack, der sie hervorgebracht hatte, war schon lange gestorben. Da flog das Bild in seinem falschen Silberrahmen wie ein kaputter Pantoffel auf dem Boden herum. Welch ein Wahn hatte ihn befallen, als er glaubte, mit diesem kleinen Rest Palettendreck, den Seesand nicht zu vergessen, irgend etwas Bemerkenswertes anstellen zu können.

Ahnte er in Wahrheit nicht längst, daß mit diesem Bild nichts anzufangen war? War das Ansehen der Kunst wirklich so allgemein unangefochten, wie ihm das unter dem Eindruck der väterlichen Reden erschien? Wahrscheinlich war man mit einem Interesse an Liebermann längst hinterm Mond zu Haus, und nur er, der Sohn seiner Eltern, wußte das noch nicht.

Morgen schon, nein, heute, würde er das armselige Bildchen der Frau von Schenkendorff zurückbringen. Sie war eine Realistin. Sie war eine Lehrerin in der Lebenskunst. Die Lebenskunst bestand darin, gegen übermächtige Gewalten nicht anzukämpfen, sondern rechtzeitig aufzugeben und so bescheiden und geschmackvoll wie möglich unterzugehen.

Dies war die Stunde von Ludwigs tiefster Zerknirschung. Die schönsten Illusionen wies er nun zurück, wie Kranke sich vor etwas Fettem ekeln. Aber war er denn krank? War die Bereitschaft, dem Unwillkommenenen ins Auge zu sehen, nicht vielmehr ein Zeichen von Gesundheit?

Leider schenkte diese Gesundheit keine Kraft. Als das Mädchen anrief, fühlte er sich unfähig, seinen Entschluß klar und deutlich auszusprechen. Aber warum mußte seine Lüge so faustdick, so unangemessen sensationell sein?

»Ich kann Ihnen nicht sagen, wann wir anfangen«, sagte er, noch ratlos und nur nach dem Nächstbesten greifend, »mein Vater …« Er wußte noch immer nicht, was er sagen wollte.

»Was ist mit dem Vater?«

»Nun – er ist krank – sehr krank sogar, wahrscheinlich unheilbar krank – todkrank.«

»Todkrank?« fragte das Mädchen mit jenem Unglauben, der eine Vorform des Trostes ist.

»Ja, todkrank«, sagte Ludwig jetzt, sicherer, indem er sich in seiner Erfindung einzurichten versuchte. Die Nachricht sei ganz neu. Da habe er natürlich alles andere beiseite geschoben.

Und keine Hilfe und keine Hoffnung – keine Operation? Das waren Fragen von zarter Bangigkeit, als bemühe das Mädchen sich, seine Zurückhaltung gegenüber Ludwig abzuwerfen.

Ihm war bei seinen Worten nicht wohl. Was redete er da für ein Zeug? Es war, als liege in dieser in Sekunden erfundenen Ausrede die Notwendigkeit, sie immer weiter und weiter aufzublasen. Und das war wie ein Fluch, denn Ludwig wünschte längst, zu etwas anderem überzugehen oder, noch besser, niemals damit angefangen zu haben. Zugleich regte sich sein Aberglaube. Nach seiner Vorstellung wartete das Unglück in einem großen Kasten fest eingewickelt und tot und konnte dort ewig steckenbleiben. Aber wenn es sich aus menschlichem Mund beim Namen gerufen hörte, dann füllten sich die ausgedörrten Adern mit schrecklichem Leben. Es war etwas Schlimmes geschehen durch sein Geschwätz. Es mußte augenblicklich ein Gegengift herbei.

Zum Gegengift taugte ein Opfer, so groß, daß es eigentlich selbst ein gewaltiges Unglück war: ein zweiter Versuch, das Examen zu bestehen. Er würde das auf sich nehmen. Es gab ohnehin keinen anderen Ausweg. Unversehens glitten seine Gedanken auf seine Zunge. »Jetzt sofort«, sagte er laut.

Jetzt sofort sei es verhindert, sagte das Mädchen. Deshalb rufe es überhaupt an. »Ich heirate.«

»Sie heiraten?«

Ja, sie heirate.

»Wieso denn das?« Die Frage zeugte nicht von Geistesgegenwart. »Mein Verlobter ist Spanier ... er hat spanisches Blut. Ich weiß noch nicht, ob es schön ist, Lopez zu heißen ...« Sie erwartete etwas von Ludwig, eine Bestätigung, eine Ermutigung?

»Es ist ein schöner Name«, sagte Ludwig, unversehens gönnerhaft, »in Spanien übrigens sehr häufig, aber hier ... und er läßt sich leicht aussprechen, das ist auch ein Vorteil.«

»Sehen Sie, genau das habe ich auch gesagt«, sagte das Mädchen. Sie kam Ludwig plötzlich sehr glücklich vor. Was machte man als Chef bei der Heirat einer Sekretärin?

»Ich würde Ihnen gern eine Kleinigkeit zukommen lassen«, hörte Ludwig sich würdevoll und väterlich sagen, »Sie lassen mich doch wissen, wenn es soweit ist?«

Für Ludwig und seine Eltern war der bittere Ausgang des Examens ein Schlußpunkt, die Quittung für viele verpfuschte Studienjahre. Aber Ludwig war ja nicht mit einem Schiff untergegangen und nun tot bei den Fischen, sondern er lief als lebender Toter, wie es ihm jetzt vorkam, weiter herum. Er war noch derselbe, der sich schlecht vorbereitet hatte und der daraufhin versagte. Derselbe Ludwig, der durchs Examen gefallen war, hatte sich an dem Gedankenspiel erbaut, den »Strand bei Zingst« zu phantastischen Preisen und mit Donnerhall in der Kunstwelt zu verkaufen, und immer noch derselbe Ludwig war nach wenigen Anläufen zu diesem Ziel, genaugenommen noch vor jedem Anlauf, wieder verzagt. In einem solchen Seelenzustand scheint kein Wandel mehr möglich. Das Mißlingen ist zu einer schlechten Angewohnheit geworden.

Als Ludwig gleich nach dem Gespräch mit der zukünftigen Frau Lopez die Stimme des Herrn Dr. van Twillebeeckx hörte, war er überzeugt, dies sei wieder ein Bote des verpatzten Gestern.

»Sie sind zu häufig besetzt, junger Mann, Sie telephonieren zuviel«, sagte Twillebeeckx. Er habe tagelang verzweifelt versucht, Ludwig zu erreichen. Die Frist sei nun abgelaufen. Da habe er eben ohne Rücksprache entscheiden müssen. »Ich habe meinem Freund Mr. Khan gesagt, daß Sie die Sache übernehmen. Notieren Sie mal bitte die Adresse: der Name der Firma ist ›Nephew & Nephew‹, und weiter: nineth floor, Adamjee House, I. I. Chundrigar Road, Post office box 6637, Karachi-2, Pakistan, Cable: Nephew modes«, das wurde mit Buchstabieren und Rückfragen durchgegeben, so daß Ludwig vor lauter Hören und Aufschreiben keine Zeit zum Denken hatte. »Heute mittag telephonieren wir zusammen mit Mr. Khan in meinem Büro, da mache ich Sie bekannt. Ich will das jetzt schnell hinter mich gebracht haben, ich bin nun schon eine Woche mit nichts anderem als Ihrer Zukunft beschäftigt.«

Ludwig lag mit hochgezogenen Knien auf der Seite. Der Hörer war seiner Hand entglitten. Sein Gesicht auf dem Kissen war vom Schlaf zerdrückt und verquollen, denn er war wirklich noch nicht lange wach.

Zweites Kapitel

Ein Tag von sechsunddreißig Stunden

Niemand hätte sagen können, welche Tageszeit in dem von Neonröhren weiß ausgeleuchteten Keller herrschte. Das kleine Fenster unmittelbar unter der Decke war so dicht vergittert, daß es nur Lichtpünktchen durchließ, und die konnten täuschen, denn das Fenster führte auf einen Schacht, in dem nachts eine Glühbirne brannte. Wenn man das Fenster öffnete und den Hals reckte, sah man ein Stück der Müllkästen aus Waschbeton und manchmal Schuhe von Leuten, die gerade etwas wegwarfen. Die teuren Gesundheitsschuhe des Hausmeisters kehrten regelmäßig zu den Mülltonnen zurück, aber das waren die einzigen wiedererkennbaren Schuhe, denn das Haus war unabsehbar groß, und in vielen Büros wechselten ständig die Mieter. Wenn Bella Lopez eine Pause machte, wandte sie sich manchmal diesem verborgenen Ausguck zu.

»Ich kann nicht leben, ohne ein Stück Himmel zu sehen«, sagte sie und beschrieb Ludwig dann die Schuhe des Hausmeisters. Ohne Aufwand hatte sie eine gewisse Behaglichkeit in dem Lagerraum hergestellt. Indem sie Ordnung unter den vielen Pappkartons schuf, war eine Art Harmonie entstanden. Ludwig und Bella saßen jetzt unter einem großen Kalender aus Pakistan. Das Farbphoto zeigte eine Frau in leuchtend rotem Sari, die an den knochigen Handgelenken viel gehämmerten und geschmiedeten Silberschmuck trug und hinter einem Haufen eidottergelben Farbpigments saß. Sollte dies Bild die Vorstellung wecken, die Baumwollstoffe des Hauses »Nephew & Nephew Limited« seien mit

Naturpigmenten wie zur Zeit der Moguln gefärbt? Damals erzeugten die indischen Stoffe bei der europäischen Kundschaft einen Rausch. Sie waren bedeckt mit fleischigen Päonienblüten, Granatäpfeln, die in mandelförmigen Schlitzen ihre Kerne zeigten, und geometrischen Mustern, die den Betrachter schwindeln machten wie in dem Morgenstern-Gedicht auf die Tapetenblume: »... und folgst du mir per Rösselsprung – wirst du verrückt, mein Liebchen!« Am berühmtesten war das Fischblasenmuster, aus unzähligen Ornamentbändern gedreht und geflochten. Für eine elegante Frau war der Kaschmirschal lange wichtiger als ein Zobel. Auf den Fluten ihrer Taftrobe, nachlässig um die vollen weißen Arme geschlungen, lag ein solcher Schal in schönen Falten und fügte mit seinen edelsteinhaften Mustern aus feinster Wolle dem europäischen Geschmack etwas Filigranes, Märchenhaftes hinzu. Twillebeeckx hatte solche Schals gezeigt bekommen, groß wie ein Bettlaken und so fein gewoben, daß man sie durch einen Fingerring hindurchziehen konnte. »That is for a lady only«, hatte Mr. Khan bemerkt, als er das mit seinem eigenen Ring vorführte. In seinen Worten lag etwas Verachtungsvolles, als wolle er sagen: »In Ihrem Land gibt es solche Frauen gar nicht.«

Die alten edlen Muster spielten bei »Nephew & Nephew« nur eine untergeordnete Rolle. Die Frau auf dem Kalenderblatt belieferte mit ihrem aus Kuhurin gewonnenen Pigment gewiß nicht die Färbereien von »Nephew & Nephew«. Für den düsteren und zugleich hellstrahlenden Keller war das Blatt dennoch ein Schmuck. Darunter stand ein Eisschrank, wie Ludwig jetzt mit Verwunderung feststellte, obwohl er keinen gekauft hatte und eine solche Investition auch verfrüht fand.

Bella lächelte mit listigem Stolz. Sie wollte gelobt werden. Gestern erst hatte sie dem Hausmeister mit den Gesundheitsschuhen eine Flasche Sekt geschenkt, und heute schon trug diese Gabe Frucht. Der Eisschrank war im neunten Stock in einem soeben geräumten Büro zurückgelassen worden. Ein Geschenk.

»Fidi durfte schleppen helfen.« Das erheiterte sie. »Ich habe ihn hierher bestellt. Meinen Sie, ich wäre mit den Kartons allein fertig geworden? Fidi hat auch die Kaffeemaschine zusammengesetzt und angeschlossen. Für irgend etwas muß er schließlich gut sein.«

Sie öffnete den Eisschrank. Es leuchtete warm aus ihm heraus, und er war nicht einmal leer. Eine Tüte Milch, zwei Büchsen Bier und eine Flasche Apfelwein standen darin. Die Milch sei für sie, sagte Bella, der Apfelwein für Ludwig und die Bierdosen für Fidi, den »schlimmen Kerl«, wie sie lächelnd hinzufügte.

Ludwig lebte, seit ihn die Firmengründung beschäftigte, in einer Spannung, die er eigentlich nur noch wahrnahm, wenn sie ihn einmal kurz verließ. Nachts wachte er auf und setzte sich auf den Bettrand. Er hatte das Bedürfnis, sich die Hände auf das Herz zu legen und dagegen zu pressen. Das schuf eine gewisse Erleichterung. Was ihn nachts schlaflos machte, obwohl er seiner Natur nach ein maßloser und unbekümmerter Schläfer war, ließ ihn am Tag neuerdings geizig werden, und zwar vor allem, wie oft bei Geizigen, gegenüber bescheidenen Beträgen.

Bellas Sicherheit fegte seine Bedenken einfach zur Seite. Der Name der Firma »Nephew & Nephew Europe« war in den Öffentlichen Bekanntmachungen der Tageszeitungen erschienen, und das hatte für sie zur Folge, daß es diese Firma nun gab und daß ihr Geschäftsführer, ein Titel von ehrfurchtgebietendem Klang, nun wahrhaft und leibhaft Herr Ludwig Drais sei. Er selbst zweifelte an diesen Realitäten zutiefst. Wenn er düster und verloren über seinen Schulden grübelte, war er geneigt, sein ganzes Vorhaben für einen Schwindel zu halten, der schon bald in einem Konkurs auffliegen würde. War es nicht Wahnsinn, für ein solches Büro Anschaffungen zu machen?

»Nein«, sagte Bella. Eine Kaffeemaschine müsse sein. Die brauche sie zum Arbeiten. Und wenn schon eine Kaffeemaschine, warum dann nicht gleich eine Espressomaschine mit einem Heißluftgebläse für die Milch?

Ja, warum nicht? Sie faßte ihn bei seiner eigentlichen Natur, der das ständige Nachrechnen fremd war, und mit dem erzwungenen Geldausgeben kehrte für kurze Zeit auch die alte Unbedenklichkeit zurück. Es handelte sich ja wirklich nur um bescheidene Beträge.

Daß Bella ihren Mann auch weiterhin als Hilfskraft kommen lassen wollte, wie aus den Bierbüchsen hervorging – Exportbier, das Fidi Lopez aus dem Loch im Deckel wie aus einem Brunnen in den Mund rann –, ließ die Firma schon stattlicher erscheinen. Wie wäre es, wenn Fidi Lopez bei dem bevorstehenden Besuch von Mr. Khan als Fahrer aufträte? Könnte man ihn dazu bringen, einen Anzug anzuziehen?

Am liebsten hätte Ludwig das Büro überhaupt nicht mehr verlassen. Hier zwischen dem Waschbecken und den Blechregalen und dem kubistischen Spiel der Pappkartons zu schlafen, wäre auch eine Art Arbeit gewesen. Es war schön, daß auch Bella nicht an Aufbruch dachte, sondern ohne Eile Papiere in schmale Plastikfächer einordnete, als wolle sie das noch lange tun. Es war wahrscheinlich schon bald Mitternacht.

»In der Aufbauphase ist die Abrechnung nach Stunden ein Unsinn«, sagte Bella. »Da wird solange gearbeitet, wie Arbeit da ist.« Sie schlug einen strengen Ton an, als sei sie es, die den maßlosen Forderungen des Personals entgegentrete. Zeit hatte sie, bis Fidi kam, sie abzuholen. Wenn es um sie gehe, sei er nicht pünktlich, fügte sie beruhigend hinzu.

Ludwig war bedrückt. Seit Tagen fragte er sich, ob er die letzte Sendung aus Hyderabad und das letzte Telephonat mit Mr. Khan mit Bella beraten solle. Sie verstand von dem Geschäft ebensowenig wie er selbst, und jetzt wäre dringend fachmännischer Rat vonnöten gewesen. Jede richtige Firma bestellte heute Gutachten und Marktanalysen bei kostspieligen Autoritäten. Ludwig besaß nur sein schlechtes Gefühl. Er war davon überzeugt, daß Mr. Khans Ansinnen sein Schifflein schon bei der ersten Fahrt aus dem Hafen schwer belastete und womöglich zum Sinken brachte. Er faßte Mut und nahm ein Päckchen aus dem Regal.

»Was sagen Sie dazu?« fragte er, als sie es ausgepackt hatte und ein formloser Flanellschlafanzug mit gelbem Maiglöckchenaufdruck vor ihr lag.

»Das ist ein Flanellschlafanzug«, sagte sie.

»Schauen Sie sich auch die Beine an.« Seiner Stimme war die Nervosität anzuhören. Die Beine liefen in Säckchen für die Füße aus; es handelte sich um weite, das Bein umflatternde Strumpfhosen.

»Das ist der sogenannte Footed Pyjama«, sagte Ludwig mit düsterer Stimme, »das neueste Produkt des Hauses ›Nephew & Nephew Limited‹, unser Startartikel. Man erwartet in Hyderabad, daß wir mit diesem Ding ganz groß herauskommen. Während wir diesen traurigen Gegenstand betrachten, sitzen in Hyderabad zweihundert sechsjährige Kinder an den Nähmaschinen und produzieren im Akkord den Footed Pyjama.«

»Was haben Sie dagegen?« fragte sie verwundert. Das machte ihn wütend. War sie eine Lumpensammlerin, der alles irgendwie brauchbar vorkam? Wahrscheinlich war das weiblich. Wahrscheinlich steckte in jeder Frau etwas davon.

Wer denn überhaupt Schlafanzüge trage? Seit dem Jahr 1968 würden nachweislich keine Schlafanzüge mehr getragen, habe in der Zeitung gestanden. Die Schlafanzugfabrikanten seien entsprechend besorgt. Und wo in Deutschland gebe es denn keine Zentralheizung? Wo rolle man sich hier auf dem Ofen zusammen, um nachts nicht zu erfrieren? Nicht einmal auf der Zugspitze. Diese Schlafanzüge würden wahrscheinlich für Sibirien produziert: fünftausend gußeiserne fußbetriebene Nähmaschinen aus einem kasachischen Kombinat gegen eine Million Footed Pyjamas. Schon das Dessin sei irgendwie russisch, dies Elendsdekor, das nach zerbeulten Emailleschüsseln, öffentlichen Suppenküchen und Waisenhäusern geradezu stinke.

»Würden Sie etwa einen Footed Pyjama tragen?«

»So kann man die Frage nicht stellen.« Er sei doch Jurist? Ludwig Drais dachte an die Professoren, die ihn im Backstein-Gebäude des Frankfurter Landgerichts vernommen hatten, und nickte, die Augen zusammengekniffen, als ob ihn etwas blende.

»Wenn ich zu einem Rechtsanwalt gehe, will ich nicht hören, daß ich unrecht habe. Ich will wissen, wie ich meinen Prozeß gewinne«, sagte Bella. Sie habe da ihre Erfahrungen, notgedrungen, weil Fidi immerfort etwas mit dem Auto anstelle. Wer mit Fidi Lopez fahre, sei quasi ständig im Zeugenstand. Ein Bekannter von ihr – sie schätzte diese unbestimmte Bezeichnung ihrer Beziehungen –, ein erfolgreicher Rechtsanwalt in der Innenstadt mit drei Partnern, moderner Kunst und Ledersophas, habe Fidi neulich gefragt: »Haben Sie das getan, was Ihnen da vorgeworfen wird?« Da sei sie dem arglosen Fidi ins Wort gefallen: »Bist du mein Rechtsanwalt, oder bist du der Staatsanwalt?« So komme man nicht weiter. Sie habe dem großen Mann aus der Innenstadt zeigen müssen, wie es gehe: Zeugnisverweigerung, Aufschub mit ärztlichem Attest, Beweisanträge, Verschleppung der Sache bis zu den Gerichtsferien, und dann sei die Verjährung schon eingetreten. Auch Mr. Khan habe ein Recht darauf, nicht belehrt zu werden, der Footed

Pyjama sei in Deutschland unverkäuflich. Ludwig müsse seine Einstellung ändern.

»Sie müssen positiv denken«, sagte sie. Das versuche sie auch Fidi Lopez beizubringen, der gleichfalls ein großer Negativ-Denker sei. Wahrscheinlich sei das männlich, das Negativ-Denken. Der Mann komme sich besonders intelligent vor, wenn er an allem etwas zu kritisieren finde. Es gebe da ein Buch, bemerkte sie, sachlicher werdend. Die Amerikaner seien den Europäern im Positiv-Denken weit voraus. Kein Wunder, daß der Autor dieses Werks Amerikaner sei.

»Mach das Beste draus!« lautete eine Kapitelüberschrift. Was nachteilig und unglücklich erscheine, habe immer auch eine vorteilhafte Seite; die zu entdecken sei das Ziel des positiven Denkens. Eine Eislaufprinzessin, zu höchstem Ruhm gelangt und mit einem Fünfjahresvertrag für »Holiday on Ice« in der Tasche, sei mit dem Auto verunglückt und habe beide Beine verloren. Im Rollstuhl erst entdeckte sie ihre journalistischen Fähigkeiten, heute leite sie eine der größten Schnittmusterzeitschriften der Vereinigten Staaten. Das Buch, soviel sehe man an diesem Beispiel, sei schon älter. Mit gutem Willen erkenne man aber, worum es gehe.

Ludwig hörte ihr gebannt zu. Noch vor kurzem hätte er die Bereitwilligkeit, Gurus und geistigen Hochstaplern nachzulaufen, verhöhnt und über die Geläufigkeit gelacht, mit der sie das Vokabular des Lebenshilfe-Autors übernahm. »Positiv sein heißt für mich, daß ich mir die Syphilis geholt habe«, hätte sein Freund Pressler dazu gesagt.

Pressler ahnte nicht, wie das Leben wirklich war. Ludwig sah sich in allen großen Handelshäusern mit dem Footed Pyjama zum Gespött werden. Er sah sich unter den kalten Blicken der mächtigen Einkäufer sein Köfferchen öffnen, unter werbendem Reden die Pyjamahose entfalten und schließlich die angenähten Fußteile vorführen. In seiner Verzweiflung hatte er einen Brief an Mr. Khan entworfen.

Die Lebensgewohnheiten der Kontinente seien verschieden. Gemessen an der Trockenheit und Dürre Pakistans, erscheine Deutschland frostig und naß, verglichen mit Finnland sei es warm und lieblich.

»Hier wachsen Rosen und Wein«, dieser Schluß appellierte an das poetische Gemüt des Orientalen. Bella bekam den Brief nicht zu sehen. Er wurde dann auch nicht abgeschickt.

»Sie sind der Anwalt von ›Nephew & Nephew‹.«

Sein Fehler als Verkäufer sei, daß er immerfort frage, ob man brauche, was er anbiete. »Was braucht man schon? Man braucht fast gar nichts. Womit bin ich aufgewachsen? Mit nichts. Meine Mutter hat mir, bis ich siebzehn war, kein einziges Kleid gekauft.« Was man nicht kenne, das brauche man nicht. Ludwig kenne nichts, das habe sie gleich gesehen. Er sei ein geistiger Mensch, er schwebe in anderen Regionen, weit weg von den niederen Realitäten. Das sagte sie in bewunderndem Ton. Um so mehr bedürfe er kleiner Hinweise von »Praktikern«, kleiner Ratschläge aus der »Praxis«.

»Haben Sie jemals in einem Wohnwagen geschlafen?«

Ludwig dachte an seinen Vater, der eher auf einer Parkbank übernachtet hätte als in einem Wohnwagen. Als Kind hatte Ludwig die Wohnwagen, die seit den fünfziger Jahren über die Autobahnen rollten, geliebt. Die Autos wurden langsam, wenn sie einen schweren Wohnwagen über einen Berg zogen. Beim Überholen sah man die salonhaften Gardinen, im Handel »Wölkenstores« genannt, in ihrer städtischen, seßhaften Pracht. Gummipuppen mit Friseurfrisuren, Kissen, in denen Rosenknollen die gestickte Autonummer umgaben, und mit Wollpompons gekrönte Toilettenpapierzylinder sahen unter den halbhohen Gardinen hervor. Die Beschränkung des Raumes hatte das Dekorationsbedürfnis noch gesteigert.

Am Straßenrand verließen die Bewohner das geheimnisvolle Wageninnere. Gebeugt stiegen sie aus den fahrenden Puppenhäusern, in Trainingsanzügen, Shorts und Netzhemden, die Brustwarzen und Behaarung dunkel durchschimmern ließen; jeder half Kältetaschen, Klappmöbel, Flaschen und Konservenbüchsen herauszutragen, und bald war die kleine Welt wie ein umgedrehter Handschuh ins Freie gewendet.

Glich dies Bild nicht einer Völkerschau auf dem Jahrmarkt? Dort blickte man von einem Gerüst auf die afrikanische Strohhütte in der Zeltmitte. Eine Frau mit nackten Brüsten und Armbändern aus Tierzähnen stampfte Hirse in einem hohlen Baumstumpf, ein Säugling wurde genährt, ein kräftiger Mann tanzte, von seinen Brüdern auf der Buschtrommel begleitet, auf einem Haufen Flaschenscherben, ohne die rosigen Fußsohlen zu verletzen. Der weiße Direktor im Tropenhelm erklärte die Vorgänge, ohne von der schwarzen Familie zur Kenntnis genommen zu werden.

Konnte man sich nicht auch auf dem Parkplatz einen Ansager mit Mikrophon vorstellen? »Hier sehen Sie, wie Herr Hinzmann die Nudelsuppenkonserve öffnet. Daneben versucht Frau Hinzmann, den Reisekocher anzuzünden; das scheint nicht gleich zu klappen. Und jetzt trägt Fred Hinzmann den Klappstuhl heraus, während Ingeborg Hinzmann das praktische Mückenräucheröfchen zusammenschraubt.«

»Ja, ich weiß schon, für Sie ist das nichts«, sagte Bella, die ihn beobachtete. »Aber ich war glücklich, wenn wir im Wohnwagen übernachten durften. Ein Bekannter meiner Mutter« – da war er schon wieder, der Bekannte – »hatte am Kahler See seinen Wohnwagen stehen; die Räder waren abmontiert, wegen dem Gesindel, das über solche Plätze schleicht; ein Gesindel gibt es da, so etwas kennen Sie gar nicht. Am Kahler See war es vielleicht am allerschlimmsten.

Und dort habe ich den allerschönsten Sommer meiner Kindheit erlebt.«

Die Superlative folgten aufeinander, ohne paradox zu wirken. Alles auf dem Campingplatz war deutlicher, größer, bemerkenswerter als zu Hause.

»Dort stand ein Pflaumenbaum mit so dicken« – sie schloß den Daumen und den schlanken Zeigefinger zum Kreis – »Pflaumen. Zuckersüß.« Hatte sie schon einmal Obst verkauft? Dies »Zuckersüß« gehörte zum festen Wortschatz der Obstfrauen.

»Wenn wir auf den Camping-Platz am Kahler See fuhren« – eine Kiesgrube mit wimmelndem Wochenendbetrieb –, »schliefen meine Mutter und ihr Bekannter draußen in einem Zelt. Ich hatte den Wagen für mich allein. Wenn abends überall die Grillfeuerchen ausgingen und die Radios abgestellt wurden – da wurde streng aufgepaßt –, kam eine Stille auf, die war beinahe unheimlich. Wenn der Mond hell schien, heulten die Hunde wie Wölfe, und die ganze Nacht hörte man die Tür vom Toilettenhäuschen, denn niemand konnte schlafen. Und dann sah man die Sterne. Der Bekannte von meiner Mutter erklärte die Sternbilder, den Andromeda-Nebel und die Milchstraße, die aussieht, als ob der Himmel an dieser Stelle ein bißchen durchgescheuert ist, und vor den anderen Wohnwagen standen die anderen Männer, die ihren Familien die Sterne erklärten. Und dann fielen auch die Sternschnuppen – im August.«

Er habe noch nie eine Sternschnuppe gesehen, sagte Ludwig.

Die Sternschnuppen wischten so schnell über den Himmel, daß man oft daran zweifle, wirklich welche gesehen zu haben. Sie seien wie Glühwürmchen. Man sehe eins, und dann sei es auch schon wieder weg. Und daß man sich etwas wünschen dürfe, wenn eine Sternschnuppe falle, das sei wahr. Das könne sehr gefährlich werden.

Es war, als habe sie herbeigeführt, daß Ludwig sie nun fragte, ob sie sich schon einmal etwas gewünscht habe.

Sie antwortete ihm, als sei sie das Opfer stellarer Heimtücke, eine durch allzu prompte, allzu buchstäbliche Wunscherfüllung Hereingefallene. »Ich habe bekommen, was ich mir gewünscht habe.«

»Und was war das?«

»Fidi Lopez.«

Während sie sprach, wandte sie sich einem Aktenordner zu, in den sie neu eingetroffene Stoffmuster heftete. Diese Muster waren viel zu klein, um die Wirkung der Farben beurteilen zu lassen. Die Fetzchen hatten gezackte Ränder. Der Aktenordner sah binnen kurzem wie ein Briefmarkenalbum aus.

Wollte sie etwa andeuten, daß sie die Ehe mit ihrem Mann bereue? Wann immer sie von Fidi Lopez sprach, hatte sie einen ironischen Ton, obwohl ihr Ironie sonst fern lag. Vielleicht war sie zu ernsthaft für den lustigen Lopez. Ludwig bezweifelte nicht, daß sie die Kraftvollere von beiden war, aber hieß das auch die Unabhängigere?

»Fassen wir zusammen, was wir gesagt haben.« Bella sah ihn entschlossen an; sie hatte alles Nachdenkliche verloren. »Sie werden sich mit dem Footed Pyjama in einer ganz anderen Abteilung vorstellen als mit den Hemden und den Geschirrhandtüchern. Sie gehen in die Sport- und Camping-Abteilung: der ideale Schlafanzug für den Schlafsack, der Skihüttenschlafanzug, Himalaya-erprobt. Der Schlafanzug der Bergsteiger, der Pyjama der Sherpa. Da bekommen wir aus Hyderabad sicher Material. Man muß ein bronzenes Gesicht mit tausend lächelnden Fältchen zeigen, den Bergführer des Dalai Lama, niemals unterwegs ohne seinen Footed Pyjama …« Dies alles sagte sie ohne den leisesten Anklang von Heiterkeit, in begeistertem Ernst, wie eine Seherin.

»Oder« – nun trat ein neues Bild vor ihre inneren Augen – »die Strampelhose für den behinderten Erwachsenen. Die Erleichterung für Ihren Pflegefall. Kein Freistrampeln oder nächtliches Freiliegen für Ihren geisteskranken vierzigjährigen Nachwuchs. Kein Auskühlen im Altersheim. Das ideale Kleidungsstück für den windelntragenden Schlaganfallgelähmten ... aber das nehmen wir nur hilfsweise. Es gibt immer noch mehr Skiläufer als Heiminsassen.« Auch diese Überlegung stellte sie im schattenlosen Neonlicht lauterster Sachlichkeit an. »Und dann sollte man Geschenkpackungen zusammenstellen.«

»Geschenkpackungen?« fragte Ludwig, der atemlos lauschte.

»Etwas, das zusammenpaßt. Topflappen mit demselben Muster wie die Schlafanzüge.«

»Aber was haben denn Topflappen mit Schlafanzügen zu tun?«

»Es ist vollkommen gleichgültig, was diese Sachen miteinander zu tun haben. Sie haben dasselbe Muster, das genügt. Und der Topflappen ist ein Geschenk. Man kauft, was man nicht braucht, um geschenkt zu bekommen, was man erst recht nicht braucht.«

»Wer tut das?«

»Alle tun das.«

»Ich nicht.«

»Auf Sie kommt es nicht an.« Das war ein Kompliment. Er lächelte nun auch.

»Wie schade, daß wir keinen Sekt dahaben. Wir müßten auf Ihre Ideen anstoßen.«

Sie stand auf und kramte in einem großen Karton, der enthielt, was sie zum Arbeiten brauchte: leichte Schuhe, eine Plastiktüte mit Kosmetika, Schokoladenplätzchen der Marke »Schoko-Finger«, die beim Hineinbeißen derart knusperten, daß eine Katze vor Jagdeifer verrückt geworden wäre, außerdem ein bestimmtes kleines Kissen, das sie unbedingt im Rücken haben mußte, wenn sie an der Schreibmaschine saß, und das sie abends stets wieder in der Kiste verstaute, »damit es nicht wegkomme«, wie sie vielsagend bemerkte.

Die Sicherheit, mit der sie die Sachen aus dem Karton anfaßte und wieder wegsteckte, war Ludwig angenehm. Alles, was sie tat, nützte der Firma. Man konnte, wenn man sie so hantieren sah, wirklich sagen, »daß sie ihre Sache gut anpackte«.

»Die ist Ihnen hoffentlich nicht zu süß«, sagte sie und stellte eine Flasche Sekt vor ihn auf den Schreibtisch. »Man tauft doch Schiffe und Kinder und Traktoren ...« – Wo hatte sie bloß die Traktoren her? –, »und ich finde, wir müssen auch das Büro taufen.« Im Nu tat sie Eiswürfel in zwei Kaffeebecher und lockerte den Draht des Sektkorkens.

Ludwig fiel auf, wie wenig das Neonlicht ihrer Erscheinung schadete. Frauen fürchteten sich sonst vor einer Neonröhre an der Decke. Dies Licht behauptete, wie Tageslicht zu sein, das reinste Licht, von der Sonne hervorgebracht und durch Luft und Wolken gefiltert und gebrochen, milchig, grau, rötlich, golden, bläulich und weißlich getönt, warm und kalt, feucht und trocken und beständig in allem Leben erzeugend. Dagegen machte das Leuchtgas aus allem Lebendigen einen Leichnam. Es holte die kleinen Fehler, die müde werdende Haut, das strohig werdende Haar, in die wissenschaftliche Helle des Operationssaales. Wer war so ausgeruht, so gepflegt und so entspannt, daß er die Kunstsonne nicht fürchten mußte? Nur Bella tat sie nichts an.

Oder war Neon nicht sogar vorteilhaft für sie? Ihre Haut war farblos wie ein Champignon in einem unterirdischen Stollen. In ihrem Haar von metallischem Blond blinkten silbrige Punkte; seltsamerweise erschien es auf der Schwarz-Weiß-Photographie des Führerscheins nicht weiß, sondern dunkler als jetzt. Ein Kellerkind, dachte er, aufgewachsen in Zigarettenrauch und Abgasen. Und zugleich war Bella glatt und frisch wie ein Säugling. Kam das von den Wochenenden am Kahler See? Dummes Zeug, sie war ganz einfach dieser skandinavische, dieser russische, farblose Typ. Daß braungebrannte Menschen als gesund galten, war doch nur eine neumodische Illusion. Bellas Augen waren grau mit einer leicht gelblich-ockrigen Beimischung – »bernsteinfarben« dachte Ludwig; er siedelte sie eben an der Ostsee an. Ihr Mund mit den vollen Lippen war blaß und durch die durchscheinenden Blutgefäße zart blau, wenn sie sich nicht, etwa beim Einlegen eines Farbbandes, auf der Unterlippe herumbiß.

Bella rauchte wenig, aber ihr Mann rauchte ununterbrochen. Von seiner Zigarette nahm sie manchmal einen Zug, oder sie rauchte ihm eine an, wenn er keine Hand frei hatte. Das waren Gesten von einer Verbundenheit, die Ludwig in ihrer Wortlosigkeit pflanzenhaft vorkam. Während Fidi munter schwatzte und dabei einen schadhaften Mechanismus untersuchte, betrachtete sie ihn manchmal unverwandt. Das waren scharf musternde Blicke, als wolle sie herausfinden, was sie an ihn fesselte.

Erklärte sich so das Rätsel der Liebe? Pressler meinte, die menschliche Seele sei wie ein Film, der im Blitz der Verliebtheit plötzlich belichtet werde. Worauf während dieses unvorhersehbaren Liebesblitzes das Seelenobjektiv zufällig gerichtet sei, das komme unweigerlich auf die Platte. Was man Liebe nenne, sei nichts anderes als der meist vergebliche Versuch, dieses einmal aufgenommene Bild in der Wirklichkeit später wiederzufinden. Wenn dieser Versuch schließlich aufgegeben werde, spreche man vom Ende der Liebe.

Bella und Fidi waren in Ludwigs Augen ein gutes, jedenfalls ein »interessantes« Paar, wie seine Mutter sich ausgedrückt hätte. Die delikate Farblosigkeit Bellas, die ihr etwas Unberührtes und Zartes gab, ließ sie neben dem bräunlich mediterranen Fidi mit seinem roßschweifharten Haar gleichwohl erwachsener wirken. So fest sie aneinander gebunden waren, so heftig zerrten sie unablässig an diesem Band, um seine Dauerhaftigkeit zu erproben. Für den Beobachter war das unterhaltsam. Jedenfalls stellten die beiden ihre Innigkeit nicht zur Schau. »Bei den harmloseren Zärtlichkeiten wird viel gelogen«, sagte Pressler. »Was nur mit den Körpern zu tun hat, ist einfach und klar. Auf dieser Ebene macht man sich nichts vor.«

Wenn niemand im Büro etwas sagte oder mit Papier raschelte, war es still wie im tiefen Wald.

»Der einzige Mensch in diesem riesigen Haus ist …«

»Der Hausmeister«, sagte Ludwig.

»Nein, nicht der Hausmeister. Der Nachtwächter. Um halb neun löst der Nachtwächter den Hausmeister ab. Und der Nachtwächter muß uns auch hinauslassen, denn jetzt ist das Gebäude völlig abgeriegelt und die Alarmanlage eingeschaltet.«

Das Bürohaus war von zwanzig weiteren Klötzen umgeben, und in jedem hockte nur der Nachtwächter. Wie allein man in der übervölkerten Region am zersiedelten Rand einer Großstadt sein konnte. Ludwig dachte an seinen Bruder. Nachtwächter war eigentlich der ideale Beruf für Hermann. Angst hatte er nicht, und das Alleinsein war sein einziges Glück. Aber warum hatte er dann nicht bei der Wachfirma ausgehalten? Von einem solchen Alleinseinskünstler wurde allerdings mehr erwartet, als daß er mit dem Schäferhund umgehen konnte. Vor allem mußte er einsehen, daß fremdes Eigentum Schutz verdiente. Hermann wäre imstande, einem notleidenden Einbrecher selbst beim Hinaustragen zu helfen. Aber auch die Klagen des Bestohlenen würden ihn unglücklich machen. Diese vollendete Untauglichkeit zu allem, sogar zum Nachtwächter, erregte Ludwigs Zorn.

Hermann war ja nicht einmal fähig, durchs Examen zu

fallen. Auch das Durchfallen mußte man vorbereiten, »Unterlagen« mußten, wie das hieß, »beigebracht werden«. Jedes lächerliche Papier war für Hermann ein unübersteigbares Hindernis. Wenn man ihm eine Stechkarte in die Hand gab, steckte er sie verkehrt herum in das Apparätchen, oder er verschmierte sie mit Marmelade, oder er warf sie mit der Zeitung in den Papierkorb. Und dann die Entschuldigungen, dieses verzweifelte Gesicht, dieser Ausdruck der Not. Jeder, der mit diesem Mann zu tun hatte und ihm nicht an die Kehle fuhr, bewies, davon war Ludwig überzeugt, eine ans Übernatürliche grenzende Selbstbeherrschung, und Selbstbeherrschung war nicht eben Ludwigs Sache, die übernatürliche ebensowenig wie die einem wohlerzogenen Erwachsenen nun einmal angemessene.

»Fidi war auch einmal Nachtwächter«, sagte Bella, »aber was war er nicht?« Die Aufzählung, die nun folgte, erinnerte an die Kurzbiographien gewisser amerikanischer Autoren, in denen vom Fahrkartenkontrolleur, Leichenwäscher, Geflügelkastrierer, Taschendieb bis zum Sektenprediger nichts ausgelassen wurde. Wer nur einen »Dr. phil.« vorzuweisen hatte, sollte beim Lesen einer solchen Liste seine Mittelmäßigkeit fühlen. Bellas Aufzählung klang aber nicht renommistisch. Verzweifelt schien sie auch nicht, eher ratlos.

»Als ich ihn kennenlernte, trafen wir uns immer tief in der Nacht; er hatte jedesmal eine eisgekühlte Flasche Champagner dabei.« Lopez bewachte damals eine große Werbeagentur, in der bei der Arbeit viel getrunken wurde, in der »kreativen Etage« jedenfalls. Die Textschreiber und Photographen hatten ihre Wodka-, Whisky- und Elsässer-Riesling-Phase hinter sich und waren beim Champagner angelangt, denn die Geschäfte liefen gut. Wenn Fidi eintraf, feierte man meist gerade das Ende des Arbeitstages und ließ den pfiffigen Nachtwächter gern teilhaben. Als dann beständig Flaschen im Kühlschrank fehlten, beschuldigte man sich zunächst gegenseitig. Es brach ein regelrechter Champagner-Krieg im zweiten Stock der Agentur aus. Fidi ahnte nichts davon, der Unselige, sondern bediente sich weiter, bis die Künstler ihm eine Falle stellten.

Danach arbeitete er als Fahrradkurier. Er war dünn, aber seine Muskeln waren aus Eisen, so Bella, als sei sie stolze Besitzerin eines Rennpferdes. Er habe trotz seiner Raucherei jeden Geschwindigkeitsrekord geschlagen. Hätte sie es gern gesehen, wenn er bei der Fahrradtruppe geblieben wäre? Er ging in dieser Zeit früh ins Bett und war zu müde, um sich zu betrinken; nach ein paar Büchsen Bier sei er umgesunken und habe keinen Unsinn mehr anstellen können.

Die Zeit als Lagerarbeiter sei, was die Sauferei anging, die hemmungsloseste gewesen. In den riesigen Hallen weit vor der Stadt, wo die Arbeiter mit Gabelstaplern durch Gassen aus Pappkartons rollten, hörte man kein anderes Geräusch als das Surren der Wägelchen. Nach einem Plan, der nur aus Zahlen bestand, wurden Kisten aus den Regalen gehoben, ohne daß der Fahrer wußte, was darinnen war, ein geisterhaftes Tun, das eine große Trockenheit, um in der Sprache der Mystiker zu reden, erzeugte. Die Männer in der Halle, die sich tagsüber nur sahen, wenn ein Arbeiter am anderen vorübersurrte, fanden sich abends zu einer Art Kampf- und Sturztrinken zusammen. Es kam darauf an, in möglichst kurzer Zeit die Erinnerung an die unwirklichen Stunden mit den Zahlenlisten und den Paketen auszulöschen.

»Die eine Hälfte seines Lohns floß in die Kasse des Vermittlungsbüros, die andere hat er sofort versoffen.« Selbst dies war nicht jammernd gesagt. Gleich folgten wieder anerkennende Bemerkungen über seine eiserne Gesundheit. Sogar zum Tanzen seien sie noch ziemlich oft gegangen, aber das hätten sie später gelassen. Ein tanzendes Ehepaar sei ein bißchen peinlich.

Wie klar sie das sah, diese Balzbewegungen von Leuten, zwischen denen es doch nichts mehr zu werben gab. Bella war nüchtern, aber nicht verbittert. Fidis Arbeitsleben kam ihr immer noch komisch vor; von Mißbilligung war sie weit entfernt.

Warum kann ich Hermann nicht einfach komisch finden? fragte sich Ludwig. Daß der Bruder als Hilfsbriefträger die Post nicht austrug, war für die Leute, die vergeblich warteten, natürlich nicht zum Lachen. Aber er hatte die Briefe ja nicht weggeworfen. Er war nur dabei, ein neues System der Verteilung zu entwickeln, und mußte deshalb eine gewisse Menge zusammenkommen lassen. Schließlich fand man die säuberlich aufgeschichteten Posthäufchen in dem Keller, wo Hermann seine Vormittage zugebracht hatte, während man ihn mit der großen gelben Tasche unterwegs glaubte. Wie immer nahmen die Eltern es auf sich, Hermanns Vorgesetzten »den Fall zu erklären«, wie das hieß. Hermann selbst trat gar nicht mehr in Erscheinung.

Der Vater, der kleine kranke Mann, sah gleich liebevoll auf seine beiden Söhne, daran war kein Zweifel erlaubt. Wenn man überhaupt von einer Enttäuschung des Vaters sprechen durfte, dann konnte es sich nur um die eine grundsätzliche handeln, die keinem Vater erspart bleibt: Kinder gezeugt zu haben, um in ihnen fortzuleben, und nun feststellen zu müssen, daß diese Kinder vollständig andere Menschen als er geworden waren.

Oder bezog sich dieses Fremdheitsgefühl nicht doch vor allem auf Ludwig? Seitdem die Krankheit des Vaters plötzlich offenbar geworden war, in diesen Tagen des Wartens und des allmählichen Abnehmens, kam Hermann seinem Vater ohne Mühe viel näher als Ludwig. Wenn Hermann seinen Vater besuchte, war er ruhig und sah nicht auf die Uhr, und wenn der Vater einnickte, saß Hermann still daneben und schlief womöglich zur Gesellschaft auch ein wenig ein, und wenn der Vater wieder aufwachte, erzählte Hermann einfach da weiter, wo der Schlaf sie unterbrochen hatte. Hermann war in Ludwigs Augen eigentlich gleichfalls ein Kranker. Da war es, als schaffe die höchst verschieden begründete Schwäche von Vater und Sohn eine natürliche Gemeinsamkeit.

Ludwig schilderte demgegenüber seine Geschäfte immer viel zu heftig. Er war überzeugt, daß seine Eltern weder begriffen, was er vorhatte, noch Vertrauen in seine Fähigkeiten, sein Urteil und seine Aufrichtigkeit setzten. Außerdem lag die elende Geldfrage in der Luft. Hermann sprach nicht über Geld. Er nahm, was die Eltern ihm gaben, ohne dafür zu danken, wie er es auch hingenommen hätte, wenn kein Geld mehr geflossen wäre.

Hermann würde dann betteln gehen, dachte Ludwig, wir könnten einen körperlich gesunden Hermann an der Hauptwache sitzen sehen, wie er freundlich das Geld der Leute einsammelt, die ihre Mittagspause machen. Wem es gelang, zu verdrecken und mit verfilztem Haar und muffigen Kleidern herumzulaufen, der hatte ohnehin gewonnen. Wenn so einer sich von wohlmeinenden Seelen »in die Badewanne stecken« ließ, ein Ausdruck von zupackender Menschenliebe, sich rasierte, die Nägel schnitt und frische Wäsche anzog, dann glaubte alle Welt, es sei Wunder was geleistet worden. Ein Mensch war gerettet, eben noch ein Graus und jetzt ein wohlduftendes Objekt der Fürsorge. Natürlich nicht lange, damit das Spiel wiederholt werden konnte.

Nun, Ludwig war nicht mit Butterbroten und heißen Bädern zu helfen. Die Geldfrage war zwischen seinen Eltern und ihm scharf und deutlich geklärt. In seinem beleidigten Stolz würde Ludwig niemals wieder an diesen Punkt rühren. Wenn er jedoch von seinen Unternehmungen erzählte, um in dem stillen Haushalt ein Gespräch in Gang zu bringen, konnte es nicht ausbleiben, daß die Rede auch auf die Ausgaben kam.

»Wenn du diese tüchtige Mitarbeiterin hast, dann mußt du sie doch sicher gut bezahlen?« fragte die Mutter.

»Ja, selbstverständlich«, sagte der Vater, als wolle er zeigen, daß er noch nicht so fern vom Leben sei.

Alles drängte Ludwig in solchen Augenblicken, Bellas Lohn zu übertreiben, um die sparsamen Eltern zu erschrekken. Dann wieder sprach er von überschaubaren Kosten, günstigen Krediten und Steuervorteilen, die der Staat den Existenzgründern gewährte.

»So ist das in unserem Staat«, sagte Ludwigs Mutter dann und schüttelte den Kopf, »für solche Sachen wird das Geld ausgegeben.«

Der Vater war weniger mißtrauisch als seine Frau, aber ihn erschöpfte der Ton, den Ludwig anschlug. In dem dämmernden Wohnzimmer war man glücklich, wenn der Tag dem Vortag glich. Der Vater schlief jetzt regelmäßig und sehr lange nach dem Mittagessen, um den in der Nacht versäumten Schlaf nachzuholen. Er nahm kaum noch etwas zu sich, meist nur einen süßlichen, mit dem Geschmack von Waldbeeren parfümierten Brei aus der Apotheke. Dieser rosa Brei sei für die Astronauten auf ihrer Reise ins All entwickelt worden. Die kurzgeschorenen Astronauten mit den massiven Kinnladen und den vierschrötigen, fast anstößig gesunden Körpern aßen dieselbe Kost wie der geisterhaft leicht gewordene Mann, der meist schon nach wenigen Kaffeelöffelchen satt war. Auch Ludwigs Vater war dabei, die Erde zu verlassen.

Oft war nicht klar, ob der Vater in seinem hohen Lehnsessel überhaupt wach war. Dann überließ Hermann sich seinen Träumereien.

Schon als Kind hatte er auf einem Totenschädel aus dem Nachlaß eines Mediziner-Onkels die narbigen Nähte der Schädeldecke betastet. Warum sollten sich diese fein vernähten Knochenwülste, die die Schädeldecke dreifach teilten, nicht wieder voneinander lösen, mit einem leisen Knacksen wie bei einer Eierschale, und sich unter dem Aufsteigen des Liquors heben und schwimmend auseinander streben? Wenn er unter dem Eindruck dieser Vorstellung seine eigene Schädeldecke betastete, war es wie beim Hörnchenspiel in der Kindheit, wenn der Vater den Daumen auf die Kinderstirn legte und behauptete, er fühle dort die Hörnchen wachsen; man glaubte das dann selber spüren zu können.

Kleine Zwangsvorstellungen, Ticks, bei denen man gern verweilt und über die alle anderen staunen würden, haben viele Menschen, vielleicht sogar alle. Aber Hermann sprach offen darüber und mit einer Hemmungslosigkeit, die bei einem sonst schweigsamen und schüchternen Menschen überraschte.

Kannte Ludwig seinen Bruder eigentlich? Er wußte nicht einmal, wo Hermann wohnte. Hermann hatte längst das Haus verlassen, als Ludwig sein Studium begann. Ludwig glaubte, niemals eifersüchtig auf Hermann gewesen zu sein. Aber wenn er jetzt nachmittags, wenn die Sonne schon gesunken war, in das Wohnzimmer seiner Eltern trat, in dem noch keine Lampe brannte, und dort in den Lehnsesseln die Umrisse des Vaters und Hermanns sah, die in ein flüsterndes Gespräch mit großen Abständen vertieft waren, fühlte er sich sofort und ausdrücklich aus dieser Gemeinschaft ausgeschlossen, obwohl ihn der Vater, sowie er ihn erkannte, mit einem schwachen, aber liebevollen Lächeln begrüßte.

Man muß wohl krank oder verrückt sein, um überhaupt als anständiger Mensch zu gelten, dachte Ludwig in einer plötzlich aufschießenden Abneigung.

Etwas von dieser Gereiztheit bekam jetzt auch Bella zu spüren. Die Unterhaltung war eingeschlafen, weil beide schneller mit dem Einordnen von Papieren voranschritten und die Eiswürfel in ihrem Sekt schmelzen ließen. Es war zu spät, um viel Sekt zu trinken. Ludwig merkte nach ein paar Schlucken, daß er anfing, müde zu werden, und Bella hatte ihm ohnehin nur symbolisch zugeprostet. Erstaunlich, daß sie die Flasche dennoch geöffnet hat, dachte Ludwig, sie konnte sich doch denken, daß ich sie nicht allein leere. Das war ihre großzügige Art; wenn man mit einem halben Glas Sekt anstoßen wollte, machte man eben eine Flasche auf.

»Sie sind wie meine Mutter«, sagte er, indem er ihr einen Brief über den Tisch reichte.

Ob Mr. Khan mit Ludwigs langjährigem Lateinlehrer Cahn verwandt sei, hatte die Mutter gefragt, als der Sohn das erstemal von »Nephew & Nephew« erzählte. Nein, Herr Khan stamme aus Pakistan, Doktor Cahn aber aus Deutschland. Vielleicht habe Doktor Cahn aber Verwandte in Pakistan? Hier wurde Ludwig ungeduldig: der Lehrer Cahn sei ein deutscher Jude aus Breslau, Mr. Khan hingegen ein tiefdunkelbrauner Mohammedaner aus Hyderabad. »Das habe ich längst verstanden«, sagte seine Mutter streng.

»Sie schreiben hier zweimal hintereinander ›Kahn‹ statt ›Khan‹«, sagte Ludwig zu Bella. »Bei Namen muß man unerhört heikel sein. Es gibt Leute, die eine falsche Schreibung des Namens sehr übelnehmen.«

Er hielt den Blick auf den Schreibtisch gerichtet, denn er wollte nach Art gewisser Vorgesetzter beim Tadeln den Blick des Untergebenen meiden.

Als er den Kopf wieder hob, wurde es dunkel. Er glaubte ganz kurz, ihm sei schwarz vor Augen geworden. Es blieb aber viel schwärzer als bei kleinen Schwindelanfällen, deren Dunkelheit einen tiefen Purpurton hat, durch Blitze erhellt und durch das Kreisen runder Flecken bewegt wird. Es war so schwarz wie kein Weiß weiß sein kann. Das Fensterchen mit dem feinmaschigen Blechgitter, durch das bis eben die

Lichtpünktchen der Eingangsbeleuchtung zu sehen waren, gab es auch nicht mehr. Alles war in ein Loch gefallen, das die Körper, die Schatten, den Raum in nichts auflöste.

Es ist Neumond, dachte Ludwig, als könne der hellste, weißleuchtendste Vollmond einen einzigen Strahl in diesen Keller senden.

Erst einmal schwiegen beide.

»Frau Lopez?« sagte er schließlich. Es kam ihm geradezu absurd vor, etwas zu sagen; so überzeugend war das Erlebnis der Einsamkeit.

»Stromausfall«, sagte ihre Stimme, die ihm überraschend nah vorkam. »Ich habe doch auch eine Kerze eingepackt?«

Das war laut gedacht. Der Gedanke an die Kerze tastete sich durch den Kopf, wie ihre Hände über den Schreibtisch fuhren, um die Schublade zu suchen.

»Au!« schrie sie plötzlich.

Ludwig sprang auf und stieß sich an der Metallkante des Schreibtischs, aber er achtete nicht darauf und sagte fast schreiend: »Haben Sie sich weh getan?«

Die Antwort war ein leises Schmatzen. »Ich habe mich an etwas gestochen. Der Finger ist feucht. Er blutet bestimmt. Ich lecke gerade das Blut ab.« Nach einer Pause: »Es schmeckt gar nicht nach Blut. Vielleicht ist auch schon zuviel Spucke dran.«

Wie seltsam das war, im Dunkeln so vor sich hin zu schwatzen. Ob sie damit ein Aufsteigen der Angst bekämpfen wollte?

»Wenn ich die Kerze gefunden habe, wird das Licht wieder angehen«, sagte sie. »Wahrscheinlich lohnt es gar nicht, zu suchen. Und außerdem – haben Sie Feuer?«

Ludwig griff in die Jacken- und Hosentaschen, mit geringer Hoffnung, da er nur selten rauchte. Aber da war tatsächlich ein Streichholzbriefchen mit einer gelackten Oberfläche, aus einem chinesischen Restaurant im Bahnhofsviertel, wie er jetzt sicher war – mit wem hatte er dort nur gegessen?

»Hier«, sagte er und hielt das Briefchen in die Richtung, in der er Bella vermutete.

»Wo sind Sie?« Ihre Stimme klang nah und ganz pur, als höre er sie zum erstenmal, tonstudioartig präsentiert, weich und ortlos. An seiner Hand wischte etwas vorbei wie ein Fledermausflügel. Das war ihre Hand, die ins Leere griff. Dann hatte sie das Briefchen erwischt, diesmal ohne seine Hand zu berühren. Es verschwand einfach aus seinen Fingerspitzen.

»O«, rief sie, und diesmal war wirklich Erschrecken in ihrer Stimme, »jetzt habe ich es fallen lassen, wie blöd!« Sie tastete auf dem Schreibtisch herum, aber dort lagen so viele Sachen unter- und übereinander, daß nur ein Glücksfall ihr die Streichhölzer hätte wieder in die Hände spielen können.

»Ich gehe den Nachtwächter suchen«, sagte sie mit plötzlicher Entschiedenheit. Ludwig hörte, daß sie ihren Stuhl zurückschob und aufstand. »Das ist kein Stromausfall. Das gibt es gar nicht. Die Sicherungen müssen herausgeflogen sein.«

»Wissen Sie denn, wo der Nachtwächter ist?« fragte Ludwig.

»Natürlich weiß ich nicht, wo der Nachtwächter ist.« Ihre Stimme klang gereizt. »Aber ich weiß, wo ich ihn finden könnte.« Sie sprach leise, während sie sich voranbewegte, indem sie offenbar die Hände über die Wand gleiten ließ. »So, hier ist das Regal, immer noch das Regal, jetzt kommt der Eisschrank …«

»Der Eisschrank«, rief Ludwig Drais. »Vielleicht gibt es Licht im Eisschrank.« Er hörte an dem matten satten Geräusch des Gummipolsters im Türrahmen, wie sie die Tür öffnete und wieder zuschlug. Es klirrte leise. Das waren die Flaschen.

»Ich sagte doch, das ist ein Kurzschluß.« Bellas Stimme war noch ungeduldiger. Er hatte sie aufgehalten. »Der Kalender ... o je, jetzt ist er heruntergefallen. Das ist das Waschbecken, das Handtuch, der Lichtschalter ...« Obwohl sie ihn wegen des Eisschrankexperimentes gerügt hatte, knipste sie hörbar an dem Schalter herum. Beide lebten noch in der Erwartung, daß diese Dunkelheit, wie sie über sie hergefallen war, wieder verschwinden würde.

»Die Tür«, sagte sie. »Sie bleiben doch hier?«

»Ja«, antwortete er, ohne zu wissen, ob sie noch da war. Sie hatte am Schreibtisch die Schuhe ausgezogen und glitt jetzt auf Strümpfen durch das Haus. Ein kühler Luftstrom traf ihn. Das war das Zeichen, daß sie die Tür nicht hinter sich geschlossen hatte.

»Frau Lopez?« fragte er etwas lauter, aber er vermied es, zu rufen. Eine Scheu, die er sich selbst nicht eingestand, hielt ihn davon ab, als bleibe alles um ihn herum im Alltäglichen, solange er selbst sich nicht aufregte.

Keine Antwort. Bella war wohl schon jenseits der Glastür, die draußen den Gang vom Netz der unterirdischen Korridore abteilte.

Ich bin allein, dachte Ludwig. Da saß er im Dunkeln aufrecht auf seinem Stuhl am Schreibtisch wie eine Wächterstatue in einer ägyptischen Grabkammer. Vielleicht war es besser, sich hinzulegen? Wenn man lag, war es doch beinahe wie zu Hause im Bett. Liegen war die angemessene Haltung im Dunkeln. Aber wenn plötzlich das Licht anging und Bella in der Tür stand und ihn liegen sah? Hätte er dann nicht sagen können, daß er etwas suche? Seine Brille sei heruntergefallen? Warum denke ich mir eigentlich Ausreden aus? dachte er auf einmal. Am liebsten hätte er laut gelacht, aber dies Gelüst unterdrückte er. Im Dunkeln allein laut zu lachen, mit dieser Vorstellung hing etwas Bedrohliches zusammen. Das ist typisch für mich, dachte er.

Ich lasse mich immer in solche Schneckenhäuser von Möglichkeiten hineinziehen: Was denkt der oder die, wenn ich dies oder das tue? Das ist das Gegenteil von souverän. Ich bin nicht souverän.

Man kann die Zeit, die Ludwig im Dunkeln verbrachte, in drei Abschnitte einteilen. Zunächst förderte die ihn umgebende Schwärze und Einsamkeit seine Neigung zu Reflexionen. So friedlich und auf sich zurückgeworfen wie jetzt in der künstlichen Nacht dieses Hochhauskellers, war er schon lange nicht mehr gewesen.

Es ist eine künstliche Nacht, dachte er, die in der natürlichen Nacht wie eine Zyste sitzt. Draußen ist es dunkel, weil die Erde sich dreht und unsere Hälfte von der Sonne abgewandt ist und in die Weltraumnacht schaut. Um sich das klarzumachen, stellte er sich jenen Apparat vor, der den Ersten Weltkrieg überstanden hatte und zu den wenigen Lehrmitteln in seinem Gymnasium zählte, auf denen noch etwas von dem ehrwürdigen Staub eines alten Pennals lag. Das war die Weltkugel, auf der die meisten Länder den Engländern gehörten, schief aufgehängt an einem eisernen Bügel der Mond, halb silbrig und halb schwarz bemalt, und auf einem festen gußeisernen Ständer die Kerze, die Sonne. Eine quietschende Kurbel setzte den Apparat in Bewegung. Die Erde drehte sich eiernd. Es konnte einem um England und seine Besitztümer angst werden; der Mond begann seinen Weg, drehte sich um sich selbst und wackelte zugleich um die Erde herum, während das Kerzenlicht in der Sonnenrolle und wie von Galilei beschrieben, in der Mitte festgenagelt blieb. Damit der Apparat sein Bestes gab, wurde das Klassenzimmer mit schwarzen Jalousien, die aus der Zeit der Bombenangriffe stammten, verdunkelt. Es entstand eine Stimmung wie auf dem Gemälde des Wright of Derby, dem Luftpumpenexperiment bei Kerzenschein, und wie auf diesem Bild folgten nicht alle Anwesenden gebannt, sondern nutzten den Schutz der Dunkelheit auch zu unwissenschaftlichen Zwecken.

Ludwig hielt unwillkürlich die beiden Zeigefinger in die Höhe, um den Lauf von Erde und Mond nachzuahmen, ließ sie aber wieder sinken, denn er sah ja nichts.

Man könnte die Zeit umstellen hier unten, dachte er, wie im Nachttierhaus des Zoos, wo die Fledermäuse und die Wüstenbeutelratten den Tag für die Nacht halten und für die Besucher wach und lebhaft sind. Dann hätte man die Chance, aus dem Zeitgefängnis, in dem man mit allen Menschen einer Weltgegend eingesperrt ist, auszubrechen. Es ist jetzt zwar lästig, hier unten festzusitzen und nichts zu sehen, aber auch eine Chance. Im übrigen frage ich mich, warum Frau Lopez nicht ruft. Der Nachtwächter schläft doch wahrscheinlich und muß geweckt werden.

Auch Hermann hatte während seiner Nachtwachen geschlafen, das gehörte offenbar zu diesem Beruf. Ist es nicht sonderbar, daß man, um diese künstliche Nacht zu beenden, nach dem Nachtwächter ruft? Man müßte den Tagwächter in einem solchen Gebäude einführen. Ich war immer dagegen, mit solch einer Bürostadt irgend etwas zu tun zu haben, aber jetzt bin ich froh, hier zu sein. Der moderne Geschäftsmann tritt aus den sozialen Zusammenhängen heraus – er war jetzt literarisch inspiriert, er verfiel in einen futuristischen Hymnus –, und schließt sich dem großen Bund der überall auf dem Erdkreis wachenden und vom Fluß der Nachrichten wachgehaltenen ökonomischen Conquistadoren an, die sich geistig gleichsam immer im Niemandsland, auf hoher See, im Weltraum, aufhalten und immer neue Kombinationen herstellen. Man kann modernes, in die Zukunft und über die Kontinente schauendes Geschäft nicht in einem Kontor mit Säulenportal und der Allegorie der drahtlosen Telegraphie als Juno mit Lokomotive im Treppenhaus betreiben. Die neuartigen Geschäftsideen werden in einer gewissen Heimat-

und Ortlosigkeit geboren, in Hotelzimmern, auf Flughäfen, in nach neuem Putz riechenden Gebäuden, die in zehn Jahren veraltet sind und abgerissen werden. Ich sitze hier richtig!

Im Grunde brauchte er nur etwas Anfängerglück. Seine Ware war so billig, daß irgendwer sie schließlich kaufte. Das schien ihm jetzt sicher. Und dann? Er war nicht Mr. Khans Sklave. Niemand wußte, wie lange er Geschäftsführer von »Nephew & Nephew« sein mußte.

Es war die Dunkelheit, die Nacht des Verrats. Niemand war Ludwigs Zeuge, als er mit einem Riesenerfolg alle Erwartungen überflügelte und Mr. Khan die Pistole auf die Brust setzen konnte. So war das eben im Geschäftsleben, die Nibelungentreue war schon in der Politik lächerlich und sogar gefährlich, wieviel mehr in der Wirtschaft. Mr. Khan war ein Orientale mit dem Dolch im Gewande. Daran war kein Zweifel. Er würde weder überrascht noch enttäuscht sein, wenn er sah, was aus dem verkrachten Studenten geworden war, den er gnadenhalber in seine Gehaltslisten aufgenommen hatte.

Diese Vorstellung war so schön, daß Ludwig eine Weile in stummer Betrachtung bei ihr verweilte, wie lange, das hätte er nicht sagen können, denn auf die Uhr konnte er nicht sehen.

Auf einmal war ihm wieder, als treffe ihn ein kühler Luftzug. Und dieser Schub Luft enthielt auch eine Ahnung des Parfums von Frau Lopez. Er fand es jetzt sehr komisch, daß er dies junge Mädchen immerfort pedantisch »Frau Lopez« nannte, wie es in den Nachrichten »Frau Gandhi« oder »Frau Meinhof« hieß. Immerhin war sie wenigstens verheiratet und gehörte nicht zu den unverheirateten Frauen, die sich verbaten, »Fräulein« genannt zu werden. Er war davon überzeugt, daß er Bella »Fräulein« angeredet hätte, wenn sie nicht Fidis Frau gewesen wäre, dies Privileg hätte er sich nicht abhandeln lassen.

Ludwig sog Luft ein wie ein Weinprüfer, der unsicher ist, noch einen weiteren Tropfen auf die Zunge nimmt – ja wirklich, das war der Duft von Frau Lopez. Zitrus, Vanille, etwas Süßes, in Alkohol aufgelöster Himbeerbonbon vielleicht, das unversehens etwas Benzinhaftes annahm, jung, frisch, zugleich niedlich verspielt; »romantisch«, das arme, mißbrauchte Wort: so sollte das Parfum wahrscheinlich wirken.

»Frau Lopez?« sagte Ludwig halblaut, und dann noch einmal, betont ruhig, mit etwas tieferer Stimme als üblich, »Frau Lopez?« Wer draußen vorbeiging und nicht Frau Lopez war, sollte denken, daß dort drinnen jemand in aller Gelassenheit seiner Sekretärin ein Schriftstück zum Photokopieren überreichte.

Es war aber niemand da. Oder doch? Aber warum hätte Frau Lopez nicht antworten sollen? Und warum sollte sonst jemand durch den Keller dieses verlassenen Hauses schleichen, in dem es nichts als Wirtschaftsräume, Heizungsrohre, Klimaanlagen und Lager für Büromaterial gab?

Ludwig stand auf. Er horchte. Nichts, nicht einmal das böse Rauschen, das in vollkommener Stille vom Ohr selbst hervorgebracht wird und den in die Nacht hinein Lauschenden verrückt machen kann. Dieses Parfumwölkchen, das ihn da erreicht hatte, bezeichnete nur die Spur der Frau Lopez, nicht ihre Gegenwart.

Luft ist ja nicht nichts, erklärte sich Ludwig. Luft ist ein ziemlich dichtes Gasgemisch, in dem sich Dämpfe, Gase und Wolken keineswegs ohne Widerstand verteilen. Man sieht ja, wie lange eine Auspuffwolke ein kompakter Körper bleibt, bis sie sich aufgelöst hat. Draußen im Flur hat eben noch ein Kubus dieses Parfums in der Luft gehangen, den erst der Zug verteilt und hier herein getragen hat. So ist das.

Es war eine geistige Freude, alles so befriedigend und erschöpfend zu erklären. Ludwig hielt es plötzlich für möglich, wirklich alles, was es gab, so schön erklären zu können, ohne Rest und Zweifel.

Bezeichnend war meine Reaktion, als mich diese Wolke aus Zitrus, Vanille und Himbeerbenzin erreicht hat. Sofort dachte ich: Frau Lopez ist in der Nähe. Was hat ein Gemisch chemischer Duftstoffe mit Frau Lopez zu tun? Ein Fabrikat, hunderttausendfach auf kleine Flaschen gezogen, denn teuer riecht es nicht gerade, wenn auch nicht ganz billig.

Hier liege der Hund begraben, dachte Ludwig, der sich langsam wieder setzte, weil er nun sicher war, allein zu sein. Das sei die einzigartige Dressurleistung der Frauen, diese rundum geglückte Suggestion, daß Frauenkörper nach Maiglöckchen, Rosen, Veilchen, Moschus und Jasmin riechen. Es hängt so eine Duftfahne in der Luft, und jeder Mann denkt: eine Frau. Dabei wisse jeder, wie eine Frau rieche, wenn man ihr nur ein wenig näher gekommen sei. Man brauche gar nicht so grob zu sein wie Pressler und seine neapolitanische Spruchweisheit: »Sie stinkt, und doch beten alle sie an.« Man liege mit einer Frau im Bett, und die Frau habe ihre Tage, und das teile sich dann eben mit und mache auch überhaupt nichts. Aber kaum sei man aufgestanden, kehre der eingeübte Reflex zurück: Die Frauen riechen wie ein Blumenbeet im Frühling. Das war ein kollektives Werk aller Frauen der Welt, die sich ohne große Verständigung auf dieses Erziehungsziel geeinigt hätten.

Hatte seine Mutter ihm nicht früher einen Tropfen ihres Parfums auf sein Kopfkissen getan, wenn er heulte, weil sie ausgehen wollte? In der rund um ihn aufsteigenden Geruchswolke wußte er, daß sie körperlich anwesend war.

Damit hat sie mich, in Loyalität gegenüber ihrem Geschlecht, für alle Zukunft geprägt, dachte Ludwig, womöglich in einer Übererfüllung ihrer Pflichten. Heute heißt das Konditionieren. Ich bin konditioniert, jede Frau als Duftbombe, etwas Edleres, Saubereres als mich selbst anzusehen.

Daß ich nicht einmal anrufen kann, dachte er. Das Telephonsystem war so kompliziert, daß er es auch im Hellen nicht bedienen konnte. Frau Lopez stellte die Verbindungen her. Das war ihm auch recht so. Es war schön, zu sagen: »Frau Lopez, verbinden Sie mich doch bitte mal mit der Hausverwaltung.« War es nicht eigentlich unerhört, ihn hier ohne die Möglichkeit, mit irgendwem Verbindung aufzunehmen, so lange sitzenzulassen? Wo war sie überhaupt? Das Gebäude war groß, doch nicht unermeßlich.

Plötzlich war es nicht mehr schön, auf dem Stuhl zu sitzen. Ludwig trat in den zweiten Abschnitt seiner Dunkelhaft, den unruhig-unternehmenden. Als ihm die Unmöglichkeit zu telephonieren klargeworden war, überkam ihn ein Gefühl des Gefangenseins, das er keinen Augenblick meinte ertragen zu können. In den Kellergängen öffneten sich Treppenschächte zu noch tiefer gelegenen Kellern. Frau Lopez konnte durch einen falschen Schritt eine solche Treppe hinuntergefallen sein und ohnmächtig und mit gebrochenem Rückgrat daliegen. Vielleicht rief sie auch schon lange, und er hörte es nicht, weil er stur auf seinem Stuhl hockte.

Ob sie am Ende einen Ausgang gefunden hatte und einfach nach Hause gegangen war? Das war doch nicht möglich, ein solcher Vertrauensbruch! Und überhaupt kam es ihm jetzt vor, als habe sich, was diesen Erkundungsgang anging, das Geschlechterverhältnis zwischen ihnen vertauscht. Den Gefahren des In-der-Nacht-Herumtappens hatte sich eigentlich der Mann auszusetzen, nicht die zarte silbrigweißgoldene Frau. Wie war es dazu gekommen, daß sie sich, ohne seine Anordnung abzuwarten, einfach aus dem Raum stahl? Er hatte sich freilich zu dieser Aufgabe nicht gedrängt. Es war fraglich, was es brachte, durch das Dunkle zu schweifen, wenn das Licht dann doch von selbst wieder anging. »Je weniger die Leute die Technik verstehen, desto mehr sind sie bereit, bei ihr alles für möglich zu halten«, dieses von Pressler formulierte Theorem traf auf seinen Freund Ludwig jedenfalls zu.

Was sagte ihm sein Zeitgefühl? Er mußte sich eingestehen, daß es ihm gar nichts sagte und auch nichts sagen konnte, weil es auf kleine Zeichen angewiesen war, eine Veränderung des Lichtes, ein Kaltwerden des Kaffees, ein Warmwerden des Weins. Wenn die Müllabfuhr rumpelte und zischte, brauchte er keine Uhr, um zu wissen, daß es halb acht war. Aber solche Signale fielen hier weg. Er glaubte, lange, unerträglich lange, hier zu sitzen. Das Zeitgefühl der Kinder war zurückgekehrt, das weniger die verflossene Zeit mißt als die Kraft, den gegenwärtigen Zustand zu ertragen.

Frau Lopez riß alles an sich, sie war tüchtig, aber vielleicht etwas zu tüchtig. Die Frage, ob man überhaupt, und wenn, wer losgehen sollte, hätte erst beraten werden müssen. Nun sollte sie ruhig schauen, wo sie den Nachtwächter fand.

Es war noch nicht lange her, daß Ludwig Angst im Dunkeln gehabt hatte. Diese Angst hatte ihn bis an die Schwelle des Erwachsenseins begleitet, aber er war, seitdem er sich im Dunkeln frei und sicher fühlte, noch niemals auf eine Probe wie diese hier gestellt worden. Er war, sagte er sich jetzt, auf eine solche Probe überhaupt nie gestellt worden. Wenn mir so etwas mit achtzehn oder sechzehn oder zwölf zugestoßen wäre – ich glaube, ich wäre verrückt geworden. Verrückt würde er jetzt nicht werden, das stand fest. Aber ein erwachsener Geschäftsmann ließ sich solche Schlamperei nicht bieten. Die Hausverwaltung würde morgen etwas zu hören bekommen. Mietabzug stand auf solches Versagen, eine für die Firmenkasse allzu verführerische Sanktion, um freiwillig darauf zu verzichten.

Die Mietsache ist nicht gebrauchsfähig, dachte Ludwig empört. Er war ja schließlich Jurist.

Zunächst einmal kam es darauf an, die Mietsache zu verlassen. Dazu war äußerste Konzentration erforderlich. Er wollte auf jeden Fall vermeiden, sich noch einmal zu stoßen. Am besten tastete man sich voran, sicherte durch sanftes Herumfühlen in der Luft den in Schrittrichtung liegenden Raum und tat den nächsten Schritt mit lose eingehängtem Fuß, um gegen ein unten stehendes Hindernis nicht anzuprallen.

Ich bin eine Languste mit ihren Antennen, dachte er, indem er ganz in seiner Technik des Vorrückens aufging. Wenn er an etwas Festes stieß, wurde es behutsam betastet und dann umgangen. Eine schiebende Fortbewegungsweise entwickelte sich.

Wo war die Glastür? Rechts oder links? Er versuchte sich vorzustellen, wie er das Haus betrat, um die Ecken bog, die Treppe hinunterging und auf die Glastür stieß. Es gelang nicht. Es war zu dunkel, um sich etwas vorzustellen. Aber das war absurd! Eben noch hatte er Bilder vor sich gesehen, Bella Lopez die Treppe hinabfallend, das waren greifbar klare Bilderfolgen gewesen. Aber dies willentlich rekonstruierende Vorstellen gelang nicht. Das Dunkel schluckte die sich rudimentär formierenden Bilder einfach weg.

»Herr Zeuge, erinnern Sie sich, ob die Glastür rechts oder links war?« Die einfachste Frage der Welt. Seit einer Woche ging er täglich mehrmals durch diese Tür. Es war tatsächlich einfach: sie war rechts. Bestimmt war sie rechts. Auf einmal gelang die Herstellung des inneren Bildes. Deutlich sah er den kahlen Gang mit den Schrammen an der Wand, als müsse alles, was in diesen Keller getragen wurde, für die Archäologen Kratz- und Schleifspuren hinterlassen. Und dabei war dies doch nur ein Betonschacht, in dem ein einziges Lebewesen sich an die Wand drückte.

Immerhin gab es einen großen Vorteil hier draußen. Es stand nichts herum, worüber man hätte fallen können. Die

Architektur war von erhabener Schlichtheit. Ein Stück Wand, dann ein eiserner Türrahmen, die Nische einer Tür, die stets abgeschlossen war, der kühle Rahmen, die Wand. So kam er leicht voran. Es war ein Kinderspiel, sich hier zurechtzufinden. Die Blinden machten es schließlich auch nicht anders. Soviel er gehört hatte, waren die Blinden glücklich. Blindheit war ein Leiden, das dem Charakter offenbar guttat. Blinde neigten zum Optimismus, hatte er sagen hören. Es gab nur wenige Menschen, die nicht davor zurückschreckten, blinde Bettler zu bestehlen. Und es fand sich wohl auch immer jemand, der einen Blinden über die Straße brachte. »Der Mensch ist gut«, das war es, was Blinde ausstrahlten, wenn sie einen mit ihren verdrehten Augen anblickten. Ludwig Drais war sich nie sicher, ob sie nicht doch etwas wahrnahmen.

Ich bin blind, sagte er sich, während er sich vorsichtig und geschickt voranbewegte, draußen ist es hell, es herrscht reger Betrieb, und ich bin mittendrin und komme glänzend allein zurecht! Er dachte an den jungen Blinden, der in der Station der Untergrundbahn mit der Zielsicherheit einer aufgezogenen Maus auf die Zugtür zustrebte. Man muß einfach vergessen, daß zur Orientierung Augen notwendig sind, dann geht es auch ohne sie. Ludwig versuchte sich zu erinnern, an wieviel Türen er jetzt schon vorbeigekommen war: an vier oder fünf?

Aber das war unmöglich. Die Glastür hätte nach höchstens zwei Türen kommen müssen. Er hatte den Gang doch eben noch ganz klar vor sich gesehen. Hatte er sich, mitten in diesem Gang stehend, ein Bild davon gemacht, das mit den wirklichen Gegebenheiten nichts zu tun hatte? Wenn das möglich war, wie konnte man dann überhaupt eine Vorstellung entwickeln, die aus der Anschauung kam und sich mit dem Angeschauten wenigstens in groben Zügen deckte? Er empfand Empörung über Verhältnisse, die solche Diskongruenz erlaubten, denn entweder war sein Gedächtnis unzuverlässig, was aber nicht sein konnte, oder aber man hatte, während er mit Frau Lopez still in der Nacht arbeitete, heimlich irgend etwas geändert.

Ein Wahnsinniger – das sagt der Sehende so leicht, dessen Sinne erfolgreich Eindrücke aufnehmen, die Wahrnehmung der Umgebung berichtigen, ergänzen und umgestalten. Ludwig aber war ein ungeübter Blinder. Seine Sinne übermittelten ihm verzweifelt wenig. Trotz der Kühle, die im Gang herrschte, wurde ihm heiß. Der Schweiß rann ihm in den Kragen.

Weder in seiner Brusttasche noch in der Hosentasche war ein Taschentuch, das hatte er herausgenommen, als er nach Streichhölzern suchte. Ohne Taschentuch konnte er überhaupt nichts unternehmen.

Das beste war, zurück zum Schreibtisch zu finden und das Taschentuch zu suchen. Eine Weile schien ihm, daß er nur den Schreibtisch erreichen müsse, um gerettet zu sein.

Gerettet? Ludwig empfand sich tatsächlich auf einmal in Gefahr. Ihm war, als hänge er zwischen Himmel und Erde. Der Schreibtisch war die Sicherheit. Dort konnte er den Morgen abwarten.

Als seile er sich von einem Felsvorsprung ab, auf den er sich bergsteigend allzu kühn verstiegen hatte, tastete er sich zurück. Die Türen mit den Eisenrahmen in gleichem Abstand gewährten ihm das vertraute Erlebnis der Sicherheit.

Wie viele Türen waren es bis zum Büro? Das mußte er zum Glück nicht zählen, denn die Bürotür hatte er offengelassen. Er würde in sein Büro gleichsam hineinfallen. Hatte er die Tür wirklich offengelassen? Diese Frage ließ ihm wieder den Schweiß ausbrechen. Ludwig blieb stehen.

Vier, fünf, sechs Türen lagen hinter ihm. Er streckte die Hand aus und fuhr die Wand entlang. Auf einmal hatte die Hand die Fühlung mit der Wand verloren. Sie griff ins Leere.

Eine Ecke. Der Gang bog hier nach links ab. Aber wo hatte es denn in diesem Gang, in dem sein Büro lag, eine Ecke gegeben? Das gab es doch alles gar nicht! An dieser Stelle des Hauses war er noch nie gewesen. Es war müßig, hier etwas wiedererkennen zu wollen, denn das, was ihn umgab, hätte er, da war er sicher, auch bei Lichte nicht erkannt.

Diese Ecke, die sich in nichts von anderen Ecken in dem Bürogebäude unterschied, sollte sich ihm einprägen. Hier war es, daß er in den dritten Abschnitt seines Aufenthaltes in der Dunkelheit eintrat.

Als er an der Ecke lehnte und den Reiz der harten Betonkante zwischen den Schulterblättern fühlte, rührte sich auf einmal in seinen Därmen ein Dehnen und Rumoren. Ihm wurde schwach, als werde ihm mit einer großen Pumpe die Luft aus dem Körper gesaugt. Nein, Ludwig blickte nicht zum Himmel, denn wo er war, gab es kein Oben und Unten, aber er wußte, daß er nun auf der tiefsten Stufe aller Not angelangt war.

Durchfälle zu den unpassendsten Momenten waren sein geheimes Leiden, der schwache Punkt seiner Natur, der sich unbarmherzig offenbarte, wenn Ludwig mit Leib und Seele angespannt war. Krank war er nicht. Es fehlte dem Magen und den Därmen nur an der richtigen Einstellung. Er mußte, darin lag die einzige Hoffnung, in den Zustand steinerner Unbeweglichkeit geraten, den Atem flach werden lassen und jede unwillkürliche Regung des Körpers unterdrücken. Das Leben durfte einfach nicht weitergehen. Es mußte sich eine Parenthese in den Lebensabläufen öffnen, in der alle Funktionen für eine Weile aussetzten. So konnte man gewiß sogar das Sterben anhalten: durch vorweggenommenes Totsein, Totstellen, wie es bei Käfern hieß, den Tod selbst zu verblüffen.

»Ich gelobe ...«, sagte er leise und mit angehaltenem Atem, »wenn ich hier ohne ... wenn ich hier herauskomme …« War das am Ende etwa ein Gebet, das Stoßgebet der verschütteten Bergleute, der schiffbrüchigen Matrosen, der abstürzenden Flugzeugpiloten? Er hätte nicht sagen können, an wen seine Worte sich richteten.

Das bedrohliche Spannungsgefühl, die Darmangst, ließ nach. Sie trat gleichsam in die Reihe zurück, der flache Atem und die stocksteifen Gliedmaßen beherrschten sie. Dennoch blieb die Vorstellung unerträglich, in diesem Zustand noch Stunden ausharren zu müssen. Morgens früh kamen als erste die Putzfrauen, eine Truppe, die aus vielen Nationen gebildet war wie die Besatzung eines Schiffes. Man würde ihn als Salzsäule hier unten finden; vielleicht gelang es noch, mit steifen Beinen in den dann aus dem Nichts aufgetauchten Waschraum zu wanken.

Alles jedoch besser als die Schande. Jetzt hatte er endlich sein Wort gefunden. Die Schande. Das war es, was ihn bedrohte. Er wußte allzu genau, was geschah, wenn er nur einen Lidschlag lang die Kontrolle über sich verlor. Im Dunkeln zu stehen, besudelt, ohne die bescheidenste Möglichkeit, sich zu reinigen. Wenn Frau Lopez und der Nachtwächter sich näherten, würde der Geruch ihnen ankündigen, in welchem Zustand Ludwig sich befand. Niemals würde Frau Lopez das vergessen.

Anständigen, tüchtigen Leuten, Herren ihres Schicksals, stieß so etwas nie zu. Es gab eine innere Beziehung zwischen der Persönlichkeit und ihrem Schicksal. Jeder starb den Tod, der ihm angemessen war. »Das kann jedem passieren« – der Satz, der unfehlbar fallen würde, war nichts als banale Schönschwätzerei. Nein, das mußte und konnte gerade nur ihm passieren, dem schlechten Sohn, dem verkommenen Studenten, dem falschen Geschäftsmann, und es mußte ihm in diesem abscheulichen Haus zustoßen, vor den Augen fremder kalter Menschen, die nach seinen Schwächen Ausschau hielten und die Hände nach seinem unter lächerlichen Mühen zusammengekratzten Geld ausstreckten. Damit war Frau Lopez gemeint, als habe sie das Licht ausgehen lassen, nachdem sie ihm vorher warm-kalten, treibenden Sekt verabreicht hatte. Eben wollte er noch ein Gelübde ablegen, und jetzt war er nahe daran, Verfluchungen auszustoßen. Ich verfluche Frau Lopez, dachte er in einem Ingrimm, der sich wie Brausepulver wallend aus seiner Zerknirschung hob.

In diesem Augenblick ging das Licht an.

Es war wie die Landung einer Raumkapsel auf der Erde, die Rückkehr aus gefahrvoller Ortlosigkeit in den engen konkreten Raum. Was vorher nicht zu ertasten war, stellte sich nun einem einzigen Blick dar. Ludwig lehnte neben der Tür des Waschraums. Er mußte sich buchstäblich nur auf der Ferse herumdrehen, um hineinzugelangen, und so tat er das auch, fast ohne die Füße vom Boden zu lösen. Als er die Tür schloß, hörte er Stimmen näher kommen.

Ein erfrischter, geradezu übermütiger Ludwig Drais betrat kurze Zeit später sein Büro. Hinter ihrem Schreibtisch stand Frau Lopez und malte sich die Lippen mit einem krebsroten Lippenstift an, der scharf aus ihrer feinen Blässe hervorstach. Neben ihr war ihr Mann. Als Fidi Lopez den Eintretenden bemerkte, legte er die Hände wie ein Inder bittend zusammen und machte eine kleine Verneigung. Er tat, als fürchte er das Niedersausen eines Donnerkeils. Ludwig mußte lächeln.

»Das ist der böse Bub!« sagte Bella etwas undeutlich, denn sie war noch dabei, die fette Farbe durch wiederholtes Zusammenpressen der Lippen richtig zu verteilen. Fidi sei wie immer nicht schuld, aber der Anlaß. In seiner Gegenwart flögen die Sicherungen heraus, ohne daß er einen Finger rühre. Der Nachtwächter war der eigentliche »Dappes«; diesen Frankfurter Ausdruck hatte sie gern von Ludwig übernommen, denn sie fühlte sich von der Ungeschicklichkeit ihrer Mitmenschen verfolgt. Als der Nachtwächter, ein junger Mann, nur zur Aushilfe hier – Ludwig dachte wieder an seinen Bruder –, auf Fidis Klopfzeichen an der Scheibe die Alarmanlage ausstellen wollte, hatte er zugleich den Hauptstromkreis unterbrochen und damit das Unglück herbeigeführt. Es dauerte eine Weile, bis er mit der findigen Unterstützung des bald vereinten Ehepaares Lopez den richtigen Schalter fand, um wieder Licht werden zu lassen.

»Wir haben bestimmt zehn Minuten gesucht.«

So kurz, dachte Ludwig und staunte im stillen. Laut sagte er: »Es war herrlich im Dunkeln. Das schlimmste in Frankfurt ist, daß es im Grunde hier nie mehr richtig dunkel wird.« Die orangeroten Lampen über den breiten Ringstraßen erzeugten eine Art Feuerschein, ein brandiges Rot. So habe Frankfurt während der Bombardements vom Taunus aus wahrscheinlich ausgesehen. »Wir erleben viel zu wenig richtige Dunkelheit.« Das Dunkle verbinde uns mit der ganzen Menschheit und vereine die ganze menschliche Geschichte in sich. Die Dunkelheit sei bei allem Wandel das einzig Stabile; die Nacht, die alle Formen verschwinden lasse, schaffe dem modernen Menschen einen Begriff vom Leben der Neandertaler, der homerischen Helden, fränkischen Ritter und so fort, sie sei das einzige, das der moderne Mensch mit dem Menschen aller Zeiten teile. Das Ehepaar Lopez lauschte schweigend. Fanden die beiden diesen Anfall von Beredsamkeit etwa ein wenig sonderbar?

Fidi Lopez kannte ein Bierlokal in der Nähe, wo man nach zwei Uhr noch etwas zu trinken bekam. Es war ein trauriger Ort mit trübem Deckenlicht, erfüllt von den brummenden Orgelakkorden der Spielautomaten, mit wenigen, schon ziemlich betrunkenen Gästen, älteren Männern, die Schlüsselbunde mit glitzernden Anhängern vor sich auf der Theke liegen hatten und mit eigensinnigen Zurufen die

Aufmerksamkeit der auch nicht ganz jungen Kellnerin auf sich zu ziehen suchten.

Fidi wurde als guter Bekannter begrüßt. Seine Frau kannte das Lokal noch nicht, und sie wurde, als Lopez sie vorstellte, von der Kellnerin mit einem anzüglichen Blick bedacht.

»Ich hätte nie gedacht, daß du wirklich verheiratet bist«, sagte sie schnippisch. Ludwig setzte sich mit Bella und trank das eiskalte Bier, um seinen Magen zu bestrafen, während Fidi an der Theke stehenblieb und der Kellnerin flüsternd etwas erklärte. Man hörte einmal deutlich das Wort »Chef«.

Ein guter Chef hört sich an, was die Angestellten über ihr Privatleben mitteilen. »Lerne deinen Mitarbeiter kennen, und setze ihn dann richtig ein!« hieß eine der »goldenen Regeln« in dem kleinen Managerleitfaden, den Ludwig gelegentlich aufschlug. Obwohl er dies Buch ebensowenig durchlesen konnte wie einst seine juristischen Lehrbücher, warnte ihn etwas davor, es einfach wegzuwerfen.

»Wir können gar nicht nach Hause gehen«, sagte Bella, als er sie fragte, ob es nicht zu spät für ein zweites Glas sei, »wir müssen sowieso warten, bis meine Mutter eingeschlafen ist.«

Wohnungsprobleme paßten zu diesem luftigen, improvisierend über das Großstadtpflaster schwebenden Paar. Eine eigene Wohnung mit dem Namen am Briefkasten wäre bei einem Mann wie Fidi Lopez auch irgendwie stilwidrig gewesen. Man wohnte irgendwo bei »Bekannten« oder schlief in gerade ungenutzten Betten, deren Eigentümer man nicht kannte. Nach der Heirat fand Fidi es aber plötzlich unangemessen, Bella morgens einfach zu verlassen, um sich für den nächsten Abend ein anderes Quartier zu suchen. Mit der Ehe kam ein hinderndes Element in beider Leben. Immerfort mußte man, kaum hatte man die eigenen Schwierigkeiten im Griff, an eine weitere Person denken, die gleichfalls bis zum Hals im Ärger steckte.

»Heiraten Sie nie!« sagte Bella zu Ludwig, obwohl sie während der Autofahrt ihrem Mann fast in die Kleider gekrochen war; ihre Hand hatte die ganze Fahrt auf seinem Oberschenkel gelegen. Hinter ihrer überlegenen Ironie schien Bella fast verrückt vor Freude, ihn wiederzusehen.

Die letzte Wohnung hatten sie wegen Mietrückständen in Höhe der Kaution verlassen müssen. »Der widerliche Vermieter hat keinen Pfennig an uns verloren.« Nun waren sie vorübergehend zu Bellas Mutter gezogen, obwohl das Verhältnis von Mutter und Tochter schwierig war und obwohl die Mutter Fidi geradezu haßte. Die Wohnung war klein. Das Paar schlief auf einem Ausziehsopha in dem schlauchartigen, übermöblierten Wohnzimmerchen. Die Mutter war Kellnerin und kam erst gegen zwei Uhr nachts nach Hause. Dafür blieb sie lang im Bett, und nur so lange durfte und wollte das Paar bei ihr zu Gast sein. War Bella deshalb so blaß? Fidi sah gesund aus mit seiner bräunlichen Haut. Die Nacht war sein Lebenselement.

»Unhaltbare Zustände«, sagte Ludwig streng. Wer so etwas sagen darf, kann womöglich etwas daran ändern?

Bella sah ihn erwartungsvoll an. Jetzt kam Fidi und zeigte stolz einen Haufen Münzen, den er mit beiden Händen kaum fassen konnte.

»Eben gewonnen«, sagte er strahlend.

»Still«, sagte Bella und zeigte mit ihrer Hand auf Drais. »Hör lieber zu!«

Da wurden Hoffnungen in ihn gesetzt. Nun, zunächst suchte er selbst dringend nach einer Wohnung.

Es wurde später und später. Schließlich lohnte es sich kaum noch, ins Bett zu gehen.

Als Ludwig am nächsten Tag schon früh das Büro verließ, geschah das nicht, um sich hinzulegen. Er war angespannt; sein Besuch war geschäftlich.

Die wäre genau richtig für mich, dachte er, als er die Wohnung der alten Dame betrat, einer Freundin seiner Mutter, die Damen entzweiten sich gelegentlich. Die Wohnung befand sich in einem jener kahlen Mietshäuser aus den fünfziger Jahren, mit niedrigen Decken, Milchglaseinsätzen in den Türen und fensterlosen Badezimmern. Aber sie lag in einer schönen Gegend, nahe an einem Park mit kleinem Wasserschloß aus dem achtzehnten Jahrhundert, von Hans Thoma in seinen Frankfurter Jahren aus dem Fenster seines Hauses in der Lersnerstraße gemalt. Zwei weitausgreifende Kastanienbäume vor dem Haus zeigten, daß hier vor dem Krieg etwas Besseres gestanden hatte.

Die Adresse entsprach Frau Rüsings Ansprüchen vollkommen. Die Lage war altmodisch, aber das Haus selbst war »modern«; sie konnte mit Bühnenstimme »modern« wie »fern« und »Stern« klingen lassen.

Sie war alt, aber hatte sie jemals anders ausgesehen als jetzt?, eine gebräunte Indianerin mit kleinem Kopf und hohen Backenknochen, dazu eine künstlerische weiße Ponyfrisur.

»Die Lebenskraft des östlichen Menschen«, sagte Ludwigs Mutter, wenn sie an Frau Rüsings unverwüstliche Gesundheit dachte, die sie alle Leiden überstehen ließ. Bei Frau Rüsing hatten alle Klagen etwas Tapferes und Diszipliniertes. Hier sprach ein Mensch, der zwar Schweres erfahren hatte, das Leiden aber als »wichtige Erfahrung« begriff. Die Mutter fürchtete manchmal, irgend etwas versäumt zu haben, obwohl sie sich in Wahrheit ein anderes Leben als das ihre gar nicht vorstellen konnte. An Frau Rüsing war alles reizvoll und fremdartig, sogar ihre Einsamkeit. Hier hörte Ludwig zum erstenmal den Gebrauch des Verbs »schreiben« ohne dazugehörendes Objekt: Frau Rüsing schrieb. Nun, nicht immer hatte das Objekt gefehlt. In den zwanziger und dreißiger Jahren war sie in der Schlußredaktion einer großen Zeitung tätig gewesen. Untergegangene Zeitungen können eine ähnliche Faszination auf die Nachgeborenen ausüben wie gesunkene Ozeandampfer. »Ja, die alte Darmstädter Zeitung! Ja, der alte Berliner Börsen-Courier! Ja, die alte Kölnische Zeitung!« ruft man aus, als sei damit etwas gesagt.

Frau Rüsing hatte schöne Mappen, mit Kleisterpapier beklebt und mit bunten Bändern zugebunden, die ihrem Wohnzimmer etwas von dem intellektuellen Stil einer anderen Zeit gaben. Vielleicht gebrauchte jeder so häufig das Wort »kultiviert«, wenn von Frau Rüsing die Rede war, weil sie einen kleinen Kult um ihr Leben machte. Ludwigs Mutter war dazu unfähig. Sie war eine Wegwerferin. Aber bei Frau Rüsing fand sie das Sammeln bewunderungswürdig. Frau Rüsing war aber auch in der Lage, die Bedeutung jedes einzelnen Stücks zu erklären.

Als Kind hatte Ludwig jedes Jahr in der Adventszeit einen rituellen Besuch bei Frau Rüsing gemacht. Obwohl Winter war, trug er dann weiße Kniestrümpfe und eine kurze Hose aus grauem Flanell. Auf einem hohen Stuhl trank er aus einer goldenen Empiretasse mit einer Miniatur vom »Grindbrunnen«, der längst versiegten Heilquelle am Mainufer, eine von Frau Rüsing gerührte Schokolade. Für sich selbst kochte sie nicht, aber für den Adventsbesuch inszenierte sie eine Art viktorianische Kinderzeremonie, die dem Wesen der »Moderne« schon deswegen nicht widersprach, weil ähnliches in ihrem eigenen Leben der modernen Erleuchtung unmittelbar vorangegangen war. Man vergißt leicht, daß Gropius und Freud von Kindermädchen mit steifgestärkten Schürzen und Rüschenbändern gewickelt, von Müttern mit kleinen Schleiern und enormen Federhüten geküßt und von schwarzlackierten Kutschen umhergefahren worden waren, aber für Frau Rüsing bildeten die beiden

Welten noch eine Einheit, die Einheit ihres Lebens, in dem es keine Widersprüche gab.

Ludwig liebte die Tasse, die er für massives Gold hielt, aber er verabscheute die musterhafte Schokolade, weil er längst an Ersatzgetränke mit viel Zucker und wenig Kakao gewöhnt war. Bei Kerzenlicht dekretierte Frau Rüsing, daß sie und Ludwig »ganz besondere Freunde« seien. Ludwig war immer bereit, auf Einfälle von Erwachsenen, die sich mit ihm beschäftigten, einzugehen, ein höfliches, aufmerksames Kind, aufgeweckt genug jedenfalls, um die bittere Schokolade ohne großes Theater bis zur Neige auszutrinken. Sonst wäre aus der »besonderen Freundschaft« nichts geworden.

»Sieh da, mein besonderer Freund«, sagte Frau Rüsing, die ihn an der Tür empfing, auch jetzt mit lauter Stimme. In diesem Haus mußte sie sich keine Hemmungen auferlegen. Es war ihr gelungen, alle Nachbarn für sich zu beschäftigen. Die Nachbarin Dessauer war in die Konditorei entsandt worden, um Sandkuchen zu kaufen; Herr und Frau Stößel aus dem vierten Stock stiegen auf die Leiter, um die am Bauhaus in Weimar getriebene silberne Kaffeekanne vom Regal herunterzuholen, die beim Eingießen Pfützen machte und Ludwigs Mutter mündlich und angeblich auch schriftlich als Legat versprochen war.

Bei Frau Rüsing hatte alles einen herben Anstrich. Jetzt stand die Kanne auf der alten Kommode mit der gesprungenen Platte, daneben die Tassen und ein Silberteller mit dem aufgeschnittenen Kuchen als monastisches Jausenbuffet.

Ludwig war zu äußerster Anschmiegsamkeit entschlossen. Er war gekommen, um ihr den Genuß zu verschaffen, sich auszubreiten, und er hoffte, sie am Ende des Nachmittages geradezu wundgeschwatzt zu sehen. Das Leben der Frau Rüsing war der Freundschaft geweiht. Sie war eine leidenschaftliche Freundin, von wem, das war genaugenommen zweitrangig, denn sie selbst war es, die ihre Freunde für eine würdige Freundschaft erst zurichtete. Oft trugen die Leute nichtssagende Namen, hatten kein Schicksal und waren nicht besonders begabt. So sah auch Ludwigs Mutter sich selbst, aber mit diesem Befund konnte Frau Rüsing nichts anfangen. Wie sie als Zwanzigjährige in Berlin den Cousinen, die aus Ostpreußen mit einem Korb voll Spickaal und Gänsebrust eintrafen, die Röcke gekürzt und die Zöpfe abgeschnitten hatte und sie das Zigarettenrauchen lehrte, machte sie sich auch an der Person von Ludwigs Mutter zu schaffen.

Stammte sie nicht aus Mainz, der römischen Gründung? Frau Rüsing schwankte, ob sie Ludwigs Mutter die »Römerin« oder lieber die »Keltin« nennen sollte. »Die Römerin«, manchmal auch »meine stolze Römerin«, wurde schließlich verbindlich. Und nun war mit Leichtigkeit auch in ihrem Profil »das Römische« entdeckt. Ihre Unempfindlichkeit gegenüber dem Rilkeschen Jugendstil war »römische Nüchternheit«. Ihre Söhne machten sie zur »römischen Matrone«, aber dies Kompliment hörte die Mutter nicht so gern.

»Ein junger Mann besucht eine alte Dame zum Tee«, sagte Frau Rüsing bedeutungsvoll, als zitiere sie einen Vers, den er eigentlich hätte kennen müssen. Ludwig lächelte in seiner Ratlosigkeit stumm und vielsagend.

Von fern habe sie immer an seiner Entwicklung, in ihren Worten: seinem »Wachsen und Werden«, Anteil genommen. Schon den unfertigen Menschen habe sie mit Wohlwollen betrachtet, aber den Erwachsenen sehe sie erst recht gern an, denn er zeige, daß sich entfaltet habe, was in ihm steckte. Statt zu hören, was er in den letzten Jahren getrieben habe, lese sie das in seinem Gesicht. Er habe sich zu ihrem Erstaunen eine Weile mit der Jurisprudenz beschäftigt. Was daraus geworden sei, wolle sie jetzt gar nicht wissen; vermutlich habe er nach seiner Art die entsprechenden Prüfungen mit der linken Hand absolviert. Sie sehe aber vor allem auf das Menschliche. Und da habe sich bei ihm, das sagte sie wörtlich, »etwas getan«.

Das alles war mit prüfendem Blick gesprochen. Ihm war, als hätten ihre Augen etwas Nacktes. Sie hatte im übrigen recht, wenn sie seine Erscheinung lobte. In den ersten fünfundzwanzig Jahren seines Lebens war er überzart gewesen, mit magerem Körper und schlechter Haltung. Die blasse Haut hatte lange den Ton sauer gewordener Buttermilch, das Haar war brandig, hart kupfrig und wirkte oft ungewaschen: der Stubenhocker, kein Fußballspieler und schwach in Mathematik.

In Wahrheit hatte er niemals etwas lernen wollen. Jede Zelle sträubte sich dagegen, durch Arbeit und Disziplin etwas aufzunehmen, aber als eifriger, hochbegabter, bemühter Scholar wollte er dennoch erscheinen. Jetzt gab es nichts mehr zu beschönigen. Sein Entschluß, dem Studentenleben einen Tritt zu geben, kam zwar aus der Verzweiflung, bewirkte aber eine Befreiung, die bereits sichtbar war. Er hatte kräftig zugenommen, seine Kleider waren zwar noch nicht zu eng, aber er steckte schon recht fest und prall in den Sachen. Er hielt sich auch besser. Das lang getragene Joch ehrgeiziger Faulheit war von seinen Schultern genommen. Seine Augen schienen viel blauer, aquamarinartig, die dicken roten Haare waren ziemlich kurz geschnitten, amerikanisch geschäftsmäßig. Wenn Fidi Lopez ihn vor Zeugen »Chef« nannte, fand Ludwig das peinlich, denn die Erinnerung an den Jugendbetrieb der Universität mit Gleichheit und allgemeiner Duzerei war noch frisch. Aber Fidi wollte sich nicht über ihn lustig machen. Ludwig war mehr geworden. Eine gelegentliche Geistesabwesenheit gab ihm etwas Unabhängiges, Planendes, Unergründliches.

»Es ist mir klar, was diese Formung bewirkt hat«, sagte Frau Rüsing mit Strenge. »Du bist in eine unerbittliche Schule gegangen und als reifer Mann herausgekommen.«

Sie hat also doch von meinem Reinfall gehört, dachte Ludwig.

»Es ist das Erotische. Du bist durch die erotische Erfahrung geprägt.«

Ludwig war sprachlos vor Staunen. Der volle Ton ihrer hochakzentuierten Aussprache hatte in seiner Gegenwart die »Erotik« bisher nur symbolisch erklingen lassen, höchste Regionen von Kunst und Philosophie streifend, griechisch und theoretisch, mit angenehmer Wärme erfüllt und dabei niemals schlüpfrig. Eros, Lesbos, Samos, Erinnerungen an Ägäis-Kreuzfahrten und die schönen schwarz-weißen Buschor-Bildbände archaischer Plastiken, denen »in der Mitte, die die Zeugung trug«, meist eine rohe Verletzung zugefügt war – das alles gehörte zu ihrer Welt, ein hohes, kultiviertes »Wissen um die Dinge«, wie man in ihrer Generation gern sagte.

Frau Rüsing sah jetzt unverwandt zu einer Reproduktion aus Picassos Blauer Periode hin. Das Blatt war ungerahmt, Rahmen galten hier als repräsentativer Muff. Ein nacktes Paar, das sich stehend umarmte, ein Jüngling mit überlangen asthenischen Armen und Beinen, Babypuppenprofil und Pony-Frisur, schlich in ein Mädchen hinein, das nur an winzigen Abweichungen seiner Anatomie als solches zu erkennen war. Das Ganze mit fahlem Blau übergossen, der Inspirationsquelle aller Zeichner, die Mensch und Reh zum Bambi werden lassen.

»Ich liebe dieses Bild«, sagte sie, »es ist so keusch.«

Obwohl sie aus Ostpreußen stammte, hatte ihre Aussprache keinerlei Akzent, aber bei dem Wort »keusch« geriet sie aus schierer Aufregung auf einmal ins Rheinische. Wer in Köln einen Drogisten das Wort »Zerstäuber« hat aussprechen hören, kann sich vorstellen, was da aus Frau Rüsings Mund herausflötete.

»Das Natürliche ist immer keusch«, sagte sie dann. Sie

war eine Architektin der Konversation und fiel nie mit der Tür ins Haus. Wenn sie auch von treuen Freunden begierig Geheimnisse anhörte und die Rolle der Vertrauten leidenschaftlich gern spielte, gab es doch etwas auf der Welt, das noch schöner war als ein fremdes Geheimnis, und das war ein eigenes Geheimnis.

»Auch mein Leben ist vom Eros geprägt.« Mit würdigem Kopfneigen fügte sie die beinahe vorwurfsvolle Frage hinzu, er habe doch nicht etwa geglaubt, daß sie, wie sie sich ausdrückte, »enthaltsam« sei? Nein, davon sei sie weit entfernt.

»Ich habe in wechselnden Partnerschaften meinen Körper gelebt«, fuhr sie mit Nachdruck fort und bewies mit dieser Wendung, daß sie nicht nur in die Vergangenheit blickte. Es war gut, ein hohes Alter erreicht zu haben. Eine neue Sprache hatte Frau Rüsing in der Fülle der Zeit erwartet.

Sie habe frühzeitig gewußt, nicht zur Mutterschaft berufen zu sein. Dies Bekenntnis wurzelte nun wieder in älteren Sprachschichten. Mit Kindern habe sie nie etwas anfangen können, auch mit ihm nicht, selbst er sei als Kind letztlich langweilig gewesen. Sie habe die jungen Herren erst ab zwanzig wirklich geschätzt. Auch diese Worte kamen in fast beleidigter Sachlichkeit.

Eros sei ein Kind des Frühlings. Aber auf Reisen in den Süden ergebe sich immer noch hier und da eine Begegnung. Es war, als spreche sie von Kuraufenthalten in Abano Terme und der Behandlung mit heißem Schlamm.

Ludwig war, als höre er nicht recht. Die wertvolle, gepflegte Ausdrucksweise, die er bei ihr kannte, die »Lebenskameradschaft«, die »Lebenspartnerschaft«, kam wie gewohnt aus ihrem Mund, nur in neuem Zusammenhang. Die »Lebenskameradschaft« hatte sie eben gerade nicht gesucht. Sie sei der Typ der Jägerin. Sie sei im Grunde Diana, von immer neuer Jungfräulichkeit. Das sei natürlich nur ein

Bild. Seelisch sei diese Jungfräulichkeit nachgewachsen. Ein seelisches Geschenk für den jeweils neuen Partner.

Mein Partner ist Mr. Khan, dachte Ludwig mit plötzlichem Schrecken.

Wo lagen die Jagdgründe der Jägerin? Hätte er das nicht längst wissen können? Die Buchhandlung von Frau Müller-Servet war ein Schauplatz seiner Kinderjahre und für die Familie immer noch von Bedeutung, seit Frau Müller-Servet Hermann im Lager beschäftigte. Diese Gefälligkeit war ein Kapitel für sich. Ludwigs Familie blickte, seitdem Hermann dort arbeitete, etwas genauer in diesen erlesenen Intellektuellen-Treffpunkt hinein. Hermann war, nach Ludwigs Überzeugung, das geborene Opfer eines solchen Kulturkommerzbetriebes, in dem, mit Presslers Worten, »das Geschäft künstlerisch, die Kunst hingegen geschäftlich« behandelt wurde. Diese Buchhandlung zog einen bestimmten Schlag junger Männer an, und das hatte die Eltern überhaupt erst darauf gebracht, ihren Sohn der Frau Müller-Servet anzutragen. Ludwig erinnerte sich an blasse Dreißigjährige, die aussahen, als seien sie während des Noviziats wegen seelischer Instabilität aus dem Kloster gewiesen worden und versuchten nun »in der Welt«, wie das dann hieß, nach franziskanischer Observanz zu leben, Sandalen zu tragen, das Haar selten zu waschen und zu schneiden und einen aus vielerlei Wolle gestrickten Pullover weniger zu tragen als zu bewohnen.

Frau Müller-Servet unterstützte sie bei ihren geistlichen Vorsätzen, indem sie ihnen kaum mehr als ein Taschengeld bezahlte. Ludwig stellte sich vor, daß manche von ihnen im Lager auf den biegsamen Taschenbüchern schliefen, die tagsüber in Kästen vor dem Laden standen.

Frau Rüsing war Stammkundin. Sie empfand schwesterlich für die Buchhändlerin, deren Ehe von so kurzer Dauer gewesen war, daß sie gleichfalls als echte Junggesellin gelten durfte. Herr Servet war im Krieg gefallen. »Es war eine Nottrauung«, sagte Frau Rüsing, wenn sie über Frau Müller-Servet sprach, in verschwörerischem Ton, als sei es nicht einmal das gewesen. Ludwig war oft in die Buchhandlung gegangen, schon um die Bestellungen seines Vaters abzuholen. Die Buchhändlerin gab ihm Bücher zum Anschauen und ließ sie ihn auf der Treppe zum Lager lesen. Da sah er dann Frau Rüsing schwierige Kommissionen mit einem der Buchhändler besprechen. Schier unauffindbare Titel wurden gesucht, der junge Mann, das jeweilige Opfer, schleppte Kataloge herbei, während sie ihm die Bedeutung des gesuchten Werkes erklärte.

Einer dieser Jünglinge hatte langes schwarzes Haar und eine vorgewölbte bleiche Stirn, unter der die Augenpartie tief zurückwich. Das war bei Frau Rüsing der »russische Mönch«. Sie hielt stets nach ihm Ausschau, aber er sah weg, wenn sie kam, und reichte nur ungern die feuchte Hand.

In einer Opernpause, es gab die »Zauberflöte«, entdeckte Ludwig Frau Rüsing und den Buchhändler im zweiten Rang. Sie war geschminkt, was er noch nie bei ihr gesehen hatte, und sie trug ein goldenes Armband aus spitzen Rhombengliedern, die sich bei den Bewegungen der Hand aufstellten wie Stacheln. Die einander zugeneigten Köpfe waren über dieses Armband gebeugt, das in den Maschen eines flammend roten Fransenschals hängengeblieben war. Als der junge Mann sich aufrichtete, sah er in seinem schwarzen Rollkragenpullover so wild um sich, als sei er bereit, einen Revolverschuß auf die Proszeniumsloge abzugeben.

Dann war der »russische Mönch« aus dem Laden verschwunden. Frau Rüsing sprach nun von Ferien am Meer, zu denen sie »Prinz Kuckuck« eingeladen habe. Ludwig war damals an diese Spezialnamen so gewöhnt, daß er nicht mehr aufhorchte. Er kannte die Enttäuschung, wenn man die Person hinter einem solchen Namen kennenlernte.

Auf »Prinz Kuckuck« folgte der »Gaukler«, auch aus der Buchhandlung, ein sehr kleiner Mann, fast mit Kinderkörper, völlig bartlosen Wangen, aber mit einem schütteren Ziegenbärtchen am Kinn. Er bewegte sich schneller als seine in Melancholie eingewobenen Kollegen. Es war, als schlüpfe er in dem mit Kunden überfüllten Laden den Leuten durch die Beine hindurch.

»Der böse Gaukler!« sagte Frau Rüsing bald darauf in dem Versuch, souverän zu bleiben, obwohl sie das Spiel nicht mehr in der Hand hatte. Sie hatte Tränen in den Augen und sagte, immer noch um eine würdige Ausdrucksweise bemüht: »Ich verstehe den Gaukler nicht. Der Gaukler übertreibt.«

Waren diese nichtigen Erinnerungssteinchen in Wahrheit Bruchstücke eines weitausgebreiteten erotischen Freskos? Wußte Hermann mehr darüber? Aber Hermann sah und hörte nicht, was um ihn herum geschah, und wenn doch, dann machte er den Mund nicht auf. War das Diskretion oder hatte er einfach kein Verhältnis zum Sprechen?

Ludwig atmete die Luft in dem warmen Zimmer ein. Eau de Cologne lag darin. Auch wenn Frau Rüsing ihre Handtasche aus braunem Seidenplissee öffnete, kam dieser Duft heraus. Die jüngeren Frauen nahmen kein Eau de Cologne mehr, das hatte schon etwas Altdamenhaftes, ähnlich wie die Maibowle. Aber unter den lieblichen Blütenaromata lag deutlich der in diesen Räumen seit Jahrzehnten eingewohnte Muff wie ein plattgesessenes Roßhaarkissen, und ganz hinten in dieser Dumpfheit gab es sogar eine gewisse Schärfe.

Welch ein Fluch lag darin, daß Männer und Frauen dazu verurteilt waren, übereinander herzufallen. Daß »die Liebe nimmer aufhört«, war vielleicht die treffendste Beschreibung der Hölle. Ludwig war ganz sicher, daß der Abscheu, der ihn erfüllte, von Frau Rüsing nur ausgelöst war, dahinter lag etwas Grundsätzliches: seine neue Freiheit mußte vor allem eine Freiheit von der Liebe sein. Ein reinlicher kalter Herbsttag mit strahlender Sonne im Rheingau, das wäre ein Gegengift gegen die Vorstellungen gewesen, die Frau Rüsing in Ludwig erzeugte. Reifendes Obst, gelbes Laub, Zugvögelversammlungen, aber keine Menschen, nur ja keine Menschen. Ein Pflaumenbaum und ein Mirabellenbaum, das Gras darunter voll violetter und gelber Obstkugeln, auf denen schwarz-weiß-rote Schmetterlinge sitzen. Ein Haufen hellgrauer Kalksteine, die von einem Schlehengebüsch mit dicken blauen Beeren überwuchert sind. Verwilderte Weinstöcke, von Brombeerhecken überwachsen, daß die bläulichen Reben und die Brombeeren nebeneinander stehen. Schwer tragende Nußbäume, die gleichsam bis zur Hüfte in Dornenhecken mit rosa Blüten stecken. Bilder, hinter denen keine fatale Wahrheit zu befürchten war, weil sie selbst bereits die Wahrheit waren.

Frau Rüsing verfiel in Nachdenken, wobei sie gelegentlich, wie aus großer Ferne, Ludwig beobachtete. Bereute sie, was sie erzählt hatte? Ludwig erfuhr es nicht. Frau Rüsing straffte sich. Es sei manchmal gut, wenn eine Freundschaft sich gesund schlafe. Da war sie wieder, ihre ausdrucksvolle herzliche Unverbindlichkeit. Ludwig dachte an eine Blinde, die sich in großem Abendkleid vor hohen Spiegeln dreht und spreizt.

Ein Tanagra-Figürchen, eine Frau mit bewegtem Gewand, von Ingenieur Rüsing, ihrem Vater, während des Baus der Bagdad-Bahn in Syrien erworben, eröffnete den Übergang zu anderen Themen. Ludwig blieb noch etwa zwei Stunden. Frau Rüsing erklärte sich am Ende bereit, ihm dreitausend Mark zu leihen, die sie bar aus einer Schublade ihres Sekretärs nahm. Nach kurzem inneren Kampf legte sie einen Schein wieder zurück. Das Haus verließ Ludwig mit zweitausendfünfhundert Mark.

Draußen war es dunkel, ein nasser Herbstabend mit starken Farb- und Lichteffekten. Das schwarz glänzende Basaltpflaster war mit einem vielfach durchlöcherten, dann wieder doppelt und dreifach gelegten Teppich aus goldgelbem Kastanienlaub bedeckt. Die Autoscheinwerfer und die Laternen spiegelten sich auf dem Asphalt wie in einem Teich. Die Regentropfen waren kleine eisige Erfrischungen und wuschen die Erinnerung an die stehende Zimmerluft schon nach wenigen Schritten ab.

Wenn die Laternen angingen, fühlte Ludwig sich wohl in seiner Stadt. Hatte nicht die ganze Studienzeit in einem gähnenden Warten auf den Sonnenuntergang bestanden? Wenn die Sonne untergegangen war, konnte man nicht mehr arbeiten. Jede Pflicht erlosch. Es war, als speise die Sonnenenergie Disziplin und Ausdauer. Und zugleich waren die Straßen voll Verkehr. Menschen eilten unter Regenschirmen dahin. Die roten Bremslichter entzündeten in der vielfach reflektierenden Nässe kleine Feuerwerke. Niemand tat mehr etwas Ernsthaftes. Alles bewegte sich und löste sich in der brillanten Kälte aus der Verkrampfung langer Bürostunden. Im Hellen war Frankfurt eine kleine Stadt, an vielen Stellen leblos, allzu überschaubar im Zentrum, allzu formlos in den unabsehbaren Außenbezirken, die in fahle Kleinstädte übergingen. Wenn man alle Städtchen ringsum eingemeindete, wäre Frankfurt immer noch keine Großstadt und bedeckte es auch dieselbe Fläche wie London. Das zwanzigste Jahrhundert war das Jahrhundert der falschen Großstädte.

Aber die Nacht war endlos, reine, unverkürzte Lebenszeit, jeder Entwicklung, jedem Schicksalsanstoß offen. Die Scheine in Ludwigs Brusttasche kamen ihm wie ordentlich verdientes Geld vor. Sie beruhigten ihn, aber sie beschäftigten ihn nicht weiter. Außerdem waren sie eigentlich schon ausgegeben, jedenfalls wenn er Schulden bezahlte. Aber hatte er das unbedingt vor? Diese saftige, dunkel glitzernde Kälte gab ihm Kraft.

Mit Frau Lopez war gewiß eine Stundung auszuhandeln. Andererseits brauchten solche Leute immer Geld. Er dachte mit Herablassung an »solche Leute mit ihren dauernden Sorgen«, wie ordentliche Geschäftsleute sie nicht kennen. Der selbständige Unternehmer zerbrach sich den Kopf über die großen Fragen: ob das Auto und die Büromöbel abbezahlt, der Bankkredit bedient, die Miete und der Handelskammerbeitrag überwiesen seien. Er dachte an den Ratschlag des alten Herrn: »Kommen Sie Mr. Khan bloß nicht dauernd mit kleinen Beträgen. Er muß sehen, daß Sie sich selber helfen können.« Zum Glück hatte Mr. Khan sich an diesem Wochenende angesagt, da konnte man hoffentlich manches nebenbei erledigen, und außerdem hoffte Ludwig auf Lob. Er wollte das Büro vorzeigen, Frau Lopez darin sitzend und auf der Maschine schreibend und Kaffee anbietend. Das hatte er doch schließlich auf die Beine gestellt. Die Firma war da, der Motor lief, er tuckerte hörbar. Auch jetzt, wo er zum Wohl des Unternehmens in dieser aufpulvernden Champagnerdunkelheit herumlief, saß Frau Lopez im Büro und wartete auf Mr. Khans Anruf.

Es ist etwas anderes, mit Geld in der Tasche um ein Moratorium zu verhandeln als ohne, dachte er. Wo kein Geld vermutet wird, muß immer sofort bar bezahlt werden. Das Stück vom Shylock ist ja lebensecht: die Frau in der Bank heute morgen hätte mir am liebsten eine Niere als Sicherheit abverlangt, als sitze der Chirurg schon im Hinterzimmer.

Das schlimmste war doch, so sagte sich Ludwig grimmig, daß er diese Frau nicht etwa verachtete, sondern fieberhaft überlegte, wie er sich bei ihr wieder in Respekt setzen konnte. Das vertrauliche Lächeln war nur eine Ware, aber das war ihm gleichgültig. Wenn es denn käuflich war, dann wollte er es kaufen, nicht das unverbindliche Lächeln wohlgemerkt, sondern das herzliche mußte es sein. War es in der Liebe etwa anders? Erst kam der wirtschaftliche Vorteil, und dann erwachten die innigen Empfindungen, und das war auch gar nicht verwunderlich, denn der Mensch wurde von Sorgen niedergedrückt, er verkümmerte unter seinen Alltagsnöten, seine Flügel wagten sich nicht zu entfalten. Und wenn dann plötzlich Hilfe naht, weitet sich auch das Herz, der Mensch wächst zu seinem eigentlichen Format heran, und dann kann er auch lieben. Er muß nicht mehr fürchten, durch seine Hingabe Kräfte zu verschwenden, die er zum Überleben braucht. Dies Gesetz wollte er in seiner neuerworbenen Nüchternheit entdeckt haben.

Ludwig kam in immer belebtere Gegenden. Die Eisengitter, die jetzt überall vor den Schaufenstern heruntergezogen wurden, verstärkten für eine kurze Zeit den Eindruck allgemeiner Bewegung und mischten ihr Rattern in das Konzert der auf- und abschwellenden Verkehrsgeräusche.

Plötzlich sah er auf der anderen Straßenseite seinen Bruder. Es war wie eine Erscheinung aus einer anderen Welt, die von allem, was Ludwig zwischen Frau Rüsing und Mr. Khan bewegte, völlig frei war. Hermann stieg auf der Rolltreppe aus den Tiefen des Untergrundbahnhofs auf. Er stand unbeweglich im Regen und versuchte nicht, sich zu schützen, wie die anderen Leute ohne Regenschirm, die den Hals einzogen und den Rockkragen hochschlugen. Sein Haar war naß und klebte auf der Stirn. Er trug einen dünnen Pullover ohne Hemd darunter, in der Hand die ewige Plastiktüte; was da wohl drin war?

Dies stumme Aufsteigen Hermanns war ein Zeichen. Ludwig wollte rufen und die Straße überqueren, aber in diesem Augenblick sprang die Ampel auf Grün, vier Reihen Autos fuhren an, und als er sich auf die Fahrbahn wagte, war Hermann in der Menge verschwunden. Dabei ging er langsamer als die anderen.

Warum ist er immer in der Stadt? dachte Ludwig, während er vergeblich nach ihm Ausschau hielt. Hätte Hermann nicht besser in eine Berghöhle gepaßt, mit einem aufgelesenen verwilderten Hund, der ihn mit hündischem Liebesblick ansah? Nein, es mußte die Stadt sein, in der er sich bewegte, gerade die Innenstadt, die Kaufhäuser, die Untergrundbahnhöfe, die Geschäftsstraßen. Da hatte er Hermann schon einige Male getroffen. Er wandelte ohne Ziel umher und lächelte, wenn er Ludwig erkannte. Manchmal blieb Hermann stehen auf seinem Weg, aber nicht um ein Schaufenster anzuschauen, sondern als lenke das Gehen ihn von seinem Nachdenken ab. Er stand dann an der Hauptwache, als warte er auf etwas, aber er wartete nicht, er besaß schon, was er brauchte.

Hoffentlich ist heute wenigstens er bei den Eltern gewesen, dachte Ludwig. Daß Hermann ihm entwischt war, verstimmte ihn. Glich diese Nicht-Begegnung eben nicht all seinen Versuchen, dem einst bewunderten und geliebten Bruder nahezukommen?

Die Gaststätte »Zum Purzelbaum« lag in einer stilleren Straße, einem Wohnviertel nahe Ludwigs Studentenwohnung; er mochte das Lokal nicht. Im »Purzelbaum« herrschte stets eine schwierige, untergründig feindselige Stimmung. Die Stammkundschaft genoß hier Privilegien. Man mußte sich den Befehlen des monströs dicken Wirts unterwerfen und den Ton der allabendlich versammelten, meist unverheirateten Geschäftsleute ertragen, die dort viel Geld ließen. Die Gaststube war klein, ein Tiroler Skihütten-Wohnzimmer mit Messingkannen, Strohblumengestecken und rissigen Eichenbalken. Auf der Speisekarte las man dreimal das Wort »gepflegt«: der Prolog verhieß dem Gast »gepflegte Gespräche in gepflegter Umgebung«, und weiter unten wurden »gepflegte Biere« angekündigt. Gegen das Bier war tatsächlich nichts zu sagen. Der Wirt zapfte einen Schaum, der fest war wie ein Sahnebaiser. Wehe dem unkundigen Durstigen aber, dem das Warten lang wurde und der den Mund auftat und fragte! Charles Dickens hat geschildert, wie der Waisenhauszögling Oliver Twist vor den Bettelvogt Mr. Bumble hintritt und um einen zweiten Schlag Wassersuppe bittet; nur damit war die Sünde der Ungeduld im »Purzelbaum« vergleichbar.

Im »Purzelbaum« gab es soviel Riten wie bei einem vom Untergang bedrohten Indianerstamm. Im wesentlichen ging es darum, dem Gast eine Lokalrunde anzuhängen. Im Nu mußte man zwanzig Biere bezahlen. Auf der Theke stand eine Schiffsglocke. Wenn jemand diese Glocke unwillkürlich zum Schwingen brachte, so daß sie einen erstickten Gußeisenton von sich gab, fuhr der dicke Wirt herum und sah mit Mördermiene um sich. Die Lokalrunde war fällig. Ludwig hatte dafür einmal nicht genügend Geld dabei. Danach mied er wochenlang den «Purzelbaum«. Der dicke Wirt sah aus den gelben Butzenscheiben heraus, wann immer Ludwig am »Purzelbaum« vorüberging. Ein schwarzer Blick, der wie Teer klebte, heftete sich zwischen seine Schultern.

Der Wirt war noch jung und hatte sich seinen Leibesumfang wahrscheinlich wie ein Sumi-Ringer angezüchtet. Gewalttätigkeit umgab den Mann, dem das lange, schwarze Haar und ein Kosakenschnurrbart etwas Innerasiatisches gaben. Er stammte aber aus Offenbach und war höchst empfindlich deswegen, denn er wußte, daß die Frankfurter einstmals auf die Nachbarstadt herabgesehen hatten. Schwach war am dicken Wirt nur seine Bauchdecke. Wie ein überdehnter Gummisack hing sie über den Gürtel und bedeckte den Hosenlatz. Was tat der Wirt, damit sein Hemd nicht aus der Hose rutschte, sondern dies Fettkissen wie ein Bettbezug umspannte?

Ludwig zögerte, obwohl er die Türklinke zum »Purzelbaum« schon in der Hand hielt. Gelbes Licht und herzhaftes Lachen drangen heraus. Man war wohl schon beim Schnaps. Im »Purzelbaum« war das Schnapstrinken Moden unterworfen. Eine Weile wurde nur gepfefferter Wodka aus geeisten Gläsern getrunken; der dicke Wirt brachte unaufgefordert die keulengroße Pfeffermühle herbei. Es folgte die Zeit des Linien-Aquavits, dem die Kenner jede Seemeile, die der Geist dem Äquator entgegengeschwommen war, glaubten abschmecken zu können. Dann kam die hohe Zeit der Obstbrände. Die Schnäpse wurden immer teurer, der dicke Wirt steuerte die Entwicklung.

Ludwig überlegte, was er tun würde, wenn Bruno Hütte nicht da war. Nun, Bruno Hütte war nicht gestorben und also um diese Tageszeit im »Purzelbaum«. Ludwig öffnete die Tür. Sein Freund saß am Telephon, das der dicke Wirt ihm und nur ihm auf die Theke stellte.

Bruno Hütte war lange Ludwigs Vorbild gewesen. Wie Hütte wollte auch er einmal seine Geschäfte führen. Um so peinlicher war der Examensreinfall. Ludwig fürchtete sich geradezu, Hütte zu begegnen. Was Hütte dachte, wußte er schon. Zu oft hatten sie über die lebensuntüchtigen Idioten gesprochen, die durch das Examen flogen. Man flog nicht durch das Examen, aber man arbeitete auch nicht dafür, das waren Hüttes Prinzipien, die im »Purzelbaum« alle Gäste kannten.

Hütte und der Wirt begegneten sich auch bei Tageslicht, etwa in den Sälen des Landgerichts oder der Strafkammer, wo die Streit- und Straffälle des Wirtes zur Sprache kamen: die Alimenteklagen der ersten Frau, die Nachbarschaftsklagen, die Räumungsklagen gegen die Bewohner des überfüllten Mietshauses, das der Wirt am Offenbacher Mainufer neben einer stillgelegten Fabrik besaß. Er rühmte sich, die Miete dort mit dem Revolver zu kassieren; bei weitgehend geleertem Lokal durften die Getreuen diese Waffe in die Hand nehmen, aber auch um einen solchen Revolver hatte es schon Ärger gegeben.

Bruno Hütte war nicht viel älter als Ludwig und doch durch einen Abgrund von ihm geschieden. Er war den Weg gegangen, den Ludwig so kläglich hatte verlassen müssen. Jetzt war er Rechtsanwalt mit eigener Kanzlei, und auch wenn Ludwig mit seinen Baumwollartikeln von »Nephew & Nephew« eines Tages ganz Deutschland bekleiden sollte, bliebe er in Hüttes Augen doch nur ein »Lappenhändler«. In den akademisch-bürgerlichen Familien, denen die beiden entstammten, steckte die Verachtung für die Handeltreibenden in den Genen. Inzwischen waren solche Vorurteile Possen, geradezu rührende Relikte. Aber wenn Ludwig Bruno Hütte gegenübertrat, bewiesen sie noch einmal ihre Kraft.

Warum hatte Hütte die Prüfung bestanden und Ludwig sie derart blamabel verpatzt? Lag es nur daran, daß die Prüfungen in Bruno Hüttes Jahrgang noch leichter waren? Vor allem besaß er wohl wirklich das Gespür, dessen er sich so gern rühmte. Er verrannte sich nie in Lösungen, denen die Mehrheitsmeinung nicht zustimmte. Oft ohne sie zu kennen, befand er sich mit der Mehrheitsmeinung in osmotischer Verbindung. Er fühlte, was sie wollte.

Sorgfältig studiert hatte Bruno Hütte gar nichts. Er war begabt, wie man so schön sagt. Er dachte vom Inneren des Systems her, wenn andere nur ratlos vor dessen Fassade standen. Hütte improvisierte zwischen zwei Bieren eine Lösung, wenn Ludwig in den letzten Tagen der Hausarbeit mit einem festgezurrten Rechtsknoten zu ihm kam; lange Argumentationsketten aus mühsam zusammengetragenen höchstrichterlichen Entscheidungen fielen unter seinem Blick auseinander.

Bruno Hütte führte ab mittags die Geschäfte seiner Kanzlei vom »Purzelbaum« aus. Er saß stets in der Ecke der

Theke, einem separierten Winkel, der vom dicken Wirt für ihn freigehalten wurde. Der Wirt überlegte neuerdings, ob er nicht einen zweiten Telephonanschluß legen lassen solle, denn wenn Hütte eintraf, beanspruchte er das Telephon allein. Die anderen Zecher hatten sich daran gewöhnt, ihre Stimmen zu senken. Während Hütte verhandelte, hörten sie zu und nahmen an den Fällen, in die sie da zufällig Einblick erlangten, lebhaften Anteil.

Obwohl Hütte Anrufe erwartete, gab er sich stets ungehalten, wenn der Wirt mit nasser Pranke den Apparat auf die Theke stellte, als habe er angeordnet, nicht gestört werden zu wollen.

»Sie haben meinen Brief doch bekommen«, sagte Hütte. »Haben Sie den denn nicht gelesen?« Dann hieß es: »Ich kann das offengestanden nicht nachvollziehen.« Während eine ferne aufgeregte Stimme länger aus der Muschel quakte, malte sich auf seinem Gesicht die Langeweile. »Bitte sehr, das steht in Ihrem Belieben«, kam dann, sehr reserviert, und danach, wärmer, werbender: »Ich muß Ihnen nicht sagen, was ich davon halte. Wir sind schließlich alle erwachsene Menschen.«

Diese Behauptung widersprach, das war seiner Miene deutlich abzulesen, zutiefst seinen Überzeugungen. Er fand im Gegenteil sein Gesprächsgegenüber lächerlich unreif, ein Fall für die Entmündigung, eine Zumutung für den angespannt arbeitenden, durch und durch erwachsenen Rechtsanwalt. Alle im »Purzelbaum« meinten nach einem solchen Gespräch, es sei unglaublich, was für Leute es gebe.

Man bezog sich auf ihn, man blickte zu ihm hinüber und zitierte seine Bemerkungen, er aber ließ sich während des allgemeinen Gesprächs vom Wirt die Zeitung reichen. Zu seiner Autorität paßte das früh stahlgrau gewordene Haar, das in lockiger Fülle den Kopf umgab und ihm trotz seiner Jugend das Aussehen kraftvoller Reife verlieh.

Hütte hob die Augenbrauen, als er Ludwig erkannte. Er schätzte es nicht, wenn man sich aus seinem Umkreis unaufgefordert entfernte. Er wollte seine Leute um sich sehen. Mit Ludwig gab es weiß Gott genug zu besprechen. Mit wiegenden Köpfen erklärten die Stammgäste, schon vorher gesehen zu haben, daß »Drais kein Jurist sei«, daß ihm die »Begabung für das Juristische fehle«, daß er im ganzen »zu nervös, zu unsicher« sei und man ihn sich »nie und nimmer als Richter oder Rechtsanwalt« habe vorstellen können. »So, so, der Herr Kandidat«, sagte Bruno Hütte, als häßlich und scheppernd die Glocke auf dem Tresen erklang.

Wer hatte sie angeschlagen? Niemand. An Gespenster glaube er nicht, sagte der dicke Wirt gefährlich und machte sich daran, die neuerdings erweiterte Lokalrunde vorzubereiten: für jeden ein »Herrengedeck«, ein großes Pilsner und einen Schnaps, das war jetzt ein Calvados, der auf Hüttes Anregung die Williams-Christ-Birne verdrängt hatte.

»Auf welchen Deckel geht das?« fragte der Wirt scheinbar teilnahmslos. Neben seiner Hand lag das machetengroße Messer, mit dem die Zitronenscheiben für den Gin Tonic geschnitten wurden. In die Stille hinein nannte der Anlageberater, dessen Stimme vor Aufregung und unterdrücktem nervösem Lachen überschnappte, den Namen des Verlagskaufmanns. Da war es, als beginne eine uralte, aus unreinen Metallen zusammengebackene Götzenstatue sich zu bewegen. Der Verlagskaufmann war bei seinem siebten Bier. Er war schon tief in sich versunken, als die Worte des Anlageberaters sondenhaft in sein Sinnen drangen und ihn aufweckten. Langsam wandte er den Kopf und senkte ihn stierhaft.

Ein Barhocker flog um. Jetzt lag er zwischen den Männern. Würde der Verlagskaufmann ihn übersteigen? Dem dicken Wirt begann die Galle wie schwarzer Sirup überzulaufen. Noch war nicht jedes Pfund seines Fetts davon durchdrungen, aber bei dem Krach des umstürzenden Hockers wurden seine Augen klein wie bei einer zum Zubeißen entschlossenen Bulldogge. Beschwörende Stimmen erhoben sich. Der Buchhalter der Werbefirma drängte sich zwischen die noch unbewegten Männer und stellte den Hocker mit stetem Blick auf den Wirt wieder auf wie ein Dompteur, der unter den Augen der Tiger die Podeste für die nächste Nummer zurechtrückt. Alle Pulse schlugen schneller. Ein böses Wort zischte durch die Luft. Der dicke Wirt und der Verlagskaufmann waren bereit, blind und mit der ganzen Wucht ihres Gewichts in einen Feind hineinzuschlagen. Der Anlageberater, der sich hinter mehreren Schultern versteckte und zur Tür hinübersah, schimpfte mit hoher Stimme.

»Ruhe«, rief Hütte in leicht krähendem Befehlston, denn für das an sich erforderliche Donnern fehlte ihm der Brustumfang.

»Ich fordere jetzt alle auf, sich gefälligst als erwachsene Menschen zu betragen«, sagte Hütte schneidend. Niemals war es ihm so sehr um die Gerechtigkeit, das Friedenstiften zu tun wie hier. Niemals war er mit solcher Selbstlosigkeit am Werk.

Der sonst immer verschwiegene Hausmeister rief ängstlich und eigentümlich mütterlich in die Stille: »Der war es nicht! Der war es nicht!«

Alle Augen richteten sich auf den Verlagskaufmann, der finster schwieg. Es war aber klar, daß es nun keine Prügel setzen würde. Hütte verurteilte die Herren, sich den Schaden zu teilen.

Der Anlageberater ging nur allzu erleichtert auf den Kompromiß ein. Er mußte froh sein, den »Purzelbaum« nicht verlassen zu müssen. Der Wirt und der Verlagskaufmann sahen ihn mit stumpfen Blicken an. Dann wurden die Gläser verteilt. Auch Ludwig durfte mittrinken.

Nachdem Hütte die Sonne Salomos im »Purzelbaum« hatte aufgehen lassen, wandte er sich brüsk von der Gesellschaft ab und winkte Ludwig zu sich. Die Herren sollten jetzt erst einmal den neu geschaffenen Frieden wahren. Aber der Erfolg ging ihm doch nahe. Leise sprach er von der hohen Kunst der Menschenführung. Das Raubtier Mensch schlage sofort zu, wenn man das Knie von seinem Nacken nehme. Alle Leute waren Angeber, kleine Betrüger, Versager, Spinner. Man verpaßte nichts, wenn man jahrelang auf der Eckbank des »Purzelbaum« saß. Mehr als das zänkische oder aufgeblasene Geschwätz hier gab es nirgendwo. An diesem kleinen Zipfel hatte Hütte die ganze Welt gepackt und durchschaut und verdaut und ausgespien.

Das finde er nicht, antwortete Ludwig. Sein Prinzip sei Vertrauen. Sein Geschäft erfordere in hohem Maße selbstständiges und verantwortungsbewußtes Personal. Seine Grundsätze der Menschenführung bestünden darin, der hochbezahlten Fachkraft erst einmal klarzumachen, welchen Stellenwert sie »im Firmenganzen« einnehme. Die Fachkraft müsse sich als »Produktionsfaktor begreifen«.

Was in dem Managerleitfaden oft so wenig faßbar blieb, war ihm jetzt, als er es Bruno Hütte erklärte, glasklar.

Hütte glaubte zu träumen. Nein, kein Zweifel, Ludwig Drais war verrückt geworden. Die ganze Vorbereitung auf das Examen hatte schon diese zutiefst unvernünftige, krankhafte Anspannung verraten. Neben dem Mitleid für den alten Kumpanen empfand er ein beträchtliches Vergnügen. Verrückte waren, wenn man sie richtig behandelte, eine Quelle der reinsten Heiterkeit. Mr. Khan und sein Baumwollimperium in Hyderabad gehörten offensichtlich in die Welt des orientalischen Märchens. Die großen Versandhäuser – »Unternehmen, die unsereins gar nicht kennt, wo aber das große Geld gemacht wird«, sagte Ludwig eindringlich – kauften Baumwollhemden palettenweise.

»Palettenweise?« Hütte spielte ein naives Staunen. Ja, palettenweise, die Handelsform der Zukunft. Die Ware werde auf einen Lattenrost gepackt, darauf transportiert und gelagert, und wenn man einmal im Handel mit Paletten drin sei, könne nichts mehr passieren, dann rangiere man bald ganz oben.

»Wo?« fragte Hütte spitz.

»Nun, bei den großen Importeuren.«

»Na, fabelhaft«, sagte Bruno Hütte.

Wohin waren nur die neuen Visitenkarten mit »Nephew & Nephew Europe« und dem schönen Titel »Generalmanager« geraten? In der Brusttasche tastete er die Scheine der Frau Rüsing, aber Karten fand Ludwig nicht. »Ich habe Frau Lopez doch eigens gebeten, Karten vorzubereiten«, murmelte er ungehalten.

»Du machst deinen Laden auf, und ich denke inzwischen schon ans Zumachen«, sagte Hütte, dem die Ironie jetzt keinen Spaß mehr machte. »Ich gedenke mein Leben nicht mehr lange mit anderer Leute Mist zu beschmutzen.« Die Morgensonne auf dem Lande, das sei seine Zukunft. Er wünsche, fortan auf dem Lande neben der »Dame seines Herzens« zu erwachen – Ludwig fragte nicht, wer das sei – und vor dem Bad und dem Frühstück an der Seite dieser Dame auszureiten. Warum vor dem Frühstück? Wahrscheinlich nahm er da Bezug auf Reiterbräuche. Aber was würde an dem langen Rest des Tages geschehen, der vor dem Frühstück galoppierend begonnen hatte?

Hütte sprach von Venedig und dem Blick auf San Giorgio aus den Fürstenzimmern des Hotels Danieli: hier würde er hinausgucken, während die Herzdame noch erschöpft vor sich hin dämmerte. Er wurde weicher, verlor das Hämische und schweifte hin und her in seinen inneren Bildern.

Als Ludwig nach einer Stunde aufbrach, hatte Hütte ihm dreitausend Mark geliehen. Ob Ludwig sich das Geld nicht morgen in der Kanzlei abholen könne? Hütte hatte plötzlich Bedenken, den schon ausgefüllten Scheck zu unterschreiben. Diesen Widerstand galt es noch zu überwinden.

In seiner Mansarde legte Ludwig sich sofort aufs Bett. Eine Spannung erfüllte ihn, daß ihm die Knie zitterten. Das Geld in seiner Brusttasche kam ihm teuer erkauft vor. Geschuftet hatte er dafür wie ein Köhler im Wald. Von oben bis unten schmutzig gemacht hatte ihn diese Arbeit. Weniger aus Neugierde als aus Nervosität rief er noch einmal im Büro an.

Bella blieb zwar sachlich, aber die Aufregung war ihr doch anzumerken. Sie habe ihn überall gesucht; das hieß, sie hatte bei seinen Eltern angerufen. Mr. Khan komme schon heute abend an. Sie habe Fidi zum Flughafen geschickt und das Hotel umbestellt. Da es inzwischen schon spät sei, habe sie Fidi angewiesen, Mr. Khan zu einem argentinischen Steak-Restaurant zu bringen, wohin sie jetzt ebenfalls aufbreche.

Ludwig stand vor Schreck fast das Herz still. Zugleich bewunderte er ihre Maßnahmen. Mr. Khan in ein Steak-Restaurant zu führen, wäre ihm nie eingefallen, aber er fand diese Entscheidung sofort sehr geschickt, man wußte ja nicht, was solch ein Mann aß oder keinesfalls essen wollte.

»Vergessen Sie nicht, Ihre Eltern anzurufen«, sagte sie noch. »Sie brauchen sich nicht zu beeilen, wir sind ja da.«

Der allzu oft verschobene Anruf bei den Eltern brachte den Gegenschock. Der Vater hatte sich im Bad vor Schwäche nicht selbst helfen können. Zwei Sanitäter hatten ihn aus dem Haus getragen. Er liege im Krankenhaus und bekomme Infusionen.

»Er lag so sauber in seinem weißen Bett und war sehr zufrieden«, ein Bild, das nach den blutigen Katastrophen des Tages etwas Heilendes hatte, als ob frische Wäsche und etwas versprühtes Rasierwasser Wesentliches zur Genesung beitrugen. Aber in der ruhigen Stimme der Mutter schwang zugleich der tiefe Vorwurf, in diesen Nöten ganz allein gewesen zu sein. »Ich habe zwei Söhne«, sagte sie und ließ diesem Satz keinen weiteren folgen.

»Ich habe gearbeitet«, sagte Ludwig, aber nicht auftrumpfend, sondern sehr schüchtern.

»Und heute abend?«

Jetzt von Mr. Khan zu sprechen, war das Verfehlteste, was er sich hätte aussuchen können: seine Chimäre, seine Narretei, die Krönung seines bisherigen Unfugs als Entschuldigung hervorzuholen, wenn es um Leben und Tod seines Vaters und das Alleinsein der Mutter nach diesem schrecklichen Tag ging. Und wo war Hermann?

»Hermann betet«, sagte die Mutter voll Bitterkeit. Das sei jetzt das Neuste. Er gehe neuerdings in einem gewissen Haus, einem Institut für solche Sachen, in der Innenstadt beten und zwar unbedingt am Mittwochabend, da könne der Himmel einstürzen, und er sei ja nun tatsächlich eingestürzt. Ludwig konnte das Maß ihrer Empörung allein daran ablesen, daß sie ein kritisches Wort über Hermann verlor. Ihr Verständnis für ihn war plötzlich nicht mehr uferlos.

Beide schwiegen, die Mutter, weil sie zu müde und zu unglücklich war, um weitere Vorwürfe auszusprechen, Ludwig in der inständigen Hoffnung, daß ihm etwas einfalle, etwas Tröstendes, oder noch besser, etwas Ablenkendes.

»Ob er nur wieder kommt«, sagte die Mutter auf einmal. Der grammatisch falsche Nebensatz, halb Wunsch, halb Frage, faßte ihre Gedanken zusammen, die sie deutlicher nicht auszusprechen wagte.

Sie hat die Hoffnung aufgegeben, dachte Ludwig. Das war viel später als bei ihm geschehen. Seit der Diagnose der Krankheit wartete er auf den Tod des Vaters. Er ertappte sich dabei, ungeduldig zu sein. Zu seiner Verzweiflung kam es vor, daß er ratlos und verlegen schwieg, wenn sein Vater ihm auf die mitfühlende Frage nach dem Befinden antwortete, es gehe ihm sehr gut. Ludwig nahm sich die Zeit, um wenigstens ein Weilchen mit seiner Mutter am Telephon zu schweigen. Schließlich war sie es, die ihn wegschickte. Er solle nun endlich zu seinem Herrn Kohn gehen, damit er nicht auch da noch zu spät komme. Er verbesserte sie nicht.

Eine steinerne Müdigkeit überfiel ihn. Ludwig streckte sich mit Schuhen und der regenfeuchten Jacke am Leib auf dem Bett aus. Fünf Minuten liegen und Augen schließen, mehr durfte er sich nicht erlauben. Soldaten schliefen im Stehen, auf ihrem Tornister sitzend, an einer Mauer lehnend. Solche Kurzohnmachten wirkten angeblich unerhört erfrischend. Und tatsächlich sank er, kaum waren die Augen geschlossen, in einen tiefen, mit wattiger Schwärze angefüllten Schacht.

Aus dem Dunkel kam ihm Bellas Gesicht entgegen. Sie war noch blasser als sonst, durchscheinend, von Tränen und durchwachten Nächten gezeichnet. Dieses Leidende brachte ihre Schönheit erst richtig zur Geltung, das Gerötete um die Augen, die blaßblaue Schwellung der Lippen, das weißblonde Haar. Die Nacht, der Zigarettenrauch, das Unglück und der leichte kurze Schlaf hatten sie geformt.

Aber die Lippen wurden dunkler. Und nun sah Ludwig, daß ihre Fingernägel schwarz lackiert waren.

»Wir müssen das Essen für Mr. Khan vorbereiten«, sagte sie.

Es hatte lange nicht geregnet. Der Erdboden war von einem Krakelee durchzogen wie die Glasur einer Porzellanvase. Zerknülltes Papier, Styroporteile aus Kartons, in denen Telephone verpackt waren, Kunststofftüten und leere Shampooflaschen trieben in einem warmen Wind und erzeugten kleine hohle Töne auf der ausgetrockneten Kruste. Am Horizont stand ein Sonnensegel auf vier Pfosten, das sich im Wind blähte. Dort war der Tisch gedeckt mit überhohen Rotweingläsern und zu Beginenhauben gefalteten Servietten.

»Wir bestellen die Spezialität«, sagte Bella, und da kam sie auch schon. Mitten in diesem leeren Land hatte man die Teller mit silbernen Wärmeglocken bedeckt. Für Ludwig war ein »Geschäftsessen« mit dem Anblick dieser Wärmeglocken verbunden.

Die Glocke hob sich. Darunter saß eine lebende, noch ganz junge Katze.

»Wie niedlich sie ist«, sagte Ludwig. Die kleine Katze war hellgrau und hatte große hervortretende Augen. Sie war ein wenig benommen von dem Transport im Dunkeln und tappte mit der weißen Pfote auf den Tellerrand. Kleine Schauder liefen durch ihren Körper. Zittrig stellte sie sich auf ihre vier Beine, stand einen Augenblick still und reckte sich dann, den kleinen Rachen weit aufreißend, bis der hellrosa Gaumen zu sehen war, ein winziger Tiger.

»Sie müssen sie essen«, sagte Bella kühl, während sie ein kleines Brot auf dem Teller neben ihrem Gedeck zerbrach. »Man ißt sie lebend.« Mr. Khan kam von weit her. In seinem Land herrschten andere Speisegewohnheiten. Im Flugzeug nahm man darauf Rücksicht: auf dem Lunch-Tablett lag eine Karte mit einem durchgestrichenen Schwein.

Sie nickte ermunternd. Ein Sonnenstäubchen tanzte vor der rosigen Nase des Kätzchens. Es setzte sich und versuchte, mit dem Pfötchen das Stäubchen zu erhaschen. Ludwig nahm Messer und Gabel. Er drückte die Gabel gegen den kleinen Körper, überwand mit Kraft den Widerstand der zarten Haut, fühlte die knorpelige Weichheit der Knöchelchen, die sich den Zinken in den Weg stellten und daran abglitten. Er preßte das Kätzchen gegen den Teller und setzte das Messer am Genick an. »Es will sich heben, es zappelt noch«, hörte er eine Frau sagen.

Ein Schwall schwarzes Blut trat aus dem Hals der Katze, trat über den Tellerrand und floß als dickflüssiger Strom Ludwig in den Schoß. »Fettes, süßes Blut«, dachte er. Seine Hände glänzten rot in der Sonne. In Bellas Schoß unter der Serviette regte sich etwas.

»Ich habe meine Katze gerettet«, sagte sie und stand auf. Sie ließ ihn allein. Alle konnten ihn sehen, blutbedeckt, wie er war.

Die Sonne sank. Frau Rüsing ging zu ihrer Vitrine, entnahm ihr einen Marmormörser und legte ihre Tanagrafigur hinein. »Man muß sie zerstoßen«, sagte sie und stieß den harten Stößel in das edle Spekulatiusgesicht der Dame aus Kleinasien. Sie zerbröselte wie alter Zwieback.

»Das wird heilen«, sagte Frau Rüsing, als sie den Tanagrastaub auf das nasse Blut streute.

Und tatsächlich wurden seine Hände wieder weiß. Nur in den Linien blieben braunrote Krüstchen zurück.

Ludwig war nun allein. Er saß im Dunkeln und wartete. Das Telephon klingelte. Er war jetzt bereit, es abzunehmen, und nahm auch ab.

Das blinde Rudern seines Armes, der nichts zu fassen bekam, aber das Telephon vom Nachttisch herunterstieß, weckte ihn auf. Von außen drang etwas weißes Licht von einer Bogenlampe ins Zimmer. Bella war am Apparat. Sie sprach aus dem Restaurant vor lautem Stimmengewirr. Wenn er jetzt aufbreche, komme er zur Zeit.

Ludwig war dankbar für die Eile. Das schüttelte ihn durch und drehte das innere Kaleidoskop so schnell, daß die bedrückenden Bilder schon beim Umbinden der Krawatte blaß geworden waren.

Im Taxi blickte er an der Ampel durch die Regentropfen auf der Fensterscheibe zur Seite und sah im nächsten Auto Fidi Lopez am Steuer. Daß Fidi halten mußte, machte ihn so ungeduldig, daß er mit den flachen Händen auf das Lenkrad schlug. Er konnte eben keine Minute still sitzen. Und neben ihm eine dunkle Gestalt, ein schwarzer Kopf auf einem helleren Hemdkragen.

Das ist meine Art von Glück, dachte Ludwig. Die großen Sachen gehen alle schief, aber die kleinen klappen. Er liebte solche Spekulationen. Ludwig war davon überzeugt, daß sich mit den bösen Mächten, die das Leben der Menschen beeinflußten, Geschäfte abschließen ließen. Man mußte den Dämonen etwas hinwerfen, wohinein sie ihre Zähne schlagen konnten.

Der Vater würde in der Überzeugung ins Grab sinken, seinen Sohn auf bedenklichem Weg zu wissen. Der Vater starb zu früh oder zu spät. Hätte er Ludwig als kleinen Buben verlassen, wäre das ein herzzerreißendes Unglück gewesen, aber ein reines, gleichsam wohlduftendes Unglück, dessen man später mit Rührung und Wehmut gedachte. Bliebe er noch ein paar Jahre am Leben, wer weiß, welche Erfolge er dann schauen dürfte. Wie es jetzt kam, war es am allerschlimmsten.

Ludwigs Taxi und das Auto von Fidi hielten fast gleichzeitig. Mr. Khan war ein kleiner, sehr feingliedriger Mann. Im Dunkeln leuchteten nur sein Augenweiß und die Zähne. Vor dem Regen floh er schnell ins Restaurant. Lopez strahlte vor Eifer. Er bringe jetzt das Gepäck ins Hotel. »Haben wir das gut gemacht, Chef?« Voll Tatendrang, aber auch vor Kälte rieb er sich die Hände.

Ein lustiger kleiner Kerl, dachte Ludwig, während Fidi Lopez ein Pappschild zeigte: »Nephew & Nephew Europe – Welcome, Mr. Khan!« Das hatte er sich im Flughafen vor die Brust gehalten. Es war alles gekommen, wie Ludwig sich das vorgestellt hatte, ohne daß er mit einem einzigen Wort dazu hatte beitragen müssen.

Mr. Khans Händedruck war schlaff. Zarte, etwas feuchte

Knöchelchen lagen kurz in Ludwigs Hand. Hatte Ludwig zu fest gedrückt? Die Verlegenheit, die manchmal entsteht, wenn die hochgestellte Person viel kleiner gewachsen ist als ihre Untergebenen, bestimmte auch hier das Begrüßungszeremoniell. Ludwig stand tief geneigt und verstand dennoch kaum ein Wort des sehr leise sprechenden Mr. Khan. Aus dem Hintergrund näherte sich Bella – »Mrs. Lopez, my secretary«, sagte Ludwig – und sprach in Nachahmung des amerikanischen Akzents, den sie sich, wie Ludwig gereizt dachte, offenbar im Umgang mit Besatzungssoldaten angewöhnt hatte, recht gewandte Begrüßungsworte, wobei nur nicht sicher war, ob Mr. Khan sie zur Kenntnis nahm.

Die beiden verkörperten den äußersten Gegensatz. Bellas Haar schien silbriger denn je. Es war in dicken Locken aus der Stirn frisiert und bildete über der reinen Wölbung eine zweite, ein dichtes Haarkissen, dem ein sanfter Duft von Haarspray entströmte. Sie hatte wieder den krebsroten Lippenstift aufgetragen, und obwohl sie ihren ewigen schwarzen Pullover, den engen schwarzen Rock und kein einziges Schmuckstück trug, fand er sie elegant, unbedingt vorzeigbar jedenfalls.

Mr. Khan aber war von einem tiefen, olivgetönten Braun, das um die Augenlider und an den Ohren dunkel umbrafarben wurde. Er wirkte unfrisch, ein wenig unreinlich, sein Hemdkragen hatte einen Schmutzrand, vielleicht eine Spur der langen Reise. Die Augen bekamen bei Lampenlicht einen Stich ins Gelbliche. Er war nicht mehr jung, wie die vielen weißen Fäden in dem feinen schwarzen Haar zeigten, das nur um die Stirn herum schütter wurde. Mr. Khan erschien wie ein feiner, altgewordener Knabe, dessen Dicklichkeit etwas Wässeriges hat. Seine Hände und Füße wirkten, gemessen an Ludwigs, kindlich. Aber er liebte das Gold. Große Manschettenknöpfe in Nuggetform hielten die schmuddeligen Manschetten zusammen, eine Krawattenspange saß auf der von blauen und roten Blitzen durchzuckten breiten Seidenkrawatte, und an dem fast weiblichen Ringfinger, dessen Nagel sehr tief heruntergekaut war, blitzte ein Siegelring mit den fünf olympischen Ringen.

Ludwig forschte sofort ängstlich in seiner Erinnerung, ob es je olympische Spiele in Pakistan gegeben habe. Gehörte Mr. Khan gar dem olympischen Komitee an, was bei dem Reichtum der Familie nicht auszuschließen war?

Auch Bella bemerkte das Schmuckstück. Mit respektvoller Munterkeit und gespielter Neugier wandte sie sich an Mr. Khan, der hinter einer Mauer stiller nachdrücklicher Reserve verschanzt war. War er mit dem Interesse eines silberblonden Mädchens an seinem Ring aus dieser Festung hervorzulocken? Zuerst verstand er gar nichts. Was für olympische Ringe? Nun, diese ineinander verschlungenen, in das Gold eingravierten fünf Ringe – sie wagte es, ganz leicht mit dem durchscheinenden Fingernagel des Zeigefingers auf das Emblem zu tippen. Das seien keine olympischen Ringe. Nein. Das war die fast unhörbare, in ihrer Artikulation sehr schwer bestimmbare, aber endgültige Antwort. Keine Erklärungen folgten. Mr. Khan griff zur Speisekarte.

In den Tagen der Erwartung hatte sich Ludwig zur Bekämpfung seiner Nervosität zusammen mit Frau Lopez oft über Mr. Khans Englisch amüsiert. Sie erfanden kleine Unterhaltungen in, wie sie es nannten, »Indisch-Englisch«, die stets in Gelächter untergingen. Die wichtigste Regel war, statt des aspirierten »th« ein »d« zu setzen und das »a« deutsch auszusprechen. »That« hieß dann »dadd«. Wären Ludwig und Bella entspannt gewesen, hätten sie jetzt, wo ihr Vorbild vor ihnen saß, dessen unübertroffenes »Indisch-Englisch« genießen müssen, aber davon waren sie weit entfernt. Mr. Khan hätte ihnen durch das komischste Englisch der Welt kein Lachen entlocken können, so schlug ihnen das Herz. Beide waren, nachdem Mr. Khan zweimal ungeduldig nachgefragt hatte, mit unterwürfigen Mienen zum »Indisch-Englisch« übergegangen und wurden, obwohl sie, wie sie sich später gestanden, zunächst fürchteten, Mr. Khan fühle sich verspottet, sofort durch sein nunmehr müheloses Verstehen belohnt.

»No salad!« sagte Mr. Khan. Der könne schlecht gewaschen sein, dann seien böse Bakterien darin und brächten schlimme Krankheiten. Der professionell strahlenden blonden Kellnerin mit roter Schürze schenkte er keinen Blick. Ludwig erklärte vorsichtig die Karte. Er wartete, bis Mr. Khan sich entschieden hatte, und auch Bella richtete sich im Preis nach Mr. Khans Wahl. Er bestellte das kleinste Stück Fleisch, das zu haben war.

Durfte in seiner Gegenwart Alkohol getrunken werden? Mr. Khan war Muslim. Als Bella Lopez ein Bier bestellte, blieb Ludwig fast das Herz stehen. Mr. Khan sah erstaunt auf. Er hatte um Wasser gebeten; jetzt änderte er das und bestellte auch ein Bier. Durfte man aufatmen?

Es wurde schnell klar, daß Mr. Khan nicht im geringsten der Sinn danach stand, Konversation zu machen. Wer hatte behauptet, die Orientalen kämen erst nach phantasievollen Abschweifungen zur Sache? Statt dessen schlug er ein dikkes Notizbuch auf und begann sofort ein Kreuzverhör mit Ludwig. Bella hatte einen Aktenkoffer bei sich und klappte ihn auf, als Mr. Khan sagte, er wolle jetzt über das Geschäft sprechen, er habe keine Zeit.

Was hätte Ludwig getan, wenn Bella nicht dagewesen wäre? Wie hätte er erklärt, daß er keine Visitenkarte bei sich hatte, als Mr. Khan verlangte, die neuen, nach seinen Anweisungen gedruckten Karten zu sehen? Daß er Mr. Khan erst am nächsten Tag erwartet habe? Eine schöne Entschuldigung für einen rastlosen, überwachen Generalvertreter, Jungunternehmer und Großhandelskaufmann. Er war ja nicht einmal auf den Gedanken gekommen, sich für dies erste Treffen beim Essen schon mit Papieren versehen zu müssen. Und wie hätte der Abend wohl ohne diese Dokumente ausgesehen? Wollte er mit Mr. Khan über persische Miniaturen, über die Tigerjagd, die Hausboote im Kaschmirtal, den Krieg in Afghanistan oder die Hinrichtung des Zulfikar Bhutto plaudern?

Was Mr. Khan von ihm hielt, kam sprachlich schön unmißverständlich zum Ausdruck. Niemals sagte er: »Ich würde Sie bitten« oder »Sie sollten meiner Meinung nach überlegen«, wie die deutschen Vorgesetzten sich das angewöhnt hatten – ohne in ihren Möglichkeiten, unangenehm zu werden, dadurch eingeschränkt zu sein –, sondern ganz einfach: »You must.« Und Bella Lopez hatte einen kleinen Block hervorgeholt und schrieb jedes »must« in ihrer kindlichen, stark nach links geneigten Schrift auf, nicht ohne es zuvor zu numerieren.

Überhaupt kam sie, nachdem sie ihr amerikanisches Englisch gründlich weggewischt hatte, viel besser mit Mr. Khan zurecht als Ludwig. Mr. Khan fragte eine Reihe von Namen ab, Chefeinkäufer großer Handelshäuser, bei denen Ludwig sich vorzustellen hatte oder die Khan selbst kennenlernen wollte. Ludwig und Bella hatten in der kurzen Zeit, wie sie glaubten, gute Arbeit geleistet, überallhin geschrieben, telephoniert, Muster geschickt, und es war nicht leicht, zu den Herren vorzudringen, die sehr wohl wußten, was sie für einen Produzenten bedeuteten, und sich den Hof machen ließen. Ludwig war ein Neuling in der Branche. Das ließ man ihn spüren.

Es gab da ein heikles Kapitel im Umgang mit diesen Einkäufern, das war die Bestechung, die manche von ihnen selbstverständlich als rechtmäßigen Tribut einforderten. Dieses Gebiet wollte Mr. Khan sich zunächst selbst vorbehalten. Er verschmähte es, sein Mißtrauen gegenüber Ludwig zu verbergen, und erklärte, er wolle erst sehen, mit welchen Größenordnungen zu rechnen sei, bevor er entscheide. Ludwigs Vorgänger, der bei dem ersten Versuch der Firma »Nephew & Nephew International«, in Deutschland Fuß zu fassen, Mr. Khans Geschäftsführer in Düsseldorf gewesen war, hatte ihn betrogen, plump und leicht durchschaubar, indem er mit einem der Großeinkäufer halbe-halbe machte. Das solle nicht noch einmal passieren. Herr Dr. van Twillebeeckx habe zwar gesagt, daß er Herrn Drais kenne. Aber könne Herr Dr. van Twillebeeckx in das Herz von Herrn Drais schauen? Nein! Herr Dr. van Twillebeeckx könne nicht in das Herz von Herrn Drais schauen. Das war Mr. Khans Rhetorik. Bei der Schlußfolgerung lachte er herzlich und schüttelte überraschend beweglich den Kopf.

Seine Augen waren trüb wie türkischer Kaffee, in dem das Pulver beim Aufkochen herumgewirbelt wird. Es lag keine Sympathie in ihnen, während er lachte. Und beim Abfragen der Namen kam es immer wieder vor, daß Ludwig stutzte und Mr. Khan gereizt drei- oder viermal das unverständliche Wort wiederholte, während Ludwig verzweifelt die Hand hinters Ohr legte.

»Svajza, Svajza«, sagte Mr. Khan, und Bella blätterte die Photokopien in ihrer Mappe in höchster Geschwindigkeit durch und legte Mr. Khan einen Brief mit Herrn Schweitzers Antwort vor.

Bald gab Ludwig jeden Versuch auf, die Namen, die Mr. Khan nannte, zu verstehen, und blickte nur, indem er sich die Strenge seines muslimischen Herrn zu eigen machte, auf Bella, nahm ihr das entsprechende Schriftstück ab und legte es Mr. Khan vor. Morgen würde er das Büro besichtigen, dann ging es mit Ludwig nach Nürnberg und Stuttgart, »Stuca«, wie er sagte; allmählich bequemte sich das Kombinationsvermögen Ludwigs, die Laute aus Mr. Khans Mund sinnvoll zu übersetzen.

Mr. Khan aß wenig. Er legte Messer und Gabel auf den Tellerrand und begann mit halbgeschlossenen Augen, seine Zähne zu reinigen. Die Zahnstocher hatte er dabei. Noch ganz in sich gekehrt, fragte er, was sie bezüglich des Footed Pyjama unternommen hätten.

Bella sah Ludwig an und nickte ihm zu: Nun sprich! hieß das. Ludwig begann. Man sei noch im Planungsstadium, aber er habe bereits großartige Ideen entwickelt.

Mr. Khan unterbrach. Es sei gut so. Die Ideen interessierten ihn nicht. Er habe entschieden, daß Deutschland den Footed Pyjama nicht bekomme. Er habe Erkundigungen eingeholt. Man habe ihm abgeraten. Deutschland sei noch nicht reif für den Footed Pyjama.

»Ich bin klüger als Sie«, sagte er und lachte wieder sein freudloses Lachen. Er sei zu seinem Onkel gegangen. Sein Onkel wisse alles. Ludwig und Bella nickten verdutzt und gehorsam. Der Onkel. Das war der Onkel der Neffen, der Onkel von »Nephew & Nephew«, Mr. Khan begriff sich, das war klar, vor allem als Neffe jenes Onkels.

Neffen, aber keine Söhne. Ein geheimnisvolles Unglück waltete da, aber auch ein eiserner dynastischer Wille, der das Unglück bannte. Wo die Söhne ausblieben oder wo sie, wie in Ludwigs und Hermanns Fall, unfähige Söhne waren, da wuchs dem Patriarchen eine Phalanx aus Neffen zu.

»Wenn ich Deutsche frage, höre ich gute Ideen, und ich muß sterben – wenn ich meinen Onkel frage …« – er klatschte in die Hände: platsch, das hieß, die Seifenblase war zerplatzt – »und ich lebe.« Zum erstenmal waren Funken der Anteilnahme in seinen Augen. Freute er sich, Ludwig ratlos zu sehen?

»Sie müssen lernen«, sagte er, »lernen, lernen, lernen. Oder« – wieder ein Händeklatschen. Jetzt war es Ludwig, der zerplatzte.

»Wie heißen Sie?« fragte Mr. Khan und wandte sich

plötzlich an Bella. Im Englischen klang das noch unliebenswürdiger: »Give me your name.« Er war munter geworden. War es das Bier, das die Zunge des Weitgereisten löste? Bella hatte keine Visitenkarte für sich machen lassen. Sie beschloß im stillen, das morgen schon nachzuholen, mit der Bezeichnung »assistant executive« oder auch »assistant director«, warum nicht? Unter einem Generalmanager gab es eine ganze Hierarchie mit eindrucksvollen Titeln. Jetzt beugte sie sich über eine Papierserviette und malte mit Großbuchstaben wie für ein kleines Kind ihren Namen auf.

»Was machen Sie da?« rief Mr. Khan. »Lassen Sie das. Schreiben Sie niemals Ihren Namen auf ein Stück Papier. Als ich mit achtzehn Jahren zum erstenmal für die Familie nach London ging, sagte mein Onkel: Schreib niemals deinen Namen auf ein Stück Papier! I write my name on a piece of paper? I never write my name on a piece of paper!« Ein stilles, behagliches Lachen zeigte, wie wohl er sich in seiner Lebensweisheit fühlte.

Er griff über den Tisch, nahm Bellas Hand, die neben der Serviette lag, und drehte sie herum. Sie sah ihn verwirrt an, aber er winkte ihr, daß sie ihre Hand in die seine lege, und zog sie zu sich herüber. Dort hob er sie nahe an seine Augen – war er kurzsichtig und sah deshalb so schwimmend um sich? – und begann die einzelnen Linien fast mit der Nase nachzufahren. Bella sagte: »Das kitzelt.«

Seine Handinnenflächen waren rosig und auch ihre Hände hatten innen einen rosigen Hauch, wenn auch nicht vom kräftigen Zahnfleischrosa des Mr. Khan. Er betastete die Erhebungen, er knetete mit seinen weichen kleinen Fingern die Maus, den schönen sinnlichen Hügel, aus dem der Daumen hervorwuchs, und den gegenüberliegenden langgestreckten Hügel, der etwas weniger weich gepolstert war. Bellas Hände waren zugleich zart und kräftig, aber es war bei ihren glatten Handrücken verblüffend, wie zerklüftet und zerfurcht die Innenflächen waren. Das genetische Kerbmesser hatte die Linien kreuz und quer gezogen.

Mr. Khan ließ sie einen Augenblick los, zeigte die eigene Hand mit gespreizten Fingern und sagte: »Ich habe nur drei Linien, sonst keine einzige. Alle Linien sind lang und stark und ununterbrochen. Ich werde alt, bin lange gesund, kann lange lieben, bin klug und reich.«

Bella hörte verwundert zu. Sie wußte aber nicht, wie sie sich zu dieser Berührung stellen solle, und zog die freigewordene Hand vorsichtig zurück, obwohl sich auf ihrem Gesicht schon deutlich die Neugier malte.

»Die Hand«, befahl Mr. Khan; sie reichte sie ihm mit dem Gehorsam eines Schulmädchens, dem der Arzt ein Bluttröpfchen entnehmen will. Und wieder fuhr er mit dem Finger über die Linien, schnüffelte etwas, bog die Finger zurück, um auf der gespannten Handfläche das Lampenlicht spielen zu lassen, als ob sie ohne Leben sei, aber trotz der Rücksichtslosigkeit dieser Untersuchung, ihrer Unverschämtheit gar, fühlte Ludwig, daß Bella jetzt zu allem bereit war. Ludwig spürte sogar den Kitzel in den eigenen Händen, während er dieser schonungslosen Prüfung zusah, und verstand den Reiz, der sie da gefangennahm.

Wie quälend hatte der Abend begonnen. Und wie sahen die nächsten Tage aus, wenn es hieß, mit Mr. Khan bei den groben, bis zur Bösartigkeit hochmütigen Einkäufern vorzusprechen? Ludwig zitterte vor Mr. Khan, aber diese Leute waren weit davon entfernt, vor Mr. Khan zu zittern. Es fehlte nur, daß sich der Auftritt wiederholte, den Ludwig bei seiner ersten Reise nach Fürth erlebt hatte, seiner Feuertaufe als Anbieter eines Billigprodukts aus dem mittleren Osten. Ohne sein Telephongespräch zu unterbrechen, hatte der Einkäufer Weczerek, dessen Beine auf dem Schreibtisch lagen, ihm das Baumwollflanellnachthemd mit den von dicker Farbe verklebten Fasern vor die Füße geworfen. Was würde Mr. Khan in einem solchen Fall tun? Geprügelt wurde immer der Schwächste, der unglückliche Zeuge, den die bloße Anwesenheit zum Alleinschuldigen machte.

Nein, Mr. Khan sollte sich ruhig weiterhin mit Bella befassen. Die Handlesekunst nahm er offensichtlich sehr ernst, und er kannte sich darin aus. Dies Ketten-Restaurant mit seiner Theaterdekoration aus Kuhhäuten und Gauchosätteln und geschwärztem Holz kam Mr. Khan wahrscheinlich sehr deutsch vor, und das war es am Ende vielleicht sogar, wenn man so unverwandt darauf blickte, wie das nur einem von weither Gekommenen gelingt. Und genauso hatte er nun etwas entdeckt, was Ludwig ebenso unsichtbar geblieben war, etwas Interessantes und Anregendes in Bella Lopez.

Die weiße Hand lag in der dunklen, und die Frauenhand war die größere, jedenfalls längere, und durch ihre Knochigkeit auch erwachsenere, während die dunkle die Patschhand war, die fest zupackte wie ein tyrannisches Kind, das seiner Nurse ein Spielzeug entreißen will.

»Was sehen Sie?« fragte Bella verhalten tranceartig hingegeben.

»Ich sehe alles«, sagte Mr. Khan. »Ich sehe die Männer, ich sehe die Kinder, ich sehe das Geld, die Krankheit und den Tod. Ich sehe sogar Ihre Eltern, vielmehr Ihre Mutter …«

»Sie sehen meine Mutter?« Ein schrankenloses Staunen breitete sich über ihr Gesicht aus. »Bitte, sagen Sie mir …«

»Was wollen Sie wissen?«

»Das Glück! Werde ich glücklich?« Ihr Blick wurde fest, als könne das Glück jeden Augenblick vor ihr auf der Tischplatte erscheinen und müsse dann sofort festgenagelt werden. Mr. Khan lächelte herablassend. Wie schon so oft gab auch hier wieder der Mensch am meisten von sich preis, der etwas über sich erfahren wollte.

Das Glück sei selten. Wenige Menschen seien glücklich. Er sei und bleibe glücklich. Ein seltener Fall. Zu diesen Worten hob er noch einmal die glatte, ungekerbte Hand, faltenlos wie Narbenhaut. Für die meisten stelle sich nur die Frage, ob das Unglück, in dem sie sich befänden, ein zufälliges Unglück oder ob es bereits das ihnen vom Schicksal und von Gott von Anbeginn an zugedachte Unglück sei, das ihre Persönlichkeit am besten ausdrückende Unglück.

»Und was ist mit mir?« Man sah es Bella an, daß sie an ganz Konkretes dachte. Mr. Khan lachte wieder und schüttelte den Kopf.

»Ich werde gar nichts sagen. Es ist nicht schön, was ich sehe. Ich schweige. Das Böse kommt. Es ist sogar schon da. Ich schweige.« Seine halbverweigerte Prophezeiung versetzte ihn in die beste Laune. Er warf Bellas Hand auf den Tisch wie eine gebrauchte Serviette.

»Sie ist gut«, sagte er zu Ludwig, als sei Bella nicht anwesend. »Ich mag sie.«

Reiner hätte Ludwigs Freude nicht sein können. Wenn Mr. Khan ihm aus der Hand gelesen hätte, wäre er jetzt sehr unruhig gewesen. So aber meinte er ganz unschuldig, daß einem, dem nichts prophezeit sei, auch nichts zustoße. Wem jedoch etwas zustieß, dem geschah meist recht; das Unglück war selten unverdient.

Er blickte plötzlich mit einer gewissen Gehässigkeit auf Bella. Die Bäume wuchsen nicht in den Himmel, ein schön anschaulicher Satz, naturphilosophisch geradezu, obwohl er nicht ganz sicher war, was das Wort bedeutete, aber er fühlte, daß es auf die selbstsichere Frau Lopez irgendwie paßte. Ich sitze jetzt mit Mr. Khan in einem Boot, dachte Ludwig. Bella schwamm im Wasser und ruderte heftig mit den Armen, sie war wohl keine geübte Schwimmerin, und Mr. Khan zog das Ruder ein, als sie sich daran festhalten wollte. Sie war wirklich blaß geworden, so kam es Ludwig vor, obwohl sie schwerlich weißer werden konnte, und sie rieb sich die Hände, als müsse sie etwas abwischen und zugleich warmes Blut hineintreiben. Sie unternahm aber keinen Versuch, aus Mr. Khan noch etwas herauszupressen. Dazu ist sie zu stolz, dachte Ludwig, oder zu klug, denn aus diesem Mann war nur auf der Folter herauszuholen, was er nicht sagen wollte, und auch dann hätte man nicht sicher sein dürfen.

Für Mr. Khan war der Abend ein voller Erfolg. Er sah Bella vor sich, die auf das Tischtuch blickte und vermied, ihm ins Gesicht zu sehen, und gähnte.

»Morgen um acht im Büro«, sagte er, »und jetzt ins Hotel.«

Ludwig stand auf und setzte sich erst wieder hin, als er den Weg der beiden – Mr. Khan lächelnd voran, Bella leicht errötend hinterher – bis zur Restauranttür verfolgt hatte. Ludwig bestellte ein Pils und lächelte nun endlich gleichfalls.

Die Last des Tages und besonders die des Abendessens mit Mr. Khan sank von seinen Schultern. Eiserne Bänder um die Brust lockerten sich und fielen dann lautlos ab. Ludwig wurde in seiner Erleichterung die Gnade zeitweiligen Vergessens zuteil.

Er bedachte das Vergangene nicht. Er dachte an gar nichts. Ein junger Frankfurter Geschäftsmann, der abends allein in einem Steak-Restaurant noch ein Bier trinkt, Mitglied einer großen schweigenden Bruderschaft, von der jetzt, während der Saal sich leerte, an mehreren Tischen Konfratres zu sehen waren. Ein Japaner las »Le monde diplomatique«, ein Amerikaner blätterte langsam, ohne bei einem Artikel zu verweilen, »Newsweek« durch. Ludwig las die zerknitterte »Bildzeitung«, die neben ihm auf der Bank gelegen hatte. Das Horoskop verhieß ihm für heute finanziellen Gewinn, Erkältungsgefahr und eine Krise in der Liebe.

Weder eine Krise noch überhaupt eine Liebe, dachte er mit tiefer Dankbarkeit. Er war frei. Er konnte sich in vollkommener Verantwortungslosigkeit der Lektüre der »Bildzeitung« überlassen, und er brauchte nichts von dem, was er las, zu behalten.

»Schießerei in der Innenstadt« stand über dem Horoskop. »Innenstadt«, dies Wort hatte sich bei dem Gespräch mit seiner Mutter in ihn gesenkt und stieg jetzt in der seelischen Windstille langsam wieder an die Oberfläche des Bewußtseins. Das Steak-Restaurant lag in der Innenstadt, und Mr. Khan hatte befohlen, das Büro, sowie es beginne, Geld einzubringen, unbedingt in die Innenstadt zu verlegen. Wenn Ludwig das Wort »Innenstadt« hörte, dann schwebte ihm ein großes Loch vor Augen. Der Kataster der im und nach dem Krieg zerstörten alten Stadt war fast überall zertrampelt und zerstampft; kaum eine Straßenbiegung, ein Winkel, ein Sandsteinsockel bewahrte die Erinnerung an die gewachsenen Linien der abgeräumten gotischen Stadt. Die Innenstadt war jetzt gegen Zerstörung jeder Art wunderbar geschützt. Kein Erdbeben und kein Flächenbrand konnte ihr etwas anhaben, denn es gab in ihr nichts mehr, was unwiederbringlich verlorengehen konnte. Und wenn die ganze Innenstadt in einer Erdspalte verschwand, hinderte das nicht, daß sie schon zwei Jahre später in dieser oder etwas anders zurechtgeschüttelter Form wieder dort stand mit neuen Betonlagern für Mister Khans billige Hemden und Monsieur Cartiers teure Uhren. Wie das Haus des Bäckergesellen Vinzenz Fettmilch, der im siebzehnten Jahrhundert das Judenghetto angezündet hatte, bis auf die Grundmauern zerstört und der Boden mit Salz gepflügt worden war, so war nach dem Brand der Synagogen im Jahr 1938 nun die ganze Stadt vernichtet, ihr Boden mit Salz gepflügt und unfruchtbar gemacht worden.

Und Hermann betete jetzt in der Innenstadt. Die Mutter

hatte nicht von einer der wiederaufgebauten Kirchen gesprochen, obwohl das schon Überraschung genug gewesen wäre, denn die Familie hatte keine Verbindung zur Kirche, und auch Hermann hatte bisher dazu keine Neigungen gezeigt; das hätte in der Buchhandlung von Frau Müller-Servet schöne Irritationen ausgelöst. Ob er sich als eine Art Großstadt-Säulenheiliger einfach mitten im Getriebe versenkte? So etwas traute Ludwig ihm zu. Die Vorstellung war entsetzlich. Hermann als mystischer Eckensteher, leicht indisch getönt, bald eine lokale Berühmtheit, »der Sadhu von der Konstabler Wache«.

Aus dem Gefühl der äußersten Fremdheit wuchs schließlich eine ihn geradezu befremdende Rührung. Irrten sie nicht beide durch die Innenstadt, ohne sich gegenseitig helfen zu können? Vielleicht hatte Hermann ihn heute abend hier drinnen sitzen sehen, im Regen durch das Fenster ins Helle, Warme guckend. Was denkt er dann? Würde er das je erfahren?

Im vorderen Teil des Saales wurden die Lichter ausgemacht. Die Kellnerinnen stellten dort schon die Stühle zusammen. Es war das Ende eines langen Tages, der genaugenommen schon gestern morgen begonnen hatte, denn die kurzen Schlafstunden hatten ihn nicht tief genug unterbrochen, um etwas Neues anfangen zu lassen.

Ein Schatten fiel über Ludwig. Er blickte auf. Da stand Bella Lopez mit zwei Taxiquittungen und warf sie ihm ins Gesicht. Er sah sie sprachlos an. Ihre Unterlippe war vorgeschoben.

»Das Schwein hat mich angefaßt. Er hat mich mit seinen abgekauten Fingern angefaßt«, sagte sie drohend. »Wissen Sie, was Sie verdient hätten? Sie hätten verdient, daß ich ihn ohrfeige.«

Ludwig fühlte den Boden unter sich wanken. »Sie haben Mr. Khan geohrfeigt?«

Jetzt war nur noch Verachtung in ihren Augen. »Sie hätten es verdient, aber ich habe es nicht getan. Warum eigentlich nicht?«

Und jetzt füllten sich die Augen mit Tränen, die Tränen quollen über die Lider und liefen frei die Wangen hinunter, die alsbald vor Nässe glänzten, aber sie hob keine Hand, um sie abzuwischen, und schob Ludwigs Taschentuch, das er ihr hilflos und beschämt reichte, mit einer Heftigkeit von sich, die etwas von einem Schlag hatte.

Auf einmal stand Fidi Lopez neben ihr. Er sagte nichts, legte ihr nur den Arm um die Schulter, und sie ließ ihren Kopf an seinen Kopf sinken.

»Ich bin zu lange wach«, sagte sie leise, »sechsunddreißig Stunden oder mehr ...«

»Wir fahren jetzt zum ›Erlkönig‹«, flüsterte Fidi, »im hinteren Teil ist es dunkel, da legst du dich in meinen Schoß und schläfst.« Behutsam führte er sie hinaus in die Regennacht.

Ludwig sah ihnen nach, dem schwarzen und dem weißblonden Kopf, Prinzenkindern, die sich statt im Wald in der Großstadt verlaufen hatten und nun statt in einer Höhle in den dunklen Winkeln eines Nachtlokals ein wenig Schlaf suchten.

Drittes Kapitel

»Zores«

Die Dame hieß Frau Zimmermann, ein Name der ihre gesellschaftliche Stellung diskret offenließ, aber in dem großen Kreis wohlhabender Witwen, in dem sie nach dem Tod ihres erheblich älteren Mannes verkehrte, dachte man, wenn der Name »Zimmermann« fiel, an etwas Rosiges und Hellblaues nach der Art eines englischen Kupferstichs, der eine alterslose, kindlich versonnene Schwester der Schönheit und des Reichtums in blankem Mahagonirahmen zeigt. Tatsächlich war Frau Zimmermann in ihren Räumen von einem Mahagonirahmen umgeben. Hohe Schranktüren glänzten, als wollten sie Spiegel sein. Der Eßtisch war eine kastanienbraune Eisfläche, auf der als silberne Kampfhähne geformte Salzstreuer Schlittschuh liefen. Die Kredenzen, die Armee der Stühle und der mit Emailledöschen, chinesischen Achatbäumchen und Fotorähmchen besetzten Tischchen waren nicht unmittelbar aus den Werkstätten der Hepplewhite und Sheraton hervorgegangen; man hatte sich von der großen englischen Zeit inspirieren lassen und war bei der Ausführung dann etwas schwerer und teurer geworden. Wenn man an den Schränken vorüberging, überlief sie ein Lebensschauer, der die Türen beben ließ und ein leises Klingen von Tellerstapeln und Gläserreihen nach außen sandte. Frau Zimmermann ging im Bewußtsein ihres Alleinherrschertums in diesen Zimmern mit festem Schritt durch die Wohnung. Ihre gravitätische Starre deutete eine beginnende Gebrechlichkeit an, war also ein Sieg des Willens, den das Parkett mit Krachen, Knacken und Hallen belohnte. Aus der Wohnung der Frau Zimmermann drang aber nie ein Laut. Die Wohnungstür mit ihren geschliffenen Scheiben war durch Eisenstangen, Querriegel und Schlösser so schwer geworden, daß sie wie eine Palasttür ins Schloß fiel. Donnernd betrat Frau Zimmermann ihre Wohnung, donnernd verließ sie sie wieder, mit festem langsamem Schritt der Wackligkeit trotzend.

Ihr Frühstück an einem Hochsommermorgen: die trokkene Hitze hat die Blätter noch nicht ermüden lassen, alles duftet, der Terrazzoboden der Glasveranda ist mit der Gießkanne gesprengt, die Vorhänge sind in sanfter Bewegung, denn noch weht ein Lüftchen in der steinernen Stadt, an den schattigen Wänden die Porträts engelhafter Herzoginnen, auf dem Tisch der Honigtopf mit den silbernen Bienen, der Marmeladentopf mit der silbernen Zitrone, der Toastständer mit drei Toastscheiben, der Joghurtbecher aus dem Reformhaus. Nur Frau Zimmermann stand zu dieser Morgenfrühstückszauberwelt in mißtönendem Gegensatz.

Sie saß ungeschminkt und ungekämmt in einem brokatenen Cocktailkleid von vor zwanzig Jahren, das sie nun bei der Hausarbeit und beim Herumlungern zwischen Bett und Fernsehapparat auftrug. Das enge Kleid paßte ihr noch, sie war eher magerer inzwischen. Die weißen Schultern ragten spitz daraus hervor, die bläuliche Haut der Beine bekam unter dem roten Glitzern etwas Krankes. Die Spannung, die in Gesellschaft ihr leuchtendes inniges Lächeln hervorbrachte, war verschwunden, als werde sie durch einen Mechanismus erzeugt, der jetzt ausgehängt sei. Obwohl sie weder rauchte noch trank, sah sie mit dem mürrischen und leeren Ausdruck einer alten Trinkerin vor sich hin.

Das Fenster ihres Eßzimmers führte auf einen breiten Schacht. Wenn sie aus diesem Fenster sah, was sie nun immer wieder tat, es trieb sie förmlich zu diesem Fenster, dann blickte sie auf ein Fenster im Souterrain hinab. Dort war jahrelang der Rolladen herabgelassen, ein dezenter graulackierter, glatter Rolladen. Jetzt war er hinaufgezogen. Das Fenster dahinter, zunächst vor Schmutz fast blind, wurde geputzt und ließ ein großes rotes Batiktuch erkennen, das an den Fenstersturz genagelt war. Wenn man Tageslicht dort unten haben wollte, schlang man das rote Batiktuch zu einem dicken Knoten zusammen, dann sah man vom ersten Stock aus eine Kochplatte, und auf dieser Platte stand ein Topf, in dem es wiederum rot blubberte. Oft erfüllte der Geruch von mindestens fünf Knoblauchzehen den Schacht und stieg als Opferduft in das Eßzimmer der Frau Zimmermann, die nichts mehr verabscheute als Knoblauch. Nach einer Weile hing dann wieder das Batiktuch vor dem Fenster. Eine Glühbirne ließ einen Fleck inmitten dieses braunblutigen Tuchs hellrot aufleuchten. Etwas brandig Lasterhaftes ging von diesem Licht aus. Frau Zimmermann war nahe daran, in den Schacht hineinzurufen, in dem streitbaren Ton, den sie manchmal im Treppenhaus anschlug und der die Freundinnen gewiß erschreckt hätte. Aber das Blutrote dort unten schüchterte sie ein. Wußte man, was sich dahinter verbarg? Sie sah unwillkürlich ein Lamm vor sich, mit einem Schnitt durch die Kehle, aus dem es schwarz und heiß hervorquoll. Wenn sie zu heftig hinunterschrie, wurde sie womöglich umgebracht. Es war sicher besser, den Rechtsanwalt einen Brief schreiben zu lassen.

Einen Stock über ihr stand zur selben Zeit Ludwig Drais. Den Knoblauch roch auch er. Es war recht, wenn sich die Leute ordentlich und am eigenen Herd ernährten, anstatt in Spelunken herumzuhängen. Es waren seine Leute, die dort kochten. Keine zwei Wochen saß er in seiner neuen, seiner ersten richtigen Wohnung, und schon war daraus eine Selbstverständlichkeit geworden. Groß war sie nicht. Die Wohnung über Frau Zimmermann war durch eine Rabitzwand aufgeteilt worden, die Wasserlaufen, Husten und undeutliche Gesprächsfetzen herüberdringen ließ. Aber sie wirkte groß, denn die Räume waren hoch und noch fast unmöbliert. Die Fenster ließen das Licht ungehemmt von den Baumkronen, die die Zimmermannsche Wohnung beschatteten, hereinfluten, und ein langer, schmaler Flur führte um zwei Ecken, so daß der Grundriß nicht gleich zu übersehen war.

»Wenige große Möbel gehören hier herein«, hatte er Bella Lopez erklärt, als sie zusammen auf dem kuchengelben, dickglasig lackierten Parkett standen. Ludwig konnte sich mit etwas Mut dieses Parkett leisten. Es lief gut mit »Nephew & Nephew«, selbstverständlich nicht gut genug, um sorglos in den Tag hineinzuträllern. Das mußte man Bella gelegentlich wieder klarmachen. Sie hatte so gar keinen sorgenvollen, weithin planenden Blick, keine Neigung, Gefahren zu analysieren und ihnen vorzubauen. Natürlich auch keine Ahnung, wie eine solche Wohnung zu bewohnen war. Eine Nomadin, immer bereit, ihre Zelte abzubrechen, da war keine Innenarchitektur zu erwarten.

»Hierher gehört ein sehr langes Sofa – sonst nichts. Und dorthin kommt ein sehr langer, sehr schwerer, sehr massiver Tisch – sonst nichts. Und an diese Wand ein riesiges Bild – sonst nichts.« Diese »sonst nichts« waren Paukenschläge, sie gaben dem Entwurf, den Ludwig skizzierte, etwas Radikales. Bella folgte den großzügigen Handbewegungen, die diese Worte begleiteten in einer Art verwirrter Erwartung, als flögen auf Ludwigs Beschwörung die beschriebenen Gegenstände durchs Fenster und nähmen majestätisch den Raum ein, der ihnen zugewiesen war.

»Ich würde dort vielleicht eine Lampe hinstellen«, sagte sie schließlich verhalten und mit deutlicher Unsicherheit, und sie hätte überhaupt nichts gesagt, wenn sie nicht das Gefühl gehabt hätte, jetzt unbedingt einen eigenen Beitrag leisten zu müssen.

»Was denn für eine Lampe?« fragte Ludwig brüsk.

»Nun … eine Leselampe«, sagte Bella, glücklich, daß ihr etwas eingefallen war, und wies auf die in der Ecke zusammengeschobenen Bücherkartons.

»Dort eine Lampe?« sagte er leise und voll Ablehnung. Eine Leselampe. Das hieß doch, daß er dort, wo Bella diese Lampe sah, lesen sollte. Aber würde er denn dort lesen wollen? Wo würde er denn am liebsten lesen wollen? Wo konnte man in dieser leeren, hallenden, viel zu hellen Umgebung überhaupt lesen?

Bei Sonnenuntergang drang das Licht nicht mehr von allen Seiten in die Räume, es sammelte sich im Westen und ließ den Osten die letzten Strahlen nur matt und warm wie durch einen die Hemisphäre umspannenden Lampenschirm reflektieren. Aber hatte die Sonne nicht frühmorgens ins Zimmer hineingeschienen, daß es geradezu blendete? Dann ging das Fenster doch wohl nach Osten hinaus. Und jetzt war die Sonne schon wieder da: inmitten des weich-lichten Blaus und ohne es zu verfärben und mit rotem Licht zu übergießen, stand ein glühender Sonnenball, eigentümlich schwimmend wie kochende Lava, und goß einen rotgoldenen Strahl auf die Wand, eine Feuerschrift von alarmierender Überdeutlichkeit. Ludwig erkannte bald, daß er einer Spiegelung aufgesessen war. Am Horizont stand ein Hochhaus mit breiter Glasfront. Die Konturen dieses Gebäudes verschwanden, es war nur noch Projektionsfläche für die untergehende Sonne.

Ich werde in ein und demselben Zimmer Morgen- und Abendsonne haben, dachte er. Im Lauf des Sommers kam noch ein künstlicher Mond hinzu. Ein anderes Hochhaus erhielt einen Dreiecksgiebel, in dessen Mitte nachts das weiße Neonzifferblatt einer großen Uhr aufleuchtete. Die Ziffern und Zeiger verschwammen in der Entfernung, und genauer waren die Mondberge auch nicht zu erkennen.

Mit meiner eigenen Abendsonne und meinem kleinen Vollmond lebe ich in einem Freiluft-Planetarium, sagte er sich. In indischen Palästen, die innen ganz mit Ornamenten aus hunderttausend Spiegelchen bedeckt waren, genügte eine einzige Kerze, um den Zauber großer Kristallüster zu erzeugen. Welch ein Feuer würde erst eine Hochhausstadt aus Spiegelfassaden zum Sonnenuntergang in Flammen setzen! Nur die Sterne, vor allem die wenigen Sternbilder, die er kannte, wollte er keiner Konkurrenz ausgesetzt wissen. Das große W der Andromeda war meist leicht zu finden. Was hatte ein W eigentlich mit Andromeda zu tun, einer angeketteten nackten Jungfrau, von Drachen bedroht, von Heroen gerettet? Der Große Wagen war auch am hellen Frankfurter Nachthimmel meist sichtbar, er wanderte über die nachtblaue Glocke dahin, stand manchmal auf dem Kopf, baumelte an der Deichsel aufgehängt herab, lag schief wie umgestürzt auf der Seite, vollzog einen Kreislauf rund um den Horizont herum und prangte dann unversehens wieder als Haupt- und Königssternbild in der Mitte, von den schwächeren Sternchen umrahmt. Das schönste und für Ludwig wichtigste Sternbild war jedoch der Orion, denn die Lichtpünktchen steckten erkennbar die Gestalt des großen Jägers ab, dem wie einem antiken Torso Haupt und Helm, Hände und Füße fehlten, die marsische Monumentalstatue mit dem mächtigen Brustkasten, den breiten Schultern und den schmalen Hüften, den gespreizten Beinen, auf deren bronzenen Beinschienen je ein Stern in Kniehöhe als Edelstein saß, und mit dem sternbesetzten Gürtel, den das Kurzschwert schief nach unten zog. Es war der Makel des Sommers, daß Orion über Frankfurt nicht zu sehen war. Um so beglückender war die Nacht, in der er, über die ganze Länge seines kolossalen Körpers am Himmelsrand schlafend, von der südlichen Halbkugel zurückkehrte. Die beiden Sterne, die seine Schultern bezeichneten, schienen nicht auf derselben Höhe zu stehen, das gab dem Bild perspektivische Tiefe und ein bedrängend real zu ahnendes Volumen. Und dann kamen die kalten Nächte, in denen die himmlische Pantheonkuppel zum Iglu wurde und Orion, der eisigen Luft ungeachtet, mit nackter Brust jagte. Ludwig stellte sich seine Beziehung zum Orion wie auf den Bildern vor, die den Heiligen Franziskus von Assisi beim Empfang der Stigmata zeigten. Der Poverello kniete auf den Felsen und hielt die Handteller dem lapislazuliblauen Himmel entgegen. Dort schwebte ein Kreuz, von ziegelroten Seraphsflügeln bedeckt, dessen Enden durch Feuerdrähte mit den Handtellern des Franziskus verbunden waren. Wenn Ludwig sich mit freudig schlagendem Herzen seinen Orion anschaute, meinte er, diese franziskanischen Linien zwischen dem eigenen Körper und dem Sternbild deutlich zu spüren. An den Schultern kitzelte es regelrecht, wo die kosmischen Drähte von den Epauletten des Orion eintrafen. Der Orion war etwas weitaus Verbindlicheres als bloß ein Guter Stern. Er war Ludwigs höchstpersönlicher Genius, sein himmlischer Schatten; natürlich vergrößert der Schatten sich, je weiter man seine Projektionsfläche von der Lichtquelle wegrückt.

Wenn er den Kopf neigte und hinabsah, glomm dort im Abgrund jenes rote Licht, das Frau Zimmermann unruhig und zornig machte. Sein Blickwinkel auf das Souterrainfenster war noch steiler als der aus dem ersten Stock. Wenn der Knoten im Rahmen hing, war für ihn nur eine schmale Scheibe des im übrigen dunkel erscheinenden Innenraums einsehbar. Es mußte schon jemand unmittelbar ans Fenster treten, damit Ludwig ihn erkannte. Die Bewohner unten hatten einen Tisch ans Fenster gerückt, um tagsüber soviel Licht wie möglich abzubekommen. Wenn sie dann dort saßen, konnte Ludwig die Haarschöpfe sehen oder einen Ellenbogen und eine Hand. Er sah oft hinunter. Auf der Fensterbank standen kleine Töpfchen mit Basilikum und

Schnittlauch, die morgens und abends aus einer Bierflasche Wasser bekamen. Dann neigte sich ein weißblonder Kopf nach vorn und ein Stück vom Nacken, Details, die Ludwig gut kannte und häufig von nahem betrachten konnte und die aus solcher Blickrichtung doch etwas Neuartiges bekamen.

Ich schaue nur hinunter, weil sie nicht weiß, daß ich sie sehe, dachte er.

Daß Fidi und Bella Lopez in dem Souterrainzimmer wohnten, war mit der Hausverwaltung so nicht abgesprochen. Ludwig hatte erklärt, das Paar sei für einige Monate bei ihm zu Gast. Sein Einfall war das auch nicht gewesen. Bella, die ihn bei Besichtigung der Wohnung begleitete, weil sie, wie sie sagte, ein gutes Auge für die Nachteile einer Wohnung habe, guckte in das Souterrainzimmer, das der Hausmeister ihnen aufschloß, nur eben gerade hinein. Sie schien auch von der Wohnung oben nicht besonders angetan.

»Die Morgensonne«, sagte sie schließlich, »die kann sehr lästig sein.«

Es war kein Wunder, daß sie die Morgensonne fürchtete, wenn sie beständig so spät ins Bett ging.

»Der Flur ist eng und dunkel. Wo wollen Sie denn da den Schirmständer hinstellen?«

Ludwig wurde gereizt.

»Wer sagt denn, daß ich einen Schirmständer haben werde, ich besitze ja noch nicht einmal einen Schirm.«

Bella machte ein abweisendes Gesicht. So sah sie aus, wenn er etwas zurückwies, was sie für gut befunden und auch schon bestellt hatte, man denke nur an die Kaffeemaschine.

Sie glaubt, daß ich ganz bestimmte Bedürfnisse haben muß, dachte er. Wer weiß, was ein Schirmständer für sie bedeutet, ein Fetisch der Bürgerlichkeit, wie früher für solche Leute auch die Zuckerzange.

Bella sah derweil aus dem Fenster und betrachtete die Gärten, die sich hinter der Häuserzeile ausdehnten. Zu jedem Haus gehörte eine mit Mäuerchen und Maschendrahtzaun abgeteilte Parzelle. Manche dieser Gärten waren, was ihre Besitzer als »Schmuckstück« bezeichnet hätten. Ein von Solnhofener Platten eingefaßtes türkis lackiertes Bassin leuchtete mehrfach hinter Büschen und Rosenhecken hervor. Vor dem Nebenhaus stand eine restaurierte Gaslaterne. Geranien und Fleißige Lieschen blühten in Urnen aus weißem Kunststein. Englische Parkbänke »luden zur Rast ein«, wie es so schön heißt, aber diese gepflegten Gärten waren selten bevölkert. Wer auf einer der bombenfest betonierten Terrassen Tee trank, saß auf dem Präsentierteller. Garten: ein verheißungsvolles, glückerfülltes Wort. Die hängenden Gärten der Semiramis, die Gärten des Lukullus, Goethes Gärtchen an der Ilm. Der geschlossene Garten eines Stadthauses war einst ein Kultort, in dessen Nymphäum den Najaden und in dessen Gestrüpp, nahe am Komposthaufen, der heiligen Fruchtbarkeit selbst geopfert wurde. Wohnte Priapus noch in diesem Grüngeviert, das mit seinen Außenkaminen und orangefarbenen Markisen einer Verkaufsausstellung des gehobenen Gartenbedarfs glich?

Bella unterbrach seine Gedanken mit dem ernsthaften Rat: »Ich würde die Wohnung hier nur mit Gartenbenutzung nehmen.«

»Ich werde die Wohnung nur nehmen, wenn der Garten nicht dazugehört.«

Das ist Ihre Sache, sagte ihre stumme Miene. Ich habe meiner Pflicht genügt, was Sie jetzt tun, geht mich nichts an.

Aber als Fidi Ludwigs Pappkartons in dem Souterrainzimmer stapeln wollte – sie enthielten die juristischen Bücher und die teuer bezahlten Skripten des Repetitors –, blieb ihm, als er sich umsah, der Mund offenstehen, keine so seltene Miene bei ihm. Er schien seine Eindrücke mit

Augen und Mund zugleich aufzunehmen, wie in der Kleinkinderzeit, als man, was man sah, zur Prüfung in den Mund steckte. Staunend, als sei er unversehens in Ali Babas Höhle geraten, sah er sich in dem von einer Glühbirne erleuchteten Zimmer um. Er zog leicht am Gurt, der Rolladen ruckte. Hinter einer Tür, weiß wie ein chinesischer Porzellanbuddha, die Klosettschüssel. Drei Steckdosen waren über die Wände verteilt. Auf dem Boden ein selten betretener Teppich von fahlem Linsensuppenbeige mit feinem Glasglanz der Kunstfasern. Die Rauhfasertapete war so gut wie unbeschädigt, mit einer Margarinefarbe gestrichen. Und das Größte, das schier Unglaubliche: ein Waschbecken an der Wand. Fidi drehte den Hahn auf, es floß ein Strahl heraus, der, wie er so schön im Abfluß verschwand, überraschte und bezauberte.

Fidi sah sich um wie ein Schulbub, der im Wald ein Baumhaus bauen will. Er brauchte keine Dusche, eine Waschschüssel tat es auch. In diesem Souterrainzimmer bemerkte Ludwig zuerst den starken, zitronen- und sandelholzhaften Seifengeruch, den Fidi, jetzt durch das Kistenschleppen erhitzt, verströmte, ein spanischer Samstagabendgeruch, und dabei war das spanische Erbe bei ihm doch kräftig verdünnt, er beherrschte ja nicht einmal richtig die Sprache.

Nein, dieser Raum da unten durfte nicht einfach ein Abstellplatz werden. Das war kein Keller, das war ein Schlafzimmer für Menschen und zugleich eine Küche und ein Wohnzimmer. Fidi war wie der »unheimliche Mieter« aus dem handkolorierten Zauberfilm des Georges Méliès, in dem ein Mann mit Koffer ein leeres Zimmer mietet. Sowie der Hauswirt ihn verlassen hat, holt er aus dem Koffer ein Sopha, drei Sessel, einen Kamin, einen Spiegel, ein Ölgemälde, zwei Kandelaber und eine Bronzependule hervor; als der Hauswirt plötzlich zurückkehrt, sieht er sich zu seinem Entsetzen in einem kompletten Salon. Solch einen

Wunderkoffer hatte Fidi zwar nicht dabei, aber sein Traum von einem Zimmer für sich und Bella war womöglich noch praller gefüllt.

Inzwischen standen die Kartons mit der juristischen Bibliothek in Ludwigs Küche. Das junge Paar hatte zwar angeboten, mit diesen Kisten zu leben und ein Brett mit einer Tischdecke darüber zu legen, aber Ludwig gefiel sich in Großmut, nachdem er auf das Souterrainzimmer erst einmal verzichtet hatte.

Anfangs war ihm bei dem Gedanken, in seine neue Wohnung die beiden Lopez' aufzunehmen, genauso bange wie bei dem Entschluß, sich mit »Nephew & Nephew« einzulassen. Übernahm er damit nicht eine Art Verantwortung für diese beiden hilfsbereiten und doch so fremdartigen Menschen? Immerhin hatte er jetzt eine »gute Adresse«, wie Herr Dr. van Twillebeeckx sagte, er wohnte in einem »anständigen Haus«, das war schon an den Vorhängen von Frau Zimmermann zu erkennen. Auch die Verteilung der Räume entsprach den Verhältnissen: er selbst Turmbewohner mit weitem Ausblick, das wogende Meer der Blätter knapp unter sich, Sonne und Mond in ihrer mehrfachen Ausfertigung zugewandt, und unten in der Höhle die beiden Vasallen, durch ein gewachstes und gebohnertes Treppenhaus von ihm geschieden. Es war allenfalls ein bißchen peinlich, vor den ehrenwerten Mitmietern gemeinschaftlich mit dem Ehepaar Lopez aufzutreten.

Frau Zimmermann wußte zunächst nicht, daß Ludwig am Einzug der Lopez' in das Souterrainzimmer die Schuld trug. Fidi hatte sie mit seinem kleinen Auto schon mehrfach aus der Fassung gebracht. Er war wie eine Fliege. Kaum hatte sie ihn aus der Garageneinfahrt vertrieben, war er schon wieder da. Als sie Ludwig am Briefkasten mit Klagen über die Lopez' überschüttete, wagte er nicht, sie aufzuklären. Sie trug einen schwarzen Hut, dessen hochgeschlagene

Krempe ihren Kopf wie eine Krone umgab, er saß vorn auf der Nasenwurzel und verdeckte die von weichen Falten zermürbte Stirn. Die Eleganz ihrer Erscheinung korrumpierte Ludwig vollständig.

Er wollte in diesem Augenblick unbedingt auf ihrer Seite der großen Barriere stehen, zu den ersichtlich begünstigten, schönen, weltläufigen Menschen gehören und nicht zu dem Gesindel. Nein, solidarisch fühlte er sich nicht mit den Lopez', obwohl er sich eingestand, daß die beiden Wilden ihn in wachsendem Maß amüsierten.

Das kleine Leben da unten! Das war, wie wenn Kinder die Tischdecke herunterziehen und sich unter dem Eßtisch einen Haushalt einrichten. Fidi und Bella hatten ein halbes Jahr auf dem Sopha bei Bellas Mutter kampiert. Dorthin durften sie nichts Eigenes mitbringen, denn die Mutter hatte keinen Platz und schimpfte schon über Fidis Rasiercreme im Bad, die ihr, wie sie sagte, »alles zustellte«. Aber woher kamen dann diese zahllosen Kartons, diese Menge von Umzugsgut? Kein Tag verging, ohne daß Fidi nicht sein bis zum Dach bepacktes Auto ausgeladen und einen alten Staubsauger, eine Orangenpresse, ein Bügelbrett, einen Karton voller Plastikschuhspanner, einen Fön mit herunterbaumelndem Stecker, einen Campingklapptisch, einen Schnellkocher, eine Fahne des Frankfurter Fußballclubs Eintracht oder eine rosa Gummimatte ins Haus trug.

»Fidi hat seine Quellen«, sagte Bella zu Ludwig. Bei ihm oben war es immer noch hallend leer. Er hatte sich vorgenommen, keine Übergangslösungen zuzulassen. Er würde nur Möbel kaufen, die er dann lange behielt. Also wurde zunächst überhaupt nichts gekauft. Auf dem Boden des zu den Gärten gewandten Zimmers lag eine Matratze, der Schreibtisch bestand wie in der Studentenzeit aus Malerböcken mit der Tapeziererplatte darüber. Mit diesen wenigen Gegenständen gelang es ihm, eine beträchtliche Unordnung zu erzeugen. Das andere Zimmer ließ er deshalb bis auf zwei Stahlrohrstühle gleich ganz unmöbliert. Er betrat es ohnehin kaum. Wenn er abends schließlich nach Hause kam, schaute er noch ein wenig aus dem Fenster zu den Lopez' hinunter, versuchte zu erkennen, was sie gerade machten, und legte sich dann auf seine Matratze.

Nomaden, Zigeuner waren die Lopez', aber man hätte sie auch Seefahrer nennen können, denn in ihrem wohlgefüllten, wie ein beladenes Boot, das tief im Wasser hängt, halb unter das Straßenniveau gedrückten Zimmer herrschte eine Ordnung wie auf einem Schiff. An einer Wand standen Schuhe aufgereiht. Sie besaßen viele Schuhe, Bellas meist halb ausgetretene Lackballerinas gab es mindestens achtmal, und Fidi sammelte offenbar Turnschuhe für jeden erdenklichen Sport. Was sie besaßen, blieb meist in den dazugehörigen Pappkartons und wurde fein säuberlich aufgestapelt, ein Warenlager aus Heizdecken, Wasserentkalkern und erhitzbaren Lockenwicklern türmte sich zwischen Eisschrank und Fernsehapparat und schwankte leise, wenn Fidi, geschickter als die Verkäuferin in einem Schuhgeschäft, einen Karton aus dieser Mauer herauszog. Kleine Teppiche, Fabrikware mit persischen Mustern, so neu, als habe Fidi den Lieferwagen eines Kaufhauses ausgeraubt, lagen übereinander wie bei einem leicht unebenen Zeltboden. Darauf lebten die Lopez' wie die Türken. Sie saßen im Schneidersitz oder lagerten sich mit Kissen im Kreuz oder unter dem Bauch und brauchten beim Fernsehen nicht aufzustehen, um eine neue Bierdose aus dem Eisschrank zu langen. An der Wand hing eine große rot, gelb und blau verfremdete Photographie, eine nackte Schwarze, die sich mit knochigen Armen umarmte, die großen Brüste dabei aber kaum bedeckte. Weinte sie vor Glück oder vor Verzweiflung? Keiner der beiden Lopez' stellte sich diese Frage. Das Bild war Kunst und damit basta. Jede Anzüglichkeit war ihnen fremd. Die von Regenbogenlicht gesprenkelten Brüste sahen sie mit demselben teilnahmslosen Respekt an, mit dem sie einen Akt von Tizian betrachtet hätten, wenn ihnen der Goldrahmen nicht doch Ehrfurcht einflößte.

Ludwig betrat das Souterrainzimmer nicht oft. Er hielt es für richtig, eine gewisse Distanz zu halten, und verbrachte nach seinem Gefühl schon übergenug Zeit mit Bella. Jetzt, wo sich das Geschäft einzuspielen begann, kam es seltener zu ausgedehnten Unterhaltungen, weil die Nachtsitzungen der Gründungszeit wegfielen. Fidi war ein guter Ehemann und widmete die Abende immer seiner Frau. Sowie Bella frei war, zogen sie davon, er mit Gel im Haar und sie mit frisch rotgemaltem Mund, und im Treppenhaus duftete es noch minutenlang nach Seife und Parfum.

Manchmal glaubte Ludwig, die Aufforderung, ein Bier bei ihnen zu trinken, nicht ablehnen zu dürfen. Dann thronte er auf einem marokkanischen Lederpuff; das war sein Ehrenplatz bei diesen Besuchen. Bella saß in schöner Haltung auf dem Boden, die Knie zusammengelegt, mit geradem Kreuz, als sei das für sie am bequemsten so, und Fidi machte sich ein Kissenlager. Eine dicke Kerze mit schmelzenden Goldverzierungen brannte. Nichts im Zimmer war geschmackvoll oder auch nur passabel zu nennen. Und doch besaß Bellas Welt etwas Behagliches. Wie war das zu erklären? Diese billigen Teppiche mit ihren vielen Mustern, die einen ganz krank im Kopf machten, übereinandergelegt, einander überlappend, einander totschlagend, hatten jetzt, wenn man auf ihnen Bier trank, auf einmal etwas Luxuriöses. Mit leichter Hand war das alles hingeworfen, und ebenso leicht, so beschwingt, war Ludwig zumute, wenn er auf dies Durcheinander blickte.

Es liegt eine Art dekoratives Talent in alldem, dachte er und mußte beim Anblick der Kartonstapel über sich selbst lächeln. War es das Licht? Tagsüber drang viel wäßriges dunkles Grün hier herein, weil das Gras draußen das einfallende Licht färbte. Dazu kam Rot von dem großen Batiktuch. Es war, als werde hier unten in großem Stil aquarelliert, mit kunstvollen Farbmischungen, die sich als Lasuren über das Zimmer legten, kalte Lichter und warme Schatten, eine malerische, aus verstärkter Farbigkeit erwachsene Plastizität. Bella verlor das Blutarme, das Farblose. Ihre Haut nahm einen besonders feinen Grauton an, die Augen wurden hellblau, das Haar bekam ein kräftigeres Gelb. Sie bewegte sich auf Strümpfen, aber sie ging dabei stets auf Zehenspitzen, leicht und tänzerisch.

Fidi hatte, wie Ludwig jetzt erfuhr, eine Weile für einen nordafrikanischen Teppichhändler gearbeitet. Aus dieser Zeit stammten die Teppiche; mit solcher Ware war Fidi hausieren gegangen.

»Das mache ich gut«, rief er mit naiver Selbstgefälligkeit. Das Wichtige sei, die Käufer von ihren Vorurteilen abzulenken. Wenn die Leute erst darüber nachdächten, was eigentlich ihnen gefalle, komme es meist nicht mehr zum Kauf. Fidi wählte den Weg, die Muster der Teppiche zu erklären. Im Lager hatte ein Buch herumgelegen, das die übrigen Hausierer nur durchblätterten, um sich ein paar Herkunftsnamen einzuprägen. Raschid, so hieß der Nordafrikaner, konnte es gar nicht lesen. Raschid arbeitete nicht mit kunsthistorischen Argumenten, sondern mit seiner neugierig machenden und schließlich angsteinflößenden Gegenwart. Er war ein fettigbrauner Mann mit öligem schwarzem Haar, weich und wohlgenährt, in einem zu großen italienischen Anzug, mit viel Gold am Leib, Ringen, Ohrring, einem Armband, das aus der Höhle der Manschette wie ein Schlänglein herauskroch, und einem Goldkettchen um den Hals, das er stets ein bißchen über den Kragen hängen ließ, als sei es da unwillkürlich hinaufgerutscht.

Wenn er sich Zutritt zu einer Wohnung verschafft hatte, war er kaum daraus zu vertreiben, ohne die Bewohner zum

Kauf genötigt zu haben. Aber dies »wenn« war wichtig. Viele Leute ließen einen solchen Mann nicht über die Schwelle. Für Festmähler im Kreise seiner Familie und zum Billardspielen mit den Vettern hätte er nicht besser angezogen sein können, aber dem puritanischen Milieu, dem er mit seinen farbenfrohen Teppichen aufhelfen wollte, fehlte oft der Sinn für seine festliche Erscheinung. Vor allem alte Frauen öffneten ihm dann doch ihre Türe, obwohl sie für übertriebenes Mißtrauen den treuesten Hilfspersonen gegenüber nachgerade berüchtigt waren. Raschid besaß die Fähigkeit, Autorität zu zeigen. Sein Verkaufsgespräch hatte nichts Werbendes, Einschmeichelndes. Er versuchte nicht, seine Kunden in eine einlullende Plauderei hineinzuziehen. Raschid trat vielmehr als vielbeschäftigter Geschäftsmann auf, der sich im Dienst seines Kunden die Absätze von den Schuhen gelaufen hat. Nun stand er mürrisch und erschöpft da und wollte die bestellte Ware abliefern. Bitte, was wollen Sie? sagte jede seiner Gesten, wenn er mit düsterer Miene immer neue Teppiche aufschlug, die ihren Baumwollstaub in den Witwenwohnstuben verbreiteten, hier haben Sie, was Sie wollten. Nun sagen Sie bitte nicht, ich hätte meine Pflicht nicht getan. Das Beleidigte klang deutlich aus seinen Worten heraus. Der Betrachter des Teppichs fühlte, daß man Raschid verletzte, wenn man am Muster oder an den Farben oder der Knotenzahl herummeckerte. Der bereits beklommene Betrachter war jetzt noch des Glaubens, Raschid leide, wenn verständnislose Augen des Nordens achtlos über die hunderttausend Knoten dahinglitten, die Frauen und Kinder jahrelang bei eintönigem Singsang geknüpft hatten. Erst allmählich wuchs die Erkenntnis, daß man längst in die Pflicht genommen war.

»Was ist falsch an diesem Teppich?« knurrte Raschid schließlich unverhohlen drohend. Es gab ein einziges Argument, das ihn überzeugte: den Teppich zu kaufen.

Unbedenklich war diese Methode auch vom Kaufmännischen her nicht. Es kam vor, daß die alten Frauen Söhne hatten, die beim Anblick der Neuerwerbung außer sich gerieten und zur Polizei liefen: Raschid habe die verwirrte Mutter bedroht. Fidi lächelte vergnügt, als er das erzählte, denn er hatte Raschid gewarnt: »Du mußt nicht so puschen, Chef!« Aber dieser Rat half dem Mann nicht weiter, denn wenn er nicht aufdringlich wurde, bekam er keinen Abschluß hin. Fidi mit seiner unbekümmerten, gut gelaunten Miene baten auch jüngere Frauen ins Haus. An Fidi war nichts Bedrohliches, und das Flirtive, das seine Worte stets begleitete, schien nichts als eine angenehme Atmosphäre erzeugen zu wollen. Es drängte sich nicht vor und blieb hübsch bescheiden, als sage er: »Verzeihen Sie mir, daß Sie mir so gut gefallen – ich werde bestimmt nicht lästig sein«, und das natürlich nicht verquält, sondern lebenslustig und ganz leicht ironisch.

Der hat schon seinen Spaß, dachte dann die fünfzigjährige, frisch ondulierte Frau des Steuerberaters und ließ sich mit ebenso leichter Ironie dazu herab, einige Teppiche anzuschauen, eine Morgenunterhaltung wie das Lever im »Rosenkavalier«. Und mit Fidi wurde es ein unterhaltsamer Morgen. Er zeigte, welche Zacken aus der Schamanenzeit stammten, lange vor dem Islam, als die Völker Asiens und die Indianer Amerikas noch ein einziges Volk waren, wie man an den Mustern indianischer Webereien leicht erkenne. Eine Naturkatastrophe habe die beiden ursprünglich zusammengewachsenen Kontinente auseinandergerissen, aber die Gemeinsamkeit der Tradition nicht ausgelöscht. Als Fidi von dem Auseinandertreiben Asiens und Amerikas sprach, machte er, während seine Hände taten, als zerrissen sie eine Zeitung, ein aufrichtig erschrockenes Gesicht. Er liebte die Wissenschaft und ihre erstaunlichen Erkenntnisse. Wenn er hörte, daß die Etrusker ganz nah an der Erfindung der Glühbirne gewesen seien oder daß die Ursprache der Menschheit entdeckt oder Mondgestein in einem deutschen Mittelgebirge gefunden worden sei, geriet er in eine Erregung, die den Hirten von Bethlehem gut angestanden hätte. Bei den Schamanenmustern erfand er gar nicht viel. Er staunte, wenn er sich vorstellte, daß an diesen neuen Teppichen allen Ernstes die alten Schamanen mitgewirkt haben sollten, was ferne dunkle Welten über die Jahrtausende hinweg in die freundlichen modernen Wohnzimmer zauberte.

»Das ist der Skorpion, und das ist der Igel, und das ist die Schlange«, erklärte er den Hausfrauen und jetzt auch Ludwig ganz ernstlich die geometrischen Formen, aus denen sich eigentlich nichts Tierähnliches herauslesen ließ. An Fidi lag es nicht, daß er diesen schönen Beruf aufgeben mußte.

Raschid war eines Tages verschwunden, sein Lager versiegelt, und Fidi verzichtete darauf, bei der Polizei nach ihm zu forschen. Als Erinnerung an abwechslungsreiche Monate blieben ihm fünf kleinere Teppiche, »Brücken« genannt, im Kofferraum. Da war niemand, der sie wiederhaben wollte, und außerdem waren sie wunderschön, in Fidis Augen jedenfalls, der die kräftigen Farben, Violett, Orange und Rosa, den bürstenhaft dicken Flor, das frische Weiß der Fransen und dies alles in Verbindung mit echten Schamanenmustern bewunderte. Seine Vorträge bei den Kundinnen, die so oft von Erfolg gekrönt waren, hatten nicht nur durch Liebenswürdigkeit, sondern durch wirkliche Begeisterung für die Sache überzeugt. Hier unten in Fidis und Bellas Schiffszelt verbreiteten die Teppiche nichts als Lust und Pracht. Ludwig würde noch lange brauchen, bis in seiner Wohnung eine Behaglichkeit herrschte, die der Wärme des Lopezschen Herdes – eines Tauchsieders und einer Kochplatte – annähernd gleichkam.

Bella sagte kein Wort während eines solchen Abends. In ihrem muslimischen Zeltlager übernahm sie die dazu passende Frauenrolle.

Das war im Büro, wie man weiß, anders. Ludwig haderte manchmal mit ihr und machte scharfe Bemerkungen, wenn sie der Versuchung, das letzte Wort zu behalten, nicht widerstand. Er erkannte aber auch, daß er sie ertragen mußte, denn sie hatte sich unentbehrlich gemacht. Wenn er am Telephon log, sah sie nicht einmal von ihrer Arbeit auf, aber wenn derselbe Anrufer sich später wieder meldete, hatte sie Ludwigs Version bereits übernommen und in eine trockene Geschäftsmäßigkeit übertragen, die jeden Zweifel an der Wahrhaftigkeit verbot. Neuerdings reiste sie sogar für die Firma. Als zwei wichtige Besuchstermine am selben Tag hatten wahrgenommen werden müssen, der eine in Fürth bei dem gefürchteten Herrn Wezcerek, der andere in Aachen bei dem etwas gemütlicheren, dahinter aber ebenso harten Herrn Wellerskamp, hatte Ludwig seine Assistentin Herrn Wezcerek zum Fraße vorgeworfen, wie er sich sogar Bella gegenüber ausdrückte, die ihn allerdings darum gebeten hatte, ihr den weniger angenehmen Besuch zu überlassen: Als Frau, so sagte sie, komme man mit schwierigen Männern manchmal besser zurecht.

Da stellte sich dann heraus, daß ihre Visitenkarte mit dem Titel »Assistant Director« schon gedruckt war. Mußte er sich nicht über so viel Selbständigkeit freuen?

Bei Wezcerek war Bella ein kleiner Durchbruch gelungen, noch nicht in Form des ersehnten Auftrags in Millionenhöhe, aber vielleicht indem nun die Voraussetzungen für einen solchen Auftrag geschaffen waren. Auch Frau Lopez war nicht die Ehre widerfahren, von Herrn Wezcerek stehend begrüßt zu werden, obwohl sie doch »als Frau« gekommen war, immer noch in schwarzem Rock und schwarzem Pullover, die inzwischen allerdings aus teureren Geschäften stammten. Aber es war doch wenigstens eine Art Unterhaltung zustande gekommen.

Ludwig und Bella hatten sich große Mühe gegeben, das

richtige Musterhemd auszusuchen. Er entschied sich schließlich für den Typus »Kanadisches Holzfällerhemd«, aus dickem Flanell mit großem Kragen, in dem viel steifes Material verborgen war. Dieses Hemd sei noch eben tragbar. Man könne nicht überzeugend für eine Sache werben, hinter der man nicht stehe. »Ich schon«, sagte Bella.

In seiner Zellophanhülle sah das Hemd mit seinen Karos aus Zinnoberrot, Ockergelb, Schwarzblau und Weiß jedenfalls recht achtbar aus. Die Rückseite des Stoffes war schmutzigweiß mit bunten Flecken, wo die Druckfarbe durchdrang. Eine sonntäglich adrette Erscheinung nennen die Franzosen: »Tiré aux quatre épingles.« Nach diesen vier Nadeln war das Hemd über seinem Pappkarton ohne das kleinste Fältchen gezogen. Man konnte sich den saubergewaschenen Holzfäller mit seiner vorgewölbten Brust vorstellen, der in dem Hemd nicht in den Wald, sondern zum Tanzen in die Kleinstadt zog. Der Trumpf dieser Packung war dem Laienauge unsichtbar. Sie war zweieinhalb Zentimeter kürzer als die üblichen Packungen von »Nephew & Nephew«, das war die erste Frucht der Deutschlandreise von Mr. Khan. Jetzt paßte das Hemd auf die Fürther Paletten. Denn wenn es nicht auf die Paletten paßte, hätte es ein goldgehämmertes Kettenhemd aus der Werkstatt des Hephaistos zum Preis eines rosa Dauerlutschers sein können – Herr Wezcerek hätte es zurückgewiesen, nicht aus Hochmut und Bosheit, sondern weil nun einmal für jeden Schatz auch die passenden Gefäße da sein müssen. Wenn Bella diese knisternde Hemdenpackung präsentierte, die zarte, sinnliche Frau mit ihrem gold- und silbergesponnenen Haar das appetitliche Holzfällerhemd, Symbol einfältiger, männlicher Kraft, war das von einer Art amerikanisch-sauberer Erotik, die den entsprechenden Kundenkreis einfach gewinnen mußte. In Ludwigs Zufriedenheit war auch ein wenig Hohn gemischt. Mehr war aus einem solchen Hemd jedenfalls nicht zu machen.

Aber es ging gar nicht um dieses Hemd, soviel erfuhr er, als Bella, keineswegs entmutigt, aus Fürth zurückkehrte. Das Hemd war in Ordnung, allzu in Ordnung. Daß es auf die Palette paßte, wurde von Herrn Wezcerek gnädig bemerkt. Er hatte sich ein Lineal zurechtgemacht, einen gefürchteten Gegenstand, den die Vertreter ansahen, als sollten sie damit geschlagen werden, und darauf mit Nagellack die Standardgrößen für Hemdenpakete eingezeichnet. Noch während er, einen Zigarillo zwischen den Lippen, telephonierte, legte er spielerisch das Lineal an das ihm schweigend und beflissen dargebotene »Kanadische Holzfällerhemd«. Hätte es die Nagellackmarke überragt, dann hätte Bella es, wie damals Ludwig, vom Fußboden aufheben dürfen.

»Ich nie«, sagte Bella.

»Sie auch«, sagte Ludwig.

Was Mr. Khan verstehen mußte: Sein »Kanadisches Holzfällerhemd« war eine Mark zu teuer. Zu teuer? Es war so scharf kalkuliert, daß es billiger nicht ging. »Nephew & Nephew« konnte das »Kanadische Holzfällerhemd« nicht verschenken. Die zweihundert Kinder, die weder wußten, was Kanada war, noch wo es lag, noch was ein Holzfäller war, denn um Hyderabad herum wuchs kaum ein Baum, bekamen für die Herstellung dieser Hemden genau die Mark am Tag, die das Hemd zu teuer sein sollte. Ohne diese kleinen Arbeiter mit den unermüdlichen geschickten Händchen gab es gar kein »Kanadisches Holzfällerhemd«, das mußte Herr Wezcerek bedenken, wie Bella ihm in unterwürfiger und dennoch nicht zu bremsender Beredsamkeit nahegebracht haben wollte.

Was stimmte den Mann bloß so gütig, daß er die Kiste seiner Geschäftsgeheimnisse auftat und der erregten kleinen Dame einen kostbaren Einblick gewährte? Das Schicksal der minderjährigen Baumwollarbeiter? Die Wohlfahrt ihres Vertreters in Europa? Der frühsommerlich warme, von Blütenduft erfüllte Maientag, dessen linder Hauch selbst über den Firmenparkplatz, groß wie eine Kleinstadt, in das Büro drang?

Ein Wort war es nur, ein geflüsterter Hinweis: »Lassen Sie doch statt vier Fäden nur zwei Fäden durch den Webstuhl laufen.«

Und die Qualität? Wen scherte die Qualität! Das »Kanadische Holzfällerhemd«, das im Katalog »Boy« hieß, würde für vier Mark sechzig angeboten. Niemand sei ein solcher Narr zu glauben, ein Hemd für vier Mark sechzig könne öfter als dreimal gewaschen werden.

Aber das »Kanadische Holzfällerhemd« war ein gutes Hemd – ein häßliches, aber gutes Hemd, man konnte es viel öfter als dreimal, man konnte es dreißigmal waschen.

»Qualität an der falschen Stelle. Wir verkaufen in dieser Kategorie Wegwerfartikel. Wenn Sie so etwas zu bieten haben, dann kommen Sie wieder.«

Was Ludwig aus Fürth hörte, wirkte um so anregender, als er seinerseits bei Herrn Wellerskamp erfolgreich gewesen war. Dort war gerade ein Lieferant ausgefallen. Man war bereit, bei entsprechendem Entgegenkommen einen Versuch mit Messrs. »Nephew & Nephew« zu wagen.

»Das müssen Sie Mr. Khan erklären«, sagte er, »Sie haben die besseren Beziehungen zu ihm.« War das eine Anspielung auf jenen fatalen Abend, an dem sie Mr. Khan von Angesicht kennengelernt hatten? Bisher war kein Wort darüber gefallen. Ludwigs Worte waren aus der guten Laune heraus ein erster Schritt auf einen zugefrorenen Teich. Würde das Eis halten? Es hielt. Die beiden malten sich Mr. Khans Reaktion aus und konnten seit langem wieder unbekümmert miteinander lachen.

»But this is a good shirt!« – »Yes, but it is an expensive shirt!« – »But it is a good shirt! Why do you want a bad shirt?« – »For it is a cheap shirt!« – »But a cheap shirt is a bad shirt!« – »No, a cheap shirt is a good shirt!« – »A cheap shirt is a good shirt?« – »Yes, a good shirt is a cheap shirt!« – All das in Indisch-Englisch, Variationen zu einem Thema, das unbegrenzt abzuwandeln war. Sie kamen aus dem Lachen nicht mehr heraus. Wenn die Albernheit die Herrschaft übernimmt, war oft die Spannung vorher unerträglich. Die Albernheit ist den Sklavenaufständen vergleichbar, die, wie die Geschichte lehrt, schließlich immer niedergeschlagen werden.

Auch Ludwig und Bella kamen wieder zur Ruhe. Die Lage war zu ernst, die Sorgen kehrten als penible Sklavenaufseher zurück. Bellas Erfolg rückte allmählich in die richtige Proportion. So unerhört viel war bei dem Auftritt »als Frau« schließlich nicht herausgekommen. Meinte sie etwa, auch Ludwig gegenüber »als Frau« zu Ergebnissen zu gelangen, die seinen Absichten zuwiderliefen? War ihr da womöglich etwas herausgerutscht, ein süßes und doch so schmieriges Geheimnis? Er dachte an Bruno Hütte und dessen Maxime, »man solle nie zu nett zu den Leuten sein«.

Wenn Bella im Lopezschen Wigwam zu Fidi hinübersah, beobachtete Ludwig sie unauffällig.

Sie fuhr ihrem niedlichen kleinen Ehemann nicht ins Wort, sie verbesserte ihn nicht, sie kommentierte ihn nicht. Hier saß ihm das Ehepaar Lopez gegenüber, in aller Bescheidenheit war das eine Institution. Fidi war gewiß keine tragende Säule des Gemeinwesens. Er hatte noch keinen Pfennig Steuer gezahlt, ein Halm im Wind, ein zähes, in den Ritzen der Gesellschaft sprießendes Unkraut, mit kleinen zarten Blüten, ein überflüssiges, nichtsnutziges Schöpfungswunder mit bedenklichen Grundsätzen. Daran gab es nichts zu beschönigen. Aber er war zugleich ein Ehemann, der Ehemann von Bella, der er seinen Namen gegeben hatte, diesen in Spanien so überaus häufigen, in Deutschland aber so exotisch, so reizvoll klingenden Namen.

Herr und Frau Lopez, das war etwas. Wenn Bella sah, daß Fidi nichts mehr zu trinken hatte, goß sie ihm sofort nach. Seinen Aschenbecher leerte sie nach jeder zweiten Zigarette. Sie war eine weißblonde Geisha, nur daß die Geishas wahrscheinlich nicht so vielsagend um sich sahen. Aber das war vielleicht bloß ein Ausdruck der Geistesabwesenheit, weil sie Fidis Geschichten so oft gehört hatte. Nein, Bella Lopez führte durchaus überzeugend, sogar bewunderung- und neiderregend vor, was eine funktionierende Ehe war. Eine enge, vorbehaltlose Verbundenheit nicht aufgrund von Leistungen und wirtschaftlichen Vorteilen, sondern in Hinnahme fehlender Leistungen und beträchtlicher Nachteile, eine Unterordnung, ohne den Stolz aufzugeben, ein würdevolles – welch ein Wort für Fidi und Bella – Zusammenleben in Nähe und Vertrautheit, ohne den Ehemief abzusondern, der üblicherweise solchen Verbindungen entströmte, »die zwei schlechten Gerüche in der Nacht und die zwei üblen Launen am Tag«, die nach Talleyrand das Kennzeichen der Ehe bildeten.

Als Ludwig sich an dem Abend nach Bellas Rückkehr von den beiden verabschiedete und die blankgebohnerte Treppe zu seiner Wohnung hinaufstieg, war ihm, als verlasse er die Glut eines kräftig flackernden Kaminfeuers, um sich einsam in die Kälte zu begeben. Zum erstenmal seit seiner Trennung von Erika fand er die Vorstellung, allein ins Bett zu gehen, trübselig. Und eben noch hatte dieser Gedanke ein geradezu rauschhaftes Glück enthalten, die nächtliche Einsamkeit war wie ein waghalsig errungener Raum, den es zu verteidigen galt.

Und so schaute er denn aus der unbehausten Kahlheit seiner Räume noch einmal hinunter, woher er gekommen war. Zunächst sah er Bellas Kopf, die reichen, dichten Wellen ihres Haares wie bei den Marmorbüsten Alexanders des Großen. Obwohl ihre Frisur besonders natürlich aussah, war sie das Werk von Bürste und Fön, von Lockenwicklern und Haarspray, aber auch die Marmormähne griechischer Heroen war Friseurkunst. Darunter zeigte sich ein halbes Profil, mit einem Stückchen Mund. Nach seinem Abschied brach sie ihr rätselhaftes Schweigen. Sie redete und redete, ruhig, wie es schien, und während sie Gläser in einer Schüssel abwusch, ohne sich die schönen Hände naßzumachen. Dann kam auch Fidi ins Bild, der sein Hemd ausgezogen hatte. Von hier oben sah seine Haut sehr dunkel aus, das Unterhemd mit seinen dünnen Trägern stach scharf weiß dagegen ab. Er machte etwas mit den Händen, was sich von oben nicht erkennen ließ. Ob er gleichfalls sprach, war nicht zu erkennen, da er den Kopf mit den schwarzen glatten Haaren stets geneigt hielt. Welch ein Geheimnis ging von solch einem, nur mit sich und alltäglichen Hausarbeiten beschäftigten Paar aus. Was sagten solche Leute, die den ganzen Abend nicht miteinander gesprochen hatten, wenn der Dritte weg war?

Ludwig tat geradezu, als kenne er diese Situation nicht. War er mit Erika denn nicht vielfach spätabends allein gewesen, in Hotelzimmern, in seinem Dachzimmer, ihrer Wohnung, in Häusern von Freunden, wo sich nach abendlichem Zusammensein die Türen hinter den Paaren schlossen und dies geheimnisvolle Wirtschaften begann, das Im-Koffer-Herumsuchen, Einen-Knopf-Annähen, das Fertigmachen für die Nacht, und dazu die Gespräche, beiläufig in allem, kleine Zeichen der Verstimmung oder des Einverständnisses, das hatte er doch alles übergenug erlebt.

Nein, er hatte es eben nicht erlebt. Er war niemals in solch vertraulicher Stimmung, in solch einer Intimität mit einem anderen Menschen zusammengewesen. Sein Verhältnis mit Erika und die Ehe von Fidi und Bella ließen sich nicht im mindesten vergleichen. Zu keinem Zeitpunkt hatte dieses Familiäre, dieses serailhafte Zusammengehörigkeitsgefühl zwischen ihnen bestanden, das die Voraussetzung solcher

Zweisamkeit war. Natürlich hatten sie sich beständig unterhalten, das war für Ludwig keine Schwierigkeit, Mühe kostete ihn vielmehr, den Fluß der Beredsamkeit einmal zu stauen. Aber er konnte schwören, daß das nicht diese mühelosen, eigentümlich tierartigen Unterhaltungen waren, diese Ereignislosigkeit, die keine Langeweile kennt, weil der wesentliche Lebensinstinkt, zusammen zu sein, befriedigt ist.

Bella richtete sich auf, und Ludwig trat vom Fenster zurück, damit sie ihn nicht bemerkte, und nun sah er nur noch ihre Hände an dem dicken Knoten des roten Vorhangs, die ihn schließlich lösten, und nun fiel er herunter und verbarg den traulichen Guckkasten, den Rahmen dieser rührend ernsthaften, rührend naiven Kinderehe.

Ludwigs weiße Zimmerdecke war wie eine Kinoleinwand, die einfing, was es an herumstromernden Lichtstrahlen in der Umgebung gab. Ein Autoscheinwerfer, der zwischen den Häusern kurz aufblitzte, legte seinen breiten Streifen auch über diese Decke und durchkreuzte die blasseren Reflexe von Straßenlampen, die nur durch die Schatten der Fensterkreuze sichtbar wurden. Wenn in einem entfernten Zimmer das Licht ausgeschaltet wurde, sank auch der Helligkeitsgrad bei Ludwig mit einem Ruck, es war dann, als sinke das Zimmer im Ganzen etwas tiefer. Ein paarmal folgte er diesem Absacken ganz bewußt, bis er die Augen schloß.

Im Schlaf erschien die Vielfalt der Pflichten, die auf ihm lasteten, weniger wirr und unüberschaubarer als am Tag.

Eine Weile nach dem Einzug hatte er einen Traum, der sich von der Wirklichkeit sonst kaum unterschied. Traum und Tag waren nicht auseinanderzuhalten. Was Ludwig jetzt im Traum über Twillebeeckx dachte, hätte er wach genauso gedacht. Wenn man Träume wie Kunstwerke unterscheiden wollte, war dies hier eine Schöpfung des Naturalismus.

»Herr Dr. van Twillebeeckx hat sehr auf Sie gewartet!« sagte die Sekretärin, eine damenhafte ältere Frau, die sich darauf vorbereitete, gemeinsam mit ihrem Dienstherrn in Pension zu gehen. Hinter der gepolsterten Tür, die in das Arbeitszimmer des Kaufmanns führte, war dessen Stimme zu hören, sein Lachen und Husten. Ludwig fürchtete, daß die Tür sich auftat.

»Haha, dummes Zeug, alles dummes Zeug!« hörte Ludwig jetzt hinter der Polstertür rufen.

»Er hat einen sehr wichtigen Gast«, sagte die Sekretärin. Ob am Ende Mr. Khan da drinnen saß? Ob alles schon an Ludwig vorbeilief, alle Beteiligten schon ohne ihn planten?

»Nee, nee, nee!« rief Twillebeeckx, vor Vergnügen wie ein Hahn krähend. Die samtene Stille, die diesem Berliner Geschrei antwortete, war das die Hülle, das Kissen um eine geflüsterte heisere Bemerkung von Mr. Khan?

»Vielleicht gehen Sie inzwischen das neue Büro ansehen«, sagte die Sekretärin. Das neue Büro. Damit lag Twillebeeckx ihm nun schon seit Monaten in den Ohren.

»Sie müssen eine Adresse haben« – das bezog sich nicht nur auf die Wohnung, sondern vor allem auch auf das Büro. Wenn Twillebeeckx das Büro wirklich gesehen hätte. Das Kellerlager in Eschborn, inzwischen um einen weiteren Raum für Regale und Kisten vermehrt, bot jetzt einen sonderbaren Anblick. Mr. Khan hatte nach einem kurzen Besuch in seiner Repräsentanz, ohne Lob oder Tadel zu äußern, angeordnet, man möge englische Möbel anschaffen; die Büros von »Nephew & Nephew« seien weltweit »englisch« möbliert. Bei der Fahrt durch die Stadt wies er an einer roten Ampel in das Schaufenster eines großen Möbelgeschäfts, in dem ein »Englisches Eßzimmer« ausgestellt war, Stühle aus falschem Mahagoni mit Kunstlederpolsterung. Imperial wie das England der Königin Victoria würde auch »Nephew & Nephew« sich ausbreiten und die Kontinente schließlich beherrschen. Die Wahl war nicht schlecht getroffen. Im weißen Betonkeller von Eschborn hatten die

Möbel etwas vom Theaterfundus. Mr. Khans Repräsentationsbedürfnis erschöpfte sich in diesen Eßzimmerstühlen. Vielleicht stand eine Vorstellung von geheimem Prunk dahinter, wie sie zu asiatischen Kaufleuten paßt, die ihre Schätze mit ihren Frauen im verborgenen genießen. Was sollte da ein neues Büro? Aber Twillebeeckx ließ nicht locker. Immerzu forderte er, daß Ludwig Büros besichtigte, am Tag genauso wie jetzt im Traum.

Woher kannte Ludwig die kleine Villa mit Säulen aus grobporigem Muschelkalk? Innen wurde umgebaut und renoviert, die Scheiben waren mit dicken weißen Fragezeichen bemalt. Die Haustür stand offen. Ludwig ging durch die Räume, er fühlte, wie er geleitet wurde. Durch eine Flügeltür gelangte er in den Wintergarten, einen Glaskasten mit Steinboden. Und jetzt wußte er, wo er war, obwohl er an dieser Stelle noch niemals gestanden hatte.

Er sah in eine Reihe von Gärten mit Terrassen aus Solnhofener Platten, alten Gaslaternen, Kunststeinurnen voller Geranien und einem gegossenen Putto. Er sah die Rückseite von Häusern, die zu einer anderen Straße gehörten. Ein Souterrainfenster zog seinen Blick an, überraschend nah gerückt, so daß er jedes Detail im Zimmer erkannte. Dort lag ein Perserteppich, der von einem anderen Perserteppich überlappt war. Auf dem Boden saß nackt, den weißblonden Kopf tief geneigt, Bella Lopez. Sie war mit Handschellen an die Heizung gefesselt. Ihre Schultern bewegten sich. Weinte sie? Sieh mal, dachte er, ihr Schamhaar ist dunkel.

In diesem Augenblick zerriß ein gellendes Scheppern die Nacht. Ludwig fuhr von seiner Matratze auf und sah verwirrt in sein von fahlem Licht erfülltes Schlafzimmer. Tobender Lärm drang durchs Fenster. Töpfe knallten laut aufeinander, Flaschen splitterten, es war, als werde mit ganzer Kraft gegen die Tür eines leeren Schrankes getreten. Dazu ein heiserer Schrei. Ludwig öffnete das Fenster. Unter sich sah er den verstrubbelten Kopf von Frau Zimmermann. Blutrot leuchtete das Souterrainfenster. Kam dorther der Krach? Als Ludwig hinunterblickte, herrschte wieder Stille. Der rote Vorhang bewegte sich nicht. Hatte er richtig gehört? War dieses Tosen noch ein Teil seines Traums? Auch Frau Zimmermann stutzte. Dann fing sie an, mit lauter Stimme in die Nacht hinein zu schimpfen.

Zores ist ein jiddisches Wort. In den Frankfurter Wortschatz ist es aus der alten Judengasse gelangt, die sich zwischen dem Allerheiligentor und dem Dominikanerkloster hinzog. Goethe beschreibt diese Judengasse als ein fremdartiges und befremdendes Land, eine durch Gebräuche und orientalischen Geist von der übrigen Stadt geschiedene Insel. Für Heinrich Heine war sie ein Ort des Grausens, lächerlich und peinlich. Seine Zeitgenossen dachten wie er. Sie rissen sie ab, die alte Judengasse verschwand, glücklicherweise jedoch erst nach Erfindung der Photographie, und so kann man sich heute wenigstens ein Bild von der Gasse und ihren Häusern machen. Es waren Fachwerkhäuser, höher als sonst in der Altstadt, denn der Raum für die vielen Bewohner war begrenzt. In der Beengung war die Wohlhabenheit wohl zu spüren, keine Bedürftigkeit war hier zu Hause, sondern eine zusammengepreßte Energie. Disziplin und Hingabe an das Allgemeinwohl war von den Bewohnern gefordert, damit in der Enge die sich gegeneinander drehenden Rädchen nicht heiß wurden und alles in Brand setzten. Der feine Sand, der dennoch hin und wieder ins Getriebe geriet, waren die Zores, das kleine Gezänk, der lästige alltägliche Ärger mit dem Nachbarn, dem Kunden, der Ehefrau.

Wie ausdauernd die Zores an der guten Laune zehren können, ist schon vom Klang des Wortes her zu ahnen. Zores sind Wortwechsel, die auch denjenigen ergrimmen, der das letzte Wort behalten hat. Zores bringt ein Prozeß, den man gewinnt, während man auf den Kosten sitzenbleibt.

Zores bringen Freunde, die um eine Bürgschaft bitten; sagt man nein, ist man den Freund los, willigt man ein, das Geld. Wer das Leben kennt, weiß vor allem, wie man Zores vermeidet. Es gibt Leute, die notwendig Zores anziehen, Zores hervorbringen, Opfer von Zores werden. Eine Frau Zimmermann etwa roch unter ihren Parfums stark und unübertönbar nach Zores.

Für Ludwig war das Wort Zores in seiner Ausdruckskraft geradezu ein Zauberwort. Wenn er Streit und Zank als Zores bezeichnete, meinte er, das Böse damit schon halb gebannt zu haben. Freilich mußte man dazu reinen Herzens sein und nichts Übelwollendes in sich tragen. Und Ludwig hatte neuerdings etwas Unfriedliches. Er war nicht geradezu verstimmt, aber doch ruhelos und neigte dazu, die Welt mit nacktem, rücksichtslosem Blick zu betrachten. Die ersten Erfolge von »Nephew & Nephew« hatten die Spannung, die ihn seit Gründung der Firma kaum richtig schlafen ließ, in eine unfrohe Pedanterie umgewandelt.

Herr Wellerskamp in Aachen hatte, ohne es zu ahnen, das erste Jahr »Nephew & Nephew« gerettet. Sein Unternehmen produzierte gleichfalls Baumwollwaren und kam als Kunde von »Nephew & Nephew« eigentlich nicht in Frage. Aber dieses Wellerskampsche Haus, »free textile GmbH & Co KG« hieß es und hatte einen großen belgischen Partner, besaß gerade in diesem Augenblick nicht genügend Produktionskapazitäten, so Herrn Wellerskamps Worte, um einen stattlichen Posten, der längst verkauft war, selbst herzustellen.

Solche Aufträge hätte Ludwig schon zwei an Land ziehen können. Beide Male wurde nichts daraus, weil Mr. Khan abwinkte: Man hätte eine besondere Maschine anschaffen müssen; er solle vor allem das überquellende Lager erst einmal leeren. Jetzt gab es auf einmal kein Hindernis. Die Maschinen von Hyderabad konnten das Verlangte leisten und waren zudem nicht ausgelastet, weil der Auftrag für das »Kanadische Holzfällerhemd Boy« noch ausstand.

Herrn Wellerskamps weiße weiche Hände mit spitzgefeilten Fingernägeln breiteten ein Baumwoll-T-Shirt vor Ludwig aus.

»Der Entwurf sieht Hemden dieser Größe in den sieben Regenbogenarben vor, als Dessin der Atompilz in der jeweiligen Komplementärfarbe, auf dem rosa Hemd in Gold.«

Weil es Herrn Wellerskamp pressierte, kam bei dem Geschäft sogar ein sehenswerter Gewinn heraus. Er hatte bei der fernöstlichen Konkurrenz schon angeklopft und bemühte sich nicht, den Preis noch weiter herunterzuhandeln.

Das war ein Ergebnis. Nicht für Ludwig allerdings, der auf Bellas Gratulation grämlich erklärte, sie möge ihm gratulieren, wenn er mit fünf solchen Abschlüssen nach Hause komme. Gut, das Atompilz-T-Shirt in Gold und Rosa war ein vorzeigbarer Erfolg. Aber von wieviel Eventualitäten hing so etwas ab. Das war, als wolle man sein Glück auf eine Wettervorhersage bauen.

Ludwig wurde in seinem Sonnentempel frühmorgens durch Ströme von Licht überflutet und dann schließlich auch geweckt. Wenn er die Augen aufschlug und dabei sofort von Sonnenstrahlen geblendet wurde, mußte er unwillkürlich lächeln. Die Morgensonne flößte ihm Lebenslust ein. Solange er verschlafen war, erinnerte er sich nicht, daß er gar nicht fröhlich sein wollte.

Bei seinen Eltern traf er noch in aufgeräumter, zufriedener Stimmung ein. Er hatte jetzt, an diesem prunkvollen Sommermorgen, überwach nach kurzer Nacht, einfach vergessen, daß er seit zehn Tagen nichts hatte von sich hören lassen. Ein Augenblicksmensch ohne trübe Schuldlasten trat in die elterliche Wohnung, und das war vielleicht auch am besten so, wenn dieser Besuch gelingen sollte. Daß ihn die Eltern nicht mit Vorwürfen empfingen, hatte allerdings einen traurigen Grund. Obwohl es noch früher Vormittag war, hatten sie bereits ein kräftezehrendes Programm hinter sich gebracht und waren über jedes erträgliche Maß hinaus erschöpft.

Ludwig fand seinen Vater auf einem Sessel im Entrée vor. Er war zu schwach, den Mantel abzulegen und in sein Schlafzimmer zu gehen. Die Ärzte hatten befunden, sie müßten sich noch einmal ein ganz genaues Bild vom Verlauf der Krankheit machen, um womöglich doch noch die Therapie zu ändern. Bisher war von einer Operation abgeraten worden – warum eigentlich? Die vielen Medikamente waren, wie schon früh befürchtet, für den geschwächten Körper viel zu anstrengend. Solche Mittel verordne man heute im Grunde gar nicht mehr, erklärte ein vorher stumm gebliebenes Mitglied des Konsiliums. Der Vater hatte sich bisher in schier unerschöpflicher Geduld allen verordneten Maßnahmen gebeugt. Er haderte niemals mit den Medizinern, sondern schien eher sich selbst die Schuld zu geben, wenn der Erfolg einer Therapie nicht eintrat. Aber nun hatte ihn die Uneinigkeit der verschiedenen Spezialisten unsicher werden lassen. Seine Geduld hatte einem unabwendbaren Schicksal gegolten, dem er stoisch entgegentrat. War dies Schicksal unabwendbar?

Was ihm diese bloße Frage nahm, war die Geduld. Eben noch hielt er sich für zu schwach, um aus seinem Schlafzimmer in das Wohnzimmer oder in sein Arbeitszimmer hinüberzugehen, und nun glaubte er, groß angelegte Untersuchungsprogramme in verschiedenen Krankenhäusern absolvieren zu können. Solche Untersuchungstermine lagen meist früh, der Patient mußte nüchtern sein. Der Sommer brachte in diesem Jahr Tage, die schon bei Sonnenaufgang heiß waren, weil die Nächte kaum abkühlten. Der Vater, der von Schüttelfrösten überlaufen wurde, spürte diese Temperaturen kaum. Er trug einen Lodenmantel, wenn er ins Krankenhaus fuhr, aber seine Hände waren kalt. Obwohl er sich vor dem Aufbruch sorgfältig rasierte, wirkte er jetzt, als er im Mantel auf dem Sessel saß, unrasiert. Es war, als sei die Gesichtshaut durch die Anstrengungen derart eingefallen, daß die in ihr steckenden Bartstoppeln sichtbar wurden.

In einem solchen Augenblick einzutreffen, war denkbar unglücklich. Die Mutter war damit beschäftigt, Tee zu kochen und die Kissen im Bett ihres Mannes aufzuschütteln, und dem Vater war nicht nach Unterhaltung zumute. Im Krankenhaus war ihm nach der Lungenfunktionsprüfung schlecht geworden. Das jedenfalls war jetzt geklärt: Das Pusten in ein Rohr war zu anstrengend für ihn.

Der Vater lehnte sich in dem hohen Sessel zurück, der wegen der Löwentatzenfüße in der Familie »Empiresessel« genannt wurde, in Wahrheit in einem Phantasie-Rauchtischchenstil geschnitzt war. Ludwig begrüßte er mit einem zerstreuten Blick und deutete dabei sogar ein Lächeln an. Seine Hände, die auf den Lehnen lagen, entsprachen inzwischen den Löwentatzen, denn der Sauerstoffmangel, unter dem er litt, hatte sie deformiert. Die Fingernägel krümmten sich »uhrglasartig«, wie die Mediziner sagten, und die Fingerspitzen waren blau und dick geworden; auch dafür gab es ein anschauliches Wort: »Trommelschlegelfinger«. Freilich waren sie weit davon entfernt Trommelwirbel hervorzubringen, sondern griffen unbeholfen nach einer warmen Teetasse, um sie zu umfassen und sich von ihr durchglühen zu lassen.

Ludwig trat von außen in ein Haus, das sich klösterlich abgeschlossen hatte. Der Mönch darin lebte einer unerbittlichen Observanz aus winzigen Mahlzeiten, der Einnahme zahlreicher Medikamente und der Beobachtung der Verdauung, dämmerte am Tag vor sich hin und durchwachte in Schmerzen die Nächte. Gegenüber Bella Lopez war Ludwig reserviert gewesen, aber nun wollte er, so hatte er es sich auf dem Weg durch den herrlichen Morgen vorgenommen, in dies von Kummer und Leiden niedergedrückte Haus die Freude tragen. In die schweigende Welt der Trübsal mußte, so schien es ihm in der Fülle dieses Sonnenüberflusses, die Botschaft, daß »Nephew & Nephew Europe« durch das T-Shirt mit dem Atompilz vorläufig gerettet war, ein wenig Zuversicht bringen. Es ging schließlich um sein Schicksal, und das war, so dachte er liebevoll, den Eltern keineswegs gleichgültig. Und wenn man an etwas anderes dachte als an Blutwerte und Hustenanfälle und Schlaflosigkeit, dann trat auch hier vielleicht eine gewisse Besserung ein. Krankheit war im Grunde oft nichts anderes als die Folge einer hemmungslosen Beschäftigung mit sich selbst.

Ludwig erkannte zum Glück sofort, daß alles, was im Augenblick von ihm erwartet wurde, Schweigen und Zurückhaltung war, verbunden mit einer zweiten, schon schwierigeren Leistung: nämlich die Zeit aufzubringen, um den Augenblick gelassen abzuwarten, in dem der Vater etwas erholt war.

Die Krankheit hatte nicht nur die Hände seines Vaters deformiert. Aus seiner Sommersorglosigkeit war Ludwig im elterlichen Wohnzimmer jäh in eine heillose Elendsluft geraten.

Während er sie einatmete, trat ihm ein Ehepaar aus Kinderzeiten vor Augen, das hilfsbedürftig war und von den Eltern unterstützt wurde. Knoblauch oder Knopf hießen die Leute, ein Name mit der Ungutes verheißenden, kakophonen Kn-Verbindung am Anfang jedenfalls. Sie waren zu arm, um Straßenbahn zu fahren, hieß es, aber zu Ludwigs Überraschung sahen sie nicht wie Bettler aus und schienen auch keinen Hunger zu leiden. Der Mann trug eine dicke

Brille, deren Gläser gelblich schimmerten, einen warmen Regenmantel, der mit breitem Gürtel sorgfältig zugeschnallt war, und immer einen Wollschal, den er, wenn er sich zum Gehen anschickte, wie eine Priesterstola über der Brust kreuzte und mit dem nach unten gedrückten Kinn in dieser Position festhielt, während er zugleich den Mantel anzog. In der einen Hand eine rindslederne Aktentasche mit großen klappernden Metallverschlüssen, führte er am anderen Arm seine Frau. Auch sie trug einen Regenmantel, um den Hals herum aber duftigen weißen Chiffon mit schwarzen Punkten. Die Frau war immer noch recht hübsch und malte sich, bevor sie neben ihrem Mann die Straße betrat, sorgfältig die Lippen rot. Ihre Schuhe waren ausgetreten, ein harter kleiner Zeh hatte sich in einer Ausbuchtung Platz geschaffen. Wenn sie bei den Eltern eintrafen, hatten sie meist schon andere Stationen hinter sich gebracht und erstatteten Bericht. Die Frau schluchzte, im Mantel am Küchentisch sitzend, und der Mann schimpfte, so daß Ludwig lange glaubte, er sei es, der die Frau zum Weinen bringe.

»Nun trinken Sie doch erst einmal eine Tasse Kaffee«, sagte die Mutter. Eine Tasse Kaffee, der Zaubertrank, der Sorgenbrecher. Zu Ludwigs immer neuer Verblüffung wurde das Ehepaar nun ruhiger und sah sich nach Arbeit um. Der Mann reparierte Ludwigs Fahrrad im Hof, und die Frau begann zu bügeln. »Um sich zu revanchieren«, wie sie wörtlich sagten, erbaten sie sich eines Tages die Erlaubnis, in der Abwesenheit der Familie die Küche zu verschönern.

Damals begann der Siegeszug der Einbauküchen. Die Küche in Ludwigs Elternhaus war von diesem Ideal weit entfernt. Dort stand ein Tisch mit gedrechselten Beinen, dessen Platte von den feinen Spuren des gezähnten Rädchens, mit dem die Schnittmuster nachgefahren wurden, kreuz und quer gezeichnet war. Ludwigs Tanten hatten nach dem Krieg an diesem Tisch aus Gardinen Kleider und

Blusen geschneidert. Die schweren Küchenhocker waren auf der Sitzfläche mit einem bröckelnden Linoleum beklebt. Dann gab es einen hoch aufragenden Küchenschrank, im Obergeschoß mit Pilasterchen, Kugeln, Eierbechern und Eicheln wie ein Hausgiebel verziert. Hinter bleigefaßten Fensterscheiben wohnten die Teller und die Kaffeekannen. Darunter war eine Höhle mit dem Brotkasten, der wie ein Rollsekretär geöffnet wurde. Die Messingknöpfe der Schubladen waren als kleine Maske geformt, vielleicht das Haupt der Nymphe, die auf der Kaisernatronpackung mit einem Zwerg aus der Felsenquelle schöpfte. Die Schranktüren hatten wie ein Palastportal holzgeschnitzte Diamantquader, an denen man sich leicht stieß.

Was hatten die Eltern sich eigentlich vorgestellt, als sie dem Ehepaar mit der verdächtigen Kn-Kombination bei der Neugestaltung der Küche freie Hand ließen? Die Mutter behauptete nachher, sie habe den Leuten die Schlüssel vor allem zum Blumengießen gegeben.

Das Ehepaar ging methodisch vor. Alles, was aus der Grundform der Möbel herausragte, wurde abgeschlagen, abgesägt und abgefeilt. Das an Ornamente im Heidelberger Schloß erinnernde Giebelteil des großen Küchenschrankes verschwand. Die Flächen wurden dick verspachtelt – Frau Kn. rühmte die Unermüdlichkeit ihres Mannes, dem keine Glätte glatt genug gewesen war – und schließlich mit hellgelben und hellgrauen Kunststoffplatten beklebt. Um noch verbliebene Kanten schmiegten sich nun graue Gummileisten und chromartige Klebebänder, eine Huldigung an die Chromteile amerikanischer Karosserien, die gleichfalls aus etwas Gummiartigem bestanden. Die Messingknöpfe mit den Masken der Küchennymphen waren chrombesprühten Kunststoffgriffen gewichen, die zwar leicht abbrachen, wie Herr Kn. ankündigte, aber mühelos zu ersetzen waren. Die Spuren des gezähnten Rädchens, die eine Landkarte in die Tischplatte gezeichnet hatten, waren den Kn.s ein besonderer Greuel. Sie ruhten jetzt unter einer grauen Kunststoffplatte, die mit einem Klebstoff auf dem Holz haftete, der unzerstörbar sei.

»Wenn Sie die Resopalplatte wieder abkriegen wollen, müssen Sie den Tisch zerschlagen«, sagte Herr Kn. in bescheidenem Stolz, und Frau Kn., die einen Spüllappen in der Hand hielt, führte vor, wie mühelos dies neue Material zu pflegen war.

»Einfach wegwischen«, sagte sie und wischte über die glasige Fläche, die noch von keinem Makel gezeichnet war.

Strahlender hatte Ludwig das Ehepaar Kn. nie gesehen. Herr Kn. hatte den Krieg nicht ohne Schaden überstanden. Eine feine weiße Narbe in der Schläfengegend zeigte die Stelle, an der noch im letzten Kriegsmonat ein Granatsplitter in seinen Kopf gedrungen war. Er konnte sich glücklich preisen, daß er noch lebte. Er pries sich aber nicht glücklich, denn die Fähigkeit dazu nahm ihm der Splitter, als er ihm das Augenlicht, das Sprechen, das Denken und das Gehen ließ. Eine unbeherrschbare Reizbarkeit hatte ihn befallen. Da stand er, im Vollbesitz seiner Kräfte, und konnte sie nicht nutzen, weil die kleinste Störung ihm die Galle überlaufen ließ.

Nach kurzem wollte mit Herrn Kn. niemand mehr zu tun haben. Die Aktentasche, die Herr Kn. bei seinen weiten Wanderungen durch die Stadt stets mit sich führte, war nicht leer. Sie enthielt Prozeßakten und Packen von Klage- und Beschwerdebriefen, die Herr Kn. um so ausführlicher abfaßte, als die Antworten immer wortkarger ausfielen oder überhaupt ausblieben.

Morgen für Morgen richtete sich das Ehepaar Kn. sorgfältig für den Tag her. Dann zogen sie die Regenmäntel an, ob draußen Frost oder drückende Hitze herrschte, und begannen ihren Weg aus dem östlichen Vorort in die Innenstadt:

vom Sozialamt zur Krankenkasse, vom Wohnungsamt zum Rechtsanwalt, mit Einschreibebriefen zur Post, mit einem Antrag auf Armenrecht zum Gericht, zu Ärzten natürlich auch, denn die mitfühlende, alles mittragende und oft auch mitschimpfende Frau Kn. hatte sich eine Reihe von schleppenden organischen Leiden zugezogen. Ein Paar, dem niemand helfen konnte, weil niemand mehr verstand, wie das Netz aus Unrecht, Unglück und Ungeschick geflochten war, in dem die Kn.s sich verfangen hatten. Nur ein Engel, der sie aus ihrer Fechenheimer Wohnung hinweghob und auf eine Insel ohne Ämter, Dienststellen, Nachbarn, Vorgesetzte und Ärzte trug – und sie dort durch einen frommen Raben wunderbar ernähren ließ –, hätte vielleicht Frieden in ihre aufgewühlten Seelen senken können.

Warum dachte Ludwig jetzt an die Kn.s? Die Beziehung zu ihnen hatte kein gutes Ende genommen. Ihre Dauerempörung richtete sich schließlich gegen die wenigen, die sie noch anhörten. Daß die Briefe der Eltern zu keinem Erfolg führten, daß keine der Institutionen, mit denen die Kn.s im Krieg lagen, sich durch die Fürsprache angesehener Personen beeindrucken ließen, weckte in den Kn.s einen schlimmen Verdacht: Alle hatten sich gegen sie verschworen.

Als sie zum letztenmal im Haus der Eltern auftraten, lehnten sie es ab, sich hinzusetzen. Frau Kn. holte ein kleines Taschentuch aus ihrer Handtasche. Die Hand von Herrn Kn., die die Aktentasche hielt, schüttelte sich bei jedem Wort, daß die Metallschlösser der Tasche klapperten. Sie weigerten sich, das Haus zu verlassen. Nein, es ging nicht um Geld; dazu war der Schrei nach Gerechtigkeit, der nun weithin hörbar von den Kn.s ausging, zu grundsätzlich.

Ein Ehepaar, das also ist ein Ehepaar, dachte Ludwig damals. Frau Kn. blieb während des gesamten Auftritts bei ihrem Mann eingehakt. Die Szene löste sich überraschend geräuschlos auf. Auf der gebohnerten Vordertreppe stützten sie sich gegenseitig in umständlicher Behutsamkeit. Die Mutter öffnete ein Fenster, als ob sie den Atem der Kn.s abziehen lassen wolle, aber der Vater ging bedrückt umher.

Ist es der Mantel bei dieser Hitze, der mich an Herrn Kn. denken läßt? fragte sich Ludwig. Im Mantel hatte Ludwigs Vater sich in das Krankenhaus geschleppt, um dort ebenso ausweichend und vertröstend beschieden zu werden, wie die querulantischen Kn.s auf einer städtischen Dienststelle. Die Krankheit machte ihn zu einem Bittsteller, der mit seiner unentwirrbaren Akte in den Ämtern vorsprach. Der Kranke kam um eine kleine Verlängerung seiner Lebenszeit ein. Er legte seinen Fall dar, mit allen gestempelten Nachweisen, den Untersuchungsergebnissen, Röntgenbildern, Gutachten, Werten, wie die Kn.s, die ihren Behindertennachweis, ihr polizeiliches Führungszeugnis, ihre Lastenausgleichsbestätigung, ihre Lohnsteuerkarte und ihre verbesserte und beglaubigte Geburtsurkunde vor dem zehnten Beamten ausbreiteten. Und wie ein elender Bittsteller erfuhr auch der Todkranke von der Behörde, daß die Papiere immer noch nicht vollständig beigebracht waren. Da fehlte eine Grundumsatzuntersuchung, eine Computertomographie, eine Rektalspiegelung – vorher konnte der Fall nicht bearbeitet werden.

Es war noch nicht lange her, da lagen die Kranken in Betten, die so hoch waren, daß man mit einem Schemel hineinstieg, auf einem Berg von Kissen unter Plumeaus voller Eiderdaunen und seidenen Steppdecken, ein elfenbeinernes Kruzifix neben sich mit einem roten Flämmchen davor, ein Kristallglas mit einem silbernen Teelöffel zur Einnahme der bitteren Arznei auf dem Nachttisch, am Fußende die Pflegerin mit einer Handarbeit, bereit, in jedem Augenblick den Schweiß von der fiebernden Stirn zu wischen oder ein Löffelchen Bouillon auf die ausgetrockneten Lippen zu träufeln. Wenn es schlechter ging, kam der Arzt im schwarzen

Gehrock und zapfte einen Liter dickes Blut ab, das schuf dem Sterbenden einen Zustand angenehmer Leichtigkeit und Schläfrigkeit. Wenn es noch schlechter ging, kam der Priester und reichte ein Kreuzchen, das er aus der Soutane zog, zum Kuß, um das Bett herum versammelte sich die betende Familie. Das war ein Abschied von der Welt, ohne den Sterbenden den Demütigungen der Wartezimmer auszusetzen und eine würdelose Hoffnung in ihm zu nähren. Das Ende kam auf dem patriarchalischen Totenbett möglicherweise oft früher als heute, aber wer konnte das wissen? Und kam es denn auf ein paar Jahre mehr oder weniger überhaupt an?

Das dachte Ludwig mit seiner, von gewissen Malaisen abgesehen, beneidenswerten Gesundheit, der den Zustand, in dem die Schwäche den Menschen bis in die letzten moralischen Residuen hinein durchdringt, nie kennengelernt hatte. Ging es ihn denn eigentlich etwas an, wie lange sein Vater zu leben wünschte? Waren die Überlegungen zur Würde und zum Hinscheiden unter ansehnlichen Umständen nicht einfach Ausdruck einer erschreckenden Herzlosigkeit? Wem sollte diese Würde beim Sterben eigentlich nützen, wenn nicht dem liebenden Sohn, der den unbegreiflichen, beunruhigenden Vorgang in angenehmer Erinnerung behalten wollte? Wenn das Urteil gesprochen war, der Name der tödlichen Krankheit, sonst abergläubisch gemieden, gefallen war, dann hatte es auch schleunigst vollstreckt zu werden.

Er sah die halbvollen Kaffeetassen und die fallengelassene Zeitung im Wohnzimmer, Zeugen des eiligen Aufbruchs ins Krankenhaus, und wurde von Wut angesichts dieser sinnlosen Flucht vor dem Tod erfüllt. Wenn er gesehen hätte, wie sein Vater die warme Luft einatmete, als er die Straße betrat, wie er den Reichtum der grünen, ganz entfalteten, aber noch zart durchscheinenden Kastanienblätter mit Blikken verschlang! Aber auch so kam die Reue schnell, wie immer, wenn ihn die Hoffnung auf ein schnelles Ende und der gleichzeitige Wunsch, der Vater möge noch lange leben, zu keiner Harmonie finden ließ.

Es dauerte lange, bis die Mutter kam. Sie hatte ihren Mann ins Bett gebracht, bei delikaten Vorgängen geholfen und ihm Tee eingeflößt. Im Bett benutzte er dazu neuerdings ein Trinkgefäß, das er mit beiden Händen hielt und das am Deckel eine kleine Schnute hatte, an der man wie an der Mutterbrust saugte. Er hielt es gern stundenlang in beiden Händen, nur um gelegentlich einen Schluck zu nehmen. Dies Gefäß war etwas, das er wirklich brauchte.

Obwohl er ohne jede praktische Begabung war, hatte er sich stets eine Schwäche für technische Spielzeuge bewahrt, vor allem für Uhren mit vielen Zeigern. Jetzt galt seine Bewunderung dieser Bettasse, deren Konstruktion er bestaunte. Und dieses tröstliche Ding, an dem er sich nach den Schrecken der Untersuchung mit beiden Händen wie an einem Rettungstau festhalten wollte, war plötzlich verschwunden. Der sanfte Mann wurde eigensinnig. Er weigerte sich, auch nur zu versuchen, aus einer Tasse zu trinken, die Erinnerung, er habe doch heute früh im Wohnzimmer gleichfalls aus einer Tasse getrunken, brachte ihn geradezu auf. Da hatte er in einem Sessel gesessen, nicht im Bett gelegen. Im Bett aber konnte niemand, auch kein Gesunder, anständig aus einer Tasse trinken.

»Ich bin sicher, er hat über dieser Aufregung vergessen, daß du da bist«, sagte die Mutter. Es klang erschöpft-gleichgültig, als wolle sie damit ausdrücken, daß er gern auch wieder gehen könne. Die frohe Botschaft von dem Atompilz-Hemdchen mußte er sich wohl für eine andere Stunde aufsparen.

Aber er hörte auch keinen Vorwurf. »Wir leben eigentlich wunderbar friedlich für uns hin«, fuhr sie fort, als spreche sie zu einem Fremden im Wartezimmer. »Und dann ist

Hermann für uns eine große Entlastung und Freude. Ich wundere mich, wo er bleibt.«

»Er ist doch jetzt wohl in der Buchhandlung?«

»O, da hat er aufgehört«, sagte die Mutter, ärgerlich, daß er eben über vieles, was die Familie betraf, nicht orientiert sei. Die Verhältnisse bei Frau Müller-Servet seien schließlich unerträglich geworden.

Unerträglich werde es doch aber schließlich bei jeder Arbeitsstelle, die Hermann annehme. Diese Bemerkung Ludwigs kam noch leidenschaftslos, nur leicht ironisch: die unerträgliche Post, das unerträgliche Altersheim, die unerträgliche Universität, die unerträgliche Gärtnerlehre, die unerträgliche Goldschmiedelehre.

Die Mutter schüttelte ungeduldig den Kopf. Frau Müller-Servet, davon habe sie selbst sich überzeugt, habe Hermann ausgenutzt.

Ausgenutzt! In Ludwigs Augen erwachte ein unfrohes Leben. Wie man denn eine Arbeitskraft wie Hermann ausnutzen könne? Er als Kaufmann – er wußte, wie ungern seine Mutter ihn so reden hörte – sei gewohnt, die sogenannte Kosten-Nutzen-Rechnung bei jeder Investition aufzumachen. Wenn er sich vorstelle, Hermann bei sich in der Firma zu beschäftigen …

»Niemals«, rief die Mutter und sah ihn wild an.

»Wovon lebt Hermann jetzt? Hat er etwas Neues?« fragte Ludwig lauernd.

»Hermann will, solange euer Vater lebt, nur für uns da sein und keine neue Stellung annehmen«, sagte sie nach einer Pause. »Er hat gesehen, wie allein wir hier sind. Das geht so nicht mehr, hat er gesagt.« Und obwohl von Entscheidungen in tieftraurigem Zusammenhang die Rede war, konnte sie es nicht verhindern, eine Anwandlung von Triumph sehen zu lassen.

Ludwig hätte sich jetzt nur einen kleinen Stoß geben

müssen, um die Verletzung der Eitelkeit, die bei ihm kein tief eingegrabenes Laster war, zu überspielen, und sein Besuch wäre in Übereinstimmung mit dem Wetter draußen immer noch als wärmender und beglückender Sonnenstrahl erschienen. Wenn es ihm gelungen wäre, aufrichtige Freude über Hermanns Entschluß zu zeigen, hätte die Mutter die Enttäuschung über sein langes Ausbleiben augenblicklich vergessen. Sie erwartete, biblisch gesprochen, von einem Feigenbaum keine Nüsse.

Hermann trat ein. Trotz der Hitze trug er einen schwarzen Pullover, der aussah, als schlafe er darin; der nackte Hals mit dem dicken Adamsapfel ragte weiß aus dem Wollkranz empor. Das Haar, nicht kurz und nicht lang, auf jeden Fall nicht gewaschen, hatte, wenn man es bei Licht besah, gleichfalls einen rötlichen Schimmer, der hier aber über einem fast schwarzen Grundton lag.

Ludwig trug einen neuen, nach einigen Änderungen beim türkischen Flickschneider einigermaßen passenden Baumwollanzug und ein gestreiftes Hemd mit festem weißem Kragen. Er war eine sommerlich disziplinierte Erscheinung, ein Geschäftsmann, der sich bei der Hitze eine gewisse Erleichterung gestattet, ohne unkorrekt zu werden. Er wußte genau, daß seine Mutter darunter litt, wie Hermann herumlief. Durch zahlreiche Enttäuschungen völlig unbelehrt, unternahm sie stets aufs neue den Versuch, ihn besser anzuziehen. Sie kaufte dann in einem teuren Geschäft eine Jacke oder einen Pullover, aber es gelang ihm meistens, den Verkäufer zur Zurücknahme und Erstattung des Geldes zu bewegen. Ludwigs Vertretereleganz mußte ihr eigentlich gefallen, das nach dem Vorbild seiner Hemdenpakete Zu-den-vier-Nadeln-Gezogene. Nur an Ludwig paßte ihr das nicht, weil alles, was er tat, irgendwie mit den Schattenseiten seines Charakters zusammenhing.

Alle schwiegen, Ludwig verbockt vor sich hinguckend,

die Mutter durch Hermann abgelenkt und Hermann heiter und bescheiden. Er begann sofort zu frühstücken, auf die kindliche Art, die ihm niemand hatte abgewöhnen können. Hermann nahm fünf Brotscheiben und bestrich sie so sorgfältig mit Butter, als gelte es, ein Boot im Frühjahr neu zu lackieren. Dann beträufelte er sie mit Honig, bis sein ganzer Teller golden glänzte. Durch Hermanns Hände wurde nun auch die Tasse, die Kaffeekanne, die Zeitung, die Serviette und der Umkreis des Tellers mit Honigspuren bedeckt.

»So ein gutes Frühstück hält lange vor«, sagte er, nachdem er die vierte Scheibe gegessen hatte, als belehre er einen Hund, der die Nahrungsaufnahme des Herrn liebeglühend beobachtet. Da war sie wieder, Ludwigs Vorstellung, daß Hermann eigentlich von einem räudigen Straßenköter begleitet sein müsse. Aber der Räudige war er selber. Er hatte sich mit seinem häßlichen Eifersuchtsanfall aus dem Kreis seiner Familie ausgeschlossen. Hatte der Vater drinnen etwas gehört? Die Mutter blieb lange fort. Ludwig hätte sich am liebsten in Luft aufgelöst.

Bella führte ein Dauergespräch, es war ohne Pause besetzt. Als Ludwig schließlich im Büro anlangte, verstand er den Grund. Sie hatte die Leitung auf besetzt geschaltet und war fortgegangen, ohne eine Nachricht zu hinterlassen. Es war deutlich kühler hier unten als auf der Straße. Ludwig zog seine Jacke aus und saß still auf seinem Stuhl, ohne einen der Briefe in die Hand zu nehmen, die geöffnet auf seinem Platz lagen.

Hier war sein Hafen, ein sicherer Port. Bella hatte, bevor sie das Büro verließ, alles in geradezu behagliche Ordnung gebracht. Die Kaffeemaschine war vorbereitet, mit Wasser und Kaffeepulver gefüllt, so daß er nur auf den Knopf drücken mußte. Sie wußte, wie ungern er mit der Maschine umging. Auf dem Schreibtisch lag eine lange Liste: »Anrufe bis zwölf Uhr«, mit den Sternchen, die sie eingeführt hatte: ein Sternchen hieß »unbedingt heute noch zurückrufen«, zwei »will selbst wieder anrufen«, drei »erledigt«. Soviel Fürsorge war eine andere Form der Gegenwart und vielleicht die willkommenste.

Ludwig entspannte sich allmählich und war dankbar, erst einmal nicht sprechen zu müssen. Was war nur wieder in ihn gefahren? Der Vater hatte ihm aus dem Bett freundlich zugewinkt. »Ich bin heute nicht recht in der Verfassung für ein Gespräch, aber das geht vorüber – es war schön, dich zu begrüßen«, sagte er leise und undeutlich, da seine falschen Zähne, wenn er mit dem Kopf in den Kissen lag, ein wenig nach hinten rutschten.

Traut Bella sich etwa nicht, nach dem Krach in der Nacht hier zu erscheinen? fuhr es Ludwig plötzlich in den Sinn. Hat sie am Ende wirklich ein blaues Auge? Ist sie zum Arzt gegangen?

Draußen lag die Mittagshitze. Frankfurt wurde zu einer trägen südlichen Stadt, in der die Siesta eine Stimmung von Ausgestorbenheit erzeugt. Da und dort klingelten in dem großen Bürohaus die Telephone, elektronische Zikaden, ohne daß jemand den Hörer abnahm. Mit den Messrs. »Nephew & Nephew Europe« wollte niemand sprechen, aber das war nicht beunruhigend wie in der Gründungsphase der Firma, sondern das Erliegen der Geschäfte in den Schulferien, eine faule Normalität, an der teilzuhaben wohltat. Die kleine Scheune von »Nephew & Nephew Europe« war gefüllt. Wäre Bella jetzt dagewesen, hätten sie Eiskaffee getrunken – sie sorgte für Vanilleeis im Kühlschrank – und die Ablage auf den neuesten Stand gebracht. Eigentlich konnte man das Büro für ein paar Tage schließen, aber diesen Gedanken erlaubte er sich nicht. Im ersten Jahr gebe es keine Ferien, hatte er Bella gegenüber streng verkündet, und dabei hatte sie sich selbst jedes Ferienmachen verboten.

Wie kam es, daß er plötzlich glaubte, nach Bella fahnden zu müssen? Ihre Abwesenheit war irregulär, aber vorbereitet, sie war also offenbar nicht irgendwo verunglückt. Wahrscheinlich war sie für die Firma unterwegs. Sie war selbständig, das war ihre hervorstechende Eigenschaft. Er fragte oft bewußt nicht, was sie getan habe, weil in der Aufzählung des Geleisteten eine ganz leichte Aufforderung zur Anerkennung mitzuschwingen pflegte. Er wollte sie nicht immerfort loben müssen.

Ob ihre Mutter wohl wußte, wo Bella war? Das war ein vollends abwegiger Gedanke. Nach allem, was Ludwig mitbekam, war Bellas Mutter kaum unterrichtet, wenn es um ihre Tochter und den Schwiegersohn ging. Die beiden hatten ihr nicht einmal gesagt, wohin sie zogen, als sie endlich ihre Sachen packten. Ludwig war es, der ahnungslos Bellas Mutter das Geheimnis der neuen Adresse verriet. »Ich habe mich gut mit Ihrer Mutter unterhalten.«

»Das ist ja noch schöner«, murmelte sie gereizt.

Die »gute Unterhaltung«, von der er sprach, war eine Übertreibung, in Wahrheit nur ein belangloser Wortwechsel. Was ihn aber überraschte, war der geläufige, souveräne Ton einer erstaunlich jungen Stimme. Er hatte sich die launische Kellnerin, die mit der Beherbergung ihrer Tochter und ihres Schwiegersohnes solche Schwierigkeiten machte, anders vorgestellt. Wie eigentlich? Vulgär? Bella war doch auch nicht vulgär. Klar war natürlich, trotz großstädtischer Klassenlosigkeit, eine Herkunft aus beschränkten Verhältnissen, sie war am falschen Ort sicher und am falschen Ort unsicher.

Und nun die gebildete, jugendliche Stimme ihrer Mutter, die ganz ungezwungen nach der Adresse fragte und ohne Grund herzlich lachte, das verbindliche Lachen versierter Gesellschaftsmenschen, das dennoch nicht künstlich wirkte. Und dann vernahm er die Geräusche, die ihn bei seinen ersten Gesprächen mit Bella bezaubert hatten. Ihm war, als spreche Bellas Mutter aus einem tiefen Brunnen heraus. In der Brunnentiefe aber tickte gestochen scharf eine große Standuhr. Und nun sprach ein großer Vogel in das Ticktack hinein mit zerquetschter würgender Stimme ein Wort, das wie »querora, querora« klang. Bellas Mutter schlug mit der Hand – etwas Metallisches wie ein Ring erklang dabei – gegen die Gitterstäbe des Käfigs und erzeugte einen harfenartigen Akkord. Ihm war, als herrsche eine Treibhaushitze dort drüben. Er sah großblättrige Pflanzen vor sich, die die Schnur des Telephons umringelten. Bellas Mutter hatte ihm ihre Nummer hinterlassen, die er, um sie Bellas Blicken zu entziehen, unter seine Schreibunterlage geschoben hatte. In dieser Stunde der Mittagsstille und der Verlassenheit holte er sie hervor.

Es tutete zweimal. Dann wurde der Hörer abgenommen. Und bevor noch ein Name genannt wurde, erfüllte bereits die erhoffte akustische Atmosphäre sein Ohr – das Ticken im Brunnen, das würgende Schwätzen: »Querora« und die Tropenhitze, oder war es dort etwa kühl? Nein, heiß, sehr heiß, wie in einem trockenen Gewächshaus des Palmengartens, wo fleischige Kakteen gezüchtet werden.

»Klobig«, sagte die souveräne Stimme.

»Wie bitte?«

»Klobig.«

Fand sie es grob und ungeschliffen, daß er anrief, während sie ihren Mittagsschlaf hielt? Er stutzte, während der Vogel »Querora« sagte. War das ein kostbarer Kakadu, schneeweiß, mit einer Federhaube wie eine Puderperücke und einem Schnabel wie ein grau versteinertes Schneckenhaus? »Solche Leute«, die Lopez' und ihr Anhang, hielten oft für ihre Verhältnisse viel zu teure Tiere, blauschwarze Chow-Chows, die am Tag ein Kilo Kalbsleber fraßen, oder siamesische Katzen, die ständig beim Tierarzt Spritzen bekamen.

Als er nach Bella fragte, war sie zerstreut. Vielleicht war sie schwimmen gegangen? So etwas tat sie, wenn es heiß war.

Frau Klobig also, das sei der Name ihres letzten Mannes, nicht Bellas Vater, wie sie freimütig hinzufügte. Nein, nein, von Ehemännern wolle sie nicht mit ihm sprechen. Über alles, was vorbei sei, müsse man drei Kreuze schlagen, aber seit ihrem letzten Gespräch wisse sie, daß er der Mann sei, der ihr helfen könne.

»Sie sind doch Rechtsanwalt?« fragte sie, indem sie ihren raunenden Redefluß nüchtern unterbrach.

»Wie kommen Sie denn darauf?« fragte Ludwig ärgerlich. Wie oft noch würde er das leicht enttäuschte »Ach so!«, das augenblicklich abflauende Interesse zu spüren bekommen, wenn er die Dinge richtigstellte. Wie groß war die Versuchung, »Ja« zu sagen. Was konnte schon passieren? Er konnte schließlich jede Rechtsauskunft ablehnen und empfehlen, sich an einen Spezialisten zu wenden. Der Hinweis auf den Spezialisten überzeugte stets, das waren die Leute schon aus der Medizin gewohnt. Frau Klobig aber erfuhr jetzt, daß er zwar »Jurist« sei, aber kein Rechtsanwalt.

»Ein Jurist ist kein Rechtsanwalt?« fragte sie ungläubig.

Das Ticken erfüllte den Brunnen.

Erna Klobig – sie sprach den eigentlich unschönen Namen wohlartikuliert und bedeutungsvoll aus, als sei er der Name einer bekannten Schauspielerin – wohnte im Bahnhofsviertel. Neben dem Bordellquartier lag eine ruhigere Straße, die ohne die Leuchtschriften und die rot glühenden, verhängten Fensterreihen der Nachbarschaft etwas Düsteres hatte. Früher waren die Hinterhöfe voll kleiner Fabriken, Nähereien, Klempnereien und Lager gewesen, große Torwege mit Holzpflaster führten dort hinein. In den Eingängen hingen mindestens dreißig verschiedene Briefkästen, oft verrostet, die Türchen aufgebogen; Schilder aus der Vorkriegszeit verboten das Betteln, Ausspucken und Rauchen. Die Portiersloge war längst verrammelt und von jedem Portier verlassen. Rostige Feuerleitern gaben dem Komplex etwas von einem New Yorker Slum, und zur Straße heraus setzten türkische Gemüseläden mit aufgeschichteten Orangen- und Zitronenpyramiden einen frisch-glänzenden Kontrast zu dem rußigen Backstein und Buntsandstein der Mauern.

Bella erklärte, eine Frau allein könne dort keinesfalls wohnen. Abends seien die Geschäfte mit Zwiebeln und Kopfsalat durch schwere Gitter verschlossen. Dann hockten in den Hauseingängen blasse Drogensüchtige, deren Geschlecht kaum mehr auszumachen war, und setzten sich mit versunkener Sorgfalt die schmutzigen Spritzennadeln in die Venen. Wenn sie mit Fidi nach Hause kam, mußten sie über leblose Gestalten steigen, um an die Haustür zu gelangen. Uringeruch lag über der Straße. Die Huren, die da herumstanden, seien arme Wesen, nicht die Jüngsten, und in den taghellen Revieren nicht mehr zugelassen, aber sie grüßten höflich, und manchmal kam es sogar zu einem nachbarschaftlichen Gespräch. Gut, die Wohnung sei billig, aber sie habe wegen der Feuerleiter immer Todesangst empfunden, ebensogut könne man auf offener Straße schlafen. Einmal lag ein Teppich aus grünglitzernden, nadelfeinen Flaschensplittern vor der Haustür, darüber Fuselgeruch. Sie trug dünne Sandalen, nur eine Sohle und ein paar Riemchen.

»Fidi mußte mich zur Tür tragen.« Dort lehnte ein kahlköpfiger Betrunkener, der in langsamen Krämpfen wieder von sich gab, was er in sich hineingeschüttet hatte. Mit heiterem Lachen schloß Bella ihr Sittenbild: »Ich habe einen Nervenzusammenbruch gekriegt. Wir standen in den Splittern vor dem Betrunkenen, und ich schrie wie am Spieß. Fidi hat es nicht leicht«, fügte sie kokett hinzu.

Vielleicht war die Münchener Straße nicht gerade eine Wohngegend, aber als Geschäftsadresse für einen Laden wie den seinen am Ende nicht das Schlechteste, dachte Ludwig, als er vor Erna Klobigs Haus stand und die Schilder im Torweg las. War das nicht genau sein Genre? Alles Export-Import-Firmen mit indischen, ungarischen, syrischen, ägyptischen und rumänischen Namen. Hier herrschte sicher ein anderes Leben als da draußen im Keller des Bürohochhauses. Die Kaufleute hier bildeten gewiß schon eine halbe Messe, trafen sich in den Stehkneipen der Umgebung, spielten Schach oder Billard und luden einander in aller Sachlichkeit in den Puff ein. Hier besaß die kaufmännische Existenz noch etwas Bazarhaftes, etwas Levantinisches. Die Kaufleute waren elegante, melancholische kleine Männer. Ihre Wohnungen mit Müttern, Frauen und Töchtern betraten sie so selten wie möglich, aber mit schönen Geschenken, Pelzen, lackroten Anthurien in Cellophan und Schweizer Uhren als Opfergaben für die vernachläßigten Gottheiten des Herdes, um alsbald wieder zu entwischen. Der Kaufmannsstand mußte etwas Abenteuerliches haben, um ehrwürdig zu sein, eine Bruderschaft in Ghettos und Karawansereien, nirgendwo zu Hause. Hier sprach der romantische Student aus Ludwig, der auf den bürgerlichen Kommerz hinabsah, wenn ihm nicht etwas Anarchisches anhaftete. Bella, das sah er jetzt deutlich, war eine verhinderte Spießbürgerin. Die Leute wollten nie dort bleiben, wo sie herkamen.

Das Ende der Münchener Straße bildete eine Seitenkuppel des Hauptbahnhofs. Die hohen Häuser mit ihren düsteren Fassaden, ungeputzten Fenstern und heruntergelassenen Eisenläden gehörten einer anderen Zeit an, die sich in der von dauernder Umgestaltung gezeichneten Stadt hier in einer schmutzigen Nische am Leben hielt.

Was hätte Bella gesagt, wenn sie gesehen hätte, wie er langsam die Straße hinunterging und auf die Hausnummern blickte? Die Münchener Straße lag weit weg von seiner Wohnung. Mußte man sich nicht manchmal weit vom Ausgangspunkt entfernen, um einen überraschenden Einblick ins Nahgelegene zu tun?

Wenn Erna Klobig Bilanz machte, und sie machte unaufhörlich Bilanz, wenn sie die Männer, mit denen sie gelebt, und die Berufe, in denen sie sich versucht hatte, Revue passieren ließ, dann blieb ihr auf der Haben-Seite eigentlich nur ihre Tochter. Bella war ihr einziger Besitz, so dachte Erna Klobig ganz nüchtern und teilte es vielen Menschen mit, da es ihr verwehrt war, leise zu denken. Wollte sie einen Gedanken fassen, dann mußte sie ihn auch aussprechen. Und deshalb kam es darauf an, Bellas Wert in solche Höhe zu treiben, daß er die Verlustrechnung nicht nur ausglich, sondern noch überragte.

Erna Klobig forderte, daß Bella neue Bekanntschaften zunächst einmal ihr zuführte. Das arme Kind wußte nicht, worauf es ankam. Leider war es ein Kampf geworden, Bella ihre Bekanntschaften zu entlocken. Seltsam, Bella versuchte oft zu verhindern, daß neue Freunde Erna Klobig kennenlernten. Sah sie nicht, daß das sinnlos war? Hatte Erna ihre Tochter jemals aus den Augen gelassen? Wie eine Zigeunerin hatte sie schon den Säugling überallhin mitgeführt. Sie hatte Bella dem Kinderheim entrissen. Jeden Anspruch der väterlichen Familie auf die Enkelin hatte sie zunichte gemacht. Lange nach Mitternacht, wenn Erna Klobig mit ihren Freunden in einer Kneipe beim Bier saß, schlief Bella unter dem Tisch zu ihren Füßen, schön wie die kleine Bettlerin, als die Lewis Carroll seine angebetete Alice photographierte. Aber hier war Wahrheit. Das weißblonde Haar ringelte sich wirklich zwischen Zigarettenkippen. Das war doch nicht ungeschehen zu machen. Ihre hilflosen Versuche, sich den Wünschen ihrer Mutter zu entziehen, waren, so analysierte Erna Klobig überlegen, im Grunde ein Kampf gegen die eigene Person. Sie nahm ihrer Tochter nichts übel, aber sie war entschlossen, die Zügel in dieser Krisenzeit, zu Bellas Bestem, fest in der Hand zu behalten.

Wie überflüssig, daß Bella sich mit Männern verband, die Erna Klobig als zukunftslos, unbotmäßig, unbedeutend einstufte! Was Erna Klobig falsch gemacht hatte, sollte Bella nun richtig machen; das verstand Erna unter dem von der Politik neuerdings so geliebten Begriff »Generationenvertrag«. Und wenn das Mädchen schwer von Begriff war, dann scheute sich die verantwortungsbewußte Mutter keineswegs, ihr zuzusetzen und dem Mann die Hölle heiß zu machen.

Aber nun war das Kind seit langem einmal wieder aus voller Brust zu loben.

»Herr Rechtsanwalt Drais, Direktor Drais«, sagte Erna übungsweise vor sich hin. Der Chef eines wichtigen Unternehmens in der Aufbauphase, universell gebildet, mit ordentlichem familiärem Hintergrund, ein Erbfall bevorstehend, gut angezogen, gute Manieren, rothaarig – das mochte Erna Klobig nicht so gern, solche Männer wurden in der Sonne so schrecklich rot wie englische Touristen –, gelegentlich reizbar – nach Ernas Erfahrung meist ein Zeichen für Schwäche, also vorteilhaft –, das war die Beschreibung, die Bella ihr von Ludwig gegeben hatte, in absichtsloser Begeisterung, und auch die neue Visitenkarte mit dem von Bella für sich reklamierten Titel war ihr bekannt. Ludwig konnte nicht ahnen, wie Erna Klobig und ihre Tochter über ihn sprachen und wie heftig Erna drängte, ihn endlich kennenzulernen. Wenn Bella Ludwig festzuhalten wußte, würde Erna ihr verzeihen, daß sie in ihrem Trotz mit Fidi ausgezogen war, anstatt nur den Kerl auszuquartieren.

Erna verabscheute Fidi und wurde nicht müde, ihrer Tochter einen unaufhaltsamen Abstieg an der Seite dieses Mannes zu prophezeien.

»Du bist schön, du bist jung, du bist klug. Ich habe dich nicht für einen solchen Strolch großgezogen.« Das war das harte Ende der Tirade, die mit den drei Lobpreisungen rituell eröffnet wurde. Dagegen suchte Bella jetzt Erfolgsmeldungen zu setzen. Trotz Fidi, oder vielleicht sogar wegen Fidi, ging es bergauf. Aus einem Gelegenheitsjob war eine Stellung geworden. Es stimmte nicht, daß Fidi vorteilhafte Verbindungen verhinderte. Herr Drais schätzte Fidi. Es ging sehr gut mit ihm.

War das die Stimme der Liebe? Seit Bella gegen den wilden Widerstand ihrer Mutter Fidi geheiratet hatte, setzte Erna ihr zu. Solange sie mit ihrer Mutter lebte, hatte sie mit ihr in einem Bett geschlafen, wenn ihr nicht gerade ein Mann diesen Platz streitig machte. Bella sprach vor anderen ironisch über ihre Mutter, begann aber wie ein Lamm nach dem Mutterschaf zu bähen, wenn sie allzulange von ihr getrennt war. Daß sie mit Fidi auszog, war für sie eine ungewöhnliche Leistung. Das biblische »Vater und Mutter verlassen, um einem Mann anzuhangen«, empfand Bella in seiner ganzen Schroffheit.

Erna Klobig empfing Ludwig auf dem Treppenabsatz. Sie hatte Toilette gemacht für ihren Gast, ein schwarzes, langes Kleid, eine Art Körperstrumpf, der einen schlanken, offensichtlich beständig sportlich trainierten Körper ausstellte. Ein Hauch Chlorgeruch ging von ihr aus, denn sie war im Schwimmbad gewesen und hatte dort, wie täglich, viele Bahnen zurückgelegt. Um die Stirn hatte sie sich einen indischen Shawl gewunden. Auf ihrem glatten Décolleté lag über festen kleinen Brüsten ein silbernes Halsband, an den Handgelenken trug sie wie ein weiblicher Gladiator breite silberne Reifen. Das alles sah man schon im Gegenlicht, das in dem feingekräuselten Haar eine Art Lichtzauber, einen kastanienfarbenen Heiligenschein, erzeugte.

Wie jung sie ist, dachte Ludwig, als er die Umrisse ihrer Gestalt sah, sie ist noch jünger als ihre Stimme.

Nun, das war sie nicht, das zeigte das Gesicht. Von Bella war darin keine Spur. Vielleicht kam die Hübschheit des Mädchens vom Vater. Erna Klobig hatte ein breites plattes Mopsgesicht mit einer knopfartigen Stupsnase, hervorquellenden Augen, die rings um die Iris das Weiße sehen ließen, und sparsame Lippen. Sie war häßlich. Aber sie war kein Mauerblümchen. Ihre Lippen waren hellrot gemalt und dadurch etwas vergrößert, und ihre Augen blickten mit einer Wildheit um sich, daß sich die Frage nach Schönheit oder Häßlichkeit gar nicht stellte. »Ich bin eine Frau«, schien sie zu sagen, »und jedermann weiß, daß Frauen schön sind. Wer daran zweifelt, ist kein richtiger Mann.«

Ein alter Hippie, dachte Ludwig, als er ihr in die vorgewölbten Augen sah, war aber nicht unangenehm berührt, dazu ging zuviel Lebenseifer von ihr aus.

Ihre Hand war trocken wie ein Ziegenlederhandschuh, und sie ergriff damit fest die seine, es war, als ob er eine zapplige kleine Hühnerkralle kurz umfasse. Dann ging sie ihm barfuß, die Fußnägel dick rotlackiert, in die Wohnung voran, und Ludwig betrat das Treibhaus, das seine Phantasie so sehr beschäftigt hatte.

Keine einzige Pflanze gab es da, nichts Wintergartenhaftes. Die Wohnung bestand aus zwei schmalen Zimmern, die auf die Straße hinausgingen. Sie war keineswegs brunnenhaft hallend, sondern übervoll mit altmodischen gedrechselten Möbeln, Rohrstühlen, einem Kleiderschrank mit ovalem Spiegel und einem Sekretär mit einem Geländer um die Deckplatte, als sollte dort oben jemand spazierengehen. Die Zimmer hatten etwas von einem Möbellager. Erna Klobig dekorierte in ihrer Umgebung nicht viel herum. Der Schnitt der Räume hätte es ihr auch schwergemacht, einen anderen Eindruck zu erzielen. Den Vogel entdeckte Ludwig schließlich in der Küche, eine exotische schwarze Amsel mit orangerotem Schnäbelchen und Augen wie Stecknadelköpfen, die, als sie mit schiefem Kopf Ludwig erfaßt hatte, resigniert ihr »Querora« hervorwürgte, als solle dies gauguinhafte Südseewort sagen: »Hab ich mir's doch gedacht.«

»Dieses ganze Biedermeier, dieser ganze Jugendstil hier kommt aus meinem Elternhaus in Hofgeismar.«

Daß selbst bei Frankfurter Intellektuellen die Unklarheit in Fragen der kunsthistorischen Nomenklatur tief saß, wußte Ludwig. Für einen Frankfurter Journalisten, Philosophen, Regisseur war alles aus dem neunzehnten Jahrhundert entweder Biedermeier oder Jugendstil. Die Trödler, die sich Antiquitätenhändler nannten, griffen diese Bezeichnung für wilhelminische Fabrikmöbel gern auf.

Hofgeismar war solide Provinz. Ein um die Jahrhundertwende erweitertes Fachwerkhaus mit Wetterfahne und Glasveranda war der Ausgangspunkt einer Frau, die nun hier im Bahnhofsviertel gelandet war.

Erna Klobig sah Ludwig aus ihren weitaufgerissenen Augen an. Bei ihr war dieser Ausdruck, der ihren beiläufigsten Bemerkungen etwas Unheimliches gab, der Normalzustand. Was sie sagte, prägte sich ein.

Da stand das Ausziehsopha. Hier hatten Bella und Fidi sich monatelang umfangen gehalten, weil sonst einer von ihnen hinuntergefallen wäre, so schmal war es. Ludwig und Erna Klobig setzten sich aber auf zwei steiflehnige, wacklige Stühle. Drei Fliegen zogen ihre geometrischen Linien in die Luft. Wenn von draußen Hühnergackern ins Zimmer gedrungen wäre, hätte man sich in einem altertümlichen ländlichen Gasthof mit Wasserkrug und Nachttopf wähnen können.

»Mein Vater war Kreisveterinärrat in Hofgeismar«, sagte sie, als habe sie Ludwig um dieser Eröffnung willen hierher gebeten.

In einem gewissen Sinn traf das sogar zu. Alle ihre Erzählungen begannen mit diesen Worten. Hofgeismar – eine Kleinstadt. Eine klare, für jeden überschaubare und von jedem respektierte Hierarchie. Der Kreisveterinärrat war »Herr Rat«, nicht anders als der Landrat und der Amtsgerichtsrat. Ein König, ein ungekrönter oder vielmehr mit einem vom Regen getränkten und einer Eichelhäherfeder gezierten Jagdhut gekrönter König. Hofgeismar, wo kein Mensch wußte, wer Picasso war. Ob man sich überhaupt klarmache, worin die Macht eines Kreisveterinärrats bestand? Der verlorene Krieg, der Hunger. Dies Szenarium umriß sie mit bloßen Interjektionen. Der Kreisveterinärrat war der Mann, auf den es ankam. Er machte aus einer »Schwarzschlachtung« eine »Notschlachtung«. Am Kücheneingang des Elternhauses, das in Hofgeismar »die Villa« genannt wurde, fanden sich täglich Bäuerinnen mit Hühnern und Gänsen, Eierkörben, Speckseiten, Räucherschinken und Preßköpfen ein. Solch ein Herrscher war der Kreisveterinärrat. Er erhielt Tribute. Der Kreisveterinärrat war ringsum auf den Gütern eingeladen, jagte mit dem Baron Schenck und mit dem Baron Erffa, das waren seinesgleichen. Zu Hause natürlich ein Schreckensregiment. Ein solcher Mann ließ sich von den Weibern nicht auf der Nase herumtanzen. Wenn er von seiner Mätresse kam, einer Witwe in einem Jagdhaus am Waldrand, wo er manchmal sogar übernachtete und von Waldarbeitern morgens beobachtet wurde, wie er sich vor einem in den Apfelbaum gehängten Rasierspiegel sorgfältig den Bart abnahm, in Hosenträgern und ohne Kragen, durfte seine Frau keinen Mucks sagen, schon gar nicht in sich hineinschluchzen.

Wem das keinen Eindruck machte, gab Erna Klobig sofort recht.

»Hofgeismar«, rief sie dann, »das letzte Kaff.«

Tierarzt sei ein besserer Stallbursche. Eine Bäuerin, die

glaubte, bei der künstlichen Besamung werde der Herr Rat selbst in die Pflicht genommen, habe deshalb der Kuh gründlich den Hintern gewaschen. Auf diesem Niveau habe man sich bewegt.

»Sie müssen sich das vorstellen!«

Auch Ludwig war bald im Bilde. Der Kaffee, den sie in Keramikbechern ausschenkte, wurde kalt. Das sei bei der Hitze ohnehin besser. Sie habe auch schöne Tassen, eine silberne Zuckerdose und eine Zuckerzange, alles sei da, nur gegenwärtig nicht zur Hand, gut versteckt unter ihrem Bett, damit Bella sie nicht stehle, aber sie sei gern bereit, das alles hervorzuholen, wenn er, wie sie ihn einschätze, etwa Wert auf so etwas lege.

»Meine Lage wäre eine völlig andere, wenn Schwanzke nicht aufgetreten wäre«, sagte Frau Klobig. Schwanzke trug einen großen schwarzen Filzhut. Wenn sie zusammen in Frankfurt über die Buchmesse gingen, drehten die Leute sich um. Aber der Vater habe Schwanzke gehaßt.

»Mein Vater ist mit dem Spazierstock auf Schwanzke losgegangen.«

Sie schien im Rückblick vollkommen einverstanden damit zu sein. Nur eines verstand sie nicht: Warum er ihre Heirat dann nicht verhindert habe? Das mache man anders, wenn man einer Frau den Liebhaber verekeln wolle. Am klügsten sei die Umarmungstechnik. Wenn der Vater es über sich gebracht hätte, mit Schwanzke Zigarren zu rauchen und sich mit ihm dreckige Witze zu erzählen, wäre sie schließlich vor Schwanzke davongelaufen. Welche Frau heirate schon einen Mann, der mit ihrem Vater unter einer Decke stecke?

Sie hielt inne und sah Ludwig unverwandt an. Sie wisse, was er jetzt denke. Er frage sich, warum sie es mit Fidi Lopez nicht genauso gemacht habe. Versucht habe sie es schon, sagte sie schuldbewußt, aber nicht richtig. Lopez sei nicht zu fassen. Niemand bekomme den richtig zu fassen, auch Bella nicht.

Rennend, so sah Ludwig Fidi vor sich, hetzend und gehetzt, kletternd, sich duckend, durch Ritzen schlüpfend, der Schrammen und Wunden nicht achtend.

»Er ist ein Teufel«, sagte sie, »er hat ja auch das Teufelsspitzchen, dieses in die niedrige Stirn spitz hineinwachsende Haar, das wußten wir schon als Kinder, daß so etwas teuflisch ist.«

Sie nannte die Männer, mit denen sie zu tun hatte, stets nur mit dem Nachnamen, Schwanzke und Klobig, ihre Ehemänner, und jetzt eben auch Lopez, obwohl das die Vorstellung erzeugte, Fidi sei ein Erwachsener mit Beruf und Schicksal und Unglück. Im Fall ihres Schwiegersohnes wurde Erna Klobig unversehens zu einer Anhängerin der Ordnungsmächte, mit denen Fidi in unaufhörlichem, naturgesetztem Streit lag. Hier hätte sie sich mit Frau Zimmermann vereinigen können. Wollte sie ihre Tochter vor dem eigenen Schicksal bewahren?

»Aber Schwanzke war ein ganz anderer Fall als Lopez«, rief sie entrüstet. »Lopez ist ein Hütchenspieler, ein Aufreißer, ein Schnorrer – das war Schwanzke auch, aber von anderem Format –, ein verhinderter Zuhälter. Ich habe zu Bella gesagt, sie solle aufpassen, daß Lopez sie nicht auf den Strich schickt – für Schwanzke wäre ich sogar auf den Strich gegangen, aber er war zu eifersüchtig, die naheliegenden Lösungen kamen bei diesem Mann nie in Frage.«

Als sie den Maler Schwanzke kennenlernte, stand er auf dem Gipfel seines Ruhmes. Er war der tragische Fall eines Frühberühmten. Unvorstellbar, daß man den Leuten heute umständlich erklären mußte, wer Schwanzke war. Die »Gruppe Strang«, der Schwanzke als Chefideologe angehörte, regierte die künstlerische Diskussion der siebziger

Jahre, nach seiner Düsseldorfer Ausstellung erhielt er den Auftrag, das Haus des großen alten Mannes der deutschen Kunstkritik einzurichten, ein historisches Gehöft im Münsterland. Schwanzke ließ die Barocktüren herausreißen und setzte blaue, gelbe und rote Preßspanplatten an ihre Stelle, »eine Art mirósche Kindertagesstätte«, sagte Frau Klobig, keineswegs kritisch, sondern in dem Wahrheitstaumel, in den sie beim schnellen Sprechen unversehens geriet. Ihr Vater, ein großer Mann, habe Schwanzke den breitrandigen schwarzen Hut mit dem Stock heruntergeschlagen, Schwanzkes Schläfe trug danach einen blauen Fleck. Dann hatten sich die Männer zusammengesetzt und die Abfindung und den Erbverzicht ausgehandelt.

»Wir brauchten einfach bares Geld. Schwanzke hatte Schulden, so etwas fand mein Vater immer heraus, sein Freund war Direktor der Raiffeisenkasse, und in der Bankenwelt gibt es keine Geheimnisse.« Sie könnte heute in Hofgeismar in der Villa sitzen, die ihre Schwestern hätten abreißen lassen, dort stehe jetzt ein teures Altersheim.

»Was Sie hier sehen, dieses Biedermeier und dieser Jugendstil, das ist das einzige, was mir geblieben ist. Der Alte lacht im Grab, und dabei war ich seine Lieblingstochter. Aber die Enttäuschung verzeiht man einem Kind nie.«

Was aus Schwanzke geworden war, handelte sie als Fußnote ab: ein Kunstlehrer, der eine Lehrerin heiratete. Sie warf ihm nichts vor. Seine Mutter habe eine Schürze getragen, wenn sie sich zum Fernsehgucken aufs Sofa setzte.

»Was wollen Sie da?« fragte Frau Klobig, und Ludwig gab ihr recht. Erna Klobig behandelte Ludwig und alles, was die Firma betraf, mit höchstem Respekt, stellte sich ihm aber zugleich als ebenbürtige Ratgeberin zur Seite.

»Ein Mann Ihres Zuschnitts, eine Persönlichkeit des öffentlichen Lebens, ein Wirtschaftsmann, ein internationaler Großkaufmann.« Was bei jedem anderen plumpe

Schmeichelei gewesen wäre, hatte bei ihr, wenn sie ihn dabei wild ansah, einen Beigeschmack von Wahrheit.

Hier saß sie, nicht mehr jung, in den Mühlen des Lebens nicht zermahlen, eine Frau ohne Illusionen, und sprach zu einem Kenner der Welt, der in langen Nächten an den Lagerfeuern seiner Karawane, unter fremden Sternen, nach Entbehrungen und märchenhaften Erfolgen die Menschen durchschaute wie das Glas Wasser, das sie ihm jetzt reichte. Es gab nämlich keinen Kaffee mehr im Haus, und es widerstrebte ihm, in der Hitze den Apfelkorn zu trinken, der sich nach längerer Suche fand.

Sie sei, so sagte sie wörtlich, »mit ein paar Leuten in die Gastronomie gegangen« und habe seither nichts mehr im Haus, weil sie sich nun vollständig in diesem Lokal ernähre. Tagsüber nehme sie gar nichts zu sich, sei dann allerdings, während sie serviere, schnell betrunken. Das Lokal mache ihr Sorgen. Es sei nicht, was sie sich eigentlich vorgestellt habe.

»Ich bin schließlich keine Kellnerin.«

Ludwig nickte ernsthaft und fragte, ob sie sich an dem Restaurant finanziell beteiligt habe?

»Die Idee zu dem Unternehmen stammt von mir«, antwortete sie. Ein reines Spaghettilokal, das habe gefehlt – Spaghetti und nichts als Spaghetti, mit allen erdenklichen Saucen, frisch gekocht, auf die Minute. Ein großer Ständer mit zwölf verschiedenen Spaghettistärken mitten im Lokal. Der Gast sage, welche und wieviel, und die würden dann auf einer altmodischen Waage aus einem »Kolonialwarenladen von früher« gewogen – alles vor den Augen des Gastes. Sie habe heruntergewollt von dem üblichen Italienbild, aber das sei bei einem Spaghettilokal natürlich schwer, etwas Italienischeres als Spaghetti gebe es bekanntlich nicht. Und da sei ihr dieser phantastische Einfall gekommen, der Gold wert sei, wie sie immer noch glaube.

Es war jetzt, als wolle sie Ludwig für ihren Plan gewinnen. Im Staccatostil entwarf sie ihre große Geschäftsidee.

»Chicago – Schlachthöfe – Hunger – Einwanderer aus Sizilien – Elendsmilieu – italienischer Anarchismus – Männer ohne Hemdkragen – einmal in der Woche zum Friseur zum Rasieren – Heimweh – Haß – Arbeitskampf – Tomatenkonserven – Straßenschlachten – elektrischer Stuhl – Frauen in Schwarz – verstehen Sie mich?«

Verstand Ludwig sie? Ein Lokal mit Schlachthofatmosphäre, weiß gekachelt, die bewußte Spaghettiwaage, kleine Tischchen mit Papier gedeckt, Schwarzweißphotos der Hinrichtung von Sacco und Vanzetti an der Wand. Das war das Konzept. »Sacco und Vanzetti« sollte das Lokal denn auch heißen. Sie sah ihn an mit der ganzen Ungeduld des schöpferischen Menschen.

»Und das natürlich für ein Spitzenpublikum – obwohl nicht teuer. Ein erstklassiges Publikum gehört in solch ein Lokal – Leute wie Sie. Mein Gott, wenn ich damals, als wir das alles besprochen haben, doch bloß Sie schon gekannt hätte.«

Zu einem Lokal mit solcher Klientel gehöre selbstverständlich eine gute Lage – »obwohl ich behaupte, daß Sie die Leute überallhin bekommen – die Leute gehen überallhin, wenn Sie es richtig machen«. Man mußte es eben richtig machen. Aber wie? Darüber hatte es heftige Diskussionen gegeben. Immerfort wurde die Frage aufgeworfen, wie das denn alles bezahlt werden solle, obwohl sie schwor, daß die Bank auf ein solches Konzept hin jede Summe zu leihen bereit sei. Ein Papier hätte eben hergemußt. Sie sei kreativ, aber schriftlich könne sie sich nicht ausdrücken.

Die Unfähigkeit, sich schriftlich auszudrücken, war vielleicht gerade das Zeichen echter Schöpferkraft. Nächtelang habe man um dieses Papier gerungen. Nun gebe es das Lokal – »Sacco und Vanzetti« ihr Name –, aber was sei daraus geworden. Es grause sie, wenn sie das Lokal betrete. Als erstes seien die Spaghettiwaage und der Spaghettiständer weggefallen – der zentrale Punkt, auf dem das Konzept beruhte.

Von den weißen Kacheln, der Schlachthofatmosphäre – Erna hatte sich auch Fleischerhaken mit Rinderhälften oder wenigstens Schinken vorgestellt – sei überhaupt gar nichts verwirklicht worden. »Später« habe es geheißen, »zu teuer« oder »zu eklig«. Das sei das Niveau, auf dem sie sich dort bewege. »Sacco und Vanzetti« sei eine ganz normale Eckkneipe für Altlinke und Altgrüne, die nach der Ortsgruppenversammlung noch ein Bier tranken, ein muffiger Ehepaartreffpunkt für eine welke Politszene. Auf der Speisekarte gab es alles, was der jeweilige pakistanische oder bengalische Koch hinbekam, auch Spaghetti natürlich. Ein Sieg der Dummheit.

»Und wie stark haben Sie sich nun dort engagiert?« fragte Ludwig noch einmal.

»Mit ganzer Kraft, ich habe meine ganze Kraft in dies Projekt gesteckt«, rief sie anklagend.

»Ich meine finanziell – wieviel Geld von Ihnen ist denn in dem Laden?«

»Meinen Sie, wenn ich Geld hätte, würde ich es in ein Lokal stecken? Ich wollte Geld herausholen – das war die Idee. Wer Geld hat, braucht doch keine Ideen.« Sie wisse im übrigen, was er denke. Er denke, daß sie in diesem mißglückten »Sacco und Vanzetti« eigentlich nicht schlecht aufgehoben sei, und er habe recht, denn dieses scheußliche Lokal passe schon irgendwie zu ihr. Aber das sei eben nicht alles, was in ihr stecke.

Ludwig war wie vom Blitz getroffen, als sie so ruhig aussprach, was er tatsächlich dachte.

Um sie abzulenken, fragte er unvermittelt: »Und Schwanzke ist also Bellas Vater?«

Solche sprunghaften Wechsel verwirrten sie nicht. Sie

war selbst sprunghaft, oder besser, sie versuchte die Landschaft, die zwischen ihr und einem anderen Menschen lag, im Ganzen zu beherrschen, indem sie überallhin ihre Fähnchen setzte.

»Wo denken Sie hin.« Das klang wie: »Jetzt bin ich aber enttäuscht.« Schwanzke war doch kein Vater für Bella. Soviel sie wußte, hatte er mit der Lehrerin drei Söhne zustande gebracht, einer davon im Rollstuhl, ein anderer Busfahrer. Schwanzke hatte keine Erbmasse; dabei knetete sie mit ihren Händen in einem imaginären Teig. Bellas Vater war ein schöner Mann, eigentlich kein Mann, sondern ein Knabe, ein lebensunfähiges, hübsches, verwöhntes, nutzloses Kind.

»Er war der einzige schöne Mann, mit dem ich mich je abgegeben habe«, sagte sie, »Schönheit interessierte mich bei Männern nie. Das war möglicherweise ein Fehler, denn mit den inneren Werten bin ich ja auch nicht viel weiter gekommen.«

Reinhold hieß der junge Mann. Sein Vater war Physikprofessor, seine Mutter war Norwegerin, von ihr kamen Bellas Haare, der Sohn war dunkelblond. Er hatte Augenwimpern wie Fliegenbeine, eine kurze gerade Nase und kleine Ohrmuscheln, ein Mädchengesicht. Auch zu den besten Zeiten ihrer Liaison hatte Erna nicht daran gedacht, ihn zu heiraten. »Er appellierte an meine Mütterlichkeit, und das macht mich zur Tigerin. Er hat meine schlechtesten Seiten kennengelernt. Ich weiß, daß ich an allem schuld bin.« Als sie schwanger wurde, stand ihr Entschluß, das Kind abtreiben zu lassen, augenblicklich fest.

»Warum habe ich das nicht einfach gemacht? Nein, ich wollte, daß er zustimmt und bezahlt. So habe ich uns die letzte Zeit verpestet. Dann war es sowieso zu spät. Das hat mich so wütend gemacht, daß ich ihm das verschwiegen habe.«

Reinhold, die sanfte Pflanze, besaß die zerstörerischen Energien des von Selbsthaß erfüllten Melancholikers. Als

Erna mit ihrem kleinen Bauch – »man hat bis zum Schluß nicht gesehen, daß ich schwanger war« – eines Abends nach Hause kam, in ihre letzte Wohnung mit Schwanzke, vollgestopft mit Hausrat aus Ibiza, wo sie zwei Jahre gelebt hatten, fand sie die Straße abgesperrt, drei Feuerwehrautos und viel Polizei.

»Reinhold hatte den Kopf in den Gasherd gesteckt. Die Explosion hat das gesamte Dachgeschoß auseinandergerissen.« Wenn sie von seinem Selbstmordplan gewußt hätte, hätte sie ihm ein Röllchen Veronal gekauft, sagte sie jetzt mit noch ganz frischer Verachtung. Vor schwachen Menschen müsse man sich in acht nehmen, starke seien ungefährlich, schwache blieben immer Sieger. Sie sei glücklich mit Bella, glücklicher als mit Reinhold und Bella, er sei zum rechten Zeitpunkt verschwunden, aber eine Frau mit einem Kind sei immer angeschmiert. Deshalb habe sie Bella auch eingeschärft: kein Kind von Lopez. Das habe sie ihr versprochen. Reinhold sei wenigstens Akademiker gewesen, wenngleich ein hoffnungsloser.

Ludwig begegnete hier aufs neue der Hochachtung vor dem Akademiker, die auch der Niedergang der Universität nicht hatte beeinträchtigen können, wie ja viele Institutionen ihren Tod als volkstümliche Legenden überleben. Die Doktorarbeit habe Reinhold das Gehirn zerrüttet. Jetzt sei jeder überzeugt, daß Reinhold von ihr, Erna Klobig, ins Grab gebracht worden sei, aber kurz vor dem Selbstmord hätten selbst seine Eltern gefürchtet, er werde sich wegen der Doktorarbeit umbringen.

»Er schlief ja überhaupt nicht mehr, und weil er nicht schlief, rasierte er sich auch nicht, aß nichts, trank nur Kaffee und guckte trübe vor sich hin.« Und was hatte ihn in diese Lähmung getrieben, in diese Unfähigkeit, den kleinsten Entschluß zu fassen? Die Handlungstheorie. Ludwig wisse doch wohl, was das sei, und er nickte mit gerunzelter

Stirn, denn er war noch nicht so souverän, um nein zu sagen. Aber er wurde jetzt nicht examiniert.

Erna hatte ihre eigene Definition parat: »Handlungstheorie beschäftigt sich mit der Frage: Was geschieht, wenn ich diese Tasse neben den Aschenbecher stelle?« Als Reinhold sich und das Manuskript in die Luft sprengte, war das Konvolut schon achthundert Seiten lang, alles über die Frage: Was geschieht, wenn ich diese Tasse neben diesen Aschenbecher stelle. Ein Blinder sah ein, worin dieser Selbstmord begründet war. Aber schon bei der Beerdigung – einer trostlosen Veranstaltung, wie sie einflocht, als berichte sie von einem Tanzfest – sei man allgemein einig gewesen, daß die Schuldige Erna Klobig hieß. Da stand sie, hochschwanger, und war auch noch schuldig. In der Trauerhalle wurde von einer Schallplatte Mahlers Vierte gespielt, und alle Lauschenden gaben sich der Vorstellung hin, daß Reinholds Mörderin unter ihnen sitze.

»Sie haben ihn auf dem Gewissen«, sagte seine Mutter am offenen Grab. Dabei war dieser Tod ein Triumph der Handlungstheorie: Was geschieht, wenn ich meinen Kopf in den Gasofen stecke und den Hahn aufdrehe? Nicht einmal der Doktorvater, der, scheinheilig, wie er war, eine erschütternde kleine Ansprache hielt, wollte über diese Bemerkung lachen, die doch die Situation gut traf, nicht wahr? Dieser arme kranke Reinhold habe wenigstens Eltern gehabt, ekelhafte, allerdings nicht unvermögend. Sie hatten für Bella überwiesen, bis sie volljährig wurde, wollten aber mit Erna nichts zu tun haben. Wenn diese Leute einmal stürben, erbe Bella ganz nett, sagte Erna kühl.

»Bella ist reich«, das klang, als füge sie in Gedanken hinzu: bedenken Sie das bitte, Herr Drais.

»Was heißt reich«, sagte sie dann wegwerfend, denn sie war nicht im Schweinekoben geboren und besaß Sinn für Proportionen, »ein Universitätsprofessor ist natürlich nicht reich, das weiß ich auch. Aber es gibt immerhin dieses Haus in Ginnheim, das könnte dort etwa zwei Millionen bringen.«

Ludwig pflichtete ihr bei. Ginnheim klang nicht schlecht.

»Und die Norwegerin hat auch irgendwas, Reinhold sprach immerfort von Wäldern und Seen, aber ich habe ihm nie zugehört, denn was interessieren mich norwegische Wälder und Seen. Wenn die wenigstens in der Toskana gelegen hätten.«

Man mußte, wenn man alles zusammenzählte, zugeben, daß Erna für ihre Tochter gesorgt hatte. Sie hatte realistisch gehandelt und das junge Leben nicht ins Nichts hineingesetzt, sondern in einen ziemlich großen Blumentopf, der dem Kind eines Tages sogar gehören würde. Und nun sah man wieder einmal, was eine solche Erbin, ein schönes, stolzes Mädchen – er halte doch Bella gleichfalls für ein schönes stolzes Mädchen? –, mit ihrem Leben anfing, indem sie sich an einen Lopez hängte. Erna hatte sich wenigstens an Schwanzke gehalten, dessen Werke damals vom Land Hessen angekauft worden seien. Klobig hatte immerhin ein Drehbuchstipendium der Bundesfilmförderung errungen, für einen faszinierenden Film, in dem Erna nackt und weiß geschminkt bis fünftausend zählen sollte, während vorn eine Wurstmaschine Wurst um Wurst ausspuckte; obwohl es natürlich weniger Würste sein würden, mußte der Zuschauer nach anderthalb Stunden glauben, er habe der Fabrikation von fünftausend Würsten zugesehen, zumal Erna dann dem Script zufolge bis zu den Hüften von rohen Bratwürsten bedeckt wäre. Daß der Film nicht gedreht wurde, machte kein Eingeweihter Klobig zum Vorwurf.

Deshalb versuchte sie sich mit der Übersetzung englischer Literatur, »denn Englisch kann ja jeder«, und sie bekam von einem Verlag ein Manuskript mit Briefen aus dem Kreis der Virginia Woolf, aber nach ersten Kostproben habe man ihr mit Intrigen und Eifersüchteleien den Auftrag wieder aus den Händen gewunden, worüber sie im Grunde froh war, das »Damengesäusel« sei doch zu öde gewesen.

»Ich arbeite«, rief sie, »ich übersetze, ich entwerfe, ich serviere, ich putze – ich bin mir für nichts zu gut. Und was tut Bella?«

Als sie mit Klobig zusammenlebte, war sie mit Bella so glücklich gewesen. Sie hatten beide gegen Klobig zusammengehalten. Bevor Bella in die Schule ging, machte sie das Frühstück und brachte es ihrer Mutter ans Bett, immer mit einer kleinen Überraschung, das Mädchen hatte soviel Poesie: einem Stück geklaute Schokolade, einer Blume aus einer öffentlichen Anlage oder einem kleinen Gedicht aus Klobigs Büchern. Erna hatte manches davon aufgehoben, wußte aber leider nicht, wo die Mappe war. An Bellas Geburtstag im Januar – war sie Steinbock oder Wassermann?, ach, gleichgültig – habe früher oft Schnee gelegen. Sie seien mit dem Omnibus nach Sachsenhausen gefahren – »wir glitten durch die verschneite Stadt und sahen dann drüben in dem Filmkunstkino diese ganz bedeutenden Filme, deren Namen mir leider entfallen sind, Sie kennen sie. Das waren Geburtstage.«

Wie tief sich diese Abende in ihre Erinnerung gegraben hatten, erkannte Ludwig schon an den feierlichen Imperfekten: »wir glitten und wir sahen«. Diese vergangenen Geburtstage Bellas waren zu etwas Literarischem geworden. Ernas Verhältnis zu ihrer Tochter blühte, wenn Erna einen Mann hatte, es war strapaziert, wenn Bella einen Mann hatte. Das war Ernas eigene Erkenntnis, die sie in ihrer herausfordenden Offenheit auch aussprach: »Das Beste wäre, wenn Bella nie geheiratet hätte – Pech für sie, Glück für mich.«

Aber dieses Glück war jetzt in Frage gestellt, und zwar nicht einfach durch einen Mann, sondern durch Lopez. Sie habe in ihrer Welt, die von Intellektuellen, Künstlern, Akademikern und Literaten bevölkert sei, eine solche Existenz niemals kennengelernt. In der politischen Zeit – »ich bin etwas älter als Sie« – sei immerfort vom Proletariat die Rede gewesen, aber sie habe Lopez kennenlernen müssen, um zu verstehen, was es hieß, auf engem Raum mit einem Proletarier zu leben. Sie habe sich in ihren eigenen Räumen – sie wies mit einer großzügigen Geste um sich, als sei sie von einer Zimmerflucht umgeben – nicht mehr entfalten können. Wenn es morgens um sechs Uhr Sturm schellte, wußte man nie, ob es Bella und Fidi waren, die wieder einmal den Hausschlüssel vergessen hatten, oder die Polizei, die bei Lopez, und das hieß schließlich in der ganzen Wohnung, nach Rauschgift suchte. »Finden konnte die Polizei nichts«, sagte Fidi, »alles war schon wieder aus dem Haus.« Aber dies Geschäft habe er nur nebenbei betrieben, weil es nichts gebe, was er nicht nur nebenbei betreibe.

»Lopez ist der Erfinder des Nebenberufs. Er ist nicht faul, im Gegenteil. Er ist unablässig auf den Beinen. Er ist viel zu beschäftigt, um zu arbeiten.«

Manche dieser Beschäftigungen kannte Ludwig schon. Als Drogendealer sei Lopez besonders ungeschickt, erfuhr er nun. Die Polizei schien ein Auge auf ihn zu haben. Er gehöre zu den Personen, die in jede Führerschein- und Ausweiskontrolle hineingerieten. Eines Abends stand er heftig blutend vor der Tür, weil seine Geschäftspartner unzufrieden mit ihm waren. Als er Bella heiratete, wollte er mit ihr ein Sonnenstudio eröffnen. Das Briefpapier dazu hatte er schon, Palmen, deren Zweige das Wort »Sonnenoase« formten, seine Erfindung, weil der Begriff Oase Kühle und Erfrischung vorspiegle und die Leute die Angst vor dem Hautkrebs vergessen lasse. Das Geld dazu gedachte er sich als Zeitschriftenabonnementswerber zu verdienen. Er trat deshalb einer Drückerkolonne bei, die durch Hessen und Bayern reiste und eine eisenharte Disziplin von ihren landsknechtshaften Einzelkämpfern erwartete.

»Sie unterstützen mit Ihrem Abonnement die Rehabilitation strafgefangener Jugendlicher«, hieß der Spruch, auf den die Drückerkolonne ihr Heil setzte, obwohl, wie Fidi, keineswegs alle im Gefängnis gewesen waren.

»Warum Lopez eigentlich nicht?« fragte Erna Klobig. Auch bei den Drückern wurde er einmal bös zusammengeschlagen. Es war ja nicht etwa so, daß Fidi Glück hatte. Fidi witschte nicht überall durch. Der Flirt mit dem »Sonnenstudio Oase« riß ein großes Loch in seine eigentlich gar nicht vorhandene Kasse, denn er mußte eine Vertragsstrafe an die Firma zahlen, die ihm die Bräunungsmaschinen vermietet hätte, wenn er sie irgendwo hätte aufstellen können. Daß die «Sonnenoase« ihre Pforten nicht öffnete, tat Fidi weh, er war lange ganz verstört, so sicher hatte er sich schon neben einem hohen Stapel frischer weißer Handtücher sitzen und Schlüssel für die Umkleidekabinen ausgeben sehen. Wäre das nicht eine wundervoll ästhetische Existenz für ein Ehepaar gewesen?

Aus den Scherben der »Sonnenoase« jedoch wurde der neueste Plan geboren, nämlich Automatenpächter zu werden für Zigaretten- und Präservativ-Automaten: ein Leben von erfrischender Abwechslung, den ganzen Tag durch hundert Kneipen ziehen, die Automaten neu laden, das Silbergeld kassieren und mit einer Geldkatze voll von Fünfmarkstücken nach Hause kommen.

Davon hatte Ludwig noch nichts gehört. Fidi hatte ihm im Gegenteil angedeutet, er habe gerade Zeit und sei bereit, den mit Linoleum und braun verbackenem Klebstoff bedeckten Küchenkachelboden schön abzukratzen und die alten Fliesen freizulegen.

Hier saß Ludwig und hörte sich von Bellas Mutter den unordentlichen Lebenswandel von Fidi Lopez an. Er saß auf dem Richterstuhl als gestandener Geschäftsmann, der einen vielfältigen Ausbildungsweg zurückgelegt hatte, bevor er sich einem kalkulierten Risiko und der Verantwortung für fremdes Vermögen stellte. Und war der Abstand zwischen Fidi und ihm nicht wirklich unüberbrückbar? Wenn Ludwig sich vorstellte, ohne einen Pfennig in Frankfurt auf der Straße zu stehen – das sind bildliche Redensarten, die durchaus bedeuten können, daß jemand noch ein paar tausend Mark besitzt und in einem Bett schläft, aber hier war die wortwörtliche Bedeutung gemeint: leere Hosentaschen und kein Bett in der Nacht –, dann ermaß er erst, worin die tausendfältigen Leistungen Fidis bestanden. Gewiß, Ludwig war nach seinem mißglückten Examen ins Bodenlose gestürzt, so hatte er selbst es gesehen, und seine Eltern bestärkten ihn darin. Aber war dieser Sturz nicht vielmehr ein peinliches, ein schwer erträgliches, aber ein letztlich ungefährliches Schweben, wie eine Flaumfeder auf jedem Zuglüftchen tanzt und schließlich nicht aufprallt, sondern elegant landet? Gerade die Eltern, die ihm das Los der Gescheiterten besonders eindrücklich vor Augen stellten, bildeten in Wahrheit doch das Bollwerk gegen jeden allzu schmerzlichen Schicksalsschlag.

»In Mitteleuropa kann niemand mehr verhungern – also, was willst du mehr?« fragte Pressler nach der Blamage mit herzlich wenig Mitgefühl. Ob niemand verhungerte, konnte Ludwig dahingestellt sein lassen. Er jedenfalls würde nicht verhungern. Man hörte neuerdings, daß die wilden Tiere aus dem Wald sich mit der städtischen Zivilisation befreundeten und in die Hinterhöfe, Gärten, Keller und brachliegenden Grundstücke eindrangen, um dort wie in einer Tannenschonung zu leben. Solch ein Großstadtfuchs war Fidi. Die industrielle urbane Gesellschaft blieb ihm ein Buch mit sieben Siegeln. In diesem Gebäude verstand er aber, seine Fuchsbauten anzulegen, in denen er munter umhertrabte, neben, unter und über der bürgerlichen Arbeitswelt.

War Bellas Mutter diese Lebensform zu nahe, um sie schätzen zu können? Ihr Bohème-Dasein war auf wackligen Pfählen an einen abschüssigen Hang gebaut. Schon

Bella war ihr manchmal fremd. Woher hat sie das? dachte Erna Klobig, wenn Bella mit der Salmiak-Flasche das enge Bad putzte und sich danach hinsetzte, um die Hände einzucremen und unter einem Handtuchturban nährende Lotionen in ihrem Haar einwirken zu lassen.

Plötzlich stand sie auf und öffnete eine Tür des großen Spiegelschrankes.

»Das habe ich gerettet, sonst wäre das auch noch kaputtgegangen. Sie ahnen ja nicht, was zuletzt hier los war«, sagte sie und stellte ein kleines Puppenhaus aus Pappdeckeln vor ihm auf den Tisch. »Das habe ich selbst gemacht, für Bella.«

Daß dieses Häuslein das Ergebnis unbeholfenen Eifers im Umgang mit Buntpapier und Schere war, sah man. Zwei Zimmer lagen nebeneinander, genau wie in dieser Wohnung.

»Die Tapeten sind von William Morris, aus einem Buch gerissen, das ich geliehen hatte, aber den Ärger habe ich gern auf mich genommen. Und sehen Sie hier: die Bilder in ihren Papprähmchen, ›Die Brücke von Arles‹ und ›Guernica‹. Hier die Stühle, Barock und Le Corbusier gemischt, und das Bett, da lagen wir zusammen drin, und dann kam der Mond, eine Taschenlampe, ich machte alles ganz dunkel und leuchtete mit der Lampe von oben ins Fensterchen hinein, und der Mondstrahl traf genau die Bettdecke aus einem Topflappen.«

Ludwig mußte aufstehen und sah nun auf das kleine Fenster herab, dessen Ausschnitt ein Stückchen rote Bettdecke und ein gelbwolliges Puppenköpfchen zeigte.

»Das ist Bella«, sagte Erna Klobig abwesend, »ich bin irgendwann in den Mülleimer oder hinter die Kommode geraten.«

Beide sahen schweigend auf das Puppenhaus. Das Rachsüchtige wich von Erna Klobig. Wenn man ihr nicht in die Augen sah, die allem die dramatische Note mitgaben, bekamen ihre Erzählungen etwas Erheiterndes. Sie selbst schien Sinn für das Komische ihre Lebensumstände zu besitzen. Und sie war großzügig, wo andere es nicht mehr gewesen wären. Daß Fidi Lopez, wenn man ihn reizte, gewalttätig wurde, nahm sie ihm überhaupt nicht übel.

Eines Nachts hatte sie die Küche abgeschlossen, damit Fidi nicht an den Eisschrank gehen konnte, eine kleinliche Schikane, eigentlich nicht ihr Stil. Sie erwachte von Donnerschlägen. Es war, als habe man begonnen, das Nachbarhaus einzureißen. Zunächst hatte sie zuviel Angst, um aufzustehen. Als das Splittern und Ächzen von Holz aufhörte, wagte sie, ihre Tür zu öffnen. Da stand Fidi mit dem Wagenheber, hatte die Küchentür eingeschlagen und trank am offenen Eisschrank Bier aus der Flasche.

»Ich hatte noch Lust auf ein Bier«, sagte er ganz friedlich. Erna behauptete sogar, diese Tat irgendwie verdient zu haben. Bella nehme solche Auftritte viel schwerer, zittere am ganzen Leib und sei durch nichts zu beruhigen. Sie vertrage keine Gewalttätigkeit und habe sich auch immer angestellt, wenn Erna Klobig ohrfeigte. Manchmal glaube sie, Bella sitze etwas von Reinholds Schreck in den Knochen. Nachts schlaflos, habe Reinhold vormittags um elf im verdunkelten Zimmer fest geschlafen. Manchmal habe sie einen Besenstiel genommen und auf den nackten, narkotisierten Reinhold wie auf einen Sack eingeschlagen, bis Reinhold in die Universitätsbibliothek geflüchtet sei. Dabei müsse man das Reinigende eines Wutausbruchs sehen. Fidi sei ihr in dieser Hinsicht verwandt. Wenn er genügend Tassen durch die Fensterscheibe auf die Straße geworfen habe, sei er wieder bester Laune. Bei Bella beginne dann erst die Tragödie.

»Sie leidet bei ihm, glauben Sie mir! Sie beißt die Zähne zusammen und leidet, mein Häschen, mein Goldfisch.«

Ludwig sah verdutzt aus, sprachlos und verlegen. Mußte er dazu etwas sagen? Erna lachte, als habe sie ihn ertappt.

»O ja, Fidi ist ein gefährlicher Mann. Hände weg von Lopez. Mit ihm gibt es Ärger.«

Das war ein überraschender Rat. Hatte sie Ludwig deswegen so dringend zu sich bestellt?

»Jetzt kennen Sie meine Lage«, sagte sie vertraulich. »Ihr Kollege Rechtsanwalt Hütte will dreihundert Mark Vorschuß, bevor er sich mit meinem Fall beschäftigt – ist das korrekt?«

Damit übergab sie ihm einen Briefentwurf, den sie auf einer Schreibmaschine mit hüpfenden As und Fs selbst geschrieben hatte. Bella dürfe nicht hören, worum es ging.

»Am zwölften zehnten um achtzehn Uhr dreißig betrat ich den Aldi-Supermarkt, Filiale achtunddreißig, Eschersheimer Landstraße 588«, begann das Schriftstück, »und kaufte dort Waren für DM neunundzwanzig.«

Erna folgte Ludwigs wandernden Augen. Als er den Satz gelesen hatte, flüsterte sie, es habe sich unter anderem um eine Flasche Apfelkorn und eine Bürste der Marke »Wannenwichtel« für das Spülbecken gehandelt.

»An der Kasse acht saß die mir bereits bekannte Kassiererin Frau Becker-Hecker« – eine bösartige, kränkliche Person mit einem großen blauroten Fleck im Gesicht, der sich vom Ohr über die Wange bis weit über den Hals dahinzog, eine Serviererin eigentlich, die aber keine Stelle mehr finde, wie Erna nun wiederum gedämpft soufflierte.

»Kaum sah sie mich, da drängte sich Frau Becker-Hecker mit ihrem breiten Untergestell durch das Türchen der Kasse, packte mich mit beiden Händen und versuchte mich aus dem Haus zu drängen. Dabei sagte sie: Raus hier! Frau Becker-Hecker schrie und zerrte an mir, und ich mußte auch an ihr zerren, wenn ich mich wehren wollte. Aber getreten habe ich sie nicht, obwohl später so etwas behauptet wurde.«

»Für Sie ist das Neuland, mir ist das klar«, unterbrach sie seine Lektüre. Einen Augenblick lang sah sie Ludwig eigentümlich fern und unverwandt von der Seite an, als überlege sie blitzschnell, ob es klug war, den Fall mit ihm zu behandeln, und ob sie sich nicht doch lieber auf den erfahrenen Rat von Rechtsanwalt Hütte stützen solle.

Ludwig fühlte, daß er sich auf dünnem, auf dünnstem Eis bewege. Ihm war, als vernehme er ein warnendes Knistern. Schließlich stellte er eine Rechtsanwaltsfrage, wie Hütte es gemacht hätte.

»Was wollen Sie denn erreichen?«

Erna war zwar empört, aber auch ein wenig verwirrt. Das sei doch sonnenklar. Eine solche Unverschämtheit dürfe sie sich nicht bieten lassen. Die Sache müsse aus der Welt geschafft werden.

»Aber warum denn? Warum Zores mit solchen Leuten? Kaufen Sie doch einfach woanders ein.«

Ludwig hatte offenbar nichts begriffen. Sie mußte in dieser Filiale achtunddreißig einkaufen. Das war die zu »Sacco und Vanzetti« nächstgelegene Filiale; alles, was dort kredenzt wurde, stammte aus eben diesem Markt. Aldi werde nach amerikanischen Gesichtspunkten geführt. Der Kunde sei König. Ja, schlimmer noch: Diktator, Tyrann. In den Schulungskursen für die Führungsschicht – nicht für solche Würstchen wie den Leiter dort, in diese Niederungen dringe die Weisheit langsam vor –, in diesen völlig amerikanisierten und hauptsächlich auf Englisch abgehaltenen Kursen gehe es nur darum, wie der Kunde eheähnlich an den Konzern gebunden werde. Erna Klobig verlangte keine Unterwürfigkeit, keine verlogene Beflissenheit, sondern einen geraden, frischen, anständigen Ton, ohne fatales Grinsen und schon überhaupt ohne Anfassen, Zerren, Wegdrängen und Herumschreien. War das zuviel verlangt?

Ludwig blickte finster vor sich hin, biß sich auf die Unterlippe und preßte den Mund martialisch zusammen. Nur jetzt nicht unwillkürlich lächeln, flehte er im geheimen.

Und wenn man alles auf sich beruhen ließe? schlug er dann vor. Sein Rat sei: sie vergesse den Vorfall, kaufe weiterhin dort ein und würdige Frau Becker-Hecker keines Blickes.

Erna hörte ihn schweigend an und schüttelte langsam den Kopf. So einfach war das alles nicht.

»Sehen Sie, dieser Entwurf ist eben noch unvollständig«, sagte sie schließlich. »Verstehen Sie mich denn immer noch nicht?«

Jetzt klang sie gereizt. Ein Rechtsberater war kein Beichtvater. Ein Rechtsberater mußte gewisse Dinge unausgesprochen lassen und trotzdem alles tun, um Vorwürfe, die nicht formuliert werden durften, abzuweisen.

»Ich verlasse die Aldi-Filiale achtunddreißig wöchentlich hochbeladen wie eine Auswanderin. Wenn ich die Halle betrete, können sie dort in ihren Umsatz schon ein paar handfeste Zahlen eintragen – das sind doch reale Werte.«

Ihre Worte glichen dem Brummen einer Schmeißfliege, die unter einem Glas gefangen ist und von einer an die andere Wand schlägt. Sie war erregt, und sie fand keinen Ausweg. Wo war jetzt ihre Unbekümmertheit? Statt dessen entfaltete Hofgeismar seine Fachwerkkulisse, davor stand der Kreisveterinärrat und schlug mit einem Instrument an seinen Unterschenkel, das er zum Reiten nie, dafür aber zum Durchwalken seiner Brut gebrauchte, der Reitpeitsche. Erna Klobig hatte, das war die Wahrheit, in der Aldi-Filiale achtunddreißig, darüberhinaus aber in allen Aldi-Filialen weit und breit, Hausverbot, weil sie zweimal etwas hatte mitgehen lassen.

»Was heißt das?« fragte sie mit leicht gerötetem Gesicht. »Es gibt Leute, die tragen ganze Kartons dort hinaus. Das ist außerdem in den Preisen einberechnet.« Und doch fühlte sie das Bedürfnis, sich zu rechtfertigen. »Sacco und Vanzetti« ging es nichts an, warum sie die wöchentlichen Einkäufe nicht mehr übernahm. Ob Ludwig dazu nicht etwas Wirkungvolles einfiel?

Wenn Erna Klobig Bier oder kalten Apfelwein im Haus gehabt hätte, wäre Ludwig länger geblieben. Die Begierde, ganz in ihre und Bellas Welt einzutauchen, und der Durst hielten sich lange die Waage, und als er aufbrach, war es eigentlich immer noch nicht der Durst, der ihn vertrieb, sondern das Bedürfnis, die Fülle der Eindrücke allein zu bedenken. Der Vogel sagte zum Abschied noch einmal das seltsame Wort.

»Allora«, heiße das, sagte Erna. Der Vogel gehöre einer Italienerin, die ihn ihr in Pension gegeben habe, er spreche noch andere Wörter, aber bei ihr komme immer nur dieses »Allora«. Wenn der Vogel nicht demnächst abgeholt werde, drehe sie ihm den Hals um. »Das war hier schön gemütlich, mit Lopez und Bella und dann noch dieser vernagelten Krähe.«

Sie war überhaupt nicht enttäuscht, daß Ludwig keine schlagende Lösung ihres Falles einfiel. Da würde sich schon etwas finden lassen. Was ihr eben noch unter den Nägeln gebrannt hatte, war plötzlich nicht mehr so wichtig. Sie würde alles mit dem Marktleiter persönlich abmachen – »hingehen, immer hingehen, nie schreiben«. Das sei eine ihrer Regeln, und Ludwig bestärkte sie darin.

Barfuß begleitete sie ihn in das schmutzige Treppenhaus. Sie freue sich, daß nun das Eis gebrochen sei, rief sie ihm hinterher und beschwor in der Hitze die Vision eines Teiches, der sich mit frühlingshaftem Krachen von seiner kalten Kruste befreit.

Der Spätnachmittag hatte jeden Luftzug zum Erliegen gebracht. Als Ludwig die Haustür öffnete, war es, als trete er in den Umkreis eines großen Feuers. Der Schrägstand der Sonne teilte die Straße in zwei scharf voneinander geschiedene Hälften, von denen die eine in farblos machender Überhelle, die andere dagegen wie unter dem blauen Dach einer Markise in geradezu dunkel erscheinendem Schattenlicht dalag. Der Abschluß der langen hohen Häuserfronten, das Seitenschiff des Hauptbahnhofs mit seinem runden verglasten Sandsteingiebel, hätte jetzt eine südliche Markthalle sein können, in der am Nachmittag nur ein paar zerquetschte Salatblätter und der von Wasserschläuchen nie mehr abzuwaschende Fischgeruch die abgeschlossenen Stände bezeichnen. War die Straße in diesem Augenblick nicht eigentlich sehr schön? Das war keine Schönheit, die sich aus schönen Details zusammensetzte. Die Details waren überwiegend abstoßend: Läden, vollgestopft mit Videogeräten und Musikanlagen in Kartons, mit gelbem Kunststoff zugeklebte Glasscheiben, hinter denen Pornographie verkauft wurde, weithin nach Fett riechende Hähnchenbratereien, Läden mit Kleiderstapeln aus Konkursmassen. Die Buntsandsteinhäuser stammten aus den Gründerjahren, als Joris Karl Huysmans die Frankfurter Neustadt um den gotischen Kern herum wortreich beschimpfte – Frankfurt rieche überall nach frischem Mörtel. Victor Hugo verhöhnte den Reichtum der Steinmetzarbeiten an den neuen Frankfurter Häusern: Wenn all diese Karyatiden einen einzigen Schritt nach vorn täten, stürze die ganze Stadt ein. Inzwischen war der Steinerne Gast wirklich gekommen. Er war in die Stadt eingetreten, und in dem Flammenmeer waren auch die meisten von Victor Hugos Karyatiden zersprungen. In der Bahnhofsgegend hatte sich noch das meiste von diesem Schmuck erhalten, aber daran dachte Ludwig nicht, als er nun die Gewißheit empfand, die von Gluthauch beatmete Straße sei schön. Alles war plastisch, deutlich hervortretend, zu einer Steigerung der Belebtheit hindrängend. Ohne Menschen war die Stadtkulisse nicht mehr bloß Hintergrund, sondern Hauptperson. Das

Straßenpflaster wölbte sich leicht wie der Rücken eines Walfischs. Das Schattenreich der einen Hälfte erlaubte einen Blick auf sein Wahn- und Spiegelbild im vernichtenden Licht der anderen Hälfte. Nein, nicht die Straße war schön, das war doch zu ungenau. Es war die Schönheit selbst, die in dieser entvölkerten Stunde unsichtbar und doch prunkend eine Prozession durch diese Straße hielt, auf hohem Thron sitzend und mit ihrem Zepter alles, worauf sie deutete, schwerer und wie von einem inneren Kreislauf durchblutet erscheinen ließ.

Ludwig sah die Münchener Straße auf einmal wie ein Maler. Ein Maler müßte diese Straße jetzt sehen, dachte er selber. Es war ein Irrtum, zu glauben, daß die schönen Städte die Maler zu den schönen Stadtbildern angeregt hatten. Welcher Maler konnte sich rühmen, etwas in Venedig entdeckt zu haben, was vorher unsichtbar war und das danach Gemeinbesitz in der Republik der Kunstbetrachter wurde? War nicht jede Vedute von Venedig im besten Fall ein hübsches Dokument, ein kleiner Stimmungszauber, der das große Stimmungswunder der Stadt, ihr unaufhörliches Gemenge aus Osten und Westen, Norden und Süden, Stein und Meer, Wasser und Glas, Mosaikgold und Backsteinrosa unterschlug? Die venezianischen Maler, die am ehesten die Mittel besessen hätten, Venedig zu malen, Tizian, Giorgione, Tintoretto und Veronese, hüteten sich sorgfältig davor, es auch nur zu versuchen. Aber was hatte ein Canaletto, ein Meister seines Fachs, aus Venedig gemacht? Was brachten die Lords, die seine Ansichten als Erinnerung an die Grand Tour kauften, prachtvoll gerahmt mit nach Hause? Venedig als entzückende Pappendeckel-Theaterdekoration, glasige Bildchen aus der Camera obscura. Etwas Kleinstädtisches, Harmloses lag über allem, entzauberndes achtzehntes Jahrhundert, das Wunder unterm Mikroskop, die Beschwörung der Schönheit als optisches Experiment. Canalettos Venediganansichten versuchten die Stadt zu narkotisieren, mit spitzen Nadeln festzustecken und in Schmetterlingskästen zu sperren. Ohne Reiz war das nicht, aber es war ein bescheidener Reiz, das durfte man bei aller Verehrung für dieses schmückende, heitere Werk doch wohl sagen. Und Canaletto war doch wahrhaftig ein guter Maler.

Was wäre hingegen dabei herausgekommen, wenn er sich etwa der vom Backofenwind leergewehten Münchener Straße an einem hochsommerlichen Spätnachmittag zugewandt hätte? Sein hartes Hellblau, das gleichförmig seine venezianischen Himmel bildet, hätte er behalten können, auch wenn es die Stimmung natürlich erfrischt und abgekühlt erscheinen ließ. Die Straßenbahnschienen wären, wie vom Goldschmied gearbeitet, in einer zarten Krümmung verlaufen, um das Auge nicht durch einen Strich mit dem Lineal zu ermüden. Die Seitenkuppel des Hauptbahnhofs wäre auch in der Ferne noch kostbar skulptiert herausgekommen, als ehrgeiziges prächtiges Bauwerk, dem der Rang einer Basilika inmitten von Hütten und Häuschen zukam. In der Schattenhälfte würde der schmutzige Buntsandstein in tiefem Ochsenblutrot leuchten, schön satte Lehmfarben zögen sich über die Fassaden. Den Krimskrams der Läden und Imbißstuben hätte er rigoros vereinfacht, der Vorspiegler des Detaillismus, dieser Mann des quid pro quo, der dem Betrachter seine perspektivischen Exzesse nur weismachte. Wie mit der Tuschefeder gezogen, würden die Straßenbahnoberleitungen in großzügigen Schwüngen den Himmel unterteilen und schon im lichten Blau die Teilung des Bildraums in Licht- und Schattenzone vorwegnehmen. Die Lichtreihe der Straße wäre von bleicherer Buntheit, die Fassaden von scharfen dunklen Schattenstrichen gegliedert. Und der Zauber, der auf den Venediganansichten fehlte, wäre in einer derart gemalten Münchener Straße in ganzer Fülle anwesend und würde eine unbezwingliche Neugier auf diese

Straße wecken und auf die Menschen, die sich in ihr bewegten, wenn die Türen sich erst öffneten. Plötzlich sähe jeder die abgetakelte elende Münchener Straße, am Reißbrett entworfen, ein von Anfang an totes, inzwischen noch dazu verkommenes Machwerk als großen Roman mit hundert Masken und Gesichtern.

Das Wunder Venedigs bestand in seiner Wirklichkeit. Diese Stadt war kein Traum, sondern hatte alle Katastrophen der europäischen Geschichte erlebt und überlebt und hatte sich in dieser Verankerung im Realen zu ihrer Vollkommenheit entwickelt. Wer Venedig zeigen wollte, mußte diesen Punkt treffen. Er mußte ausdrücken, was jede einzelne vom grünen Kanalwasser ausgewaschene Steinstufe sagte.

Für eine deutsche Großstadtstraße, die aus Spekulantenbauten der Kaiserzeit und der Barackenarchitektur der Nachkriegszeit bestand, galt genau das Gegenteil. Wer sie als unwirklich, als unter einem bösen Zauber stehend, als phantastische Erfindung malte, als Canalettosche Theaterwelt, als Projektionsspuk und Traumszenerie, dem würde etwas Heilsames und Befreiendes gelingen. Er würde die Formel aussprechen, unter der ein reizbarer Mensch solche Umgebungen anschauen könnte, ohne zu leiden. Vielleicht war der erste Schritt, den Bann der Häßlichkeit Frankfurts zu brechen, daß man sie malte. Vielleicht mußte man ein Programm ins Leben rufen, die schlimmsten Stellen der Nachkriegsstadt, die Kaufhausschlucht der Zeil, die Schuhkartons der Berliner Straße, die Autobahn der Kurt-Schumacher-Straße, die ganze Stadtteile niedergewalzt hatte, systematisch malen zu lassen, um sie in den Raum des Humanen zu rücken. Canaletto kam für eine Teilnahme an dieser reinigenden Anstrengung leider nicht mehr in Frage, aber er war ein Vorbild in der Methode gefälliger Verfremdung unter dem Vorwand akribischer Beobachtung.

Ludwig ging sehr langsam, denn er wollte nicht in Schweiß geraten, er verließ die Münchener Straße, ging lange an den ausgetrockneten Rasenflächen der Anlagen entlang, in denen es dennoch etwas kühler zu sein schien, vorbei an den zeitlos dort lagernden Rauschgiftsüchtigen, die wenig sprachen und die Menschen, die nicht zu ihnen gehörten, nicht wahrnahmen, über den Opernplatz, in dessen Springbrunnen Plastikflaschen schwammen, in die schmaleren Straßen, die Wohnquartiere, in deren Nähe auch die eigene Wohnung lag.

Ein Ausnahmetag. Seit langem war es das erstemal, daß er sich nicht zielbewußt und in Eile bewegte. Schuld daran war Bella, denn sie war aus dem Büro verschwunden.

»Ich bin wie ein Schuljunge, der glaubt nicht lernen zu müssen, weil die Lehrerin nicht kommt«, dachte Ludwig.

Die Straßen, denen er folgte, lagen stets im Schatten. Wenn kein Schatten da war, änderte er seine Wegrichtung, auch wenn das einen Umweg bedeutete. Jede dieser Straßen hatte für ihn seit langem einen besonderen Charakter. In diesem Haus hier hatte ein Mitschüler gewohnt, der aus einer besonders katholischen Familie kam. Über seinem Bett hing eine Photographie des inbrünstig betenden Präsidenten Kennedy; deshalb war dies die »katholische Straße«. Danach kam eine Straße, in der Pressler einmal in einer Mansarde einen wollüstigen Nachmittag mit einem Mädchen verbracht hatte, und Ludwig konnte sich nie von der Vorstellung befreien, daß die Stille dieser Straße mit fremder, unsichtbarer Lust geschwängert sei. Um die Ecke hatte einst ein alter Kapitän aus dem Erzgebirge gewohnt. Dieser Mann stellte in jedem Advent seine Sammlung von gedrechselten Weihnachtsengeln, Engelorchestern und Weihnachtspyramiden auf, bis es in der ganzen Wohnung keinen Fleck ohne kugelige lackierte Engel oder Bergleute gab – das war die »Weihnachtsstraße«, die im Sommer besonders öd und leblos wirkte, weil sie sich eben im Wartestand befand. Äußerlich unterschieden sich die Straßen kaum. Die Kriegslücken waren alle zur selben Zeit geschlossen worden.

Jetzt war er bald zu Hause.

Ludwig ging gern an einer Loggia mit vier dicken Muschelkalksäulen vorbei. Am Tor stand der Name des Rechtsanwaltes aus dem Palmengarten. Ja, dieses Haus machte ihm Eindruck, es war kein Wunder, daß es in seine Träume geriet. Aber gleich daneben stand ein Haus ohne die geringsten Merkmale, ein weißes, glattes, nichtssagendes Gebäude mit Büros. Von diesem Haus hatte er nicht geträumt, er hatte es auch noch nie bewußt angeschaut. In der Einfahrt parkte ein Lieferwagen, drinnen wurde renoviert, aber die Handwerker waren gegangen, und das Haus war verschlossen. Was bewog ihn, die Einfahrt zu betreten? Was zog ihn an dem Haus vorbei in den Garten, auf die Terrasse, die einige Stufen höher war als die Rasenfläche?

Dort stand Ludwig jetzt, hinter ihm waren die Rolläden heruntergelassen. Vor ihm breitete sich ein Nebeneinander abgezäunter Gartenparzellen aus, mit Kunststeinurnen, Solnhofener Plattenwegen und kleinen türkisblau gestrichenen Bassins, das auf der anderen Seite durch die rückwärtigen Fassaden der Parallelstraße begrenzt wurde. Das Haus genau gegenüber hatte zwei Stockwerke. Ein Teil der Fassade wich tief zurück, und so entstand mit der Brandmauer des Nachbarhauses eine Art offener Schacht. Ludwig erkannte plötzlich, daß die Gestalt, die im ersten Stock im Bademantel und mit Zigarette am Fenster erschien, Frau Zimmermann war. Und da war auch das Souterrainfenster. Das rote Batiktuch war in einem Knoten zusammengefaßt und sah aus wie ein großer Schinken in einer Metzgerei.

»Es ist jemand dagewesen«, dachte Ludwig. Jemand hatte das Tuch zusammengeknotet. Das war eine tiefe Einsicht.

Es war ein friedlicher Abend. Ohne kühler zu werden, verschönte sich das Licht. Die Gegenstände tauchten aus der Farblosigkeit auf. Die vielen pedantischen Gärten mit ihren Wegen und Bänken schienen auf einmal auf komplizierte Weise zusammenzugehören, als bildeten sie ein Spielbrett, auf dem man sich nach Würfeln bewegt. Jetzt fingen die Glocken zu läuten an. In der Nähe gab es ein Diakonissenhaus mit einer Kapelle, zu der sich die Schwestern in schwarzen Pelerinen und steifgestärkten Hauben in geordnetem Zug begaben. Niemals waren ihm Häuser, Mauern, Fenster so wenig tot und stumm erschienen. Alles sprach auf ihn ein. Besonders beredt war das Lopezsche schwarze Fenster mit dem Batik-Schinken. Die Gegenstände, das fühlte er, enthielten den präzisen Abdruck all dessen, was mit ihm und um ihn herum geschah, und sie sparten mit diesem Wissen auch nicht, sondern offenbarten sich jedem, der ihre Sprache verstand. Er atmete tief ein und staunte, wie allein er war.

Der Himmel blieb lange hell, aber auf der Erde wurde es dunkel, denn die Sonne war verschwunden. In den hohen Zimmern einer gründerzeitlichen Wohnung drang das mildleuchtende Hellblau überall durch die Fenster, während die Menschen drinnen nur noch Umrisse waren.

»Es stört Sie hoffentlich nicht, daß ich kein Licht mache«, sagte der alte Mann. Er wolle endlich die Fenster offen haben, damit vielleicht ein Zug entstehe, fürchte aber die Mücken. Die Mücken waren in diesem Jahr eine Plage. Ein Winter mit nur wenigen Tagen leichtem Frost vermochte die Brut nicht zu treffen. Man hätte in diesem Sommer in Frankfurt am besten unter einem Moskitonetz geschlafen.

»Es ist das Geschmeiß des Sumpfgebietes«, sagte der alte Mann, dessen runder kahler Kopf, vom hochgestellten Kragen eines Frottéemantels umgeben, gegen das matt hereinsickernde Licht wie ein großes Ei in einem Eierbecher aussah. »Ganz Frankfurt ist Sumpfgebiet. Tausend Wasseradern, stinkender Flußschlamm, Sumpfmatsch sind der Untergrund dieser Stadt. Diese Gebiete sind gar nicht zur Besiedlung bestimmt, nur woanders nicht geduldetes Geschmeiß, Parias, siedelten sich zwischen den Binsen an. Diese rheinisch-mainische Tiefebene ist bis vor kurzem – die Prähistorie ist ja nur durch ein paar Generationen von uns getrennt – ein einziger Suppentopf aus stehenden und träge bewegten Gewässern gewesen. Zecken, Schnaken, fauliges Holz, ins Bodenlose saugender Schlamm, das war Frankfurt vor zweitausend Jahren.«

Seitdem Ludwig diesem alten Bekannten seiner Eltern zuhörte – die Eltern waren so altmodisch, mit dem Begriff »Freund« behutsam umzugehen –, war ihm auch dessen Angewohnheit vertraut, Artikel oder Essays, an denen er gerade arbeitete, im Gespräch vorzuformulieren. Bestimmte Thesen hörte man wortwörtlich so lange, bis der Aufsatz fertig war, den sie zu schmücken bestimmt waren, danach verschwanden sie aus dem Repertoire. Der Aufsatz wurde im Radio gelesen, in einer früher legendären, jetzt schon weniger erfolgreichen Sendereihe. Ludwig hatte diese Sendungen als Kind fast immer im Auto auf der Heimfahrt von sonntäglichen Ausflügen nach Franken oder an den Rhein gehört. Es war dunkel, für ein müdes Kind sehr spät, und dennoch wachte er kurz auf, wenn der helle Gongschlag ertönte, eine Musik folgte, die wie das aufgeregte Rattern vieler Schreibmaschinen und Fernschreiber klang, das mechanische Echo bedrohlicher Nachrichten von Krieg und Untergang, und in eine plötzliche Stille hinein eine gebildete Stimme in eitler Gestochenheit sagte: »Vom Geist der Zeit«.

Nach einer beklemmenden Atempause fuhr die intellektuell nadelspitz formulierende Stimme fort: »Es spricht

Ernst Walter Koschatzki.« Die Betonung lag auf Ernst, so daß es klang wie »Stammhalter« oder »Sachwalter«. Der Angekündigte war, so verstand Ludwig, der Walter und Verwalter allen denkbaren Ernstes, und die Eltern duldeten kein Dazwischenreden mehr, weil sie Herrn Koschatzki anderntags anrufen wollten, um ihm zu seinem Vortrag zu gratulieren. Es war aber nicht nur der Ernst, der da verwaltet wurde, sondern auch die Melancholie, die Skepsis. Herr Koschatzki hatte ein schöne sonore Stimme, die weich und tief, samtig und dann plötzlich auch hell und knabenhaft klingen konnte, vor allem, wenn er ein unendlich trauriges »Ach« ausrief, was in jedem Essay mindestens einmal vorkam, ein »Ach«, das sagte: Gewiß, ich habe Ihnen das alles nun wunderbar erklärt, allein, was hilft uns diese Erkenntnis? Wäre es nicht besser, wir wären weniger intelligent und wüßten dafür nicht um die Trostlosigkeit unseres Loses?

Man war sich einig, man mußte Koschatzki hören, obwohl viele ihn auch lasen. Aber die bekamen ohne diese einschmeichelnde, skepsisumflorte Stimme eben nicht mit, daß die Punkte und Semikola hinter seinen Sätzen niemals als Unterbrechungen gedacht waren. War er denn wirklich fertig, der Satz? Sind wir, die wir ihn hören, jemals fertig? Nein, und deshalb ließ Koschatzki jeden Satz offen wie eine angedeutete Frage verklingen, er machte nur eine kurze Pause und schloß den nächsten Satz dann in derselben Tonhöhe an. Beim Rundfunk sprach man vom »Koschatzki-Ton« als einem Markenzeichen. Wie Sänger im Lauf ihrer Karriere mehrmals die »Winterreise« oder die »Dichterliebe« aufnehmen, wurden auch Koschatzki-Essays durchaus mehrmals neu aufgenommen, so gewichtig war die Dichterstimme für die Wirkung des Ganzen.

Ihn beim Lesen zu sehen, rundete den Eindruck vollends ab. Das sprechende Haupt war sinnend in die linke Hand gestützt, das Gegenteil einer Rhetorikergeste, während die rechte Hand flach ausgestreckt, mit der Zigarette zwischen Zeige- und Mittelfinger, über der Stirn schwebte, um den Rauch nicht in die Augen geraten zu lassen. Die Zuhörer meinten geradezu, er habe sie vergessen, obwohl seine Stimme volltönend bis in die letzte Reihe drang, und ein staunender, ängstlich-liebeheischender Blick ins Publikum dann schließlich den Gedankengleitflug abschloß.

Koschatzki erfuhr für diese Leistungen die höchste Anerkennung. Er sei der Polgar, der Tucholsky Nachkriegsdeutschlands. Die beiden hatten nach seiner Überzeugung nicht viel mit ihm zu tun, bezeichneten aber wenigstens den Rang, den er beanspruchte, unumstritten im übrigen. So waren es denn auch nicht Angriffe des Feuilletons oder ein Wechsel der Mode oder der politischen Stimmung, die ihn allmählich aus dem Mittelpunkt rückten. Man nahm nur einfach nicht mehr zur Kenntnis, was er machte. Deshalb entging den Propagatoren, den Vermittlern und Verbreitern, daß er seit einer Weile schon überhaupt nichts mehr tat. Mit der Frage: »Haben Sie das neue Buch von Koschatzki gelesen?« hätte man einen Rundfunkredakteur oder Literaturkritiker in Verlegenheit setzen können, denn ausgeschlossen war es nicht, daß, wie früher, in jedem Frühjahr und Herbst, eine neue Sammlung von Koschatzkis Feuilletons erschien.

Deshalb irrte Ludwig, als er glaubte, Koschatzki zitiere aus einem entstehenden Artikel. Eine solche Arbeit gab es nicht. Koschatzki dachte und sprach neuerdings zweckfrei. Er prüfte seine Gedanken nicht mehr auf ihre Verwendbarkeit, ihre Dissonanz, ihre Konformität. Auf seinem Schreibtisch stand zwar die elektrische Scheibmaschine mit eingespanntem Bogen. Sie störte ihn nicht, denn er mußte sich, um Überweisungen auszufüllen, nicht an den Schreibtisch setzen. Es gab da auch einen kleinen Eßtisch, der zur Hälfte immer noch mit eingeschweißten Rezensionsexemplaren bedeckt war, die er zweimal im Jahr, ohne sie eines Blickes gewürdigt zu haben, von einem Antiquar abholen ließ. Dorthin stellte er seinen Suppenteller mit der aufgewärmten Tomatensuppe, und dort erledigte er auch das notwendige Schriftliche.

Ernst Walter Koschatzki gehörte zu Ludwigs Gläubigern. Er hatte sich die gesamte Geschäftsgründung, die Produkte, mit denen gehandelt wurde, die Partner in Pakistan und Ludwigs Pläne für seinen Handel ausführlich erklären lassen und ihn dabei unergründlich und, wie es Ludwig schien, heimlich amüsiert angesehen. Wollte er das wirklich alles so genau wissen, oder suchte er in seiner Einsamkeit einfach ein wenig Unterhaltung? Er ließ ihn zappeln, wiegte das Haupt und schien sich über vieles zu wundern, tat auch, als sehe er die Dringlichkeit nicht recht ein – »Und Sie brauchen gleich am Anfang so viel Geld? Sie wollen doch etwas verdienen, wenn ich Sie recht verstehe, lohnt es denn da, mit so vielen Schulden anzufangen?« –, aber das waren keine abwehrenden Fragen, sondern sanft-träumerische, die Ludwig dennoch erheblich beunruhigten, und das sollten sie auch.

Erst als er Twillebeeckx' Namen hörte, horchte er auf und sagte bewundernd: »Was, die alte Hyäne ist auch beteiligt? Dieses Krokodil, dieser Aasfresser?« Ein erfahrener Geschäftsmann müsse aber so sein. Er gratuliere zu der Verbindung. »Betrügen wird er Sie nicht, das hat er nicht nötig, aber Sie werden etwas leisten müssen.«

Twillebeeckx gehörte zu den wenigen Geschäftsleuten, die er kannte. Alles, was er vom Kommerz wußte oder zu wissen glaubte, wollte er in diesem Mann wiederfinden. Das war seine Methode. Im Unbekannten fand er sich mit Hilfe einiger Erfahrungssplitter für die Dauer eines Vortrags gut zurecht. Er nannte das »extrapolieren«. Er extrapolierte, was ihm fehlte, anhand seiner Vorurteile, und sein

Publikum lohnte es ihm, denn es teilte diese Vorurteile und war dankbar, sie am grünen Holz bestätigt zu finden. Twillebeeckx bekleidete einige Zeit das Ehrenamt eines Handelsrichters, trug dunkle Nadelstreifenanzüge und eine Schildpattbrille, saß in seinem Dienstwagen rechts hinten, wo eine Leselampe ihm leuchtete, und wohnte im Taunus, war also das Modell des Geschäftsmannes schlechthin.

Ludwig mußte einen Schuldschein ausstellen – »Sie wissen hoffentlich, wie man das macht, zu irgend etwas muß Ihr Studium ja gut gewesen sein« – und zwar im Notizbuch, denn der einzelne Zettel gehe unweigerlich verloren. Koschatzki zeigte auf einen Stoß Briefe, der schon seit einem dreiviertel Jahr von seinem Geburtstag her unbeantwortet daliege. Statt den wegzuwerfen, habe die Putzfrau neulich einen Honorarscheck in den Papierkorb geraten lassen.

Als Ludwig auf Bellas Zettel die Nachricht gefunden hatte, Koschatzki bitte um seinen Anruf, war er überzeugt, daß es um die bewußten zweitausend Mark ging, die er ihm gegenwärtig auf keinen Fall zurückzahlen wollte. Man bemerke das Detail. Er wollte nicht, denn gekonnt hätte er inzwischen durchaus. Hütte hatte er aus Eitelkeit ausbezahlt, zu dessen nicht geringer Verblüffung, ja Verstimmung. Aber die anderen mußten sich gedulden. Koschatzki würde er um ein Moratorium bitten. Das war ein wundervoll offizielles Wort, die halbe Bezahlung war darin enthalten.

»Ich lebe zur Zeit auf einer Kreditbasis«, wollte er sagen. Damit zitierte er den Bankfilialleiter. Fühlte man da nicht geradezu einen marmornen Sockel, schön behauen und tonnenschwer unter den Füßen?

Es dauerte lange, bis geöffnet wurde, obwohl Ludwig sich aus einem Telephonhäuschen in der Nähe angekündigt hatte. Wie häufig tat Koschatzki, als sei er von dem Anruf überrascht, geradezu irritiert. Gewiß, bei der komischen

Firma habe er angerufen, aber sein Telephonfräulein sei eine schnippische Geheimnistuerin, die nicht herausrückte, ob ihr Chef im Schuldgefängnis oder auf der Flucht sei. So so, da rufe er also an.

Er war im Bademantel, als er öffnete. Koschatzki war hochgewachsen und fett, das ließ ihn jünger und gesünder erscheinen, als er war. Goethehaft umstand weißes Haar den großen Kopf, die runden Augen wurden von Brillengläsern vergrößert, was dem Gesicht etwas Kindliches gab. Zwischen den dicken Lippen hing eine Zigarre, die er nicht aus dem Mund nahm, als er Ludwig mit der schwarzbehaarten Hand nachdrücklich die Hand schüttelte.

»Da kommt er also, der arme Sünder«, schien diese Begrüßung zu sagen. »Na, wollen wir mal sehen, was sich machen läßt.«

In dem halbdunklen Wohnzimmer saßen sie sich auf Polstermöbeln gegenüber, deren Weichheit und Samtigkeit winterlich wirkte; bei ihrem Anblick wurde es gleich noch etwas heißer. Koschatzki trank um diese Stunde Bourbon Whisky, eine Gewohnheit aus den fünfziger Jahren, als viele deutsche Literaten dem siegreichen Soldaten Hemingway nicht nur die Schreibgewohnheiten absahen. Der Bourbon schmeckte nach Vanillepuddingpulver in Brennspiritus. Koschatzki hatte offenbar schon einige Gläser getrunken. Seine Hände waren mit dem Gürtel des Morgenrocks beschäftigt, den er beständig neu zuband, weil sich der Knoten immer wieder löste. Hatte er mit dem vergeblichen Knotenschürzen den ganzen Tag zugebracht?

»Sie mochten aber Frankfurt doch eigentlich.« Das war kein Widerspruch, nur eine vorsichtige Ermutigung, im Monolog fortzufahren. Koschatzki schien auf diesen Einwand gewartet zu haben. Seine Frankfurt-Essays seien tatsächlich sein bester Einfall gewesen. Die hiesige Kleinstadtbevölkerung, überhaupt die ganze Bundesrepublik habe diese Lossprechung von der Schuld einer widerwärtigen Stadtvernichtung, für die Frankfurt nur ein Beispiel sei, geradezu auf Knien entgegengenommen. Daß es einen Literaten gab, der an der mittelmäßigen Verkorkstheit Frankfurts noch ein rühmenswertes Haar fand, sei als Erlösung empfunden worden. Die Frankfurter hätten sich verklärt in die Augen geblickt: sie bewohnten also gar nicht die graueste, verkommenste Stadt des deutschen Westens, nein, vielmehr – und das sei ein geistiger Feuerstein gewesen, aus dem lange Jahre Funken flogen – eine »ehrliche Stadt«. Frankfurt, die ehrliche Stadt.

Als ob es so etwas überhaupt gebe. Städte könnten ebensowenig ehrlich sein wie Blumentöpfe oder Salatschüsseln. Das sei ja das Entsetzliche: Häuser könnten nicht lügen. Was sie seien, das zeigten sie auch. Wer aber nichts verbergen könne, der habe sich mit seiner Ehrlichkeit nicht noch zu brüsten wie ein geständiger Muttermörder, der dem Gericht zu bedenken gibt, er sei immerhin ehrlich. Und gerade diese Unverschämtheit, das Mißglückte, Halbherzige, Heruntergekommene »ehrlich« zu nennen, sei sein großer Coup gewesen. Er habe vieles geschrieben und gesprochen in vierzig Jahren, nichts ohne große Resonanz, aber nichts habe so eingeschlagen wie die Erfindung der Ehrlichkeit Frankfurts. Daran sei vor allem abzulesen, wie verzweifelt die Leute seien, wie süchtig nach Salvatorischen Klauseln – war das der richtige juristische Ausdruck? Ludwig könne ja mal aus seinem Schatzkästlein aufwarten.

Was war um Himmels willen noch gleich eine Salvatorische Klausel? Statt einer Antwort setzte Ludwig ein unbestimmtes Lächeln auf, wissend und kokett.

Das genügte tatsächlich. Koschatzki hatte ihn nur ärgern wollen. Er setzte alles daran, um seinen Freunden so unangenehm wie möglich zu erscheinen. Koschatzki verlieh Geld, ohne Rücksicht darauf, ob er sich das leisten konnte, er war treu und hing Leuten an, die ihm keinen Nutzen brachten und im Gegenteil sogar eine Last waren, aber er konnte diese Opfer nicht bringen, ohne von dem Begünstigten einen Tribut an Selbstverleugnung zu verlangen, und seine Taktlosigkeit berührte oft genug die Grenze der Feindseligkeit. Eine weißhaarige Dame etwa hatte seine feinsinnige Klage noch im Ohr, die aus dem Singsang seines Vortrags wie eine wehmütige Flötenmelodie herübergeweht kam, als sie sich nach einer Lesung mit Enthusiasmus dem Tisch näherte, an dem er Bücher signierte. Er beschied sie grob, sie als Hausfrau verstehe nicht genug von Literatur, um sich ein Lob seines Textes erlauben zu dürfen.

»Was war denn das für eine Frau?« fragte er später den verlegenen Veranstalter und fügte hinzu, er habe oft festgestellt, daß hauptsächlich Geisteskranke von Lesungen angezogen seien. Er habe das auch heute abend bemerkt: die Ausstrahlung der vielen Psychotiker im Saal.

»Ich bin ein alter ehrlicher Preuße«, sagte er dann, »wir Berliner können kein Süßholz raspeln. Wir sind Realisten. Die hiesige Bevölkerung hat dieses Unsachliche, Proportionslose des Kleinstädters, häßliche, kurzbeinige Kleinstädter mit einem Dorfdeppendialekt – dagegen das Berlinische mit diesem schnellen Witz, beißend, französisch-jüdisch …«

Es gab nur einen Menschen, vor dem Ludwig ihn jemals zahm gesehen hatte, eine Frau seiner Generation, mit der ihn eine Zankfreundschaft verband.

»Hier lesen Sie.« Er gab Ludwig einen Brief dieser Frau, auf der Schreibmaschine mit vielen Fehlern getippt und mit großer, zittriger Damenhandschrift unterschrieben. Koschatzki kannte keine Geheimnisse, er ließ jedermann an seiner Korrespondenz teilhaben und schaltete, wenn er einen Anruf bekam, sofort den Lautsprecher ein, damit der Besucher nur alles mitbekam, selbstverständlich ohne dem Anrufer davon etwas zu sagen.

»Ich lebe hier in meinem zu früh bestellten Sarg«, schrieb die Dame. Die Idiotin sei in ein Altersheim gezogen, habe alles verkauft und verschenkt und heule jetzt herum, anstatt das einzig Wahre zu tun, erklärte Koschatzki die Zusammenhänge.

»Mein Herz ist wie eine Köchin, die gekündigt hat, aber nicht sagt, wann sie geht, und bis dahin schlampiges Zeug kocht«, fuhr die Schreiberin fort.

Da habe man sie wieder ganz, ein Jammern mit witzigen Formulierungen, selbst im Rollstuhl immer noch darauf bedacht, die Salondame zu spielen. Schon ihr Künstlername habe diesen Zug ins Vornehme – Elise Lessenthin. Er habe ihr immer gesagt: »Du brauchst keinen Künstlernamen, denn man vergißt dich ohnehin sofort wieder.«

Warum mußte sie warten, bis sich der letzte Liebhaber verabschiedete und der Lebensmißerfolg erwiesen war, der sich im übrigen schon lange abzeichnete? Koschatzki hatte seine Pflicht erfüllt, um seiner Freundin die Augen zu öffnen. »Du hast keine Stimme, du hast keine Allüre, du hast keinen Charme«, hatte er ihr oft genug brüderlich-väterlich nach Premieren anvertraut. Auf einem Spaziergang am Wannsee – er war damals weit weniger fett und auch noch nicht kahl – lenkte er ihre Schritte zu der Stelle, an der Heinrich von Kleist sich und Henriette Vogel getötet hatte. Schweigend standen sie vor dem kleinen Kreuz.

»Das wäre doch was«, sagte er schließlich.

Elise Lessenthin war damals wohl ein wenig in ihn verliebt und sah den Vorschlag vor allem als Liebeserklärung, apart, wie sie sich für Künstlernaturen gehörte. Heinrich von Kleist und Henriette Vogel hatten als Identifikationsfiguren Romeo und Julia im Zeitgeschmack längst abgelöst. Das Eros-Thanatos-Parfum war hier neuzeitlicher. Und was das Spiel mit dem Gedanken eines gemeinsamen Selbstmords reizvoll machte, war, daß jedenfalls

Koschatzki den Tod nicht als letzten Ausweg des Versagers suchte. Koschatzki hatte großen Erfolg und war überall präsent.

Dabei widerstand er der Versuchung der Weltläufigkeit. Er war der intellektuelle Boche, der zu kurz gekommene, eingeschüchterte, anmutlose Deutsche, der zwar nicht mehr im Lodenmantel wie der Simplicissimustourist durch Taormina trampelte, dafür aber im zitronengelben Nylonhemd durch die Blaue Grotte fuhr. Der Koschatzki-Boche krakeelte nicht, er schrie nicht nach Rippchen in Rimini, er belehrte die Ausländer nicht und seine Leser schon gar nicht, denn danach war ihm nicht zumute. Da lagen die Herrlichkeiten der Erde zu erschwinglichen Preisen ausgebreitet, Paris, Kalifornien und Tokio, aber der Koschatzki-Boche kletterte mit steifen Beinen aus dem klimatisierten Omnibus und sah alles mit traurigen Augen an.

»Jetzt stehe ich hier am Ganges bei einer Witwenverbrennung, und es riecht wie bei einer Grillparty im Grunewald«, das war die Grundstimmung seines Welterlebens, ein Schulterzucken. Und in dem Schulterzucken, in dem freundlich melancholischen: »Schön habt ihr's hier« beim Anblick des Comer Sees bei Menaggio bekam der kleine Mann auf einmal Größe. Er wuchs zu einer Instanz, vor der alles bestehen mußte und oft nicht bestand. Aus dieser Enttäuschung hatte Koschatzki seinen Triumph gemacht.

Elise Lessenthin und Koschatzki küßten sich am Wannsee. Koschatzki neigte sich tief zu ihr hinunter, während die Sonne unterging und die Möwen, die verstädterten Ostseevagabunden, kreischten. Das war der Todesbund.

»Ich möchte immer noch eines wissen«, sagte Elise Lessenthin Jahrzehnte später in größerem Kreis, als sei Koschatzki gar nicht im Zimmer, »ob mein Leben danach wirklich auch nur drei Tage lang in Gefahr war. Ich möchte gern wissen, ob es ihm überhaupt eine einzige Minute ernst gewesen ist mit seinem Pakt, diesem knabenhaften Unsinn. Aber das ist nicht herauszubekommen.«

Aber nicht nur gegenüber seiner alten Freundin gelang es Koschatzki nicht, seinen Todesfimmel zu beherrschen. Nicht alle alten Leute nahmen es mit gleichgültigem Humor auf, wenn Koschatzki unbedingt wissen wollte, was sie bei ihrem offensichtlichen Verfall eigentlich davon abhalte, Hand an sich zu legen. Koschatzki roch den Tod, wo er seiner Umgebung nahe kam. Der Tod war sein Laster. Wenn jemand schwer erkrankte, war das für Koschatzki der Beweis, daß hier ein Todeslaster nun endlich die Herrschaft gewonnen hatte. Das Sterben war für ihn die Bestätigung einer lange unterdrückten, schließlich in hemmungsloser Lust genossenen Perversion. Die Hoffnung Unheilbarer auf ein Wunder, ihre Neigung, einen Tag ohne Leiden als Zeichen der Besserung zu deuten, war für ihn mit der Lügerei der Alkoholiker vergleichbar, die auch nach einer Flasche Cognac versichern, so gut wie nichts getrunken zu haben. Dann saugte er genießerisch an seiner Zigarre und ließ seine Augen in glücklichem Mitleid schimmern: ja, er wußte genau, was da vorging, viel besser als die Beteiligten, die sich von ihrer jahrzehntelang unterdrückten Todessehnsucht hatten überwältigen lassen. Er war vorbereitet, und zwar seit langem, ein täglich Sterbender, täglich der Sogkraft des Nichtmehrseins ausgesetzt und ihr auch längst verfallen, und deshalb wahrscheinlich auch so langlebig. Das Schnaufen auf der Treppe, der wacklige Kreislauf bei plötzlichem Aufstehen aus dem Sessel, das waren bei ihm keine Todesboten, sondern Regungen eines unermüdlichen Organismus, der von sich aus nicht ans Aufgeben dachte.

»Meine Physis ist in der Sinnlosigkeit der Lebensreproduktion fest verankert«, sagte er verächtlich, wenn er nach seinem Befinden gefragt wurde.

Dagegen steckte Ludwigs Vater voll so verschiedener Leben, daß er täglich neue Tode sterben mußte. Sein Tod war wie eine große Pyramide, zu der er selbst die Quader heranzuschleppen hatte. Jeder einzelne ein Abschied bei vollem Bewußtsein. Zuerst hatte er das Rauchen aufgegeben, die kleine Gier nach der Zigarette, die er in den ersten Zügen vollkommen genoß, der er aber auch treu blieb, wenn sie begann, bitter zu schmecken, eine Kriegshinterlassenschaft, weil auch die Kippen noch kostbar waren. Den Verzicht auf den Tabak empfand er als großes Opfer, und das war es auch, im rituellen Sinn des Wortes, denn eine praktische Bedeutung für seine Gesundheit lag schon lange nicht mehr darin. Dann kam der Abschied von den Lieblingsspeisen, schweren Gerichten, die auch den gesunden städtischen Magen belasten: Bohnen mit Speck, Linsensuppe mit getrockneten salzigen Würsten, Gänsebraten und Goulasch mit Zwiebeln. Es folgte der Abschied von den leichten Gerichten, den Kalbsschnitzeln, Hühnerbrüstchen, Fischen in weißer Sauce, neuen Kartoffeln. Der Körper konnte nun auch mit diesen kleinen Lasten nicht mehr fertig werden. Als letztes hatte der Wein seine Mahlzeiten mit denen der Gesunden verbunden, solange er ein Glas Wein zu seiner milden Suppe trank, fühlte er sich noch als vollgültiges Mitglied in der Versammlung der Lebenden. Den Abschied vom Wein empfand er als besonders einschneidend. Eine Weile war er verschlossen und hing traurigen Gedanken nach. Daß das Spazierengehen zur Unmöglichkeit wurde, war weniger bitter. Hier wurde keine bewußte Askese gefordert, es waren die Kräfte, die versagten. Als er nach seinem letzten, schleichenden Weg durch den kleinen Park wieder in seinem Bett lag, war das Gefühl des Liegens mit einer solchen Entlastung verbunden, daß er es fast als Glück erlebte.

»Ich dachte, daß ich die Kastanienblüte noch sehe«, das waren Worte, die Ludwig einen Stich versetzten, ihn selbst aber gelassen bleiben ließen. Etwas anders bekümmerte ihn mehr. Auf seinem Nachttisch lag eine kleine Anthologie lateinischer Lyrik, in der er gern blätterte.

»Ich glaube, ich kann nicht mehr darin lesen«, sagte er eines Tages leise zu Ludwig, »ich verstehe auf einmal nicht mehr, was dort steht.«

Welch eine Arbeit das Sterben war. Die Ergebenheit, die Haltung hatte er aufgebracht und seiner Umgebung damit ein bewunderungswürdiges Bild geboten. Jetzt kam das nächste Kapitel an die Reihe, das Aufflackern der Hoffnung, das unruhevolle Erproben neuer Medikamente, der besorgte Blick auf den Arzt, der die Krankenakte mit verschlossener Miene las, nichts mehr dazu zu sagen wußte und dennoch einen belebenden Vorschlag machen sollte. Alle Selbstüberwindungen, aber auch alle Selbsttäuschungen, die ganze Tapferkeit und die ganze Furcht eines Lebens sammelten sich noch einmal in verstärkter Form während der Sterbezeit, die so zu einem Zerrspiegel des Lebens wurde.

Ludwig war dankbar, daß Koschatzki nichts über den Zustand des Vaters wissen wollte. Es kam ihm geradezu sakrilegisch vor, die Leiden des Vaters vor diesem lebenden Toten auszubreiten.

Koschatzki war eigentümlich aufgekratzt, nervös mit seinem Gürtel beschäftigt. Die große krallenhafte Hand zitterte, als sie die dicke Whiskyflasche um den Bauch faßte. Er verschüttete ziemlich viel beim Eingießen. Der Whiskysee auf dem Palisandertisch fing etwas von dem Abendlicht auf und schimmerte silbern.

»Wie war es?« fragte Koschatzki.

Ja, wie war es? Ludwig fiel jetzt ein, wovon der alte Mann sprechen mochte. Er hatte, als er das Geld lieh, von seinen hohen Reisekosten gesprochen. Aber da ging es nur um Reisen in Deutschland. Mr. Khan hatte zwar einmal erwogen, Ludwig nach Pakistan kommen zu lassen, aber in der näheren Zukunft hielt er das wohl für überflüssig. Ludwig sollte die Hemden in Nürnberg und Stuttgart und nicht in Karachi verkaufen. Also hinein in das Reich der Imagination! Das mußte ein armseliger Wicht sein, der nicht wußte, wie Mr. Khan lebte, wenn er einmal mit ihm zu Abend gegessen hatte.

Was man sich als Deutscher, als West- und Mitteleuropäer erst einmal gründlich abgewöhnen müsse in einem solchen Land, seien die hierzulande gepredigten Anschauungen zur Kinderarbeit. Kinderarbeit rangiere in der westlichen Öffentlichkeit sofort hinter Kinderschändung. Durch frühzeitige Dickenslektüre werde der Westeuropäer schon in den Jugendjahren in der Überzeugung bestätigt, Kinderarbeit als die abscheulichste aller gesellschaftlichen Verirrungen anzusehen. Niemals vergesse man den flaschenspülenden David Copperfield, der eigentlich doch dazu berufen war, in einem efeuumwachsenen Landhaus am Kaminfeuer in kindlichem Behagen ein erschütterndes Dickens-Werk über mißhandelte Kinder zu lesen. Es gebe bei der Kinderarbeit in Pakistan gar nichts zu beschönigen. Es sei dort genauso wie im Manchester des Charles Dickens oder des Friedrich Engels. Ludwig fand es jetzt an der Zeit, Koschatzki ein Bild zu liefern.

»Stellen Sie sich eine Fabrikhalle vor, aus Wellblech, groß wie ein Hangar, mit Rost bedeckt, die Fensterscheiben zersprungen, auf ausgetrocknetem, weißerodiertem Boden, der von Sprüngen durchzogen ist wie eine vielfältig zerbrochene Fayenceplatte. In der Halle ein dumpfes, mächtiges Rasseln und Stampfen, eine gefangene Kraft, von der man glaubt, sie werde die Blechhalle auseinanderreißen. Kaum ein Mensch draußen, ein Bettler ohne Beine mit orangefarbenem Turban, eine schwarzbraune Frau, die einen verhungernden Esel hinter sich herzerrt. Und nun Eintritt in die

Halle. Man steht in undurchdringlichem gelbem Nebel wie in einer fetten Schwefelwolke. Man schnappt nach Luft, eine brennende Trockenheit fährt einem in den Hals wie ein Löschpapier, das jedes Tröpfchen Körperflüssigkeit sofort absaugt. Das Rasseln ist jetzt ein Dröhnen. Ich habe nach meinem Begleiter getastet, ich habe nach ihm geschrien, es war umsonst. Ich war blind, taub und stumm, alles auf einmal. Dabei war es nicht dunkel. Der gelbe Nebel leuchtete. Dazu die Hitze, über fünfzig Grad Celsius in der Halle. Das war die Hölle, das Höllenfeuer ohne Raum und Zeit.«

Koschatzki saß als großer schweigender Fleischhaufen da. Er hörte geradezu professionell zu und fragte, als Ludwig innehielt, gedämpft wie ein Psychoanalytiker: »Das müssen Sie jetzt etwas genauer erklären.«

Das war nicht schwer. Der Nebel mit seiner beißenden Trockenheit bestand aus feinstem Baumwollstaub. Kein Mensch denke in einem solchen Land daran, ihn abzusaugen – wozu? Das verursachte nur zusätzliche Kosten. Und die Kinder, die in diesen Wolken arbeiteten, beschwerten sich nicht. Allmählich lichtete sich das undurchdringliche Gelb. Ein Raum ließ sich ahnen, ein riesenhafter Saal, in dem in Reih und Glied altertümliche gußeiserne Webstühle standen, mit kleinen Emailleschildern aus den zwanziger Jahren, dem Markenzeichen eines Fabrikanten in Sheffield. Drumherum regten sich Hunderte von kleinen Jungen zwischen sechs und zehn Jahren, schweigsam am Webstuhl stehend, drunter durchkrabbelnd, um etwas zu richten, eine Geschäftigkeit ohne Ende. Die einzigen Erwachsenen waren die Aufseher, die mit wachsleinenen schwarzen Büchern auf und ab schritten und sich Notizen machten. Es kam zu ziemlich schweren Unfällen in dieser Halle, wie einer der Aufseher nebenbei fallenließ. In den massiven Maschinen konnte sich eine kleine Hand leicht einklemmen. Das war sehr ärgerlich, denn dann stockte die Produktion, und das verletzte Kind mußte blitzschnell durch ein gesundes ersetzt werden. Dieses Detail baute Ludwig ein wenig aus, weil er ahnte, daß Koschatzki es nicht ungern hörte.

Sie wandten sich jetzt gemeinsam der Erörterung des volkswirtschaftlichen Hintergrundes solcher Verhältnisse zu. Diese Form der Kinderausbeutung sei ein Angsttraum, aber was wolle ein Land wie Pakistan machen, um Waren für den Weltmarkt zu produzieren? In den gehobenen Textilmarkt komme das Land nicht herein, dazu fehlten alle Voraussetzungen, Fachkräfte, Ausstattung, Geschmack. Man verstehe nicht, was in Europa benötigt und geschätzt werde. Wenn Pakistan etwas bieten wolle, dann müßten es gleichsam Abfallprodukte sein, im doppelten Sinne: aus Abfällen für den Abfall geschaffene Waren. Und um so billig zu produzieren, bleibe selbst Pakistan nichts anderes übrig, als Kinder einzusetzen. Das sei eine grausame Logik, aber unwiderleglich.

»Um es einfach zu sagen: wir hier haben keine Kinderarbeit, weil wir für Kinderarbeit keine Verwendung haben. Die deutsche Industrie geriete in schwere Verlegenheit, wenn sie Kinder beschäftigen müßte. Und in Pakistan gibt es Kinderarbeit, weil man hauptsächlich für Kinderarbeit Verwendung hat. Ein Erwachsener ist zu teuer, und die Arbeit ist so primitiv, daß ein Kind sie leisten kann.« Im wesentlichen stammten diese Einsichten von Herrn Weczerek in Fürth, übermittelt durch Bella.

Koschatzki wiegte den Kopf. Weite Reisen weiten den Blick. Der Heimgekommene wirkt dann im Kreis der Zuhausgebliebenen leicht ein wenig zynisch. Aber Ludwig war menschlich geblieben.

»Ach, diese vielen kleinen Jungen mit ihren rasierten Köpfen und den blanken schwarzen Augen in den Schokoladengesichtern, wie sie da zwischen den akkurat gespannten Baumwollfäden in den Webstuhlrahmen herumkrochen, es war, als sehe man Vögelchen, die sich die Flügel an Gitterstäben wundstoßen.«

Ja, dies war das Mitleid eines Augenzeugen.

Ohne Kontraste gibt es keine Wirkung oder keine Deutlichkeit, um es mit Hamann zu sagen, der die Deutlichkeit aus der richtigen Verteilung von Licht und Schatten hervorgehen sieht. War Mr. Khans Residenz das Licht oder der Schatten, der schwer auf den goldenen Baumwollwolken lastete? Ein weitläufiges niedriges Betongebäude mit wenigen durch Rolläden verschlossenen Fenstern, noch nicht fertig gebaut, aus dem Dachfirst schauten rostige Eisenstangen hervor. Auf der Mauer, die das weißgestrichene Gebäude umgab, lagen Stacheldrahtrollen. Vor dem Tor stand ein Schilderhäuschen mit einem uniformierten Wachmann, der ein Gewehr mit hölzernem Kolben präsentierte. Das Anwesen ähnelte einer Polizeikommandantur. Es stand auf der grünen Wiese, wie man in Deutschland gesagt hätte, wobei es grüne Wiesen hier nicht gab, sondern nur hartgebackenes weißgebranntes Land mit kläglichen Gräsern und Dorngestrüpp. Ein Entwicklungsgebiet, das bis vor kurzem noch von Elendsquartieren besetzt war, bis eines Tages ein großer Bagger die zerbrechlichen Behausungen zusammenschob. Jetzt stand Mr. Khans Haus dort, und bald würde es angemessene Nachbarschaft erhalten.

Im Inneren wohltuende Kühle aus rauschenden Klimaanlagen, weitläufige niedrige Zimmer, durch die ein Diener in weißer Jacke geleitete. In einem großen Salon saß die Familie Khan, aber nur die Männer, fünfundzwanzig Männer aller Altersstufen, Greise mit hochgeknöpften Jacken und Spazierstöcken mit Nashornkrücken, Geschäftsleute mittleren Alters in dunklen, schlechtsitzenden Anzügen, mit englischen Phantasieclubkrawatten und dicken Ringen, Jünglinge in Tennispullovern und sogar ein Fünfjähriger, der allerdings bald von seinem Diener hinausgeführt wurde.

Die Ausstattung des Raumes von geschmackloser Pracht, viele Seidenteppiche, Onyxtischchen, ein lebensgroßer Porzellanleopard mit goldenen Flecken, ein Abreißkalender, der die bunt angestrahlte Kaaba zu Mekka zeigte, riesenhafte Alabasteraschenbecher, die Sessel in einem indischen Cinderella-Louis-Quinze mit Brokatbezügen. Es war kein Fenster zu sehen, man wähnte sich in einem Bunker. Die Stimmung war düster. Die Herren waren täglich zusammen und hatten sich nicht viel zu sagen, aber Ludwig habe sich die ganze Zeit gefragt, ob die Portieren, die sich leicht bewegten, im Zug der Klimaanlage wehten oder ob dahinter die Frauen des Hauses den Gast beobachteten.

Wenige der Herren wollten Englisch mit ihm sprechen. Ein netter, etwa gleichaltriger jüngerer Mann sagte schließlich: »How do you like Pakistan?« Man brachte dann in vielen kleinen Schüsseln ein reichliches Abendessen, das auf dem Fußboden eingenommen wurde. Die Familie lebte mit all ihren Zweigen vereint unter diesem Dach. Das machte die Größe des Hauses verständlich. Aber was sollte man zu Zimmern sagen, die nicht einen einzigen schönen Gegenstand enthielten?

Das sei typisch für diese Länder, sagte Koschatzki, was man die Dritte Welt nenne, sei kulturell entwurzeltes Land, da gebe es nichts Schönes mehr, vor allem bei den reichen Leuten, die jeden Talmi liebten, solange er aus echtem Gold sei.

War das ein Scherz? Das war bei Koschatzki nicht so sicher. Beim Gebrauch von Fremdwörtern befand er sich auf ungesichertem Gelände. Vor ihm stand ein ithyphallischer Faun, eine Bildhauerarbeit neueren Datums mit besonders schartiger Bronzeoberfläche und pseudoprimitiver Anatomie, ein Machwerk, das aussah wie im Meerwasser verrostet. Das war der Botschafter der Schönheit in diesem Haus, das in Europa, in der Ersten Welt, lag.

Ludwig hätte alles beschreiben können: eine Fahrt zum Kyber-Pass, eine Nacht in einem Hunting lodge in der Nähe der letzten Tiger, das Ende des Ramadan, eine Auspeitschung, eine Hinrichtung.

Der alte Mann war zum Glück längst mit seiner Geduld am Ende. Er konnte im Grunde gar nicht zuhören. Er wollte selbst zum Zuge kommen. Ebenso bezeichnend für ihn wie seine Bösartigkeiten waren seine faustdicken Komplimente.

Ludwig sei eben doch ein vorzüglicher Beobachter, begann Koschatzki, als liege er seit Jahren im inneren Kampf, ob Ludwig beobachten könne oder nicht. Die ganze Welt dort in Pakistan, das ganze Grauen dieses Milieus sei für ihn mit Händen zu greifen. Es gebe eben diese Detailgenauigkeit der authentischen Beobachtung, die sofort in den Bann ziehe. Gewisse Einzelheiten bemerke nur der intelligente, kultivierte Augenzeuge. Bei den meisten Reiseberichten habe er das ungute Gefühl, die Leute seien überhaupt nicht dagewesen. Was der normale Reiseschriftsteller seinem Publikum vorzusetzen wage, könne man sich ebensogut aus einem Lexikon heraussuchen. Vor Jahren habe er ihm einmal einen Freund angebracht, der ihm dann Manuskripte geschickt habe – wie habe der Kerl geheißen?

»Pressler«, sagte Ludwig. Richtig, ein Herr Pressler, mit einem Feature über Brasilien. »Negerinnen riechen wie gespickte Hasenrücken«, habe der Text angefangen, unvergeßlich in seiner Unbrauchbarkeit. Pressler sei unbelehrbar gewesen, schließlich sogar frech geworden. Aber er, Ludwig, liefere wirklich Beobachtung, Beobachtung – das sei das Wichtigste, später könne man dann immer noch sein Menschenbild mit einfließen lassen.

»Dieser Morgenrock macht mich wahnsinnig«, sagte er schließlich, erhob sich mühsam und ging in kleinen Schritten hinaus. Als er wiederkam, trug er Hemd und Hose und hielt zwei dicke Aktenordner in den Händen, die offenbar griffbereit gelegen hatten.

»Also, was haben wir hier?« sagte er und legte die Hände auf jeden der beiden Ordner. »Koschatzki, der Zeitkritiker, Koschatzki, der politische Analysator, Koschatzki, der Deutsche in Nachkriegsdeutschland, und schließlich ›Über Koschatzki‹.« So sehe das innerhalb dieser Aktenordner aus, wobei das Material nicht vollständig sei. Man dürfe nicht glauben, alles von Koschatzki passe in dieses Raster. Da sei literarisches Gespür notwendig, um hier die richtige Entscheidung zu fällen.

»Warum sage ich das?« Diese Frage war von einem langen Blick begleitet. Es war jetzt dunkel draußen. Vor dem Fenster hing eine weiße Straßenlaterne, deren Licht allerlei Kreaturen anzog, etwas Schwarzes wischte immer wieder daran vorbei, eine letzte Schwalbe oder gar eine Fledermaus? Waren die Fledermäuse mit den Füchsen zurückgekehrt?

»Ich muß nun gewisse Vorbereitungen treffen. Es bleibt mir nicht erspart. Wenn ich nicht will, daß das Werk nach meinem Tod auseinanderfliegt, muß ich jetzt anfangen.« Ludwig habe ja den Brief von Elise Lessenthin gelesen, voller Koketterie und Pose, aber der Kern sei ernst. Elise werde bald sterben, sie sei schwer herzkrank. Was das mit ihm zu tun habe? Koschatzki begann mit einer Erregung, die er hinter verletzender Sachlichkeit zu verbergen suchte, seine Lage darzustellen.

Er habe seinerzeit das gesamte Problem des Todes an Elise delegiert. Nachdem die Entscheidung bei Elise lag, konnte er wieder zum täglichen Leben übergehen. Daß er seinen Tod mit dem Tod Elises verbunden hatte, war die höchste Verbindung, die man eingehen konnte, eine Ehe war dagegen etwas Lächerliches. In seinem Fall kam eine Ehe mit Elise ohnehin nicht in Frage. Was war für einen

Autor das wichtigste an einer Ehe? Die Witwe, die von Verlegern und Theaterdirektoren gehaßte und verwünschte Witwe, die über das Werk wachte und Mißbräuche verhinderte. Dazu sei Elise schon deshalb die falsche Frau, weil sie von seiner Arbeit gar nichts halte. Er traue ihr zu, daß sie seinen Nachlaß zum Altpapier fahren lasse. Aber selbst wenn sie seine hingerissenste Leserin gewesen wäre, eine Witwe konnte sie schon deshalb nicht werden, weil sie jetzt starb. Lange habe es ausgesehen, als dränge er auf den Tod, aber nun auf einmal gebe sie das Tempo vor.

»Sie sind aber doch gesund«, sagte Ludwig.

»Ich bin gesund, weitgehend«, antwortete Koschatzki. »Ich habe etwas Arthrose, etwas Wasser in der Lunge, einen leichten Leberschaden und einen kleinen Schlaganfall hinter mir, aber ich bin gesund, ich könnte noch zehn Jahre leben. Aber ich werde nicht mehr zehn Jahre leben. Ich sterbe mit Elise Lessenthin – verzeihen Sie, daß ich sie immerzu bei ihrem prätentiösen Künstlernamen nenne, der ist ihre zweite Natur geworden.« Seitdem er das wisse, wache er nachts auf und sitze schwitzend auf dem Bettrand.

»Wir haben zu lange damit gewartet, und jetzt geht es zu schnell.« Er sei Agnostiker und habe das lange Zeit für einen geistigen Fortschritt gehalten. Ursprünglich war er Atheist, und für einen Atheisten gab es in einer Situation wie der seinen keine nennenswerten Schwierigkeiten, von der tierischen Todesangst einmal abgesehen. Das Schwein schrie, das Kalb blökte, das Huhn gackerte, wenn es ans Schlachten ging. Das Leben war mit kräftigen Instinkten ausgerüstet. Seine Mutter pflegte zu sagen: »Ich bin aus Ehrfurcht Agnostikerin«, auch bei ihr gab es bereits diese Anlage zur Todesinszenierung. Nun, im hohen Alter, sei er seiner Mutter gefolgt, habe den Atheismus aufgegeben und das Agnostikertum angenommen, und nun müsse er auch schon dafür bezahlen.

Es hatte zu Koschatzkis Arbeitsstil gehört, die eigenen Lebensumstände als etwas Desaströses, Peinliches darzustellen und vor seinem Publikum einen wunderlichen Schwebezustand zwischen Zerknirschung und Überheblichkeit zu wahren. Aber es war kein Zweifel, daß er, in der Scheinblüte seiner rosigen Fettheit, diese Angst jetzt wirklich erlebte, daß er untröstlich war und daß er sich durch sie von der übrigen Menschheit schon unüberwindbar geschieden wußte.

Was ihm vorschwebte, war eine Werkausgabe, wie er sich ausdrückte, keine Gesamtausgabe, die wohl nur von historischem Interesse wäre, aber auch mehr als bloß »Das Beste von Ernst Walter Koschatzki« oder »Das große Ernst Walter Koschatzki Lesebuch« oder »Reise um die Welt in achtzig Essays von Ernst Walter Koschatzki«, wie die Arbeitstitel hießen, die ihm von verschiedenen Lektoraten vorlagen. Pressler sei ein unerträglicher, aber recht intelligenter Mensch; ob der nicht Zeit und Lust habe, eine mehrbändige Ausgabe zu betreuen? Ein Verlag dafür finde sich; das klang nicht ganz so zuversichtlich, er murmelte, daß er »die Leute«, die Verlagschefs, die Programmdirektoren, Lektoren et cetera, teilweise nicht mehr kenne, er habe den Eindruck, manche Häuser hätten ihr gesamtes Personal ausgetauscht.

Koschatzki öffnete jetzt einen der beiden Ordner und holte einen großen Packen von Zeitungsausschnitten daraus hervor: über Koschatzki. Zu seinen Geburtstagen, aus Anlaß der Preisverleihungen und Ordensüberreichungen waren Reden gehalten worden, von Persönlichkeiten des »öffentlichen Lebens«, Politikern, Schriftstellern, Verlegern. Eine Zeitlang wetteiferte die ganze schreibende Zunft in seinem Lobpreis, es war ein Einander-Überbieten des Rühmens, jeder wollte etwas ausgesucht Geistvolles sagen, etwas Verblüffendes, das dann aber wieder in den großen Strom einmündete: Wir neigen uns, er war und ist unsere Stimme.

Sollte das alles verhallen? Diese vielfältigen Anstrengungen enthielten doch etwas über den Tag hinaus Gültiges, das irgendwie aufbewahrt, zur Geltung gebracht werden mußte. Die Laudatio war schließlich eine rhetorische Kategorie, eine Kunstform. Der Band »Über Koschatzki« würde in konzentrierter Form die Entwicklung dieser Kunst in der Bundesrepublik beleuchten und gehöre auf jeden Fall in das editorische Programm. Und den Rest möge man bunt anordnen, unterhaltsam, damit nur kein Friedhof entstehe. Ein Anmerkungsteil sei wohl auch nützlich. Bei älteren Arbeiten müsse manches behutsam aktualisiert werden.

»Das ist eine Arbeit von zwei Jahren, nicht mehr und nicht weniger.« Und ein halbes Jahr ungefähr stehe er noch zur Verfügung. Nur anfangen müsse man halt jetzt bald.

»Was geschieht, wenn ich nichts tue, ist klar«, sagte er, »erst einmal bin ich weg. Später dann, in fünfzig Jahren, wenn die ganze Epoche durchforstet wird – wofern die Deutschen immer noch das Geld haben, Generationen von Doktoranden mit solchem Unsinn zu beschäftigen –, stößt dann irgendein fleißiger Schlauberger auf mich und bringt mich in einer Fußnote unter. Gewiß, es gibt Wiederentdeckungen; meistens funktionieren die aber nicht, das meiste wird völlig zu Recht vergessen, aber manchmal ist solch ein Toter auf einmal wieder da und in aller Munde, nach einem Heilschlaf von dreißig, siebzig, hundertundzwanzig Jahren.«

Und dann gebe es vor allem den Fall, daß jemand vollkommen und für immer vergessen werde.

»Wer denn?« fragte Ludwig mit falscher Unschuld, um Koschatzki zu verführen, ein paar Namen zu nennen, die so vollkommen also doch nicht vergessen waren.

Koschatzki blätterte langsam in einem dicken roten Buch, dem »Kürschner« genannten Verzeichnis der deutschen Autoren, das war seine Antwort.

»Soll ich Ihnen tausend Namen vorlesen, von denen Sie noch nie gehört haben und von denen Sie danach nie wieder hören werden?« Koschatzki klappte den Kürschner zu und raffte den Packen mit Zeitungsausschnitten zusammen. Auch darüber schloß er den Aktendeckel.

Es sei gut, daß sie das Thema so ausführlich besprochen hätten. Ludwigs Ratschläge – Welche? fragte sich Ludwig – hätten ihn auf die richtige Spur geleitet. Koschatzki sah jetzt anders aus. Das Gespannte, Eifernde hatte ihn verlassen. Statt dessen blickte eine freudige Ruhe aus seinen Augen. Das einzige in seiner Lage Mögliche werde er tun: nichts. Er verabschiede sich jetzt ein für allemal von jeder Hoffnung auf ein geistiges Nachleben.

»Warum bin ich nicht früher darauf gekommen?« Er lasse diese Früchte einer rastlosen Beschäftigung einfach hinter sich.

»Ich habe davon gelebt, ich habe damit gelebt, mehr kann ich nicht verlangen.« Das alles verdanke er aber Ludwig. Ludwig sei trotz junger Jahre und mäßiger Begabung ein ausgezeichneter Seelenkenner, Weltkenner und Ratgeber. Es bedeute eine unerhörte Befreiung, im Angesicht des Todes unnütze Lasten abzuwerfen.

»Die Beamten, die meine Wohnung aufbrechen werden, nachdem ich zwei Wochen tot darin gelegen habe, werden alles so vorfinden, wie Sie es gesehen haben, das verspreche ich Ihnen. Ich werde nichts vernichten, aus demselben Grund, warum ich nichts für die Edition unternehmen werde – weil es mir gleichgültig ist. Wie alt ich werden mußte, damit es mir gleichgültig werden konnte!«

Koschatzki geriet in verklärte gute Laune. Er tätschelte seine Stirnglatze, als sei er sein eigener säuglingshafter Sohn.

»Ich danke Ihnen für Ihren Besuch«, sagte Koschatzki, ohne daß Ludwig sich schon zu erheben gewagt hätte, »und ich bitte Sie, doch vorher noch einmal vorbeizuschauen. Sie haben mir geholfen.«

In der Wohnung war es kühler gewesen als auf der Straße, wo der Asphalt den ganzen Tag über die Sonnenhitze in sich aufgenommen hatte. Ein leiser Wind trug Wolken von Wärme vor sich her. Die wenigen Passanten gingen wie Touristen in einer südlichen Stadt in Straßen spazieren, die dazu eigentlich nicht einluden. An einer Mülltonne sah Ludwig den Hausmeister aus dem »Purzelbaum« stehen. Der alte Mann mit der weißen Haartolle trug kurze Hosen und ein Unterhemd und rauchte im stillen Zigarette um Zigarette, als dürfe er das in seiner Wohnung nicht tun. Frankfurt war keine unbekannte südliche Stadt für Ludwig. Überall sprach ihn Bekanntes an.

Hier lebte er seit seiner Geburt. Man müsse doch einmal heraus aus der gewohnten Umgebung, war eine Forderung, die keiner Begründung bedurfte. Selbst Ludwig, der Beharrende, bestritt das nicht. Und jetzt war ihm, als sei diese Forderung dabei, sich über seinen Kopf hinweg gleichsam selbst zu verwirklichen. Ludwig war nicht aus Frankfurt weggegangen, aber Frankfurt ging von ihm weg. Ohne sich bewegt zu haben, befand er sich unter neuen Lebensumständen und anderen Menschen und sah nichts Altgewohntes mehr, von dem er sich nicht durch einen tiefen Graben geschieden wußte. Die Spiegelbilder, in denen er sich betrachtet hatte, waren die anderen, eine unruhige zersplitterte Spiegelfläche, die Zerrbilder zurückwarf. Wer aber war er ohne diese Spiegelbilder?

»Die einzigen Menschen, mit denen ich mein Leben wirklich teile, sind Fidi und Bella Lopez, verirrte Motten, die mit weichen Flügelchen an das Fenster schlagen.« Bei den Flügelchen dachte er an Bellas Haar, seine feine Fülle, das sie mit der Bürste so hingebungsvoll striegelte, als habe sie die Doktrin der hundert Bürstenstriche von einer Großmutter übernommen.

Ein gregorianischer Abendhymnus singt von den »noctium phantasmata«, den körperlosen Wahnbildern der Nacht. Die Luftströme, die die gläsernen Steilwände der Hochhäuser hinabflossen, erfrischten Ludwig, aber sie weckten ihn nicht aus seinen bangen Gedanken. Im Niemandsland fühlte er sich, aber das bezog sich eigentlich nicht auf den Ort, der ihn umgab, sondern auf ihn selbst, den Herrn Niemand. Im Sturmesbrausen an der Glaswand blieb er ratlos.

Und nun sieht man ihn im Dunkeln auf einer Parkbank liegen und die Sterne suchen. Die Lichter der Stadt legen einen hellen Staub über das reine Himmelsschwarz. Kein zusammenhängendes Sternbild läßt sich lesen. In der Nähe hört er Schritte auf dem Sandweg, wie zerbröselnder und zerbrechender Zwieback, dann entfernen sie sich.

»Irgendwo brennt es hier«, denkt er, denn es prasselt wie eine frische Flamme, die sich durch trockenes Gehölz frißt. Aber da ist kein Feuer. Ein hoher Springbrunnen plätschert von den Büschen verborgen. In den Blättern der großen Bäume rauscht und weht es, tausend Regentropfen scheinen auf wippende Blätter aufzuschlagen, und Ludwig streckt im Liegen unwillkürlich die Hand aus, um einen Tropfen zu fangen. Jedesmal ist die Täuschung mit einem kleinen Schreck verbunden, die Enttäuschung mit Entspannung, auch Gleichgültigkeit; ach, es ist alles wie immer.

Meine Sinne sind alarmiert und geben beständig falschen Alarm. Wie leicht ich zu beeindrucken bin. Mit ein bißchen verborgenem Theater, Rascheln, Knistern, Rauschen und Knacken könnte man mir leicht weismachen, daß ich lebe. Wenn ich mir jetzt vorstellte, nicht auf einer Parkbank, sondern auf der Balustrade eines Turmes zu liegen, würde ich einen Schwindelanfall bekommen.

Auch Bella war leicht schwindlig. Fidi liebte es, sie zu beunruhigen. Das Tollste habe er neulich an einem Sonntag auf dem Eisernen Steg gemacht. Auf Sandsteintreppen stieg man einer langen asphaltierten Eisenstraße entgegen. Grün angelaufene Bänder schwangen rechts und links in die Höhe, fielen wieder ab, schwangen wieder hinauf und fielen wieder ab.

»Fidi mußte natürlich auf diesen kupfergrünen Bändern laufen, der ganze Steg war voller Spaziergänger, er hatte sein Publikum, es fehlte nur noch der aufgestellt Hut.« Als er auf das Geländer sprang, sei ein schwarzer langer Kohlenkahn unter der Brücke hervorgekommen. Sie sah Fidi schon zerschmettert auf dem Deck liegen.

Bei dieser Erzählung fühlte Ludwig die Übelkeit in sich aufsteigen. Er saß auf seinem Stuhl im Büro metertief unter der Erdoberfläche, aber er fühlte sich mit und anstelle von Fidi auf dem grünen Geländer stehen, nur einen Atemzug von der Ohnmacht und dem Absturz entfernt. Jetzt, in der schwarzen Hitze liegend, erlebte er das Gefühl der physischen Spannung, der taumelnden Schwäche, der Ausgießung eines Angsthormons in alle Körperzellen noch einmal. Aber Fidi stieg höher und höher, kein Rufen holte ihn zurück, er lachte wie ein Wahnsinniger bei jedem Schritt. Der Höhenrausch hatte ihn befallen. Und jetzt erreichte er die Spitze, dort wo man überhaupt nicht mehr stehen konnte, und er stand auf der Spitze und balancierte auf einem Fuß, den anderen weit ausgestreckt, die Arme ausgebreitet, als wolle er die Sonne umarmen, den Kopf in den Nacken gelegt. Er sah aus, als werde er gleich fliegen – und warum nicht? Warum sollte er nicht fliegen können? Und jetzt – jetzt wankte er, er ruderte mit den Armen – Ludwig wollte schreien, da legte sich ihm eine Hand auf den Arm. Neben ihm stand Bella mit ihrem verschwiegenen Blick und legte den Finger auf die Lippen. Ein wundervolles Bild war das. Bella war das fleischgewordene Geheimnis. Er konnte den Blick nicht von ihr abwenden. Langsam gingen sie zusammen weg, geräuschlos und ohne sich auch nur umzudrehen.

Bei diesem gemeinsamen Weg verweilte Ludwig sehr lange, wie ihm vorkam, für Stunden. Dann mischten sich zwei männliche Stimmen in das Bild, zwei ruhige Männerstimmen, die sich unterhielten, ohne daß er ein Wort verstand.

Er schlug die Augen auf, er war tatsächlich eingeschlafen bei seiner Sternenreise. Aber die Stimmen verstummten nicht. Ganz in der Nähe, von einem Busch halb verdeckt, stand wohl noch eine Bank. Der eine Mann sprach leise, aber sehr eifrig, und der andere Mann widersprach ihm, indem er ihn beständig unterbrach, deshalb waren zunächst nur Wortfetzen deutlich wahrzunehmen.

Sollte Ludwig aufstehen und weggehen, dadurch aber auch auf sich aufmerksam machen? Sollte er liegenbleiben und vielleicht entdeckt werden? Die Stimmen klangen nicht primitiv. Es kam ihm vor, als versuche die leisere Stimme die andere höflich zu überzeugen. Der Eigentümer der gereizten Stimme zog gelegentlich scharf die Luft zwischen den Zähnen ein, das gab ein zischendes Geräusch wie von einer unter Dampf stehenden, großen Maschine.

»Ich habe alles versucht«, sagte der zischend Gereizte jetzt fast jammernd. »Ich bin sogar nach Thailand gefahren und habe mir geschworen, dort jeden Tag ins Bordell zu gehen. Und wie oft bin ich ins Bordell gegangen? Einmal. Danach hatte ich genug.«

Der höflich Leise wollte das etwas genauer wissen. Einmal nur?

»Ich hätte mich danach fast umgebracht.« Das kam mit Grabesstimme und in einem gepreßt erschöpften Tonfall. In überraschend verändertem Ton folgte eine nüchtern detaillierte Beschreibung seines Bordellbesuchs: wie klein die

Hure war, ihr langes schwarzes Haar, ihr kugelrundes Hinterteil und die kurzen Beine. Dann ihre Technik, sich, am ganzen Körper eingeölt, wie ein großes Stück Seife über ihn hinwegglitschen zu lassen, bis er für das Eigentliche durchgeknetet, massiert und zugerichtet war.

»Sie arbeiten dort für ihr Geld, bei den anspruchsvollen deutschen Huren glaubt man immer, sie seien in einer Gewerkschaft.« Während der ganzen Prozedur lächelte das arme Ding und fragte beständig: »Good, Mister?«

Und sei zu allem bereit gewesen? Das war der höflich Korrekte.

Ach, zu allem und jedem, jede ihrer Körperöffnungen war an ihn vermietet, er hätte den wahnwitzigsten Regungen stattgeben können. Statt dessen habe er sich zwingen müssen, überhaupt bei der Sache zu bleiben. Die Einsamkeit sei nicht mit Tricks zu heilen.

»Zum Teil war es mein Fehler.« Seinen Worten ließ sich jetzt entnehmen, daß er ein junger Arzt oder vor dem Examen stehender Medizinstudent sein mußte, denn es war von Krankenhausdienst und Prüfungsprogrammen die Rede. Er hatte mehr Nachtwachen als üblich abgeleistet. Im Dienstzimmer seiner Station saß er, Fachliteratur lesend, lange nach Mitternacht und unterbrach die Lektüre nur für die Rundgänge durch die Krankenzimmer. Aber während er über das Wohl der Kranken wachte, konnte er kein Auge auf die Frau haben, mit der er damals offenbar zusammenlebte. Er ließ sie allein im Bett, und er wußte nicht, ob sie dort liegenblieb, denn er wußte ohnehin nicht, was sie wirklich dachte, »auch in den glücklichsten Momenten nicht«.

Die habe es also immerhin gegeben.

Für ihn ja, antwortete der Arzt, aber für sie? Er sei zu verliebt gewesen, um sie richtig wahrzunehmen. Sie war eine vollkommen ungebildete Frau, ohne die bescheidensten Kenntnisse, außer einem vulgären amerikanischen Englisch, das sie in Diskotheken für amerikanische Soldaten aufgeschnappt hatte. Ihr zartes Gesicht wurde erschreckend gemein, wenn sie die bellenden und wie zerkaut klingenden Silben ausspuckte. Wenn man sie sah, hätte man nie für möglich gehalten, aus welch verwahrlosten Verhältnissen sie stammte, sie war – hier suchte er nach Worten, und sein Jammern und zorniges Zischen wich nun wehmütiger Bezauberung – zart, wunderschön, sie sah aus, als sei sie in einem Palast geboren, sie hatte etwas Unzerstörbares, Anmut, Überlegenheit in Haltung und Gang. Er war zutiefst unglücklich, aber den Stolz, geradezu einen Besitzerstolz auf die Ursache seines Unglücks, ließ er sich nicht nehmen. Sie war ein Wunderwesen. Trotzdem hatte er aus ihr »noch etwas machen« wollen, wie er sich ausdrückte, das Unbeschreibliche sollte zum Material sehr bürgerlicher Fähigkeiten werden, sie sollte die versäumte Ausbildung nachholen, das Abitur nachmachen, medizinisch-technische Assistentin werden, etwas Solides, was ihre Begabungen nicht überstieg, obwohl sie nicht dumm war, aber unstet, unkonzentriert, lernunlustig. Er war bereit, alles zu bezahlen und bescheiden zu leben, bis sie es geschafft hatte. Inzwischen konnte er sich vielleicht schon niederlassen und eine Praxis eröffnen. Er hatte ihr wahrhaftig ein gemeinsames Leben angeboten, mit der Chance, später viel Geld zu verdienen, wenn man sich durch den Anfang erst einmal durchgebissen hatte. »So wie es Jürgen und Gabi oder Rolf und Ulla machen«, fügte er erklärend hinzu.

»Ich hätte sie nie aus den Augen lassen dürfen«, jetzt sprach er wieder von seinen pekuniär so vorteilhaften Nachtwachen, die sich zu einem hellwach geträumten Alptraum entwickelten. Das Telephon spielte darin eine teuflische Rolle. Geschaffen, um die Menschen miteinander zu verbinden, wurde es hier zum Folterinstrument. Wenn er spät anrief, nahm sie nicht ab. Er ließ es zwanzig-, dreißigmal klingeln und wählte noch einmal. War sie nicht zu Hause? Schlief sie fest? Manchmal war sie viele Stunden lang besetzt. Telephonierte sie? Hatte sie den Hörer ausgehängt?

»Ich hätte sie nur in der richtigen Weise fragen müssen, sie log eigentlich nur, wenn ich ihr so zusetzte, daß sie sich irgendwie Ruhe verschaffen mußte.« Er war es, der alles falsch gemacht hatte. Er hatte sie in ihren Wahnsinn getrieben.

In ihren Wahnsinn? Der höfliche Zuhörer meldete eine behutsame Skepsis an.

Ja, war es etwa kein Wahnsinn, was sie getan hatte? Sie selbst eröffnete ihm eines Tages ganz ruhig – ruhig, aber nicht gelassen, sie war zum äußersten gespannt –, daß sie einen Liebhaber habe. An ihrem Verhältnis müsse sich deshalb nichts ändern, denn dieser Mann liebe sie nicht, die Sache werde nicht halten. Das Schweigen war ihre ganz große Stärke, eine knappe, vernichtende Ehrlichkeit und dann ein bombenfestes Schweigen. Er sagte sofort alle Nachtwachen ab, er besorgte sich ein Attest über ein Magengeschwür. Das Magengeschwür kam dann wirklich, das Attest hatte es nicht bestätigt, sondern vorausgesehen.

Sie gingen ins Kino, sie aßen etwas, sie gingen ins Bett. Nach einer Stunde stand sie plötzlich wieder auf und erklärte, jetzt zu ihrem Freund zu gehen. Am frühen Morgen kam sie zurück und legte sich neben ihn, der in den Stunden ihrer Abwesenheit kein Auge zugetan hatte.

»Das war ein Verhalten gegen ihre Natur«, sagte der Mann. Sie war keine Nymphomanin, sie flirtete mit niemandem, er hatte niemals mit ihr geflirtet, das war zu albern für sie. In körperlichen Dingen war sie sehr zurückhaltend, schamhaft. Sie weigerte sich, mit ihm im Park zu joggen, obwohl das für ihn eine der schönsten Vorstellungen war: mit der Geliebten morgens früh im Park zu joggen, weil sie nicht in der Öffentlichkeit schweißüberströmt gesehen werden wollte. Sie war nicht glücklich, wenn sie da nachts wie unter Befehl aus dem Bett aufstand und wenn sie zurückkehrte, verschlossen und erschöpft. Wenn er sie fragte, ob sie ihn verlassen werde, sagte sie immer das eine: »Nur wenn du willst.«

So ging das eine Weile. Von einer Reise nach Spanien kehrten sie schon nach einer Woche zurück. Sie telephonierte täglich und erklärte schließlich, ihr Freund wünsche, daß sie zurückkomme.

Er begann jetzt zu kämpfen. Er schlich ihr hinterher.

»Ich habe dem Kerl zweimal die Reifen durchgestochen. Dann hat sie mich gewarnt: Wenn das noch einmal geschehe, werde er mich anzeigen.«

Der Zuhörer wurde jetzt nachdrücklich. Er müsse sich glücklich preisen, daß er aus dieser Falle heil herausgekommen sei.

»Ich habe jedenfalls gelernt, wozu ich fähig bin.« Für seine Hauptfeindin habe er stets die Mutter des Mädchens gehalten. Sie habe ihn verabscheut und unablässig gegen ihn gehetzt. »Findest du, daß ich spießig bin?«

Das Mädchen schien sich für solche Kategorien gar nicht zu interessieren. Sie war selbst in mancher Beziehung erstaunlich spießig, jedenfalls geschmacksunsicher, fand er.

»Vielleicht bin ich wirklich spießig. Vielleicht ist die Liebe spießig. Vielleicht ist der Versuch, einen Menschen durch alle Schwierigkeiten zu tragen, sogar besonders spießig. Ich habe das Wort ›spießig‹ so oft sagen hören, daß ich nicht mehr weiß, was es heißt.« In seiner Not sei er sogar einmal mit der Mutter ins Bett gegangen. Sie habe sich auf ihn gesetzt und dabei das Gesicht mit einer Nachtcreme eingeschmiert. »Das war nicht spießig.« Und am nächsten Tag habe sie alles ihrer Tochter berichtet. Was das Mädchen von diesem Vorfall dachte, erfuhr er niemals.

Diese Unzugänglichkeit besiegte schließlich seine Passivität. Folter sei etwas Abscheuliches.

»Aber ich verstehe die Folter jetzt, und ich verstehe die Folterer. Es gibt ein Schweigen, das zur Weißglut treibt. Der Schmerz ist dann eine Hoffnung. Aus solch einem Monument eine aufrichtige Regung herauszuholen, und sei es einen Schrei, das wird zur fixen Idee. Ich wollte ihr angst machen, Todesangst.«

Er habe sie nicht geschlagen. Die Reflexe säßen da zu tief – »man schlägt keine Frau« –, das würde unsereinem zu früh und zu nachdrücklich eingepflanzt, aber er habe sie einmal beinahe gewürgt, er habe die Hände gehoben, als wolle er ihren Hals packen, und dabei wie ein Vieh gebrüllt. Er schrie so laut, daß er seine eigene Stimme nicht wiedererkannte. Das war eine wilde Freude, sich endlich gehenzulassen. Das Rezept schien zu wirken. Er hatte da tatsächlich etwas gefunden, einer Stange vergleichbar, mit der man ein in der Käfigecke verkrochenes Raubtier in die Weichen stoßen kann. Sie saß so still wie nie zuvor, scheinbar unbewegt, aber am ganzen Körper zitternd.

»Ich wußte nicht, wie sehr der Wutanfall ein physisches Ereignis ist. Ich wurde wutsüchtig. Beide warteten wir gespannt auf den Anlaß, der mich in die Luft gehen ließ. Sie hätte sich wahrscheinlich von mir umbringen lassen. Wenn ich doch nur wüßte, ob das Angst oder Unglück war?« Es habe ihn überhaupt nicht erstaunt, daß seine cholerischen Verzweiflungs- und Zerstörungs- und Befreiungsanfälle ihn sichtbar veränderten. »Man konnte die Wut sehen, sie bekam etwas Substanzhaftes, Schwarzes, ich meine das wörtlich!«

»Wie wird man eine schwarze Aura los?« fragte der Zuhörer mit ganz leichter Ironie.

»Oh, das hat sie besorgt, sehr gründlich.« Sie fuhren im Auto stumm nebeneinander. In der letzten Nacht war sie erst um sieben Uhr morgens wiedergekommen. »Sie sah durchsichtig aus. Man sah die Adern an ihrer Schläfe.« Es hatte schon einen Wortwechsel vor dem Einsteigen gegeben. Jetzt steuerte er das Auto gleichsam in seine Wut hinein. Er fuhr zu schnell und überholte riskant. An einer Baustelle auf der Autobahn, wo der Gegenverkehr an seiner Fahrbahn vorbeigeführt wurde, griff sie plötzlich mit ganzer Kraft ins Lenkrad. Das Auto schoß auf die Gegenfahrbahn, frontal auf einen Lastwagen zu. Er riß das Steuer wieder herum, aber der seitliche Aufprall war nicht zu verhindern. Der Lastwagen stürzte um. Das eigene Auto war auf der linken Seite völlig zerquetscht. Es gab keine Toten.

»Ein Chaos, rasendes Hupen von bremsenden Autos. Es hätte einen unabsehbaren Auffahrunfall geben können. Ich weiß nicht, warum das nicht passiert ist.«

»Und das Mädchen?«

»Sie stieg aus, ohne mich anzusehen, stieg in ein anderes Auto, das gehalten hatte, um uns zu helfen, und fuhr weg.«

»Und dann?«

»Es gab kein dann. Dann habe ich sie nie wiedergesehen.«

Ludwig lauschte atemlos. Kein Traum hätte ihn derart fesseln können. Er hatte die ganze Zeit die Augen geschlossen und jede einzelne Szene vor sich gesehen.

»Sie hatte mich nicht angelogen«, fügte der Mann still und ehrlich hinzu. »Die Geschichte mit dem Rechtsanwalt hat wirklich nicht länger gedauert.« Der Kerl habe Tag und Nacht angerufen, Wochen und Monate lang, und immer aufgelegt, wenn er den Hörer abnahm. Den habe sie auch verrückt gemacht. Jetzt lebe sie mit einem kleinen Ausländer, einem Taxifahrer oder ähnlichem. »Alles war besser als ich.« Die letzten Worte waren schon schwächer zu hören, die beiden waren aufgestanden, hatten ihre Fahrräder genommen und fuhren in die Nacht.

Ludwig richtete sich schnell auf, aber er sah nur noch zwei helle Rücken, die sich über sportliche Lenker beugten.

Die gereizte, gequälte und die höflich insistierende Stimme bekamen keine Gesichter.

Ludwig ging nach Hause.

Jetzt stand er in seinem Schlafzimmer und schaute in das Dunkel. Das Souterrainfenster war weit geöffnet. Der rote Vorhang lag auf den Fensterflügeln wie eine Draperie. Es brannte Licht. Ludwig wartete. Er ging in den Flur, nahm den Hörer der Sprechanlage ab, obwohl es nicht geklingelt hatte, und horchte hinab auf die Straße. Es rauschte. Manchmal verstärkte sich das Rauschen, dann fuhr ein Auto vorbei. Auch ein Fetzen Musik, vielleicht aus dem Radio eines Cabriolets, ein Saxophon- oder Klarinettenton wie von einem fernen Fest, drang zu ihm hinauf in die Einsamkeit. Auf der Wand bewegte sich ein großer Schatten ruckartig voran. Eine Fliege lief auf dem Rand des Lampenschirms. Ludwig hängte den Hörer wieder ein. Er ging zurück in das Schlafzimmer. Am Souterrainfenster stand jetzt Bella. Sie hatte sich die Haare gewaschen und trug einen großen Frottéeturban und ein Handtuch um den Körper geschlungen, das ihre Schultern unbedeckt ließ. Auf diese nackten Schultern fiel das Licht. Dieses Bild senkte sich in Ludwigs Seele und traf auf eine Stelle, die dort vorbereitet war. Dies war etwas Endgültiges. Jetzt blickte Bella auf. Obwohl ihr Gesicht im Halbschatten lag, war klar, daß sie zu ihm hinaufsah. Er winkte nicht, und auch sie hob keine Hand. Sie standen, ohne sich zu rühren. Es war, als wisse sie, was da geschah.

Viertes Kapitel

In Geschäften

»Was für eine scheußliche Katze«, dachte Frau Zimmermann, wenn sie aus ihrem Eßzimmerfenster in die rückwärtigen Gärten blickte und der weiße Kater von der Größe eines Geparden unter dem Zaun hervorkroch und seinen Weg über den grünen Teppich nahm. Die ganze Frechheit eines männlichen Eindringlings von fragwürdiger sozialer Herkunft war diesem häßlichen Tier eigen. Sie konnte nicht herausbekommen, woher der Kater stammte, obwohl sie, die sonst auf Abstand zu den Nachbarn hielt, nicht davor zurückschreckte, grußlos jede philippinische Putzfrau in der Umgebung anzusprechen: »Wissen Sie vielleicht, wem diese scheußliche Katze gehört?«

Wäre der Kater nicht weiß gewesen, hätte er weniger Abscheu erregt. Was einer Angorakatze die Zartheit von frischgefallenem Pulverschnee verlieh, gab dem Fell des Streuners etwas Struppiges, Schmutziges, obwohl er sich gewiß nicht weniger geschickt leckte. Für Frau Zimmermann war es, als ziehe er eine Spur von Unrat hinter sich her. Alle Tiere schleppten Krankheiten ein, selbst die süßesten Äffchen, nicht nur Ratten und Mäuse, aber wenigen sah man die Gemeingefährlichkeit so deutlich an wie dem weißen Kater.

Daß er bei seinem Schnüren durch das grüne Band der Gärten dem Feindesblick aus der Höhe ausgesetzt war, wußte der weiße Kater. Er war auf Fangeisen im schwarzgrünen Polster des Efeus und auf Steinwürfe aus den Fenstern vorbereitet. Wenn er eine ungeschützte Ebene vor sich sah, duckte er sich und wurde schneller. Er nahm dann etwas von einem weißen Kaninchen an. Wenn er einen Busch erreichte und die Blätter hinter ihm zusammenschlugen, verharrte er eine Weile im Dunkeln, bis das Laub zur Ruhe gekommen war. Dieses Im-Busch-Sitzen, versteckt lauernd, kostete er eine Weile aus. Zögernd trat er zwischen den Blättern dann wieder hervor. Kein Tuareg kann so unzugänglich, gefährlich verschlossen und bis an die Zähne bewaffnet sein Zelt verlassen.

Ludwig sah ihn aus seinem Fenster nur von fern. Der Kopf des Katers war klein, der Bauch hing auf den Boden herab, nicht als fette Wampe, sondern als leerer Vorratssack, und der Schwanz war zu kurz. Frau Zimmermann hielt den Kater zu Unrecht für einen Dieb. Der weiße Kater zog nicht aus, um zu stehlen, sondern um zu rauben. Was er kampflos haben konnte, würdigte er keines Blickes. Bella stellte immer wieder ein Schälchen mit Milch auf die Fensterbank. Seitdem dort Milch stand, schlug der Kater einen noch weiteren Bogen um das Haus als zuvor. Die pasteurisierte Pfütze war etwas für die Igel, die in der Dämmerung herumschnüffelten, aber Bella sagte am nächsten Morgen, mit Blick auf das leere Schälchen, mit der Selbstgefälligkeit ihrer Liebeswerbung: »Ich krieg dich schon, mir kannst du nicht widerstehen.«

Der weiße Kater sah auf die Gärten und Parkplätze dieses rings von Häusern umschlossenen Gevierts wie auf die Welt unmittelbar nach ihrer Schöpfung. Viel Unerforschliches geschah in dieser Welt. Tags wurde es hell, nachts dunkel. Manchmal herrschte großer Mangel, und alle Geduld auf der Jagd half nichts, und dann plötzlich gab es Beute in Überfülle. Einmal legte Bella eine Papiertüte mit zwei Koteletts auf die Fensterbank, weil der Eisschrank kaputt war. Nur einen weißen Blitz bekam sie von dem Raub mit und mußte den Kater widerwillig wegen seiner Kraft bewundern.

»Ich habe mir immer eine Katze gewünscht, eine Katze für mich allein«, sagte Bella leise in Ludwigs Ohr, der den Kopf von ihr abgewandt hatte, während sie mit den Fingerspitzen an seinen roten Nackenhaaren herumkämmte und sie stets aufs neue zerstrubbelte, »aber ich glaube, dies ist die beste Art, eine Katze zu besitzen. Die Katze weiß, daß sie mir gehört. Es ist unser Geheimnis.« Bella hätte in diesem Augenblick noch viel lyrischer werden dürfen, ohne Ludwigs Spott fürchten zu müssen.

Fidi Lopez, der sich nirgendwo aufhielt, ohne daß sein Tatendrang und seine Lebensneugier Unruhe auslöste, war nach Stuttgart aufgebrochen, um dort neue Muster aus Pakistan bei einem Versandhaus abzugeben, das noch nicht einmal auf die alten geantwortet hatte. Sofort kehrte Zeitvergessenheit in dem Souterrainzimmer ein. Ein spannungsvoll süßer Akkord wie von einem argentinischen Bandoneon, das einen Endlos-Tango von glücklichster Traurigkeit spielt, lag in der Luft. Ludwig und Bella flüsterten, obwohl Fidi nun weit weg sein mußte, vielleicht schon bei Heidelberg. Das rote Batiktuch war nicht nach Ludwigs Geschmack, aber welch überirdisches Licht verbreitete es im Raum. Es war ein Tag mit unsichtbarer Sonne und ausdruckslosem weißem Himmel, aber durch das Tuch leuchtete es, übergoß alles mit blutwarmem Schein und verschönte die Körper und die sie umfließende Luft. Das Fenster wurde durch das rote Tuch zur Laterne. Durch den offenen Spalt traf den Stoff gelegentlich ein Windstoß. Er blähte sich dann, als zeichne sich eine Gestalt dahinter ab.

»Das Säuseln der Blätter im Sommer«, flüsterte Bella, »das war am Kahler See das Schönste. Ich habe oft die Augen zugemacht und nur dem Säuseln zugehört. Diese Wohnung« – sie bezeichnete das Souterrainzimmer stets als »ihre Wohnung« – »habe ich nur wegen der Birke draußen genommen. Ich sah die Birke und wußte: hier mußt du wohnen, nahe dieser Birke.« Wer zweifelte daran, daß es sich so zugetragen hatte? Blähte sich nicht der Vorhang im Wind und ließ den köstlichen Grasduft herein? Die Wahrheit hatte ihre Stunde, das fühlte Ludwig deutlich. Ein und dasselbe würde zu verschiedenen Tageszeiten, bei anderer Beleuchtung verschieden wirken. Während Bella so dicht an ihn geschmiegt war, daß einer des anderen Atem einsog, stimmte die Version von der Birke und ihrem Säuseln, die man schon wenige Stunden später, wenn Fidi Lopez abgekämpft, aber strahlend von seinen Geschwindigkeitsrekorden auf der Reise berichtete, nicht mehr vertreten würde.

»Das Schönste am Kahler See war das Spiel der Sonne und des Wassers im Gebüsch. Wenn ich früh aufstand und die Sonne genau aufs Wasser fiel ...« Sie begann, dies Naturschauspiel zu schildern, als habe Ludwig noch niemals einen Teich im Sommer gesehen. Über das Wasser wölbte sich ein hoher Busch mit großen Blättern. Die Sonnenflecken, die von den kleinen Wellen hinaufstrahlten, tanzten im Laub und gaben ihm ein Wasserpflanzenwiegen, einen Libellenzauber. Unter dem Busch war ein hellblaues altes Boot festgemacht, halb voll Wasser und welkem Laub. Das war das Schönste.

Sie ist autonom, dachte Ludwig, sie ist über ihre Umgebung erhaben. In der Camping-Wüste des Kahler Sees fand sie die Schönheiten der Bootspartien auf Marne und Seine, wie sie Renoir gemalt hatte. Stammte diese Kraft zur Umgestaltung der Eindrücke von der Mutter?

Es gab allerdings auch den Vater. Ludwig kannte inzwischen seine Photographie: ein blasser junger Bursche mit sehr schlechter Haltung, schülerhaft geschnittenen Haaren und einem ängstlichen, bittenden Lächeln. Wenn man genauer hinsah, entdeckte man die Feinheit seiner Züge. Hinter dem armen farblosen Bärtchen lag ein bildschönes Mädchengesicht, schwach allerdings, als führe die Laune der

Natur, einem Mann dieses Gesicht mitzugeben, zu einer Lähmung aller übrigen Eigenschaften. Bei Bella war dies Gesicht an seinem Platz, und deshalb führte es auch zu einer Steigerung des Willens, der Zähigkeit, des Selbstbewußtseins, aller dieser gleich zu Anfang bemerkbaren Eigenschaften, die Ludwig zunächst keineswegs nur erfreulich, ja gelegentlich sogar anstrengend und verdächtig erschienen waren, und die er jetzt endlich in ihrem Wesen erkannte, als heiße und kalte Strahlen ihrer sonnenhaften Schönheit, unmittelbar von dieser hervorgebracht, um die Wolkenbänke trivialer Hemmnisse und sozialer Verdunkelung zu überwinden.

Ein Wettbewerb eigener Art war zwischen Bella und Ludwig entbrannt: wer früher zu lieben begonnen habe. Konnte man diese Frage eigentlich genau beantworten?

Bella meinte, ja. Sie habe sehr früh gewußt, daß sie allein für ihn bestimmt sei. Anders als bei jeder Verliebtheit zuvor, habe sie sehr bald, nachdem sie sich kennengelernt hatten, gewußt, daß sie gleichsam für ihn gemacht sei. Sie habe zuerst gegen diesen Gedanken aufbegehrt: Gut, ich bin also die einzig mögliche Frau für ihn – aber was geht das mich an? Gefällt er mir denn? Das habe lange nicht festgestanden. Er könne sehr ekelhaft sein. Er habe sich dem Vorherbestimmten nicht beugen wollen. »Oft hast du mich fühlen lassen, daß du etwas Reicheres, Vorteilhafteres suchst!«

Erst allmählich habe sie verstanden, daß das Gefechte waren, die in der Hoffnung zu verlieren geführt wurden. Dennoch fügten sie Schmerzen zu.

Er wies das weit von sich, obwohl er sich an vieles, was sie anklagte, nicht erinnerte. Er erinnerte sich überhaupt an wenig. Gab es ein Gestern? War das nicht nur ein schwacher Traum?

Ludwig erlebte Augenblicke, in denen er hätte schwören können, Bella sei die erste Frau seines Lebens. Wenn sie davon sprach, nur für ihn gemacht zu sein, war das die Wahrheit. Er versuchte, ebenso wahrhaftig zu sein, um Bellas Aufrichtigkeit würdig zu werden.

Der historische Augenblick: der Blick aus seinem Fenster hinab in ihr Fenster. Nach den neueren historischen Schulen gab es solche, stets mit spöttischem Unterton zitierte »Sternstunden« überhaupt nicht. Die Historiker hätten zunächst bezweifelt, daß von dort oben in dem knapp überm Erdboden liegenden Souterrainfenster überhaupt etwas Genaueres zu erkennen war. Der Einfallswinkel war zu eng. Er verhinderte, mehr als Segmente schmalster Art zu sehen, keinesfalls aber das Bild, das Ludwig fest in seiner Seele trug. Das rote Licht war nur ein Topos, ein ziemlich vulgärer sogar, der Ludwigs Geschmack nicht das beste Zeugnis ausstellte. In keinem Roman hätte der Autor im Zusammenhang mit einer Liebesszene das rote Licht einschalten dürfen, eine solche Erfindung vermochte ein ganzes Buch zu erledigen.

Nein, den historischen Moment, von dem er sprach und an den er glaubte, gab es nur in seiner durch die anschließenden Ereignisse verständlicherweise aufgeheizten Phantasie. Da war etwas angewachsen – andere Historiker hätten gesagt: zur Reife gelangt, wieder andere: unumkehrbar geworden –, was gleich beim Kennenlernen Bellas begonnen hatte, würden manche Historiker sagen, andere würden den Prozeß schon vorher beginnen lassen, bei der Trennung von Erika womöglich?, vielleicht auch vor Erika, am Ende in frühester Jugend? Und bestätigte dies Ergebnis der radikal-historischen Methode, die den Kausalitätenketten unerbittlich bis an ihren Ursprung folgte, etwa nicht Ludwigs Empfindung, die sich eine Vergangenheit ohne Bella nicht mehr vorstellen konnte? Wenn sie zusammen auf der Matratze lagen, von den Teppichmustern zickzack- und rhombenförmig umgeben, die Haut rosig gefärbt durch das weich herandrängende Licht, mußte Bella manchmal leise lachen, denn sie waren ineinander so verschränkt, daß sie ihre Füße bewegen mußte, um zu erkennen, welche die ihren waren.

Warum waren sie eigentlich immer im Souterrain zusammen? Der Ort war nicht ungefährlich und keineswegs bequem. Es gab nicht einmal eine Dusche. Bella aber fand Ludwigs Schlafzimmer ungemütlich, so lichtüberflutet und ohne Vorhänge. Der Raum war außerdem immer noch fast leer, und der Fußboden mit seinem lackierten gelben Holz strömte Kälte aus. Außerdem ging sie nicht gern an Frau Zimmermanns Tür vorbei. Frau Zimmermann blieb oft für Wochen unsichtbar, aber wenn Bella, behutsam auftretend, um die hölzernen Stufen nicht knarren zu lassen, zu ihm hinaufstieg, öffnete sich mit Gewißheit die Tür, und Frau Zimmermann, zum Ausgehen geschmückt, starrte sie grußlos an. Bella schwor jedenfalls, daß es so sei, und Ludwig stellte fest, daß Frau Zimmermann auch seinen Gruß neuerdings nicht mehr erwiderte.

Es war Ludwig, als sehe er alles schärfer um sich herum. Die Gegenstände traten gleichsam einen Schritt nach vorn, vertieften ihre Farben, verdeutlichten ihre Kontur und sahen schöner aus. Er wohnte in einer schönen Stadt; die Glasmülltonnen an der Straßenecke waren ebenso imposante Skulpturen wie anderswo die Reiterdenkmäler.

Bella sah die Verhältnisse unwiderleglich sachlich. Es kam nicht darauf an, ob sie hinauf- oder er herabstieg, es kam darauf an, Fidi aus dem Haus zu schaffen. Wenn Fidi da war, dann war auch das große Hindernis der Liebe da. Selbst wenn Fidi unten im Fernsehen ein Fußballspiel sah, konnte sie nicht stundenlang oben verschwinden, weil er dann eben doch bei Ludwig klingelte und vor der Tür stand. Das war bereits eingetreten – ein paar Minuten früher, und eine heikle Situation wäre entstanden. Wenn Fidi sicher aus dem

Haus war, konnte man sich auch in dem Zimmer mit dem schöneren Licht treffen.

Fidi hatte eine Weile nur gelegentlich bei »Nephew & Nephew« mitgewirkt. Er sprang ein, wenn Hilfe benötigt wurde, als Hausmeister, Fahrer, Bote, Reparateur, Wachhabender am Telephon, wenn Ludwig und Bella auf Reisen waren. Bella hielt ihn lange aus der Lohnliste heraus. Es war zunächst, als sei er weniger die Hilfskraft der Firma als vielmehr ihre eigene. Anfänglich bestand sie sogar darauf, daß Fidi für seine kleinen Dienste nicht bezahlt wurde. Später, als Ludwig, der unorientiert tat, wenn es um diese buchhalterischen Fragen ging, nachfragte, wie die Firma es eigentlich mit Fidi halte, erklärte sie, was Fidi bekomme, müsse mit dem Steuerberater besprochen werden. Auf keinen Fall dürften der Firma ernste Belastungen entstehen.

Bella war zwar als Frau des kleinen lustigen Kerls dazu berufen, dessen Interessen zu wahren, aber dennoch wagte Ludwig nun die patriarchalische Pose. Es gehe nicht an, in Fidis Schuld zu stehen. Fidi hänge sonst nur herum und hecke Unsinn aus, antwortete Bella streng, als handle sie einzig in Fidis Interesse.

Inzwischen wurde Fidi immer regelmäßiger beschäftigt. Oft kamen zweimal in der Woche Mustersendungen am Flughafen an, die mühsam durch den Zoll zu schleusen waren. Fidi verbrachte ganze Vormittage damit, rosa Vordrucke auszufüllen, auf verschiedenen Amtszimmern vorzusprechen und mit dem von Ludwig unterschriebenen Scheck die Pakete auszulösen.

Immer noch ergab es sich, daß man auch die freie Zeit zu dritt verbrachte. Wenn Bella und Ludwig abends nach Hause zurückkehrten, hatte Fidi manchmal etwas zu essen vorbereitet. Danach saß man noch in einer Kneipe und beriet, was demnächst anfiel. Ludwig war allein, ohne Erika und die früheren Freunde und vor allem ohne das geringste Bedürfnis, sich abzulenken, während die große Aufgabe, der Stapellauf seines Handelsschiffs, noch ungelöst war. Bella langweilte sich keine Minute, wenn er mit ihr zum hundertsten Mal besprach, was morgen Herrn Wellershoff oder Herrn Weczerek oder gar Mr. Khan mitgeteilt werden müsse. Es war, als empfinde sie immer genau denselben Grad von Wichtigkeit wie er. Fidi saß stets wohlgelaunt dabei, ging auch eine Weile zum Spielautomaten und unterhielt sich mit der Kellnerin. Man hörte sein Lachen. Eine diebische Lebensfreude sprach aus ihm. Ein orientalischer Meisterdieb, der jonglierend, seiltanzend, listig, schnellfingrig sein Metier zur Erheiterung einer anekdotensüchtigen Großstadtbevölkerung ausübte, hätte so lachen können, wenn er dem verdutzten Bestohlenen sein Geldsäckchen zurückgab. Übrigens stahl Fidi nur, wenn er Hunger oder Durst hatte, den moralisch erlaubten Fällen. Die Welt wollte nicht, daß er verhungerte, also war das in Folie eingewickelte Brötchen mit Salatblatt und Schinkenscheibe, schwupp, von der Theke des Imbißstandes verschwunden und in seiner Tasche, und aus dem Bierkasten kam, schwupp, noch eine Flasche dazu, das waren keine Zugriffe auf fremdes Gut, das war das Leben in einem Gleitzustand auf der Reise durch eine vielfältig verschlossene, hin und wieder aber nicht unfreundliche Welt. Außerdem war er nicht faul. Er schreckte vor keiner Arbeit zurück. Man denke nur an den Küchenboden in Ludwigs Wohnung. Das Linoleum war festgeklebt, als solle es bis zum Jüngsten Tag dort liegen. Vor Fidis munteren Augen war die braune Klebekruste jedoch schon verschwunden, man kratzte ein bißchen – Kraft brauchte das schon, aber Kraft hatte er ja. Fast zehn Tage kratzte und schabte er mit schnell stumpfwerdenden Spachteln, auf den Knien liegend, eine Strafarbeit der übelsten Art.

War das noch vor dem folgenreichen Blick Ludwigs aus dem Fenster gewesen? Bella kam einmal herauf, um die

Fortschritte zu sehen. Fidi zeigte lächelnd, aber erschöpft, das freigelegte Kachelfeld, nur er wußte, welche Anstrengung ihn ein Quadratmeter kostete. Als er wieder auf die Knie ging, griff Bella nach seinem harten schwarzen Schopf, der mit Staub bedeckt war, aber er schnappte nach ihrer Hand und biß mit seinen großen weißen Zähnen kräftig hinein, so daß sie unwillkürlich aufschrie. Ludwig verließ schnell die Küche, so stark schlug ihm die Intimität dieses Paares entgegen.

Das war also doch wohl vorher gewesen – wirklich?

Ludwig fragte sich, warum Bella und er sich erst gefunden hatten, als Fidi allgegenwärtig geworden war. Sonst wären sie doch niemals ins selbe Haus gezogen! Es kam jetzt zu unerträglichen Stunden. Nachts war das Ehepaar Lopez in seinem Keller hinter dem weidlich bekannten roten Tuch allein. Oft ging das Licht schnell aus, aber manchmal brannte es noch lange. Ludwig stand im Dunkeln mit nackten Füßen auf dem kalten Boden.

Ich werde mich deswegen noch erkälten, dachte er einmal wütend. Und schon war die erste kleine Rauhigkeit im Rachen da, und am nächsten Tag im Büro mußte er niesen. Fidi Lopez war gerade dabei, einen Stapel dicker Umschläge mit Prospekten zu füllen. Bella sah nur stumm zu ihm hinüber, während er sich mit tränenden Augen die Nase putzte. Es war, als habe sie genau verstanden. Das paßte ihm noch viel weniger.

Ludwig mochte Fidi. Das tapfere Abkratzen des Küchenfußbodens, die Verausgabung eines zwar zähen, von Statur aber doch zarten Menschen, hatte ihn tief gerührt. Bella war wütend, daß er Fidi die vereinbarte bescheidene Summe in ihrer Abwesenheit übergeben hatte. Nun sehe sie nichts davon. Er wisse nicht, was Fidi anstelle, wenn er Geld in die Finger bekomme. Und wenn er keines habe? Der Zustand dauere nicht lang.

»Früher hat er sich auf die Konstabler Wache gestellt und von den Marokkanern aus seiner Teppichzeit ein paar Riegel Haschisch in Kommission geben lassen – im Nu waren die Hosentaschen voller Fünfzigmarkscheine.«

Da blieb es doppelt erstaunlich, daß er es sich mit dem Küchenboden so schwer gemacht hatte. Ludwig konnte sich diese freiwillige Schwerarbeit nur mit der Freude erklären, die aus Fidis Augen strahlte, als die achteckigen weißen und die quadratischen blauen Kacheln endlich freigelegt waren.

»Das ist eine schöne Arbeit, Chef«, sagte er immer wieder und hüpfte in seinen Fassadenkletterer-Turnschuhen auf dem Kachelboden. Ganz leicht gab der Boden eine Schwingung zurück, die den Eisschrank erzittern ließ.

Ludwig kam zu spät in den Club, wo Twillebeeckx ihn zum Mittagessen erwartete.

Der Alte war gereizt. »Sie haben Ihren Manschettenknopf verloren«, sagte er mürrisch auf Ludwigs Entschuldigungen. Wenn er ein Gegenüber überrumpeln wollte, begann er stets mit einem solchen Hinweis auf irgendwelche kleinen Fehler. Das machte schuldbewußt.

Twillebeeckx hatte, wenn er sich von Ludwig den Gang der Geschäfte berichten ließ, ein Gefühl, das er mit seinem Lieblingswort »ungut« benannte. »Ungut« waren Entwicklungen oder Tatsachen, gegen die man nichts einwenden konnte und nichts in der Hand hatte, die einen womöglich überhaupt nichts angingen, aber trotzdem nicht in den Kram paßten. Daß der Absatz der Baumwollfetzen zu blühen begann, hätte ihn eigentlich erfreuen müssen. Er hatte sich dem Hause Khan mit einer wirkungsvollen Empfehlung nützlich erwiesen. Und doch war die Lage »ungut«; man mußte sich nur ein wenig in Twillebeeckx' Interessen hineindenken. Herr Dr. van Twillebeeckx liebte es, wenn man sich in ihn hineindachte und er nicht auszusprechen gezwungen war, was er nicht leicht über die Lippen brachte.

Die Firma »Nephew & Nephew Limited« in Pakistan konnte zufrieden sein. Der nichtsnutzige junge Mann, Twillebeeckx' »Erfindung«, wie er sich in Gedanken rühmte, durfte ihm auf Knien danken für die einzigartige Chance, ganz Deutschland in pakistanischen Kattun zu hüllen. Aber wo blieb er, der Meister, der Ratgeber, der Nestor?

Ich bin wieder einmal der Dumme, dachte Twillebeeckx.

Um das deutlich zu machen, schilderte Twillebeeckx das Wesen der Wirtschaft als ein unabsehbares Netzwerk. Dieses Netz, das Geheimnis des wirtschaftlichen Erfolges, beruhe auf Gegenseitigkeit. Da »wasche eine Hand die andere«, sagte er mit schönen Bewegungen, die die Ringe blitzen ließen. Solche Netzwerke gingen von bestimmten Persönlichkeiten aus, die die Informationen besaßen und entschieden, wer sie erhielt und wer nicht. Wie häufig lösten sich wirtschaftliche Erfolge in nichts auf, weil man die Gesetze dieses Netzwerks nicht verstanden hatte, ja vielleicht nicht einmal wußte, daß es existierte.

»Sehen Sie, junger Mann, als ich in Ihrem Alter war – oder vielleicht doch jünger, mein Doktor war immerhin schon mit zweiundzwanzig fällig« – es war bezeichnend, daß er selbst jetzt nicht darauf verzichten konnte, seinen Doktortitel zu erwähnen –, »sehen Sie – was habe ich gemacht? Ich habe mich ganz der Führung eines väterlichen Freundes anvertraut. Ich bin zu dem großen alten Kohnstamm gegangen und habe gesagt: Ich brauche Ihren Rat, und ich bin auch bereit, dafür zu zahlen.«

Er erwähne da eine Selbstverständlichkeit. »Freundschaft ist immer da, wo beide Seiten ihren Vorteil haben.« Ohne die Gegenseitigkeit sei man im Nu aus dem Netz herausgefallen und verstehe nicht, warum partout nichts mehr gelingen wolle. Twillebeeckx war weit davon entfernt, über einen besonderen Fall zu sprechen.

Vielleicht verfehlte er deshalb auch die Wirkung auf seinen jungen Gast. Allgemeine Erörterungen konnten die Erinnerung an den in Hast abgebrochenen Vormittag und seine mächtigen Bilder nicht vertreiben. Ludwig war wie ein Schwerhöriger, der dem Redefluß seines Gastgebers nicht mehr folgen kann und deshalb die Gedanken abschweifen läßt.

Auch in diesem Speisesaal mit dem Kronleuchterlicht am hellen Tag, in dem gepflegten Duft von Kaffee, feinen hellen Saucen und ganz wenigen Zigaretten, gab es eine Fliege. Sie hielt sich von den Tischen fern, als ahne sie, wie unwillkommen sie war, das einsame Insekt in den ozeanischen Weiten der Zimmerdecke, die es mit hoher Geschwindigkeit durcheilte. Mutig brach sie in die kristallenen Wälder des Lüsters ein, durchflog sie und sauste mit nicht nachlassender Zielgenauigkeit auf der anderen Seite wieder durch das licht- und wärmeerfüllte Nichts, als müsse sie auf genau der Stelle der Vorhangstange landen, die sie jetzt für eine Weile Ludwigs Blicken entzog.

Bella hatte ein kindliches Verhältnis zu ihrem Schlaf. Sie stürzte sich wie ein Säugling in die Ohnmacht und mauerte sich darin ein, so fest wie ihre Kiefer dann geschlossen waren. Mit gelegentlichem Zähneknirschen schraubte sie sich in immer tiefere, gleichsam holzige Ebenen des Schlafes. Auch vormittags schlief sie nach Ludwigs Umarmung meist sofort ein. Noch während er sie an sich gepreßt hielt, fühlte er an einer veränderten Spannung ihrer Glieder, daß sie in die Traumwelten davongeschwommen war. Der Schweiß rann in kleinen Tropfen von den milchigen Brüsten in die Flußrinne zwischen den beiden schönen Erhebungen. Ihre Augen waren weniger geschlossen als zugeschwollen. Auf ihren Schläfen klebten Haarsträhnchen, die plötzlich viel dunkler aussahen. Ihr Atem war so leicht, daß er kaum eine Flaumfeder gerührt hätte, jenes alte Mittel, um das Leben in einem regungslosen Körper sichtbar zu machen, wenn der Puls nicht tastbar war. Andere nahmen dafür einen kleinen Spiegel, der auch leisen Atem noch abbildete. Vielleicht ist man zu der Vorstellung, daß man mit einem Spiegel Seelen einfangen kann, gelangt, weil im Hauch die Seele verborgen sei und auf den Lippen der Liebenden sitze, von dort hinüberspringe und wieder zurückkomme und manchmal auch im fremden Körper bleibe. Hätte Ludwig der nackten schlafenden Bella, der ein durchscheinendes Gewand aus hellrotem Licht übergeworfen war, einen Spiegel vorgehalten, wäre er sofort beschlagen, denn die Liebe zündete in ihr einen Glutkern an, der sie noch lange danach erhitzte und erst allmählich abkühlte. In seinem halbwachen Zustand fühlte sich Ludwig durch ihren Schlaf verlassen. Sie hielt sich woanders auf. Die Spitzen ihrer Brüste vor seinen Augen waren graubläulich wie ihre Lippen und außerordentlich empfindlich; er tat ihr leicht weh, sie saugte dann die Luft ein und biß sich auf die Unterlippe, und das war für ihn der Inbegriff ihrer Zartheit und Verletzbarkeit und weckte das Begehren, sich ihrer ganz und gar zu bemächtigen. Aber jetzt durfte er diese schönen und mit Blut gefüllten Spitzen nicht berühren, jetzt schlief sie und hätte seine Hand unwillig weggeschoben, ohne die Augen zu öffnen.

Was er nicht tun durfte, tat die Fliege. Plötzlich war sie dagewesen, angezogen durch die kreatürliche Wärme, die organischen Gerüche, von ihren Instinkten in diese abgeschlossene Kammer geleitet. Ein pelziger rosinengroßer Körper mit einem grün und blau schillernden Rückenpanzer. Wo solch eine Fliege sich niederließ, blieb oft ein gelbes Tröpfchen zurück, auch die Füßchen hatten etwas Klebriges, mit dem die schwere Fliege an der Decke haftete. Ein von Chitinringen gehaltenes Gefäßchen voll widerwärtiger

Essenzen war dieses Insekt. Seine bloße Anwesenheit hatte etwas Empörendes. Wenn man so nah wie Bella an einem Garten wohnte, dann mußte eigentlich ein Fliegenfänger her. Da klebten sie dann. Man zählte lüstern und staunte, wie viele sich unbemerkt im Zimmer aufgehalten hatten. Aber Bella fand Fliegenfänger ekelhaft und fürchtete, in dem niedrigen Raum selbst mit dem Haar daran hängenzubleiben.

Jetzt saß die Fliege, aus dem Nichts gekommen, auf Bellas linker Brust, deren Feuchtigkeit ihr Nahrung verhieß. Bevor sie ihren Rüssel hinabsenkte, hob sie die Vorderfüße und rieb sich die Hände. Diese genüßlichen Vorbereitungen machten die Fliege noch abstoßender.

Wo sie saß, konnte Ludwig sie nicht erschlagen. Er blies sie weg. Die Fliege machte nur einen Sprung und saß nun am Abhang der Brust, vor lästigem Sturmwind geschützt, während Bella eine abwehrende Handbewegung machte und aus ihren geöffneten Lippen ein unwilliges Geräusch drang.

Ludwig beugte sich etwas vor. Da sah er der Fliege unmittelbar ins Gesicht. Das Facettenauge ist ein Wunderwerk, das man unterm Mikroskop bestaunen kann wie die Kassettenkuppel des Pantheon, aber der Blick dieses Auges sprach von der Gegenwart eines bösen Willens. Nun hob sie sich wieder auf und machte eine längere Luftreise. Mit nagendem Brummen stellte sie Messungen imaginärer Luftquader an. Nun saß sie an der Wand, die Beine weit von sich gestreckt, den Bauch gesenkt und so unbewegt und konzentriert, als entleere sie sich. Ludwig hätte den Blick bloß abwenden müssen. Die Weite des engen, ganz von Liebesluft erfüllten Raums bot Platz für Bella und ihn und noch mindestens drei Fliegen dazu. Aber wenn in der Fliege tatsächlich etwas Böses gewohnt hatte, dann war es auf Ludwig übergesprungen. Er war jetzt von dem Gedanken besessen, sie zu töten. Nichts mehr konnte getan, gedacht, gesagt werden, bevor die Fliege tot war.

Twillebeeckx sprach von Netzen – Spinnennetzen? –, und türmte dabei Kartoffelstückchen und Broccoliröschen auf dem Gabelrücken auf. Jetzt wenigstens mußte er eine Weile schweigen, obwohl sein geschäftiges nagetierartiges Kauen etwas von einem geräuschlosen Sprechen an sich hatte. Wenn er Ludwig vor einer Stunde gesehen hätte, wie er sich behutsam aus Bellas Armen löste und nackt wie ein Indianer am Amazonas auf Jagd ging, ganz Auge und Ohr, unbewegt lauernd auf einem Hocker stehend, eine zusammengefaltete Zeitung in der Hand. Die Fliege hatte verstanden. Ein schwer beweglicher, kolossaler Feind war ihr erwachsen, von vernichtender Gewalt und von unversöhnlichem Haß erfüllt. Es gab weite Regionen, in denen die Fliege in Sicherheit war, und sie floh auch immer wieder dorthin, aber nie lange. Es war, als sei eine Beziehung zwischen den beiden Gehirnen entstanden. Einmal setzte sie sich sogar auf seinen Kopf und kletterte, wie Waldarbeiter über umgefallene Baumstämme steigen, durch sein zerrauftes Kupferhaar. In diesem Gewirr war sie vielleicht am allersichersten. Unbewegt sah sie die blinde Hand, die auf den Kopf klatschte und immer danebentraf.

Es wurde nachts schon frisch. Die Grashalme glitzerten morgens, wenn die Sonne sich in den Tautropfen fing, und in dem großen Spinnennetz, das sich von einem Winkel des Schachts zum anderen spannte, sammelten sich so viele Tröpfchen, daß es wie ein Segel durchhing. Die Fliege mochte fühlen, daß mit dem Ende des Jahres auch das Ende ihres Lebens näher rückte. Wie alte Leute in einer überheizten Wohnung die innerlich verlorene Lebenswärme wiederzufinden glauben, hoffte die Fliege bei Bella und Fidi im Souterrain auf eine Verlängerung des Sommers. Dabei war sie langsamer geworden. Es war manchmal, als sei ihr Körper zu schwer, um sich zu erheben. Dem Losschwirren ging förmlich eine Anspannung der Willenskraft voran. Der Todeswinter saß ihr in den winzigen Gelenken.

Ermüdete sie die Jagd? Dem tötungssüchtigen Wilden kamen gewisse Schleifen, die sie durch die Luft zog, wie betrunken vor. Jetzt saß sie auf der mit Sonnenblumen bedruckten Kunststoffplane, hinter der Bella und Fidi ihre Kleider aufbewahrten. Die Zeitung sauste auf sie herab.

Warum wich sie nicht aus, wie sie es tausendmal in ihrem Leben gemacht hatte? Sie fiel herunter. Ludwig meinte sogar, sie habe mit leichtem Kratzen der Beinchen seine Haut gestreift. Die Haare auf dem Unterarm stellten sich auf. Auf dem Boden bewegte sich die Fliege langsam. Ludwig nahm einen Schuh und zerquetschte sie. Es hörte sich an, als ob man eine Knallerbse zertrete. In diesem Augenblick, so erinnerte er sich jetzt ganz deutlich, hatte es von fern und ganz dünn zwölf Uhr geläutet. Es war Mittag.

Ludwig kauerte auf dem Boden, hob den Schuh und sah den in schwarze Schmiere verwandelten Fliegenkörper, nur die Beinchen waren unversehrt geblieben. Bella schlief unverändert. Der letzte Glockenton verschwebte.

Dann war es, als falle draußen, in nächster Nähe, eine hohe Leiter krachend um. Ludwig fuhr zusammen. Es begann ein aberwitziger Aufruhr. Metallrohre knallten gegeneinander. Es rumpelte wie vom Einsturz einer Mauer. Ein Platzen und Reißen und Splittern und dazwischen eine dumpfe Detonation, die unter Poltern, Balkenbersten und Aufschlagen von aufbrechenden Holzkisten begraben wurde.

Und dann wieder Schweigen. Ein Schweigen von einer Vollkommenheit, wie es auch hier in dem abgeschirmten Gartenhof kaum an einem Sonntagmorgen vorkam.

Ludwig hockte auf dem Boden, den Kopf eingezogen, als stürze das Zimmer ein. Jetzt war es immer noch still. Keine Sirenen waren zu hören, kein Geschrei. Bella schlief fest.

Er stand so behutsam auf, als müsse er sich davon überzeugen, daß er unverletzt sei. Er ging zum Fenster und hob den Vorhang, um hinauszusehen. Da lag der grüne Rasen in seiner üblichen Verlassenheit. Nicht einmal der weiße Kater war zu sehen. Das Eßzimmerfenster von Frau Zimmermann war geschlossen, die Mullgardinen dahinter zu völliger Ausdruckslosigkeit zugezogen. Ludwig zerrte ein wenig an dem roten Tuch, um besser hinaussehen zu können, da löste es sich von den Nägeln und fiel über ihn herab. Es wurde strahlend hell im Zimmer. Bella schlug die Augen auf. Sie sah ihn mit der römischen Toga, aus der die nackten Arme guckten, und lachte. Nein, sie hatte nichts gehört. »Ich habe von dir geträumt. Wir waren in Italien und lagen im Bett.« Gemeinsam brachten sie das rote Tuch wieder an. Dann sahen sie auf die Uhr – noch eine Stunde bis zum Treffen mit Herrn van Twillebeeckx – unendlich viel Zeit.

Was war geschehen? fragte er sich nun wieder. War überhaupt etwas geschehen? War der ganze Vormittag ein Traum mit offenen Augen? Brachte ihn das Leben mit Bella so durcheinander, daß er Halluzinationen bekam? Wie seltsam ihn Bella ansah, als er sie fragte, ob sie nicht doch etwas gehört habe. Da lagen sie schon wieder nebeneinander.

Ich will nicht mehr in diesem Zimmer sein, dachte Ludwig.

»Und das brauchen Sie auch nicht, junger Mann, keine Angst, ich plündere Sie nicht aus, im eigenen Interesse«, sagte Twillebeeckx soeben mit leicht erhobener Stimme und schlug mit der flachen Hand auf Ludwigs Unterarm. »Ich schlage Ihnen folgendes vor: Ich lasse das, was Sie mir als Vermittlungsprovision und Gewinnbeteiligung schulden, bei Ihnen stehen, und wir wandeln Ihre Schulden ganz einfach in eine Beteiligung um. Jawohl, ich habe mich entschlossen –«, hier zwinkerte er kokett, ein guter Onkel, der als Nikolaus eine Überraschung aus dem Sack holt, »ich steige bei Ihnen ein. Ich werde Ihr Partner. Keine Angst, ich rede nur herein, wenn ich gefragt werde. Ein stiller Gesellschafter. Das ist es, was mir vorschwebt.«

Wovon spricht er? fragte sich Ludwig verwirrt. Wie lange hatte er nicht zugehört? Er mußte sofort etwas sagen, und dazu war Frechheit vonnöten, aber die wird von Merkur bekanntlich begünstigt. Es war eine blinde Frechheit. »Ich glaube, ich habe Sie nicht richtig verstanden«, sagte er, als wende er die Twillebeeckxschen Gedanken hin und her, »ich sollte das alles in Ruhe lesen. Könnten Sie mir nicht einen Brief dazu schreiben?«

Seine Zerstreutheit war echt und verfehlte es deshalb nicht, Eindruck zu machen. Den Alten wandelte fast etwas wie Demut an. Sein Auge glänzte väterlich, als sei er ein alter Raubritter, der sich der ersten Gewalttaten seines Sohnes freut.

Vor anderthalb Stunden hatte Ludwig noch neben Bella gelegen. Aus den Stunden vor dem Treffen mit Twillebeeckx hatten sie alles herausgepreßt, als sei es ein Abschied für immer, und während des Essens lösten sich seine Gedanken kaum für Augenblicke von ihr. Es war im Grund vertane Zeit, in solcher Verfassung andere Leute zu treffen.

Über Fidi sprachen sie nie. Gewiß, er war da, sogar unübersehbar. Er arbeitete für die Firma, und zwar schnell und gut. Ludwig nahm auf die Bezahlung keinen Einfluß. Es stand ohnehin fest, daß Fidi das alles in erster Linie nicht für Geld machte. Das war natürlich unerhört angenehm, aber es schuf auch diese geisterhafte Lage, daß Fidi ständig anwesend, ständig teilnehmend, in alle Prozesse einbezogen war, so daß Ludwig ihn sich gar nicht mehr wegdenken konnte.

Wir sind abhängig von einem Mann, von dem wir wünschen, daß er verschwindet, dachte Ludwig neuerdings gelegentlich. Bella gegenüber war das Thema tabu. Ludwig fürchtete im geheimen, daß sie sich Fidi gegenüber schuldig fühlte. Niemals sollten ihre Liebesstunden bei ihr ein Bedauern, einen Kummer, eine Reue wecken.

Wenn die Liebe zu einem unbezweifelbaren, objektiven Faktum geworden war und das Leben regierte, dann ergab sich alles von selbst. Sie hatten nicht gehandelt. Sie hatten sich führen lassen, ohne sich zu wehren, bis der Punkt erreicht war, von dem es kein Zurück mehr gab. Was so stark und so glühend war wie der Zustand, der sie ergriffen hatte, konnte nicht plötzlich erkalten, flau und fatal werden. Er würde alles, was im Weg stand, auf einer sanften und zugleich unwiderstehlich starken Welle weit von ihnen wegtragen.

Aus dem Club eilte Ludwig zum Bahnhof. Morgen früh sollte er Mr. Khan in Brüssel treffen. Er hatte davon geträumt, Bella mitzunehmen. Warum ging das nicht? Dennoch wurde die Reise nach Brüssel eine Reise mit ihr, vielleicht gerade weil sie zu Hause blieb. Auf der Fahrt wurde möglich, wozu sonst vor lauter Liebe nie Zeit war: mit Bella zu sprechen.

Alles, was er sah, kam ihm besonders vor. Es war, als ob die Liebesschule, die doch nur in gedämpftem Licht, bei rotgefilterter Sonne stattfand, eine wahre Maulwurfsschule, ihn nun, wo er sich allein hinausbegab, höchst wahrnehmungsbereit gemacht hatte.

Was war das einzige Ziel der letzten Wochen gewesen? Im Bett zu liegen, oder vielmehr auf der Matratze auf dem Fußboden, und Bella zu umarmen. Das Eigentümliche dieser, den ganzen Tagesablauf beherrschenden Liebesereignisse, die wie Feldzüge geplant wurden, war aber ihr geringes Gewicht in der Erinnerung. Da war eigentlich, nachdem man eben noch außer sich war vor Entzücken, nicht viel gewesen, da war, noch zwei Stunden später, eigentlich überhaupt nichts gewesen. Man ging, so empfand Ludwig in leiser Verlegenheit, in die nächste Umarmung geradezu jungfräulich hinein.

Ludwig lebte immer von der Hoffnung auf das nächste Mal. Die Vergangenheit gab es nicht, und die Gegenwart war entweder ein nie vollständig erfahrbarer Rausch oder ein quälendes Warten. Er konnte von Glück sagen, daß seine Eltern nicht in der Stadt waren, sonst hätten ihn seine Versäumnisse zerrissen, wie mythologische Liebeskranke von Jagdhunden zerrissen wurden.

Ludwigs Vater hatte sich zu einem Aufenthalt in einem Schwarzwaldsanatorium überreden lassen. Dabei ging es eigentlich weniger um die Hoffnung auf Besserung als um die Schonung seiner Frau. Der Arzt forderte von ihr, sie müsse auch an sich denken.

Von nichts war sie weiter entfernt. Sie fühlte sich unendlich unglücklich, und sie schlief schlecht, weil sie die ganze Nacht über wie eine junge Mutter auf die kleinsten Geräusche aus dem Bett neben ihr lauschte, aber sie hatte keineswegs die Empfindung, überanstrengt zu sein.

»Sehe ich wirklich krank aus?« fragte sie später ihren Sohn, denn zu den Ängsten, die ihr Leben ausfüllten, war nun noch die Sorge getreten, als Pflegerin, womöglich in der schlimmsten Zeit, auszufallen.

Die Abreise fiel schon »in Bellas Zeit«, wie Ludwig es nannte. An seine Organisationskünste wurden geradezu übernatürliche Anforderungen gestellt. Er schaffte es immerhin, eine Stunde vor Abfahrt des Krankenwagens, der war zum Kummer des Vaters nicht zu vermeiden, zur Stelle zu sein.

»Die gute Luft« des Schwarzwaldes, von der schon zu Ludwigs Kinderzeit die Rede war – er hatte ihre Wirkung in einem Kinderheim erproben dürfen –, tat ein von niemandem ernsthaft erwartetes Wunder. Das Sanatorium war ein

Aufenthaltsort für Todkranke, ein »Vorhof zur Hölle«, wie Ludwigs Mutter sagte; sie litt unter dem Anblick der gebeugten Schattengestalten in Korridoren und auf Parkwegen erheblich mehr als ihr Mann. Er begann auf einmal aufzustehen und »spazierenzugehen«, wie er das nannte. »Ich gehe jeden Tag langsam zu einer Kuh«, erzählte er Ludwig am Telephon.

Zehn Minuten dauere dieser Weg, danach sinke er heftig atmend auf eine Bank, die tatsächlich an einer Kuhweide stehe, erklärte die Mutter, nachdem sie ihren Mann ins Bett gebracht hatte, aber sie schien selbst heiter über die neue Entwicklung.

»Die Kuh ist jedenfalls schöner als die sterbenden Gespenster hier.« Von einer Gemeinsamkeit des Schicksals mit dem der übrigen Patienten wollte sie nichts wissen.

Auf der Zugfahrt versuchte Ludwig Bella zu erklären, wie wichtig dieser Besuch bei der Kuh sei. Der Abwesenden konnte er das Lebensvolle dieser Kuh beschreiben, ihren seelenerfüllten Blick unter den langen Wimpern, die festen Locken zwischen den Hörnern, das bescheidene Graszerkleinern der mächtigen Kiefer, deren Muskulatur bis zu den Schläfen hinauf unter dem kurzen Fell so schön spielte. Er hoffte, daß von der Kuh mit ihrem strotzenden Euter und den fest in den Boden gerammten Beinen Kraft und Geduld, eine milchige Wärme und Fülle auf den mageren Kranken hinüberströmte. Der Anblick einer Kuh in ihrer uneigennützigen Gesundheit war gewiß nicht so einschüchternd wie der eines Menschen im besten Lebenssaft.

»Sie erkennt mich«, sagte der Vater. Wenn er sich nähere, dann komme sie sehr langsam, ohne Eifer, aber zuverlässig herbei und stehe dann solange am Zaun, wie er dort sitze. »Wir sehen uns an.«

So sprachen sie lange, auffällig lange, über die Kuh. Worüber sonst hätten sie sprechen sollen? Da war sie wieder, die Ratlosigkeit. Über die Handelsaktivitäten mochte Ludwig nichts sagen, über Bella konnte er nicht reden.

Im Zug faßte er den Entschluß, Bella einen Brief zu schreiben. Aber wann sollte das geschehen? In Brüssel kam er erst in der Nacht an. Früh morgens landete Mr. Khan und würde jede Minute von ihm fordern. Das Ohr zu seinem Mund gebeugt, würde er versuchen, Khan irgendwie zu verstehen. Wieso verstand Bella Mr. Khan ohne Mühe?

Hinter Aachen stiegen zwei alte Leute ein. Das waren also die Belgier. Wie eigentümlich, wie fremdartig, wie exotisch waren die Belgier. Die Luft jenseits der Grenze war geschwängert von Andersartigkeit. Es regnete. Die Nacht war pechschwarz, und die Lichter spiegelten sich auf den nassen Straßen. So war es überall bei schlechtem Wetter, aber hier kam eine größere Sattheit dazu, eine fettere Schwarzheit, von glänzendem Teer oder von Miesmuschelschalen – lebten die Belgier nicht vorwiegend von Miesmuscheln? Wie sich hier die Bierreklame des vorbeiwischenden Wirtshauses goldgelb in der Schwärze behauptete, das hatte eine größere graphische Einprägsamkeit, etwas mit Schicksal Angefülltes, etwas Literarischeres als das Wirtshausschild des »Purzelbaumes«. Wie konnte man Bella das klarmachen? Der »Purzelbaum« lag mitsamt seinem peinlich witzigen Namen im Niemandsland, da konnte es regnen oder sonnenheiß sein, das besaß für kein Leben die mindeste Bedeutung. Hingegen hier: allein in diesem trübbeleuchteten Abteil zu sitzen – seitdem der Zug die Grenze überfahren hatte, flackerte das Licht –, allein auf diese beiden dicken alten Leute in ihren abgetragenen Kleidern zu blicken, die aus einer anderen historischen Epoche zugestiegen waren, allein durch diese nasse, von goldenen Wirtshausschildern in ihrer tragischen Einsamkeit gesteigerte Nacht zu fahren, veränderte das Leben unwiderruflich, das eröffnete einen Blick auf die sonst unsichtbar verstreichende Zeit.

Waren die Flamen nicht ursprünglich eine Art Deutsche? Die Geschichte tat eine französische und eine spanische Prise dazu, eine gotische, eine burgundische und zum Schluß sogar noch eine afrikanische, verhinderte durch Grenzen eine Verwässerung der neuen Mischung und ließ, durch eine Verschiebung der Nuancen eine Eigenart entstehen, die durch die nahe Verwandtschaft und die gleichzeitige Verschiedenheit zum Deutschen so beunruhigend wirkte wie der Traum von einem Faden, den man beständig zu fassen meint und der beständig entgleitet. In den belgischen Straßen bewege man sich, so dachte Ludwig, wie in einem alten Lexikon, das vergessene, einstmals berühmte, mit den höchsten Orden ausgezeichnete Männer aufzählt: Eisenbahningenieure, Erfinder, Missionare, Schriftsteller, Stifter, Wohltäter, Fabrikanten, Bischöfe, Architekten und Marschälle. Alle Straßenschilder mit ihren geprägten zweisprachigen Schriftzügen waren solche Lexikoneintragungen, lapidar, ohnmächtig gegen den Zerfall des Ruhms, aber die Würde eines zivilen Helden- und Heiligenkalenders behauptend. Diese Tafeln waren festgeschraubt an Häuserwänden von rotem Backstein, oder mit falschem Fachwerk, oder aus fünfeckigen Feldsteinen, oder auf schwarzweißgestreiften Mauern, oder auf Wänden mit grünschillernden, butter- und portweinfarbenen Kacheln, die mit Muscheln und Seesternen geschmückt waren, und die Fenster dieser Häuser waren aus buntem Glas, mit Lilien und Seerosen oder mit Wappen und Kronen und heraldischen Blumen, und an vielen dunklen Fenstern klebte ein großes Stück Papier: »to verhoor«, darin steckte für das deutsche Ohr nicht nur die Miete, sondern auch die Frau, die diese Miete bekam. »To verhoor« war die Aufforderung, sein Leben zu ändern, eine Wohnung in einem solchen Haus zu mieten, sich darin an den Kamin zu setzen und zu warten. Mit Bella, so fühlte Ludwig, müßte er in ein solches Kachel-Rustica-

Fachwerk-Gotisch-Jugendstil-Gemäuer einziehen und den Regen genießen, der hier eine Art himmlischer Firnis über den irdischen Farben war und Tiefe, Leuchtkraft, Perlenschimmer und Geheimnis immerfort neu erzeugte. Wie waren solche Wunder begreiflich zu machen?

»Ich wurde von Reiseglück begleitet«, nahm er sich vor, Bella zu schreiben.

Die moderne Welt ist mit einem Riesenappetit über das Brüssel des neunzehnten Jahrhunderts hergefallen, das weite Landstriche bedeckte und nicht mit einem einzigen Molochhappen von Baggerzähnen aufzuzehren war. Große Regionen einzigartiger Stadträume waren nun trotzdem aufgefressen, und weitere standen verödet und warteten auf den Abriß. Ludwig war eigentlich nicht aufgebrochen, um die Schönheiten Brüssels zu erforschen. Er war ein nüchterner Geschäftsmann auf Reisen, er brauchte eine Badewanne, ein Telephon und ein Taxi. Sein Geist sollte unabgelenkt wie ein Windhund vor dem Wettrennen in einem engen Käfig verharren, um beim Signal, wenn sich die Klappe öffnete und Mr. Khan aus der Tür trat, nach vorn zu schießen.

Es war spät, als er aus dem Zug stieg. Er mußte schnell sehen, wo er unterkam. Ein kleines Hotel lag in der Nähe des Bahnhofs. Es hieß »Rose de Brabant«. Ein schwarzes Paar, die Frau in knappem Lacklederrock, der Mann mit geschorenem Kopf und einer Lederjacke, die eine Fahne von neuem Ledergeruch hinter sich herzog, betrat es unter der im nassen Wind schwankenden Ampel. Im Empfang bedeckten blaue und rote Kacheln halbhoch die Wand. Darüber füllten Spiegel aus dickem Glas den Raum bis zur Decke. Das hin und wieder abplatzende Silber und die Linien, die sich zwischen solchen Fehlstellen spannten, machten aus den Spiegeln eine Landkarte mit kraterartigen Bergen und zittrigen, die Weiten durchteilenden Eisenbahnlinien. Auf einem Piedestal stand eine Büste aus elfenbeingelb poliertem Gips mit einem rostenden Diadem und ebensolchen Ohrgehängen. An dieser Büste lehnte ein Fahrrad, dessen zerrissene Kette auf dem Boden schleifte. Ludwig hätte Bella diesen Korridor genau »erklärt«, wie er jetzt wörtlich dachte, das »Stillebenhafte«, das Absurde, das Kleinbürgerliche, das Exotische, die in diesen Raum, mitten in germanisch-keltischen Landen, schon hereinströmende romanische Ungemütlichkeit. Dabei hatte er die dilettantisch knallbunte Kopie der Helene Fourment, die über seinem Bett hing, noch nicht erblickt.

Bella hätte wahrscheinlich abgelehnt, die »Rose de Brabant« zu betreten, obwohl sie mit Fidi schon in den Liegesesseln auf dem Flughafen und in einem ausgeweideten Auto am Stadtrand übernachtet hatte. Mit Fidi war das möglich, mit Ludwig wäre es falsch gewesen. Der Mann gab das Milieu vor, dem sie sich anpaßte und das sie dadurch zugleich etwas anhob. So fühlte sie sich am wohlsten, darin erschöpfte sich auch ihr Ehrgeiz. Wenn ihre Hartnäckigkeit manchmal einen anderen Eindruck vermittelte, dann, weil Ludwig noch nicht an dem Platz angelangt war, auf den er ihrer Einschätzung nach gehörte, also nicht in die »Rose de Brabant«, auch wenn er sich da wohlfühlte.

Für ein Abendessen war es fast zu spät, aber Ludwig probierte dennoch, Bella zu erreichen, erst zu Hause – inzwischen gab es im Souterrain ein Telephon, aber dort war besetzt, das konnte Fidi sein –, dann im Büro, dort war es gleichfalls besetzt. Wahrscheinlich sprach sie mit Fidi und bat, daß er sie abholte. Dieser Gedanke erfüllte ihn mit Freude. Es schuf ein Gefühl der Nähe, aus der Kenntnis ihres Tageslaufs schließen zu können, was sie gerade tat.

Dieser Versuch war aber ein Fehler. Gerade war er noch in Künstlerstimmung gewesen. Dann hatte er versucht, aus seiner in vollen Zügen genossenen Welt hinauszutreten, war nur bis zu den Telephonapparaten in Frankfurt gelangt und dort auf das Besetztzeichen gestoßen.

So saß er auf dem Bettrand in der »Rose de Brabant« beim tatsächlich rosenfarbenen Licht eines Nachttischlämpchens mit durchgeschmortem gefältetem Schirm. »Auf dem Bettrand sitzend, gleichen wir verurteilten Verbrechern, die über ihre Strafe nachsinnen«, sagt ein argentinischer Dichter.

Der Bettüberwurf hatte zwischen Rosen und braunen Chrysanthemen einen kleinen Fleck, nicht besonders auffällig, aber nachdem man ihn einmal entdeckt hatte, nicht mehr zu übersehen. Ein feines Hotel war die »Rose de Brabant«. Auf einmal hatte er für den Charme dieses Hauses, das er Bella als »Emigrantenhotel« hatte beschreiben wollen, keinen Sinn mehr. Ein Fleck – von Rotwein oder Kaffee? Das waren die appetitlichen Möglichkeiten. Statt dessen drängten sich der Phantasie natürlich die weniger schönen Varianten auf. Schon in der Nähe dieses Flecks zu sitzen war auf einmal unangenehm. Der Fleck strahlte in weitem Umkreis aus. Eben noch hatte Ludwig sich ausmalen wollen, wie es mit Bella zwischen den Laken dieses Bettes gewesen wäre. Plötzlich war es unerträglich, der verspätete Zeuge anderer Paare sein zu müssen. Bella gehörte nur in die eigene reine Sphäre, in der die Lust gut roch und die Körper wohldufteten.

Dann hörte er ihre Stimme. Einen winzigen Augenblick lang war Ludwig versöhnt und glücklich.

»Ich bin, glaube ich, vollkommen betrunken. Wir haben eben mit Mr. Khan eine ganze Flasche Sekt getrunken.«

Was war das? Wo war Bella? Wo war Mr. Khan?

Nun, er hatte schon richtig gehört. Mr. Khan befand sich in Frankfurt, wohnte im selben Hotel wie das letztemal und war am Nachmittag gemeinsam mit Bella die letzten Bestellungen durchgegangen. Seine Neugier war beträchtlich.

Sie hatte ihn in alle Pläne einweihen müssen und ihm auch den Briefwechsel mit der Nürnberger Firma gezeigt, obwohl dieser Faden erst noch richtig gesponnen werden wollte, bevor man darüber nach Hyderabad berichtete; alles zu Mr. Khans höchster Zufriedenheit. Auch der Auftrag der Schweden sei perfekt, und selbst hier habe Mr. Khan gleich seine Zustimmung gegeben. Die mühevolle Prozedur, durch die Garde der vor Mr. Khans Zimmer schlafenden Großneffen zu seinem Schreibtisch vorzudringen, war ihnen erspart, es lief alles wie verzaubert. »Es ist die reine Zauberei. Er kommt hier herein, ich erkläre ihm, worum es geht, er hebt den Hörer, und dreihundertundfünfzigtausend Holzfällerhemden ›Boy‹ sind verkauft.«

Das waren wichtige, höchst bedeutsame Nachrichten. Bella schien sicher zu sein, daß Ludwig nun außer sich geriet vor Freude. Und dennoch empörte ihn Bellas ungeordneter und von grundlosem Lachen unterbrochener Bericht. Das war schon stark, was da so nebenbei serviert wurde. Er saß in Brüssel, und Mr. Khan stöberte wie ein Gerichtsvollzieher mit Haussuchungsbefehl in der Korrespondenz. Hatte das gesamte Arrangement nicht etwas höchst Verdächtiges?

»Und du bist in Brüssel«, sagte Bella in bester Laune, als entzücke sie diese Pointe auf höchste. Mr. Khan habe eine Weile gebraucht, bis ihm klar war, was er angerichtet hatte. Seine Reisen seien Gedankenakte. Er ändere seine Pläne, wie es ihm gerade in den Sinn komme.

Bella war wie auf Wolken. Man gehe jetzt essen. Sie könne gar nichts essen, der Schwede lade großzügigst ein – komisch, nicht wahr, denn schließlich habe sie doch verkaufen wollen und nicht er.

Bella hatte Auftrieb, das spürte er deutlich. Das Leben in dem Kellerbüro, immer mit ihm eingesperrt, genügte ihr auf die Dauer nicht. Sie hatte ihren munteren Mann und einen Geliebten, und jetzt begann sie auch geschäftlich Lob einzuheimsen und in einen aufregenden Wirbel zu geraten. Mußte er sich nicht freuen, daß sie etwas erlebte, daß sie in ihren Leistungen und in ihrer Selbständigkeit bestätigt wurde? Nur dieses Ausgehen mit Mr. Khan heute abend lag ihm auf der Seele. Er hätte viel dafür gegeben, in der bewußten orientalischen Gedankengeschwindigkeit in Frankfurt zu sein und Bella sanft beiseite zu drängen.

Seine Sorgen wagte er nicht in der Heftigkeit auszusprechen, mit der er sie fühlte. Was denn Bedenkliches an einem Abendessen mit Mr. Khan sei? fragte sie unschuldsvoll. Sie erinnere sich an Anlässe, bei denen er sie Mr. Khan geradezu aufgenötigt habe.

Nicht darüber wollte Ludwig sprechen, er wollte vielmehr an Mr. Khans Betragen erinnern.

Mr. Khan habe sich bei dieser Gelegenheit nicht unangemessen verhalten, antwortete Bella streng. Andernfalls hätte es ein späteres Ausgehen kaum gegeben. Das waren hoheitsvolle Sätze, eine strafende Zurückweisung lag darin. Ludwig war verblüfft. Er hatte alles ganz anders in Erinnerung. Aber das Mißverständnis mußte jetzt stehenbleiben. Das war so fatal an diesem sich rasch zum Ende neigenden Gespräch.

Er möge Mr. Khan nicht. Das wisse sie seit langem. »Ich habe Sinn für Mr. Khan. Ich bin unbefangen«, erklärte sie nun. »Frauen haben nicht diesen dummen Konkurrenzdruck wie Männer, deshalb verstehen sie andere Menschen besser.« Für ihn, Ludwig, sei Khan ein dummer Neger aus der Dritten Welt. »Bitte belehre mich nicht«, sagte Bella. Es wurde immer toller. Dies war ein bösartiger Zank aus der puren Wollust des Nichtverstehens heraus. Das Telephon war ihnen feindlich, das fühlte Ludwig zweifelsfrei, sie hatten noch nie aus großer Entfernung miteinander telephoniert, wer wußte, welche Dämonen zwischen Frankfurt und Brüssel Einfluß nahmen.

Es verging etwas Zeit. Er beruhigte sich. Ihm war, als sei er schuld an dem Wortwechsel gewesen. »Suche meinen Manschettenknopf«, sagte er zum Abschied.

Ich vertraue ihr, dachte er und empfand ein Glücksgefühl über diese mächtige Formel, die den Menschen, dem da vertraut wurde, geisterhaft fesselte. Das Vertrauen wies die bösen Neigungen in ihre Schranken. Und gab es etwas Schöneres, als Bella zu vertrauen? War die Liebe in ihrer Rückhaltlosigkeit nicht ein Fundament, auf das man besser baute als auf tausend Schwüre und Beweise? Er hatte Bella vollständig okkupiert, blockiert, überstülpt, penetriert und arretiert. Sie besaß nicht mehr die geistige Freiheit, um sich mit einem anderen Mann davonzumachen.

Die Dunkelheit wehte mit einem sanften Luftzug ins Zimmer, als er das Fenster öffnete, um tief einzuatmen. Ein Kohlenschwefelgeruch hing in der Straße und lockte ihn aus dem Hotel. Ohne Stadtplan lief er aus dem Haus. Die Straßenfluchten, die hellen Laternen, die immer tiefer in das Dunkel hineinführten, die rostigen Firmenschilder in der Typographie der Zwischenkriegsjahre – alles wirkte, als sei es nur für ihn aufgestellt, eine Kulisse für seine innere Welt, eine stumme Sprache, die etwas ausdrückte, was er im Geheimsten bereits wußte. Im Träumen baut man sich solche Städte, aber dies hier war kein Traum, dies war eine Wirklichkeit, die nur auf ihn gewartet hatte. Die Stadt wollte ihn entschädigen.

Er war noch nicht weit gelaufen, als er vor der Schutzherrin seines Ausflugs stand. Vor einer fabrikartig düsteren Kirchenfassade erhob sich eine Figur aus Gußeisen, lebensgroß und wie eine Parkbank frisch lackiert. Ein weißer starrer Puppenkopf mit den roten Lippen einer Kabuki-Theatermaske trug einen lokomotivschwarzen Schleier und ein Diadem, das die Form einer mit Goldbronze gestrichenen

Sitzbadewanne hatte. Das Gewand war dunkelblau und mit goldenen Sternen besetzt, in den prothesenartigen Händen hielt sie ein Kruzifix, das man in einen Eimer frischen hellen Blutes getaucht zu haben schien. Sie stand im bläulichen Licht einer im Wind schaukelnden Lampe wie von der Vollmondscheibe beschienen. »Vierge de l'Apparition – 17. Janvier 1871« stand auf dem Band zu ihren Füßen.

War das die Königin der Nacht? Bei jedem Schaukeln der Lampe fiel ein dunkler Schatten über ihr Gesicht. Kam das Licht zurück, wirkten die Züge verschlossener, als raube jede Dunkelheit ein Stückchen von ihrem Ausdruck. Bestand etwa ein Zusammenhang zwischen seinem nächtlichen Umherschweifen und Bellas Zusammensein mit Mr. Khan? Das war etwas Physikalisches, es hatte mit der Spannung zweier mit Energie aufgeladener Körper zu tun. Wie diese Königin vom Licht war Bella von ihm abhängig. Während sie mit Mr. Khan im Restaurant saß, mußte auf seiner Seite eine gleichstarke Aktivität erfolgen, um die Anziehung fortdauern zu lassen. Wenn er sich jetzt nicht konzentrierte, bestand die Gefahr, daß der Magnetismus nachließ, Bella ihren Halt verlor und buchstäblich von ihm abfiel. Das nächtliche Herumlaufen war Liebesarbeit. Die Stationen, die dabei zurückgelegt wurden, enthielten Prüfungen und Rätsel, wie sie den in dunklen Wäldern umherschweifenden Rittern begegnet waren, die Abenteuer bestanden und dabei doch immer nur ihre Liebeshoffnung im Herzen trugen.

Da leuchtete am Ende der Straße ein Ladenfenster in goldenen Tönen. Man mußte darauf zugehen, so verheißungsvoll, so üppig sah es schon von ferne aus. Das gesamte Fenster war ein Werk der Architektur, nicht nur sein Rahmen aus dünnen Säulen und das große gläserne Schild, sondern vor allem die Aufschichtungen, Auftürmungen, Aufreihungen und Hängungen im Innern. Auf schwarzem Grund stand in Goldbuchstaben, die das Laternenlicht auffingen wie Fliegenfänger die Fliegen, »Aux Jambons Ardennois« geschrieben, ein Gespinst von Schnörkeln und Schleifen umgab diese Inschrift, die mehr dem Titel einer Oper glich als einem Ladenschild. An einer Nickelstange hingen zwölf mächtige Schinken mit vom Rauch rötlich schwarz gebeiztem Fleisch, die Fettpartien bernsteingelb. Darunter standen auf Podesten, wie auf einem Hochaltar, geflochtene Weidenpyramiden, um die herum sich meterlange Blutwürste und Leberwürste wanden. Würstchengirlanden umrankten Schinkenwolken. Unten reihten sich die Pasteten in ovalen Terrinen, mit schneeigem Schmalzrand um die grobkörnige, nach oben gewölbte Masse. Keine Pastete und kein Wursturm war angeschnitten, der gesamte Aufbau stand da als Schinken-Museum und Schinken-Arsenal.

Der Laden war leer. Die Marmortheke, die langen Reihen mit stählernen Fleischerhaken, nirgendwo war eine Spur von Fleisch. Auf dem Boden aber kniete ein Mann. Er war so still und einsam beschäftigt, daß Ludwig unwillkürlich an etwas Grausames dachte, das zwischen abwaschbaren Kachelwänden erledigt wurde. Als der Mann sich aufrichtete, gab er den Blick auf die Schienen einer Spielzeugeisenbahn frei. Zugleich erkannte Ludwig, daß alle Schinken und Würste und Pasteten Pappmachéskulpturen von augentäuschender Qualität waren. Der einsame Bastler sah ihn an, ein großes blasses Gesicht mit wenigen schwarzen Haaren und halbgeöffnetem, unnatürlich rotem Mund. Er hielt den Schraubenzieher wie eine Waffe in der Hand, seine Miene war angestrengt. Schmerzten die Knie auf dem Steinboden? Ludwig fühlte das Indiskrete seines Betragens und ging eilig davon.

»Nineth Floor, Adamjee House, I. I. Chundrigar Road, Post Office Box 6637, Karachi Two – Pakistan, Cable: Nephewmodes« – das sagte er vor sich hin, als er weglief. Er hatte die Adresse der Zentrale auswendig gelernt und repetierte sie manchmal, wie buddhistische Mönche ihr Mantra vor sich hin sprechen. In Frankfurt saß man im Keller, in Karachi im neunten Stock. Manchmal kam man zusammen, am Tisch eines Restaurants, und hielt bei Vermeidung von Schweinefleisch ein brüderliches Gastmahl.

Der Mann mit seiner Eisenbahn bewegte, als Ludwig sich schon halb abgewandt hatte, die Lippen, aber das Glas verschluckte die Worte. So etwas kannte er auch von Bella. Sie saßen sich an ihren Schreibtischen gegenüber. Unwillkürlich begegneten sich ihre Blicke, während sie sich bemühten, ihre Gedanken nicht zu unterbrechen. Bella sah mit hellbraunen Augen, die sich nicht unfreundlich in die seinen versenkten, durch ihn hindurch, und ihre Lippen bewegten sich. Sie flüsterte vielleicht eine Telephonnummer. Fragte er später, bekam er nie eine Antwort. Sie sitze nicht herum und träume in den Tag hinein; sie sei beschäftigt. Bella war außergewöhnlich tüchtig. Niemals hätte er so schnell in diesem Gewerbe Fuß gefaßt, wenn sie ihm nicht, lernend und gleichzeitig mit ihrem Mut und ihrer Kühnheit schon in Gebiete vorgreifend, die ihm und ihr eigentlich noch verschlossen waren, beständig zur Seite gestanden wäre. Dieses Licht, das sie sich und Ludwig aufsteckte und das die Frankfurter Niederlassung von »Nephew & Nephew« so eindrucksvoll erleuchtete, das stand allerdings nicht unter dem Scheffel, sondern auf dem Schreibtisch. Bella wollte gelobt sein, und wenn das Lob ausblieb, dann erinnerte sie deutlich, gelegentlich harsch, an den ihr zustehenden Tribut.

Wie gern hätte er sie gelobt, gerade jetzt. Warum kannte er »Adamjee House, Chundrigar Road« auswendig, nicht aber den Ort und die Nummer, wo sie gerade zu Abend aß? Wie wichtig wäre es gewesen, alles, was sie Mr. Khan ablistete, unmittelbar hinter der Bühne zu besprechen, weil dieses Abendessen nur ein Teil der Wirklichkeit war.

Mr. Khan erlebte ein Trugbild, wenn er mit Bella allein saß, weil sie auch dann im Verborgenen immer mit Ludwig zusammenwirkte, sein schönes Instrument, seine Hand, seine Seele.

Er war in belebtere Straßen geraten. Ludwig spürte plötzlich seine Beine. Er hatte sich weit vom Hotel entfernt. Aus einem Lokal drang durch die großen Glasscheiben, die nur zur Hälfte mit Spitzengardinen verhängt waren, Neonlicht auf die Straße, dazu Akkordeonmusik, eine kleine Tonfolge in Moll von lustigen quietschenden Tönchen begleitet.

Wenn es ein Fest war, das hier gefeiert wurde, dann eines mit strengem Zeremoniell, ohne Ausgelassenheit, ohne Improvisation und vor allem ohne jede Unterhaltung. Im gleißenden Licht saßen etwa dreißig Personen an rotgeäderten Kunststofftischen. Die Kapelle bestand aus dem Akkordeonspieler, einem Gitarristen mit elektrischer Gitarre und einem Schlagzeuger, der kleinen Trommeln mit einem Besen ein scharrendes Räuspern entlockte. Der Akkordeonist ließ den Blasebalg seufzen und drückte mit gespreizten Fingern auf die weißen Knöpfe. Ein schlenkerndes, schleifendes, fiependes, synkopisches Vorspiel erscholl. Die Paare standen auf und strebten der Tanzfläche entgegen, einem schmutzigfeuchten Holzboden, der mit Sägemehl bestreut war. »Gamin de Paris« stand auf dem rosagestreiften Umschlag des Notenblatts. Die Paare verneigten sich voreinander und schoben sich in den Takt hinein.

Gab es ein einziges gesundes, normal gewachsenes Paar unter diesen geschickten und ausdauernden Walzertänzern? Vielleicht noch am ehesten die beiden sechzigjährigen Frauen mit denselben Vogelnestfrisuren. Ihre Brüste lagen auf gleichfalls festen Bäuchen. Wie weiß die verwelkte Haut ihrer Arme war. Nichts Zarteres war vorstellbar als dieses Seidenpapiergeknitter. Daneben tanzte ein Zwergenpaar mit großen ernsten Köpfen. Es war, als übten sich zwei Kopffüßler in Tanzschritten. Eine winzige Frau mit faltigem Gesicht und dünnen Zöpfen, in die rosa Seidenbänder geflochten waren, wurde von einem Riesen mit allzukleinem hängendem Kopf geführt. Eine Frau mit weißen Handschuhen, Schuhen, einer weißen Handtasche und weißem Gürtel, war über das halbe Gesicht hinweg von einem brombeerfarbenen Mal gezeichnet. Ihr Tänzer war vollkommen haarlos, mit Augen, die wie Tiefseefische aus den geröteten Wimperntaschen blickten. Wie ein Turm stand in der Mitte der Fläche ein schwerer Mann mit einem Bein, seine Krücken lehnten am Tisch, das leere Hosenbein war sauber hochgeschlagen und baumelte im Dreivierteltakt. Seine starke Tänzerin hatte einen kräftigen Schnurrbart und sprang dem Säulenmann stets aufs Neue entgegen, als finde sie keinen Halt an ihm. Musettewalzer haben eine leichte Wehmut, können aber mit der Munterkeit des Tempos, dem virtuosen Knöpfchenspiel, den Glissandi und dem Ächzen des Blasebalgs den Angsttraum höllischer Endlosigkeit erzeugen.

Die Straßen wurden schmaler. Es liefen mehr Männer herum. Die Häuser rückten näher heran an das Pflaster. Jedes Fenster bildete den Rahmen um eine Frau. Die erste lehnte ein wenig steif in einem Leoparden-Sessel. Die nächste hatte weißblondes langes Haar, das wie eine Perücke den Haaransatz vollständig verdeckte. Ihr Mund stand halboffen, und ihre Augen fielen manchmal zu. Ihr Röckchen aus rotglänzendem Kunststoff bedeckte kaum den Bauch. Wie die Frau dasaß, hatte sie etwas von der unbeabsichtigten Obszönität einer noch unbekleideten Schaufensterpuppe. Neben ihr stand ein Aquarium. Eine fernsehblaue Leuchte ließ die Fischkörper, die aus lauwarmen brasilianischen Urwaldpfützen stammten, phosphoreszierend in allen Edelsteinfarben strahlen, neben diesem munteren Flitzen schien die Frau noch unbewegter. Ein anderes Mädchen hatte einen winzigen, champagnerfarbenen Pudel, der mit vom Zigarettenrauch gepeinigten hervortretenden Augen seinem aus einem Sektglas Limonade trinkenden Frauchen zusah. In einem weiteren Fenster saß ein Papagei, der an seinen Krallen knabberte und ein starres Auge auf Ludwig gerichtet hielt. Der große graue Schnabel war bereit, aus dem nackten Rücken möglicher Besucher dreieckige Stückchen herauszuhacken. Die Liebe war eine Beschäftigung, die zwischen kleinen Haustieren und bei süßen Getränken ausgeübt wurde. Die behaglichen Wohnzimmer ließen auch lange nach Mitternacht an einen sonntäglichen Mittagsschlaf auf dem Sopha denken. Daß manche Mädchen den Schlüpfer schon abgestreift hatten, hatte etwas von familiärer Nachlässigkeit. Wer eintrat, wurde zum Onkel oder Cousin. Ratsch, war der Vorhang zugezogen, als wolle man sich ungestört zum Essen setzen.

Wie Ludwig in das Frankfurter Souterrain eintrat, konnte er jetzt auch eines dieser Mädchen besuchen. Eine trug ein enges Etuikleid mit herzförmigem Ausschnitt, der ihre Brüste kugelförmig hervorhob. Die vollen Lippen hatten in dem bunten Licht etwas Graues, ein feuchtes Hellgrau, das er, wie er da gedankenversunken stand, gern geküßt hätte. Besaßen die Geschäftsreisenden nach Warten, Zanken, vergeblichen Telephonaten und schlechten Nächten in lauten Hotels nicht das Recht auf eine gewisse erotische Abwechslung? Was hinderte ihn, den Klingelknopf zu drücken? Das Mädchen mit dem herzförmigen Ausschnitt trug eine Sonnenbrille, ein kindliches Verkleidungsstück, als müsse es seine Augen vor den wandernden Regenbogenfarben aus seiner Zauberlampe schützen. Und weil er dort stand und stand, ein paar Schritte ging und wieder zurückkehrte, nahm sie langsam und mit einem kleinen Gähnen – dabei die Hand manierlich vor den Mund haltend – ihre Brille ab und zeigte ihre harmlosen Augen. Sie war hübsch, mit kleinen Sommersprossen auf der Nase, aus einem ländlichen Waisenhaus aus rotem Backstein stammend, beginenhofartig, dachte Ludwig, denn sein Fundus zur Verklärung Belgiens war noch nicht aufgebraucht.

Wenn er nicht klingelte und sich dabei vor dem schönen Mädchen durchaus etwas schämte, dann lag das nicht an seiner Lustlosigkeit. Es war die Furcht vor Strafe, die ihn zurückhielt. Bella lag in ihrem Bett, auf der bewußten Matratze – das jedenfalls war eine Glaubensgewißheit jenseits jeden Zweifels, und damit waren die Gefahren gebannt. Hätte er nicht tun können, worauf er Lust hatte? Aber Ludwig war überzeugt, daß Mr. Khan, in demselben Augenblick, in dem er hier bei dem Beginenhofwaisenkind klingelte, erwachte und den Entschluß faßte, die kleine weichfette Hand auf Bella zu legen. Ein Vorwand, sie ins Hotel zu bestellen, war für einen Mann wie ihn leicht gefunden. Was hieß hier Vorwand? Dieser Mann bediente sich doch keiner Vorwände. Nein, es hieß Abschied nehmen von dem Fenster. Die Furcht vermochte viel bei Ludwig, aber war sie nicht eng mit der Liebe verbunden, entstammte sie nicht der Liebe, war sie nicht sogar ein Liebesbeweis?

Am nächsten Tag kaufte er für Bella Schokolade in den ausgefallensten Formen: ein Radio, ein Bügeleisen, einen Eisschrank, einen Backofen, Kochlöffel und Kaffeetassen, ein geriffeltes Waschbrett und einen Schneebesen, zerbrechlich wie ein Vogelei, süßer Hausrat für ein Liebespuppenhäuschen, der einen Karton mit viel Holzwolle füllte, eine leichte Last, die Ludwig auf der Reise ängstlich vor jedem Stoß schützte.

In Frankfurt würde er seine Wohnung nicht leer vorfinden. Die Lopez' hatten Gäste. Das war schon länger verabredet.

Was gingen ihn denn die Gäste der Lopez' an? Das paßte doch gar nicht zu ihnen, Gäste zu haben. Die Lopez' waren doch Schnorrer. Es war, als spreche Bruno Hütte plötzlich aus Ludwig, wie Besessene unversehens mit fremden Stimmen zu sprechen beginnen.

Nein, Fidi war an der Reihe einzuladen. Seine Freunde waren nicht mehr bereit, sich vertrösten zu lassen. Solange er keine richtige Wohnung hatte, konnte er sich herausreden, aber nun, im Besitz einer guten Adresse, als Ehemann und Hausherr, war diese Einladung zu einer Ehrensache geworden.

»Warum machen wir das Ganze nicht einfach oben bei mir?« hatte Ludwig schließlich gefragt und war damit der Bitte zuvorgekommen. Er war ein gutmütiger, großzügiger Chef mit Sinn für die kleinen Sorgen seiner Leute. Fidi rieb sich die Hände vor Freude. Jetzt machte ihm das Abkratzen des Küchenbodens nachträglich noch einmal soviel Spaß.

Es sollte ein Abend mit Kartenspiel werden, und obwohl Bella erklärte, niemals zu spielen, und Ludwig etwas gönnerhaft zugab, daß Kartenspiele gleichfalls nicht seine starke Seite seien, waren sie herzlich gebeten, an der Gesellschaft teilzunehmen, solange sie sich amüsierten. Eine Kartenpartie brauche auch Kiebitze. Wer um den Tisch herumgehe und jedem in die Karten gucke, könne einen tollen Abend erleben. Fidi wußte, wovon er sprach. Er war der geborene Kiebitz, weil er es auf einem Stuhl nicht lange aushielt und auch in der Kneipe immer »zirkulieren« mußte, wie er das nannte.

In Fidis Kreisen wurde nur um Geld gespielt, aber seit seiner Heirat waren seine Mittel stärker eingeschränkt. Ganz bewußt ist hier das Wort Mittel gefallen, denn Fidi bezahlte nur selten mit Geld. Das war immer zu knapp, um damit die Verluste eines Spielabends zu begleichen. Fidi war den Gewinnern gern behilflich. Er reparierte etwas, malte eine Wohnung an, grub einen Garten um, beschaffte ein verbotenes Medikament oder eine Prise Kokain. Seine Beweglichkeit und Bereitwilligkeit stiftete die Leute geradezu an, ihm Aufträge zu geben. Wenn es etwas zu holen, ein Auto aus dem Parkverbot zu fahren oder zu telephonieren gab, sprang immer Fidi auf, der noch lachte, wenn dieser Eifer, wie häufig, allzu plump ausgenutzt wurde.

Wenn Bella das ändern wollte, mußte sie selbst Fidi mit Aufgaben belegen. Er war gern mit ihr zusammen und bekämpfte ihre Strategie nicht. Es war ein kreatürliches Wohlbehagen damit verbunden, in ihrer Nähe zu sein. Wenn er dasaß und Prospekte aus Pakistan, die nicht der deutschen Norm entsprachen, mit der Rasierklinge einen halben Zentimeter beschnitt – das hätte eine Druckerei mit ihrer Papierguillotine in Sekunden geleistet, aber die Prospekte mußten morgen früh heraus – und wenn er dabei zu Bella hinübersah, die ernsthaft ihre Nägel lackierte oder in der Gebrauchsanweisung für die Schreibmaschine las, mußte er lächeln vor lauter angenehmen Empfindungen, und Bella, die eigentlich nicht vorhatte zu lächeln, weil sie, wenn sie arbeitete, eine strenge Miene annahm, mußte dann gleichfalls lächeln. Ein Büroidyll. Ludwig bekam solche Blicke manchmal mit. Wo war die Zeit, als er solche Zeichen der guten Laune mit Zufriedenheit wahrgenommen hatte?

Nachdem Ludwig eingewilligt hatte, Fidis Freunde zu sich hinaufzubitten – Fidi versprach selbstverständlich, die Vorbereitung des Abends in die Hand zu nehmen –, befiel ihn ein leichtes Unbehagen. Auch ihr sei nicht wohl zumute, bekannte Bella, aber sie habe den Gedanken nicht ertragen, die Mitglieder des »Pariser Nußclubs« unten bei sich zu haben.

Wen bitte? fragte Ludwig.

Wahrscheinlich gebe es den »Pariser Nußclub« eigentlich nicht mehr, sagte Bella zögernd. Die große Zeit des »Pariser Nußclubs« sei jedenfalls vorbei, was davon übrig sei und sich noch treffe, sei nichts als ein versprengter Rest, Randfiguren, die nie richtig dazugehört hatten.

Soso, Fidi hatte also einem Club mit so drolligem Namen angehört.

Aber davon konnte keine Rede sein. Der Pariser Nußclub war etwas für wohlhabende Jüngelchen, sagte Bella mit einem Ausdruck, in dem sich Verachtung regte. Ludwig hätte als Student nie in den Pariser Nußclub gewählt werden können. Man mußte dort mithalten. Das sagte sie so harsch, als sei sie die Schatzmeisterin des Vereins gewesen. Herrn Rechtsanwalt Hütte kenne er doch? Nun, der zum Beispiel – ob der Mitglied gewesen sei, das wisse sie übrigens nicht, aber er hätte in den Kreis gepaßt –, habe dort auch Verbindungen besessen.

Für Ludwig genügte es, daß der Name fiel, um verstimmt zu sein. Wie wichtig sie Bruno Hütte nahm. Wie lächerlich dies »Herr Rechtsanwalt« in ihrem Munde klang. Wie durchsichtig sie anstrebte, daß er beeindruckt sei.

Kannte sich Bella nun eigentlich aus mit dem Pariser Nußclub oder nicht? Das wurde nicht ganz deutlich. Immerhin war ihr bekannt, daß sich die Mitglieder in gewissen Punkten zu striktem Stillschweigen verpflichteten und daß sie sich daran auch hielten. Bella hatte von den Herren, die sie in Fidis Gesellschaft sah, den Pariser Nußclub oft erwähnen hören, mit anzüglichem Vergnügen und bedeutungsvollem Augenrollen, aber wirklich dazugehören wollte keiner. Sie konnte nicht einmal mit Gewißheit sagen, welche Rolle Fidi dort gespielt hatte. Bestand nicht die Möglichkeit, daß man sich Fidi dort geleistet hatte? Aber aus Fidi war nichts herauszubekommen. Fidi wirke so leicht beeinflußbar und sei das auch, aber in einem sei er eisenhart, im Abstreiten selbst des Offensichtlichen. Fidi leugne dreist alles ab, auch wenn der Beweis vor aller Augen lag.

»Ich glaube dann, ich sei verrückt geworden.« So weit treibe er einen Menschen, bis zum Zweifel an sich selbst.

Ludwig spitzte die Ohren, der Ton in Bellas Stimme machte ihn hellhörig. Zugleich beunruhigte ihn die Sorge, Bruno Hütte könne bei Fidis Abend erscheinen. Hütte benahm sich in fremden Räumen wie ein Reporter, der das Zimmer der ermordeten Prostituierten hinter dem Rücken der Polizei für seinen Bericht ausschlachtet. Vor allem durfte Hütte nicht den geringsten Vorwand finden, im Büro anzurufen und Gespräche mit dem »Assistant Director« zu führen. Hier konnte Bella ihn beruhigen, sie zeigte sich aber befremdet – woher kam nur diese Antipathie gegen den tüchtigen Mann?

Die auf der geheimen Ruhmestafel des Pariser Nußclubs verzeichneten Ereignisse hätten sich vielfach auf einer Jagdhütte im Spessart abgespielt. Die Mitglieder erhielten beim Eintritt eine Walnuß, die mit einem Präservativ gefüllt war. Ob sie die nun gleich knackten oder als Talisman aufbewahrten, wußte Bella nicht. Fidi besaß jedenfalls keine, seine Habseligkeiten hatte sie durchgekämmt. Vom Hauptquartier aus überfiel man die umliegenden Dörfer, wo die Feuerwehr- und Kirchweihsaturnalien der ländlichen Bevölkerung begangen wurden. Da hatte man sich offensichtlich gern eingemischt, verbrüdert und tüchtig provoziert. Im Winter begannen die Aktionen meist mit der zeremoniellen Zubereitung eines Getränks aus Rotwein und brennendem neunzigprozentigem Rum.

Wo der Pariser Nußclub zusammentraf, ging meist etwas zu Bruch. Wohnungen wurden verwüstet, Pendulen von einer Kommode gestoßen und Vorhangdekorationen heruntergerissen. Manche Ereignisse drangen nur als Gerücht über den innersten Kreis hinaus. Einmal war ein Auto in Brand geraten – das hatte Bella mit halbem Ohr mitbekommen, und das beinharte Leugnen Fidis legte nahe, daß hier etwas überaus Bedenkliches geschehen war. Im Pariser Nußclub war immer auch von Strafaktionen und ähnlichem die Rede.

Dann gab es die Nächte, an denen der Nußclub Gäste einlud. Der Weiher einer abgelegenen Kiesgrube war bei warmen Vollmondnächten das Ziel, die Jagdhütte im Spessart an den kühleren Tagen. Bei solchen Gelegenheiten lief oft nicht alles so, wie man es nüchternen Kopfs geplant hatte. Bella wollte gehört haben, zwei Mädchen seien einmal nicht ganz freiwillig mit von der Partie gewesen. Die Untersuchungen zu diesem Punkt trugen zum Ende des Pariser Nußclubs bei, behaupteten, nach Bella, die einen, während die anderen schworen, es sei ohnehin das Ende nahe gewesen, im Kern habe bereits Streit geherrscht. Es ging also zu, wie in jeder anderen Vereinigung auch.

»Für Fidi ist dieser Abend sehr wichtig«, fuhr Bella fort. Als habe sie vergessen, was sie soeben selbst berichtet hatte, sprach sie nun vom Pariser Nußclub wie von einer Art Kaufmannsvereinigung, deren Mitgliedschaft Geschäftsverbindungen eröffnete. Wenn Fidi jemals hoffen dürfe, auf eigenen Beinen zu stehen, dann nur durch seine Bekanntschaften aus dem ehemaligen Pariser Nußclub. Und ein Interesse, daß Fidi auf die Beine kam, habe schließlich auch sie – und vielleicht sogar Ludwig?

Lastwagen nach Persien zu überführen, sei einer der Traumjobs Fidis, sagte Bella: schlecht bezahlt und nicht ungefährlich. Man mußte für erstklassige Papiere sorgen, und die Ladung durfte nicht zu viele Begehrlichkeiten wecken, sonst blieb man mit seinem Truck an einer der zahlreichen Grenzen der nach Osten zu immer unwirtlicher werdenden Länder hängen, die vor allem so üble Gefängnisse hatten.

Die Nachricht, daß jemand in einem solchen Gefängnis auf Jahre verschwunden sei, habe Fidi mit einem unbesiegbaren Nachahmungstrieb erfüllt.

Fidi war wie ein Kreuzritter, dachte Ludwig, den die Gesänge von den Gefahren unter den Heiden, den Torturen, Hunger und Durst, Mameluckensäbeln und Zauberei erst recht begierig auf den Weg in die Terra Sancta machten. Aber wer sich auf diese Fahrt begab, hatte schon damals nicht damit rechnen dürfen, daß er, sollte er heil nach Hause gelangen, dort alles am Platz und in liebender Erwartung vorfand. Lange Abwesenheiten waren wie ein zeitlich begrenzter Tod und hatten mit dem endgültigen Tod gemeinsam, daß sie die Ersetzbarkeit des Abwesenden bewiesen.

Fidi machte Pläne. Bella und Ludwig ließen sich treiben. Ludwig wagte auch nicht, sich eine Zukunft ohne Fidis Hilfe im Büro vorzustellen.

Als er jetzt seine Wohnung betrat, hörte er mehrere laute männliche Stimmen. Die Küchentür öffnete sich, und Bella trat in einem engen schwarzen Kleid und schwarzen Strümpfen heraus, schön frisiert und mit dem krebsroten Lippenstift angemalt. Das unterschied sich nicht wesentlich von ihrem alltäglichen Büroaussehen und hatte doch etwas Festliches. Als habe sie eine kleine Tüte mit Goldstaub und im Mörser gemahlenen Perlen über sich ausgeschüttet, so schimmerte und strahlte sie. Wie stellte sie das an? Wie viele helle Blondinen konnte sie unfrisch und angegriffen wirken, aber geheimnisvolle Maßnahmen im Badezimmer gaben ihr in Minuten ihren vollen Glanz zurück.

Es war, als sei sie von Freude über Ludwigs Rückkehr überwältigt. Daß sie ihm in seiner Wohnung, aus seiner Küche, die sie bisher kaum betreten hatte, entgegenkam, war wie die unwirkliche Erfüllung eines übergroßen Wunsches.

Es sei gut gelaufen gestern abend. Sie werde alles genau erzählen. Sie waren in einem großen Hotel, das Bella noch nie betreten hatte, aber das habe sie keineswegs verwirrt. »Ich war normal. Ich war so, wie ich immer bin«, rief sie, geradezu jubelnd, so daß Ludwig fürchtete, sie werde drinnen gehört. Er liebte Bella in diesem Augenblick heftig. Ihre Naivität und Lebensfreude, zwei ursprünglich zu ihr gehörende Eigenschaften, die sie aber meist zu verbergen suchte, waren jetzt besonders deutlich.

»Dein Manschettenknopf ist nicht bei mir«, fügte sie noch hinzu, um etwas Komisches nachzutragen, »ich habe alles umgedreht. Er liegt bestimmt bei dir im Wäschekasten.«

Wie kostbar war diese Sekunde im dunklen Flur. Ludwig schwitzte, weil er die Treppe in großen Sätzen hinaufgejagt war, es war ein warmer feuchter Tag. Frisch wie ein neues Stück Seife berührte ihre kühle Hand seine Wange.

In Ludwigs großem, unmöbliertem Zimmer standen die Gäste. Fidi, den die Vorstellung Gastgeber zu sein, mit der nur ihm möglichen Mischung aus Feierlichkeit und Übermut erfüllte, servierte soeben große golden gefüllte Biergläser.

»Das ist für ein Flaschenbier gar nicht so übel«, sagte ein kurzgeratener, breiter junger Mann mit krähender Stimme und legte den Kopf in den Nacken wie ein Gockel in Zorn und Nervosität. Dem Kikeriki entsprach der Ausruf: »Dummes Zeug!«, den er in scharfem Ton regelmäßig ausstieß. Wie der Hahn war auch der junge Mann trotz seiner Plumpheit ein hübsches Lebewesen, mit dickem Haar und weißen Zähnen und einem ebenmäßigen Gesicht. Nur die Augen hinter der kleinen Goldbrille widersprachen dem Genießerischen seiner Züge: es waren Hahnenaugen, rund und starr, und sie konnten, wenn ihr Besitzer böse wurde, unversehens sehr klein werden. Der Mann, man hätte auch von einem verwöhnten großen Jungen sprechen können, war vielleicht gleichalt mit Fidi, aber es schien, als gehörten sie verschiedenen Völkern an. Nach dem Krieg kannte man solche Gegensätze: hier den kerngesunden und mit viel Fleisch ernährten Amerikaner mit gerichteten Zähnen und sportlicher Figur und dort den hungernden Deutschen im schlotternden Anzug, blaß und schmutzig aus seinem Trümmerhaufen hervorkriechend. Dabei war Fidi heute abend herausgeputzt. Im Haar war soviel von dem glänzenden Gel, daß am Nacken ein durchsichtiger Tropfen wie aus Harz herunterlief. Er roch stark nach Sandelholzseife, wie immer, wenn er ausging. Seine Jeans waren frisch gewaschen und sein weißes Hemd frisch gestärkt, aber gegen Rudi Stüvels, so hieß der feiste Junghahn aus dem Familienhühnerhof, blieb Fidi dürftig und wie unterernährt.

»Flaschenbier ist doch wohl zum Haarewaschen da«, sagte mit fettdröhnender Stimme ein zweiter Gast, ein Turm gegen Fidi, aber aus weichem Talg. Sicher war er gleichfalls ein hübscher Knabe gewesen, wahrscheinlich sogar ein wenig zu niedlich, wie die langen Augenwimpern über großen Augen, die feine Adlernase und das glatte, als Tolle über die Stirn fallende Haar zeigten, einst ein schmachtender Jüngling, mit einem dunkelleuchtenden Blick, als ob sich da eine gefühlvolle Träne über das Gazellenauge lege. Feuchtigkeit war bei dem Turmmenschen immer im Spiel. Er goß viele Liter in sich hinein und schwitzte einen großen Teil davon wieder aus. Sein Gesicht mit den inzwischen mumpsförmig angeschwollenen Backen und das kuheuterartige Doppelkinn waren von einem Schweißfilm überzogen. Er war sehr sprachgewandt, solange er noch nicht lallte. Seine Masse absorbierte eine Menge Bier, er war wie ein Ozeandampfer, dessen Kammern in der Außenhaut bei einem Leck erst einmal vollaufen können; das Leerpumpen besorgten seine ungewöhnlich schnell arbeitenden Nieren, die ihn nötigten, sich häufig hinauszubegeben. Es blieb aber genug Wasser in ihm. Man meinte, es schwappen zu hören, wenn er ging. Der Turm hatte einen seltenen Vornamen, auf den er stolz war, Raoul. Mit Nachnamen hieß er Bächle, das klang schwäbisch, aber er kam aus Frankfurt. Was Fidi zuviel hatte – man glaubte die schwarzen Stoppeln um Mund und Wangen während eines Abends förmlich wachsen zu sehen –, war bei Bächle überhaupt nicht da. Er war der mächtige chinesische Eunuch, boshaft und schlagfertig. Die orgelnde Stimme parierte überraschend schnell und trocken, solange das Gehirn noch nicht aufgeweicht war. Dann begannen die großen Augen unter den Gazellenwimpern unkoordiniert wie bei den Säuglingen hin und her zu wandern, bis er schielte. Die Kumpane liebten aber auch seinen Jähzorn. Das Blut, das dann in ihm aufstieg und die sanften Wasseraugen verdunkelte, verdrängte alle dünnere Flüssigkeit. Bei ihm verstand man, was das hieß: rotsehen. Das Rot, das Bächle sah, trug er in sich. Er schüttete es sichtbar aus, wenn die Wut ihn übermannte. Es verlieh ihm, der schmerzempfindlich und ängstlich war, Empfindungslosigkeit und eine rabiate Angriffslust. Hätte er seinen Wanst für die Dauer des Anfalls ablegen können, wäre er ein gefährlicher Gegner gewesen. Aber er tat meist nur sich selbst weh bei solchen Gelegenheiten. Er schnitt sich an Biergläsern, er stieß sich den Kopf und die Schienbeine, und einmal wurde er sogar von einer Dogge ins Bein gebissen, weil er das friedliche Tier in den Bauch getreten hatte.

»Man muß Flaschenbier aus der Flasche trinken«, sagte der dritte Gast, lehnte das Bierglas ab und ließ sich die Flasche geben. Er hatte die Technik heraus, sich den Inhalt, ohne zu schlucken, in einem Guß in den Rachen rinnen zu lassen, zwei Tropfen nur liefen ihm aus den Mundwinkeln in den Kragen. Er war schlank und offenbar sportlich, trank nicht viel Bier, sondern verlangte jetzt Wodka oder Wein oder Cognac. Ein wenig hervortretende blaue Augen und ein Mund mit dicken Lippen, dazwischen eine winzige Nase, gaben dem Gesicht bei aller sinnlichen Brutalität etwas Kindliches. Sein Haar war farblos und hing ihm in dünnen Strähnen ins Gesicht. Das verlieh ihm etwas Verwegenes, Windgepeitschtes. Sein Name war Werner Le Floch, der Nachname war wohl bretonisch, da paßte das Wettergegerbte. Von Hugenotten war die Rede, wenn man über seinen Nachnamen sprach, aber unter den Bretonen hatte es wenige Hugenotten gegeben.

Stüvels lachte aus Schadenfreude und fand immer einen Anlaß dazu, weil die ganze Welt fortwährend »dummes Zeug« machte. Bächle lachte feinsinnig über seine eigenen Witze, die oft gut waren, aber seine Umgebung war zu fahrig und zu laut, um den Feinheiten hinterherzuschmecken, man lachte, aber man lachte nicht ganz auf Bächles Niveau. Werner Le Floch lachte am meisten, aber nie ohne ein Gefühl der Beklemmung damit zu erzeugen. In diesem Lachen lag etwas Werbendes. Die Augen versenkten sich völlig distanzlos in die des Gegenübers. Es war peinlich genug, aber man konnte es nicht anders ausdrücken: Werner Le Floch flirtete in einem fort und zwar mit jedem, den er ins Auge faßte.

Wenn Bella in der Nähe war, unterbrach er sich, er tat, als sei er überwältigt, man sah den scharf in seine Brust geschossenen Pfeil noch vibrieren. Die bedenkenlose Deutlichkeit seiner Miene weckte den Verdacht auf Schauspielerei. Bella sah nicht zu ihm hin. Aber wiegte sie die Hüften beim Hinausgehen nicht stärker, oder ging sie immer so? Dieser hellsträhnige Kerl verhielt sich jedoch den Männern gegenüber kaum anders. Er gab sich als Märtyrer der Wollust. Manche Leute nahmen seine wahllose Anzüglichkeit sehr übel. Andere, weniger nervöse Menschen, bemerkten sie kaum. Stüvels und Raoul Bächle kamen gut mit Werner

Le Floch zurecht. Dieses Zuzwinkern war am Ende nur ein Tick. Und so zwinkerte er auch Ludwig bei der Begrüßung verschwörerisch zu, obwohl sie sich nicht kannten und dieses Mienenspiel sich auf nichts bezog. Ludwig kam sich vor wie ein Vater, der bei der Geburtstagsfeier von Halbwüchsigen vorbeisieht und heftig wieder weggewünscht wird.

Die Herren waren jünger als er und studierten noch herum. Stüvels betrieb sein Betriebswirtschaftsstudium zügig, Bächle weniger, aber da gab es die väterliche Firma im Hintergrund, für die er auch schon tätig war. Sie verkaufte elektronische Ladenkassen. Noch hatte das Auftreten des elegant zwischen Universität und Geschäft hin und her balancierenden Altstudenten und Jungunternehmers etwas Imponierendes. Die Hand, die er Ludwig reichte, war naß. Die Herren waren hier zu einem Besuch bei jemandem, den sie nicht eigentlich als gleichgestellten Freund ansahen. Gemeinsame Erlebnisse mochten Verbindlichkeiten herstellen, Ebenbürtigkeit hatten sie nicht geschaffen. Die dicke Wolke des Gönnerhaften stand im Zimmer.

Welche Rolle sollte Ludwig hier spielen?

»Du bist ganz normal dabei«, sagte Bella, als der Abend beschlossen wurde, und Fidi versicherte eindringlich, daß er sich durch Ludwigs Anwesenheit hoch geehrt fühlen werde. Aber jetzt sah alles anders, komplizierter aus. Das große Zimmer mit seinem atelierhaften Fenster, das in breiter Front auf den Gartenhof mit seinen hohen Baumwipfeln hinausging, hatte in seiner Leere etwas von einem hallenden Saal. In solche Säle gehörten Billardtische, heute seltener die klassischen mit den beiden weißen und der roten Kugel, sondern die amerikanische Version mit Löchern in den Ecken, durch die die vielen Kugeln rumpelnd verschwanden. War nicht das ganze Zimmer mit seinem frisch versiegelten Parkettboden, auf dem Bellas Absätze knallten, ein solches Poolbillard, mit den Menschen als Kugeln, die von unsichtbaren Queues bald hierhin, bald dorthin gestoßen wurden? Die drei Herren, der hohe Besuch, hatten zunächst die Neigung zusammenzubleiben. Wenn die unsichtbaren Queues diese magnetisch aneinanderhaftende Dreiergruppe gelegentlich anstießen, dehnte sich das Gefüge etwas, Stüvels oder Le Floch traten einen Schritt zurück, aber sie verloren die Fühlung mit den anderen nicht.

Fidi schoß um sie herum, brachte neue Getränke, leerte die kleinen Aschenbecher, die die Herren in die Hand nahmen und dann wieder abstellten, und mischte sich mit Ausrufen ins Gespräch, die nicht zur Kenntnis genommen wurden. Bella durchmaß den Raum mit ruhigen sicheren Schritten und folgte ihrer Bahn.

Ludwig erkannte schnell, daß sie sich den Anschein gastgeberischer Pflichterfüllung gab, die sie abhielt, sich zu den dreien und Fidi zu gesellen. Sie brachte aus der Küche eine Büchse mit Salzmandeln, durchquerte die Billardfläche, öffnete die Dose, schüttete etwas in eine Schüssel auf der Fensterbank und ging mit dem Rest langsam, auffällig, sicher wieder in die Küche. Nach einer Weile hatte Ludwig den Eindruck, daß sie nichts anderes tat, als die Nüßchen und Mandeln fortwährend umzuschütten, um in Bewegung zu bleiben. Er selber, der Hausherr, der heute bei sich zu Gast war, war aber nicht besser dran. Er stieß zu der Dreiergruppe, die auseinanderstob, er blieb an einem der Herren hängen, aber beobachtete indessen, während er zerstreut der Antwort folgte, ob Bella allein oder mit jemandem anderen in der Küche war; das kam jetzt nämlich auch vor, seitdem der Dreierkreis sich gelegentlich auflöste.

Ludwigs Unruhe legte sich, als er schließlich selbst in der Küche nachsah. Fidi und Bella hatten dort auf einem Brett luftgetrockneten Schinken und Salami ausgebreitet, ein Picknick, das mit den Händen zu konsumieren war, Besteck gab es nämlich nicht.

»Es läuft doch fabelhaft«, sagte Bella leise, kaum daß sie ihn eintreten sah, von Freude wie überflutet. Ludwig wagte nicht, sie in dieser Überzeugung zu erschüttern. Es gab auch Wichtigeres: ihre Freude steckte ihn an.

»Wir werden sie bald sich selbst überlassen können«, flüsterte Bella. Fidi stelle schon den Spieltisch auf. Um für das Spiel vorbereitet zu sein, war eigens ein Stück grüner Filz gekauft worden, der nun den Gartentisch aus Ludwigs Schlafzimmer bis zum Boden bedeckte. Der grüne Tisch gab dem leeren Zimmer etwas Feierliches.

Durch Ludwigs Weggang hatten die Herren wieder zusammengefunden. Jetzt durfte auch Fidi hinzutreten. Der Kreis wurde ein Viereck. Ludwig erzählte in der Zimmerecke von der Reise. Zugleich waren seine Ohren in Richtung auf die Herren eingestellt, und weil er die Kunst, zu reden und gleichzeitig anderswo zuzuhören, nicht beherrschte, unterliefen ihm allerhand Unsinn und Wiederholungen, aber Bella beschwerte sich nicht, sondern zeigte ein seliges Lächeln, als sei sie allein mit ihm. Sie nahm sich zusammen und strich ihm nicht über die Haare, aber dieser Entschluß, die Hände bei sich zu behalten, hatte etwas Gewaltsames. Ihr Ausdruck hatte etwas von dem geheimnisvollen Triumph des Entfeßlungskünstlers, der weiß, wie er mit einem einzigen Ruck das ganze Netz von sich abfallen lassen kann.

»Das Figürchen ist gut, der Rest ist dummes Zeug«, sagte Rudi Stüvels gerade.

»Du bist scharf auf sie, gib's doch zu«, sagte Le Floch in einem Raunen, als fahre er Stüvels unters Hemd, die Kameraderie salbte seine Stimme verführerisch. Raoul Bächle gab orgelnde Töne von sich. »Ich würde sie nicht von der Bettkante stoßen, aber keinen Finger für sie krumm machen …« Le Floch bedachte den Bächle-Turm mit seinem schmachtenden Blick, in den sich allerdings Bosheit mischte. »Hörst du, Bächle, man soll nie von Impotenz reden, solange man noch einen Finger krumm machen kann.«

Fidi hatte bei jedem dieser Sätze den Lauf der Konversationskugel von einem zum anderen verfolgt, hingerissen, bei so etwas Zeuge zu sein und das im eigenen Haus, denn dazu war Ludwigs Wohnung durch das Abkratzen des Küchenbodens geworden. War er so weit gegangen, den Gästen seinen Küchenboden zu zeigen? Tatsächlich waren die alten Fliesen der eigentliche Schmuck der Wohnung geworden und die Küche mit ihrem rosa Schinken und dem altmodischen Kachelmuster jedenfalls heute abend der freundlichste Raum.

Fiel es Ludwig zum erstenmal auf, daß Fidi, der so gern lachte und kichern konnte, als werde er gekitzelt, überhaupt keinen Humor besaß? Oft entstanden seine Lachanfälle nur, weil das Lachen verboten war. Etwas raffiniertere Witze mußten ihm erklärt werden, bis er treuherzig versicherte, er habe zwar nicht gleich alles mitbekommen, aber es sei eine ganz vorzügliche Geschichte. Absurditäten, Wortspiele, Unsinn gingen an ihm vorüber, als seien sie in einer fremden Sprache gesprochen. Als Ludwig sich aber einmal neben seinen Schreibtischstuhl setzte und mit dem Hinterteil auf dem Boden landete, konnte Fidi sich kaum beruhigen. Wie er da auf dem Boden saß, blickte Fidi buchstäblich auf ihn herab.

Bei so etwas lachte er, übrigens auch, wenn es ihm selbst zustieß. Ludwig war davon überzeugt, daß der kleine Kerl mehr Mädchen erobert hatte, als die drei Herren zusammen, deren fachmännischem Gespräch er atemlos lauschte, nur hielt er seine Erlebnisse für genauso unbedeutend wie sein ganzes Leben. Und dabei genoß er sein federleichtes Nicht-Sein wie eine Schwalbe, die in den Höhen herumsaust, weil da oben die Mücken tanzen.

Jetzt sollte die Kartenpartie beginnen. Zwei Stühle besaß

Ludwig, die anderen beiden hatte Fidi herbeigebracht, verschnörkelte Stühle aus der Dienstmädchenkammer, Ludwig hatte plötzlich den Verdacht, auf einem von ihnen schon einmal gesessen zu haben. Ob sie wohl aus dem Haus des Kreisveterinärrates stammten? Hatte Fidi Bellas Mutter gefesselt und geknebelt, um ihr dies »Biedermeier« zu entreißen?

»Sag mal, Fidi, was hast du eigentlich vor, wenn du heute abend verlierst?« fragte Le Floch auf einmal mit jener affektierten Zärtlichkeit, mit der er gerade Männer gern ansprach.

Raoul Bächle erwachte aus seiner Krokodilsruhe und sagte, ironisch um sich blickend: »Ich nehme an, Don Federico Lopez wird um ein Moratorium bitten«, wobei sein Doppelkinn und der weiche Wanst sich in geheimer Lust bewegten.

»Dummes Zeug«, sagte Stüvels, »heute wird bar bezahlt.«

»Fidi, mein Lieber, was willst du machen?« fragte Le Floch sanft und sah jetzt unverhüllt anzüglich, daß alle es mitbekamen, zu Bella hinüber.

»Geld oder Naturalien, alles andere ist dummes Zeug«, sagte Stüvels, der mit bleistifthaft verengten Pupillen Le Flochs Blick gefolgt war.

Ludwig betrachtete das aus der Entfernung, an den Türrahmen zu seinem Schlafzimmer gelehnt, ohne daß man sich um ihn kümmerte. Er war ganz aus dem Spiel. Bella blickte zu ihm hinüber. Sie stand kerzengerade und hatte den Kopf zurückgeworfen. Selten hatte er sie in ihren Proportionen, ihrer Haltung, ihren Farben so deutlich betrachtet, als sei sie ein Ausstellungsstück.

Täuschte er sich? War sie errötet? Ging etwas in ihr vor? Sie war so kalt und gerade, als könne nicht einmal das wüsteste Gebrüll an ihre Ohren dringen.

Und Fidi? Hatte er verstanden, was man ihm nahelegte? Seine Laune war ungetrübt.

»Wenn ich verliere – was dann?« Schon während er sprach, schien ihm ein Einfall von genialer Einfachheit zu kommen. »Ich werde einfach gewinnen!« rief er.

»Wenn du später so Geld spuckst wie jetzt Töne, dann sei dir vergeben«, antwortete Bächle und reckte den schweißhellen Kopf in alle Richtungen, damit sein perfides Lächeln, das er zur eigenen Freude aufgesetzt hatte, überall sichtbar wurde.

»Herr Drais spielt nicht mit, nehme ich an«, das kam von Rudi Stüvels, ein verkümmerter Rest von Manieren, die er bei einem Freund von Bruno Hütte offenbar für nötig hielt.

»Wie schade. Ich hätte Sie gern ein bißchen kennengelernt«, sagte Le Floch, »bleiben Sie doch!« bettelte er kokett.

Stüvels legte eine Tabelle an, mit dickem Füller herumkratzend, Fidi schenkte Bier nach, Bächle mischte zwei neue Spiele sehr gekonnt, die Karten klatschten, es wurde bereits gegeben.

»Ich gehe nach unten zum Fernsehen«, sagte Bella, »ruf an, wenn du mich brauchst.«

»Haben Sie etwas dagegen, wenn ich Sie begleite?« fragte Ludwig gleichgültig. Die Herren am Tisch blickten nicht auf, als sie das Zimmer verließen.

Ludwig hatte Bella und Fidi bisher ausschließlich in einer von ihm bestimmten und mit ihm zusammenhängenden Welt erlebt. Das Büro hatten sie aufgebaut, wie er sich das vorstellte, wobei Bella ihre hübschen Hände auch im Spiel hatte, aber das war kein fremder Einfluß mehr. In diesem Keller hatte er mit Bella wie in einer grönländischen Wetterstation monatelang gehockt. Fidi kam dann dazu, man ging in die Kneipe, aber das war niemals »Milieu«, »Gesellschaft«, sie waren wie versprengte letzte Menschen, die zusammen von vorn anfangen, ohne zurückzublicken. Inzwischen war in dies radikale Isolationsprogramm natürlich vieles von draußen eingeflossen und hatte es verwässert. Ludwig hatte Bellas Mutter kennengelernt, was Bella ihm immer noch übelnahm. Dafür telephonierte sie mit der seinen.

Und nun war Fidi mit Leuten aufgetreten, die wirklich so etwas wie sein »Milieu« darstellten; das hätten die Herren natürlich entrüstet von sich gewiesen, Fidi war doch nur geduldet.

Wenn Ludwig das geahnt hätte. Ein solches Pack. Ein solches Gesindel in seinen Räumen. Die Schimpfkanonade steigerte sich im Souterrainzimmer, während Bella schweigend das rote Tuch herabließ. Weil sie nichts sagte, holte er schärferes Geschütz hervor. Daß er sie damit verletzen könne, störte ihn nicht.

Bella schloß ab. Sie schwieg weiterhin, stand schweigend vor ihm und sah ihn mit traurigen Augen an, bis er endlich still war. Zwischen ihren Körpern entstand die Anziehung, bei der man nichts zu wollen und zu denken brauchte. Jeden Lidsschlag, den sie so standen, wurde dieser Magnetismus stärker. Jedes einzelne Körperteil strebte zu seinem Gegenüber. Es brauchte nur noch eine winzige Bewegung, dann war die Anziehung unwiderstehlich.

Es war unvorsichtig, was sie taten. Ludwigs Eisschrank oben war mit Wein und Schnaps vollgeladen, aber hier unten stand noch ein Bierkasten, und wenn der Teufel, der in den Spielkarten wohnt, plötzlich auf den Einfall kommen sollte, seinen Adepten wieder Durst auf Bier einzugeben, dann würde Fidi an die Tür klopfen.

»Das tut er nicht«, flüsterte Bella beschwörend, »er ist jetzt ganz da oben versunken.«

Sie zogen sich aber nicht aus. Wie bei einer Kirchweih hinter dem Festzelt lagen sie sich mit heruntergezogenen, hinaufgeschobenen, aufgeknöpften Kleidern in den Armen, Ludwig keineswegs besinnungslos, sondern ängstlich auf

Geräusche lauschend und in der eifrigsten Hitze nicht vergessend, daß er den halb unanständigen, halb lächerlichen Anblick eines Mannes mit heruntergelassenen Hosen bot. Bella hatte eine Kerze angezündet, die ein Zelt aus riesenhaften Schatten um sie baute.

Als sie ruhig nebeneinanderlagen, hatten sie es aber nicht eilig, ihre Kleider wieder in Ordnung zu bringen. Ludwig hielt Bella fest an sich gedrückt, und Bella schloß die Augen, als ob sie hier in höchster Gefahr ein Schläfchen halten wolle. Statt dessen begann sie zu sprechen.

»Ich habe eine wahnsinnige Angst vor Fidi. Meinst du, diese Kerle da oben sind ungefährlich?« Diese Leute schauten auf die beleidigendste Weise durch sie hindurch. Keiner habe auch nur das Wort an sie gerichtet. Aber alle drei verbreiteten, mit ihr geschlafen zu haben, und nannten Einzelheiten.

»Sie kannten mich noch gar nicht, sie hatten nur von mir gehört, da waren sie schon mit mir im Bett.« Der gesamte Pariser Nußclub sei über sie »drübergerutscht«, so drücke man das aus. Männer, die sie nie gesehen habe, deren Namen sie nicht einmal kenne, liefen in Frankfurt herum und rühmten sich, sie ausgezogen zu haben, wobei sie nicht verstehe, welch ein Ruhm damit verbunden sei, eine derart haltlose Frau auszuziehen. Das sei wohl so ein männliches Ritual, das verbinde wohl ganz unerhört, da könne niemand, der sich nicht ausschließen wolle, zurückstehen.

»Und Fidi?« fragte Ludwig. Er sprach leise, und sie sprach leise, es war fast wie das Gespräch zweier Stimmen in einem einzigen Kopf.

»Fidi hört das nicht«, das war mit einer Enttäuschung schon jenseits der Bitterkeit gesagt. Fidi sei an sich nicht eifersüchtig, nicht im herkömmlichen Sinn. Aber seitdem sie verheiratet seien, rege sich das Spanische in ihm. Jetzt sei sie sein persönliches Eigentum. Er glaube das wirklich.

Sie sei für ihn wie ein Gegenstand, der verpfändet oder ausgeliehen werden könne, solche Situationen habe es auch schon gegeben.

»Welche?« fragte Ludwig, aber darauf wollte sie nicht eingehen, in träumender Traurigkeit redete sie weiter. Das sei eben die männliche Zuhältermentalität.

Ob Ludwig wisse, daß Fidi ein großes Messer mit sich herumtrage? Fidi habe einen Waffentick. Er habe eine Weile sogar einen geladenen Revolver besessen, als sie keine Wohnung hatten und bei ihrer Mutter herausgeflogen waren. Wo sie auch unterkamen, sie wußte stets, daß er die scharfe Waffe bei sich hatte, und sie erlebte Alpträume: Ein solches Ding war dazu gemacht, loszugehen. Wer würde auf der Strecke bleiben? Eines Tages war der Revolver weg, und zwar genau, als Bella sich entschlossen hatte, ihn in die Mülltonne oder einen Gully zu werfen. So sei Fidi. Er wisse alles, ahne alles. Jetzt gab es also das Messer. Das hatte ein angenehm sinnliches Gewicht, einen Horngriff und einen Messingknopf. »Drück mal drauf«, hatte Fidi gesagt, und Bella berührte mit dem Zeigefinger dieses herausragende Knöpfchen. Mit einem zischenden Geräusch schoß eine lange Stahlklinge hervor. Dieses Messer zeige Fidi gern in der Kneipe. Er lasse es herumgehen und führe die Schärfe der Klinge vor, indem er, ohne Druck, über den Daumennagel schabe: da entstünden dann feine Hornlöckchen. Die Klinge verschwand wie eine lang herausgestreckte Zunge zwischen schmalen Lippen. Fidi lachte glücklich – Schluß der Vorstellung.

Wem Fidi einmal Vertrauen geschenkt habe, dem folge er bedingungslos, sagte Bella.

Die Herren aus dem Pariser Nußclub seien Fidis Vorbilder. Eine zerlaufene Gestalt wie Raoul Bächle sei ein Monument für ihn, die schmutzige Hinterhältigkeit eines Werner Le Floch erscheine ihm als Anmut und Herzlichkeit, das anmaßende Geschrei des kleinen Stüvels sei in Fidis Ohr herrenhafte Männlichkeit.

»Dich liebt er«, das klang, so wie sie das sagte, zugleich gleichgültig und vorwurfsvoll, als sehe sie Ludwig auf ihre Kosten mit Fidi schon fröhlich vereint. »Er ist bereit, für dich durchs Feuer zu gehen.«

Für Ludwig war das eine Überraschung, die ihn erfreute und beschämte. Er hörte gern, daß Fidi ihn mochte – »lieben« war natürlich eine bösartige weibliche Übertreibung. Zugleich empfand er einen Stich, weil er Fidis Zuneigung nicht verdiente. Und was geschah, wenn Fidi die Wahrheit erfuhr?

Bella drehte sich auf der Matratze herum. Die Decke zog strahlenförmige Falten. Jetzt war sie noch dichter an Ludwig geschmiegt, so daß der Stoff, der von den erhitzten Körpern gepreßt wurde, ein Plissee aus vielen scharfen Fältchen erhielt. Es war ebenso denkunmöglich, sich voneinander zu lösen, wie in der Hypnose, wenn die Verbindung zwischen Willenszentrum und Armen und Beinen unterbrochen ist.

»Fidi werde ich auch nie loswerden. Fidi wird mich nie verlassen. Ich werde nie frei sein.«

Und damit war der Bann gebrochen, der über Ludwig lag. Er machte sich aus Bellas Armen und Beinen frei und setzte sich auf, das Haar abstehend und verdrückt, die Wange mit roten Mustern versehen, das Hemd zerknittert, auf dem Krawattenende einen dunklen nassen Fleck, ein Bild der Aufgeschrecktheit, erbarmungswürdig. Mit wilder Entrüstung sah er auf Bella, die sich, nachdem er sie geradezu von sich gestoßen hatte, nun auch aufrichtete. Sie starrten sich an, sprachlos.

Was man nicht zu verstehen behauptet, versteht man oft allzugut. Was ganz einfach zu sein scheint, ist oft weit entfernt davon, einfach zu sein. Gut, Fidi Lopez konnte sich verwandeln. Er konnte aus der Haut des dienstbaren, lustigen kleinen Burschen fahren, als den er sich Ludwig bisher dargestellt hatte. Er zertrümmerte Teller, Fenster und schlug mit dem Hammer auf die Fernsehscheibe – gut. Hatte er Bella bisher geschlagen?

Sie schwieg, das hatte etwas Trotziges. Ludwig glaubte diesem Stummsein entnehmen zu sollen, daß es ihn nichts angehe, wenn Fidi sie schlage. Daß sie davor Angst habe, aber daß es sein Recht sei und jedenfalls nicht mit Ludwig zu erörtern. Gut, Fidi war eine Zuhälternatur – aber was bedeutete das? Man lebte in einem freien Land – wer durfte Bella zu etwas zwingen? Auf diese Frage glaubte er nur noch Ablehnung in ihrem Gesicht zu lesen. Was war geschehen? Warum war plötzlich alles anders? Es gab etwas zwischen Fidi und Bella, das sie ihm verschwieg.

Sie schlief mit Fidi. Wahrscheinlich schlief sie jede Nacht mit Fidi. Alle diese vielsagenden Anklagen, die Andeutungen, die Prophezeiungen sagten in Wahrheit etwas ganz Einfaches. Und je klarer Ludwig diese Erkenntnis vor Augen stand, desto tiefer gähnte der Abgrund vor ihm. Was fiel in diesen Abgrund alles hinein?

Zu allererst die Eifersucht auf Mr. Khan. Was hatte sie gestern abend mit Mr. Khan unternommen? Das würde er von Bella mit Gewißheit niemals erfahren. Sollte er etwa Mr. Khan betont beflissen fragen, ob er mit Frau Lopez denn wirklich und in jeder Hinsicht zufrieden gewesen sei? Ihre Umarmung eben war für ihn der Beweis, daß Bella mit ihrem ganzen Körper auf ihn eingeschworen war, daß er sie mit sich geimpft hatte, daß ihre Zellen jeden anderen Mann abstoßen mußten. Was war von dieser Gewißheit geblieben?

Ludwig sah nur noch Einsamkeit vor sich, in einem Zimmer, in dem die Luft noch von der Liebe erfüllt war, in Gegenwart eines Mädchens, dessen winzige Unterhose wie ein loser Spitzenverband um ihren nackten Knöchel flatterte.

Ein brütendes Schweigen, ebenso zeitvergessen wie die vorangegangene Innigkeit, ging jetzt von ihm aus und verpestete den Raum mit beklemmenden trübselig machenden Ausdünstungen.

Bella mußte das mitbekommen. Sie teilte mit Ludwig jeden Atemzug. Und sie machte auch keine Anstalten, dem dräuenden Unglück auszuweichen. Sie hielt seine Düsterkeit aus, ohne sie zu überspielen. Und als das lang genug gedauert hatte – Bella mußte eine spezielle Uhr für den Ablauf von Gefühlsregungen in sich tragen –, streckte sie die Hand aus und legte sie in seinen Nacken, indem sie dort sanft zwischen den Härchen herumkraulte. Daß Bella es in der Gewalt hatte, solche Blockaden zu durchbrechen, bei denen sie beide unversehens an einem Endpunkt ihres gemeinsamen Weges angekommen zu sein schienen, verblüffte ihn stets aufs neue.

»Du wirst das alles machen«, flüsterte sie, und ihre Augen drückten ein unendliches, aber auch erwartungsvolles Vertrauen aus. »Du wirst das lösen, du wirst ihm alles – erklären«, fügte sie mit einem kleinen Zögern hinzu, als habe sie statt »erklären« ursprünglich etwas anderes sagen wollen. Ihre Küsse waren in der Dumpfheit dieser Liebeskammer frisch geblieben. Wohlschmeckender Speichel floß zwischen ihnen hin und her, und ihm war wieder, als sauge er mit jedem Atemzug von ihren Lippen etwas von ihrer Person in sich hinüber.

Später stand er am Fenster und blickte vorsichtig durch einen leicht verbreiterten Spalt hinauf. Frau Zimmermanns Eßzimmer lag im Dunkeln. Darüber leuchtete schwach sein Schlafzimmer, das sein gefiltertes Licht durch die halbgeöffnete Tür aus dem Spielsalon erhielt. Dann kam die Dachrinne, das blauschwarze Schieferdach und der Nachthimmel tief wie ein Brunnen. Ein paar Sterne blinkten heraus, manche schwach funzlig, einer starr wie ein Scheinwerfer, und jetzt bewegte sich plötzlich ein Licht, es zog einen regelrechten Strich und war wieder verschwunden. War das ein Komet? Eine Sternschnuppe? Ein überdeutlicher Lichtstrich, wie ein Schwenk mit einer Taschenlampe.

»Das war ein Flugzeug«, sagte Bella. War es ein Flugzeug? Daß es nicht möglich war, solch einen Sinneseindruck zu kontrollieren, indem man ihn sich noch einmal vorspielen ließ.

Und plötzlich trat in sein Bewußtsein ein klares Signal. Es war eine Art Knacksen im Kopf, oder war es sogar eine Stimme? Es kam von innen, aber es entstammte diesem Inneren nicht, es war gleichsam von außen in ihn hineingesendet, ein Befehl, augenblicklich auszuführen.

»Wir müssen uns sofort anziehen«, sagte Ludwig zu Bella. Während er sich die Hosen zuknöpfte, schaltete er den Fernseher ein und öffnete das Fenster. Bella war im Nu aufgesprungen, stand vor dem Spiegel und bürstete sich das Haar, auch er bekam gleich ein paar Bürstenstriche verpaßt. Die kühle Luft, die ins Zimmer drang, ersetzte ihnen die Dusche. Das Fernsehen zeigte einen alten Mann mit Bartstoppeln und kariertem Holzfällerhemd, der in einer fremden Sprache – rumänisch? ungarisch? slowakisch? – etwas erzählte, ein Dokumentarfilm der neueren Machart, bei der die Leute erst unterbrochen werden, wenn sie etwas Wichtiges sagen. Innerhalb von Minuten waren Bella und Ludwig ordentlich zurechtgemacht, die Kleider wirkten weniger zerknittert, die Decke der Matratze war glattgezogen, sie hatten eine Bierflasche und zwei Gläser vor sich und lauschten dem Lebensbericht des slawischen Alten.

Es klopfte. Immerhin klopfte es. Fidi hätte als der Herr dieses Gemachs auch unangemeldet eintreten dürfen.

Ludwig war stolz. Er war wachsam gewesen wie ein Indianer. Er war fähig, Veränderungen der Luftbewegung, Stimmungsschwankungen, seelische Zusammenballungen, die dem Entschluß Fidis, hier unten nach dem Rechten zu sehen, vorangingen, mit feinsten Antennen aufzuspüren.

Bella und Ludwig saßen gekämmt vor dem Fernsehschirm. Der Zerraufte war Fidi. Sein Gesicht war wie nach innen gezogen und kam Ludwig vollkommen ausdruckslos vor.

»Wir sind fertig da oben. Wir trinken noch ein Glas und gehen dann noch irgendwohin.« Das kam still und beiläufig, aber Fidis Lässigkeit war gespielt. Bella und Ludwig guckten sich den slawischen Alten an. Es war ein Dichter, der lange als Volksschullehrer auf dem Land gelebt hatte, ohne elektrisches Licht und ohne Leitungswasser, jetzt fing er an, singend zu rezitieren: etwas über den Gesang der Telephonleitungen, die Wespen, die alten Zeitungen, die im Wind über ein Stoppelfeld treiben. Bella hätte sonst schon längst umgeschaltet, aber nun starrten sie gebannt, als sei das genau das Programm, auf das sie sich seit Wochen gefreut hatten.

Fidi schwieg, blieb aber stehen, die Finger in die Taschen seiner engen Hosen geschoben – die Hände paßten da gar nicht herein –, und der Raum war von der Dichtung aus dem Holzhaus am Brunnen erfüllt. Schließlich brachte er heraus, was ihn drückte.

»Was ist mit einem kleinen Vorschuß, Chef?« Nein, nicht morgen oder übermorgen, sondern sofort und am besten bar. Ludwig hatte zum Glück noch Bargeld von der Reise in der Jacke, vierhundertfünfzig Mark, und die brauchte Fidi auch, vierhundertundachtzig wären besser gewesen.

Bella wandte ihr Gesicht vom Fernsehen, aber sie sagte nichts, und Ludwig lächelte herzlich, als er die zusammengefalteten Scheine hinüberreichte. Ihm kam es vor, als sei er billig davongekommen. Und jetzt konnte auch Fidi wieder lächeln. Sorgen waren für ihn nur von Gewicht, wenn sie Stockungen im Lebensablauf verursachten. Die Bewegung würde alles lösen.

Sie gingen hinauf. Ludwigs Wohnung war so verwüstet wie eine uneingerichtete Wohnung es nur sein kann. Leere Flaschen, klebrige Bierpfützen, Gläser mit gelben Lachen, eine Qualmwolke über allem, weggestoßene Stühle, die grüne Filzdecke halb heruntergerutscht.

Ludwigs Geld steckte Stüvels ein, nicht ohne die freche Bemerkung, Bargeld sei immer noch besser als ein platzender Scheck, aber das nahm nicht einmal Ludwig mehr übel, das gehörte einfach zu dem rauhen Gruppenjargon, in dem alle sich beständig gegenseitig aufzogen.

»Die unwirtliche Stätte«, das kam aus Raoul Bächles geöltem Munde, wurde jetzt verlassen. Im Auto fuhr man in ein lautes Nachtlokal. Ludwig plauderte angeregt mit Le Floch und Stüvels, nette, interessante Leute, dachte er unwillkürlich. Bächle war ihm immer noch nicht sympathisch, aber das war wohl gegenseitig. Er fing einen Blick des schwitzenden Dicken auf, der von stummer Abneigung getränkt war.

Bella und Fidi tanzten. Bella machte komplizierte Figuren und webte mit den Händen in der Luft herum, als wickle sie meterlange Garne auf, darin war sie völlig versunken, sie verschwendete keinen Blick auf Fidi, der wie eine Stahlfeder herumsprang, gleichfalls ohne Bella anzusehen.

Ludwig war von der Betrunkenheit vollkommen teilnahmslos gemacht, als sie schließlich nach Hause fuhren. Bella saß am Steuer. Es war ihr geglückt, Fidi den Autoschlüssel abzunehmen.

Fast sofort mit der Rückkehr nach Frankfurt war die Wirkung des Schwarzwaldaufenthaltes bei Ludwigs Vater dahingeschwunden. Vielleicht hatten die neue Hinfälligkeit, der nächtliche Schmerzanfall und die Unfähigkeit, Nahrung aufzunehmen, ihren Ursprung gerade im Schwarzwald. Den Aufenthalten an der frischen Luft, der ungewohnten und eigentlich längst unmöglichen Bewegung war es womöglich zu verdanken, daß auch das Leiden neue Kraft geschöpft hatte.

Bella nahm die Frage, ob sie Ludwig zu seinem Vater begleiten wolle, verhalten auf. Wenn Ludwig darauf Wert lege, dann komme sie mit. Sie tue das für ihn. Er könne sich vorstellen, wie wenig sie darauf erpicht sei, bei seinen Eltern zu sitzen. Das war ein Tadel für seinen Besuch bei ihrer Mutter.

War hinter dem Wunsch, der Vater möge Bella einmal vor seinem Tod sehen, eine atavistische Vorstellung von väterlichem Segen, von väterlichem Einverständnis enthalten? Konnte ein solcher Besuch einen anderen als symbolischen Sinn besitzen? Eine wirkliche Unterhaltung war doch kaum mehr möglich, kaum mit Ludwig, wie dann mit einer Fremden?

Aber vielleicht bemerkte der Vater noch, was an Bella besonders war. Hübsch war sie zumindest, das würde dem alten Mann gefallen.

Er war bereits soweit, daß Ludwig sich der Hübschheit Bellas eigens erinnern mußte. Er sah sie genaugenommen schon nicht mehr. Die Zeit, in der ihn ihre Hübschheit oder sogar Schönheit wirklich gefangennahm, hatte gar nicht lange gedauert. Am Anfang hatte er das Außerordentliche dieser Erscheinung nicht bemerkt, und jetzt, wo er oft genug die Gelegenheit hatte, sie ganz und gar zu besitzen, bemerkte er es nicht mehr. Sie war ein Teil von ihm und als solcher weder schön noch häßlich.

Vor der Haustür der Eltern trafen sie wieder zusammen. Ludwig erschrak, als er Bella sah. Sie trug einen übergroßen Blumenstrauß aus Herbstlaub und dicken gelben Chrysanthemen, ihr Lippenstift leuchtete, und die anstrengende Nacht ließ sie besonders zart und blaß erscheinen. Ludwig wußte, daß diese Blumen ein Fehlgriff waren. Seine Mutter würde das nicht schätzen. Die falsche Beiläufigkeit, mit der er Bella einführte, war damit entlarvt. Aber gegen diese Blumen war nun nichts mehr auszurichten. Sie waren teuer, viel zu teuer für Bella, kinderkopfgroße Züchtungen, die im Blumengeschäft einzeln in Zellophan eingepackt wurden, damit sie nicht durch die eigene Schwere auseinanderfielen.

Die Mutter enttäuschte ihren Sohn nicht. Als sie die Tür öffnete und ihr Blick auf den gelben Blütenschwall fiel, rief sie entsetzt aus: »Um Gottes willen, was soll ich denn damit machen?«

Hermann, der einen alten Blumenstrauß wegtragen wollte, war eben in der Küche die mit fauligem Wasser gefüllte Vase aus den nassen Händen geglitten. Gewiß, es war keine Absicht, aber wem glitten die Dinge aus den Händen, wenn nicht ihm? Hermanns Hände verbreiteten noch den Blumenwassergeruch, als er lächelnd zu der Gruppe trat.

Aus dem Schlafzimmer drang ein schwacher Ruf. Die Mutter ließ Bella einfach stehen. Ludwig vermied es, Bella anzusehen. Um seine Fassung war es geschehen. Hermann sah vernachlässigter aus denn je. Seine Trainingshose war ausgeleiert. Sein Haar war ungewaschen. Ludwig empörte sich bei diesem Anblick noch mehr, als bei dem brüsken Empfang durch die Mutter.

Seit der schweren Krankheit des Vaters waren außer Ärzten und gelegentlichen Pflegerinnen kaum fremde Leute ins Haus gekommen. Die Mutter fürchtete das Erschrecken auf den Gesichtern der Besucher beim Anblick ihres Mannes. Er selbst war gleichgültig gegen seine Bekannten geworden und fragte nie nach ihnen. Mit Bella sah Ludwig die Wohnung mit den Augen eines Fremden. Sie kam ihm dunkel vor. Obwohl seit Monaten keine Zigarette in ihr geraucht worden war, hatte sie etwas Eingeräuchertes. In den

Wohnräumen hing eine Art blauer Dunst, der vielleicht den Polstermöbeln entstieg und eine Müdigkeit über alle Stoffe und Farben legte. Sah Bella das auch? Kam ihr in dieser stets frisch gelüfteten und abgestaubten Wohnung nicht doch der jahrzehntealte Qualm entgegen? Roch sie die Gerüche der Krankheit, des Schlafzimmers, fahler Medikamente, medizinischer Reinigungsmittel?

Die Mutter heizte stark. Die Eltern merkten nicht mehr, wie heiß es bei ihnen war. Ob es dieser Hitze gelang, die abgemagerten Glieder des Vaters zu durchdringen, die wie die Reptilien die erforderliche Lebenswärme von außen bezogen? Aber auch die Mutter fand es angenehm so. Sie habe in ihrer Jugend genug gefroren, sagte sie häufig. Die Hitze erregte in ihr einen gewissen Verschwendungsübermut. Nach dem Krieg hatte sie Leute gekannt, die sich mit Büchern ein Feuerchen machten und während des kalten Winters von 46 auf 47 eine ganze Bibliothek verheizten. Daß Wärme etwas war, das man sich leistete, stand ihr deutlich vor Augen, ganz anders als ihrem Mann, der die Wärme im Zimmer nahm wie das Sonnenlicht oder die winterliche Dunkelheit.

Bella hatte einen Pullover an. Sie würde hier bald zu schwitzen beginnen.

Auf einem Tischchen in der Nähe des Sophas stand ein Silberteller mit kleinen, dreieckig geschnittenen Broten, in der Mitte der Butter war ein Klecks blutigroten Tomatenmarks. Diese Brote waren von magerer Feierlichkeit, das verkörperte Minimum gastgeberischer Anstrengung. Hätte die Mutter das nicht einfach lassen können? Diese Brote enthielten einen Vorwurf, stigmatisiert wie sie waren mit ihrer Tomatenwunde.

Ludwig ging in die Küche, um eine Vase für Bellas Strauß zu suchen. Die Hilflosigkeit gegenüber diesem Prunkbukett war nun lange genug vorgeführt worden. Hermann saß am Küchentisch und trank in kleinen Schlucken aus einer Schale, die er mit beiden Händen hielt, Kamillentee. Der Küchentisch war mit Zucker bestreut. Was Hermann Tee nannte, war stets nur flüchtig gefärbtes heißes Wasser. Der Teebeutel lief auf dem Küchentisch aus, verströmte Kamillenduft und schmolz den Zucker. Ludwig wußte schon, daß er jetzt nichts zu sagen brauchte. Dies war die Teezeremonie seines Bruders, in der sich, wie ihm Hermann einmal freundlich erklärt hatte, alle »inneren Zellen und Organe öffneten«.

Ludwig nahm nach längerem Suchen einen Schirmständer, eine grünlackierte kleine Blechtonne, und stellte die Blumen dort hinein. Der Strauß fiel auseinander und entfaltete sich sehr eindrucksvoll. Ludwig trug die schwere Tonne voll Wasser vorsichtig ins Wohnzimmer. Dort saßen Bella und seine Mutter und unterhielten sich.

Die Frauen kamen ohne ihn viel besser zurecht. Kaum ließ man sie allein, begannen sie zu reden. Nur Männer dachten sich immerfort Komplikationen aus.

»Die Deutschen tun sich mit Fremdsprachen sehr schwer«, sagte Bella in geradezu zurechtweisendem Ton. »Die Deutschen sprechen alle Fremdwörter falsch aus.«

Die Mutter lauschte mit gerunzelter Stirn.

»Nein«, rief sie, »das ist keinesfalls wahr. Wir hatten in unserer Familie einen Onkel, der vierzehn Sprachen sprach und schrieb, allerdings lebte er im Irrenhaus ...«

Bella war davon nicht beeindruckt. »Gut, er sprach vierzehn Sprachen – aber wie? Sprach er sie auch richtig aus? Nehmen wir meinen Namen – Lopez –«

Lopez. Wie lange hieß sie so? Schon ein Jahr oder kürzer? Nein, sie erlaubte keinen Zweifel, Lopez war »ihr Name«. Ludwig lauschte staunend, zugleich wuchs seine Verlegenheit. Was redete sie da? Sie sprach dies »Lopez« aus, wie sie es sonst nie tat, in einem bis zur Karikatur gesteigerten Spanisch, jener Sprache, die Fidi sie niemals hätte lehren können, weil er sie selbst nicht beherrschte. Das o machte sie so hell und offen, daß es fast kein Vokal mehr war, das e wurde zu einem aufdringlichen ä, und das z aspirierte sie scharf wie ein englisches th, ein merkwürdiges Lautgebilde, wahrhaft unnachahmlich. Diesem Idealspanisch stellte sie nun die falsche deutsche Aussprache gegenüber: das o wurde voll und lang gedehnt, das e war hell und ungetrübt, roh gleichsam und nicht auf spanischem Rost gebraten, und das z wurde zum plumpen tz, als ob Lopez mit Meister Petz, dem Bären zu tun habe.

Die Mutter nahm jetzt eine besonders würdevolle Miene an und wiederholte: »Lohpetz – ja, genau so würde ich sagen.«

Ludwig war überzeugt, daß Bella in der bedrückenden Gegenwart seiner Mutter einen Anfall zeitlich begrenzten Irrsinns erlebte. Wo war die Frau, die ihn Tag und Nacht beschäftigte? Durch das bloße Hinzutreten anderer Menschen hatte sie ihre Erscheinung vollkommen verändert. Vielleicht gab es überhaupt keine fest umrissenen Charaktere, vielleicht verhielten sich die Menschen wie Chemikalien, die sich in Verbindung mit verschiedenen Stoffen hier in ein Salz, dort in ein Gas, eine Flamme oder in Rost verwandelten. Die Mutter holte aus ihm selbst die schlechtesten Eigenschaften hervor. Er log dann, während Bella nur prahlte.

Nur mit Ludwig zusammen offenbarte Bella ihre Vorzüge, ihre Anmut und ihre zarte Glut, alles, was ihn an ihr entzückte, alles, was augenblicklich zurückkehrte, wenn er mit ihr allein war. Man mußte sich lieben, um überhaupt erst liebenswert zu werden, hieß die Lehre aus diesem Teegespräch.

Bella rühmte jetzt die Teebrote. Sie war in Fahrt geraten. Hinter ihr stand der Chrysanthemenstrauß in seinem

Schirmständer. In einer Gondel aus Blumen war eine jugendliche Schönheit inmitten einer vergilbenden, verdüsterten Welt gelandet und ließ sich mit den befremdeten Bewohnern photographieren. Ludwig schlich hinaus, um nach seinem Vater zu sehen.

Im Schlafzimmer brannte kein Licht. Die Möbel hoben sich nur dunkel vor dem noch hellblauen Fensterviereck ab. Zunächst glaubte Ludwig, das Bett sei leer, so wenig Geräusch ging von dem schlafenden Vater aus. Der dünn gewordene Körper zeichnete sich unter den dicken Plumeaus kaum mehr ab. Aber dann sah er den Kopf mit den geschlossenen Augen und den gleichfalls verschlossenen Lippen, die ineinandergefügt waren, als wollten sie sich nie mehr öffnen. Die Wangen waren eingefallen, so daß man die Form des Schädels erkannte. Das wirkte, als sei der Vater im Gesicht verstümmelt worden. Nur die Haut hatte ihr Eigenleben noch nicht aufgegeben und brachte, so schien es, viel mehr Bart hervor als früher. Er war aus den weichen Falten freilich auch schwerer zu entfernen als von glatten Wangen. Lebendig sah in dieser zerklüfteten und verelendeten Landschaft vor allem die Nase aus. Sie war größer geworden, unter dem Einfluß der Medikamente auch röter und formloser, und die Nasenlöcher standen als hohes Doppeltor in diesem Gesicht, als ersetzten sie mit ihren schwarzen Höhlen die geschlossenen Augen und den versiegelten Mund, und einzig durch sie drang die Außenwelt in den abgezehrten Körper, der nichts mehr sehen und nichts mehr essen wollte.

Während Ludwig ihn betrachtete, wurde ihm klar, welche Arbeit das Atmen ist. Die Ruhe aller anderen Körperfunktionen war weniger ein Schlaf als ein Versammeln der Kraft auf einen einzigen Punkt, das Heben und Senken des Brustkorbes und das Einsaugen und Herausblasen der Luft, und das hörte Ludwig nun schließlich, ein leises, fast ununterbrochenes Pfeifen. Auf dem Stuhl hing ein frisches Hemd. Als Ludwig mit Bella eintraf, war der Vater noch wach gewesen. Er hatte den Besuch erwartet und sich vorgenommen, ihn im Wohnzimmer zu empfangen. Nun war, wie eine Verzauberung, der Schlaf dazwischengetreten, hatte ihm die Strümpfe, die er schon in der Hand hielt, weggenommen und ihn zurücksinken lassen. Die Mutter hob die Beine des Schlafenden, die leicht geworden waren, wieder ins Bett und deckte ihn zu.

Das Schlafen ohne Decke sei, so sagte sie, das Allergefährlichste. Im Nu sei die Erkältung da. Diese eine, gerade an diesem Nachmittag drohende Erkältung in die Schranken gewiesen zu haben, befriedigte sie zutiefst, als sei dadurch ein wesentlicher Schritt auf die Genesung zu getan worden. Indem sie in ihrer Pflege immer dem gerade aufgetretenen Übelstand die einzige Wichtigkeit beimaß, lenkte sie den Patienten von seiner Krankheit ab. Manchmal gelang es ihr, daß er sich eigentlich gar nicht wirklich krank fühlte, sondern meinte, eine Pechsträhne zu erleben, in der die Malaisen einander ablösten. Selbst das Erlebnis der Schwäche, das ihn oft niederdrückte, schwand, wenn sie ihm ein frisches Kopfkissen zurechtklopfte. Wenn der Tod zuschlug, war nichts zu machen, aber solange das Leben sich behauptete, waren die einzelnen Leiden, die ihren geduldigen Mann seufzen ließen, eben vor allem Lebensregungen.

Ludwig saß im Halbdunkel am Bett und sah seinen Vater an, der so schwer wiederzuerkennen war. Das entfleischte Gesicht gab Gesichtszüge preis, die früher verborgen waren, vielleicht sogar solche von Vorfahren. Es war, als baue sich ein Gesicht aus übereinandergelegten Masken auf und als sei diese Struktur nun zusammengebrochen. Diese Fremdheit entstand durch den Schlaf, denn die Augen wahrten die Fortdauer der persönlichen Erscheinung und konnten, wenn sie freundlich blickten, sogar die Verheerungen der Krankheit vergessen lassen. Würde er heute nachmittag noch einmal erwachen?

Ludwig schien es dringender denn je, Bella zu seinem Vater zu führen. Am liebsten hätte er sie jetzt hierhergeholt und mit ihr schweigend das Erwachen abgewartet. Davon konnte leider nicht die Rede sein. Er erhob sich, ging hinaus und lauschte an der angelehnten Wohnzimmertür. Die Damen waren weiterhin mit Teetrinken beschäftigt, wie das leise Porzellanklicken verriet.

»Wir hatten ja immer die vorzüglichen Konzerte von Herrn Professor Rutzmann«, sagte die Mutter gerade hochbefriedigt. »Sie kennen natürlich den Namen Rutzmann?«

»War das nicht Ludwigs Geigenlehrer?«

Ludwig fiel auf, daß sie ihn zum erstenmal vor anderen Leuten bei seinem Vornamen nannte. Ihre Stimme hatte jetzt etwas Einschmeichelndes, Bescheidenes. Offenbar war es ihr eingefallen, aus dem Gummi-Roß, auf dem sie zunächst gesessen hatte, die Luft herauszulassen.

»Herr Professor Rutzmann wäre wahrscheinlich nicht gerade glücklich, wenn man seine Rolle darauf reduzierte, Ludwigs Geigenlehrer gewesen zu sein. Für uns war das ein teures Vergnügen und für Herrn Professor Rutzmann eine wahrscheinlich nicht angemessen honorierte Enttäuschung. Ich weiß natürlich nicht, was Ludwig Ihnen erzählt hat.«

Ludwig sei vielleicht nicht begabt gewesen, gab Bella geradezu scheu zu bedenken und fügte noch aus ihrem Erfahrungsschatz hinzu, daß man Musikschüler häufig an der mangelnden Begabung scheitern sehe. Das sei auch eine physische Frage. Man habe das absolute Gehör oder nicht, oder man habe eine Klavierhand oder nicht. Man könne aus dem Kind nicht herausholen, was nicht darinstecke. Fördern, ja, aber nicht zwingen. Das gehe immer schief. Dies Letzte sagte sie im Tonfall beratender Eindringlichkeit, als wolle sie die Mutter davon überzeugen, Ludwig aus der Geigenstunde von Herrn Professor Rutzmann schleunigst abzumelden.

»Ganz im Gegenteil«, antwortete die Mutter. Rutzmann sei eine pädagogische Naturbegabung, ein Mann mit vielen dankbaren und heute bereits namhaften Schülern. Rutzmann habe festgestellt, daß Ludwig hochbegabt gewesen sei. »Ludwig war hoch-, womöglich sogar überbegabt. Frühreif und überbegabt.« Rutzmann habe das Versagen auf Charakterdefekte zurückgeführt, und da könne man guten Gewissens nicht widersprechen. »Ich weiß nicht, wie gut Sie meinen Sohn kennen«, fuhr sie fort, um dann ein wenig innezuhalten. Bella sollte die Gelegenheit haben, in den Raum dieses Schweigens eine angemessene Erklärung zu setzen, aber das blieb aus. Ludwig atmete erleichtert auf.

Bella schwieg tatsächlich. Sie ließ sich nicht in die Falle locken. Es war kaum zu glauben. Die Mutter wiederholte ihre Frage nicht. Keine Antwort war auch eine Antwort. Ludwig kannte diese Devise, mit der selbst seinem Schweigen noch eine Einlassung abgepreßt werden sollte.

Professor Rutzmann habe sie diese Enttäuschung aber nicht entgelten lassen, sagte die Mutter schließlich, und habe einmal sogar hier ein Konzert gegeben, die Bachschen Sonaten für Violine allein, ein einzigartiger Genuß. Dort habe er gestanden. Sie zeigte auf eine freie Fläche, die von niedrigen Sesseln umgeben war. Nein, er habe kein besonderes Licht gebraucht, er habe die Stehlampe zurückgewiesen, sie höre es noch wie heute: »Ich lese keine Noten, das habe ich getan, als ich das Stück erarbeitet habe – jetzt spiele ich auswendig.« Rutzmann sei eben, und das erkenne man an dieser Künstleranekdote, eine vollkommen außergewöhnliche Künstlernatur.

Auch in Bellas Stimme stand der Unglauben, der nach und nach vom Staunen überwältigt wird. Die Mutter bemerkte allerdings, daß Rutzmann ihr mit diesen Worten das Konzert im Grunde zerstört habe. Während dieses endlosen Stücks, das beständig nicht vom Fleck komme, und immer hinauf und herunter klettere, ohne zu einer erkennbaren Melodie oder einer Art Ziel zu gelangen – Bella kenne das Werk ohne Zweifel? –, habe sie nur darauf geachtet, ob Rutzmann nicht steckenbleibe.

Professor Rutzmann war es gelungen, sich ihr als der Künstler schlechthin einzuprägen. Sie war ihm dankbar, daß er so beispielhaft Künstler war, obwohl ihr Urteil über die künstlerische Persönlichkeit eher ungünstig ausfiel. Man mußte sich glücklich schätzen, wenn man einem solchen Mann nicht zu nahe kam, einer überspannten Künstlerexistenz. Er überflügelte bei ihr die berühmtesten Namen, weil sie diese Meister vor allem durch ihn kennengelernt hatte. »Man muß Rubinstein mit Rutzmann zusammen hören, dann hat man erst das eigentliche Erlebnis«, sagte sie in Erinnerung an gewisse Abende mit Schallplattenmusik.

Ludwig brachte es nicht übers Herz, das Wohnzimmer zu betreten. Er litt unter der Art der Unterhaltung dieser beiden ihm so tief verbundenen Frauen, aber er sah auch, daß sie auf eine ihm nicht wirklich faßbare Art miteinander zurechtkamen. Er glaubte nicht, daß die Eröffnungen, die seine Mutter über ihn zu machen liebte, ihm bei Bella schadeten, weil er da ihrem Widerspruchsgeist vertraute. Bella war bei ihrer Mutter ein ganz anderes Ausmaß an Indiskretion gewohnt. Die Überwindung der Scham, die sehr schmerzhaft war, führte vermutlich zu größter Unabhängigkeit. Lag darin vielleicht das Geheimnis von Bellas Kraft?

»Sie ist deine Freundin, nicht wahr?« fragte Hermann, der weiter in der Küche saß. Auch hier herrschte nun Halbdunkel. Es war, als solle in der Wohnung der Eltern an Licht gespart werden, aber dieses In-den-Abend-Hineindämmern war aus der neuen Gewohnheit der langen Mittagsruhen entstanden. Die Tage wurden verschlafen, damit die kleine Ewigkeit der Nachtstunden überstanden werden konnte, eine zeitlose Unterwelt hatte sich in diesen Räumen etabliert. In solchen Zwischenzuständen kann manches ausgesprochen werden, was sonst sonderbar wirkte.

Trotzdem blieb Hermanns Frage auffällig, denn eigentlich besprachen sie solche Dinge nicht. Ludwig wäre nie auf den Einfall gekommen, Hermann zu fragen, wie er es mit den Frauen halte. Es war ihm auch nicht bekannt, daß Hermann jemals mit einem Mädchen irgendwo aufgetreten wäre. Die Art seiner Verwahrlosung, die nichts Verwegenes, Pittoreskes hatte, sondern nur trostlos war, sprach gegen eine Frau. Dennoch schien Hermann nicht unglücklich. Sein Ausdruck war ruhig und freundlich. Er sah Ludwig gern, wenngleich er ihn nicht vermißte, wenn er ihn nicht sah.

Er dürfe nicht zum Vater hineingehen, sagte Hermann, denn er fühle, daß er eine Erkältung in sich trage. Er trage sie schon länger in sich, und ausgebrochen sei sie bloß deshalb nicht, weil er viel Kamillentee trinke, aber wahrscheinlich sei er hochansteckend.

»Die Tröpfcheninfektion«, sagte er mit naiver Wichtigkeit. »Ich stoße mit meiner Atemluft feinste Tröpfchen aus, von denen jedes ein Virus enthält.« Hermann hatte schon immer überhaupt keine Empfindung für das Ekelhafte gehabt. Er konnte einen Mülleimer umstülpen und nach etwas Weggeworfenem suchen, während Ludwig dann lieber darauf verzichtete.

Hermann war in jedem Herbst erkältet. Einmal hatte Ludwig ihn ein heißes Fußbad nehmen sehen. Da hielt er die armen knochigen Füße in fast kochendes Salzwasser und beschrieb mit schmerzverzerrtem Gesicht, wie weh und wie gut das tue. Er besaß schon Sinn für das Angenehme.

Er unternahm nur nicht die kleinste Anstrengung, um vom Unangenehmen zum Angenehmen zu gelangen. Frieren war unerfreulich, aber er konnte das aushalten. Schließlich doch ins Warme zu kommen, war ein Geschenk. Die Erkältungen ertrug er klaglos. Wenn er seine Eltern hocherkältet besuchte, saß er, einzig mit seinem Schnupfen beschäftigt, da, als sei der Schnupfen ein unruhiges, launisches Wesen, dem die ganze Aufmerksamkeit gebühre. Mit umflorten Augen verharrte er wie im tiefsten Schmerz, die Tränen rannen ihm herunter, die Wangen waren entzündet, und unter der Nase schälte sich die Haut. Dann wuchs der Niesreiz und wurde mit einem Geburtsschrei zur Welt gebracht. Neben ihm stand ein Papierkorb, den er mit Papiertaschentüchern füllte. Solange der Taschentuchpacken reichte, dauerte auch sein Besuch. Dann hatte er seine Pflicht erfüllt und wanderte wieder in die Kälte davon. Die Schals, die seine Mutter ihm umhängte, indem sie ihm hinterherlief und sich auf Zehenspitzen stellte, als wolle sie ihn hinterrücks in diesen Wollschlingen einfangen, hatte er schon beim nächsten Besuch verloren. Die Pullover hatten Löcher. Man mußte eine Bärengesundheit haben, um so zu überleben. Von den Schleimexzessen der Schnupfenmonate abgesehen, war Hermann niemals krank.

»Ich glaube, daß diese Erkältung, die ich jetzt erwarte, den Papa töten wird«, sagte er. Der Zustand des Vaters sei in einem heiklen Gleichgewicht. Er könne in diesem Zustand noch lange leben, wenn kein Hauch ihn erschüttere. Aber dieser Hauch habe ihn angeweht und werde für ihn ein Sturm sein. Nur eines sei dabei wirklich traurig, wenn nicht mehr: daß der Papa auf das Sterben nicht vorbereitet sei.

Niemals hatte Hermann etwas Ähnliches ausgesprochen. Ludwig antwortete nicht. Was hätte er auch sagen sollen? Der Gedanke einer Vorbereitung auf das Sterben war ihm fremd. Worin sollte die wohl bestehen? Meinte Hermann, daß der Vater versäumt habe, sein Testament zu machen? Aber das war doch Hermanns Sorge nicht. Er scherte sich nicht um Testamente. Außerdem lag der Fall einfach. Sie waren zu dritt, die Mutter und zwei Söhne, das vorhandene Vermögen wurde geteilt, die eine Hälfte bekam die Mutter, je ein Viertel die Söhne. Auf Hermann würde unversehens ein Geldbatzen herunterprasseln, der alles überstieg, womit er umgehen und rechnen konnte. Das war tatsächlich eine bedenkliche Aussicht. Der Vater hätte hier Vorsorge treffen müssen, etwa indem er Hermanns Anteil seiner Frau zur Verwaltung überschrieb. Aber für eine solche Maßnahme war es zu spät, nicht weil der Vater seines Geistes nicht mehr Herr gewesen wäre, sondern weil er es in zu hohem Maße noch war. Vom Tod zu sprechen war vollkommen ausgeschlossen. Eine Mordtat wäre das gewesen, so sah Ludwig das.

Todesgedanken waren etwas für Kerngesunde wie Koschatzki, die aufgrund von Hormonschwankungen plötzlich einen Blick in die schwarze Tiefe taten und mit der Vorstellung spielten, der Versuchung nachzugeben und zu springen. Vor seinem Examen wäre Ludwig gern gestorben, plötzlich, an einem Herzstillstand, der als Folge der Überarbeitung hätte ausgelegt werden können. Die Nachwelt war hier noch miteingeplant. Daran kann man die Ernsthaftigkeit dieser Anwandlung ermessen. Auch Helden, die in den Krieg zogen, mochten sich an der Vorstellung ihres Todes berauschen, der immerhin unter größter Lärmentfaltung, toller als im letzten Akt einer veristischen Oper, eintrat. Aber wer, von Geschwüren aufgezehrt, Tag für Tag das Schwinden der Kräfte erlebte, konnte der etwas Besseres tun, als den Tod zu ignorieren? Er rückte in kleinen Schritten vor. Wer jeden dieser Schritte erwägen wollte, der starb tausend Tode. Was hieß das überhaupt: Vorbereitung darauf, nicht mehr zu sein? Das würde man schnell lernen. Die Fliege, die er neulich totgeschlagen hatte – war sie auf das Zerquetschtsein vorbereitet? Wenn in diesem zermalmten dicken Körperchen, dessen Beine zuckten, eine Art Bewußtsein wohnte – hätte es dem geholfen, wenn es auf den Zustand des Vernichtetseins vorbereitet gewesen wäre?

»Was meinst du mit vorbereiten?«

Ach, jetzt sei es zu spät, antwortete Hermann. Der Papa wolle davon nichts wissen, sie hätten das ausführlich besprochen. Er könne nicht auf einmal sein ganzes Leben ändern. Es müsse auch so gehen, habe er gesagt.

»Ich werde ihm das abnehmen«, sagte Hermann heiter, »zum Glück kann man es den Leuten abnehmen.«

Sie saßen zusammen an einem Tisch in der stets etwas hallenden Küche. Sie waren Brüder, von denselben Eltern hervorgebracht, aber war es nicht, als stammten sie von verschiedenen Sternen? Ludwig hatte immer schon die Schwierigkeit empfunden, mit Hermann von gleich zu gleich zu sprechen, also sich nicht zu ihm wie zu einem Kind herabzubeugen und »auf ihn einzugehen«, wie das hieß, wenn man sagen wollte, daß man die Argumente des anderen nicht ernst nahm. Aber nun war aus der Schwierigkeit die Unmöglichkeit geworden. Hermann hatte an Sicherheit in höchstem Maß zugenommen. Hier saß nicht der Mann, der aus der Buchhandlung von Frau Müller-Servet herausgeflogen war, sondern ein Herr seiner Pläne und seines Lebens. Dazu kam das freundliche Lächeln, das jetzt allerdings zu gefrieren drohte, ein Augenblick der Starrheit zog vorüber, und dann sagte Hermann: »Ich habe geglaubt, niesen zu müssen.«

Ludwig wollte eben aufstehen und ins Wohnzimmer gehen, als Hermann fragte: »Die Frau, deine Freundin – ist sie verheiratet?«

»Sie ist meine Sekretärin«, antwortete Ludwig mit einem

Pokergesicht, damit Hermann verstand, daß er an Ludwigs Geheimnisse nicht zu rühren habe.

»Ja, du bist ja nun ein richtiger Geschäftsmann. Ich bewundere dich sehr«, sagte Hermann. Nicht immer habe er von den Geschäftsleuten gut gedacht, denn in den Geschäften geschehe manches Unehrliche. Inzwischen sei ihm aber klar, wieviel Gutes von den Geschäftsleuten bewirkt werde. Die ganze Stadt hätten sie gebaut, und sie hörten damit auch noch lange nicht auf. »Du baust vielleicht auch bald ein Hochhaus?«

Nein, sagte Ludwig, gegenwärtig sitze er im Keller eines Hochhauses und sei weit davon entfernt, irgend etwas zu bauen; aber so schroff diese Zurückweisung war, es schwamm doch auch Rührung und ein Lächeln darin, denn es freute ihn, daß Hermann in seiner Weltfremdheit groß und bewundernd von ihm dachte.

Das sei nur der Anfang, der lichtlose Keller, sagte Hermann eindringlich, man beginne als Geschäftsmann in einer engen Schachtel, in größter Beschränkung sammelten sich alle Kräfte, bis der Raum auseinanderfliege und das Geschäft explodiere: »Es wird dann riesengroß.« Ludwig habe das Zupackende des echten Geschäftsmanns. Man müsse packen können, und das könne Ludwig. Und die Menschen mache es glücklich, wenn sie etwas kauften, das beobachte er in der Stadt. Jeder Mensch in der Stadt sei nur von dem Gedanken bewegt, etwas einzukaufen und nach Hause zu tragen. Die Gesichter der Menschen, die mit schweren Tüten aus den Kaufhäusern herauskämen, hätten etwas zutiefst Befriedigtes, diese Menschen seien innerlich zur Ruhe gekommen. Der Geschäftsmann trage zu diesem Seelenfrieden bei.

»Du handelst mit Stoffen, nicht wahr?« Von allen Dingen, die in der Stadt angeboten würden, seien die Stoffe, die Kleidungsstücke, das Allerbegehrteste. Die Menschen seien hinter Anziehsachen mit einer Heftigkeit her, die gelegentlich sogar dazu führe, daß gestohlen werde. Das sei natürlich furchtbar. Der Geschäftsmann habe dann seine Ware derart verführerisch ausgebreitet, daß die Versuchung aufkomme.

»Sie wollen verlocken«, sagte Hermann betrübt und vorwurfsvoll. Sei es nicht besser, die Gier zu dämpfen, als noch zu verlocken?

Ludwig konnte ihn beruhigen. Er war ja nur Zwischenhändler. Das »Kanadische Holzfällerhemd Boy« und der »Footed Pyjama« wurden nicht in den Zeilkaufhäusern, sondern in Katalogen angeboten. Da wurde niemand zum Stehlen verführt.

Ja, sagte Hermann und nickte andächtig, und wenn Ludwig dieses große Werk abgeschlossen habe und es dunkel werde und die Firma geschlossen – dann lege er sich also mit dieser Frau, die ihm tagsüber helfe, ins Bett.

Hier hätte Ludwig nun mit gutem Gewissen widersprechen können und um der Wahrheit willen sogar müssen. Sie liebten sich ja gerade nicht nach des Tages Arbeit. Dann kehrte sie vielmehr in Fidis Arme zurück, während Ludwig seinen künstlichen Mond oder ihr rotes Fenster betrachtete.

Warum gelang es ihm nicht, diese einfache Wahrheit zu bekennen? Zunächst war er verdutzt, aus Hermanns Mund solche Worte zu hören, aber dann regte sich auch sein Stolz. Man vergesse nicht, daß Ludwig der »kleine Bruder« war. Hermanns Unbekümmertheit allem Bürgerlichen gegenüber – von Verachtung durfte man nicht reden, dazu waren seine Empfindungen zu friedfertig –, erregte auch Ludwigs Bewunderung. Hermann sollte ruhig sehen, daß sein Geschäftsmann auch ein wilder Kerl war, ein Abenteurer mit einer bildschönen Geliebten. Es war nicht falsch, wenn er zugab, daß Bella seine Geliebte war, und Hermann gegenüber mußte man nicht ins Detail gehen.

»Du erkennst sie dann also.« Hermann blickte ihn forschend an.

Welch eine Sprache er auf einmal angenommen hatte. Feierliche Unverständlichkeit war ihm auch früher manchmal eigen gewesen, aber jetzt wußte Ludwig überhaupt nicht mehr, was er meinte. Ob er Bella erkenne, wenn er mit ihr im Bett lag? Er fragte sich das selbst manchmal, aber das konnte Hermann nicht ahnen. Was wußte Ludwig von Bella? Er meinte, alles über sie zu wissen. Er war davon überzeugt, daß er sie gesehen hatte wie keiner sonst in Augenblicken unverfälschter Wahrheit, aber es war unmöglich, diese Wahrheit in Worte zu fassen. Was blieb von diesen Erkenntnissen? Eigentlich nur abgerissene Erinnerungsbilder, Schnappschüsse, von einem halb abgewandten Kopf, dem das Haar auf den Schläfen klebte und dann viel dunkler wurde, sogar etwas Rötliches bekam, aber sie mochte nicht, wenn er das feststellte; nein, sagte sie dann, aus der Benommenheit auftauchend, sie habe keine roten Haare.

»Was meinst du?« fragte er schließlich nach verwirrtem Schweigen.

»Ich dachte, man sagt das so.«

Das war ein Selbstgespräch, ein unsicheres Gemurmel, und wenn ihm eingefallen sein sollte, worauf es sich bezog, verriet er das jedenfalls nicht. Schließlich wurde er wieder bestimmt. Gleichgültig, wie man es ausdrücke: was Ludwig da tue, das gehe nicht. »Wenn sie verheiratet ist, ist das verboten.«

Er sagte das mit nachdrücklichem Eifer, als habe er eben erst die entsprechende Vorschrift entdeckt, die Ludwig nicht kennen könne, die er aber, sowie er Bescheid wisse, respektieren werde, denn er war sein Bruder, der Sohn seiner Eltern, ein anständiger Mensch.

Warum ging Ludwig darauf überhaupt ein? Wenn Hermann etwas Absurdes sagte, konnte er in Zorn geraten.

Aber nun war es, als habe Hermann ein Stichwort gegeben, das er schon lange erwartet hatte, nicht von Hermann, sondern ganz allgemein. Er war gerüstet für den Fall, daß jemand die Rechtlichkeit seiner Beziehung zu Bella in Frage stellte.

Das gewaltige altertümliche Wort Ehebruch errege das Publikum bekanntlich nicht mehr besonders. Aus dem juristischen Vokabular sei es jedenfalls entfernt. Es gebe Paare, und er kenne solche sogar – Ludwig hatte Pressler und dessen Freundin im Auge, die allerdings weder verheiratet noch glücklich waren –, die sich Ehebrüche, erotische Ausflüge solle man vielleicht besser sagen, ausdrücklich gestatteten. Die Menschen hätten gewisse Korsetts abgeworfen und organisierten ihr Privatleben jetzt unbekümmert um Regeln, die längst zu Rechtsaltertümern geworden seien. Der Begriff Ehebruch sei dem Begriff Einbruch nachgebildet, der Ehebrecher werde als Dieb oder Räuber empfunden, der die schöne Helena davonschleppe, die sich, als sei sie eine Statue, diese Vereinnahmung willenlos gefallen ließ und auch ihre Rückerstattung kommentarlos duldete. Hermann sehe schon: Die Frau werde im Rahmen dieses Begriffs als Sache angesehen, die dem Ehemann gehöre. Was sei das bitte für ein Menschenbild? Das sei doch mit der höheren Moralität, in deren Namen der Ehebruch verdammt werde, nur schwer zu vereinbaren. Und tatsächlich sei die Zeit über solche Verhältnisse hinweggegangen. Die Ehe sei heute ein zivilrechtlicher Vertrag zwischen zwei Personen verschiedenen Geschlechts, der gekündigt werde, wenn einer oder beide genug davon hätten.

Ludwigs einfache, klare Darlegungen hätten, um bei Hermann anzulangen, nicht so gereizt ausgesprochen werden müssen, gedämpft allerdings, denn bis ins Wohnzimmer wollte Ludwig seine Rede dann doch nicht dringen lassen. Hermann bot das Bild eines Menschen, der in der Redeschlacht besiegt ist, aber an seinen Überzeugungen festhält, ohne Waffen zu ihrer Verteidigung zu besitzen. Ludwig hätte mit dem Ergebnis seines Plaidoyers zufrieden sein können. Wenn er das letzte Wort behalten hatte, genügte ihm das gewöhnlich für seinen Sieg. Warum mußte er nun weiterreden, indem er Bekenntnisse folgen ließ, die den vorangeschickten schlagenden Thesen genaugenommen widersprachen?

Wenn es ihm bisher darauf angekommen war, einen nüchternen, von allem metaphysischen Beiwerk befreiten Begriff von der Ehe zu vertreten, so legte er nunmehr, indem er ins Psychologisch-Persönliche wechselte, ausführlich dar, daß es sich bei Bellas Verbindung mit Fidi erstens um eine wirkliche Ehe gar nicht handele und zweitens Fidi sich in dieser Ehe so betrage, daß er es sei, dem das Verschulden an deren Scheitern angelastet werden müsse. Eine Kinderehe war die Verbindung von Bella und Fidi, von Unmündigen geschlossen, die weder eine wirtschaftliche Basis für ein geordnetes Zusammenleben besaßen, noch zu der menschlichen Reife gediehen waren, in Ansehung der gegenseitigen Verantwortung einen Lebensbund zu schließen. Daß die beiden über einundzwanzig Jahre alt waren, bewies noch längst nicht, daß sie wußten, was sie taten. Die Adoleszenz dauere heute erheblich länger als früher; hier eröffnete Ludwig einen kurzen historischen Seitenblick auf fünfzehnjährige Schlachtenlenker, Kardinäle, Musiker und Heilige, von ebensolchen Witwen und Müttern zu schweigen – all das undenkbar heute. Der moderne junge Mensch gerate früh in die Pubertät und bleibe bis Anfang Dreißig darin.

Er zeichnete ein Bild Fidis, das ihn selbst überraschte. Hatte es da nicht sogar eine ausgesprochene Sympathie gegeben? Jetzt war Fidi nur noch ein verantwortungsunfähiger, gefährlicher Strolch. Fidi war unfertig, unerwachsen, brutal und hemmungslos, ein Gassenjunge, in trostlosen Verhältnissen aufgewachsen, fast eine Waise, die sich um jede Art Bildung habe herumdrücken können. Fidi, der Analphabet.

Da dieser Vorwurf Hermann nicht erschütterte, ließ Ludwig ihn wieder fallen. Er ging lieber in die Tiefe. Fidi erschien dort als ein Mann, der sich niemals würde einfügen können, nicht wegen seiner Genialität, sondern aus Schwäche und letztlich sogar Krüppelhaftigkeit. Ein solches vernachlässigtes, gieriges Kind hatte sich mit Zähnen und Krallen an sein Opfer gehängt, ein schönes, gesundes Mädchen, das einen Parasiten durchs Leben schleppen sollte. Und wie es mit solchen Bedürftigen war, die fühlten, daß sie sich den warmen Lebensstoff von andern beschaffen mußten, war er bedenkenlos und grausam. Bella zitterte vor ihm. Er behandelte sie mit der ganzen Roheit seines Milieus. Alle Schläge, die Fidi in seinem Leben bezogen hatte, gab er an Bella weiter. Das war das Paradoxon: der Hilfsbedürftige unterjochte die Frau, von der er sich Schutz erhoffte.

Schlimm war der kriminelle Hintergrund Fidis, die kleinen und schon etwas größeren Verbrechen, seine Nähe zu den Drogen, seine Trunksucht. Das alles würde Bella in kurzer Zeit in einen Sumpf hinabziehen, aus dem sie nur beschmutzt, wenn überhaupt, heraussteigen konnte. Hier war unmittelbare Gefahr im Verzug. Wer Bella in dieser Verbindung mit Fidi hängenließ, der stieß sie bald schon in ein keineswegs symbolisches, sondern sehr greifbares Unglück. Fidi würde Bella vermutlich in Schulden verwickeln, er würde sie mit dem Auto betrunken gegen einen Baum fahren und ihr Gesicht mit tausend Glasscherben vernichten. Er würde sie seinem Gesindel ausliefern und zur Mittäterin machen. Bella stand unmittelbar vor Hausdurchsuchung und Verhaftung, Verhör und Verhandlung.

Hier trug Ludwig, wie es ihm kurz durch den Sinn schoß, vielleicht etwas dick auf, aber gelogen war es doch eigentlich nicht. Die Polizei schaute auch bei den ganz kleinen, den bloß gelegentlichen Haschischhändlern herein, um zwischen Matratzenritzen und hinterm Eisschrank nach braunen Krümeln zu suchen, das mußte Ludwig sich nicht ausdenken.

Solch ein Leben hatte Bella sich natürlich nicht vorgestellt. Sie konnte nicht in solch ein Leben einwilligen, weil keine Frau in so etwas eingewilligt hätte. Sie war – Hermann mußte jetzt einen juristischen Ausdruck zulassen, der eigentlich aus einem anderen Zusammenhang stammte, hier aber gut paßte – über die »Geschäftsgrundlage« getäuscht worden. Folge einer solchen Täuschung sei die vollständige Nichtigkeit des im Vertrauen darauf geschlossenen Vertrags, hier: der Ehe.

Genau über diesen Punkt war Ludwig sich nicht so sicher, wie er es erscheinen ließ. Konnte man Bellas Unbehagen über Fidis Tun und Treiben tatsächlich als einen Zustand der Enttäuschung bezeichnen? Fidi ließ sich doch von jedem in die Karten gucken, und Bella war lange genug mit ihm herumvagabundiert, um seine Lebensweise zu kennen. Nein, es war möglicherweise etwas komplizierter. Bella hatte mit Gewißheit geglaubt, daß Fidi diese improvisierte Existenz, die sie mit ihm teilte, in etwas Zauberhaftes verwandeln würde, einen Tanz, ein beständiges Fest, das Leben eines Taubenpaars in den Straßen und Parks, aneinandergeschmiegt in einer Regenrinne und dann wieder fliegend und in äußerster Leichtigkeit. Und dann, etwas widersprüchlich dazu, war sie mit Sicherheit überzeugt gewesen, daß Fidi sich besserte, oder genauer, daß sie ihn besserte. Eine Änderung zum Arbeitsamen, Soliden würde seine taschenspielerische Eleganz in gewinnbringende Kanäle leiten. Dieses Einmünden in das nahrungsspendende System des Kommerzes gelang doch so vielen wackligen Existenzen. Jetzt aber hatte die Unsicherheit etwas Monotones bekommen, das lustige Leben war eintönig und beengend geworden, das ernsthafte hingegen, der Aufbau von »Nephew & Nephew« mit Ludwig, war aufregend und schenkte fortwährend neue Bestätigung. Ludwig hatte gegenüber Bella Verantwortung übernommen. Sie durfte auf ihn zählen. Wenn er sich zurückzog, gar mit Hinweis auf ihre farcenhafte Ehe, war er ein Verräter. Ihre Entscheidung für Fidi bewies bloß die Orientierungslosigkeit, die ihre Herkunft verschuldet hatte. Ludwig erwähnte hier den Selbstmord von Bellas Vater, der Hermann ernsthaft bekümmerte, dies nur in einer Fußnote auftauchende Argument saß wirklich. Ludwig schilderte deshalb auch die Haltlosigkeit der Mutter, Bellas verwahrlostes Aufwachsen, das nicht hatte hindern können, daß ein reifer, moralischer Charakter sich bildete. Ihr Instinkt hatte ihr ganz richtig zugeraunt, vor allem der Mutter aus dem Weg zu gehen, und so sei sie zunächst an Fidi geraten, keine ganz schlechte Wahl, solange sie vorläufig blieb. Bella trat jetzt erst eigentlich ins Leben ein.

Ohne daß man ihn hätte kommen hören, stand der Vater in der Tür, der sich in Pantoffeln mehr gleitend als schreitend bewegte. Er trug einen Morgenrock, sein Gesicht war verschlafen, aber viel weniger verfallen als im Liegen. Vor allem machte sein Lächeln und ein geradezu vergnügter Blick seine elende Verfassung vergessen.

Er mußte schon ein Weilchen da gestanden haben, ohne etwas zu sagen, aber er hatte mit Sicherheit nichts von dem verstanden, was zwischen seinen Söhnen vorging. Die Schwerhörigkeit hatte zugenommen, wenn es sich bei ihm nicht einfach um einen Rückzug ins Innere handelte, ein ausführliches Selbstgespräch, aus dem er nur mühevoll auftauchte.

Daß zwischen seinen Söhnen keine Harmonie herrschte,

wußte er seit langem. Er versuchte, es nicht zu beachten, und spielte den Ungläubigen, wenn die Mutter über Ludwigs böse Laune klagte. Von Hermann ging keine Feindseligkeit aus. Hatte sein steter Gleichmut nicht etwas geradezu Gefühlloses, wenn er mit traurig glattem Auge auf seinen erregten Bruder blickte?

Und jetzt, in der dunklen Küche, dieses Bild einer friedlichen, herzlichen Unterhaltung. Der Vater glitt augenblicklich in diesen Zustand hinein, als zeige er endlich die Wahrheit der Verhältnisse. Hatte er nicht schon immer gewußt, daß seine Söhne sich zugetan waren? Die Reibereien entstammten den an der Oberfläche unterschiedlichen Temperamenten. Darunter herrschte tiefe Einigkeit. Er hatte noch diesen freudig leuchtenden Blick, als Bella ihm vorgestellt wurde, die bei der Mutter ausgeharrt hatte, aber keineswegs erschöpft, sondern animiert und geheimnisvoll wirkte.

»Sie sind mit Ludwig gekommen?« fragte der Vater und fuhr gleich mit dem Ausdruck starker Freude fort: »Wie schön. Und wie klein Ihre Ohren sind.«

Bella griff sich überrascht ans Ohr, als wolle sie seinen Eindruck überprüfen, aber die Mutter widersprach. Bellas Ohren seien vollkommen normal. Ihr Mann liebte es, über alles und jedes zu staunen. Auf welchem Stern war er zu Hause, wenn er sich hier über das Alleralltäglichste aufhielt?

War eine Spur von Eifersucht in ihrer Antwort? Bella schenkte der Mutter einen unterwürfigen Blick. Aber der Vater war für solche Töne taub. Er spreche nicht umsonst von kleinen Ohren, fuhr er fort, während er sich vorsichtig auf dem Kissen, das seine geschwundene Muskulatur ersetzen sollte, niederließ. Er habe einen kleinen Mittagsschlaf gehalten und dabei von der Ehefrau des Pfarrers aus Jugendzeiten geträumt. In diesem Pfarrhaus sei viel alte

Musik gemacht worden, Pachelbel und Buxtehude, in diesem Pfarrhaus habe ein ewiger Advent geherrscht, wie für ein Pfarrhaus auch passend.

»Warum erzähle ich das«, unterbrach er sich, und dann fiel in seinem Inneren eine Sternschnuppe, und er rief mit der schwachen Stimme, die ihm geblieben war, glücklich: »Ja. Die Ohren. Die Ohren dieser Pfarrfrau waren die größten Ohren, die ich in meinem ganzen Leben gesehen habe. Sie reichten vom Kiefer bis zu den Augenbrauen.« Und dennoch seien das überaus feine Ohren gewesen, geschnitzte Elfenbeinohren mit müden Läppchen, die in ihrer Welkheit durch Onyx-Ohrschmuck gestrafft wurden. Skulpturen im Knorpelstil seien diese Ohrmuscheln gewesen, die den Kopf wie bei einem barocken Kirchengestühl links und rechts prächtig einfaßten.

»Was für ein Unsinn«, sagte die Mutter, aber nicht so streng wie in seinen gesunden Zeiten, als sei sie bereit, seine Neigung zum Irrealen vor allem als Zeichen einer Rückkehr der Lebensgeister zu werten.

Man habe genau gesehen, wie der Flötenklang der Barockmusik sich in dieses Ohr habe hineinschrauben können. Die Töne seien herangeflogen und dann in den Elfenbeinrinnen und konkaven Vorhöfen des Gehörgangs unausweichlich dem Trommelfell zugeführt worden.

»Vor anderen tut er gesund, aber ich weiß, wie es ihm wirklich geht«, sagte die Mutter gedämpft zu Ludwig.

Es gebe aber auch das zu kleine Ohr. Er sei überzeugt, daß es Ohren gebe, die für die Aufnahme einer Riesensymphonie zu klein seien. Er wisse nicht mehr, wer Herrn Professor Rutzmann den »Gehörlosen« genannt habe – nun, wenn nicht gehörlos, dann aber ganz gewiß kleinohrig.

»Wir haben uns oft gefragt, ob der Tonschwall dicht neben seinem Ohr nicht eine Art akustische Überschwemmung, eine Tonverstopfung hervorruft.«

Hier widersprach die Mutter nicht und wandte sich sogar bestätigend an Bella: »Herr Professor Rutzmann ist furchtbar laut. Ich fürchtete, die Fenster springen, als er hier spielte. Er hat in seinem Geigenkasten solch ein hübsches kleines Ebenholzreiterchen für den Steg dabei, aber er hat es nicht benutzt.«

Bella folgte den Ausführungen des Vaters mit bedeutungsvollen Blicken und einem ganz leicht angedeuteten Lächeln. Ludwig fand diese Mischung aus dem Ernst der Augen und den amüsierten Grübchen in den Mundwinkeln bestrickend schön. Er sah andächtig zu ihr hinüber. Sie schenkte ihm einen kurzen schmelzenden Blick, als der Vater durch einen kleinen Husten unterbrochen wurde und die Mutter in liebevollem Schimpfton sagte, das komme vom vielen Sprechen.

Er wollte jetzt viel sprechen. Es war, als habe er sich eigens dafür Kraft aufgespart.

Die kleinsten Ohren, die er bei einem Mann je gesehen habe, besitze Pressler, und der sei auch der Allertaubste. Hier erhob sich die Mutter, um neuen Tee zu kochen, Bella folgte ihr.

»Wenn über Pressler gesprochen wird, entfernen sich die Damen. Das habe ich schon öfters bemerkt. Sie mögen deinen Freund nicht.« Im Konzert habe Dr. Pressler einmal neben ihm gesessen, bei Bruckners Achter.

Der Vater war von Heiterkeit bewegt. Er atmete sie wie ein leichtes Gas, das ihm die Bedrängnis aus der Brust nahm. Wie sonderbar die Menschen sich betrugen. Das fiel ihm jetzt bei Bellas Besuch wieder ein, dieses sich stets erneuernde Erstaunen, das sein Leben begleitet und erfrischt hatte und jeden Überdruß vertrieb.

Wogen von Musik waren über sie hinweggebrandet, sie waren wie auf einem Floß, das auf hoher See dahintrieb, auf Wellenberge getragen und in die tiefsten Täler hinabgestürzt worden. Einmal erhob sich ganz hinten im Orchester ein Mann mit Tschinellen, hielt sie feierlich geöffnet vor sich und schlug sie dann mit triumphalem Krach gegeneinander, um sich sofort wieder hinzusetzen. In den Meeresfluten der Musik war dies ein stahlfester Klangkern, um den sich die weichen Klangmassen herumlegten. Da neigte Pressler sich zu ihm und habe dringend wissen wollen, ob die Tschinellen wohl noch einmal drankämen. Der Vater stellte durch einen Seitenblick fest, daß Presslers Augen starr auf den Tschinellenspieler gerichtet waren. Er wartete nur noch, er brauchte nicht mehr zuzuhören. Presslers Unruhe habe ihm erst ins Bewußtsein gerufen, sagte der Vater, welchen Geschmack Bruckner bewies, solch ein kräftiges Gewürz wie die Tschinellen nur ein einziges Mal, und das im zweiten Satz vorkommen zu lassen. Als sich dann der Applaus zu regen begann, sei Pressler entrüstet gewesen: »Die Tschinellen sind tatsächlich nicht mehr drangekommen.«

Ludwig hatte seinen Vater schon seit langem nicht mehr in ähnlicher Stimmung erlebt. Das war nicht nur Heiterkeit, das war geradezu ein wenig Albernheit. Wahrgenommen hatte der Vater Bella offenbar, sein Verhalten war eine unmittelbare Frucht dieser Wahrnehmung. Mußte Ludwig nicht dankbar sein, daß der Vater sie nicht in ein Gespräch zog? Hatte der Vater sie nicht von ihrer vorteilhaftesten Seite kennengelernt, ihren ausdrucksvollen Blick, ihren geheimnisvollen Ernst, ihre töchterliche Beflissenheit, als es um das Teekochen ging?

Im Schein der Lampen war die bescheidene Blüte seines Zustandes schnell verfallen. Etwas Hungriges, Wölfisches trat in das ausgemergelte Gesicht. Er lächelte noch immer, aber viel schwächer, und die Augen fielen ihm gelegentlich zu. Als Bella mit dem Tee zurückkam, war der Vater schon halb entschlossen, sich wieder hinzulegen, aber nun trank er doch noch einen kleinen Schluck, indem er die Tasse vorsichtig abstützte und Bella über den Tassenrand zutraulich ansah.

»Um zusammenzufassen, was ich gesagt habe: Ich rate Ihnen, Musik nur zu lesen. Die Notenschrift ist viel leichter, als Sie glauben. Lesen Sie die Partituren.« Das Gefühl der Unabhängigkeit, das diese stillen Stunden mit der Partitur schenkten, sei nach seiner Erfahrung die köstlichste Freude der Musik – wenn man Musik liebe. »Und Sie lieben doch Musik?«

»Ja, ich liebe Musik«, sagte Bella mit Inbrunst.

Der Besuch bei den Eltern war ein außerordentliches Ereignis in Bellas Leben, das spürte Ludwig bei jedem Schritt, den sie zusammen gingen. Sie habe denselben Geschmack wie seine Mutter. Er tue seiner Mutter überhaupt unrecht. Man müsse eine solche Frau auch verstehen. Auch die Umgebung, in der sie gewesen war, beschäftigte sie. Sie wollte sich vor allem selbst prüfen: War es schön, Sophas und Sessel so aufzustellen? Wollte man das Teeservice wirklich gern selber besitzen? Ludwig war hier keine Hilfe, denn er fand alles ohne Unterschied scheußlich und bewies damit ein weiteres Mal seine Unsachlichkeit. Sie war überzeugt, sein Milieu viel besser schildern zu können als er. Seine Schilderungen waren Verzerrungen, bloßer Ausdruck seines ungesunden Verhältnisses zu diesen angenehmen, natürlichen Leuten. Was hatte Ludwig denn eigentlich gegen seinen Vater?

»Aber ich habe doch nichts gegen meinen Vater, ich bewundere ihn, ich verehre ihn, das geht ja beinahe schon zu weit!«

Dieser Ausruf hatte das Entrüstete des ohnmächtigen Protestes. Doch, selbstverständlich habe er Vorbehalte. Er habe ihn ihr ja vollkommen verkehrt geschildert. Niemals hätte sie nach seinen Beschreibungen diesen Mann wiedererkennen können, wie Ludwig überhaupt schlecht beschreibe. Ludwig, so sagte Bella jetzt nicht ohne freundlichen Tadel, mische in seine Beschreibungen immerfort die Gefühle – er sei, was er den Frauen vorwerfe: emotional. Sie hätte sich glücklich schätzen dürfen, eine solche Familie, eine solche Mutter, solchen Vater und Bruder gehabt zu haben, in einem liebevollen, wohlhabenden Milieu aufzuwachsen.

»Liebevoll? Wohlhabend? Sie geben mir keinen roten Heller.«

»Das würde ich auch nicht tun«, sagte Bella. Er habe es außerdem auch gar nicht nötig. Andere müßten von ihrem Einkommen die Eltern unterstützen.

»Das wäre ja noch schöner.«

Ja, das sei seine Einstellung, er solle aufpassen, daß seine Kinder eines Tages nicht auch so dächten. Hier umarmte Ludwig Bella so stürmisch, wie das auf offener, allerdings weithin verlassener Straße möglich war.

Merkwürdig, dachte er, als Bella sich sanft befreite, als er ein Junge war, hatte man überall Liebespaare gesehen, im Park, in Hauseingängen und unter Brücken, immer diese umschlungenen Gestalten, die erstarrten, wenn sich Schritte näherten. Wo waren die geblieben? Er und Bella waren das einzige Liebespaar, das übriggeblieben war.

Seine Erleichterung war groß. Daß Bella bei seinen Eltern nichts abstoßend und widerwärtig gefunden hatte, rechnete er ihr hoch an. Es gelingt bekanntlich nicht, die Leute und ihre Herkunft sauber auseinanderzuhalten. Wenn das Nest erst einmal bekannt ist, aus dem der bunte Vogel stammt, entdeckt man stets ein paar Hälmchen und Zweiglein daraus in seinem Gefieder.

Sogar zu Hermann fiel ihr etwas Günstiges ein. Hermann sei besonders nett. Sie habe das gleich bei der Begrüßung bemerkt, dieses warme, von Herzen kommende Lächeln, jener Gesichtsausdruck, der Ludwig so besonders zuwider war, diese unverwüstliche Philanthropie, die sich wahllos über jeden ergoß. Hermann brauche eine Frau, man sehe das an seiner Erscheinung. Das sei Junggesellenstil, dieses seltene Haarewaschen und die schmutzigen Hosen. Aber unter Hermanns Verwahrlosung liege das gute Herz.

Ludwig hingegen habe kein gutes Herz, er sei ein Lump, eiskalt und bös, sie könne von Glück sagen, daß er sie jetzt angeblich liebe. Ludwig als Chef sei ein Alptraum. Sie rieb ihm all seine Unsicherheiten und Aufgeblasenheiten der ersten Tage noch einmal unter die Nase, unbemerkt war nichts geblieben, aber als Erinnerung war nichts davon mehr peinlich. Im Grunde war das alles ja schon Verliebtheit gewesen.

Hermann hatte ihr viel erzählt, und sie habe ihm auch von sich berichtet. Wieviel üble Nachrede sie habe ertragen müssen, wie sich jedermann über sie das Maul zerrissen habe und Fidi dazu schwieg, niemals, nicht ein einziges Mal für sie eingetreten sei, wenn die Herren Stüvels, Bächle und Konsorten Gelogenes verbreitet hätten – das habe ihn erschüttert. Er habe wörtlich gesagt, daß er sich soviel Bosheit gar nicht vorstellen könne. Er könne sich denken, wie sie gelitten habe.

»Wie seid ihr denn in rasender Geschwindigkeit auf solche Themen gekommen?«

Da sehe man wieder, wie er Hermann unterschätze. Hermann sei ein Mensch mit viel Gespür. »Ich habe mich von ihm sofort verstanden gefühlt.«

»Ich werde morgen Abend mit Fidi ausgehen«, sagte Ludwig und blickte kriegerisch geradeaus. »Ohne dich. Ich will alles mit ihm klären.«

Bella antwortete nicht. Das Gespräch wurde nicht mehr aufgenommen, bis sie zu Haus waren und sich auf der Treppe trennten.

Viel Zeit hatten Bella und Hermann wirklich nicht für ihren Austausch am Küchentisch, während das Teewasser geysirhafte Dampfwolken zur Decke sandte und dennoch nicht vom Feuer genommen wurde. Dann stand Hermann auf.

»Sie beten in der Innenstadt, nicht wahr?« fragte Bella, indem sie Ludwigs Worte wiederholte. Hermann war nicht im mindesten erstaunt. Wie Bella schien er überzeugt zu sein, daß jeder alles über ihn wisse.

Ja, in der Innenstadt fand man sich zusammen, in einer Art kirchlichem Vereinshaus mit kleiner Kapelle. Man bete dort lateinisch, so wie es richtig sei. Am besten beteten vier ältere Frauen; das war, als sage er: sie kochten oder häkelten am besten. Eine fünfte wasche die Altarwäsche, wenn die anderen vier verhindert seien.

Jetzt fiel ihm etwas ein. Er zünde dort die Kerzen an, deshalb habe die Frau Vertrauen und habe ihm einen dicken Briefumschlag gegeben. Der Inhalt war nicht für jedermann bestimmt. »Aber für Sie«, sagte Hermann. Er war glücklich, daß ihm das Richtige eingefallen war, und holte den Umschlag aus seiner prall gefüllten Plastiktüte. Wann würde Bella lang genug allein sein, um den Inhalt zu lesen?

Der Text ist fehlerlos, nur sehr eng geschrieben. Oben auf dem ersten Blatt sitzt der Stempel: Frau Emma Brust, Unter den Erlen 15, kaufm. Angestellte und Sachbearbeiterin. Die Adresse verrät die Flüchtlingssiedlung aus der Nachkriegszeit. Vielleicht kommt Frau Emma Brust tatsächlich aus dem Osten, aus dem Ermland oder aus Oberschlesien, und ist nach dieser gewaltsamen Verpflanzung unter den Erlen einfach wohnen geblieben. Ihre Reisen macht sie ganz offensichtlich nicht in den Dimensionen von Raum und Zeit. »Meine siebzehnte Vision« lautet die Überschrift ihres Typoskripts.

»Meine letzte Vision ist die siebzehnte, wenn ich zwei lange Erscheinungen mitzähle, bei denen überhaupt nichts zu sehen war. Ich würde gern endlich aus dem Alten Testament herauskommen, wo so viel passiert, was mich belastet und oft lange ärgerlich macht, aber ich muß es mit Geduld nehmen – Herr Pfarrer Knab hat mich ermahnt, ich dürfe mich nicht beschweren.

Wie meistens geschah es am Samstag – zum Glück nicht im Büro, ich wüßte gar nicht, wie ich das erklären sollte. Ich hatte das Kelchtüchlein gerade nach den Vorschriften gewaschen und das Waschwasser in den Geranienkasten gegossen. Dann setzte ich mich auf meinen Stuhl am Fenster und wollte Rosenkranz beten, aber da ging es schon los – ich kam über die vierte Perle nicht hinweg, es gelang einfach nicht, da war eine Mauer, immer wieder mußte ich von vorn anfangen. Inzwischen bin ich gewarnt. Es hat immer mit solchen vertrackten Hindernissen zu tun. Und gerade als ich versuchte, mit Gewalt weiterzumachen, kamen die Bilder.

Etwas ist wichtig: Es war zwölf Uhr mittags – dann läutet es in unserer Siedlung. Die Sonne hat geschienen. Es war heiß bei mir drinnen, aber man konnte nicht lüften, denn die Luft draußen war zu frisch. Es hörte auch gar nicht auf, hell zu sein, ich konnte alles um mich herum erkennen, die Kaffeetasse, den Diabetikerzucker, den Kalender, alles habe ich die ganze Zeit hindurch gesehen, während ich zugleich das andere vor mir hatte. Plötzlich stand dieser dunkle Mann vor mir, neben dem Spülbecken. Es war ein eigenartiger Mann, mit mächtigem Kopf, fast quadratisch. Die Haut kaffeefarben, mit wenig Milch, die Augen übergroß, wie bei Menschen sonst gar nicht möglich, die waren vorgewölbt wie Eier, gelblich und sehr schwarz. Ein bedeutender Mann, das sah man sofort, keiner von der Straße. Ein Mann, der Befehle ausspricht, schon mit den Augen. Man könnte sagen, er sah aus wie Gott, nur daß ich glaube, daß Gott nicht ganz so dunkel ist. Sein Gewand war wunderschön, viel schöner als der alte Chormantel, den ich zum Reparieren mal mit nach Hause genommen habe, weil der rote Samt an den Schultern durchgescheuert war, und das war schon ein besonderes Rot, das kriegt man gar nicht mehr, dieses tiefe Weinrot, Blutkönigsrot. Von diesem Rot war bei ihm auch dabei, der Mantel hatte etwas von einer Hortensie, die die Farbe wechselt, erst ist sie grünlich, dann kommen rote Ränder an die Blätter, auf einmal ist sie blau. Der Mann schwitzte in seinen schweren Kleidern, das einzige, was sich an ihm bewegte, waren zwei Schweißtropfen, die ihm die Schläfen herunterliefen. Um seinen Kopf zogen Fliegen ihre Kreise. Wenn sie sich auf seine Schultern setzten, spürte er es nicht. Er stand da und sah mich an, aber ich merkte, daß er durch mich hindurchsah. Er dachte nach.

Allmählich sah ich seine Umgebung. Eine steinerne Terrasse, ein großes Schachbrett aus buntem Glas, und das Geländer war wie Schachfiguren, voller Wülste und Kugeln und Eier und Eierbechern und Schneckenhäusern. Plötzlich setzte sich der große Mann in Bewegung, und nun rutschte er auf seinen Prunkstrümpfen über das bunte Glas geräuschlos auf und ab. Aus seinem Ärmel hatte er einen Brief aus hellblauem Luftpostpapier gezogen, in dem er mit gerunzelten Brauen las. Er sah jetzt furchterregend aus. Er war ein großer Mann. Aber woher wußte ich, daß das König David war? Diese steinerne gläserne Terrasse lag auf König Davids Schloß in Jerusalem. Das war mir jetzt klar. Unten sah man die Häuser von Jerusalem, schwarzweiß gestreift, würfelförmig, mit winzigen Fenstern. Es muß eine große Arbeit gewesen sein, das alles zu bauen, aber es ist eine düstere Stadt dabei herausgekommen.

David führte gerade Krieg, aber er war selbst nicht ausgerückt, weil er ein kleines Leiden hatte, er war ja nicht mehr der Jüngste. Der hellblaue Brief hätte eigentlich dunkelrot sein müssen vor Blutstropfen, denn er berichtete vom glücklichen Gemetzel unter den Ammonitern, einem ganz und gar den Teufeln anheimgegebenen Volk, so daß ich mich fragte, ob die Ammoniter wohl sehr häßlich wären. Und sofort bekam ich einen toten Ammoniter zu sehen: er war jung, sechzehn oder siebzehn Jahre, lag auf rotem Sandboden wie eine zerknickte große Puppe, mit einem Schuppenpanzer aus goldenen Ringen, die eng um die Brust saßen, hübschen kleinen Händen und einem Ausdruck, als schlafe er, aber daß er das nicht tat, zeigte das Blut, das in Wellen zwischen den Panzerringen hervordrang. Von solchen Toten gab es jetzt Tausende, König David konnte zufrieden sein.

In Jerusalem ging die Sonne unter, eine aprikosenfarbene Scheibe wie ein Gartenfestlampion sank hinter die schwarzweiß gestreiften Klötzchen, und schönes mildes Abendlicht ergoß sich über das Schloß. David stand zwischen den Schachfiguren und blickte hinab, fast war er selbst solch eine Figur geworden in seinem gestickten Chormantel. Ich dachte, man müsse in diese Abendstimmung Gelatine tun und gelieren lassen, während man selbst drinsteckt, dann säße man auf ewig in solcher Schönheit.

Aber nun sah ich einige Gegenstände, die sich in Davids Nähe befanden. Da war ein Flaschenkürbis mit rundem Leib und geblähtem Hals. Diese Kalebasse war rundum verziert. Und dann war da auch ein Tischchen, fast wie ein Klavierhocker mit schwarzlackierten Bocksfüßen und einem dicken Bein. Das Tischchen mußte schwer wie ein Klumpen Blei sein. Und dann stand da ein dicker Blumentopf aus Zement mit lachenden Fratzen auf dem Rand, die die Zunge weit herausstreckten und spitze Ohren hatten, und darin wuchs eine tote Pflanze von solcher Dürftigkeit, daß ich mich fragte, was die hier zu suchen habe. Und nun sah ich, daß die beiden Fliegen über Davids Kopf eine genaue Strecke abflogen: zu der Kalebasse, zu dem Klavierhocker und zu dem Blumentopf, und David stand still in der Mitte.

Es war, als ob sie zwischen diesen drei Punkten Fäden spannten, so daß er immer in dem Bezirk der drei Gegenstände blieb. Und nun kam ich dazu, den Klavierhocker einmal genauer anzusehen.

Die Häßlichkeit des Tischchens war so stark, daß es geradezu etwas Persönliches hatte. Und dann sah ich, daß das Tischchen tatsächlich eine Person war, es war ein Wesen, und zwar ein sehr schlimmes. Daß etwas Totes in Wirklichkeit Sitz eines kleinen bösen Willens ist, das ist wohl die schlimmste Entdeckung, die ein Mensch machen kann. Aber auch die Kalebasse mit den Händchen und Mündchen, die da hineingeschnitzt waren, besaß einen persönlichen Ausdruck. Es ging in der Kalebasse etwas Seelisches vor. Und der Blumentopf mit seiner grauen Pflanze war noch viel schrecklicher. Mir war, als sei dieses Grau in Wahrheit weiße Haut.

König David war auf seiner prunkvollen Terrasse auf seinem eigenen Schloß, von drei ihm zugleich sichtbaren und unsichtbaren Wesen umgeben, die seine Todfeinde waren und die ihn in ihr Kraftfeld gezogen hatten. Die Fliegen waren auch im Bunde. Ich hätte schreien können, wie ich ihn in solcher Gefahr sah.

Später erfuhr ich die Namen dieser bösen Geister. Es waren welche von den allerschlimmsten dabei, die schon viele Seelen verdorben haben. David hatte sich ihrem Einfluß geöffnet, weil er wegen seiner Abwesenheit von der Schlacht um Rabba unruhig war und mit Eifersucht von den Taten seines Hauptmanns Joab las, anstatt sich zu freuen oder Mitleid mit den Ammonitern zu haben. Fest eingesponnen in das böse Netz, stand er an der Schachfigurenbalustrade und blickte hinab.

Und jetzt blickte auch ich hinab nach Jerusalem. Das Schloß hatte steile Mauern, die poliert waren wie Spiegel. Wie ein Stiefel im Schlamm steckt, so steckte das Schloß in den Häusern der Stadt. Und jetzt zwängte sich durch eine Ritze in einem Dach eine vollkommen nackte Frau, die eine blaue Emaillekanne und ein kleines blaues Fußbadewännchen dabeihatte, in dem das Wasser schwappte. Sie war schön, mit leicht vortretendem Bauch und vollen Schenkeln, die Brüste nicht übergroß, das Haar war fest um den Kopf gesteckt, als wolle sie eine Perücke darüber tragen, vielleicht auch wegen der Hitze, die bei diesem Abendschein nicht nachließ. Die Frau war schweißüberströmt. Sie stellte das Wännchen auf das flache Dach und ging mit den Füßen hinein. Die blaue Kanne und das Wännchen waren mit dem Blumentopf und dem Klavierhocker oben im Bunde, und die Kalebasse wußte auch Bescheid und freute sich. Es traten aber auch körperlose Geister hinzu: Uzuriel, Oloam, Zefariel, Gimelot, Meuses, Minasam, Luktur und Flemel, aber wer gefährlicher ist, die Sichtbaren oder die Unsichtbaren, das kann ich nicht sagen und meine nur, man soll sich vor beiden hüten.

Die schöne Nackte patschte mit den Füßen im Wasser herum und nahm die Kanne und goß sie sich über den glänzenden Leib, der daraufhin noch mehr glänzte, und alle Körperhaare wurden schwarz. Patsch-patsch-patsch goß sie und spritzte sich naß. Bald schwamm das ganze Dach. In ihrer Badelust wollte sie einfach alles um sich herum naß machen. Und nun bin ich mir ihrer Unschuld schon nicht mehr ganz so sicher. Über ihr war die Balustrade mit ihren Wulstfiguren, die in den milden Abendhimmel ragten, und dazwischen eine Gestalt wie ein Kegel – das war David im Mantel – unbewegt mit geneigtem Kopf, und das wasserspritzende Badeglück in sich hineinziehend, trinkend, atmend, nichts hätte ihn von dieser Stelle wegziehen können, das hellblaue Briefpapier glitt ihm aus der Hand und schaukelte wie ein Schmetterling in der Luft, es standen Staatsgeheimnisse darauf, aber das war jetzt gleichgültig.

Wie ist sie auf die Schloßterrasse hinaufgelangt? Ich weiß es nicht. Ich habe sie als nächstes schon unmittelbar zusammen gesehen, beide völlig nackt. Es war interessant, welche Hände König David aus seinen goldenen Handschuhen hervorzog, runde Kinderhändchen mit rosa Innenflächen, sehr samtig, wie aus weicher Schokolade. Und diese Hände hielten ihre Hüften gepackt. Er lag auf ihr, und sie hatte ihre Beine angewinkelt und umschlang ihn damit. Sie waren zu einer einzigen nackten Riesenkröte geworden, von der das Wasser herunterlief. Die Köpfe sah ich gar nicht mehr, aber die Stücke von König Davids Ornat, die hohen Brokatstrümpfe, der herrliche Mantel, das lag wild und lieblos aufeinander und sah auf einmal lumpig aus, wie die Meßgewänder vom Speicher in Sankt Leonhard, die nur noch staubzerfressene Fetzen waren. Wenn ich vor Abscheu die Augen zumachte, stieg mir was in die Nase, ein kleiner ekliger Geruch, und dann plötzlich fing es an zu stinken, als liege ein verwesendes Pferd in meiner Küche. Als ich die Augen aufmachte, sah ich die zweifarbige pumpende Riesenkröte wieder vor mir. Während dieser unendlich langen Erscheinung war die Luft um das unglückliche Paar gesteckt voll mit Geistern, man hätte keine Nadel fallen lassen können – eine absurde Vorstellung, zwischen Geistern Nadeln fallen zu lassen. Ich habe auch auf die Uhr geguckt. Es war zwölf, und die Sonne schien unverändert auf den Tisch. Da wußte ich, daß ich aus der Zeit herausgetreten bin und in tausend Jahren keine Sekunde vergeht. Die Welt ist schrecklich, wenn man dahinterkommt.

Später sind sie auseinandergefallen, wie Zecken abfallen, die sich satt getrunken haben. Sie kroch mühsam auf allen vieren zur Balustrade, und er nahm den großen feierlichen Mantel und legte ihn sich um die nackten Schultern. Sie war nun weg, aber statt ihrer näherte sich ein Schatten, wie ausgegossene Tinte über eine Glasplatte vorwärtsdrängt. David war zerrauft, aber die Augen waren erhaben und unergründlich, wenngleich im Vergleich zu vorher stumpf. Der Schatten gehörte zu einem sehr breitschultrigen, kleinen dunklen Mann mit blauem Schnurrbart und rasiertem Kopf, aus dem die weißen Zähne schön wie Elfenbein herausleuchteten. Er trug einen schweren breiten Kragen aus künstlichen Pfauenfedern, eine Art Hofkleidung, die dem kleinen Mann am Hals scheuerte. Ich fand, daß er wie ein treuer braver Hund war, der sich für seinen Herrn totschlagen läßt. Er trat vor David hin und sah ihn ratlos an, und da begriff ich, daß er der Mann der schönen Frau war. Alles erklärte sich mir. Er war Soldat und nur selten im Schloß. Er kannte die feinen Sitten nicht. Er kroch durch den Schlamm – dabei fällt mir ein, daß er eine hohe spitze Mütze in der Hand hielt und ein Schwert hinter sich her schleppte, das Reichsschwert, mit dem den Feinden die Ohren abgeschnitten wurden.

Er stand vor David, in dem bewußten Teufelsraum, und zu meinem Erstaunen schrumpften die Dämonenwesen in dem Blumentopf, in der Kalebasse und dem Klavierhocker zusammen, und diese Sachen standen in ihrer grauen Leblosigkeit herum, harmlos und unendlich schäbig. Von den Fliegen war überhaupt nichts zu sehen. Ich sage besser, ehe ich es vergesse, daß in diesen Sachen der Scheloam, der Bolaras und der Lebochai verkörpert waren, in den Fliegen steckte der Phlosanath und in dem blauen Blechbadewännchen und der Kanne der Tauckel und der Felschlin, die schlimmsten.

Und ich habe schließlich auch gesehen, was passiert war: Als die weiße schöne Frau von David abfiel, da wurde mir ein tiefer Blick bis in ihren innersten Leib gewährt, und mitten in dem blutvollen Geschlinge ihrer Leibeshöhle, mitten im Feuchten und Stockdunkeln, da saß bereits ein winzig kleines Männlein, nackt, mit zugeklebten Äuglein und einem bitteren Gesicht, das Vater und Mutter jetzt schon anklagte vor der ganzen Welt, den sichtbaren und unsichtbaren Geistern, Teufeln, Engeln und allen guten und bösen Mächten.

Es war jetzt auf der ganzen Welt eine Pause. Die Welt und die Sonne und wer sich da nun um wen dreht – es scheint mir nicht besonders wichtig –, hielten einen Augenblick an. Es war der Augenblick, in dem David noch etwas hätte retten können, von dem, was bereits verloren war. Aber dann fiel mein Auge auf die Kalebasse, und ich sah, daß der Scheloam in sie zurückgekehrt war. Sie strotzte förmlich davon, sie selbst zu sein, daß ein anständiger Mensch sie am liebsten mit einem Stock zerschlagen hätte.

»Da seid ihr wieder, Bolaras und Lebochai«, dachte ich, ich weiß, daß ich sie regelrecht begrüßt habe vor lauter Abneigung, denn jetzt wußte ich, wie König David sich entscheiden würde. Er ließ den Hauptmann gehen und streckte nicht einmal einen Finger aus dem Mantel, und der Hauptmann wich zurück, Stück für Stück, und nahm seinen Tintenschatten mit, bis die Glasterrasse wieder fleckenlos dalag.

Rabba. Jetzt war ich in Rabba. Das Land war wie aus Safran, Berge und Täler aus Safranpulver, trocken und leuchtend gelb, und die Stadt Rabba hatte blaue Mauern aus Keramiksteinen, die sich aus dem gelben Staub hoben, hoch und steil. Die Zelte der Juden waren schwarz und violett, eine Zeltstadt bis zum Horizont. Ein Knistern und Flüstern lag über dem Lager wie von einem unsichtbaren großen Brand, aber das war kein Brand, das waren die Gedanken der Soldaten, die sich auf die Eroberung richteten und die blauen Kachelwände hinaufgelangen wollten. Wie lange hat es gedauert, bis Rabba so dastand. Aber die Belagerer dachten nur daran, dies alles zu vernichten. Das ganze Ammoniterwesen sollte mit Stumpf und Stiel ausgerottet werden.

Rabba war gut verteidigt, wie ich gesehen habe. Von weitem dachte ich, das seien Vogelscheuchen, weil die Fetzen sie umflatterten, aber dann sah ich, daß es alles alte Weiber waren, zusammengeschnurrte Körper, mit roten nackten Füßen und riesigen Zehen, knochigen Händen, zahnlos hinter eingefallenen Lippen, mit schwarzen Schleiern behängt, mit eingetrockneten kleinen Augen im Runzelkopf. Vor jedem dieser alten Weiber lag ein Häufchen brauner Ziegelsteine, die hatten sie aus den Wänden ihrer eigenen Häuser herausgebrochen mit ihren krallenartigen Händen. Über der Stadt lag schon der süße Geruch von Mörtel und Kalk und der üble Geruch aus den zerbrochenen Abflußrohren, den ich so gut aus dem Krieg kenne, obwohl wir im Osten lange verschont waren, aber Frankfurt konnte noch Jahre im Frieden so riechen. Und in diesem Bruch und selbstgemachten Ruinenwesen, da tummelten sich die Ratten, zwischen den Kartoffeln und den Äpfeln hing immer ein roter Schwanz heraus. Und durch die Straßen rasten gelbliche häßliche Hunde mit einem Anteil von Schäferhundblut und abgeklemmten Schwänzen in wilder Flucht, obwohl kein Laut zu hören war, der sie aufgescheucht hätte, und manche Hunde rannten hinter den eigenen verstümmelten Schwänzen her und drehten sich wie die Kreisel; ihr Gehirn war weich geworden. An anderen Ecken ging das Leben weiter wie gewohnt. Ich sah einen Friseur, der seinen Laden auskehrte, und eine Frau, die sich die Lippen rot anmalte, und einen Mann, der ein schmutziges Kartenspiel gründlich mit Terpentin sauberrieb. Und dennoch herrschte eine viel größere Not, als die jüdischen Heerscharen ahnten.

Wenn sich ein Soldat den Mauern näherte, warf das über ihm stehende alte Weib einen Backstein auf seinen Kopf.

Weil König David die Soldaten schonen wollte, war es streng verboten, zu nahe an die Mauern heranzugehen. Hin und wieder lagen tote Juden mit Waffen in den Händen und zerschmetterten Schädeln am Fuß der türkisen Kachelmauer.

Und dann war ich plötzlich im Zelt, im Inneren war Nacht, und dort war der Mann der schönen Frau. Er setzte sich seine spitze Mütze auf den kahlen Kopf. Die Ohren standen weiter ab denn je, und seine Augen schimmerten von Tränen. Er zog eine enge Lederjacke an und hängte sich eine Pauke um, und dann marschierte er paukend durch das Lager, und aus allen Zelten kamen Soldaten heraus und sahen ihn marschieren. Der Mann weinte die ganze Zeit, aber sein Schritt war fest, und bei jedem Schritt krachte die Pauke. Die alten Weiber wurden aufmerksam und flatterten auseinander, und aus den schwarzen Fetzen kamen die alten Arme hervor, und oben auf der Mauer brach ein Krähengeschrei aus. Aber der Paukenmann hielt nicht inne. Er marschierte vorwärts gerade auf die Mauer zu, als ob er erwarte, daß sie sich öffne. In der Ferne standen die langen Reihen der Soldaten in schwarzen Blöcken, aus seinem Zelt war Joab getreten. Ich stand hinter ihm und sah in seiner Hand das hellblaue Papier im Wüstenwind flattern. Und als der Paukenmann die Mauer erreicht hatte, begann der Regen der Ziegelsteine. Sie durchschlugen mit explosionsartigem Knall die Paukenfelle. Die spitze Mütze wurde gespalten, und aus der Stirn schoß ein kreisrunder schwarzroter Springquell, der sich so lange ausblutete, bis auch das Gehirn, rund wie ein weißes Ei, in seinem Strom nach außen schwamm, und seine Augen brachen, seine Knie einknickten und er zu Boden stürzte. Auch hier war ich dabei.

Inzwischen war die Sonne weiter gerückt. Es war nicht mehr ganz so heiß. Alles was irgendwo geschehen ist, muß irgendwer später dann noch einmal durchmachen. Nichts kann ein Ende finden in der Zeit. Wenn alle, die etwas Böses tun, wüßten, daß sie das später immer wieder tun müssen, daß es mit einem Mal nicht abgetan ist, dann würde es sich mancher überlegen.

Als ich David wiedersah, war er auf der Dachterrasse, von der wir über die gestreiften Häuschen blickten. Statt einem einzigen Kegelmantel standen nun zwei dort oben auf dem bunten Glas. Die schöne Frau war Königin geworden, und sie war prunkvoller geschmückt als die Muttergottes von Altötting. Ihr langer Mantel starrte vor Stickerei, man sah kaum mehr den schwarzen Samt, so viele Kronen, Herzen, Sterne, Fische, Schwerter, Anker und Rosen drängten und überlappten sich darauf. Um den Hals trug sie Kolliers und feine Perlenschnüre und Prunkketten wie ein Ordenskanzler, die Brust war mit Brillant-Körbchen, -Blümchen, -Kreuzchen, -Sternchen besteckt, und auf dem Kopf unter der Krone schachtelten sich mehrere Diademe ineinander, von denen das unterste bis zur Nasenwurzel reichte. Bleich und schön sah sie aus den über sie gegossenen Edelsteinen heraus. Ihre Augen waren müde, die Haut wächsern, das Haar tot wie von einer alten Puppenperücke. In den Armen hielt sie ein nacktes Kind. Sie hielt die Füße nach oben und den Kopf nach unten. Das Kind, ein kleiner Junge, war tot.

Davids Atem wurde schwerer und schwerer, und nun sank er unter einer inneren Last in sich zusammen. Der steife Mantel blieb stehen wie ein Zelt, aber der Kopf, das schreckliche Götterhaupt Davids, ging in diesem Brokat unter. Er war verschwunden und hockte im Dunkeln und fand keine Kraft mehr herauszukommen. Hier stand die Königin mit ihrem toten Kind und dort Davids Hülse, aber keine leere, sondern eine von Schmerz und Zittern erfüllte. Das dauerte sehr lange, die Sonne ging darüber unter. Es wurde Nacht. Die Morgenröte kam. Die Sonne ging wieder auf. Und so dreimal, daß David sich aus seinem Mantel nicht heraustraute, während die Königin wartete und in seiner Nähe blieb. Und dann öffnete sich eine Spalte in dem bunten Glasboden und ein Schwarm von schwarzen Käfern quoll heraus, eine wimmelnde Herde wie ein feiner Metallpanzer, und breitete sich weit aus, die Käfer umspielten wie ein dunkles glitzerndes Wasser die Füße der Königin und den Mantelsaum Davids. Wie eine fette Gummihaut zogen sie sich über die Kalebasse, über das schwere Tischchen und den schlimmen Blumentopf, bis sie unter der Käferhaut zu schmelzen schienen und immer flacher wurden.

Und nun lag die Terrasse rein da, ohne die bösen Gegenstände. Zum erstenmal kam eine Ahnung von Frieden in mir auf. David tauchte langsam aus dem Halsloch seines Mantels auf. Seine großen Augen waren niedergeschlagen, seinen Kopf hielt er gesenkt. Dann ging er auf die Königin zu, langsam und mit gebeugtem Kopf, nahm ihr behutsam die kleine Leiche aus den Händen, bückte sich, legte sie auf den Boden und breitete ein schönes weißes Taschentuch über sie aus. Dann richtete er sich auf, reichte der Königin die Hand und führte sie ins Haus. Die Tür schloß sich hinter ihnen. Ich hatte brennende Kopfschmerzen und legte mich ins Bett, wo ich den ganzen Tag bis nachts um zwei vollkommen traumlos geschlafen habe.«

Unter den Maschinentext sind sauber und in Schulschrift mit Kugelschreiber die Unterschrift »Frau Emma Brust«, das Datum und der Ort gesetzt.

Fidi stellte auf Ludwigs Schreibtisch im Büro eine Flasche Whisky als Dank für den gelungenen Kartenabend, aber Ludwig wollte davon nichts wissen und stiftete, wie er sagte, die Flasche »dem Büro«, was hieß, daß vor allem Fidi sie trinken werde. Fidi nahm das hin, aber eine leise Enttäuschung zog über sein Gesicht. Er schenkte gern. Das Schenken pulverte ihn auf. Der Blick, mit dem er das Auspacken einer seiner Gaben verfolgte, ließ ahnen, daß der Beschenkte, ganz gleich, was da aus dem Papier hervorkam, Fidi niemals würde an Freude übertreffen können.

Es war schon spät. Draußen war stockdunkle Nacht. Bella gähnte ein zierlich beherrschtes Katzengähnen, während sie die graue Kunststoffhülle über die Tastatur ihrer Schreibmaschine legte.

Er sei hungrig, sagte Ludwig, aber er wolle nicht allein sitzen. Solle man Bella nicht ins Bett bringen und noch irgendwo etwas Gutes essen? So beiläufig dieser Vorschlag kam, es war doch allen klar, daß er etwas Neuartiges darstellte. Bella sah Ludwig durchdringend an, als wolle sie deutlich machen, daß sie nicht einmal den kleinen Finger zur Verhinderung der Katastrophe rühren werde – wer Katastrophen wünsche, der müsse sie unbedingt bekommen, er werde schon sehen. Fidi blickte zwischen ihnen hin und her.

»Bella will mitkommen«, rief er.

O nein, antwortete Bella, sie denke nicht daran. Männerunternehmungen, Männergeheimnisse solle eine Frau nie stören.

»Welch ein Unsinn«, sagte Ludwig betont ruhig und ein wenig verächtlich.

Die Stimmung blieb gespannt, bis Bella ausstieg, Fidi noch einmal durch den Schopf fuhr, ihn ermahnte, nicht zuviel zu trinken, und, ohne Ludwig auch nur einen Blick zu schenken, im Hause verschwand.

»Bella ist ganz schön launisch, was, Chef?« sagte Fidi mit dem listigen Vergnügen eines Schulbuben, der einer strengen Lehrerin entkommen ist. Sie waren jetzt zwei Schuljungen, die nachts ausbüxten. Ludwig fühlte sich unwohl auf dem Sitz neben Fidi. Das war nicht der richtige Ausgangspunkt für sein Vorhaben. Bella wußte genau, was er vorhatte, und tat, als seien sie zwei fidele Ausreißer. Zog sie sich von dem, was sie beide wollten, zurück?

»Zum Glück weiß ich, wie man sie beruhigt.« Fidi wandte den Kopf kurz zu Ludwig und kniff ein Auge zu, das hatte er wohl von seinem Freund Le Floch gelernt.

Ludwig schwieg. Er starrte auf die Straße, als gebe es nichts Spannenderes als Fidis Slalomfahrt zwischen den Autos hindurch. »Wohin fahren wir eigentlich?« fragte er schließlich. Er hörte sich wie aus einem Abstand sprechen, seine Stimme kam ihm belegt vor.

Sie hatten ein Viertel erreicht, das an der Peripherie des alten Stadtgebietes lag, eine Ausfallstraße, die mit Fabriken aus der Jugendstilzeit gesäumt war und zu den neuen Industrie- und Bürovorstädten führte. Ludwig kenne das Lokal, das sie ansteuerten, dies Bierlokal, das so besonders lang aufhabe. Da seien sie doch schon öfter eingekehrt.

»In dieses scheußliche Ding? Unter keinen Umständen!«

»Bitte, bitte, bitte, Chef«, sagte Fidi wie ein Kind. Er erinnere sich gewiß an die Kellnerin dort, die dicke Hermine? Nein, Ludwig erinnerte sich an nichts, außer an den Gestank, der in den Kleidern hing, wenn man dort gewesen war.

Aber natürlich kenne er doch Hermine. Eine nicht mehr ganz Junge, eine sehr Lustige, Freche. Ludwig sah eine gemütliche, geschminkte Person vor sich, mit großen Brüsten, eine Regentin hinter dem Tresen, eine Unterhalterin und Befehlshaberin der traurigen Männlichkeit, die sich, durch die hohe Schranke von ihr getrennt, auf die Ellenbogen stützte, um ihr näher zu sein, aber er gab es nicht zu.

Nun, diese Frau, diese Hermine, an die Ludwig sich zweifellos erinnere, weil jeder, der sie gesehen habe, sich an sie erinnere, die habe das Lokal übernommen, das mache sie jetzt allein, ohne Chef.

Fidi sprach von diesem Ereignis wie von dem Sturz einer Dynastie und dem Aufstieg einer neuen. Ja, Hermine war jetzt Chefin. Das bedeutete in Fidis Augen Ranggleichheit mit allen anderen Chefs dieser Welt, Ludwig eingeschlossen. Glaubte er, es müsse Ludwig mit ganzer Seele zum Umgang mit seinesgleichen drängen? Wollte er Ludwig etwas bieten? Hermine habe das Lokal völlig auf den Kopf gestellt. Es heiße jetzt »Minnies« – wie Ludwig das gefalle? Früher habe es »Karls Pilsstation« geheißen, viel weniger attraktiv, nicht wahr? Bei »Pilsstation« hatte man nicht die Vorstellung, dort die ganze Nacht verbringen zu können. Eine Station war kein Daueraufenthalt. Auf einem Zug von Lokal zu Lokal kam einer »Pilsstation« höchstens ein Viertelstündchen zu, in dem man schnell ein Bierchen zischte. Und das war der Tod der »Pilsstation«. Bierchen mußten »laufen«. Ein Strom von Bier mußte sich ohne Unterlaß in das Lokal ergießen, denn für abgestandenes Bier würde niemand bei »Karl« Station machen, und so war es auch gekommen.

»Minnies« hingegen verhieß unverändert das schnelle Bierchen, insoweit blieb man den Assoziationen der Pilsstation verbunden; es war gefährlich, gleich alles über den Haufen zu werfen. Bei »Minnies« denke der Gast jedoch, die vielen kleinen Bierchen, die Minibierchen, machten nichts aus. »Minnies« verführe zum Vielbestellen. Man sehe nur mal schnell bei Minnie herein und habe schwuppdiwupp sieben Bierchen geschluckt. Das sei die Idee.

Draußen stand immer noch »Karls Pilsstation« auf dem neonweißen Glasschild, in Fraktur, umrahmt vom Signet einer populären Brauerei. Daran sei dieser elende Karl schuld, sagte Fidi beim Einparken. Der habe Verträge geschlossen, aus denen Hermine so schnell nicht herauskomme, aber was kümmere einen der Name, wenn der Inhalt ein anderer geworden sei? Bei den guten Kunden, den echten Nachtschwärmern, kursiere ohnehin längst der Name »Minnies«.

Aus dem Gastraum drang der Geruch von der Friteuse

mit dem selten gewechselten Fett, über den Ludwig sich beklagt hatte. Wenn man erst einmal saß, hatte man die Dünste allerdings schnell vergessen. Was bitte, durfte Ludwig mit Recht fragen, hatte sich in dieser Wirtschaft geändert, seitdem Hermine auf eigene Rechnung arbeitete? Zwei Serben in schwarzen Lederjacken lümmelten am Tresen herum, drei skatspielende Rentner, von denen einer einen wimmernden Zwergpudel mit Namen Hexi dabeihatte, saßen am runden Stammtisch. In einer Ecke hockte ein Paar, dessen Streit im ganzen Raum verstanden wurde. Das Mädchen mit kalkweißem Gesicht und schwarzgefärbter Mützenfrisur sagte stets aufs neue, dabei den Tränen nah: »Ich weiß nicht, was du willst! Kannst du mir mal sagen, was du eigentlich willst? Du weißt ja selber nicht, was du willst.« Und der Mann antwortete, ebenso beständig, aus einem trüben Talggesicht heraus: »Ach, hör doch auf. Kannst du nicht mal aufhören? Komm, hör auf.« Das Lokal war hell erleuchtet und sah so behaglich aus wie der Warteraum einer Zollstation. Da war allerdings die Chefin noch nicht aufgetreten.

Ludwig war einen Augenblick entschlossen, auf dem Absatz kehrtzumachen. Er wollte sich nicht einmal hinsetzen. Aber während er sich zum Ausgang wandte, hörte er hinter sich einen Freudenjauchzer, und als er sich umsah, stand sie vor ihm, die Chefin. Er hatte sich Hermine nie richtig angesehen. Sie gehörte für ihn einfach zum Bestand der Kneipe wie die Spielautomaten und die Jukebox. Hermines Begrüßung galt Fidi, den sie mit vorgestülpten Lippen ammenhaft wie einen Säugling auf den Mund küßte, aber ihre Freude über Ludwig war nicht geringer, obwohl sie sich weniger vertraulich äußerte. Es fiel sogar Fidis Lieblingswort »Chef«, aber keineswegs eine Gleichheit betonend, sondern in Ehrerbietung für den hohen Gast. Die übrigen Gäste unterbrachen ihre Unterhaltungen und musterten Ludwig von oben bis unten, bevor sie sich, gedämpfter, wie es schien, wieder einander zuwandten.

Für Ludwig stand jetzt fest, daß der Aufenthalt in diesem Lokal seiner Absicht, mit Fidi zu reden, nicht entgegenkam. Hier würde dies Gespräch nicht stattfinden, weil Hermine es als ihre vornehmste Pflicht ansah, sie zu unterhalten. Fidi hatte an diesem Ort einen uneinholbaren Vorsprung. Die Spielautomaten übten schon ihren Sog auf ihn aus. Er entfernte sich aus der Begrüßungsgruppe und näherte sich den verlockend blinkenden Lämpchen, als könne er sich nun, da Hermines und Ludwigs Bekanntschaft erneuert war, seinen bescheidenen Vergnügungen zuwenden. Fidi fügte sich in Hermines Wirtschaft ein, als sei er hier geboren. Er suchte hinter dem Tresen nach Salzbrezeln. Man stelle sich vor, ein Gast im »Purzelbaum« wage sich hinter den Tresen. Aber auch Hermine hätte das nicht jedem erlaubt.

»Der Junge hat Hunger«, sagte sie mit mütterlich zärtlicher Rührung. Sie sprach etwas verschnupft, ein nasalierendes, trockenes Gesumm kam aus ihrem kleinen Mund mit den schmalen Lippen, die sie mit roter Farbe sehr geschickt vergrößert hatte, unter ihrer Nase saß ein leuchtendes Herz mit zwei schönen Hügeln, jedenfalls, wenn sie einmal kurz den Mund hielt. Hermine trug einen Herrenhaarschnitt mit ausrasiertem Nacken. Die festgesprühte Stirntolle schimmerte karottenrot, darunter wuchs es fein und zugleich dick und kräftig dunkel nach. Sie hat etwas Französisches, dachte Ludwig, ist das nur der Schnupfen?

Konnten sie jetzt noch aufbrechen? Jetzt vielleicht gerade noch, wo die Überraschung ihres Eintretens – oder war Fidi zumindest doch erwartet? –, der kleine Wirbel, den sie erzeugte, gerade noch genügend Kraft besaß, um sie drehtürartig gleich wieder hinauszutragen. In einem teuren Restaurant wollte Ludwig Fidis Widerstand lähmen und seine Wachsamkeit überwältigen. Als bester Freund wollte er ihn von den für Ludwig so erfreulichen, für Fidi so betrüblichen Entwicklungen in Kenntnis setzen. Dann würde der Champagner gebracht. Und um Fidi loszuwerden, wollte Ludwig durchaus mehr als bloß dicke Flaschen im Eiskühler anbieten. Er hatte vor, sich regelrecht zu übernehmen. Eine finanzielle Anstrengung, ein spürbares Opfer, sollte Fidi den Vorteil eines Neuanfangs ohne Bella sichtbar machen. Das war mit Bella nicht abgesprochen. Er zweifelte sogar, ob sie solche Belastungen für die Firma einfach hinnahm. Da stand dann womöglich der eigentliche Kampf bevor, aber Ludwig war dafür gerüstet.

Hier in Hermines Gasthaus lagen Leimruten aus. »Fidi«, rief Ludwig, aber Fidi zapfte schon kleine Biere, sehr geschickt, er goß mit einem dritten Glas immer noch einen Schluck hinzu, wenn die Gläser bis obenhin voll Schaum waren. Es sah aus, als führe er mit mehreren Bechern und Würfeln ein Zauberkunststück vor – Fidi, der Hütchenspieler, Bierchen sprießen lassend, in lächelnder Versunkenheit.

»Ach, ihr wollt Bier«, sagte Hermine in gespielter Enttäuschung. Heute müsse gefeiert werden. Im Kühlschrank stehe was Feines. Fidi sagte, das habe er schon gesehen, die kleinen Biere sollten nur den schlimmsten Durst löschen, die seien in Windeseile weggezischt.

»Schlimm bist du.« Hermines trockene Schnupfenstimme klang französischer denn je. Ludwig versuchte Fidis Blick zu erhaschen, fand ihn schließlich, machte eine Kopfbewegung, die zur Tür hinauswies, und sah sich vom sonst so fixen Fidi mißverstanden.

»Was ist, Chef? Ich bring gleich das Bier.«

Hermine nahte mit Sektkelchen. Sie schien das Tablett auf den Brüsten zu balancieren, das spitzfette Kinn berührte einen Kelchrand, als serviere sie ihr eigenes Kinn als Delikatesse. Ihre kleinen weichen Hände waren kräftig. Sie hielt die Flasche, betaut und glitschig, und wand mit der anderen den Korken heraus, als drehe sie einem Huhn den Hals um. Als die Flasche zischend ihren Überdruck von sich gab, verließ Ludwig der letzte Widerstandsgeist. Vielleicht war es ja klüger, alles höchst beiläufig abzuhandeln? Das Beiläufige war doch das eigentlich Fidigemäße. Mit Flügelschuhen an Ludwig vorbeigleitend, neuen Zielen entgegen, würde er die Veränderung in seinem Leben am wenigsten empfinden.

Es war schön, Bier und Sekt zusammen zu trinken. Das Bier war fest und substanzhaft, leicht bitter, der Sekt setzte eine säuselnde Zitronensäure darauf. Sie entschieden, es weiterhin so zu halten: ein kleines Bierchen, gluckgluck, und einen Sekt hinterher, da schloß sich enthusiastisch auch Hermine an.

Die Sektflasche war fast so schnell leer, wie ihre umsichtige Öffnung gedauert hatte. Der weiße Kissenmuskel von Hermines Hand legte sich um den zweiten Hals. Das Knallen verabscheue sie, bekannte Hermine. Das laute Korkenknallen gehöre für tiefstehende Menschen zum Sekttrinken dazu – für sie nicht. Das Knallen sei vulgär. Manchmal gehe auch was dabei kaputt. Einmal sei solch ein Korken in ihrer Gegenwart einem Herrn an die Lippe geflogen; er habe sich das ganze Hemd vollgeblutet. In Gedanken an dies Blutbad schüttelte sie angewidert den Kopf. Weil das so gut gelang, öffnete sie das Mäulchen immer wieder zu diesen ploppenden Luftküßchen. Die Anzüglichkeit, mit der Fidi sie nachmachte, erheiterte sie. Sie griff nach seinem Haar und beutelte ihn daran herum. Zu Ludwig gewandt, fragte sie, ob er das kurze lustige Gelock auf Kälberstirnen kenne? So gern wie in solche Kälberlocken greife sie in Fidis Haar, und ein Kälbchen sei er schließlich, ein mageres, schlecht ernährtes, von einer bösen Mutter, einer Kuh ohne Milch im Euter.

Eines ist ja wohl klar, dachte Ludwig, während er sich die beiden betrachtete, eines ist hier wohl klar.

Dies Treiben konnte nur ermuntert werden. Das war offenbar ein Himmelsgeschenk. Fidi war so vertraut mit den Verhältnissen, daß er jetzt aufstand, um bei dem unglücklichen Liebespaar zu kassieren. Hermine rief ihm die Preise nach – »die kennt er nämlich nicht, der Schlawiner nascht hier immer, als ob die Sachen nichts kosten« – weniger Klage als Stolz, sie wollte es offenbar gar nicht anders haben. Hermine war hübsch, fand Ludwig, in ihrem Dunstkreis unversehens auf sie eingestimmt. Wenn man sie sich genauer ansah ...

Was sah man dann? Aquamarinblaue Augen, nicht besonders groß, aber strahlend, ein spitzes Näschen, das daran erinnerte, wie zierlich Hermine war, bevor sie sich die Backen zugelegt hatte, auch der sparsame Mund sprach davon. Ihre Brüste waren in hellblaue Angorawolle gehüllt. Sie sah in diesem Pullover wie ein flauschiges weichgestopftes Spieltier aus. Sie duftete trotz der Friteuse nach Maiglöckchen. Etwas Jungmädchen- und Altdamenhaftes zugleich haftete an den giftigen kleinen Blüten, aber in Verbindung mit hellblauem Angora, von Fusseln umflogen wie von Zuckerwatte, kupfriger Stirntolle, bewegten Kugeln unter dem Gestrick, hühnermordenden Haremshändchen, schmallippigem Kirschenmündchen und Säuglingshaut entstand ein eigener Reiz.

Ein Mann wie Ludwig, sagte Hermine, indem sie ihn ohne weiteres duzte, verkehre, das sei ihr klar, üblicherweise in anderen Lokalen: im »Purzelbaum«, im »Rübezahl«, im »Erlkönig«, im »Altkönig« und vielleicht noch im »Eppsteineck«. Sie kenne diese Lokale. Sie verspüre aber keine Sehnsucht danach. In den »Altkönig« oder den »Rübezahl« gehe sie hin und wieder sogar hinein, auf ein Bier aus kollegialen Gründen. Aber was im »Purzelbaum« laufe, sei schlimm. Sie, Hermine, habe so etwas nicht nötig.

»Ich brauche den ›Purzelbaum‹ für mein Glück nicht.«

Das war ein stolzes Wort. In die Aquamarine fiel von innen her ein scharfer Strahl und ließ sie aufblitzen. »Minnies« hier, sie verwandte den Namen mit der Geläufigkeit, als handele es sich um eine uralte Institution, und das war es in ihrer Phantasie auch, »Minnies« hier also könne es gewiß in vielem mit dem »Purzelbaum« nicht aufnehmen. Das wisse sie selbst. Der »Purzelbaum« sei ein Prominentenlokal. »Man geht in den ›Purzelbaum‹«, sagte sie mit beißendem Hohn. »Minnies« wolle das ganz bewußt nicht sein, eher im Gegenteil. Was genau war das Gegenteil zum »Purzelbaum«? Es sei heute ein ungünstiger Tag, um »Minnies« kennenzulernen, sagte sie mit dem Ausdruck leichter Sorge, indem sie um sich blickte. Es gebe diese Tage, da sei einfach nichts los – ob Ludwig das kenne? Ludwig kannte solche Tage.

»Aber immer dann muß natürlich ein Gast hier hereinkommen, der hier herein gehört und den ich hier drin haben will und der mit einem falschen Eindruck nach Hause geht.«

Und dennoch könne er auch heute ahnen, was ihr vorschwebe. Er brauche sich nur den Tisch anzusehen, an dem sie hier zusammensaßen. Ein Unternehmer, ein junger Mann, der sich für den Aufstieg in die höchsten Höhen vorbereite, und eine schöne Frau. Und alle drei keine Spielverderber, was das Schlucken anging.

Nach diesem Kompliment brachte Fidi, als sei es verabredet, die dritte Flasche Sekt. Am Haaransatz neben dem Ohr, wo beim Mann die Koteletten wachsen, zeigte sich bei Hermine ein funkelnd reiner Schweißtropfen. Er stand dort ein Weilchen, löste sich, lief die mit rötlichem Puder bestäubte Wange hinunter, kitzelte dort, als sei er eine Fliege – Hermine wischte mit der Hand vorbei –, hatte aber schon das Kinn erreicht, den weichen Hals mit den Speckfalten und schoß nun dem Ziel entgegen, der dunklen Rinne im

Ausschnitt des Pullovers. Ihre andere Hand hing offenbar unter dem Tisch fest. Neben ihr saß Fidi, heiter lächelnd. Das Gekrabbel an seinem Schenkel war eines der vielen Geschenke, die das Leben unablässig bescherte, wie den kalten Sekt, ein schnelles Wendemanöver mit dem Auto oder der frische Luftzug, der die Lunge beim Verlassen einer schließenden Kneipe füllte.

Einer der Serben trat an die Jukebox, ein altertümliches Modell, das heute längst ein Sammlerstück wäre, mit Chromornamenten wie an einem amerikanischen Kühlergrill und dem kleinen Schallplatten-Karussell.

»Ohne Musik ist bei mir kein Verzehr«, sagte Hermine, während der Serbe noch wählte. Schon während der ersten Blasmusiktakte verbarg sie den Kopf in den Händen und zuckte wie eine Schluchzende mit den Schultern.

»Nein, bitte nicht«, wimmerte sie zwischen den Fingern hindurch. »Ich sterbe.«

Es war eine Art Karnevalslied, von einem Kölner mit krähender Stimme töricht und nölend vorgetragen. Jupp Heisters werde sie noch einmal umbringen, versicherte Hermine, als sie noch sprechen konnte. Aber als zum erstenmal das »Schatzi Schatzi, mach mal mit mir Batzi Batzi« erklang, war es um ihre Haltung geschehen. Sie vergoß jetzt Tränen.

Es wurde klar, wie stark geschminkt sie war. Die Äuglein bekamen in ihrer entzündeten Rosigkeit etwas Schweinshaftes, um den Mund herum war es rot verschmiert, Röte hatte auch auf die Patschhändchen abgefärbt. Hermine erschrak und sprang auf, um sich neu herzurichten. Alle Albernheit war vergessen. Sie schwankte leicht, als sie in der Küche verschwand. Von innen erscholl Wehgeschrei. »Die schönen Schnitzel.« Die Schnitzel waren nicht mehr schön, der Qualm, der aus der Küchentür drang, verriet das Malheur.

Ludwig fühlte eine leichte Besäuselung, keine Trunkenheit, sondern Beschwingtheit. Aber Fidi, der mehr als er getrunken hatte, sah nüchtern aus. Wach und gespannt wandte er sich Ludwig zu.

»Bella bekommt ein Kind«, sagte er und sah ihm fest in die Augen. Er habe sich eigentlich immer ein Kind gewünscht, aber jetzt passe es nicht. Auch Bella finde nicht, daß es passe. Zuviel Arbeit und noch kein Land in Sicht – was solle da ein Kind? Er müsse nun endlich ans Verdienen kommen, das habe ihm Bella damit gezeigt. Die Aushilfen bei «Nephew & Nephew« seien kein Lebensfundament. Ludwig dachte an Erna Klobig, und da kam es schon: Ihm winke die Chance, als Automatenpächter einzusteigen, Präservativautomaten, Kaugummiautomaten. Eine schöne Arbeit. Die Automaten neu laden und abkassieren – jeder Automat ein Spielautomat. Das war nicht witzig gemeint. Fidi sah weiterhin ernst und fest in Ludwigs Gesicht, der sich bemühte, aus der Unschärfe, in die er geraten war, zu verschärfter Wachsamkeit vorzudringen.

»Und dann?« fragte er schließlich, weil Fidi jetzt schwieg.

»Ich werde Bellas Hilfe dann brauchen«, sagte Fidi.

»Mit Kind? Was soll sie dir mit Kind helfen?«

»Mit Kind müßte sie auch bei ›Nephew & Nephew‹ aufhören.« Fidis Stimme klang ungewohnt entschieden. Er hatte alles durchdacht. »Das Kind wird weggemacht, da sind wir uns einig.«

Sie saßen sich gegenüber und rauchten. Ludwigs Mund war zu. Er hatte das Sprechen blitzartig verlernt. Das ging manchmal schnell, bei Unfällen etwa. Er trank Sekt und mied Fidis Blick, indem er vor sich hin starrte und ein wenig benommener tat, als er war. Seine Brust war von einem roten Ball ausgefüllt, der wie ein aufgeblasener Luftballon wuchs und wuchs und schon auf die Lunge, den Magen und den Kehlkopf drückte. Er haßte Fidi jetzt, und er wurde sich darüber klar, daß er ihn schon gehaßt hatte, als Fidi sagte, »er wisse, wie man Bella beruhige«.

Die Serben wollten bezahlen und befreiten Ludwig von der Gegenwart seines Feindes. Er belauert mich, dachte er. Was wußte Fidi? Was war zwischen ihm und Bella besprochen worden? Was wagte der Kerl? Ludwig faßte den Entschluß, augenblicklich das Lokal zu verlassen. Das ging aber nicht so leicht. Der heiße, sich dehnende Ball in seiner Brust hatte alle Kraft an sich gezogen. Ludwig saß vor seinem Sekt mit einem Aufruhr im Leib, der ihm jedes Wort verbot, mit der Bereitschaft, Fidi zu vernichten, und mit von der Angst gefesselten Händen und Füßen.

Fidi schloß die Tür des Wirtsraumes hinter den Serben ab. Jetzt kam Hermine zurück, restauriert, und wie häufig bei Restaurierungen, hatte sie des Guten etwas zu viel getan. Fidi lächelte nicht, als er sie sah, aber er wich ihr nicht aus, als sie den Arm um seine magere Taille legte und ihn an sich zog.

»Fidi ist wie ein Schnupfen«, sagte sie in ihrem französisierenden Tonfall zu Ludwig, »man bekommt ihn – jeder bekommt ihn mal –, und dann hat man ihn, und dann wird man ihn auch wieder los.«

Blitzschnell hatte Fidi seine Hand unter dem Pullover und schob ihn hinauf. Ebenso mühelos war die Hand in die Tasche des Büstenhalters geglitten und hob die große weiße Brust wie einen Sack voll Milch und Sahne heraus. Seine schmale bräunliche Hand mit einem kleinen Pflaster am Zeigefinger – er tat sich ständig weh – konnte die Brust kaum halten. Es war, als fließe sie ihm rechts und links und zwischen den Fingern hindurch. Die Brustwarze war klein. Fidi nahm sie zwischen Daumen und Zeigefinger und drückte sie etwas.

»Schau mal, Chef.«

Hermine drehte den Kopf weg, als schäme sie sich vor

Ludwig, aber sie ließ Fidi gewähren. Ihr Hals war geschwollen. Ludwig glaubte einen Augenblick, über dem Pulloverausschnitt eine dritte Brust zu sehen.

Hermines Zimmer schloß sich unmittelbar an die Gaststube an. Auf der Tür stand »Privat«. Drinnen gab es ein eisernes Etagenbett, denn der Raum war bis vor kurzem an Bauarbeiter vermietet worden. Hermine hatte aber schon Eigenes mitgebracht. Ein dicker Teppich aus braunen Wollschlingen bedeckte den Boden. Ein breites Bett stand in der Mitte, an seinem Fußende war ein Spiegel mit drei Klammern befestigt. Drei schwarze Löchlein darüber zeigten, wo er vorher montiert war. Wie diese verwaisten drei Löcher prägten sich Ludwig Bilder ein, schnell gemachte Photographien, denen die Bindeglieder fehlten: die schon halbnackte Hermine, der Fidi die Strumpfhose herunterrollte und die mit gerunzelter Stirn nur damit beschäftigt schien, Ludwigs Krawattenknoten zu öffnen. Fidi, der sich mit einer einzigen Bewegung seiner Kleider wie einer Schlangenhaut entledigte und in einen bräunlichen Waldmenschen verwandelte. Hermine, weiß, auf dem Bett ausgestreckt, mit schwimmenden Brüsten, liegend mit straffe-rem Bauch, der dennoch so weich wie Kuchenteig war, aus dem man sich etwas herauspflücken konnte. Hermine, von Fidi angefallen wie von einem Marder, der sich in den Hals einer blütenweißen aufgeschwollenen Gans verbeißt und sie zuckend aussaugt, während sich das Tier in stummer Qual dem Tod entgegenwindet. Die umgefallene Nachttischlampe, die einen Riesenschatten an die Wand warf. Fidis plötzliches Loslassen und Zur-Seite-Gleiten. Schwarze rundgekräuselte Härchen auf Hermines von Silbertröpfchen gesprenkeltem Bauch. Fidis Befehl: »Los. Jetzt du.«

Wie schwer Menschenkörper waren. Im Spiegel verbanden sich die weißen Rundungen jetzt mit Sommersprossenhaut. Der Waldmensch hockte mit den Knien unterm

Kinn dabei und rauchte. Er verfolgte den Vorgang, als werde in einer Höhle das erjagte Reh aufgebrochen.

Jetzt war alles vorbei. Fidi zog seine drei Unterhemden, die er übereinander trug – er fror leicht –, auseinander. Ludwig suchte seine Kleider auf dem Boden. Hermine fächelte sich Luft mit der Hand zu und sagte leise ächzend zu sich selbst: »Na, ihr seid vielleicht anstrengend. Puh, seid ihr anstrengend.«

Die Schuhe. Ludwig bückte sich, auf dem Bett sitzend. Neben den Schuhen blinkte es. Ein Manschettenknopf. Er legte sofort die Hand darauf. Daneben glitzerte noch mehr, Kleingeld und ein Autoschlüssel, der Inhalt von Fidis Hosentasche.

»Hier ist dein Schlüssel.«

Fidi nahm die Markstücke und den Schlüssel entgegen. Er war jetzt kalt und nachdenklich.

»Gib uns etwas zu trinken«, sagte er zu Hermine.

»Du weißt ja, wo es steht«, sagte sie leise, ohne den Kopf zu heben. Doch, Ludwig hatte sie geküßt, er schmeckte noch ihren Mund auf den Lippen, aber zugleich war es, als sei ihr Kopf die ganze Zeit abwesend, verborgen, von einem Tuch verhüllt gewesen.

Als sie schließlich »Minnies« verließen, war Fidi kaum mehr in der Lage, aus der Parklücke zu steuern. Ludwig stand draußen und winkte nach rechts und nach links, und Fidi drehte das Steuerrad, als wolle er den Wagen in Grund und Boden schrauben, aber als er endlich auf die Straße hinausfuhr, ging auch das nicht ab, ohne dem vorderen Auto eine tiefe Seitenschramme zu versetzen.

Ludwig winkte vom Bürgersteig aus. Er laufe lieber nach Haus, er brauche frische Luft. Fidi versuchte nicht, ihn zum Einsteigen zu überreden, sondern beugte sich zum Fenster vor, sah Ludwig mit einem blitzenden, aus alkoholisch trüben Gewässern unversehens emporsteigenden Blick an, rief: »Gute Nacht, Schwager« und brauste davon.

Das würde ein langer Weg durch die Nacht. Nachtluft war wie ein Tauchbad, ein Schwimmen im salzigen Meer, das alles abwusch. Es löschte aus, woher man gekommen war. Wie er sich jetzt befand, fühlte er sich von Hermine geradezu imprägniert. Er war von ihren Feuchtigkeiten umflossen, auf seinen Wangen lag ihr trockener Speichel, er war sich gewiß, einen schwachen Maiglöckchengeruch auszuströmen. Bella so gegenüberzutreten war unmöglich. Daß Fidi das wagte, bewies seine Bedenkenlosigkeit, seine Fähigkeit zur Zerstörung.

Er war Fidi in allem gefolgt wie ein Hündchen. Warum? Fidi war der Regisseur des Abends. Hermine und Ludwig hatten seinen Befehlen gehorcht. Waren die Ereignisse dieses Abends geplant, oder entsprachen sie einer Laune? Fidis Macht – das war ein Begriff, der ihm plötzlich durch den Kopf ging. Fidi war mächtig. Er war jetzt in Fidis Hand. Diese Hand hatte Fäden um ihn gespannt, geduldig, diensteifrig, lächelnd, unbemerkt. Jetzt war das Netz geflochten. Jetzt würden die schmalen bräunlichen Hände, fast Kinderhände, die Schnüre anziehen.

Ich habe etwas getan, was man nichts rückgängig machen kann, dachte Ludwig. Ich lebe jetzt von Fidis Gnaden.

Diese neue Gewißheit erzeugte Dumpfheit und Lähmung. Der Ertappte sieht, daß niemand ihm helfen wird und daß er selber allein sein Unglück verschuldet hat. Mürrisch wartet er auf seine Strafe. Das Gefühl, hereingelegt worden zu sein, läßt keine Reue aufkommen. Die Zukunft sieht wie ein schwefliger Nebel aus, der Himmel eines Fabrikvororts, durch den selten die Sonne dringt. Aber dort leben schließlich auch Leute und haben sich an das Unerträgliche gewöhnt.

Es kann befreiend wirken, in fremden Straßen umherzuwandern, fremde Wirtshäuser zu betreten, in die kühle Halle einer Vorstadtkirche hineinzusehen und in einem kleinen Park auf einer Bank in der Nähe einer Kastanie zu sitzen. Fremde Stadt hatte Ludwig in Fülle um sich. Kahle Kulissenstraßen, die sich perspektivisch zu Spielzeuggröße verengten, Pappmachéhäuser in einem vom weißlichen Lampenlicht gepuderten Grau säumten seinen Weg. Zwischendrin strahlte betrügerisch eine Tankstelle mit vielen Leuchtröhren, nur das Kassenhäuschen lag abgeschlossen und dunkel. Was ihn umgab, war häßlich und federleicht, nur eine Reihe großer Bäume, die am Rand hellgrün durchschienen war, wahrte in den Blättergebirgen noch Höhlen undurchdringlicher Dunkelheit.

Eine Blechdose lag auf Ludwigs Weg. Sie erhielt einen Tritt und rollte mit Krach in den stillen Rinnstein. Es war die Stadt, der er diesen Tritt versetzte, Fidi in seinem Auto, Bella und dem eigenen Leben. Ludwig hatte einen Kater von der gefährlichsten Art, nämlich bei andauernder Trunkenheit. Auch aus ihr sollte er alsbald erwachen.

Am Haustor regte sich eine helle Gestalt. Ludwig wurde langsamer, es war, als wiche er zurück. Bella stand vor ihm.

»Woher kommst du jetzt? Warum bist du nicht mit Fidi gefahren?«

Er war zu verblüfft, um zu antworten, und sie sprach sofort heftig weiter: »Du hast mit ihm gesprochen. Was hast du ihm gesagt?«

»Nichts«, sagte Ludwig.

Sie schwieg, aber er fühlte, daß sie außer sich war.

»Fidi ist tot.«

»Wie?«

»Fidi ist tot.«

»Fidi?«

»Tot.«

Jetzt sagten beide nichts. Ein Autoscheinwerfer näherte sich. Es war ein Taxi. Bella lief dem langsamer werdenden Auto entgegen. Ludwig lief ihr hinterher.

»Ins Unfallkrankenhaus«, sagte Bella zum Fahrer, bevor sie einstieg. Ludwig wollte sich neben sie setzen, aber sie stieß ihn von sich. »Sie bleiben hier. Ich fahre allein.« Ein Fremder war dabei, sie siezten sich. Und vielleicht lebte Fidi ja noch?

FÜNFTES KAPITEL

Rote Flämmchen

Von außen war dem Haus, das Ludwig und Bella bewohnten, nicht anzusehen, daß es das Heim einer Braut war. Wie soll das Haus einer Braut eigentlich aussehen? Mit Maiglöckchengirlanden, weißen Schleifen und Birkengrün um die Tür? Den Gartenweg mit Konfetti und Mandelkonfekt beregnet, während aus den Fenstern gedämpftes Orgeldudeln auf die Straße dringt?

Für Frau Zimmermann war die vollständige Ungeschmücktheit auch nicht ohne Reiz. Professor Rutzmann, der in der Kirche spielen würde, pflegte, wenn ein neuer Schüler die leere Saite strich und es brummte, als seien im Leib der Geige Hummeln gefangen, unvermittelt abzubrechen und überwältigt zu flüstern: »Hören Sie – es pulst schon! Es hat eben schon gepulst!« Frau Zimmermann kannte das neuerdings nun auch, daß es plötzlich zu pulsen begann. Auch ohne Geige pulste es um sie herum, ein nur ihr bemerkbares Pulsen war das.

Das Haus stand nun satt und friedlich vor ihr. Mit seinen roten Sandsteineinfassungen, seinen neugotischen Blumenfenstern, dem hellgrün patinierten Kupferdächlein war es angefüllt von dem großen Neuen und zugleich in hoher Erwartung. Allein der Klang des Wortes »Souterrain« hatte Frau Zimmermann eben noch zutiefst verstimmt, und jetzt hätte man ihr verträumtes Lächeln, wenn sie an Bellas Tür vorüberging, geradezu zärtlich nennen können. Sie kam neuerdings mehrmals am Tag daran vorbei, denn sie war dabei, in ihrem geräumigen Keller Platz zu schaffen. Unter ihrer Aufsicht trugen dunkelhäutige Physikstudenten große Kisten auf die Straße.

Ludwig hatte für Fidi eine Todesanzeige aufgeben wollen, aber Bella lehnte das entschieden ab. Das sei Verschwendung. Wer solle die denn wohl zur Kenntnis nehmen? Sie werde außerdem nicht als Witwe herumlaufen, fügte sie hinzu, als habe Ludwig ihr einen Schleier à la Bertha von Suttner zugemutet. Und hatte sie nicht recht? Fidis Name in einer Todesanzeige, das war, als hätte man den Vogelfreien schließlich doch noch in einem schwarzgerahmten Käfig gefangen.

Nicht zu verhindern war, daß Fidis Name in die Zeitung kam. In der kurzen Nachricht von seinem Unfall war zwar nur von »einem achtundzwanzigjährigen Arbeitslosen« die Rede, aber in den Spalten der »öffentlichen Bekanntmachungen«, bei den »Bestattungen«, hieß er, wie ihn im Leben nie jemand gerufen hatte: »Federico Lopez, achtundzwanzig J.«

Kurz darunter folgten die »Aufgebote«, so sinnvoll waren hier Freud und Leid verquickt. Nur wenige Zentimeter trennten »Federico Lopez, achtundzwanzig J.« und »Amalie Zimmermann, geb. Fritzler, und Hans-Heribert von Mertens«. Hätte Bella ihre Feindin Zimmermann intimer gekannt, wäre ihr der Name vielleicht gar nicht aufgefallen, denn Amalie hieß sie nur am Briefkastenschild; für ihre Freunde war sie Milli, Lilli, Ami und Malchen, als habe sie die Kleinkinderzeit niemals verlassen.

Wie war es zu dieser verblüffenden Wendung ihres Lebens gekommen? Woher war ihr aus dem Nichts ein Herr von Mertens zugewachsen? So fragen Leute, die aufgehört haben, tanzen zu gehen und sich zu verlieben. Es gab stille Augenblicke, in denen Frau Zimmermann selbst dasaß und ihr Glück nicht fassen konnte. Erste Frucht dieses Staunens war die Kellerräumung. Ein Jahrzehnt lang hatte sie sich ohne Hoffnung im Herzen der Pflicht unterzogen, anmutig und kunstvoll geputzt in der Gesellschaft zu erscheinen. Alles, was die natürlichen Reize erhöhte, hatte sie zu Hilfe genommen, ohne die damit verbundenen Absichten wahrhaben zu wollen – »ich bin eine alte Frau«, sagte sie stets mit solch gewinnendem Lächeln, daß das Grauen, das für sie in diesen Worten eigentlich enthalten war, besiegt schien.

»Das ist eben Haltung«, hieß es in ihrem Umkreis. Die wenigen Feinde, die sie, wie man zu ihrer Ehre sagen muß, dennoch besaß, nannten sie »dumm und falsch«. Dumm wollte sie gerne sein, und was die Falschheit anging, log schließlich jeder vor anderen Leuten, so dumm, das nicht zu tun, war sie nun auch wieder nicht, und sich selbst gegenüber ließ sie nichts durchgehen, bei der Prüfung ihrer Interessen waltete keine romantische Schonung. Sie selbst wußte am besten, wie gefährdet die Arbeit an der Fassade die ganze Zeit war. Der Sog der Verkommenheit, die Dämonen der Häßlichkeit und der Schlamperei hatten nie aufgehört, sie zu peinigen, und die Sirenen der Langeweile lockten sie oft genug an den Rand jenes Abgrunds, in dem tief unten die Verrücktheit lauerte.

Es gab nur Witwen in ihrer Welt, niemals Witwer. Immer waren es die Frauen, die überlebten; wozu eigentlich? Wer wollte schon mit einer Witwe zu tun haben? Es gab Frauen, für die es einem Triumph gleichkam, ihren Ehemann zu überleben. Sie blühten auf, das wurde dann nicht ohne Häme festgestellt. Die Reisen, die ihre Ehemänner zu Tode erschöpft hatten, wurden ihnen zu einem einzigen Fest. Wenn sie im Norden wohnten, zogen sie an den Starnberger See; das begrüßte Frau Zimmermann, die so schon vier der bedrohlichsten Mitwitwen losgeworden war.

Was war es denn eigentlich, was solch ein mürrischer, schwerhöriger, diabetischer, hustender Greis dem Leben einer ästhetisch gealterten, »jugendlichen« Frau, wie es hieß, hinzufügte? War es etwa nicht langweilig – um das gefürchtete Wort zu gebrauchen –, wegen eines solchen Alten Einladungen abzusagen oder die Premiere nach dem zweiten Akt zu verlassen oder essen zu müssen, was ihm bekam? Wie kraftlos wurde das Wort Langeweile, wenn es in diesem Zusammenhang auftrat. Frau Zimmermann war eine Heroine im klaglosen Ertragen der Langeweile, die durch die Gegenwart eines Mannes erzeugt wurde. Es ging ihr nicht um vertraulichen Austausch, um Sympathie oder ähnliche verbrämende Sentimentalitäten. Der Mann war das Axiom. Geld besaß sie genug; um Versorgung konnte es ihr nicht gehen, wenn auch der Ersehnte »aus Paritätsgründen«, wie es früher in den Heiratsannoncen hieß, vermögend zu sein hatte, das war in ihren Augen die eigentlich männliche Eigenschaft: der Mann war reich, die Frau war schön.

Bella leerte den Mülleimer und war noch nicht geschminkt, da öffnete sich die Haustür, und das Hochzeitspaar schwebte heraus, kurz über dem Boden gleichsam, kein Stäubchen setzte sich auf die schönen Schuhe. Während Bella unwillkürlich mit dem Handrücken eine in die Stirn gefallene Strähne nach hinten wischte, eine hübsche, etwas erschöpft wirkende Geste, bei der sich ihr Oberkörper straffte, sah sie das Paar mit einer Genauigkeit, die keine Photolinse hätte erreichen können. Frau Zimmermann trug ein helles zartes Grau, ein enges Kleid mit einem offenen, knopflosen Mantel aus dem gleichen Stoff darüber und in dem graumelierten, von einem ironischen Blond durchzogenen Haar ein winziges Hütchen aus hellgrauen Federn, die sich – wie alles sich zu ihren Gunsten fügte – in einem milden Windchen flaumartig aufrichteten.

Das Alter hatte Herrn von Mertens gebeugt, und weil er mager und hochgewachsen war, hatte er nun einen regelrechten Buckel bekommen, den die Schneider vermaßen und mit faltenlosem Tuch überzogen. Das zurückweichende Haar hatte einen spitz zulaufenden Kegel freigelegt. Die Glatze war mit dunklen Flecken wie feine Reptillederhaut bedeckt, unter ihrer harten Glätte lag das einem zerknautschten Lederbeutelchen ähnliche Gesicht. Mit unsicheren Schritten in großen Schuhen bewegte sich Herr von Mertens, die Hände wie ein Kleinkind, das die Balance zu halten sucht, leicht erhoben, aber seine Braut gab diesem hilflosen Gang etwas Tänzerisches, sie führte ihren Gemahl in einer hüpfenden Hochzeitsgavotte zu der wartenden Limousine. Fast hatten sie das Auto erreicht, da machte Herr von Mertens einen kleinen Sprung, auf den seine Tänzerin nicht vorbereitet war. Er verneigte sich noch tiefer, und dann begann ihn ein schauerlicher Husten aus den tiefsten Eingeweiden zu schütteln.

»Liebling«, sagte Frau Zimmermann flehend. Herr von Mertens richtete sich auf. Die Äderchen seiner Augen waren prall blutgefüllt. Er atmete ein. Leises Pfeifen drang aus seiner Brust.

»Ruhe«, sagte er streng, woraufhin der Fahrer und Frau Zimmermann begannen, ihn wie einen alten brüchigen Regenschirm vorsichtig zusammenzufalten und auf dem Vordersitz zu verstauen. An ein stattliches Zusammensitzen des Paares auf der hinteren Bank war bei den langen steifen Beinen des Herrn von Mertens nicht zu denken.

Den Neuigkeiten in der Beletage entsprachen die Veränderungen in Fidis Wohnung im Souterrain, seinem Wohn-Koch-Schlaf-Liebeszimmer und Stapelplatz vieler glücklich an Land gezogener Waren.

Mit seinem Tod war auch seinem Souterrainräumchen das Seelenflämmchen ausgeblasen. Da war die Wand mit den Kartons, in denen Fidi seine köstlichen Funde, seine Geschenke an Bella, aufbewahrte, diese Rotlichtlampen,

Orangenpressen, heizbaren Lockenwickel und Sektflaschenpatentverschlüsse, die Salatschleudern und Schnellbügeleisen, die elektrische Eisenbahn für den ersten Sohn – woher stammte die wohl? Fidi hatte so herzensfroh gelächelt, als er den Karton vorzeigte, daß Ludwig der Verdacht kam, er habe sie womöglich sogar bezahlt. Fidis Zukunft, seine Lieblingszuflucht, schlang sich als ein geistiges Band um das lumpige Zeug und schuf etwas Verheißungsvolles daraus. Er ahnte schon, zu welcher Ordnung das alles sich gruppieren würde. Ludwig ertappte sich dabei, daß er Fidis Sammlung mit den Augen eines Nachlaßverwerters ansah. Was würde oben übernommen werden? Was war gut für den Keller? Was wurde verkauft und was auf den Müll gefahren? Das Ergebnis dieser Prüfung war ihm fast unerträglich. Außer dem Fernsehgerät und der großen Musikmaschine, die Fidi so gern mit sich herumgeschleppt hatte, hielt kaum etwas einer kalten Schätzung stand. Man konnte natürlich hier unten auch eine Art Fidi-Museum einrichten. Aber davon wollte Bella nichts wissen. Wenn es nach ihr gegangen wäre, hätte sie gleich alles auf die Straße geschafft.

»Ich möchte meine Sachen gern in Ordnung haben«, sagte sie abweisend, als Ludwig vorschlug, doch etwas zu warten. Wieso sie Krempel horten solle, von dem Ludwig ihr vielfach überzeugend erklärt habe, daß er keinen Schuß Pulver tauge? Die altertümliche Redensart bekam, wenn man an Fidi dachte, neue Aspekte – wieviel wert ist ein Schuß Pulver? Unendlich viel! Da war zunächst der herrliche Krach, womöglich mit Echo, der feurige Ausstoß, am schönsten in schwarzer Nacht, der schweflige Gestank, der lange in der Nase blieb, der harte Rückstoß des Kolbens, ein Boxhieb gegen die Schulter – wie sollte man den Wert von so viel Lust errechnen? Bellas Entschlossenheit, das Souterrainzimmer von allem Besitztum Fidis schnell und gründlich zu befreien, bekam für Ludwig etwas Unheimliches. Ratsch, da hielt sie auch schon das rote Tuch in der Hand. Ein Ruck hatte genügt, es von seinen Nägeln herunterzureißen. Allzufest hatte es, wie man weiß, da oben niemals gesessen.

Das war schon eine Tat von beträchtlichem Symbolwert. Aus der umschlossenen Höhle war eine offene Grotte geworden. Sie brauche Licht, um hier wirken zu können, erklärte Bella, während sie das rote Tuch in einen Müllsack stopfte.

Wie wenig Bella besaß! Sie trug immer dieses Schwarz, das ihrer Blässe das zart Angestrengte, das in Zimmerluft Gezüchtete gab. Unter diesen Uniformstücken herrschte aber ein Gesetz beständiger Umwälzung, andauernd wurden Pullover aussortiert und neue erworben. Als Bella in das Gestell unter der Plastikhaut langte, das ihre Kleider enthielt, füllte sie mit allem, was darin war, gerade eine Reisetasche. Sälbchen und Tübchen kamen in eine Lackpapiertüte aus der Drogerie, die schwerer wurde als die Tasche, denn mit solchen Crèmes trieb sie einen gewissen Aufwand. Nun war sie eigentlich bereits umgezogen.

»Aber Fidis sind doch deine Sachen«, sagte Ludwig. Ihr Blick war ablehnend, Eigentum ging nicht auf dem Rechtsweg über. Die Dinge kannten ihren Herrn. War es nicht Fidi, der ihr diese Auffassung vom Eigentum hinterlassen hatte?

Es war deutlich, daß sie einen Keil bis an die Wurzel zwischen sich und ihre Vergangenheit zu treiben suchte. Die Reisetasche mit den weichen schwarzen Pullovern stand jetzt oben in Ludwigs Schlafzimmer. Der Inhalt der Tüte war auf einem weißen Handtuch auf einer Kiste ausgebreitet, all die reizenden Döschen mit goldenen und silbernen Deckeln. Man sah, daß eine Frau eingezogen war. Ludwig kündigte an, er werde ihr einen schönen Schminktisch schenken, alt natürlich – eine für ihn bezeichnende Bedingung, denn ein solches Möbel mußte ja erst aufgetrieben werden, dafür hatte er keine Zeit, und bis dahin blieb es dann bei der weißgedeckten Kiste.

Fidis an losem Metallkettenarmband ums Handgelenk herumschlenkernde Armbanduhr – ein teures Modell aus Weißgold oder eine billige türkische Nachahmung, beides war möglich bei ihm – war bei dem Unfall zerbrochen und wurde Bella im Krankenhaus in einem braunen Briefumschlag ausgehändigt. Diese Uhr sah Ludwig, als Bella wieder nach Hause kam, dann war sie fort – zur Reparatur? Verkauft zum Materialwert? Weggeworfen? Ludwig wagte nicht, danach zu fragen. Aber als er auf ihrem Schreibtisch Fidis Messer liegen sah, das Renommierstück des Stadtabenteurers, die Wunderwaffe seiner unbedingten Freizügigkeit, und die Hand danach ausstreckte – das geschah ohne jede Überlegung, er wollte einfach das Gewicht in der Hand spüren –, nahm Bella es blitzschnell weg und legte es in die Schublade: nein, das könne er nicht haben. Beide hatten reflexhaft gehandelt, das gab dem kleinen Vorfall Bedeutung.

»Ich wollte nur …«, sagte Ludwig.

»Ich wollte auch nur …«, sagte Bella.

Ludwig kam der Verdacht, daß die restlose und eilige Wegschaffung der Habseligkeiten Fidis vor allem ihm galt. Kam es ihr darauf an, ihre Erinnerung an Fidi, ihr Leben mit ihm, dieses geheimnisvolle Walten und Zuzweitsein hinter dem roten Tuch, das Ludwig so häufig und so unruhig von seiner hohen Warte aus verfolgt hatte, ausgesperrt wie ein Hund, vor Ludwig in Sicherheit zu bringen?

Beide hatten den Aufprall von Fidis Auto nicht gehört – Fidi selbst wohl auch nicht –, von wildem Quietschen und Splittern begleitet oder gefolgt, wer wollte das unterscheiden. Und dieser Schuß mit seiner elefantenhafte Wucht war auf die Kristallglocke aufgeschlagen, unter der Ludwig und Bella, aber auch die Menschen ihrer Umgebung luftdicht abgeschlossen, eine endgültige Lebensform gefunden zu haben meinten. Die Kristallglocke hatte einen Riß erhalten, der sich flüsternd über ihre ganze Wölbung verbreitete. Unversehens sah man sich von einem kalten Luftstrahl getroffen.

Fidi war weg, und Frau Zimmermann kam zum Zuge. Ernst Walter Koschatzki, die Todesdrohne, kehrte mit einem Riesenschritt aus der Gruft unter die Lebenden zurück und erwartete dort jubilierende Aufnahme.

War Elise Lessenthin am selben Tag wie Fidi gestorben? Vielleicht nicht auf den Tag genau, darauf kam es auch gar nicht an.

Der Kraftschub, der Koschatzki unmittelbar zuteil wurde, hob ihn über jedes sentimentale Gedenken hinweg. Blitzartig erkannte er, wieviel unwiederbringliche Lebenszeit bereits im Dämmern vertan war. Jetzt galt es, davon etwas einzuholen. Frau Rüsing war dazu berufen, die Zeugin seines Erstarkens zu werden.

Sie saß bei Ludwigs Mutter auf dem Sopha und lenkte ihre Freundin ein wenig ab, denn Teilnahme war von ihr nicht zu erwarten. Sie kam vielmehr um Teilnahme zu fordern. Ihre Entrüstung über Koschatzki war nur in einer Flut von anklagenden Worten zu fassen. War sie dazu berufen, alte Männer zu warten und ihnen als Anstandsdame zu dienen? Rechnete er sie zu den Mauerblümchen, die sich, dankbar für jede Einladung, bereitwillig »nützlich machten« und ausnutzen ließen? Wer hatte Koschatzki die Vorstellung in den Kopf gepflanzt, Frau Rüsing harre wie auf einem kahlen Felsen auf zufällig vorbeisegelnde Rettungsschiffe?

Koschatzki hatte sie, wie aus dem entrüsteten Schwall allmählich herauszusondern war, tatsächlich auf ein Schiff zu leiten gesucht.

»Für uns alte Knochen gibt es eine einzige Art zu reisen«, hatte Koschatzki sofort nach dem Tod Elisens erklärt. Eines stand für ihn fest: keinesfalls zu Elise Lessenthins Beerdigung zu gehen. Dieser innere Befehl war stärker als alle anderen Empfindungen, die ihr Tod in ihm auslöste.

»Ihre Tante war kein Huhn«, sagte er der Nichte Elisens am Telephon. »Ihre Rede war: ich schenke dir nichts zu Weihnachten, ich gratuliere dir nicht zum Geburtstag, und ich komme nicht zu deiner Beerdigung … das stammte natürlich nicht von ihr, das ist aus einem sogenannten Liebesgedicht, von einer Frau natürlich, falls Sie das in Ihrer literarischen Unbildung nicht sofort bemerkt haben.« Mit diesen Worten, die ihn zu seiner alten Höhe der Ungezogenheit zurückfinden ließen, hatte er sich so deutlich ausgesprochen, daß er eigentlich gar nicht mehr verreisen mußte. Es war auch nicht das Gefühl einer Flucht, das ihn das Angebot einer Reederei annehmen ließ, auf einer Kreuzfahrt nach Ozeanien mit Lesungen zur Unterhaltung der ältlichen Passagiere beizutragen und dafür ein Freibillett zu erhalten. Es war die Kraftwelle, die der Tod auslöste, die ihn aus seinem Bett herausschleuderte und zurück unter die Menschen brachte.

»Ich schätze seine Werke gar nicht«, sagte Frau Rüsing empört. »Koschi« – das war ein im Hause der Eltern noch nie gehörter Spitzname, dem Stil von Frau Rüsing hätte etwas wie »Sindbad« oder »Peregrin« viel besser entsprochen, aber das war es eben: Koschatzki paßte im ganzen nicht besonders gut zu ihr –, »Koschi hat immer so etwas Zynisches, was ich nicht mag.«

»Aber die Sprache ist schon gekonnt«, sagte Ludwigs Mutter, die es müßig fand, an allgemein geschätzten Persönlichkeiten herumzukritisieren.

»Ich sage nichts gegen die Sprache. Die Römerin liebt natürlich wieder die schöne Sprache«, antwortete Frau Rüsing mit schmalem Tadel. Es seien im wesentlichen Koschatzkis Tischmanieren, die sie eine gemeinsame Reise fürchten ließen. Die Römerin habe Koschi nie Spaghetti essen sehen.

»Auf solch einem Schiff gibt es doch gewiß keine Spaghetti«, sagte die Mutter, die Frau Rüsing offenbar gar zu gern an der Seite eines Erwachsenen in die große weite Welt geschickt hätte. »Man ißt dort Hummer und Spargel und Wachtelpastetchen ...«

»Das ist alles gar nicht mein Geschmack«, unterbrach Frau Rüsing fast ungehalten. »Vor allem aber habe ich ihn gefragt, wie er sich die Einzelheiten vorstellt. Ein solches Freibillett, das mag ja für eine Begleitperson gelten, aber vermutlich doch nicht für eine weitere Kabine. Ich habe Koschi gefragt, ob er vorhat, mit mir in derselben Kabine zu schlafen.«

»Und was meinte er da?« Die Mutter wurde jetzt sehr teilnahmsvoll.

»Er sagte, wenn ich nicht schnarchte, dann störe es ihn nicht.«

Ludwig war unangemeldet gekommen. Daß seine Mutter mit Frau Rüsing saß, erleichterte ihn. Er fürchtete das stille Haus. Schien der Himmel nicht dunkler zu werden, wenn man ihn aus den Fenstern dieser Wohnung sah?

Frau Rüsing hatte ein Alpenveilchen mitgebracht, das nun, in einer plissierten grünen Papiermanschette, auf dem Nachttisch des Vaters stand. Das schwarzgrüne Laub hatte eine Friedhofsefeufarbe. Darüber hingen die fahlrosa Blüten weich und lappig. Welch eine Geschmacklosigkeit, solche Blumen zu schenken. Die Stiele der Blüten hatten etwas von den Trieben alter Kartoffeln. Was nützte ein Leben für die Schönheit, wenn dann zum Schluß ein solches Alpenveilchen überreicht wurde.

»Wie lang bist du schon da?« fragte der Vater plötzlich,

der vor sich hin gedöst hatte. »Ich beobachte seit geraumer Zeit das Wachstum dieser Pflanze«, fuhr er in einer undeutlichen, wie trunkenen Sprechweise fort. Die Wörter flossen aller akustischen Zacken und Ecken beraubt aus den halbgeöffneten Lippen, die sich an der Lautbildung kaum beteiligten. Die Pflanze hatte zwei Stiele mit Knospen, die wie ein Bischofsstab eingerollt waren. Die zusammengefalteten Blütchen waren von hautiger Bräunlichkeit und glichen säuglingshaften Schnäuzchen oder Fingerchen, wie ja tatsächlich überall Mythen von auf den Bäumen wachsenden Kindern sprechen.

»Während ich dieser Pflanze zuschaue, hat sie bereits drei Blüten entfaltet. Sie ist in einem schlangenhaften Sichauseinanderrollen begriffen, wie Würmer in einer Anglerbüchse windet sich das, dieses Knospengezücht, und schließlich blättern sich dann mit beträchtlicher Mühe diese Blüten mit ihren großen Flügeln auf. Wenn man dieser Pflanze nicht Einhalt gebietet, wird sie bald das Zimmer ausfüllen.«

Die Mutter hatte davon gesprochen, daß der Vater jetzt manchmal seltsame Dinge sage oder vielmehr sehe. Die leblosen Gegenstände um ihn herum begännen, sich zu bewegen. Der Stuhl, auf den er blicke, verziehe sich barock, das Nachttischchen blähe sich auf und drohe zu platzen. Er erwache nicht eigentlich aus dieser Täuschung. Sie flache vielmehr nach einer Weile ab. »Jetzt ist die Tischplatte wieder gerade, jetzt kannst du ruhig meine Tasse daraufstellen«, sagte er dann etwa. Der Arzt spreche von temporären Vergiftungen, die solche Wahnbilder entstehen ließen. »Es kann schlimmer werden – machen Sie sich da auf etwas gefaßt«, hatte der Mann, der den Vater in einem Krankenhaus wissen wollte, geradezu drohend gesagt.

Wenn man so still im hereinfallenden Dunkel saß und auf die Pflanze starrte, ergaben sich solche Eindrücke fast von selbst, stellte Ludwig jetzt fest. Der Geist irrte ab, schlief auch wohl ein, schreckte wieder auf, vielleicht nur nach Sekunden, und ließ dann das betrachtete Objekt völlig neu erscheinen. Wenngleich sich die krummstabartigen Knospenstiele unendlich langsam drehten, machte der Versuch, dieser Bewegung habhaft zu werden, schwindlig.

»Jetzt werden wir beide verrückt«, dachte Ludwig und fühlte eine große Nähe zu der kleingewordenen Gestalt, die sich unter der dicken Decke nur als eine etwas größere Falte abzeichnete. Warum kam er nicht öfter hierher? Gab es etwas Wichtigeres, als einen Nachmittag am Bett seines Vaters zu sitzen und mit ihm zu schweigen und ins Dämmern zu schauen?

»Wenn es dir nichts ausmacht, dann wäre es schön, wenn du gingest«, sagte der Vater ähnlich unscharf, aber überaus bestimmt. »Deine Gegenwart strengt mich ein wenig an.«

In der Nacht, als Fidi starb, war Bella aus dem Krankenhaus nach Hause, aber nicht zu Ludwig hinaufgekommen. Nach langem Warten hatte er unten Licht hinter dem Vorhang gesehen. Wollte sie allein sein? Er wagte nicht einmal, den Hörer zu heben, um sie anzurufen.

Ihre Beschreibung des letzten Bildes von Fidi am nächsten Tag war tränenlos und sachlich. Nackt habe er auf einem hohen Bett gelegen, mit geschlossenen Augen, keine äußere Verletzung störte seine Erscheinung, aber im Innern mußte Gräßliches passiert sein, denn viele Schläuche führten in seinen Körper, in denen gelbliche und rötliche Flüssigkeiten standen und sich, an Bläschen erkennbar, langsam bewegten. Er war eine Marionette geworden. Harmlos und unheimlich sei dieser Anblick gewesen.

Die Todesursache sah man Fidi nicht an, und auch nicht, wie er den Abend verbracht hatte. Spurlos ging alles an diesem Körper vorüber. Läßt ein Hammer erkennen, ob er soeben einen Nagel oder einen Schädel eingeschlagen hat? Welche Kühnheit, sich nach Hermine nackt vor Bella zu zeigen. Hier überschritten Ludwigs Vorstellungen die Grenzen zur Phantastik. Was sollte denn wohl zu sehen sein? Welche Spuren hinterließ denn ein solches besoffenes Durcheinander? Keine? Überhaupt keine? Es war kaum zu glauben. Oder verschwieg Bella ihm etwas?

Drei Tage bleib Bella nachts im Souterrain, ohne sich zu erklären. Jetzt hatte Ludwig erst recht Anlaß, über das Rätsel des roten Vorhangs nachzusinnen, aber er fragte nichts. Er hatte vor jeder Antwort Angst, und es befielen ihn schon bei der Vorstellung, die eigene fragende Stimme zu hören, Schauder. Dann kam sie herauf, mit der bewußten Reisetasche.

Als erstes ließ sie die Rolläden im Schlafzimmer herunter, von denen Ludwig noch nie Gebrauch gemacht hatte. Er liebte es, mit der anwachsenden Helligkeit zu schlafen und im Unterbewußten stets zu wissen, wo die Sonne stand. Man wachte dann manchmal früher auf, als man wollte, aber es war herrlich, sich mit dem herandonnernden Gestirn – auch in der Stille war da immer die Vorstellung eines Sonnenwagens, der von galoppierenden Pferden in dröhnendem Lauf die steile Himmelskuppel heraufgezogen wird – in Übereinstimmung zu wissen. Das war der Ausdruck höchster Gesundheit.

Nein, es war ungesund. Man mußte ausschlafen. Der Schlaf war unendlich kostbar und zerrann so leicht. Jede versäumte Schlafstunde war uneinholbar. Die im Ökonomischen kühn und furchtlos waltende Bella litt im Hinblick auf »ihren Schlaf« an Verarmungsangst. »Ihr Schlaf« – das Possessivpronomen sagt schon alles. Wer ihr den Schlaf raubte, raubte ihr das Leben.

Hatte sie diesen Schlafkult eigentlich auch mit Fidi betrieben, in all den Provisorien, die sie so lang beherbergt hatten? Bezog sie in dieser Zeit ihre Kraft von Fidi, eng an ihn geschmiegt, sich mit seiner Wärme und seinem Atem vollpumpend? Fidi habe sie nicht mit Brot, aber dafür mit Lust und Schlaf ernährt. In seiner Unsicherheit und Eifersucht wurde Ludwig zu einem zweiten Koschatzki und sprach im Stil moderner Lyrik. Er opferte Bella seine Morgensonne nicht gern. Besonders verstörend war der Gedanke, dies würde nun immer so sein, das Ruhen in dunkler Gruft, während draußen die Lichtpracht alles überflutete, oder allenfalls durch eine zweite Katastrophe rückgängig zu machen, nämlich dem Auszug Bellas aus seinem Bett.

Gleich in der ersten Nacht – es war Neumond, den Ludwig fürchtete, und der Kunstmond wurde repariert – stieß Bella sich frei, als er sie ganz arglos zum Gutenachtsagen umarmen wollte, und stürzte hinaus. Da war etwas Irreguläres im Gange, das spürte er wohl und blieb wach, bis sie zurückkehrte. Eine Blutung hatte sie plötzlich überfallen, nichts Beunruhigendes. Eine Blutung außerhalb der Zeit. So etwas kam ja vor, vor allem wenn sich die Aufregungen häuften. Im Licht des Nachttischlämpchens sah sie jetzt besonders blaß aus. Zum Einschlafen zog sie die Knie fast bis ans Kinn, sie bildete mit ihrem runden Rücken beinahe einen Kreis, und sofort hatte die Ohnmacht ihr Netz über sie geworfen.

Eine Blutung. Ludwig lag im Dunkeln, sehr gestreckt, geradezu aufgebahrt, um die Schläferin nicht zu behindern. Wie lange es dauerte, bis er sich eingestand, was sich als stumme Ahnung sofort nach Bellas Worten meldete. Fidi besaß Macht, über Bella und über Ludwig. Und was taten die Gewalten, die Ludwigs Triumph beschlossen hatten? Wie eine Schachfigur hatten sie Fidi ergriffen und aus dem Spiel genommen – bums, da lag er im Kasten –, während Ludwig mit vollen Segeln auf den schwarzweißen Feldern herumlaufen durfte. Was Ludwig störte, hörte einfach auf zu sein.

Ein ganz zarter süßlicher Geruch, warm mit Bellas Schlafgeruch durchmischt, stieg ihm in die Nase – kein Zweifel, das war ihr Blut. In dieser Durchmischung und Dosierung war das nicht unangenehm, nicht nur süßlich, sondern süß, rührend. Aber heute weckte es keine Zärtlichkeit.

In allem Unglück war er dennoch nicht ganz verlassen. Das größte Geschenk: Bella schlief. Er mußte nicht mit ihr sprechen. Er konnte zunächst mit sich ins reine kommen, bevor er die erste Frage stellte. Die Nacht, die ihn mit Bellas Nähe und ihrem Atem umgab, schenkte ihm auch hochherzig Einsamkeit.

Welch ein Anfang ihres Zuzweitseins. Fidi, die Schachfigur aus Fleisch und Blut mit den tödlichen inneren Verletzungen, hatte nach außen hin keinen Tropfen Blut verloren. Statt dessen blutete Bella, seine Räuberbraut, seine Beute, und schwemmte das Kind des fremden Mannes aus sich heraus. Wie tief waren die beiden verbunden. Sie hingen immer noch nabelschnurartig aneinander.

»Die arme junge Witwe«, sagte Ludwigs Mutter, die zehn Tage nach Fidis Tod ihren Sohn aus Bellas Auto aussteigen sah, »das stolze Mädchen – eine Witwe«, fügte sie beziehungsreich hinzu, ohne den Blick von Ludwig zu lassen. Bella war von untadeliger Würde, in vornehme Trauer getaucht, »und doch so natürlich«, wie die Mutter später lobte. Der Ausdruck »mein Mann« fiel von beiden Seiten wiederholt; es war eine gedämpfte, aber ergreifende kleine Szene.

»Wann ist denn die Beisetzung?« fragte Ludwigs Mutter in dem Ton wissenden Mitgefühls, das ihr selbst bald vielfach entgegengebracht werden würde. Das war eine gute Frage, wie Herr Dr. van Twillebeeckx ausrief, wenn jemand ahnungslos einen neuralgischen Punkt berührte. Daß Bella darauf nicht antworten konnte, wußte Ludwig. Gerade erst hatte sie ihm im Büro – sie formulierte an den Werbetexten und sah ihn nicht an – einen Brief des Bestattungsamtes hingehalten – »der verstorbene Herr F. Lopez« sei »jetzt kremiert« –, welche Verfügung seine Witwe über die Asche zu treffen gedenke.

»Du hast ihn verbrennen lassen?« fragte Ludwig. Er war so entgeistert, als habe sie das dem lebendigen Fidi angetan. Zehn Tage war Fidi tot, und von einer Beerdigung war nicht die Rede. Fidi war nun abgereist. Er war weg. So sah das aus.

Warum fragte Ludwig nicht, was sie mit der Asche ihres Mannes vorhatte? Bella brach im Souterrain ihre Zelte ab, wie man bei der Nomadenwirtschaft da unten wohl sagen durfte, und bei dem Kistenpacken im kalten Tageslicht mochte sie Fidi irgendwie mitbeseitigt haben. Fidis Beerdigung war ihre Sache, die Sache »der Familie«, wie man dann sagt, und niemals hat dieses Wort einen derart gewichtigen Klang wie bei solchen Gelegenheiten. Von einer wirklichen, ehrwürdigen Institution scheint da gesprochen zu werden, obwohl es doch »die Familie«, den Clan, diese Ritterburg gegen den Staat, überhaupt nicht mehr gibt – »was soll das für eine Institution sein, die über ihre wichtigste Obliegenheit nicht mehr entscheiden darf, die Kindererziehung nämlich«, hier hört man Presslers höhnische Stimme. Im Falle Fidis war der Schulzwang freilich ohnmächtig gewesen.

»Die Familie«, das wußte Ludwig sehr wohl, gab es bei Fidi nicht. Auf Fidi wartete kein Platz in einer Lopezschen Familiengruft. Bella hatte nicht einmal eine Adresse von irgendeinem Blutsverwandten ihres Mannes. Die Mutter hätte man wohl noch herausbekommen können, mit detektivischer Arbeit, aber da ahnte Bella wohl nichts Gutes: »Danke sehr, ich habe mit meiner eigenen Mutter genug zu tun.« Fidis Mutter sei dick wie ein Nilpferd. Als sie wegen einer Blinddarmoperation ins Krankenhaus gebracht werden mußte, hatte man sie mit Feuerleitern, Stricken und einem großen Segeltuch aus dem Fenster lassen müssen, weil sie die Treppe nicht herunterzubringen war, das dauerte Stunden, während derer die Kranke unablässig schrie. Als Fidis Mutter aus der Narkose erwachte, brachten beflissene Nachbarn ihr das Zeitungsphoto des Vorfalls ans Krankenbett. Sie sah sich in den Lüften schweben und las den launigen Kommentar des Reporters. Und wieder verlor sie die Nerven. Bella bekam das nur aus der Ferne mit. Fidi erwartete von seiner Frau keine schwiegertöchterlichen Tugenden. Im Kindergarten habe man ihm weisgemacht, seine Mutter habe seinen Vater aufgefressen, und er habe das lange geglaubt.

In Ludwig sah es zwiespältig aus. Mußte er sich diese Gleichgültigkeit, die das bürgerlich verlogene Maß bei weitem hinter sich ließ, nicht eigentlich von Bella wünschen? War hier nicht endlich die Antwort, auf die er solange gewartet hatte, in rücksichtsloser Klarheit erschreckend und befreiend gegeben? Und doch vermochte er sich nicht darüber zu freuen. Ihm war vielmehr höchst bänglich zumute, als er sie so reden hörte. Bella hatte Erfahrung mit jenen Pappkartons besonders stabiler Ausführung mit aufgeklebten, in Schreibmaschine ausgefüllten Formularen, in denen die Eingeäscherten ihren Lieben wieder zugestellt wurden. Als Kind hatte sie einen solchen Karton im Keller gefunden. Er war leicht, und es rappelte darin. »Ich habe mich gefragt, ob das Papas Zähne waren, die da so klapperten, denn mehr kann ein solches Feuer doch nicht von den Knochen übriglassen.« Der Physikprofessor hatte eines Tages die Beerdigung seines Sohnes erzwungen. »Das Loch im Boden war nicht größer, als wenn man eine Katze begräbt.« Aus Ludwigs Bänglichkeit wurde eine heimliche Panik. Er sah jetzt deutlich, daß die Mächte, die seine Wünsche erfüllt hatten, bei weitem noch nicht am Ende ihres Werkes angelangt waren. Seine Wünsche sollten in die Wirklichkeit umgesetzt werden, bis ihn das Grauen packte. Niemand würde es hören, wenn er riefe, nun sei es genug. Fidi sollte nicht einfach elegant aus dem Spiel genommen, er sollte ausgelöscht, zerrieben, zerbröselt werden, bis niemand mehr wußte, daß es ihn überhaupt gegeben hatte.

»Fidi und ich hatten keine Kinder, das war seine Schuld, er wollte keine. Kannst du dir Fidi mit Kindern vorstellen?« Mit nichts besser: Fidi einen Fünfjährigen im Fußball trainierend, Fidi Karussell fahrend und im Zoo die Löwen und Affen betrachtend, solche Szenen waren, als hätte es sie gegeben. Ludwig kannte ja auch Fidis Version, aber er fühlte, er handelte im Sinne des Toten, wenn er einfach den Mund hielte.

Es war ihm jetzt, während er neben Bella lag und ins Dunkel blickte, als habe er seine Welt schon lange verlassen, als sei alles Selbstverständliche, von Jugend auf Gewohnte hinter ihm versunken, nach einem langen Weg, der, anfänglich bei warmer Sonne von lebhaften Farben begleitet, immer tiefer in ein trockenes blatt- und nadelloses Gestrüpp führte, das das Licht aufschluckte, das die Geräusche wegnahm und eine graue kalte Dämmrigkeit hervorbrachte. Ein Zurück gab es nicht. Hatte er nicht eben noch mit Bruno Hütte an einem golden erleuchteten Tresen gestanden und mit einem Glas Schnaps in der Hand freche laute Reden geführt? Eine unrühmliche Erinnerung vielleicht, aber keine schändliche. Damals gab es nichts, was nicht noch hätte gutgemacht werden können. Was war, wenn das Leben noch lange weiterging? Vielleicht war dies schon längst kein Wald mehr, vielleicht war dies schon eine Höhle. Es würde vielleicht nie mehr hell. Der Boden, gab er nicht nach? Führte der Weg nicht über brüchige Kavernen? Wenn er jetzt stürzte, wie tief würde er fallen?

»Ich habe mit Fidis Tod nichts zu tun, ich will auch mit der Beerdigung nichts zu tun haben«, hatte Bella sehr böse gesagt. Sie war im Krankenhaus gewesen, sie hatte an Fidis Totenbett gestanden, wenn man die Bahre unter dem Bildschirm, der keine Zickzackbewegungen mehr anzeigte, in dem gläsernen Kasten, an dem immerfort weißbekittelte Menschen in hochsohligen, weißen Sportschuhen vorbeirannten, so nennen will. Der Wissensdurst der Ärzte hatte sich Erkenntnisse über den Schwerverletzten verschafft. »War er Alkoholiker? Nur Alkoholiker können mit soviel Alkohol noch Auto fahren«. Der Funkstreife war er aufgefallen, als er auf der Stadtautobahn zurückstieß und dann mit raketenartig aufheulendem Motor in der dunklen, zwischen Erdhügeln gelegenen Betongasse der Ausfahrt verschwand.

Bella übersah jetzt den gesamten Vorgang, als sei sie dabeigewesen. Er hatte sich – selbstverständlich, dachte Bella, da gab es überhaupt keine Wahl für ihn – auf eine Verfolgungsjagd mit der Funkstreife eingelassen. Und dann war sein Auto unversehens in eine Wasserlache geraten, wie in Bilderwitzen die Männlein auf eine Bananenschale treten, einen Salto schlagen und höchst ergötzlich auf dem Hinterkopf aufknallen. Fidis Ende hatte etwas vom Slapstick, enthielt zugleich aber auch eine letzte Huldigung an seinen Lieblingsbillardsalon am Bahnhof. Die Pfütze ersetzte das Queue. Die Kugel, nein, das Auto drehte sich um sich selbst und schoß an die Bande, dort satt aufkrachend, wurde zurückgespielt zur Bande gegenüber, dort ein zweiter, etwas matterer Aufprall, die Windschutzscheibe war in einen hundertfältig gesplitterten Kristall verwandelt, undurchsichtig bis auf das Loch in ihrer Mitte, und dann reichte die Kraft noch für einen mächtigen Kick zurück auf die Straße. Hier kippte das Auto um und lag so still, daß niemand ihm seine eben noch feuerteufelhafte Beweglichkeit ansah.

»Es war ein Verbrechen, einen solchen Geisteskranken überhaupt zu verfolgen«, sagte Bella in eisiger Ruhe zu den Polizeibeamten. Der Polizeibeamte hielt den Mund. Er billigte Bella wohl »besondere, die Selbstbeherrschung beeinträchtigende Umstände« zu.

»Warum warst du eigentlich nicht im Auto? Mit dir hätte er auf der Autobahn nicht zurückgesetzt. Er hatte Respekt vor dir. Was der Chef verboten hat ...«

»Ich sagte doch, daß ich zu Fuß gehen wollte.«

Gut, dabei blieb es zunächst, aber in Bella kochte etwas, das ahnte Ludwig an der Art ihres Schweigens.

Sollte sie sprechen? Sollte sie mit ihrem Wissen herausrücken? Sie war nicht überzeugt, daß sie klug tat, als sie dann doch etwas sagte, und bot ihre Botschaft in Häppchen, um jederzeit verstummen zu können.

»Man findet manches an Fidis Tod merkwürdig«, sagte sie schließlich. Wer fand da etwas? Nun, eigentlich alle, jedenfalls alle, die Fidi kannten. Wieso sei er eigentlich auf der Autobahn gewesen? Das war doch gar nicht sein Heimweg.

Sie war nicht bereit, Ludwigs unverfängliche Erklärung gelten zu lassen.

»Das wird alles ganz anders interpretiert.«

Von wem eigentlich? Wer waren eigentlich »alle«?

Er ahne gar nicht, was sie durchmache, sagte sie und sah ihn wild an. Sie habe Anrufe erhalten, der schlimmsten Art. Alle seien sich einig.

Noch einmal: Wer waren alle? Die Antwort kostete Bella Überwindung.

»Werner Le Floch.« Werner Le Floch habe ihr »reinen Wein eingeschenkt«. Auch Bruno Hütte habe Bedenken.

»Du telephonierst mit Bruno Hütte?« frage Ludwig mit Schärfe.

»Er telephoniert mit mir«, sagte Bella beleidigt. Man mache sich allgemein Gedanken. Da sei es doch nur anständig, wenn sie als die Hauptbetroffene einbezogen werde.

Noch jetzt in der Nacht, durch den Rolladen von den Sternen getrennt – Orion zeigte sich bereits, noch schlafend ausgestreckt am Rande der Himmelskuppel liegend –, spürte Ludwig die Entrüstung, die bei der bloßen Nennung von Hüttes Namen in ihm aufstieg.

»Bruno Hütte hat als dein Freund angerufen«, sagte Bella, als lese sie an seiner gerunzelten Stirn ab, daß hier etwas Abwiegelndes am Platz war. »Auch Rudi Stüvels sagt, daß er den Ablauf von Fidis Unfall komisch findet …«

Dies ominöse »komisch« war ohnehin geeignet, Ludwig wild zu machen.

»Ja, was zum Teufel« – Ludwig griff schon auf Flüche zurück, ein Zeichen, daß ihm die Worte ausgingen –, »war an Fidis Unfall denn komisch?«

Nein, ihm unterstelle niemand etwas. Es gehe auf Fidi. Le Floch behaupte zwar, daß Ludwig in den Hemdkrägen plattgewalztes Heroin aus Pakistan einführe, aber das sei Unsinn. »Das würde ich ja mitbekommen«, sagte sie in vollem Ernst. Sie besaß zum Glück die Kontrolle und konnte einen solchen Verdacht selbst überprüfen. Alle glaubten, was Raoul Bächle sage: daß Fidi »noch etwas zu erledigen« gehabt habe. Zwischen dem Abschied von Ludwig und dem »Unfall«, wie die Polizei es nenne, sei noch »etwas« gewesen, »alle« – das kam nun schon zum zehntenmal – seien davon überzeugt, daß dieser einsame Aufbruch Fidis »untypisch im höchsten Grade« sei.

Wenn sie wüßte, wie sie wirkt, wenn sie sich so aufführt, dachte Ludwig. Womöglich war Bella von den Herren, deren Rat sie empfing, beauftragt worden, bei Ludwig die Untersuchung des Falles voranzutreiben. Hatte man ihr Winke gegeben, wie sie sich am schlauesten verhielt, um etwas aus ihm herauszupressen?

»Rudi Stüvels geht von einem Selbstmord aus – er sagt, Fidi sei am Ende gewesen«, fuhr Bella fort. Daß Fidi am Ende gewesen sei, war allen klar, nur ob Fidi selbst das auch so gesehen habe, wurde bezweifelt. Nichts sei so »untypisch für Fidi wie ein Selbstmord«, behaupte Werner Le Floch. Er habe Wetten angeboten, schon vor Fidis Tod. Wann immer es Fidi »erwische« – Originalausdruck von Le Floch –, sei es Unfall oder Mord. Nie Selbstmord. Die in die Enge getriebene Ratte bringe sich nicht um, diese Lösung sei in ihren Instinkten nicht vorgesehen.

Und die Verfolgung durch den Streifenwagen? Ach, mit so etwas konnte man den Herren vom Pariser Nußclub doch nicht kommen! Da lachte selbst Bächle. Diese Berichte würden doch nachträglich alle frisiert. Im Kampf der einzelnen Drogensyndikate sei die Polizei längst Partei und mische mit. Bächle half einem Kriminalinspektor, der gebaut hatte, mit Vermittlung höchst ungünstiger Kredite aus, er besaß die Informationen aus erster Quelle. Wer hatte in der Nacht da wen gejagt? Alle nickten bei dieser Frage.

»Meine anwaltliche Erfahrung«, sagte Bruno Hütte, habe ihn gelehrt, schon beim ersten Anblick des Mandanten zu erkennen, wie es um ihn stehe. Das Brimborium einer Gerichtsverhandlung sei zu allem möglichen gut, aber nicht zur Wahrheitsfindung. Aber da rannte Hütte bei den anderen Herren offene Türen ein. Durchschaut hatten alle Fidi, und zwar vom ersten Tag an.

Er habe sich Sorgen um Fidi gemacht, so Stüvels. Helfen könne man so jemandem nicht, aber Fidi sei trotz allem ein netter Kerl gewesen. »Menschlich in Ordnung«, das war die Formel, auf die man sich einigen konnte. So kontrovers der Fall Fidi, immerhin ein Todesfall, diskutiert wurde, so viel Einigkeit brachte er auch hervor.

Bellas Worte schufen für Ludwig eine Szene mit allen

Nuancen der Lebensechtheit. Fidi sei ein kleiner Fisch gewesen. Da hatte Bella etwas wirklich Neues erfahren. Raoul Bächle sah die Akte Fidi Lopez »bleischwer« liegen, kein Kommissar schlage so etwas noch einmal auf. Ein Verkehrsunfall, wunderbar, der Tote betrunken, noch besser, sonstige Opfer, keine, der Wagen eine alte wertlose Gurke, die Schäden an den Leitplanken das Teuerste bei der ganzen Angelegenheit.

»Wenn jeder kleine Strolch sich selbst so hygienisch beseitigen wollte, wären wir in diesem Land schon ein Stück weiter.« Raoul Bächle war dafür bekannt, bei allem Zynismus für ein Mindestmaß an Ordnung einzutreten. Wenn ihn deshalb mancher auch einen Spießer nannte, nahm er das für die gute Sache hin.

Im Dunkeln waren die Stimmen, die Bella beschworen hatte, indem sie sich zur beflissenen Botin hatte erniedrigen lassen, wie eine schnatternde, scharrende und bellende Meute anwesend, und Ludwig war diesem Höllenlärm wie ein Gefesselter ausgesetzt.

Mit perversem Genuß kostete er jedes Wort aus, mit dem Bella verriet, wie restlos sie sich den Einflüsterungen von Ludwigs Feinden hingab. Nein, er dachte nicht: Fidis Feinde, obwohl das doch viel näher gelegen hätte.

»Feinde«, hörte er sie beruhigend und kopfschüttelnd, aber auch ein klein wenig verächtlich sagen. »Hütte gehört doch nicht zu deinen Feinden! Was ist das überhaupt für ein Begriff – Feind? Hütte bezeichnet sich als deinen engsten Freund. Er ist ein außergewöhnlich tüchtiger Anwalt und außerdem Lebemann – das gefällt dir doch eigentlich? Dieses Feinddenken ist so überspannt.« Man kann sich denken, daß sie es mit solchen Worten nicht besser machte. Je länger Ludwig darüber nachdachte, desto genauer sah er Bellas Illoyalität. War das dieselbe Frau, durch die er sich so unendlich stark gefühlt hatte? Gewiß, er kannte ihre Naivität; daran trug die Mutter die Schuld, diese gemeingefährliche Bohemienne, die ihre Tochter in den sozialen Orkus hatte hinabsausen lassen vor lauter Unkonventionalität.

Aber war die Gewöhnlichkeit, die aus der Bereitwilligkeit sprach, sich diese ganzen Unterstellungen und phantastischen Verdächtigungen zu eigen zu machen, nicht doch ein Charaktermerkmal und nicht bloß leicht abzustreifende Schlangenhaut? Plötzlich war alles sonnenklar. Aus der Dunkelheit hatte sich jetzt die optische Täuschung jenes gefürchteten schwarzen oder schwarzpurpurnen Lichts entwickelt, das den Anschein erweckte, pumpend zu Wolken anzuschwellen, und das, obwohl es Licht war, nichts erhellte. Bella würde immer mit jedem zusammen gehen, den Ludwig ablehnte. Sie stand heute schon viel besser mit Mr. Khan als Ludwig. Beobachtete sie nicht voll Ablehnung, daß er sich mit Fidi gut zu verstehen begann? Das störte sie schon. Kaum fühlte sie, daß Ludwig für irgendwen Sympathie empfand, wurde sie dessen Feindin. Das Wort hätte sie selbstverständlich wieder als viel zu gewichtig abgelehnt. Selbst mit seiner Mutter, Ludwigs schärfster Kritikerin, kam Bella bereits vorzüglich zurecht. Was hatte sie auf die Frage nach dem Zeitpunkt von Fidis Beerdigung geantwortet?

»Ich werde ihn in seine spanische Heimat überführen lassen« – in edler Trauer ausgesprochen, als handle es sich um die Überführung eines Infanten. Und Ludwig stand daneben und mußte ein passendes Gesicht machen. Es sprach jetzt alles gegen Bella. Was sie von ihrer Mutter unterschied, das war das Propre, Appetitliche der Sekretärin, die gesellschaftliche Unsicherheit, die Unfreiheit. Im übrigen war sie genauso kalt und treulos.

Die Wut hatte ihn ganz und gar ergriffen. Jeder Atemzug brachte ihr Nahrung, jedes sanfte Säuseln aus Bellas Nase war ein weiterer Beweis ihrer bösartigen Fühllosigkeit.

Ludwigs Körper bebte. Seine Fäuste waren geballt, seine Arme angewinkelt, die Muskeln angespannt, als werde er gleich dreinschlagen. Er lernte jetzt am eigenen Leibe, wie die großen Gewalttaten begangen werden: von der aus sich herausgetretenen, vollkommen schutzlosen Person. Auch er fühlte sich jetzt zu allem imstande. Er vergaß vor Wut zu atmen. Hin und wieder holte er das nach.

Warum sprang er nicht aus dem Bett? Er lag wie ein Toter oder besser, wie ein aus der Starre erwachter Scheintoter, der sich bis zur Erschöpfung gegen den zugeschraubten Sargdeckel stemmt. Die Anspannung trug hier aber plötzlich Frucht. Die zusammenpressende Macht ließ wie durch einen Riß nach. Durch diese Öffnung entkam Ludwig seinem Gefängnis und sah sich unversehens sich selbst gegenüber. Er konnte sich einen ewigen Augenblick lang im Zustand der Wut studieren.

Er war klein, aber kindlich wohlgestaltet, mit einem ganz schwarzen, sehr hübschen Gesicht und schwarzen Händen. Sein Haar brannte, und auch auf den Fingernägeln tanzten Flammen, er war wie eine glimmende Kohle. Ein leichter Wind ließ sein Schwarz tiefer und glühender werden. Rauchig geschwängerte Luft umwehte ihn, etwas muffig Beizendes ging von ihm aus, ein Schwelbrand von Gummikabeln und trockenem Kamelmist erzeugte Hustenreiz. Der Wutzwerg Ludwig war ungeheuer schwer. Wo er die Füßchen hinsetzte, brach er ein. Das Kunststeinpflaster sprang wie mürbe Kekse unter seinem Schritt. Die Backsteinmauern, an die er die Hand lehnte, brachen mit dunklem Poltern nach innen weg, aber sonst war kein Laut zu vernehmen. Es herrschte dröhnende Stille. Aus geknickten Laternenpfählen schoß Gas und verteilte sich in der Straße. Kein lebendes Wesen war um ihn herum. Er hatte sie alle vertrieben, vielleicht auch ausgelöscht? Vor ihm schlugen leichte Türen im Wind. Fenster flogen auf, ihr Glas zersprang, und ein Regen von Splittern fiel herab. Seine Lippen waren ausgetrocknet, mit einem, wie er deutlich fühlte, schmalen Zünglein versuchte er Feuchtigkeit darauf zu verteilen. Sein ganzer Rachen brannte hart und trocken.

Da war eine Tür, die, besonders laut knallend, stets aufs neue zufiel. An dieser Tür war es dem Wutmännchen fast unmöglich, vorbeizukommen. Ja, da stand jemand, in eine Ecke gepreßt, den Kopf so tief gesenkt, daß nur das weißblonde Haar zu sehen war, und zitterte am ganzen Leibe. So wie alles hier weggesprengt, abgefackelt, zertrümmert, zermahlen, zerstoßen werden würde, so auch diese zitternde Figur, die den Kopf nicht hob, denn sie wußte, daß es allein um ihretwillen geschah, was da an Brand und Vernichtungszeichen über die Stadt gekommen war.

Dies Bild verblaßte und rollte sich ein, wie ein Brief im Feuer. An seine Stelle drang ein Geräusch, das Einziehen von Luft durch die Mundwinkel, ein Zischen, ein Zusammenbeißen der Zähne und ein Sprechen unter großen Schmerzen. Flammenprasseln wurde zu Wasserplatschen, ein Brunnen und grüne Blätter, die der Nachtluft ihre erfrischenden Düfte mitteilten, füllten die Finsternis.

Hatte Ludwig die Stimmen nachts im Park nur geträumt, oder hatte er da wirklich etwas gehört? Hatte der Mann, der geschundene, unglückliche Arzt, über Bella gesprochen? War das nicht ein Wahn, weil Ludwig zu diesem Zeitpunkt längst in allem Bella sah? Aber es paßte so gut, was der Geschlagene da bekannte, und am besten, das fühlte Ludwig jetzt wie eine Erleuchtung, paßte die Wut. Die Wutanfälle dieses Mannes, sein grausiges Laster, das ihn schließlich auffraß. Und dann war die Geliebte weg, und mehr als ein Häufchen Staub schien von ihm trotz kräftiger Radfahrerbeine und breiter sportlicher Schultern nicht übriggeblieben zu sein. Und was war mit Fidis Wutausbrüchen, unter denen Bella so schrecklich gelitten hatte?

Bella beschwerte sich niemals über diese Wutexplosionen. Sie geriet in einen Schockzustand, eine krankhafte Erstarrung, die alles noch schlimmer machte. Die eine Besessenheit raste auf die andere zu. Danach mußte die Erschöpfung auf beiden Seiten etwas von der Genesung aus schwerem Leiden haben.

Bei dem Mann im Park war es die Frau, war es Bella, die diesen Zustand beendet hatte. Fidi hatte einen anderen Weg gefunden. Reihte Ludwig sich jetzt in diese Folge ein? War er jetzt soweit, seinen Vorgängern ebenbürtig zu werden? Suchte Bella insgeheim nach tobsüchtigen Männern?

War man tobsüchtig, wie man rothaarig war? Ludwig war ruhiger geworden. Die Fäuste hatten sich gelöst. Aber er empfand noch, daß er bereit gewesen war, Bella mit einem Wutschrei am Hals zu packen und zu schütteln.

Ein Wutanfall galt als Zusammenbruch der Selbstbeherrschung, als Sieg der dumpfen Zerstörungsenergien über die Ratio. Die Wahrnehmung des Wütenden war gestört oder ausgelöscht, mitten im Furor kam es zu Zuständen der Anästhesie, erst mit dem Zusammenfall der Flammen nahm man jaulend die sich selbst geschlagenen Wunden wahr. Der Wutanfall war ein Fall der von Pressler so bezeichneten »zeitlich begrenzten Geisteskrankheiten«.

Aber Ludwig war das nicht genug. Er fühlte, daß diese Sicht mit seiner Erlebnisweise nicht übereinstimmte. Krankheiten fielen nicht vom Himmel, sie hatten eine im Leben verwurzelte Ursache. Nein, von einer verblendeten Erregung konnte doch gar keine Rede sein. Tatsächlich war seine Wut nicht das Ergebnis eines Mangels an Wahrnehmung, sondern einer äußerst geschärften Wahrnehmung.

Unmittelbar vor dem Wutanfall erlebte Ludwig einen Augenblick von überwältigender kristallener Klarheit. Eben noch war er ganz auf den Feind und den unmittelbaren Anlaß des Streits bezogen. Und nun ereignete sich das Wunder, ein unmeßbar kurzes leuchtendes Wunder. Es war ihm, als sei er aus dem streitenden Zusammenhang ganz herausgelöst, als sei er auf einen sehr hohen Berg geführt, allein, und sehe die »Herrlichkeit der Reiche« unter sich, wie es in anderem Zusammenhang heißt, in strahlender Deutlichkeit, aber eben nicht die Herrlichkeit, sondern vor allem die Dummheit und Gemeinheit seines Gegenübers, und zwar räumlich ausgedehnt bis zum Horizont und sich dahinter in die Unendlichkeit hineinwölbend, unermeßlich, nur staunend zu beschauen, aber nie zu erwandern und zu ergründen. Dann wurde das Erkenntnislicht jäh ausgeknipst, und die Schau wurde zur schreckenerfüllten Erinnerung.

Was er geschaut hatte, war die Unüberwindbarkeit des Feindes. Er kannte jetzt die Seelenlandschaft seines Gegenübers. Und wenn er mit der Geduld eines Heiligen dort Wort auf Wort und Grund auf Grund setzte, er würde damit ein jämmerliches Türmchen bauen, das in der kosmischen Weite dieses Nichtverstehenwollens und -könnens kaum sichtbar war. Er war verloren. Jedes weitere Wort war sinnlos.

Und dann kam der Wutanfall, das Fäusteschütteln, das heute nacht immerhin diskret im Bett stattfand, ohne Bella zu wecken, die sich allerdings rosafarbene Wachskügelchen ins Ohr gesteckt hatte, um zusammen mit dem Licht auch die Geräusche des werdenden Tages auszusperren. An diese Kügelchen, denen er doch hätte dankbar sein müssen, wandte Ludwig jetzt einen besonders haßerfüllten Gedanken. Sie erschienen ihm wie Wahrzeichen ihrer eigensüchtigen Abwendung von ihm.

Wasser und Licht finden den feinsten Spalt und fließen voll Unschuld hindurch. Der Rolladen war aus Holzlatten zusammengesetzt. Da blieben Ritzen immer offen. Anfangs war es nur eine Ahnung, ein Rauchblau, das weniger als Licht, denn als Farbe erschien. Dann verschwand das

Blau, und ein fahles Weiß trat an seine Stelle. Nun konnte man die Gegenstände in Ludwigs Schlafzimmer unterscheiden, nicht nach Farben, sondern wie auf einer Schwarzweißphotographie.

Auf Bellas Kopfkissen fiel ein Lichtstrahl und erhellte ihr schlafendes Gesicht. Ludwig konnte es betrachten, wie er es schon lange nicht mehr betrachtet hatte. Sie schwitzte etwas. Dann wurden die Schläfenhaare dunkler und zu feuchten Löckchen. Ihr Mund war halb geöffnet, die schönen Zähne, wie aus weißem Porzellan, schienen bereit zu sein, an etwas zu nagen. Ihre Augen waren eigensinnig geschlossen, als sei sie im Traum in ein Gespräch vertieft, aber sonst hatte das Gesicht alle Eigentümlichkeit verloren. Es war wie eine Sanddüne, in der der Wind Höhen und Täler geblasen hat, etwas Ungestaltetes. Ludwig wollte es vorkommen, als erkenne er Bella gar nicht, weil sie ihr vertrautes Gesicht vor dem Einschlafen abgegeben habe. Bella sah jetzt weder schön noch häßlich aus, sondern nichtssagend und fremd. Waren es nur die Augen, die ein Gesicht zum Leben erweckten? Bei antiken Statuen kannte man den Unterschied zwischen der unverbindlichen Idealschönheit der blinden Götter und dem durchbohrenden Blick der Emailleaugen in den Bronzeskulpturen. Welcher Mensch würde sich offenbaren, wenn die Frau neben ihm, vom Licht gestört, plötzlich die Augen aufschlug? Ein kleines Geräusch ließ ihn schaudern. In seiner Nähe schraubten sich zwei mineralische Substanzen aneinander und rieben sich dunkel.

Bella knirschte mit den Zähnen. Das kam neuerdings seltener vor. Sie erwache morgens ohne Kopfschmerzen und ohne das Muskelkatergefühl in den Kiefern. Sie entspanne sich endlich, wie vielleicht noch nie in ihrem Leben. Das sei sein Werk.

Wieso war er so sicher, daß der verzweifelte Bekenner im

Park in jeder Beziehung die Wahrheit sagte? Es gibt Prahlhänse im Glück, aber es gibt auch den Angeber mit den eigenen Wunden. Was hätte Ludwig heute nacht, bei ein paar Flaschen Wein, wohl Pressler über Bella berichtet?

Lag nicht in diesem Zurückhalten der belauschten Konfidenzen in der Nacht gleichfalls eine Illoyalität? Etwas über Bella zu wissen, von dem sie nicht wußte, daß er es wußte, darin lag auch ein Genuß. Es gab ihm Sicherheit. Es gab ihm das Gefühl, eine letzte geheime Waffe in den Falten seiner Gewänder zu tragen.

Und wo war sein Vertrauen in Bella geblieben? Aber wann hatte er Vertrauen zu Bella empfunden? Als sie seine Sekretärin wurde, hatte er schnell festgestellt, daß er sich auf sie verlassen konnte. Das war Vertrauen. Seitdem er sie liebte, hatte er sich diese Frage überhaupt nicht gestellt. Vertrauen, das war ein Wort aus abgekühlten Regionen, die sie nicht bewohnten. Und nun waren sie doch dorthin gelangt, in diese schattigeren Täler unterhalb der im harten Sonnenglast liegenden Liebesgipfel.

Jünger und älter sah Bella im Schlaf aus. Zwei tiefe Linien, die sonst nicht sichtbar waren, verbanden die Nasenflügel mit den Mundwinkeln. Das würden vielleicht bald schon Falten werden. Aber die Nase sah noch kleiner aus, ein Säuglingsnäschen, und der nachdrücklich in das Kissen gepreßte Kopf erinnerte an die ringsum festgestopften, geblähten Plumeaus in Kinderwägen. Würde sich, wenn er nun mit der Hand über das Gesicht fuhr, dessen Ausdruck und Gestalt wie Sand verändern? Besaß Bella noch mehr fremde Gesichter? Nein, Vertrauen setzte er nicht in sie. Es erstaunte ihn, wie mühelos und leicht nun dieser Gedanke zu denken war. Es lag keine Spur von Abneigung oder Vorwurf darin.

»Das böse Licht«, murmelte Bella plötzlich, ohne die Augen zu öffnen. »Ich habe eine furchtbare Nacht gehabt.

Erst konnte ich nicht einschlafen, und dann bin ich wieder aufgewacht.«

Ihr Murmeln kam aus der behaglichsten, wärmsten Schläfrigkeit. Ludwig mußte über ihre Worte lächeln und wollte etwas Lustiges dazu sagen, schwieg dann aber lieber, um ihr halbwaches Behagen nicht zu stören. Das Licht aus den Spalten wurde härter und heller und begann zu leuchten. Die Sonne war draußen aufgegangen. Es war offenbar ein wolkenloser Morgen, ein taufrischer Sieg über die Nachtgespenster. Bella war vom Licht gestreift, diese Streifen setzten sich auf dem Fußboden fort und gaben dem Zimmer etwas von Sommerferien, von köstlicher Hitze im Süden, einem Liebeslager am hellichten Tag. Die Nacht hatte die Körper weggenommen. Jetzt waren sie wieder da und sprachen ihre Sprache. Das Licht peinigte die Farben, und die Schatten malten mit ihnen. Welchen Wert besaßen Gedanken angesichts solcher Bilder?

»Kennst du das?« fragte Bella, immer noch mit geschlossenen Augen, jetzt aber nachdrücklich an ihn geschmiegt, »manchmal beim Aufwachen spüre ich so stark die Nähe des Todes, ganz leicht zu greifen. Gerade beim Aufwachen. Das ist so, als wäre er ein Schmetterling und hätte schon auf mir gesessen und wäre nun gerade noch einmal davongeflattert, aber nicht weit weg, sondern nah, hier irgendwohin zwischen dir und mir.«

Wie zart sie war, wie sie da lag, neugeboren, die Bettwärme mit der ganzen Haut aufnehmend, eifrig ausschließlich mit dem Wärmen beschäftigt. Ludwig wollte jetzt sehr lieb zu ihr sein, etwas Freundliches sagen, auf sie eingehen, sie trösten. Er fühlte, daß sie an seine Überlegenheit appellierte.

»Das ist nur eine morgendliche Depression«, sagte er sanft, »morgens sind die Depressionen am stärksten, später verfliegen sie wieder.«

Sie schlug jetzt die Augen auf. Die Brauen waren ärgerlich zusammengezogen. Die vielen winzigkleinen Züge, die ihr Gesicht charakterisierten, fügten sich wieder zusammen, als könnten sie gar nicht anders, und das geliebte Gesicht war da.

Nein, sie weise das zurück, sie sei nicht im mindesten depressiv. Sie erlebe diese Nähe des Todes nicht als etwas Trauriges. Es sei mit diesem Gewahrwerden der Todesnähe keinerlei Trübsal verbunden, dazu bleibe keine Zeit. Es sei, wie wenn man in einem stoffbespanntem Zimmer sich an der Wand entlangtaste und plötzlich merke, daß der Stoff zurückweiche, weil keine Wand mehr dahinter sei. »Da ist er ja«, denke sie dann.

Als die Rolläden hinaufgezogen waren, eröffneten sie den Blick auf ein heiteres, etwas frostiges Hellblau mit zerfahrenen Wölkchen, die auf eiliger Reise waren. Es mußte bei ihnen oben recht stürmisch sein. Unten kam nicht viel davon an, erst recht nicht in dem großen Gartengeviert, das eine wind- und kältegeschützte Insel bildete. Die Häusermauern schufen eine Art Treibhaus, in dem die Kastanien zehn Tage früher zu blühen begannen als ihre Artgenossen draußen am Straßenrand. Bella trat aus dem Badezimmer mit gebürstetem Haar und nach Pfefferminz duftendem Atem. Mit einem Handgriff hatte sie Brot, Butter und Honig auf ein Tablett getan, Tee war auch schnell fertig, und so sah Ludwig sich mit einem Frühstück im Bett überrascht, selbstverständlich, fast nebenbei, so war Bella es offenbar mit Fidi gewohnt gewesen.

»Am Sonntagvormittag, wenn wir irgendwo in Ruhe waren, hat Fidi immer geübt«, sagte Bella, während sie einen Teelöffel voll Honig schlangen- und fadenförmig auf ihr Brot fließen ließ. »Niemals durfte man dann Honig essen, damit die Finger und die Karten nicht klebten.«

Ein neues Spiel Karten mit dem frischen Duft nach gelacktem Karton wurde geöffnet, und Fidi begann das hübsch klatschende Mischen. Er habe lernen wollen, während des Mischens den Kartenstapel, als sei er eine Ziehharmonika, auseinanderzuziehen und klatschend, bevor die Karten auseinanderfielen, den Stoß wieder zusammenzudrücken. Meist sei der Kartensalat im Bett gelandet. Dann durfte Bella sich nicht bewegen. Wehe, wenn eine Karte knickte. Der asketische Ernst, mit dem diese Übung betrieben wurde, galt einem Ideal. Angeblich ging es dabei zwar um Gewinn. So wie die Kartensequenz durch die Luft segelte, sollten ihm die Golddukaten in den Schoß fallen. Wer beim Mischen dieses Ziehharmonikaspiel mit Luft und Schwerkraft beherrschte, der bekam dabei einen Augenblick lang die Folge der Karten zu sehen.

Aber in Wahrheit fesselte ihn das Spiel an sich. Im Bannkreis des Kartentischs verlor er seinen Willen. Er fühlte sich dann nicht als Handelnder, der durch einen Urwald von Regeln und Zufällen seinem Ziel entgegenstrebt, sondern er ließ sich von eben jenen Spielzufällen und Ereignissen ganz gefangennehmen. Auf einmal ging es nicht mehr ums Gewinnen und Verlieren, sondern um die Offenbarung, die sich im leisen Kartenklatschen, Kartenaufdecken, Kartenausteilen, Kartenaustauschen vollzog. Das Spiel war für ihn wie eine irdische Göttin mit hundert Augen und Totenschädeln und Masken und Zungen und Kronen, deren Tanz für die Frommen alle Wunder der Welt enthält. Verzweifelt war Fidi oft von einem Spieltisch aufgestanden, aber niemals enttäuscht.

»Es ging nicht ums Gewinnen – ich habe lange gebraucht, bis ich das verstanden habe – ich glaubte immer, ich müsse trösten oder schimpfen – beides war gleich überflüssig. Er hatte schon bekommen, was er brauchte.«

Sie hatte Fidi verstanden, das war es, was Bella Ludwig jetzt mitteilte. Fidi war ein Rätsel, das sie nicht gelöst, aber gleichsam umschritten hatte. Sie schäme sich heute für die ständigen Versuche, Fidi zu beaufsichtigen und sein Geld zu kontrollieren. Sein gewaltsames Ende habe sie stets vorausgesehen. Fidi habe wahrlich nicht das schlechteste Teil erwählt. Sie sehe bei Männern immer voraus, welche Art Tod sie stürben, der Tod ergebe sich aus dem Charakter.

Eben noch hatte Bella alles, was Fidi zusammengetragen hatte, seine Morgengabe an Bella, auf die Straße gestellt oder gleich in den Müll geworfen. An seiner Beerdigung nahm sie keinen Anteil und behandelte Fidi damit noch schlechter als seine Habseligkeiten, für deren Abtransport sie immerhin Sorge trug. Und nun die Begründung der neuen Geheimwissenschaft, der »Fideologie«, mit Bella als oberster Eingeweihter und Priesterin.

Bella hatte nun einen neuen Ton, ein warmes und freundschaftliches Zutrauen lag darin. Als Liebhaber sei Fidi einzigartig gewesen. Aber war sie nicht äußerst empfindlich auf diesem Gebiet, geradezu ein wenig prüde? Und jetzt dieses Bekenntnis, während Ludwig halb entrüstet und halb befangen lauschte. Es ging ihr, wie sie beruhigend erklärte, nicht um die Frage, wer sie »am glücklichsten« gemacht habe – mit diesem poetischen Ausdruck war etwas sehr Konkretes gemeint –, denn darauf sei es Fidi und ihr mit Fidi nie angekommen. Von einem modernen, auf die Rechte der Frau bedachten Standpunkt könne man Fidi ebensogut als besonders schlechten, als rücksichtslosen Liebhaber bezeichnen. Ihr hingegen sei das nie in den Sinn gekommen. Auch wenn sie nicht oder nur sehr selten mit ihm »vollkommen glücklich« gewesen sei, habe ihr eigentlich nie etwas gefehlt. Sie habe in seiner Nähe vergessen, auf sich zu achten. Das Naturschauspiel, das Fidi ihr bot, habe nicht aufgehört, sie zu beschäftigen. Wahrscheinlich werde sie nie wieder in ihrem Leben jemandem begegnen, der von der »Liebe« – auch hier war nun deren physischer Aspekt gemeint – derart überwältigt werde. Fidi habe sich in ihren

Armen in einen andern Menschen verwandelt, unempfindlich, unansprechbar, er habe ihr häufig genug geradezu Angst eingejagt. »Danach« habe er lange geschwiegen und, von ihr abgewandt, wie eine Süchtiger eine Zigarette inhaliert. Ludwig bleibe immer derselbe, er denke natürlich mehr als Fidi, vielleicht manchmal zuviel. Das sei kein Vorwurf. Auch sie habe in diesen Tagen vieles zu bedenken.

»Ich muß viel verkraften«, sagte sie geschäftsmäßig, wie eine Hausfrau angesichts voller Obstkörbe vom »Entsaften« spricht. Sie vermute, daß sie in der Nacht ein Kind verloren habe, soviel davon schon da war: »Bestimmt nicht mehr als soviel.« Sie deckte mit dem Zeigefinger den Nagel des kleinen Fingers ab und hielt ihn in die Höhe. Wie schön sei die Vorstellung gewesen, mit Ludwig eine Familie zu gründen und auch schon gleich einen kleinen Ludwig dabeizuhaben. Diese Bemerkung klang in ihrem sanften Bedauern nach einem endgültigen und auch bereits überwundenen Verzicht.

Ludwig aß Honigbrot und trank vom kühlgewordenen Tee, und auch Bella widmete sich wieder dem Frühstück. In Hoffmanns »Struwwelpeter« fiel der Hans-Guck-in-die-Luft an einem schön gemauerten Quai ins Wasser. Seine Mappe, ein rotes Portefeuille, schwamm davon und war sehr tief in die sich jäh verjüngende Perspektive gerückt, als man den Knaben glücklich ans Land zog. Als Kind hatte Ludwig den Schlußvers des Stücks stets als Drohung empfunden: »… und die Mappe schwimmt schon weit«, dachte er nun, als er mit bangem Herzen Bella und ihr Honigbrot beobachtete.

Honigbrot aß auch Hermann im Eßzimmer seiner Eltern, den goldenen Tropfen hingegeben wie ein arkadischer Hirte, der die Waben in einem hohlen Baum gefunden hat. Honig war in seinen Augen die höchste Delikatesse, wie süßer Weihrauch, der, bevor er kristallisierte, als honigfarbener Harz aus der Baumrinde trat.

Diese spätsommerlich heißen Herbsttage hatten der Familie viel von ihrem verlorengegangenen Frieden zurückgegeben. Es war, als habe sie jetzt erst eigentlich zu ihrer Form gefunden. Die einander entgegengesetzten Temperamente ihrer Glieder fanden sich freundlich zusammen. Bei den Eltern war jegliche Hoffnung auf Heilung des Vaters endgültig gewichen, solange sie auch gegen jede Vernunft gehegt worden war. Wie sich die Mentalität einer historischen Epoche ändert und alles bisher Undenkbare plötzlich möglich wird, ohne daß irgendwer sich daran erinnerte, dem Alten abgeschworen zu haben und zum Neuen konvertiert zu sein, hatte die Hoffnung ohne Vorankündigung das Haus Drais verlassen und mit sich zugleich die Verzweiflung gezogen. Den letzten Krankenhausaufenthalt von nur wenigen Tagen hatte der Vater einfach abgebrochen. Wieder sollte da von allen Seiten in den Körper hineingesehen werden, um zu neuen Erkenntnissen zu gelangen. »Wir sind keineswegs am Ende mit unserem Latein«, sagte der Professor scherzhaft, aber Ludwigs Vater erheiterte sich gegenüber seiner Frau später nur bei der Vorstellung, ein solcher Mann könne so etwas wie Latinität in Ansätzen besitzen, und sie widersprach ihm nicht, obwohl ein Angriff auf Autoritäten in Universitätsrang doch eigentlich unzulässig war. Ohne sich mit Abmeldung, Formularen und Unterrichtung des Professors zu befassen, legte er mit großer Mühe und langen Pausen seine Kleider an und tastete sich dann an den Haltegriffen im Korridor zum Aufzug voran. Am Ausgang fand er ein Taxi, als habe er es bestellt. Alles war seiner Flucht günstig. Schon lange war er nicht so schwach und schon lange nicht so glänzend gelaunt gewesen.

»Dich teure Halle seh ich wieder«, sang er leise, im Anblick seiner Wohnungstür. Drinnen summte ein Staubsauger.

»Heißt es ›seh ich‹ oder ›betret ich‹?« fragte er sich. Dies zu klären, schien ihm nun das Allerwichtigste. Daß ein Nachschlagen zu Hause sofort möglich war, kam ihm jetzt als der eigentliche Grund vor, das Krankenhaus zu verlassen. Auch Lücken des Gedächtnisses waren schmerzhafte Wunden, die versorgt werden wollten. Tatsächlich erklärte er seiner verblüfften Ehefrau als erstes, sie möge ihm das da und da mit Sicherheit zu findende Tannhäuser-Libretto bringen. Dann sank er hustend auf einem Stuhl zusammen.

Die Pflegerin, die nun genommen wurde, inspizierte kopfschüttelnd das Schlafzimmer. Vor allem ein richtiges Krankenhausbett, weniger ein Möbelstück als eine aus Metallgestänge bestehende Apparatur, gehöre hier herein. Man konnte alles Erdenkliche daran heraufkurbeln, versenken und zusammenklappen. Auch liegen konnte man darin, daß es eine Sterbensfreude war. Vor allem war ein solches Bett doppelt so groß und viel höher als normal. Es glich schon einem Katafalk. Die Eltern schliefen in elfenbeinfarbenen Betten mit Louis-seize-Beinchen, einer spielerischen Zutat zur schmuckfeindlichen Fünfzigerjahre-Schlafzimmer-Kultur. Wie klapprig diese Betten waren, kam heraus, als das des Vaters von den Männern, die das metallisch klirrende Monstrum lieferten, auseinandergenommen wurde. Hinter der Lackoberfläche erschienen aus Abfall gepreßte Platten. Eine Schraube, die von den ungeduldigen Athleten herausgezerrt wurde, riß ein großes faseriges Loch. Statt böse zu werden, sagte die Mutter nur, diese Betten seien, wie alles heute, Pfusch gewesen und hätten »ausgedient«. Man sah deutlich, daß sie, obwohl sie für die Bretter im Keller einen leicht erreichbaren Platz anwies, nicht damit rechnete, dieses Bett noch einmal aufgeschlagen zu sehen. Ihr eigenes stand nun mit seiner gelbseidenen Steppdecke und einem speziellen kleinen Kopfkissen, das noch auf dem großen obendrauf lag, wie ein Puppenbett neben der Liegemaschine auf Gummirädern.

Der Abschied von der Hoffnung war vor allem ein Abwenden von der Zukunft. An ihre Stelle trat die Gegenwart, in milden, aber ein stilles Leuchten ausströmenden Farben. Es gab Beunruhigungen und Beschwernisse in dieser Gegenwart – eine schlecht verbrachte Nacht des Patienten, ein Hustenanfall, Übelkeit und Schwäche –, aber auch Glücksaugenblicke – ein heißes Bad, das Zurücksinken in frisch bezogenene Kissen, ein Sonnenstrahl, der wie ein Uhrzeiger der Natur im Halbkreis durchs Zimmer wanderte, und das Hinübergleiten in den Schlaf. War es nicht so, daß seit dem eigenmächtigen Aufbruch aus dem Krankenhaus der Zustand ein ganz klein wenig gefestigter war?

»Es geht ihm in seinen Umständen gar nicht so schlecht«, sagte die Mutter gedämpft am Telephon. Nicht einmal für Gesunde ist es immer angenehm, aus anderem Mund ein Bulletin des eigenen Befindens zu vernehmen, aber als ihr Mann ein solches Gespräch einmal mitbekam, lächelte er heiter und lobte sie dafür, seinen Zustand wirklich zutreffend erfaßt zu haben. Vielleicht dauerte dieses Dasein nun ewig so oder doch sehr lange? In den ägyptischen Königsgräbern, die kleinen Palastappartements glichen, nicht kleiner als die Wohnung von Ludwigs Eltern, waren Vorräte angesammelt, bequemes Mobiliar, sehr hübsche Sessel mit Tierköpfen an den Lehnen und angenehme, ziemlich niedrige Tischchen, ein hohes Bett für den Monarchen – jeder Kranke ist, wenn er Glück hat, ein König –, eine Bibliothek zum Nachschlagen, Leiern und Zithern, kostbar eingelegt – ein Plattenspieler tat ähnliche Dienste –, Medikamente, Salben, medizinische Instrumente – daran herrschte bei den Drais' inzwischen ein Überfluß, auf drei Ebenen eines Teewagens war das Zeug ausgebreitet, bei weitem nicht so geschmackvoll verpackt wie die ägyptischen Pharmaka in schillernden Glasfläschchen und beinernen Döschen –, ausgestopfte Katzen und Hunde und Krokodile – selbst Tiere fehlten nicht völlig, denn die Wohnung hatte im Gegensatz zu der des toten Pharaos Fenster, und draußen hüpfte ein Buntspecht wie aufgezogen auf einem hohen Kastanienstamm auf und ab. Er kam pünktlich an jedem späteren Nachmittag, ein fleißiges und unerhört systematisches Lebewesen.

Hermann war bei den Eltern eingezogen. Er verließ das Haus nur selten. Zu Besorgungen auch einfacher Art, etwa eine Bestellung in der Apotheke abzuholen, zog ihn Ludwigs Mutter lieber nicht heran, denn er blieb dann lange aus und hatte jedesmal etwas vergessen, da ging sie lieber selbst, aber sie war froh, in ihrer Abwesenheit ihren Mann nicht allein zu wissen und empfand es als hilfreich, sich zu bewegen und das Notwendige zu tun. Solche Ausflüge machten es ihr leichter, sich in die friedliche Eingefrorenheit zu Hause dann wieder einzufügen. Was sie früher an Sonntagen oder Festen nervös gemacht hatte, das Herumsitzen ihrer Söhne am nicht abgedeckten Tisch in Reden versunken, ihr Mann dabei, mit wohlgefülltem Aschenbecher neben sich, war ihr jetzt ein erfreulicher Anblick. Der Aschenbecher blieb allerdings leer. Die Askese kostete den Kranken nun keinerlei Anstrengung mehr, denn das Bedürfnis nach einer Zigarette war erloschen. So sollte der Vater auch diesen Zustand noch erleben.

Ludwig wußte, daß seine Firma bei den Eltern als Gesprächsgegenstand nicht sonderlich geschätzt wurde. Aber konnte er nicht wenigstens dem Vater, bloß um ihn zu unterhalten, ein bißchen von Mr. Khan erzählen? Das erregte jetzt doch nicht mehr den Verdacht, Geld lockermachen zu wollen. Und der Vater war angeregt, als Ludwig nach langer

Schweigepause schließlich erklärte, der Umgang mit einem muslimischen Inder sei nicht ohne Tücke.

»Nicht wahr? Nicht wahr?« rief er, als fühle er sich in einer eigenen Erfahrung bestätigt. Niemals wisse man bei einem Mann wie Mr. Khan, was er denke, was ihm gefalle, was er ablehne, fuhr Ludwig ermutigt fort. Khan sehe einen aus seinen gelblichen Augen an – »ein Leberschaden?« fragte Ludwigs Vater teilnahmsvoll, aber Ludwig sagte, das glaube er nicht, diese Rasse habe wohl eher gelblich getönte Augäpfel. Ja, er sehe einen an, aber man wisse nicht, was er da sehe, wie es ihm gefalle, was davon er überhaupt aufnehme. Niemals habe Mr. Khan ihm gezeigt, ob er ihn schätze oder ob er ihn verabscheue. Er erkläre Mr. Khan eine Stunde lang einen bestimmten Sachverhalt, und Mr. Khan sage die ganze Zeit »Yes, yes, yes« zum Zeichen, daß er jeden Schritt mitvollziehe, verstehe und gutheiße, und sage zum Schluß dann »No«, und damit sei die ganze Mühe vergebens. Es sei nicht so, daß Mr. Khan eine bestimmte, anhand seiner Entscheidungen nachzuvollziehende Geschäftspolitik betreibe. Er sei geizig und verschwenderisch kurz hintereinander, ein lästiger Kontrolleur, der sich jedes Detail vorlegen lasse und dann in spannenden Zeiten für sechs Wochen nicht zu erreichen sei. Frau Lopez – der Papa erinnere sich doch an Frau Lopez? – »Aber selbstverständlich«, sagte der Vater mit jener gewinnenden Herzlichkeit, die er an den Tag legte, wenn er sich an überhaupt nichts erinnerte –, Frau Lopez sehe diese krassen und verstörenden Schwankungen weniger in Mr. Khans persönlichem oder nationalem Charakter begründet als in seiner Mitgliedschaft in einem großen Clan, dessen Ratschlüsse von hier aus nicht erfaßt werden könnten: Mr. Khan als das den Europäern zugewandte Gesicht eines Familiensenats mit kämpfenden Parteien, Rat der Ältesten und dem gewaltigen großen Onkel, dessen Gesicht Ludwig vielleicht niemals schauen würde.

»Ja, solche großen Clans sind dort üblich«, sagte der Vater mit einem schwachen Behagen und fuhr dann fort: »Bei Wilhelm Hauff beginnen die Geschichten so: Als mein Vater gestorben war, verkaufte ich seine Habe, erwarb Waren aller Art, schiffte mich nach Balsora ein und mietete dort ein Gewölbe, um Handel zu treiben. Nach einem Jahr hatte ich meinen Besitz verdoppelt und beschloß, auf Reisen zu gehen – nicht wahr, das ist diese Welt, so stellt man sie sich vor. Und so ist sie auch, wie du sagst? Ist das nicht herrlich? Vielleicht kommt auch dein Khan aus Balsora? Das liegt doch dort alles in der Nähe ...«

Balsora sei heute Basra, sagte Ludwig, und liege am Persischen Golf, aber natürlich habe der Vater recht, es sei diese Hauffsche Welt. Er glaube deshalb Bella nicht – so heiße Frau Lopez. »Ah«, sagte der Vater –, die Mr. Khans Charakter in seiner Handlungsweise überhaupt nicht zum Ausdruck kommen sah. Mr. Khan verbinde eine große Zivilisiertheit mit einer atemraubenden Grobheit, seine ganze Physis spreche von ältester Herkunft und Tradition, aber sein Geschmack sei abscheulich und begünstige stets das Billigste, das allerdings manchmal viel Geld koste. Die Eßmanieren von Mr. Khan seien von der Art, daß man die Mittafelnden vorher ganz genau einweihen müsse, wie reich er sei, um Mißverständnisse zu vermeiden. Mr. Khan wirke fremdartig, aber Ludwig vermutete, daß jeder Europäer auf Mr. Khan einen noch viel fremdartigeren Eindruck mache. Eine nicht sichtbar gebundene Frau sei für ihn herrenlos, seinem Zugriff überlassen. Frau Lopez bestreite das übrigens, sei aber zu naiv, sie bemerke anscheinend gar nicht, mit welchen Blicken er sie betrachte.

»Ist sie blond?« fragte der Vater mit plötzlichem Interesse.

»Frau Lopez? Aber du hast sie doch kennengelernt!«

»Selbstverständlich, es war nur eine Frage.«

Ludwig spürte, wie gut es ihm tat, einmal über Mr. Khan zu sprechen, obwohl er zugleich merkte, wie wenig Nahrhaftes er jetzt anbot, im Gegensatz zum Besuch bei Koschatzki, da waren ihm sinnlich einprägsame Bilder gelungen. Im nachhinein kam ihm sein Bericht dort wie ein getreues Zeugnis eines Weitgereisten vor. Dem Vater war seine Geduld hoch anzurechnen, mit der er dem widersprüchlichen, ratlosen Referat lauschte.

Ludwig bereute jetzt, nicht viel früher bei seinem Vater Rat gesucht zu haben. Seine Einsamkeit in vielen Wochen, mit mißtrauischen Befragungen Bellas, war eine ganz überflüssige Prüfung gewesen. Warum hatte er seinen Stolz nicht überwunden und den Vater ganz einfach gebeten, ihm eine Stunde zuzuhören? Es stand ihm deutlich vor Augen, was für ein Tor er war, das Naheliegende nicht zu ergreifen. Jetzt war es zu spät, oder doch noch nicht?

»Ich bin überzeugt, daß Mr. Khan zu Hause viel ißt, denn unter seinem billigen Hemd erhebt sich ein schlaffer Spitzbauch. Aber hier rührt er kaum etwas an, als sei alles vergiftet oder als wolle er mir nicht die Ehre antun, mit ihm zu essen.« Alles an Khans Gesicht sei auf das Feinste durchgebildet – Ohren wie gemeißelt, die Nasenflügel präzis, die Augen mit einem geradezu weiblichen Mandelschwung, der Mund etwas zerlaufen, verwöhnt –, und zugleich sei dieser Mann von steinzeitlicher Primitivität, aber schlimmer, denn ein solcher Steinzeitmensch im Düsenflugzeug mit goldener Armbanduhr und unablässig betätigtem Taschenrechner sei eine wahrhaft höllische Mischung. Einer anderen historischen Epoche entstammend, besitze Mr. Khan keine Individualität in europäischem Sinn, sondern existiere auch seelisch eigentlich nur in seinem Kollektiv.

»Ein homerischer Mensch also«, sagte Ludwigs Vater, bereits sichtlich angestrengt, »das ist doch hochinteressant.«

Seine Religion jedenfalls sei homerisch, fuhr Ludwig fort.

Gewiß, Khan sei Muslim und außerstande, sein Muslimentum mit Abstand zu sehen, aber der eigentliche Gott, das eherne, erhabene Gebot, sei doch der Vorteil. Da gebe es keine falsche Scham, dazu sei der Vorteil allzu unmittelbar mit dem moralischen Verdienst verbunden.

»›Confidence is important‹, sagt Mr. Khan gelegentlich, ›always good friendship and good confidence! Confidence brings good money!‹«

Ludwig hatte Mr. Khan vielleicht noch nie so vollkommen imitiert. Am Telephon hätten sich dessen eigene Neffen täuschen lassen. Er rollte die Rs und walzte die Os zu As und sprach allenfalls etwas zu laut, denn Mr. Khan ließ seine Worte nur erraten, und vielleicht auch eine Nuance zu laut für den zwar schwerhörigen, vom Zuhören jetzt aber an den Rand der Ohnmacht beförderten Vater, der, wie Ludwig wohl wußte, kein Englisch sprach und deshalb die köstlichen Banalitäten aus dem Bengalischen gar nicht mitbekam, und doch meinte Ludwig, ihm in diesem Augenblick einmal das volle Programm von »Nephew & Nephew« bieten zu müssen. Die Gelegenheit war zu willkommen. Der Vater lag so schön wehrlos in den Kissen, der halb herabgelassene Rolladen hielt seinen Kopf im Schatten, ließ die Sonne aber treibhauswarm auf die rot und violett gewordenen Hände scheinen.

Der Vater hörte wohl auch gern zu, er lächelte und wiegte mit geschlossenen Augen den Kopf, die Welt, in die er da transportiert wurde, regte ihn an. Aber da war noch eine Frage, die ihn beschäftigte und die schon sichtbar als leichte Irritation über seine Züge wanderte. Es fiel ihm nicht leicht, sie auszusprechen, weil er in letzter Zeit die Erfahrung gemacht hatte, daß er etwas vergaß oder nicht mitbekam. Sein Lebensideal war die Höflichkeit. Die Frage, wie eine bestimmte Schwierigkeit am liebenswürdigsten zu meistern sei, löste er oft, indem er einfach gar nichts tat und schwieg. Schweigen kann bedrücken, es kann lähmen, langweilen, Vorwürfe machen oder Stumpfheit verraten. So bot das Schweigen als höfliche Kunst durchaus Gelegenheit zu bedeutenden Anstrengungen, um all die unerfreulichen Arten, den Mund zu halten, zu vermeiden. In seinen gesunden Zeiten konnte der Vater begeistert schweigen, von der Fülle der Gesichte zu frommem Verstummen gebracht, genießerisch, einverständlich, aufmunternd. Aber das forderte Kräfte, und die waren nun nicht mehr da. An die Stelle der Herzenswärme, die solche Menschenfreundlichkeit von innen her glühen ließ, trat oft genug die bloße Anspannung der Willenskraft. Vielleicht ging ihm auch Ludwigs Unruhe nahe, die aus dessen Worten sprach, die Sorge, die sich darunter abzeichnete, und so faßte er denn noch einmal den Mut zu einer mächtigen Anstrengung, richtete sich ein wenig auf und fragte: »Gut hast du das gesagt, ich verstehe dich vollkommen. Aber nun sag mir auch bitte: was hat das alles mit dir zu tun?« War das Verwirrung oder rührte der Vater hier nicht doch an einen empfindlichen Punkt?

Hatte Ludwig ihm wirklich nichts anderes zu berichten, als das hilflose Psychogramm eines Fremden, der doch auch für Ludwig ein Fremder geblieben war? Hatten die Eltern nicht eigentlich recht gehabt, wenn sie von »Nephew & Nephew« nichts hören wollten? Ludwig widmete sich mit Eifer der Aufgabe, minderwertige, abscheulich bedruckte Baumwollartikel in Deutschland den Armen unterzuschieben. Leute, die zu wenig bezahlt bekamen, um davon leben zu können, stellten Sachen her, bei denen der Käufer trotz ihrer Billigkeit noch der Betrogene war, vor allem durch die Unterhöhlung seiner Selbstachtung, die sich daran gewöhnte, mit Häßlichem, Wertlosem, Unsolidem zufrieden zu sein. Und an dieser, die Kultur des produzierenden wie die des kaufenden Landes ruinierenden Transaktion nahm

Ludwig unter Hingabe seiner ganzen Persönlichkeit teil. Hierfür ließ er seine Familie im Stich, hierauf setzte er seinen Stolz, und hiermit hatte er seine Selbstachtung zurückgewonnen. Für »Nephew & Nephew« hatte Ludwig heroische Tugenden bewiesen, wie es in der Sprache des Kanonischen Rechts heißt: er hatte Standhaftigkeit, Selbstverleugnung, Erniedrigung, Mut, Weisheit, Geduld und Stärke in einem Ausmaß aufgebracht, das die Räumlichkeiten seiner Niederlassung im Keller des Bürogebäudes sprengte. Man stand deshalb auch kurz vor der Anmietung repräsentativer Büros in der Innenstadt. Schon bald würden die Telephonate mit Herrn Weczerek, die einen geradezu persönlichen Ton annahmen – Ludwig war in den Zirkel der ernstzunehmenden Händler vorgerückt –, nicht mehr mit Blick auf ein pakistanisches Kalenderblatt, sondern auf einen spätgotischen Kirchturm geführt werden, dessen Glocken um sechs Uhr ihren heiligen taumelnden Lärm veranstalteten, das würde dem Geschäftsgang entschieden etwas Erhebendes verleihen.

Zur Unterzeichnung dieses Mietvertrages brach Ludwig nun auf. Er machte in der Zeitlosigkeit stets nur kurz Visite. Manchmal spielte er mit dem Gedanken, Mr. Khan vom Zustand seines Vaters in Kenntnis zu setzen und Ferien zu erbitten. Der orientalische Familiensinn konnte hierin doch nichts Unstatthaftes erblicken, womöglich wäre es sogar zu einem ersten Augenblick des Verständnisses gekommen, aber Bella zögerte. Sie riet nicht ab, aber sie runzelte die Stirn und sagte, ihr sei bei dem Gedanken an eine solche Bitte »sehr unwohl«. Wahrscheinlich hatte sie recht, so etwas war nicht »professionell«. Überall wurde gestorben, ohne daß deswegen der Betrieb zum Erliegen kam.

Der Vater war fest eingeschlafen, als Ludwig sich leise davonmachte. Es war, als übe der Kranke im Schlafen schon die Formen ein, die sein Gesicht im Tod annehmen würde.

Der Unterkiefer sank zurück, die Wangen fielen noch stärker ein, und die Nase wurde zu einem häßlichen roten Gebirge und stand dem ganzen Kopf vor. Kein Laut war zu hören. Die Brust bewegte sich nicht. Ludwig glaubte kurz, der Vater habe zu atmen aufgehört. Der Schlaf hatte eine eiserne Maske über das Gesicht gelegt. Dann drang aus den geöffneten Lippen ein Geräusch wie ein ersticktes Heulen, ohne daß die Lider sich bewegten, und mit diesem erschreckenden tierischen Seufzer brach sich die Atmung wieder Bahn, als habe in der Brust ein mächtiger Stein knirschend beiseite geschoben werden müssen.

Noch immer rührten sich weder Kopf noch Hände, aber dafür stieg die Brust sanft in die Höhe und sank ebenso sanft und mit einer nachdenklichen Pause zwischen dem Einsaugen und dem Herauspressen der Luft. In der reinen Lebensproduktion, die keine Selbstverständlichkeit mehr war, sondern geleistet werden mußte, während behutsam alle Gedanken und Instinkte eben auf diese Tätigkeit gerichtet waren, fand der Vater aus dem Reich der verwirrenden Lebensschatten wieder zu sich selber zurück.

Vom Entrée war eine geräuschvolle Begrüßung zu hören. Der Arzt war angekommen, von der Mutter seit langem schmerzlich erwartet.

»Ich kann mich leider nicht an zwei Orten zugleich aufhalten«, hatte der Arzt ihr nicht ohne Strenge am Telephon gesagt. Er war zum drittenmal verheiratet und wieder Vater geworden und verbrachte jedes Wochenende mit seiner Familie in einem Jagdhaus am Vogelsberg, das er »mit viel Liebe«, wie man so sagt, ausbaute. Wo immer in der Gegend alte Bauernhäuser oder Scheunen abgebrochen wurden, war er zur Stelle und suchte nach dicken ausgetrockneten Balken und grauen, wie versteinert wirkenden Bohlen. »Altes Holz ist so sinnlich«, erklärte er Ludwigs Mutter, die in die Umbaupläne des Anwesens – er sprach davon immer mit dem Namen des Dorfes, in dessen Nähe es lag, »Hainbuchen« – vollständig eingeweiht war. Den Transport jedes Balkens vollzog sie mit und versprach stets aufs neue, eines Tages nach »Hainbuchen« herauszukommen, um die dort im Wachstum befindliche Wunderwelt in Augenschein zu nehmen.

»Für Ihren Mann wäre das etwas Schönes«, fügte der Arzt in elegischem Tonfall hinzu. Er habe den Eindruck, daß das viele dort konzentrierte alte Holz seinen Patienten brennend – ein hier vielleicht verhängnisvoller Ausdruck – interessiert hätte.

»Altes Holz lebt«, sagte der Arzt. Wenn er mit der Hand über altes Holz streiche, dann fühle er regelrecht das Leben. Die Atmosphäre von »Hainbuchen« sei warm. Er sei vielleicht ein Eigenbrötler, ein Bastler, ein Einzelgänger, aber er liebe es nun einmal warm. Der Arzt beschrieb der Mutter das Wunder – »Niemand weiß, wie er das gemacht hat« –, das sein Anwalt vollbracht habe, als er »Hainbuchen« aus der Scheidung ganz heraushielt. Auf »Hainbuchen« zu verzichten, sei ihm im Grunde unvorstellbar gewesen.

»Außerdem ist es ideal mit dem Kind – Laura ist verrückt nach ›Hainbuchen‹ – ›Eibu‹ sagt sie – süß, nicht wahr?« Wenn er sie ins Auto setzte, sei ihre erste Frage »Papa Eibu?« Auch die Mutter fand das entzückend.

Ludwig kannte seine Mutter kaum wieder, wenn sie mit diesem Mann sprach. Sie nahm die Miene bedingungslosen Gehorsams an und war auch nach Tagen fruchtlosen Hinterhertelephonierens nur ängstlich, nie ungehalten.

Wenn Dr. Schick dann schließlich nachdrücklich drei oder viermal klingelte – »Ich tue das bewußt, denn meine Seniorenpatienten sind oft schwerhörig, und dann steht der Doktor vor der Tür« –, an der Tür rüttelte, die Treppe heraufgestampft kam, daß es durch das Treppenhaus hallte, und schließlich mit ernster Miene die Wohnung betrat, war es wie bei dem größten Ereignis der Adventszeit in Ludwigs Kinderjahren. Auch damals hatte man im dunklen Zimmer beim Kerzenschein beisammen gesessen, um auf das Eintreffen des außerirdischen Gesandten zu warten. Die Zeit verging unerträglich langsam, den Liedern, die die Kinder sangen, mischte sich etwas Bängliches bei. Ob der Ersehnte und Gefürchtete überhaupt eintreffen würde, war ungewiß. Dieses Jahr, so erklärte der Vater in jedem Jahr, werde der Nikolaus nur zu den lieben Kindern kommen. Wenn der Nikolaus die Sünden betrachtete, wer konnte dann vor ihm bestehen? Aber dann klingelte es herrisch, wie es bei jedem anderen als ungezogen empfunden worden wäre. Die Kerzenflammen zitterten. Im Treppenhaus stampfte es dumpf. Ludwig erstarrte. Die Tür sprang auf. Da stand mit langem weißem Bart ein rotvermummter Mann mit Pelzhandschuhen und einer roten Zipfelmütze. »Ich bin der Nikolaus«, sagte der Mann in eigentümlich gequetschter Stimmlage. Ludwig stieß einen Schrei aus. Das Examen begann.

Dr. Schick sagte nicht: »Ich bin der Nikolaus«, sondern: »Jetzt kommt der Doktor«. Darin lag Vorwurf, Drohung und auch Trost, denn nun würden die Ungehorsamen ausgeschimpft, die Braven gelobt und die Ängstlichen beruhigt werden, nachdem ihnen erst einmal ein gehöriger Schreck eingejagt war.

»Jetzt wäscht sich der Doktor erst einmal die Hände, denn Händewaschen muß sein«. Es ist unmöglich, so oft »der Doktor tut jetzt dies, und der Doktor tut jetzt das« zu wiederholen, wie Dr. Schick es tat, mit dem besten Erfolg, wie er erklärte. »Jetzt muß der Doktor aber schimpfen«, verfehle nie, Eindruck zu machen. Bei der Behandlung von Kranken gehe es vor allem darum, Vertrauen zu schaffen. Ohne Vertrauen keine Heilerfolge. Der Kranke sei in hohem

Grade mißtrauisch. Gerade ein überzogenes Mißtrauen aber sei Ursache der meisten Erkrankungen. Pillen verschreiben könne auch der Apotheker, dazu bedürfe es nicht des Doktors. Der Doktor setzte dort an, wo die Krankheit entstanden sei, beim Mißtrauen.

»Der Patient muß erkennen, daß er vom Arzt fest geführt wird«, sagte Dr. Schick zu Ludwigs Mutter, die ihm einen Sherry eingegossen hatte.

»Den haben Sie sich heute gewiß verdient«, sagte sie, indem sie auf Formeln zurückgriff, die sie Handwerksmeistern gegenüber anzuwenden pflegte.

»Wie ist die Verdauung?« fragte Schick unversehens. Wenn er längere Abschweifungen ins allgemein Menschliche unternommen hatte, liebte er den abrupten Übergang, um zu zeigen, daß sein Geist unablässig bei den großen Fragen weilte.

»Schlecht«, sagte Ludwigs Mutter und sah sehr unglücklich aus, es war, als reiße die Fassade des Friedens, in dem sie sich doch gerade auf Dauer einzurichten vermeinte.

»Wie ist der Appetit?«

»Schlecht«.

»Geschlafen?«

»Schlecht.«

Ludwigs Mutter hatte etwas Schuldbewußtes. Zugleich heftete sie ihre dunklen Augen auf das gesunde Gesicht des Arztes. Für einen solchen Fachmann mußten diese Befunde doch eine klare Sprache sprechen. Dann kam die Diagnose, aus dem reichen Erfahrungsschatz geschöpft, und dann die Therapie. Es gab doch immer irgendeine Therapie.

»Hm hm hm«, machte Dr. Schick, »dann wollen wir uns den Fall einmal ansehen.«

Ludwigs Vater war in weiter Ferne, und wahrscheinlich war es nicht der Anruf des Dr. Schick, der ihn weckte, sondern dessen Schatten, der übers Bett fiel. Da er eigensinnig darauf bestand, seinen Arzt angekleidet zu empfangen, da das aber gar nicht mehr möglich war, weil Dr. Schick auf einen Zeitpunkt nicht festzulegen war, verheimlichte seine Frau ihm, wann sie den Arzt erwartete. Die Überraschung war stets unangenehm. Ludwigs Mutter zog sich auf einen Wink Schicks zurück, sehr widerwillig, denn sie fürchtete, daß ihr Mann in seinen Angaben nicht genau und niemals erschöpfend genug sein würde. Die Tür blieb angelehnt, die Mutter verharrte im Halbdunkel des Flures.

»Wie geschlafen?«

»Schlecht.«

»Wie ist die Verdauung?«

»Schlecht.«

»Das dachte ich mir. Genau das habe ich mir gedacht.«

An diesem Tag, es war schon Abend geworden, wurde Ludwig noch einmal zu seinen Eltern gerufen. Der Arzt hatte erlebt, daß der Kranke ihm gleichsam unter den Fingern einschlief. Es war klar, daß hier ein Moment versäumt worden war. Längst hätte neues Blut dem sich unaufhaltsam entleerenden Kreislauf zugeführt werden müssen.

»Das wäre im Krankenhaus natürlich alles ganz leicht gewesen«, rief Schick anklagend. Wie könne man so unvernünftig sein und in diesem Zustand das Krankenhaus verlassen. »Ihr Mann ist innen ein brüchiger Schlauch – was man oben hineinschüttet, läuft unten heraus« –, und jetzt solle der Doktor Wunder vollbringen.

Am Abend kam er zurück. Die Mutter und die Söhne standen schweigend im Entrée. Herr Dr. Schick führte zwei von Rauhreif überzogene Plastiktüten mit sich, die aussahen wie gefrorener Hasenpfeffer. Nun mußte das Blut behutsam zum Schmelzen gebracht werden. Ludwigs sah einen solchen Sack zum erstenmal. Der Mensch war wirklich ein Gefäß, in das man diese Zauberflüssigkeit hineingoß, dann schlug er die Augen auf und sagte und aß etwas. Die Mutter brachte einen Garderobenständer herbei, in den wurde der Sack hineingehängt. Ein Schlauch führte von dort in den weißen, mit Sommersprossen bedeckten Arm des Vaters.

Ludwig dachte noch einmal daran, daß er die Rothaarigkeit von seinem Vater geerbt hatte, der doch nur ein verborgener Rothaariger war. Bei Ludwig war diese verborgene Anlage dann zum Ausbruch gekommen. War das mit allen seinen Eigenschaften so? Beruhte alles, worin er sich von seinem Vater unterschied, auf Verstecktem, verborgen Angelegtem, Unterdrücktem, das in Ludwig erst nach außen gedrungen war?

»Vielleicht ist es dafür zu spät«, sagte der Vater plötzlich, der die Prozedur teilnahmslos über sich hatte ergehen lassen und nun die Augen öffnete. Seine Augen waren hart und ablehnend. Sie blickten durch Schick hindurch und sahen Ludwig an. Zum erstenmal sprach er einen Vorwurf aus, den grundsätzlichen Vorwurf eines Sterbenden gegen die Lebenden. Die Kluft war plötzlich da, breit, unüberbrückbar. Auf der anderen Seite standen schwatzend und konfus hin und her laufend die Familienmitglieder in ihrer Unfähigkeit zu begreifen, was ihm schon längst zugestoßen war.

Ludwig empfand die Abneigung, die seinem Vater aus dem ausgehöhlten Gesicht sprach. Er trug einen neuen Geschäftsmannsanzug und hatte, als die Mutter anrief, gerade ein kräftiges, nach herben Kräutern und Lavendel duftendes Rasierwasser genommen, das ihm Bella geschenkt hatte, denn sie wollten Essen gehen. Nun stand er in dem Schlafzimmer, in dem ein ganz anderer Geruch vorherrschte. Ludwig fürchtete, daß der Vater dieses Auftreten, das von einer selbstzufriedenen, geschäftigen Teilnahme am Leben sprach, zutiefst mißbillige. Er hätte etwas darum gegeben, wenn er jetzt Hermanns düsteren alten Pullover hätte tragen dürfen.

Aber schlimmer war, daß der Vater vielleicht vor allem nur eine hoffnungslose Fremdheit empfand, in diesem Augenblick, am genauen Punkt seines Abschieds von der Welt mitten in seiner Familie, umgeben von den Söhnen, seinen Erben, einsam zu sein. Und wo blieb die Philosophie, der gelassene Blick auf die kurze, dem Leben zugemessene Zeit, das lächelnd sich ins Unvermeidliche Fügen, das anmutige Abschiedswort?

Dr. Schick hatte Schwierigkeiten, eine passende Vene zu finden, er klopfte auf die Armbeuge, um die Ader hervorzulocken, während der Vater zornig an ihm vorbeisah. Hermann warf eine Blumenvase um, der dicke Teppich schlürfte das grünliche Wasser. Die Mutter stand wie eine Krankenschwester neben Dr. Schick und reichte ihm einen Wattebausch. »Wir haben es gleich«, sagte sie beruhigend zu ihrem Mann, der sie mit einem langen Blick streifte und dann den Kopf abwandte.

Wenn der Vater in dieser Nacht starb, dann würde es ein unversöhnter Abschied sein. Die Schwäche hatte seine vollendete, durch Klaglosigkeit und die Kunst, den Stunden abzugewinnen, was ihnen abzugewinnen war, gekennzeichnete Haltung unterlaufen, wie die römischen Belagerer einer Stadt sich unter einem Dach aus Schilden vor dem Steinhagel der Verteidiger schützten und schnell die Mauern erreichten. Ein solches Bild hätte ihm gefallen, denn er zitierte noch immer seinen Lateinprofessor, der zu sagen pflegte: »Um ein Beispiel aus dem täglichen Leben zu nehmen – ein Feldherr erobert eine Stadt.« Die Schwäche traf ihn an einer durch Bildung, Erziehung, Disziplin und Heiterkeit ungeschützten Stelle. Dort war er einfach nur ein Lebewesen, das verstand, daß es bald mit ihm aus sein würde. Das Unerhörte dieser Vorstellung überwältigte ihn jetzt. Wären die Kräfte dagewesen, er hätte sich entrüstet. So blieb nur ein fragender, zutiefst enttäuschter Blick, der Ludwig bis in den Schlaf hinein verfolgte.

Wenn man eine weiße Nelke in ein Glas Wasser stellt, dem man rote Tinte beigegeben hat, dann kann man sich an dem ebenso ergötzlichen wie belehrenden Schauspiel weiden, wie sich das Rot in feinste Gefäße drängt und schließlich die Blüte rosa schimmern läßt. Sie überlebt diese Verschönerung freilich nicht lang. War es eine Augentäuschung, daß sich die Farben des väterlichen Gesichts, das grauviolett mit einer ungesunden Röte gewesen war, während das Blut durch den Schlauch in die Adern rann, sichtbar erfrischten?

Nach zwei Stunden war es, als sei der Vater leicht gebräunt. Er schlief jetzt fest. Das hatte Dr. Schick aber angekündigt. Eine Transfusion strenge an. Nun saßen sie zusammen im Wohnzimmer. Daß zwischen Hermann und Ludwig kein Friede herrschte, hätte niemand wahrnehmen können. Es gab genügend Familien, in denen ein muffiges Schweigen zum Ausdruck vollkommener Harmonie gehörte. Dieses hier war nicht muffig, sondern erwartungsvoll. Man schonte seine Kräfte. Die Mutter sah dankbar zwischen ihren Söhnen hin und her. Sie hatte in diesen Tagen die Sichtweise des Institutionellen zurückgewonnen, die Frauen ohnehin leichter zu glücken scheint: sie war die Mutter, dort waren die Söhne, die Familie war in der Gefahr um sie geschart, so fragwürdige Gestalten diese Söhne auch sein mochten.

Diese Nacht verbrachte Ludwig in Kleidern in einem Sessel, an den er noch einen Hocker heranrückte, um die Beine hochzulegen. Da gab es gar keine große Verabredung. Die Mutter empfand seinen Entschluß als selbstverständlich. Hermann ging ins Bett. Später sah Ludwig ihn noch einmal im Schlafanzug in das elterliche Schlafzimmer tappen. Er brachte eine rotumhüllte Kerze hinein, wie sie auf Gräbern angezündet werden, damit der Vater, wenn er nachts die Augen aufschlug, etwas Leuchtendes, Lebendes sah. In dem großen eisernen Bett, hinter dem das Bett der Mutter verschwand, erschienen Kopf und Hände des Vaters dunkel, fast schwarz. An der Decke tanzte der runde Lichtschein der Kerze, die trotz ihres roten Windschutzes leicht flackerte. Alle Türen in der Wohnung waren geöffnet. Die Mutter und die Söhne waren jetzt im Dunkeln. Sie warteten, auch während sie schliefen.

Daß es in einer deutschen Wohnung üblicherweise keine offene Feuerstelle gab, hatte Ludwig immer schon als Mangel empfunden. Natürlich entsprachen Öfen in Regionen, in denen es lange kalt und naß ist, einer Notwendigkeit, mit einem Kaminfeuer ist ein Haus nicht warm zu bekommen. Aber jetzt in der Nacht bei gelöschten Lampen in ein Feuer zu schauen, hätte das Warten erträglicher gemacht. Die Zeit wurde sichtbar, wenn das Feuer einen dicken Klotz erst von den Seiten beleckte und durchglühte, dann eine Ecke fand, in die es hineinbeißen konnte und sich von dort die ganze schwere Masse unterwarf. Zum Schluß blieb ein Gluthitze verbreitendes Rosa übrig, das nach und nach in weiße Asche zerfiel, und wenn der Morgen kam, glühten noch Pünktchen in dem weißen Staubberg, und der Stein, auf dem das Feuer gebrannt hatte, war noch warm und strahlte in den kühlen Raum hinein.

Ludwig dachte an eine Nacht in dem Landhaus eines ihrer Freunde in Österreich, als er vergeblich auf Erika gewartet hatte, durch ihr Ausbleiben beunruhigt und durch die Unruhe wie neu verliebt. Am Morgen fand sie ihn vor dem erloschenen Kamin schlafend, mit einem Plaid vom Sopha bedeckt. Ludwig dachte an die Leute aus den Erzählungen seiner Mutter, die nach dem Krieg ihre Möbel und selbst ihre Bücher verheizt hatten. Gewiß, dahinter stand die bitterste Not, aber sollte in solchen Autodafés nicht doch ein Funken Lust mit in die Lüfte gestiegen sein? Er sah sich seine juristische Bibliothek, vor allem aber die Berge von Photokopien und die Skripten des Repetitors, Stapel für Stapel verheizen. Welch ein Erlebnis mochte es erst sein, zahlreiches Mobiliar, scheußliches, vielleicht aber gerade auch altes schönes, Bilderrahmen, ein Schachbrett, Spielkarten und Noten in das Portal eines Kamins zu schieben und dort in der schmückendsten Weise zunichte werden zu sehen. Neben diesem Landhaus, in dem sie zu zweit hatten die Nacht verbringen sollen und das sie nach Erikas Ankunft dann sofort verließen, stand ein sauber aufgeschichteter Holzstoß. Eine sehenswerte Architektur aus Holz war das, ein nobler Scheiterhaufen für einen vor Troja gefallenen Helden. Von diesem Stoß hatte Ludwig in der Nacht Korb um Korb geholt. Es regnete und alles troff, so wie es nur auf dem Land triefen kann, aber das Holz war unter einem Dach und war zwar frisch und feucht, brannte dann aber, mit desto heitererem Krachen und Knacken. Funkenfeuerwerke stiegen in der geschwärzten Höhle auf und verwandelten sie sekundenlang in ein gestirntes Firmament von apokalyptischer Kometenpracht. Jedes dieser Scheite war, das stand Ludwig noch deutlich vor Augen, eine kleine Lebenswelt. Da wohnten Spinnen und allerlei Käfer und Ohrwürmer in den Borken und Spalten und hatten offenbar geglaubt, etwas Besseres als dies der Verrottung preisgegebene Holz gar nicht finden zu können, um dort ein ganzes Käferleben lang krabbeln, sich nähren, sich lieben und fortpflanzen zu können. Jetzt brach die Katastrophe über sie herein.

Ein breiter, mit der Axt gespaltener Block lag schon im Feuer, auf einem komfortablen Bett aus roter Glut, die ihn von unten heiß machte, während das in die Luft ragende Ende dem Angriff langer gelber Flammen ausgesetzt war.

Die splittrige Oberseite aus hellgelbem Holz wurde aber noch lange nicht angegriffen. Bis dieser Block verzehrt war, mußte viel nachgefeuert werden. In seinem Inneren begann sich die Erwärmung jedoch allmählich bemerkbar zu machen. Aus den Spalten stiegen Dämpfe auf. Im Stamm eingeschlossenes Wasser begann zu kochen. Wie auf Geysirgelände bildeten sich an den Poren des Holzes plötzlich blubbernde Schaumkrönchen. Holzgas trat zischend aus. Ludwig machte es Spaß, es mit dem Streichholz anzuzünden und über dem Holzfeuer spitz bewegliche blaue Gasflämmchen tanzen zu lassen, die durch den Druck des Ausströmens sich selbst wieder auspusteten.

Etwas Schwarzes war am unteren Ende des Scheites plötzlich in unablässiger Bewegung, plastisch und glänzend. Aus einer Schlucht, vorbei an mächtigen Holzriffen, zog ein Zug Ameisen aus einer Höhle hervor, in der die Temperatur unerträglich geworden war. Die Ameisen blieben zusammen. Sie schienen entschlossen, im Freien keinen Schritt allein zu tun. Ludwig, der sich vorbeugte, bis ihm fast die Augenbrauen versengten, kamen sie wie die Bewohner einer Stadt vor, an deren Horizont unheildrohende Zeichen geglüht, deren Erde gebebt hatte und über der jetzt der beizende Geruch von abbrennenden Häusern hing.

Nun versammelt man sich angstvoll im Freien, viele nur spärlich bekleidet, manche mit Sachen in den Händen, die sie im Hinausstürzen gerade noch ergreifen konnten, und läuft hin und her, um Neuigkeiten zu erfahren oder einen Schlafplatz vorzubereiten, unschlüssig, ob man verharren solle, wo man ist, oder ob anderswo Sicherheit zu finden sei. Der Scheit war ihre Welt, außerhalb seiner gab es nichts Vorstellbares. Der schwarze erregte Haufen blieb auf der Stelle, höchst alarmiert und doch eigentümlich gebannt. Weit hinten schossen giftige Dämpfe auf, am Rand der sichtbaren Erde leckten Flämmchen. Die Luft füllte sich mit Rauch, aber am schrecklichsten war die Wärme. Man stieß andere zur Seite, wurde von Kräftigeren niedergetrampelt und schwitzte dabei.

Und dann trat aus der Holzspalte schließlich, langsamer und sichtlich widerwillig, eine besonders große Ameise hervor. Sie schien fast doppelt so groß wie die anderen, besaß lange übereinandergefaltete Flügel, die etwas von einer gläsernen Rüstung oder einem Ornat hatten, und Ludwig, der nichts von der Verfassung des Ameisenstaates wußte, nannte sie sofort die Königin. Sie war eine Königin aus mythischer Zeit, die Herrin über die Bewohner dieses Holzscheits. Sie hatte das Innere ihres Palastes erst verlassen, als sie dort drinnen die Besinnung zu verlieren drohte. Als ihre Vasallen die fürstliche Anwesenheit bemerkten, fuhr sofort der Respekt in den kollektiven Körper. Manche Ameisen hatten sich nach rechts und links entfernt, in rastloser Erforschung des Territoriums, und kehrten nun wie auf scharfe Pfiffe hin zur Herde zurück. Es sah aus, als werde die Königin allgemein zur Proskynese umdrängt, zugleich befragt, wie die Zukunft aussehe, ob noch Hoffnung bestehe. Sie wies das wohl nicht zurück, sondern gab nur zu erkennen, daß sie auch in dieser Stunde herrsche und Gehorsam verlange.

Dann verließ sie den Haufen allein, sie verbot sich jede Begleitung, und unternahm einen Erkundungsgang, der sie steil den Scheit hinaufführte, über balkendickes Splitterdickicht in weithin friedlichem Gelände, verlassenes, stilles Land. Hier herrschte keine Insurrektion, und auch Feinde waren nicht eingefallen. Aber die Stille, von Knistern und Knacken unterbrochen, war bedenklich und der Boden warm. Ein Flämmchen nagte sich versuchsweise um den Rand des Scheits herum, der noch vom Feuer unbetastet war. Als sengende gelbe Wand stand es vor der Königin, die ihren langgestreckten Körper wie einen sperrigen Streitwagen herumwarf und die Flucht ergriff, zurück in die Mitte ihres Volkes, das sich im Warten kopflos und geängstet ein wenig verlaufen hatte. Ungeachtet der entsetzlichen Erfahrung, machte sich die Königin sofort daran, das Volk wieder zusammenzutreiben.

Einzelne Ameisen hatten sich in die alten Behausungen zurückgewagt und schon die vorgelagerten Korridore und Laufgänge mit Giftgas gefüllt vorgefunden. Sie waren über Ameisenleichen gestiegen. Alles zerkochte unter ihren Füßen. Die Königin hörte schweigend zu und maßregelte die Sprecher dann scharf: Zunächst war ihnen verboten, Erkundungsgänge zu machen, dann war ihnen verboten, aus dem zufällig und verbotswidrig Gesehenen Schlüsse zu ziehen, und zum dritten war es verboten, diese Schlüsse auch noch laut jedermann hören zu lassen. Weite Gebiete lägen in tiefstem Frieden. Es gebe Anzeichen zur Beunruhigung, und es sei fraglich, ob man die gewohnte Behausung so bald wieder beziehe, aber die Lage im ganzen sei offen. Man solle sich hüten, die Verzweiflung zu schüren. Und schließlich …

»Wer bin ich?«

»Die Königin.«

Es trat deutlich Ruhe ein. Das Wimmeln hatte nun nichts Panisches mehr, sondern etwas Geschäftiges erhalten, man richtete sich auf eine Nacht im Freien und den Beginn eines großen Zuges in neues Land ein. Während der dicke Scheit schon ganz von Glut umgeben war, während seine Unterseite bereits brannte und er tief im Stamm drinnen schwelte, während eine Flammenmauer den Scheit von allen Seiten zu umfassen begann, war die Autorität der Königin ungebrochen, ihre Macht unangefochten, ihren Befehlen wurde gehorcht. Das Reich, das hier unterging, war nicht von innen her krank, sondern gerade jetzt besonders stark. In den Versuchungen, die im Schatten des Kataklysmus die Ordnung zu untergraben imstande waren, blieb dies Volk, obschon geschwächt und in beginnender Todesangst, die auch die festesten Bande löst, der angestammten Herrscherin treu.

Wer die Ameisen sah, mußte von Bewunderung für sie erfüllt werden. Ludwig sah sie. Er wurde von Bewunderung erfüllt, aber er hob keine Hand zu ihrer Rettung. Hätte er den Scheit nicht aus der Glut nehmen und den kleinen Insekten eine Brücke ins Kühle bauen können? Er tat es nicht. Aber er ließ keinen Blick von der Königin.

Die hatte das Feldlager wieder verlassen und schaute nun hinab in die Schlucht am unteren Ende des Scheites, von woher es qualmte. Sah sie die rotglühende Fläche, einer Lavawüste vergleichbar, oder schlug ihr nur die Hitzewelle entgegen und ließ sie zurückprallen? Ludwig sorgte sich um das hauchfeine Flügelpaar. Wenn er seine Hand dem Feuer näherte, schmerzten die Fingernägel, als schrumpften sie. Wie mochte es den durchscheinenden Häuten ergehen?

Aber der Schmerz lenkte sie nicht von ihren Pflichten ab. Sie hatte nicht den Kopf verloren. Ihre Erkundungen waren systematisch, aber in welche Richtungen sie auch aufbrach, sie fand keinen rettenden Pfad. Und es wurde nun auch absehbar, daß das freie Feld zum tödlichen Aufenthalt werden würde, denn das Zischen des Holzklotzes nahm zu, und alles war voll von feurigem Hauch. Schon wurde es schwerer, die Ameisen in Zucht zu halten. Die Königin leistete weit über ihre Kräfte Gehendes. Das Flügelpaar war zwar leicht, aber unbequem, und es war unköniglich, so herumzuflitzen. Aber die Stunde verlangte es.

Nun war es wie bei einem Denker in der Klemme, der keinen Ausweg findet und dennoch davon überzeugt ist, daß es einen gibt: »Es muß einen Ausweg geben!« – dies Gebet im Angesicht des Unvermeidlichen –, daß er diesen Ausweg bisher nur übersehen habe und sich nun aufs neue daranmachen müsse, alle Wege noch einmal zu gehen, um das Schlupfloch zu finden. Und je weniger er es findet, desto axiomatischer wird ihm der Satz: »Es gibt immer einen Ausweg.« An diesen Satz glaubt er blind, während er seinen Verstand und seine Sinne verflucht, die ihm das Offensichtliche verweigern. In dieser Verfassung war die unglückliche Königin. Ohne einen Augenblick in der herrischen und mütterlichen Sorge um das Volk nachzulassen, rannte sie immer in dieselben Richtungen, als hoffe sie, dort plötzlich doch noch den Ausweg aus dem bösen Spuk zu entdecken.

Das Volk war apathisch geworden. Ganz still saßen einige Ameisen an der Seite. Andere verschafften sich etwas Bewegung. Schuf das Laufen etwa auch diesen kleinen Wesen eine dem Fahrtwind vergleichbare Erfrischung?

Im letzten Akt der griechischen Tragödie erschienen die Königinnen »mit gesträubten Haaren«, ganz vom Entsetzen ergriffen, aber immer noch groß. Ohne ein Wort zu sagen, verschwanden sie durch das Portal ihres Palastes und legten im Inneren Hand an sich, wenn ein ehrenvolles Leben nicht mehr möglich war. Die königliche Ameise war so groß wie sie, wenn nicht noch größer, denn ihr Tod hatte nichts Privates. Das fürstliche, in aller Not noch den Staat darstellende Lager zerfiel. Auch die Königin hätte sich verhalten können wie diejenigen, zu deren Schutz sie nichts mehr tun konnte. Aber sie war eine Täterin. Und sie konnte sich nicht zurückziehen, ohne daß die Hoffnungslosen glaubten, sie habe sich allein gerettet und sei geflohen. Mitten aus der letzten ihr verbliebenen Begleitung fuhr die Königin deshalb auf und eilte auf den unteren Rand des Scheits zu. Wie von einem Balkon blickte sie auf die Flammen hinab, aber sie verweilte nicht bei diesem Anblick, sondern stürzte sich mitten hinein.

Jetzt war es, als sei den kleinen, noch überlebenden Ameisen die Seele zugleich aus dem Leib gewichen. Sie krabbelten etwas herum, aber ohne Zusammenhang zu den anderen. Sie verschmorten, so klein sie waren, zu noch kleineren schwarzen Pünktchen, die sich bald von dem brandigen Schwarz des Scheits nicht mehr abhoben.

»Er schlug die Stühl und Fliegen tot, die Katzen litten große Not« – Zeilen aus dem »Struwwelpeter«, die mit dem Vater unlöslich verbunden waren. Als Ludwig ein kleiner Junge war, hatten sie sich gemeinsam über das Buch gebeugt. Vielleicht hoffte der Vater, in der engen Verbundenheit, in der sie damals lebten, daß Ludwig ihm ähneln werde, und Ludwig erinnerte sich, einen solchen Wunsch jedenfalls geahnt und dem Vater in kindlicher Schlauheit beflissen nach dem Munde geredet zu haben. Fliegen waren schon so groß, daß es ein schlechtes Gewissen bereitete, sie zu quälen, aber Ameisen waren eine Art beweglicher Mohnkügelchen und wurden zu Krümeln, wenn man sie zerquetschte.

Um so bedeutsamer war der Todessprung der Königinameise geworden. Sie war eine Person. In ihrem winzigen Körper war etwas von der unsichtbaren Substanz zusammengepreßt, die den Menschen macht. Sie hatte den ganzen Schrecken des Todes empfunden und ihm etwas Eigenes entgegengesetzt. Dem Tod den Selbstmord entgegenzusetzen, als »ultima ratio regis« – eine Königin war sie schließlich, und also zu Gesten fähig und berechtigt.

In die Dunkelheit drang, wie von weit her, ein Seufzer. Ludwig sprang auf und tastete sich zur Tür. Aus dem Schlafzimmer war der rote Schein zu sehen. Die Flamme war niedergebrannt und ganz von dem roten Zelluloid umgeben, das die Umgebung zur feierlichen Gruft machte. Die Mutter schlief fest. Ludwig hörte ihre Atemzüge, aber die Augen des Vaters glänzten in dem roten Licht. Er sah stumm vor sich hin.

»Es ist etwas Seltsames mit dieser roten Kerze«, sagte er

schließlich matt, fast wie im Traum, als Ludwig an sein Bett trat. »Hermann will, daß sie hier bei mir brennt. Hermann hat sehr herzlich gebeten, daß ich sie nicht auspuste: sie bete, sagt er, nun, und wenn die Kerze betet, dann darf man sie natürlich nicht unterbrechen.«

Große dunkle Schatten legten eine Art chinesische Opernmaske über den ausgemergelten Kopf: einen schwarzen Bogen über die Stirn, tiefe Löcher in die Wangen und Lichter in die Augenhöhlen, die die Brauen triumphierend oder gar höhnisch hochgezogen scheinen ließen und den Mund zwischen den dunklen Zonen zu einem rundgebogenen Fischmaul machten. Er sah aus wie ein Photograph, der bei der Arbeit in der Dunkelkammer durch das Einatmen giftiger Dämpfe das eigene Gesicht entwickelt hat. Daß Ludwig mitten in der Nacht vollständig angezogen vor ihm stand, wunderte ihn nicht im mindesten. Es gab für alles, was geschah, Gründe, aber er war zu müde, um sie sich anzuhören. Ludwig blieb stehen. Wenn er sich neben das hohe Bett setzte, reichte er kaum mit dem Kopf über die Matratze, aber wenn er am Fußende stand, dann erreichten die Blicke des in den Kissen Liegenden genau die Augen des Stehenden. Ob der Vater gerufen habe, ob ihm etwas fehle, fragte Ludwig nicht. Er war jetzt da und bereit, alle Wünsche entgegenzunehmen.

»Wo ist Hermann?« fragte der Vater.

»Er schläft im Gästezimmer.«

»Wo ist deine Mutter?«

»Sie schläft hier neben dir.«

Er wandte nicht den Kopf, hätte aber ohnehin nicht zu dem Puppenbett hinunterschauen können, ohne sich aufzurichten. Sie schwiegen lange, während der Vater ihn neugierig wie einen Fremden betrachtete.

»Ich erlebe etwas Überraschendes«, sagte er nach einer Weile, immer noch sehr leise, sein Mund war ausgetrocknet, er artikulierte schlecht. »Ich bin doch wahrlich keine problematische Natur, fühle mich auch jetzt ganz untragisch – und doch ist da plötzlich die Depression da.«

»Ja«, sagte Ludwig weniger bestätigend, als um ein Zeichen seiner Aufmerksamkeit und Anwesenheit zu geben. »Depression« war ein Diagnosewort, das nicht der Patient, sondern der Arzt zu benutzen hatte, wobei er es von seinem Vater besonders ungern hörte. Was wäre ihm da denn lieber gewesen – »Melancholie« oder »Niedergeschlagenheit«? Er hielt den im Halblicht knopfartig undurchdringlichen Blick aus, bis er glaubte, daß die Augen des Vaters ihn losließen und durch ihn hindurch etwas hinter ihm Stehendes fixierten. Obwohl sich seine Nackenhaare aufrichteten, blieb er unbeweglich. Die Angst im Dunkeln, die in der elterlichen Wohnung sonst schwieg, meldete sich als ein Schauer bei dem Gedanken, der Vater habe tatsächlich einen lautlos hinter seinem Rücken Eingetretenen ins Auge gefaßt. Dann wanderten die Pupillen hinauf unter die Augenlider, die eine Weile offenblieben und nur noch das Weiße des Auges in dem schon verengten Spalt zeigten.

Das erste Töten von Tieren hatte Ludwig an der Hand seines Vaters erlebt. Es ging darum, bei einem Fischzüchter Forellen zu kaufen. Frisches kaltes Wasser, abgezweigt von einem schnell fließenden gurgelnden Bach, wurde in diese Teiche geleitet, um eine Strömung zu erzeugen, wie die Forellen sie zum Leben brauchten. Aber trotz dieser leisen Bewegung bildeten die stillen Teiche und der von ihnen nur durch eine Uferböschung getrennte Bach einen scharfen Gegensatz. Das Gluckern und Rauschen war weithin zu hören, aber der Bach war verborgen, und aus den weiten Wasserflächen konnte es nicht steigen. Wenn man genauer hinsah, entdeckte man die Schwärme der dunklen Fische, die alle in derselben Richtung im Wasser stillstanden und nur die Flossen spielen ließen. Dann schwenkte der Schwarm plötzlich in eine andere Richtung, und die dunkle Wolke auf dem Fischgrund war verschwunden. Am Rand dieses großen Friedens – es war, als sei es die einzige Aufgabe der Mücken, sich von den springenden und ins Wasser zurückklatschenden Forellen fangen zu lassen –, stand ein Betonbassin, in dem man die Fische ein wenig genauer betrachten konnte. Hier hatte man etwa dreißig versammelt, neben dem Bassin lehnte der tropfende Käscher. Jeder Fisch war ein frischer fester Muskel, der sich im kalten Wasser genießerisch wand.

»Davon wird die Frau uns jetzt welche geben«, sagte der Vater.

»Wieviel?« fragte die Frau. »Sechs oder acht Stück?«

Dabei fuhr sie mit einem Netz rauschend und spritzend durch das Becken und zog es mit schwarzzappelndem Inhalt wieder an die Luft. In kurzer Zeit klatschten und sprangen acht Forellen auf dem Betonboden. Es war, als würden Ohrfeigen verteilt oder mit einem nassen Lappen auf etwas Hartes geschlagen. Wie hoch die Fische sprangen. Die Verzweiflung, dem Sauerstoffansturm ausgesetzt zu sein, schuf in ihnen die Fähigkeit einer fast selbstvernichtenden Kraftanstrengung.

»Die sind schlimm«, sagte die Frau, als gehöre es sich, stillzuhalten und sich fügsam der Schlachtung zu unterwerfen. Ludwig hob die Hände in großem Schrecken. Die Fische sprangen bis zu seinem Gesicht. Er stellte sich vor, sie könnten ihn in ihrer Not für den Schuldigen an ihrer Qual halten und ihn beißen.

»Nein, beißen können die nicht, die haben ja nur winzige Zähne«, sagte die Frau, zog ihre Lippen in den Mund, so daß sie sich straff über ihre Zähne legten, und bewegte den Mund mit harten Forellenkiefern. Und so blieb sie, als sie nach dem ersten Fisch griff und ihm mit einem spitzen schmalen Messer von den Kiemen herunter den Bauch aufschnitt. Rotes Blut tropfte. Ein paarmal schlug der Aufgeschlitzte noch in ihrer Hand mit dem Schwanz, dann war er ausgeleert wie ein Säckchen. Glitschiges blutiges Zeug fiel auf den Boden. Das war Abfall, Schmutz, das gehörte in den Fisch nicht hinein. Sie tauchte ihn in Wasser. Jetzt war er abgewaschen, sauber gebadet, wieder appetitlich, aber regungslos. Der letzte Fisch hatte schon vor der Aufschlitzung still auf dem Boden gelegen.

Während des Schlachtens der Fische schaute Ludwig in das Bassin, wo Rücken an Rücken die Fische im Wasser standen, eine lautlose Gemeinde, als wisse man dort, was soeben geschah. In dem Schwarz bewegte sich nur ein grelles Weiß, silbern glänzend und im Strahl des Wasserschlauchs hin und hergetrieben, auf und ab steigend, aber ohne eigenen Flossenschlag. Die Kiemen des mit dem Bauch nach oben treibenden Fischs waren rot und weit geöffnet, so daß neben dem Kopf ein furchterregender prächtig gespreizter Kragen entstand. Der Tod hatte diese Forelle in einen drachenhaften Raubfisch verwandelt. Wie zahm sahen neben ihm die geschlachteten, ordentlich in der Schüssel aufgeschichteten Fische aus! In seiner krankhaften Pracht würde er jetzt auf einem Müllhaufen verwesen, aber er war den Züchtern und ihren ökonomischen Plänen nicht zu Diensten gewesen. Der Todeskrampf, der ihn machtvoll entstellt und über seine harmlosen Brüder hinaufgetrieben hatte, würde ihn auch aus diesem Becken, dem Vorhof des Todes, hinausschleudern und ihm jene Form der Freiheit schenken, die seiner Art noch möglich war.

Das aufgerissene Fischmaul trieb noch lange durch Ludwigs Träume und schwebte auch jetzt im Dunkel vor seinen Augen. Der Vater hatte damals getan, als bemerke er nicht, was geschah, es war, als sei er mit dem vom Wasserrauschen und Weidenflüstern und Mückensummen umgebenen Schlachtplatz und der ihn regierenden Frau mit dem bäuchezerschlitzenden Messer im Bunde. So ließ sich im Umkreis der schrecklichen Maske, die vielleicht zu groß war, um von kleinen Wesen bemerkt zu werden, ein friedlicher Kommerz treiben, der die Jahre der Wartezeit verkürzte, verschönte und unterhaltsam vertrieb, bis die Realität wieder aus der Verborgenheit hervortrat und das Entsetzen größer war, als jeder Schrei es hätte ausdrücken können.

Auch in die überheizte Wohnung drang die Nachtkühle ein. Es war auf einmal unbehaglich in dem bequemen Sessel. Von irgendwoher zog es. In der Unentschlossenheit, die das Dunkel erzeugte, ertrug Ludwig diesen Zustand lang, und wäre da im Schlafzimmer der Eltern nicht wieder etwas zu hören gewesen, dann hätte er immer weiter vor sich hin gefroren und überlegt, wo er jetzt, ohne jemanden zu wekken, eine Decke fand. Bei der roten Kerze und ihren schwankenden Lichtfeldern, die sie an die Decke warf und die größer wurden, je tiefer die Kerze abbrannte, saß sein Vater aufrecht im Bett, das hochgestellte Kopfteil und die heruntergerutschten Kopfkissen ermöglichten ihm, mit angezogenen Beinen wie ein indischer Mönch gleichsam auf dem Boden zu sitzen. Er wiegte den Oberkörper hin und her, als folge er einem inneren Rhythmus, als habe er eine bestimmte Pflicht damit zu erfüllen, wie ein Diener in den heißen orientalischen Ländern, in einer Zimmerecke hokkend, an einer Schnur die von der Decke herunterhängende Matte als Fächer bewegte. Es waren alte gebrechliche Diener, die nicht mehr herumlaufen konnten und diesen Dienst den ganzen Tag im Angesicht ihrer Herrschaft ausübten, vor der Erfindung des Deckenventilators oder gar der Klimaanlage – ohne es zu wissen, hatte Ludwig sich die Verhältnisse im Hause Khan in diesem Punkt jedenfalls richtig vorgestellt. Die einstmals feingliedrigen, stets hellrot durchbluteten Hände des Vaters in ihrer durch den Mangel an Sauerstoff hervorgerufenen Entstellung, den zu

Trommelschlegeln verdickten Fingern, deren Fingernägel sich uhrglasartig wölbten, waren wieder um seine Flasche gelegt, die dünnen Tee enthielt. Sie war halbvoll, aber er setzte das Mundstück nicht an die Lippen. Es war ihm darum zu tun, die Flasche zu umklammern, als sei sie ein Halt, das sichtbare Griffstück einer unsichtbaren Stange, die vom Erdmittelpunkt bis weit über die Wolken reichte.

Er sah Ludwig, aber er begrüßte ihn nicht. Der Blick war aufmerksam, aber er schien ihn für einen Fremden zu halten, wie sie in Scharen täglich an seiner Ecke vorbeikamen, gute Leute, schlechte Leute, aber keiner schon so weit wie er. Die Pflicht, sich hier wiegend festzuhalten, kannten sie noch nicht. Das Gesicht stand jetzt in einem anderen Winkel zum Licht und war weniger teuflisch verzerrt, es schien geradezu verwaschen, auch weniger ausgemergelt, aber körperlos wie eine flackernde Papierlaterne. Nur die Augen sahen fest und dunkel aus dem weichrötlich übergossenen Rund heraus. Ludwig durfte sich wundern, daß er da etwas gehört hatte, denn der Vater machte nicht das leiseste Geräusch. Sogar der Atem der schlafenden Mutter war lauter als der seine. Es verstand sich von selbst, daß er wieder nicht fragte, ob der Vater gerufen habe.

Der Vater war in andere Bereiche vorgedrungen. Die Vorstellung, ihn gestern noch mit dem Tun und Treiben eines Mr. Khan beschäftigt zu haben, war jetzt besonders absurd. Er schien in einem Zustand träumerischer Wachheit zu leben und unablässig zu denken. Es plagte ihn dabei wohl die Gedankenflucht, die den Bildern wie bei einem Blick aus einem fahrenden Zug kein Verweilen gestattete und die Kombinationen, die sie nahelegten, durch Verwirrung und Überfülle behinderte. Und manchmal lösten sich die einzelnen Glieder einer Gedankenkette voneinander und fielen, unversehens sinnlos geworden, durcheinander. Der Vater würde jetzt nur noch aussprechen, was Bedeutung für ihn besaß, und vielleicht war er in seinen einsamen Überlegungen in dieser Schlaflosigkeit zu Ergebnissen gelangt, die die Erscheinung seines Sohnes Ludwig unwichtig werden ließ.

Plötzlich sagte er doch etwas, aber das war, als verfalle er bloß in ein lautes Denken, das sich in ein stummes, wiegend bewältigtes einfügte.

»Ich umklammere diese Flasche«, sagte er mit Blick auf Ludwig, aber in einem Ton, als sei er selbst es, der sich etwas zu gestehen und erklären habe, »wie ein Arkanum, obwohl ich mir doch sagen müßte, daß ein Arkanum niemals etwas in engerem Sinne Materielles sein kann.« Dann fügte er, auf Ludwig bezogen, hinzu: »Hermann?«

»Ist da.«

»Deine Mutter?«

»Ist da.«

Aber das beruhigte ihn nicht.

Die Serviettenringe der Eltern waren, wie das häufig so ist, verschieden: der Ring der Mutter war nach innen gewölbt und hatte einen nach außen abstehenden leicht gezackten Rand; auf dem Ring war ein biedermeierliches Band eingraviert, das von dem Namensschildchen, dem kalligraphischen Monogramm einer Tante, unterbrochen wurde. Der Ring des Vaters war nach außen gewölbt, und die Gravur hatte eine Renaissance-Kartusche zum Vorbild. Darin stand gleichfalls das Monogramm eines längst Verstorbenen. Als Kind hatte Ludwig diese Ringe für die Abzeichen und Insignien der Eltern gehalten. Daß sie die Ringe nicht ausgesucht hatten, sondern beinahe zufällig an sie gelangt waren, war ihm gar nicht bekannt. Ebensowenig wie die Elternschaft zufällig war, konnte man, was die Eltern täglich benützten, austauschen. Es kam das Wesen der Eltern, vielleicht sogar noch mehr: das Wesen von Mann und Frau, in diesen Serviettenringen zum Ausdruck. Der mütterliche

Ring sah für ihn wie ein Krönchen aus, etwas strahlend nach außen Gewandtes, eine Taille, die nach oben und unten aufspringt. Der Ring des Vaters hatte etwas Muskulöses, Bulliges, eine Schlagkraft nach außen, die aber aus einer Wendung nach innen stammt. Wortkargheit und Verschlossenheit ging von dem Ring aus, die Fähigkeit zu Explosionen einer kleinen kompakten Bombe, zugleich eine besondere Festigkeit. Der mütterliche Ring war ein Reifen, der fehlerlos rollte, der väterliche das Mittelteil einer Kugel, das eierte. Man wußte nie, wohin dieser Ring rollen würde. Jetzt erhielt Ludwig Gelegenheit, eine ganz andere Seite seines Vaters kennenzulernen.

Die Fragen nach Hermann und der Mutter machten ihn nicht eifersüchtig. Der Vater war auf dem Weg in nebliges Land, in dem er Fuß vor Fuß setzte, ohne sich umzudrehen. Er wollte allein davonziehen. Aber in der Raumlosigkeit, in die er sich begab, fand sich nichts, woran man die zurückgelegte Entfernung hätte messen können. Seine Fragen nach Hermann und der Mutter schienen Ludwig wie Rufe, um ein Echo zu erzeugen. Die Rufe kamen noch an. Ein Widerhall trug sie noch zu ihm hinüber.

Aber mit seinem Serviettenring – er lag auf dem Nachttisch und erinnerte an die Zeit, in der er ohne seine Flasche zurechtgekommen war –, mit diesem Ring hatte er nun schon gar nichts mehr zu tun. Schon vor Ende des Stücks hatte der Vater die Rolle, die ihm zugewiesen war und die er ein Leben lang getreulich gespielt hatte, wieder zurückgegeben.

Ludwig war jetzt nicht mehr für ihn da, die Flasche des Pilgers aber blieb noch bei ihm. Er beugte sich vor und nahm das Wiegen wieder auf. Ludwig verließ den Raum, rückwärtsgehend, gleichsam entweichend, um nicht durch eine ruckartige Kehrtwendung die Stille des Augenblicks zu stören.

Da war der Sessel, und da war die Decke. Jetzt, wo er wieder in dem Sessel lag, erschien er ihm besonders bequem. Früher hatten viele Leute in Sesseln geschlafen, vor allem, wenn sie alt wurden, als gelte es, das Bett, das allzu leicht zum Totenlager werden konnte, so lang wie möglich zu meiden. Eine seltsame Verkehrung der Verhältnisse mischte sich in seine verschwommenen Gedanken vor dem Einschlafen: er brauche sich nicht wachzuhalten, denn der Vater wache für ihn.

Der Vater liebte kleine Anekdoten aus Ludwigs Kindheit, kleine Peinlichkeiten, die wieder anzuhören Ludwig stets Qualen bereiteten. Fühlte er in ihnen das Bedauern über eine verlorengegangene Nähe? Als Fünfjähriger hatte Ludwig einmal dabeigestanden, wie dem Vater eine Flasche Wein aus den Händen glitt und auf dem Steinboden zerplatzte. Alles schwamm rot. Dazwischen glitzerten grüne Splitter. Dem Vater war der Schreck in die Glieder gefahren. Er sagte nichts, aber es war ihm anzusehen, daß er Luft holte, um seinen Zorn loszuwerden, als Ludwig ihm zuvorkam: »Das hat Gott schon vorher gewußt.«

War es am Ende wirklich so, daß alles, was geschah, jeder sprudelnde Blutquell und jeder verschüttete Wein, seit langem schon vorhergesehen war und nur auf das gnadenlose Abrollen der Kausalitätenkette wartete, und sollte die Zwangsläufigkeit dieser Untergänge tatsächlich in einem Bewußtsein irgendwo aufgehoben sein? Gab es ein solches Bewußtsein, dem schon bekannt war, wann das fremde Blut, das heute nacht in den Vater hineingelaufen war, wieder aus ihm hinausgelaufen sein würde? War der Mensch ein Schlachttier, nur nicht so sanft und ergeben, sondern in einem sinnlosen Kampf gegen die Masken der Notwendigkeit begriffen, der ihn für jene Stunde schwächte, in der sie ihm ihr Gesicht offenbarte?

Ludwig schaute durch den Türspalt in das dunkle, vom

roten, eigentümlich pulsierenden Licht beschienene Schlafzimmer. Der Vater saß immer noch wie der indische Bettler da, aber er wiegte den Körper nicht mehr und hatte die Flasche sinken lassen. Die Lippen waren eingefallen und formten ein tückisches Lächeln. Die Augen schauten, von Boshaftigkeit funkelnd, in die Nacht. Er glich auf einmal dem Meerkatzenköpfchen Voltaires, wie es die Houdon-Büste, die ihn ohne Perücke zeigt, wiedergibt. Da saß er, in der Einsamkeit seiner Gedanken, und amüsierte sich. Seine Miene sprach von nacktem Hohn. Er hockte nicht mehr auf dem Boden, sondern auf einem Sack erledigter, ad absurdum geführter Gedanken, entlarvten, leeren Gewäschs. Er hatte erkannt, daß er in dem Augenblick der höchsten Verzweiflung mit wertlosem Gepäck dastand, wie ein Landstreicher, der aus den Abfalltonnen zusammengesuchte Schätze in vielen Tüten mit sich geschleppt hat. Und diese Entdeckung ließ ihn triumphieren. Durfte ein solcher Augenblick Zeugen haben?

Wann starb er nur endlich. Wie viele Stationen auf dem Weg in die Grube mußten noch zurückgelegt werden? Ludwig verlor jetzt jede Hemmung. Solche Nächte durfte es nicht mehr viele geben. Welch ein Unsinn, welch eine Rücksichtslosigkeit des quacksalberischen Dr. Schick, im letzten Augenblick als Schicksalsmacher hinzuzutreten und diese Blutbeutel, deren Anblick schon Übelkeit erregend war, herbeizuschaffen. Wem sollte das dienen? Es gab schließlich auch noch die Angehörigen. Die Mutter nahm grausame Wechselbäder aus Hoffnung und Verzweiflung. Für Hermann war dies Hocken und Harren die angemessene Daseinsform, das Nichtstun, das moralisch hoch gerechtfertigt war, der rührende Sohn, der alles hintanstellte, um dem sterbenden Vater beizustehen. Ludwig aber kämpfte. Er kämpfte den Lebenskampf, und darin lag die Berechtigung seiner Existenz, und wer diesen Kampf nicht kämpfte oder dazu nicht mehr imstande war, der trat eben ab. Dieses Dem-Tod-Ausweichen und Am-Leben-Hängen hatte etwas von Leuten, die in Pension gingen und dann gelegentlich in ihrem früheren Büro Besuch machten. An ihrem Schreibtisch saß längst der Nachfolger. Manche Kollegen hatten gekündigt, neue waren eingestellt. Man wußte nicht, was man mit diesem Besucher anfangen sollte. Sie standen am hellichten Tag herum, während gearbeitet wurde, und wollten Erinnerungen austauschen, die niemand teilte. Zunächst ließ man ihnen noch eine Tasse Kaffee bringen, aber dann erlegte man sich keine Hemmungen mehr auf, in ihrer Gegenwart lange und geräuschvoll zu telephonieren und nachher zerstreut zu bemerken: »Sie sehen, wir sind hier sehr beschäftigt.« Der Pensionär mischte sich ein, wohin er nicht mehr gehörte, und klagte dann über die Kälte der Aufnahme.

In den französischen Romanen des neunzehnten Jahrhunderts lag die Kurtisane oder der Dichter – das schienen verwandte Berufe zu sein – auf dem Sterbebett im schon ganz ausgeräumten Zimmer, in dem es gerade noch einen Stuhl für die Pflegerin gab, während im Vorzimmer die Gerichtsvollzieher und die Gläubiger rauchten und Karten spielten, um zu verhindern, daß in den letzten Augenblicken noch Wertsachen weggeschafft wurden. Im Grunde saßen die gesunden Mitglieder der Familie Drais doch ganz genauso zusammen und warteten. Hermann legte Patiencen und bat die Mutter, ihm zu helfen, die fand stolz die Herz Sieben, die der verschlafene Sohn übersehen hatte. Wie sehr Ludwig solche Augenblicke, solche harmlosen Entspannungen in der großen Angst, haßte. Er hatte allerdings nicht Wochen des Lebens in dieser Wohnung hinter sich. Er trug wahrlich nicht die Last dieser Pflege und wäre ihr wohl auch gar nicht gewachsen gewesen. Nach einer einzigen durchwachten und durchträumten Nacht im Sessel verlor er schon die Nerven.

Aber hatte er nicht Grund, sie zu verlieren? Er war es ja, der den Vater da drinnen hatte lachen sehen, in hämischem Vergnügen allein mit einer bösartigen Entdeckung beschäftigt, zu schwach, um lauthals zu lachen, aber in Hochstimmung. Oder war das ein Wahnbild, schob sich hier etwas aus ganz anderen Bereichen in sein Bewußtsein?

Ihm war jetzt, als stehe er auf einer allmählich ansteigenden Hochebene, die mit weißem Geröll bedeckt war. Dazwischen krallten sich hartblättrige, am Boden kriechende Pflanzen fest, die mit zähen Wurzeln die Steine wie mit Stricken fesselten. In der Ferne erhoben sich steinerne Kästen, die aus dem felsigen Grund herauswuchsen, mit mächtigen Deckeln aus einem einzigen grobbehauenen Stein, die nur ein Ochsengespann wieder hätte herunterziehen können. Einen wirksameren Schutz für die Ruhe der Toten gab es nicht. Sie waren unter Zentnerlasten in ihren Sarkophagen begraben.

Auch wir müssen ein ordentliches Grab für ihn schaffen, dachte Ludwig jetzt, verzagte aber im Anblick der monolithischen Kästen. Wo würde man so etwas in Frankfurt herbekommen? Konnte man es bezahlen? Würde die Frankfurter Friedhofsbehörde seine Aufstellung gestatten?

»Das ist alles nicht das Problem«, sagte neben ihm Bruno Hütte, »wir haben meine Eltern auch in einem solchen Sarkophag beigesetzt« – das Wort »beisetzen« hatte selbst in dieser von überhellem Sonnenlicht hart bestrahlten Hochebene einen sonderbaren Klang für Ludwig, etwas vom Absetzen einer Kaffeetasse lag darin, eine Verschmelzung des Begräbnisses mit dem anschließenden Beerdigungskaffee. Andererseits klang der Ausdruck so vertraut, daß es wahrscheinlich schien, einen solchen Sarkophag schnell beschaffen zu können. Es herrschte, das fühlte Ludwig, große Eile.

»Das Problem liegt woanders«, sagte Hütte und reichte ihm einen Feldstecher. Und nun erkannte Ludwig, daß in den Seitenwänden der Sarkophage große Löcher klafften. Steinbrocken lagen auf dem Boden, zunächst kaum von dem Geröll zu unterscheiden. In den Löchern aber regte es sich. Magere Hunde mit großen Schwären im Fell waren dabei, die Kadaver ins Freie zu zerren. Teile des Fleisches lösten sich. Die Hunde hatten Fetzen davon in den Mäulern, ließen sie draußen fallen und setzten ihre ekelerregende Arbeit fort. Ludwig erkannte deutlich einen sehr weißen, sommersprossigen entstellten Körper. Die Auszehrung aller Glieder stand im Gegensatz zu einem harten runden Wulst, der sich unter der mürben Bauchdecke wie ein Ball abzeichnete. Wo dieser Körper gepackt wurde, zerfiel er, und doch nahm sein Zerpflücken und Zerfleischen kein Ende. Es war, als wachse das herausgerissene Fleisch alsbald wieder nach. Raben und Möwen warteten in der Nähe, um sich auf das Aas zu stürzen.

»Siehst du, und dagegen kannst du eben nichts machen«, sagte Bruno Hütte belehrend. »Wir haben uns erkundigt, aber das ist so üblich. Der schwere Deckel ist für die Katz« – Katzen, die sich da herumschlichen, fehlten auf dem Bild gerade noch, aber so drückte Hütte sich wirklich aus, die Szene war authentisch.

Als Ludwig erwachte, ging die Sonne auf, ein Augenblick von solcher Schönheit, daß er sich fragte, warum er ihn immer verschlief. Rauchfarbenes Rosa lag über den Dächern, darüber ein kühles taufrisches Hellblau, und dann näherte sich der Rand der rotgoldenen Scheibe, und in einer großen langsamen Bewegung wurde sie über den hohen Horizont der Stadt gehoben. Als sie dann voll und frei am Himmel stand und die Deutlichkeit der Details, die sie beschien, ein Gegengewicht zu ihr schuf, sah sie schon viel weniger majestätisch aus. Dafür lagen Ludwigs nächtliche Gedanken in ihrem Schein deutlich vor ihm ausgebreitet. Kein einziger war verflogen wie die Rauchtöne, die den Sonnenaufgang begleitet hatten. Sie standen nun viel krasser und nackter als in der Nacht da, in ihrer schamlosen, aber auch erbärmlichen Häßlichkeit. Kein Laut rührte sich drinnen und draußen, aber Ludwig schlug das Herz bis zum Hals.

Wie, wenn diese Gedanken nun die letzten Lebensaugenblicke seines Vaters begleitet hatten? Gedanken waren flüchtig und drangen dennoch durch den Schädel und die Wände und umschwärmten die Seele, die sich für den Aufbruch aus dem Körper rüstete. Ludwig war davon überzeugt, daß der Vater in seinem Zustand abseitiger entfernter Hellsichtigkeit bis tief in ihn hineinzublicken vermocht hatte und die ganze Wüste, das Ängstliche, Schiefe und Armselige dort anschauen durfte als letzten Trost. Er hatte Söhne gezeugt, und dabei waren solche Wesen herausgekommen, die den einzigen Dienst, in dem die Lebensberechtigung eines Sohnes überhaupt liegt, nämlich dem Vater in der Sterbestunde zu helfen, so meisterhaft, so bereitwillig und liebevoll leisteten. Eine solche Enttäuschung mußte die schwache Flamme, die noch in ihm flackerte, gewiß ausblasen. War Ludwig in der Nacht nicht zum Mörder seines Vaters geworden?

Dem Exzeß seiner Nachtgedanken antworteten jetzt heiße Gewissensbisse. Kaum wagte er es, sich zu erheben. Wenn er gestern abend gefürchtet hatte, allzu sehr nach Ausgehen und Vergnügen ausgesehen zu haben, durfte er in dieser Beziehung wenigstens jetzt beruhigt sein. Sein Haar stand zu Berge wie ein Hahnenkamm. Hemd und Hose waren während der Reise durch die dunkle Höhle zerknittert, und sein Gesicht war verschwollen, als habe er Ohrfeigen bezogen. Das kam von dem in den Samt des Sessels geprägten Muster, auf dem seine Wange gelegen hatte.

Und so stand er denn wieder an der Schlafzimmertür und sah in den hell gewordenen Raum hinein, ein gerupfter Büßer, angstvoll und auf Zehenspitzen stehend. Die rote

Kerze war in dem Lichtmeer des anbrechenden Tages zu einem Pünktchen geworden. Das Schlafzimmer lag nicht nach Osten. Der junge Tag trat hier gefiltert herein, kein Rosa ergoß sich, ein warmes Grau floß sanft über das hohe Bett, und darin lag der Vater, nun wieder zurückgelehnt. Seine Augen waren geschlossen. Seine Ellenbogen lagen auf der Matratze. Die Unterarme ragten empor, und die Hände hingen wie kleine geschlitzte Fahnen daran, die sich einem Windchen anpassen. Nach einer Weile verstand Ludwig, was der Vater tat: Er dirigierte eine nur ihm hörbare Musik, ein Adagio offenbar, das wie mit langsamem Ruderschlag durch ein klares tiefes Wasser glitt. Die Nacht, der furchtbarste Teil seiner Leidenszeit, wie Ludwig von der Mutter wohl wußte, war zu Ende. Das Licht kehrte zurück, und damit war auch der Schlaf nahe. Die alten Mönchsregeln schreiben Lobgesänge zum Sonnenaufgang vor, der eine tägliche Auferstehung bedeuten soll. Der Vater stimmte seine Laudes an, weil er die Ruhe nahen spürte. Auch jetzt, wie sein ganzes Leben lang, schätzte er die nur vorgestellte Musik, die er nun nicht mehr in der Partitur, sondern aus seinem Gedächtnis ablas oder womöglich sogar neu entwarf. Seine Hände umschwebten ihn wie friedliche Geister. Die Zeigefinger gaben offenbar gelegentlich Einsätze, weil sie dann mit Bestimmtheit, mit einem kleinen Ruck ein Signal setzten, während die anderen Finger gelöst herunterhingen. Vielleicht war es mit dieser inneren Musik wie mit einem Orchester und seinem langjährigen Dirigenten, der schon ein wenig alt und müde geworden ist: das Orchester weiß immer noch, wie er sich bestimmte Stellen gedacht hat, und spielt sie auch ohne seine Zeichen, und er erinnert sich beim Hören und liefert das Versäumte, ein klein bißchen verspätet, nach.

Was konnte diesem Mann zustoßen? Er hatte sich wie ein Bergsteiger auf gewagter Route mit einem kompakten kleinen Notgepäck ausgerüstet. Wenn Unwetter ihn auf einem Felsvorsprung zwischen Himmel und Erde überraschten, dann erwiesen sich die Wunderdinge dieser Ausrüstung: sie bot Nahrung, Wärme und Zeitvertreib. Nein, sie mußten nicht sorgen, daß er für den Augenblick der Verlassenheit nicht vorgesorgt hatte, Hermann mit seiner Kerze nicht und auch Ludwig nicht mit seinen panischen Gedanken. Am besten tat die Mutter, die schlief und sich für die Stunden, die bevorstanden, stärkte. Sie war mit ihrem Mann so fest verbunden, daß sie wohl fühlte, wenn er eine seiner Lage entsprechend gute Nacht haben würde. Sie erwachte bald nach Ludwig, sah aber das Dirigieren nicht mehr. Während die innere Musik verklang, sanken die Hände wie herabschwebendes Laub auf die Brust des Kranken und blieben in einer Haltung, als greife er sich ans Herz, dort liegen. Er war eingeschlafen.

Die Bluttransfusion hatte einen vorzüglichen Erfolg. Nach langem Schlaf am Vormittag erwachte Ludwigs Vater gegen zwei Uhr und erklärte, sich frisch und wohl zu befinden. Er werde aufstehen und sich anziehen, denn das viele Liegen bereite ihm Unbehagen. Dr. Schick war ein Wunderdoktor. Er tat das Erforderliche, und schon blühte man auf, wie wenn eine Azalee ein paar Stunden kein Wasser bekommen hat, die Blüten schon schlaff herunterhängen und ein Guß in kürzestem alles wieder mit Leben erfüllt und aufrichtet. Eine Transfusion war im Grunde das Einfachste von der Welt. Sie war nicht angenehm, das räumte der Vater ein, und der Gedanke, mit wem er da Blutsbrüderschaft schloß, um seinen Ausdruck zu gebrauchen, ließ ihn sarkastisch lächeln. Dies Blut entstammte gewiß nicht den Adern edelgesinnter Menschenfreunde von asketisch-sportlicher Lebensführung, sondern war für ein Taschengeld allerlei Gelichter abgezapft, das bereit war, alles an sich zu verkaufen, was verkäuflich war. Man muß aber selbst einmal den Zustand des Vergehens, der Todesschwäche, erfahren haben, um den Genuß und das Staunen zu empfinden, die der Anschein wiedergeschenkter Kraft erzeugte. Blut war ein Allheilmittel, ein Jungbrunnen. Solange Blut in den Adern floß, gleich welcher Herkunft, würde der Körper alles leisten können, was von ihm verlangt wurde. Er war dann genaugenommen genesen.

»Sehen Sie«, sagte Herr Dr. Schick am Telephon, »das habe ich gewußt.«

»Wird es lange vorhalten?« fragte die Mutter, gedämpft und mit dem Rücken zum Schlafzimmer.

»Man kann sie gegebenenfalls wiederholen«, antwortete Dr. Schick, und das klang, als sei dann aber wirklich alles ganz gut. Wollte die Mutter in diesem Augenblick etwa etwas anderes hören?

Es gab unter den Bekannten der Eltern einige wenige, die, wie Herr Dr. van Twillebeeckx, die Nähe des Todes so sehr fürchteten, daß sie, nachdem sie sich davon überzeugt hatten, daß es um den Vater nicht gut stand, die Flucht ergriffen und nichts mehr von sich hören ließen. Dieses Untertauchen von Leuten, die sich sonst häufig gemeldet hatten, wurde mit Rücksichtnahme begründet. Ein Haushalt mit einem Schwerkranken müsse geschont werden. Man wisse nie, ob man nicht doch störe. Man begreife nicht, daß es Menschen gebe, die sich selbst zu einem Sterbenden hereindrängen müßten.

Frau Rüsing fürchtete wahrlich die Berührung mit dem Unglück nicht, sie hatte daraus vielmehr eine gelegentlich sogar unterhaltende Lebensaufgabe gemacht, aber sie wollte dennoch nun abreisen. Koschatzki habe ihr keine Ruhe gelassen. Während Herr Dr. Schick im Krankenzimmer den Blutdruck maß, erklärte Frau Rüsing im Wohnzimmer, sie denke nicht daran, den auf solchen Schiffen dem Vernehmen nach getriebenen Kleiderluxus mitzumachen. Koschatzki habe vor, beim »Captains Dinner« im weißen Smoking zu erscheinen. Sie habe aber schon klargestellt, daß sie dem etwas Gleichwertiges nicht zur Seite zu stellen habe.

»Was meinen Sie, meine liebe Römerin?« fragte sie, während die Mutter die geschlossene Schlafzimmertür im Auge behielt, denn Dr. Schick hatte eine Art, nach getaner Arbeit daraus hervorzustürmen und schon halb aus der Wohnungstür zu sein, wenn man diesen Augenblick nicht abpaßte. Er hielt es für richtig, überall den Eindruck einer unbeirrbaren, mächtigen Maschine zu erzeugen, die sich rastlos durch die Arbeit hindurchfrißt.

Frau Rüsing berichtete, daß sie einige Seidenblusen einpacken werde, die sie über die Hose herabhängen lassen könne, das sehe »abendlich« genug aus. Wenn Koschatzki das nicht reiche, könne er sie bei eben diesem Dinner gern verleugnen. Ob die »Römerin« nicht auch finde, daß Koschatzki etwas Stilloses habe? Sie werde den Verdacht nicht los, daß er die ganze Zeit versuche, ihr mit dieser Reise zu imponieren, und dabei wisse sie genau, daß er es sei, der von der Aussicht, auf einem Luxusdampfer nach Ozeanien zu fahren, zutiefst beeindruckt sei. Sie besitze viel Erziehungserfahrung, aber gewisse Züge einer kleinbürgerlichen Herkunft, aus der Koschatzki ja keinen Hehl mache, bekomme man aus den Leuten nicht heraus, man könne da durchaus von Stigmata des Milieus sprechen, sie habe neulich Koschatzki deshalb einen »Stigmatisierten« genannt, und er habe getan, als wisse er nicht, was das sei. »Das können Sie im Lexikon in der Schiffsbibliothek nachschlagen«, habe sie geantwortet, schlagfertig, nicht wahr?

Dachte die Mutter daran, während sie mit wachsender Ungeduld diesen Abschiedsreden zuhörte, daß Frau Rüsing sie bei ihrer Rückkehr bereits als Witwe antreffen würde, die die verwelkten Kränze vom Grab ihres Mannes schon längst hatte entfernen lassen? Sie faßte niemals einen Gedanken über den Todestag hinaus. An dieser Wand prallten die Fragen an die Zukunft ab, und so kleidete sie denn ihre Befremdung nur in eine knappe Entschuldigung: sie werde im Krankenzimmer benötigt. Sie hätte selbst nicht zu erklären gewußt, warum ihr Frau Rüsings Unterhaltung plötzlich öde vorkam.

Unter den Besuchern überraschte am meisten Professor Rutzmann, mit dessen Zuwendung man nicht gerechnet hätte. Ludwigs Eltern unterschätzten in ihrer Bescheidenheit die Rolle, die sie als treue Besucher der »Tartini Strings-Konzerte« gespielt hatten. Rutzmann achtete stets darauf, ob die Drais' – oft war es die Mutter allein – anwesend waren. Nachdem der Traum einer über die Stadt hinausgehenden Karriere sich, wie das bei Musikern üblich ist, frühzeitig zerschlagen hatte, kämpfte er mit Feuereifer um die kommunale Vorherrschaft. Es war ihm gelungen, die musikinteressierten Kreise, denen die Förderung junger Künstler am Herzen lag, an sich zu binden. Seinem Konzept lag die Absicht zugrunde, immer neue begabte junge Leute auf einen Weg zu locken – durch Scheinerfolge, schöne Konzerte, freundliche Kritiken, schmeichelhafte Einladungen, weite Reisen im Bus mit dem Cello im Gepäck –, der in der restlosen Desillusionierung enden mußte. Aber der Pädagoge brauchte nun einmal Futter, und das Publikum hatte sich daran gewöhnt, ihn als den Entdecker von Talenten schlechthin zu betrachten.

War es ein Zufall, daß Professor Rutzmann anrief, als im Radio zu vormittäglicher Stunde gerade Vivaldis Violinkonzert »L'Amoroso« gespielt werden sollte – »Violine: Professor Erwin Rutzmann«, sagte die warme Stimme der Ansagerin, wie von innerer Freude bebend –?

»Sie sind hier gegenwärtig«, sagte die Mutter, während die Klänge sie umwogten. Rutzmann hatte eine Art, Vivaldi zu interpretieren, die seiner Sprechweise in den Unterrichtsstunden verwandt war. Er behandelte auch die kantablen Passagen, als trete er das Stück mit dem Trittbrett einer Nähmaschine schwunghaft ein Stück voran, bis es langsamer wurde und mit einem erneuten Tritt weitergetrieben wurde. Das Gefühl dieses »Amoroso« schien sich in einer Mischung aus Drängen und Jammern zu entfalten. Rutzmann hatte seinen Strich zu solcher Glätte entwickelt, daß der Bogen wie mit Butter geschmiert leise quietschend und vollkommen widerstandslos über die Saiten glitt, da war neuerdings kein Ratschen und Brummen mehr. Als Solist konterkarierte, unterlief und übersegelte er das Orchester, flitzte geölt hindurch. Der Hörer merkte, daß hier ein unbändiger Geist in das brave Korsett einer Partitur eingeschnürt werden sollte, dieser Vergewaltigung indessen immer entkam. Dies Virtuosentum wollte nicht unbedingt die Herzen gewinnen und Beifallsstürme hervorlocken, es hatte geradezu etwas Wegstoßendes an sich. »Ihr meint mich zu kennen, aber ich bin der ganz andere«, sagte dies schlingernde Spiel, in dem Rutzmann scheinbar alles um sich herum vergaß. »Was ich anstrebe, ist eigentlich eine Art Meta-Spiel«, sagte er, wenn er die üblichen Komplimente einstrich.

Als Ludwig am Nachmittag das Wohnzimmer betrat, gerade aus dem Büro kommend, überreizt von der schlaflosen Nacht und einer geschäftlichen Auseinandersetzung mit Bella – sie konnten sich nicht einigen, ob an Herrn Weczerek eine Auswahl des neuen Bettwäscheangebots abgehen solle, wenn man über Mr. Khans Preisvorstellung nicht unterrichtet war –, lief er dem dort sitzenden Ehepaar Rutzmann in die Teetisch-Falle. Sein ehemaliger Lehrer war inzwischen weißhaarig, aber sein Haar stand immer noch in virtuoser Entrüstung vom Kopf ab, einfach nicht zu bändigen, sooft er sich auch hindurchfuhr. Sein Gesicht war röter geworden, aber eine schon früh angelegte Feistheit hatte Falten und Runzeln verhindert. Das Mädchen, das als »Frau Rutzmann« vorgestellt wurde, war höchstens zwei Jahre älter als Ludwig. Sie war kurz gewachsen und kräftig, mit großen Brüsten, großporiger Haut und einem Anflug schwarzer Haare auf der Oberlippe, und obwohl aus dem langen Haar eine praktische Duschfrisur geworden war, erkannte Ludwig die Lieblingsschülerin des Meisters, die Violinstute mit dem das Studio erfüllenden Körpergeruch. Man billigte dem Künstler ein lisztsches oder paganinisches Privatleben zu. Rutzmann erfüllte das Wort vom »Teufelsgeiger« mit Leben. Frau Rutzmann sei junge Mutter, erwähnte Frau Drais, vielleicht um die teigigen Wangen des Mädchens zu erklären. Sie bemerkte sofort, wenn Ludwig jemand mißfiel, der ihr am Herzen lag.

»Hat Ihr Mann zufällig meinen Vivaldi im Radio gehört? Meine Forschungen über die barocke Prosodie – eigentlich ein literarisch poetischer Begriff, aber nach meiner Vorstellung erstklassig begründet auch im Musikalischen anwendbar – ergeben ein vollkommen neues Vivaldibild. Ich sage: weg von der aggressiven Motorik, die linear ins Unendliche und also ins Nichts hinein verläuft, und hin zu der kreisenden Dynamik, eine uteral-gebärende, die Form gleichsam hervorpressende Dynamik – ich darf sagen, daß mir die Lebenserfahrung« – er tätschelte die Hand der Geigerin – »zu dieser Einsicht verholfen hat. Am Anfang war zwar die Arbeit am Text. Aber was die seelische Nacherfahrung anging – und ich dachte, das müsse Ihren Mann doch ungeheuer interessieren und wollte eigentlich ein Gespräch mit ihm darüber führen …«

»Mein Mann ist leider sehr schwach«, sagte die Mutter.

»Machen Sie sich da keine Sorge. Wir werden ihn nicht überanstrengen«, antwortete Rutzmann. Er war entschlossen, ins Krankenzimmer vorzudringen. Aber schwach sei er eben doch? Es stimme also, was gesagt werde?

»Wie nimmt er es?« fragte Rutzmann unvermittelt, in seiner nackten harten Aufrichtigkeit. »Akzeptiert er es?«

»Was denken Sie«, antwortete die Mutter. Rutzmanns scharfes Forschen ließ sie den Respekt vergessen. »Akzeptieren Sie das mal!«

»Mich hat diese Frage immer aufs Äußerste interessiert«, sagte Rutzmann, der ihren Vorwurf nicht zur Kenntnis nahm. Endlichkeit – das sei das zentrale Thema der Musik. Musik sei endlich. Jedes Werk steuere auf seinen Endpunkt zu, finde hier erst die Erfüllung. Das Stück werde überhaupt nur geschrieben, um schließlich zum Schweigen zu gelangen. »Das habe ich dir doch auch immer gesagt«, wandte er sich an seine Frau, die bestätigend nickte. Als Musiker sei für ihn das zentrale Thema: Wie akzeptiere ich das Ende?

»Wir arbeiten wie die Wahnsinnigen – nicht wahr?«, er tätschelte wieder die Hand seiner Frau und sah streng zu Ludwig hinüber, der es vorgezogen hatte, weniger wahnsinnig zu arbeiten, »nur um schließlich still sein zu dürfen. Wir arbeiten spielend auf das Stillsein zu. Das ist es, was meinen Kollegen fehlt. Wenn die Stille fehlt – dann hilft alles nichts. Dann steht der Engel, der die musikalischen Sternstunden begleitet, traurig in der Ecke und schüttelt langsam den Kopf.«

Von diesem Engel war in seinen Unterrichtsstunden häufig die Rede. »Der Engel hat genickt«, hieß es nach gelungenen Darbietungen, und Ludwig hatte nur deshalb nie von dem auf die Rutzmannschen Methoden approbierten Engel gehört, weil seine Leistungen selbst für dessen Kopfschütteln zu schwach waren.

Da ließ ein kleines Geräusch an der Tür alle den Kopf wenden. Dort stand Ludwigs Vater mit Hemd und Hose und einem Morgenrock bekleidet und hielt sich am Türrahmen fest. Nein, er habe angekündigt, heute aufzustehen, und nun sei er aufgestanden, sagte er zu seiner Frau, die den Mund zu Vorwürfen öffnete. Herr Rutzmann müsse wissen, daß er einige Tage das Bett gehütet habe. Das Zusammentreffen verschiedener unglücklicher Umstände habe ihn niedergestreckt. Er könne aber beruhigen: es gehe aufwärts.

Von Ludwig ließ er sich zu einem Sessel führen, scheinbar ohne die Hilfe zu bemerken. Ludwig jedoch spürte, wie leicht er war, ihm war, als stütze er eine alte Dame. Die Hautfarbe des Vaters hatte sich unter dem Zufluß des frischen Blutes nachhaltig verändert. Jetzt bei Tageslicht sah sein Gesicht schmutzigbraun aus, als reagiere die Leber auf die Transfusion gereizt. Das fleischlose Gesicht sackte, wenn er stand, wie eine schlaffe Maske herunter. Seine Augen bekamen etwas Blutunterlaufenes, die Tränensäcke hingen schwer, das Auge schwamm in Tränen, und zugleich wirkte das Gesicht mürrisch, ja wuterfüllt, bismarck- und bulldoggenartig, und täuschte so über die Schwäche hinweg.

»So, ja, so«, sagte Professor Rutzmann, es freue ihn, das zu hören, aber diese Bemerkung kam verdutzt und beinahe ein wenig empört.

Alles sei eine Frage der Bildung neuer Blutkörperchen, erklärte der Vater mit einer gewissen Strenge. Jetzt sei das Brustbein gefordert. Rutzmann sei ohne Zweifel über die Funktion des Brustbeins informiert, aber er habe da Neues erfahren. Das Brustbein arbeite bei ihm gegenwärtig mächtig. Es erzeuge neue Blutkörperchen. Sowie diese Erzeugung Ergebnisse zeitige, könne es sichtlich und dann wahrscheinlich schnell aufwärtsgehen. Rutzmann tauschte mit seiner Frau einen Blick und wackelte mit dem Kopf.

»Ja, es ist ein schweres Leiden«, sagte er und blickte die Mutter durchbohrend an.

»Schwer und nicht schwer«, sagte der Vater trocken. Er leide nicht, habe keine Schmerzen, sei aber schläfrig und appetitlos. Rutzmann sah ihn jetzt mit dem falschen Einverständnis an, das man Geisteskranken entgegenbringt. Nachdem sich seine Entrüstung über den Mangel an Todesgestimmtheit gelegt hatte, überließ er sich nun seinem Forschertrieb. Unverhohlen neugierig sah er den Vater an, als gelte es, gerade hier einmal zu erfahren, wieweit die Verblendung den sich ans Leben Klammernden narrte.

Das Phänomen ist erstaunlich, schien er seiner Frau stumm bedeuten zu wollen, präge es dir gut ein. So verständigte sich das Ehepaar häufig, denn in der Welt der Kunst herrschte ein beständiger Bürgerkrieg, und nicht immer war es ratsam, mit dem eigenen Standpunkt herauszurücken. Auf Treffen mit Künstlern anderer Sparten, wenn die Musik einmal nicht im Mittelpunkt stand, hielt Rutzmann meist den Mund, sah aber vielsagend um sich und hatte schon seiner ersten Frau eingeschärft, es ebenso zu machen. Bei der zweiten war das weniger nötig, weil sie sich nicht in seine Händel zu mischen pflegte, sondern sich auf der Ebene darunter, wo arglose Geselligkeit und Zutraulichkeit zu Hause waren, breitmachte.

Von seinem Plan, der ihn hierhergeführt hatte, war er nun abgekommen. Er erfand in einem fort »Reihen« oder »Programme«, die man abonnieren konnte und die in den Zeitungen ausführlich vorgestellt wurden. Alle diese Programme enthielten im Titel das Wörtchen »und«: »Alte Musik und Kinder«, »Serielle Musik und Senioren«, »Klassik und Entspannung« – und nun war die Krönungsidee über ihn gekommen: »Musik und Sterben«. Rutzmann stellte sich vor, daß richtig eingesetzte Kammermusik – nicht zu laut – die perfekte Sterbebegleitung bildete, ja daß es gleichsam zu sakramentalen Wirkungen kommen müsse, wenn man es richtig anginge. Für einen großen Teil seines Publikums war das Musikhören ohnehin bereits an die Stelle religiöser Funktionen getreten, besonders beliebt war deshalb das Sonntagmorgenkonzert, das ausdrücklich die Stelle des Gottesdienstes einnahm und ebenso erbaulich war.

Wenn Frau Rutzmann in der warmen Fülle ihrer jungen Mutterschaft nun an das Sterbebett von Herrn Drais trat, die Geige unters Kinn geklemmt, das Hinterteil fest nach hinten gedrückt, schön sichtbar als kompakten Erker, und das Instrument präludierend aufrauschen ließ, um dann in eine der großen Bach-Toccaten hineinzugleiten, dann mußte das für alle Anwesenden ein unvergeßlich starkes Erlebnis werden. Aber so wie die Sterbesakramente erst beim Sterben, »in periculo mortis« wenigstens, wenn nicht »in articulo mortis« gespendet werden, hatte es natürlich überhaupt keinen Sinn, hier am Teetisch, wo der angeblich Sterbende von seiner bevorstehenden Genesung sprach und sogar eine Krawatte umhatte, unvermittelt die Geige auszupacken.

Rutzmann hatte sich vorgestellt, daß die Melodie sich in das Bewußtsein eines Dahindämmernden einschleiche, der von der Gewalt der Töne orpheusartig noch einmal an die helle Welt des Tages zurückgelockt würde, bevor er, beseligt lächelnd von der Erde Abschied nehmend, durch dies Rutzmannsche Geschenk mit allem Leid versöhnt in das Dunkel sank. »Des Todes Schlummerflöten« entstammten dichterischer Lizenz, in Wahrheit war der Tod Geiger, das war auch ikonographisch nachweisbar. Ohne daß Rutzmann es verhindern konnte – die kommunizierenden Röhren der innerehelichen Verständigung waren oft noch verstopft, und auf den Fuß treten konnte er sie nicht, weil man an einem Glastisch saß –, erhob sich seine Frau plötzlich und ging, ihr Instrument zu holen. Herr Drais folgte ihr mit entzücktem Blick. Als sie zurückkehrte, war er im Sessel eingeschlafen.

Das Ehepaar Rutzmann verabschiedete sich auf Zehenspitzen.

»Er hat doch sehr abgebaut«, sagte Rutzmann in der Tür, als die Mutter ihm noch einmal für den Besuch dankte. Ludwig erhielt einen väterlichen Händedruck, bei ihm fand der Meister zu seiner Würde zurück. »Wir kommen zu spät«, sagte er feierlich. Das Paar eilte seinem Säugling entgegen, aber Cordelia hüpfte mit ihrem Geigenkasten an der Seite ihres Mannes die Treppe hinunter, als verlasse sie wie vor fünfzehn Jahren das Konservatorium.

Mit Mühe hatten die Mutter und Ludwig den Erschöpften in sein metallisches Bett gebracht. Er schlief nun fest, sein Gesicht war wieder ganz Nase geworden. Schon das Auskleiden hatte er kaum bemerkt. Ludwig saß noch an seinem Bett, als er draußen laute Stimmen hörte. Vor der Tür stand ein Paar in dicken Mänteln. Die Frau war unförmig, hatte nußfarbene Dauerwellen mit einer weißen Stirnsträhne und rotgemalte Lippen, der Mann sah durch eine gelblich schimmernde Brille mit lupendicken Gläsern und hatte eine Narbe an der Stirn. Die beiden hielten sich untergehakt, der Mann trug in der freien Hand eine rindslederne Aktentasche mit klappernden Schlössern und die Frau auf der anderen Seite eine weiße, an den schadhaften Stellen sorgfältig mit Schuhcreme behandelte Handtasche. Sie waren zusammen wie ein Elefant, eine aneinandergeschweißte Gruppe von Panzerstärke, obwohl sie alte Leute waren.

»Wir lassen uns das nicht bieten«, rief der Mann scheltend. Die Frau kam, ohne sich von ihrem Mann zu lösen, nur schwer an ihr winziges Taschentuch mit Häkelspitze heran und zog deshalb die Nase hoch. Stellvertretend für alle, denen er in einem siebzigjährigen Leben etwas schuldig geblieben sein mochte, waren nun, im allerletzten Augenblick, Herr und Frau Kn. erschienen, das Ehepaar, dem der

Vater einstmals die Tür gewiesen hatte. Im Triumph hatten sie sich hinauswerfen lassen, denn sie fühlten, daß der Vater darunter litt.

»Wir lassen uns nicht abweisen«, rief Herr Kn., »nicht mit Ausreden abspeisen.« Vor nunmehr zwanzig Jahren habe er den Briefwechsel mit seinem Schwager hier sicherheitshalber deponiert, weil er Diebstahl und Durchsuchung fürchtete. Es war, als hätten die Kn.s, die den Ärger wie die Luft zum Atmen brauchten, wie die Eichhörnchen überall Material vergraben, das ihnen im Fall des Erlöschens eines Streites ermöglichte, einen neuen vom Zaun zu brechen. »Ich habe fünf Jahre lang im Dreck gelegen!« rief Herr Kn. Um weiteres Lärmen zu verhindern, bat die Mutter sie in die Wohnung. Sie taten zusammen einen Schritt und rückten wie zwei Bauern im Schachspiel zusammen ein Feld vor.

Ludwig spürte, daß seine Mutter, weit davon entfernt, verärgert zu sein, tiefe Rührung über den Besuch der Kn.s empfand. Diese Unseligen gehörten zu einer Zeit ihres Lebens, die nun versunken war und mit dem Abschied von ihrem Mann endgültig verschwand. An die Betretenheit, mit der sie damals die Verschandelung der Küchenmöbel aufgenommen hatte, erinnerte sie sich jetzt, wo diese Möbel längst auf den Sperrmüll gefahren worden waren, mit Vergnügen. Damals hatten die Kn.s älter ausgesehen, als sie waren, jetzt wirkten sie jünger. In ihrer ohnmächtigen Wut hatten sie tüchtig gegessen. Frau Kn. mochte süße Sachen und hatte sich offenbar regelmäßig und reichlich getröstet. Das Schimpfen der Kn.s nahm die Mutter jetzt, wo sie die Tür geschlossen hatte, gar nicht mehr richtig wahr. Es war etwas Vertrautes daran. Die Rührung und Freude verband sich deshalb mit der Eile, die Überraschungsgäste ins Bild zu setzen, zu einem verwirrenden, wohlgelaunten Schwung, als sie erklärte, die Kn.s kämen im rechten Augenblick: ihr Mann liege im Sterben.

Die Kn.s standen wie vom Donner gerührt. Den Tod gab es in ihrer Welt nicht. Hader und Unheil waren ewig, also war auch das Leben, das aus nichts anderem bestand, ewig. Nur widerstrebend setzten sie die Füße voran, als die Mutter ihnen winkte und die Tür zum Schlafzimmer einen Spaltbreit öffnete. Es war, als fühlten die beiden hartgestopften Gesichter den Gegensatz am eigenen Leib, als sie den ausgemergelten, nur noch aus roten Falten bestehenden Kopf des Vaters mit den beiden schwarzen Nasenlöchern sahen.

»Als ob wir's geahnt hätten«, sagte Herr Kn., und seine Stimme hatte jedes Bellen verloren. Noch heute morgen habe er zu seiner Frau gesagt, er frage sich, wie es Herrn Drais wohl gehe. »Er war so ein guter Mensch«, sagte Frau Kn. mit zitternder Stimme. Man werde das eines Tages erfahren. Eines Tages werde man offen darüber sprechen, wie gut er war, sagte Herr Kn. Das Drohende in seinem Tonfall kam ganz leise und war mit wirklichem Kummer durchwirkt. Was sie ihr Leben nannten, hatten sie gänzlich ihren Sorgen und Ärgernissen aufgeladen, und die Schuld an ihrer Lage, aber auch die Rettung aus ihr hing wiederum an einer Reihe fremder Menschen oder Dienststellen und Behörden. Für die Kn.s gab es keine fester geschmiedete Verbindung als die mit einem Feind. Der Wohltäter war in ihrer Erfahrung die ungleich schwächere Figur, bewirkte nie genug Freundliches und besaß als einzige Option, gleichfalls zum Feind zu werden. Unnötig zu sagen, daß es keine Wohltäter der Kn.s gab, die von dieser Option nicht nach kurzem Gebrauch machten. Wer aus dieser Reihe von »Bezugspersonen«, wie es die moderne Pädagogik nannte, heraustrat, gar unwiderruflich durch den Tod, der wurde am Lebensstoff der Kn.s zum Räuber. Sie standen dann noch ärmer da. Für die Überfülle an Zores, die sie mit sich trugen und hervorbrachten, besaßen sie nun ein Gefäß weniger. Ihr Unrat staute sich, drohte auf sie zurückzufallen und sie zu ersticken. Frau Kn. war inzwischen Asthmatikerin geworden, viel kränker als ihr Mann und auf seine Pflege angewiesen.

»Ich putze, ich koche«, sagte Herr Kn. böse, und Frau Kn. schluchzte: »Er putzt, er kocht.« Und jetzt auch noch das. Aber wenn die Kräfte der Kn.s auch geschwunden waren, hier würden sie helfen. Morgen bereits kämen sie wieder. Der Weg sei lang, deshalb könnten sie keine genaue Uhrzeit versprechen, es mochte auch ein Asthmaanfall in die Quere kommen.

»Bitte, rufen Sie vorher an«, sagte Ludwigs Mutter, die ihre Wiedersehensfreude überwunden hatte und das Unheil anrücken sah.

»Das Telephon ist gesperrt – die schrecken vor nichts mehr zurück.« Der unter den dicken Mänteln verborgene Motor sprang an. Das Zweiergespann machte eine behutsame langsame Drehung und steuerte dann der Geraden zu, die sie aus der Wohnung herausbefördern würde. Auch im Gehen richteten sie immer weiter das Wort an die Mutter. Sie waren verliebt in Worte unter der Tür, auf der Treppe, in Vorhallen, Worte, die dem Zurückbleibenden zu denken gaben, aber da sie dabei die Köpfe auf den starren breiten Nacken nicht wandten und diesmal auch nicht schrien, sondern ihr unbedingtes Treuebekenntnis in vertraulichem Ton formulierten, ging, was sie sagten, verloren. Ein treues Bärengebrumm umwehte sie, als sie die Treppe hinabstiegen, in dem sie ihr Gewicht jeweils auf die nächst tiefere Stufe hinabfallen ließen.

Es wurde Abend. Der Vater saß wieder im Bett, in der Haltung des indischen Bettlers, aber er sagte nichts, wenn seine Frau das Wort an ihn richtete. Etwas zu trinken? Nein? Oder vielleicht doch? Sie sprach leise zu ihm, als gelte es, ihn nicht zu erschrecken, oder als seien seine Gedanken eine Schar kleiner Vögel, die bei einem ungewohnten Laut aufflatterten. Er ließ die Augen nicht von ihr. Ihre Hände interessierten ihn. Er folgte ihnen beim Feststecken des Bettuchs, beim Einfüllen von neuem Tee in die Flasche, beim Abzählen von Tropfen, die sie dem Tee hinzufügte. Er schien vollkommen gesammelt und aufmerksam.

Sie saßen jetzt um ihn herum. Ludwig unterhielt sich leise mit seiner Mutter, Hermann las in einem in schwarzes Maroquin eingebundenen Buch mit Dünndruckpapier und Goldschnitt. Die Seiten klebten gelegentlich aneinander, dann blies er auf die Schnittstelle, bis sie sich öffnete. War Dr. Schick zu erwarten?

»Er wollte kommen«, sagte die Mutter, als gebe es nichts Unwichtigeres. Was war das Gebot der Stunde? Der Vater war wach und sah sie an, und sie saßen um ihn herum. Genügte das nicht? Vielleicht würde er etwas sagen? Wenn Herr Dr. Schick jetzt käme, dann müßten alle das Zimmer verlassen, und wenn er gegangen war, schlief der Vater infolge der Injektion, die der Arzt ihm machte, ohne viel darüber zu reden, und in der Zwischenzeit würde es Dr. Schicks Stimme sein, die die Zimmer füllte. Den Arzt geradezu abzubestellen, hatte niemand den Mut. Aber wenn man nur einfach das Drängen ließ, das jeder Visite bisher vorausgegangen war, dann fiel man jedenfalls nicht dem Schicksal in den Arm.

Welche Art von Worten erwartete Ludwig? Es gab Sammlungen mit letzten Worten, erhabenen, dunklen, verzweifelten und komischen. War es nicht eine fatale Vorstellung, wenn der Vater jetzt etwas dergleichen sagte? Eine Botschaft hinterlassen, das Leben in die Nußschale eines Satzes pressen, der Abschied von Frau und Söhnen – wie sollte das in dieser Verfassung geleistet werden? Damit dachte Ludwig nicht an die physische Schwäche. Er hatte seinen Vater enttäuscht. Das wußte er, das mußte nicht wiederholt werden. Zu einem Wort der Ermutigung war es noch zu früh. Alles war bei ihm noch viel zu ungeordnet und verwirrt.

Der Blick des Vaters war fragend und galt vor allem seiner Frau: Du bist da, gewiß, und die Söhne sind auch da, schien er zu sagen, aber wie kommt es dann, daß ich dennoch immer tiefer sinke, daß das Saugen von unten gar nicht nachläßt? Und was ist eure Gegenwart eigentlich wert, wenn sie dieses schreckliche Sinken nicht verhindern kann?

Die Mutter war am wenigsten zu verstören, weil sie, so kam es Ludwig vor, für diesen Tag seit langem gelebt hatte. Jetzt war sie bereit. Der Instinkt, der sie Säuglinge hatte großziehen lassen, half ihr auch, mit dem Verstummten in Verbindung zu bleiben. Es war deutlich, daß er nicht verstand, was sie sagte, aber an einem leichten Runzeln der Augenbrauen war zu sehen, daß er zu folgen versuchte.

Wie jung das zerfurchte, entfleischte Gesicht mit der von den Medikamenten so knollenartig veränderten Nase plötzlich wirkte. Der fragende Blick hatte sich in einen staunenden verwandelt. Professor Rutzmann hatte einen Menschen erlebt, der sich über seine Lage täuschte und andere täuschen wollte. »Ich habe diese Begegnung als eine Art geistigen Bankrott empfunden«, pflegte er später häufig zu sagen. Der geistige Mensch sehe den großen Notwendigkeiten ins Auge und bewältige sie aus dem Fundus – nun welchem Fundus? –, dem Fundus seiner Geistigkeit eben, der erworbenen Kultur. Bei Herrn Drais sei da offenbar nicht viel gewesen – eine herbe Enttäuschung.

War ein Fundus nicht eine Art Rumpelkammer des Theaters, in dem Requisiten und Kostüme abgespielter Inszenierungen dem Zerfall oder der Versteigerung entgegendämmern? Bei Ludwigs Vater hätte Rutzmann besser von einem Schatzhaus gesprochen, und dieses Schatzhaus war bis zum Bersten gefüllt, es war vielleicht sogar überfüllt, man hätte ausräumen müssen, um an alles heranzukommen; es war mit den in Reichweite befindlichen Schätzen ein klein wenig zu bequem eingerichtet. Seine Weisheit war ein mit Straußenfedern gepolstertes Ruhelager, von dem aus er alles überschaute, um dennoch nichts zu wissen. Bei einer Fülle von Kenntnissen und dem Genuß, den er aus ihnen zog, hatte sein Nicht-Wissen etwas Behagliches, Liberales, Lebenskünstlerisches.

Aber wenn diese Haltung, die er zur Freude seiner Umgebung lange aufrecht erhalten hatte, eine Maske war, dann war diese Maske gefallen. Er war jetzt so jung wie noch nie in seinem Leben. Er war jetzt von der Zartheit eines schlüpfenden Schmetterlings, ebenso zerbrechlich und zusammengefaltet, und die im Leben von den ersten Tagen an verlorene Unschuld und Reinheit war zu ihm zurückgekehrt. Damit waren Krusten und Panzer gefallen, die sich anstelle der Unberührtheit gebildet hatten. Sokrates war fern und seine Beweisführung, es sei unvernünftig, Todesangst zu empfinden, denn Angst könne sich immer nur auf etwas Bestimmtes beziehen; was uns nach dem Tode erwarte, sei uns hingegen unbekannt und daher unbestimmt und unserer Furcht nicht wert. Das war weniger als ein armseliger Wortwitz, eine Philosophie für selig betrunkene Konviven, deren Geist schon unscharf genug ist, um sich an rhetorischen Tricks zu erbauen. Denn jetzt war das Grauen da.

Eine Stehlampe brannte, etwas vom Bett weggerückt. Der Vater saß in lichtem Schatten. Unbewegt reiste er. Daß er weite Räume durchmaß, war dem Wechsel seines Mienenspiels abzulesen. Hier sah Ludwig, wer sein Vater war. Dies war die Wahrheit seiner Person. Das Biographisch-Anekdotische war weggewischt. Die Ereignisse, Taten, Menschen, Werke, die seine Anschauungen geformt hatten, waren verschwunden, aber nicht alle ihre Folgen, denn das

Gesicht sprach davon, daß da wohl manches gewesen war, aber diese Lebenslinien und Furchen waren etwas Äußerliches, das Altern hatte diesem Menschen, der da saß, nichts Wesentliches hinzugefügt, so wie der jugendliche bronzene Gott, der nach zweitausend Jahren aus dem Meer gezogen wird und von Muscheln und Rost schier unkenntlich ist, mit dieser Meereskruste nichts zu tun hat.

Der Vater mußte husten, kein quälender Hustenanfall, den gab es nun auch nicht mehr, sondern ein Räuspern, ein Hüsteln. Da hielt er sich die Hand vor den Mund. Diese Furche aus frühester Jugend hatte sich etwas tiefer eingegraben.

Das Eigentümliche an dem Auslöschen der Charaktereigenschaften des gereiften, liebenswürdigen, gelegentlich auch heftigen Mannes war aber, daß darin keine Verarmung lag. Er war, so jung und unschuldsvoll er sich jetzt darbot, keineswegs geschrumpft in Ludwigs Augen, sondern ganz im Gegenteil eine viel bewegendere Erscheinung geworden. War er noch sein Vater oder die Erscheinung eines neu in die Welt getretenen Wesens, voll von dem Licht und den Farben der Sphären, aus denen er aufgebrochen war? Hier wurde sichtbar, daß das Wort »unheilbar« eine Bedeutung besaß, die sich erst am Ende der Entwicklung der tötlichen Krankheit eröffnete: nämlich eine überaus verheißungsvolle. War es überhaupt wünschenswert, wenn man den Vater, wofern das einer zu Wundertaten fähigen Medizin zu Gebote gestanden hätte, aus dem unter Schmerzen erreichten Zustand, seiner Vervollkommnung, wieder zurückholte? Was hätte ihn erwartet? Nun, er wäre bestimmt nicht mit Ernst Walter Koschatzki auf Kreuzfahrt gegangen, obwohl er dem Zeitchronisten Koschatzki solche Eskapaden »aus beruflichen Gründen« wohl zugestand. Ein weiteres Mal zu den Bachwochen nach Ansbach wäre er aber gewiß gereist. Südtirol, Sylt, die Provence – es gab zu Koschatzkis

Ozeanien durchaus Gegenvorschläge, die besser zu seinem Stil paßten. Auch dort hätte er im übrigen Koschatzki begegnen können, zusammen mit vielen anderen gebildeten älteren Herrschaften, bei denen sich, in strotzender Gesundheit braungegerbt und mit leuchtendem Silberhaar, Mann und Frau im Erscheinungstyp der alten Indianersquaw nähergekommen waren. Jetzt in diesem Zustand der Unheilbarkeit – war es vermessen, stellvertretend für den Vater Dankbarkeit zu empfinden?

Wenn alles vergessen war, was zu dem früheren Leben gehörte, woher kam dann die Liebe, mit der er plötzlich seine Frau und seine Söhne betrachtete? War das womöglich doch ein Rest von Ahnung, daß ihn mit diesen Menschen etwas verband, oder hatte er sie vollkommen neu entdeckt wie Perdita im »Sturm«, die in Gestalt des Prinzen von Neapel den ersten jungen Mann ihres Lebens sieht und die »schöne neue Welt« preist, die »solche Geschöpfe trägt«? War es nicht ein Wunder, daß der unbefangene, neu geschenkte Blick auf diese alte Frau, diesen schlampigen Bohemien, diesen blassen Rotschopf in seiner nagelneuen Büroverkleidung, in ihnen etwas Liebenswertes entdeckte, ohne durch jahrzehntelange Gewohnheit und das Begraben aller Hoffnungen zu diesen wohlwollenden Empfindungen zurechtgeklopft und abgerichtet zu sein? War diese Liebe nicht kostbarer als das Familiengefühl, in das so viele ganz andersartige Absichten einflossen? Kinder schämten sich ihrer Eltern, Eltern grämten sich über ihre Kinder, schmückten sich mit ihnen oder versteckten sie. Statt dessen diese freie Betrachtung: er sah sie an, in einer schweren Stunde, in der das Böse von allen Seiten an ihn heranbrandete, und sie gefielen ihm.

Das Fragende und das Liebevolle verschwand plötzlich aus seinem Gesicht. Es war bald ein Uhr nachts. Die Mutter hatte sich auf ihrem Bett ausgestreckt, aber keiner dachte daran, das Zimmer zu verlassen. Sie waren hier gefangen, dies war kein Warten mehr. Sie waren zusammen, als gebe es kein anderes Ziel, und sie waren zufrieden, zusammen zu sein.

Und nun traf der Vater ganz deutlich Vorbereitungen, um gerade den Söhnen etwas zu sagen. Er öffnete den Mund, als ob er sprechen wolle, und nahm eine nachdenkliche, treuherzige Miene an, als lasse er sich noch einmal die Fülle der Argumente durch den Kopf gehen. Sein Sprechstil war stark vom Mienenspiel geprägt, die Pausen, das Bedenken, das Zur-Formulierung-sich-Hintastende gehörten zu seinem rhetorischen Instrumentarium. Behutsamkeit sprach daraus. Man durfte bloß nicht ungeduldig sein, dann konnte seine Art, sich zu äußern, anstrengend werden, denn über die Autorität, sich gemächlich zu verbreiten, verfügte er durchaus und setzte sie auch ein, um ein folgsames Zuhören zu erzwingen. Und so spitzten die Söhne die Ohren. Es war, als liege ihm, was er sagen wolle, auf der Zungenspitze, aber kaum daß er den Mund auftat, fiel es wohl hinunter, und er mußte mit seinen Vorbereitungen von neuem beginnen. Sein Gesicht sah aus, als wolle er sagen: »Wir müssen uns das alles ganz anders vorstellen ...« So begannen häufig seine Ausführungen: anders mußte man sich vorstellen den Krieg, die griechische Tragödie, die Kreuzzüge oder das neunzehnte Jahrhundert. Man konnte geradezu von einem Gestus seines Denkens sprechen. Und dieser Gestus war noch da, obwohl sich der dazugehörende und ihm unterwerfende Gedanke selbständig gemacht hatte und in nächster Nähe, aber ungreifbar, herumkobolzte. Der Vater versuchte, den flüchtigen Gedanken zu überlisten, indem er die formalen Vorbereitungen zu seiner Darlegung traf, indem er die Miene annahm, die ihn begleiten sollte, und den Tonfall der Stimme, die zu diesem Gesamtkunstwerk trat, durch ein stimmhaftes erstes Räuspern ausprobierte. Er trachtete, über die rhetorische Geste in den Rhythmus seines Gedankens gleichsam von selbst hereinzufallen. Niemals hatten ihm die beiden so gut zugehört. Und wiederum mußte man sagen, daß die Wortlosigkeit den Eindruck seiner Person noch steigerte. Dies war er ganz und gar. Ein Gedanke, womöglich gar ein bedeutender, hätte diese höchstpersönliche Wirkung nur abgeschwächt.

Aber er hörte nach einer Weile mit diesen Versuchen, sich in alter Weise mitzuteilen, auf, ließ den Kopf nach hinten sinken und wandte sich ab. Es war, als empfinde er seine Unfähigkeit zu sprechen mit Trauer und als leite ihn diese Trauer zu der größeren zurück, die er ein Weilchen vergessen hatte.

Die Stunden verstrichen, und der Vater nahm keine neue Stellung ein, sein Kopf blieb abgewandt, »das Haupt war verhüllt«, wie man in der Antike für einen solchen Rückzug in einen Schmerz sagte, der zu groß war, um mitgeteilt zu werden. Dann stieß er einen Seufzer aus. Ludwig näherte sich ihm und fuhr sofort wieder zurück. Der Gestank von verfaulendem Fleisch war plötzlich im Zimmer.

»Der Foetor«, sagte Hermann in großer Ruhe, als habe er dies Phänomen erwartet; er war immerhin einmal Krankenpfleger gewesen, da mochte er dergleichen und der wissenschaftlichen Benennung dazu begegnet sein. Er rückte seinen kleinen Stuhl an das Kopfende, schlug das schwarzlederne Büchlein mit dem buntseidenen Lesebändchen auf und begann dem Vater ins Ohr flüsternd etwas vorzulesen, ohne daß der irgendein Zeichen gab, daß er davon Kenntnis nahm.

»Ich habe es ihm versprochen«, sagte er, indem er vom Buch aufsah, zu Ludwig. Die Mutter erwachte und stand auf. Sie war benommen und sah jetzt klein und alt aus, als wolle sie ihrem Mann so ähnlich wie möglich sein.

Eine Unruhe überfiel den Vater. Er machte Anstalten, aus dem Bett aufzustehen, und hob die Füße schon heraus. Mit sanfter Überredung schob seine Frau sie wieder zurück. War das ein weiteres Zeichen der Verwirrung, oder drückte sich darin der bei den Sterbenden manchmal beobachtete Wunsch aus, noch einmal den Erdboden zu berühren, hier im zweiten Stock eine wahrhaft symbolische Handlung. Seine Füße waren weiß wie Papier, die Zehen knochig verkrampft, die Knöchel violett. Der Körper wurde zur gotischen Foltergestalt.

Die Ruhe kehrte zurück. Die Augen waren fest geschlossen, der Vater war nun für niemanden mehr erreichbar. Die Hände hoben sich erneut zum Dirigieren, aber nur noch andeutungsweise, einige schwebende Klänge lang, die die Zeigefinger in die Luft nachmalten. Der Atem wurde schwächer. Auf der einen Seite des Bettes stand Hermann, der aber aufgehört hatte zu lesen und den Vater ansah. Auf der andern neigte sich die Mutter über ihn, um seinem Atem zu lauschen. So schwach er war, man hörte ihn. Er wurde noch schwächer. Auch Ludwig, entfernter stehend, hörte ihn noch. Er wurde noch etwas schwächer. Er stand still.

Dieser Augenblick entzieht sich jeder Beschreibung, das durfte Ludwig später selbst feststellen. Nichts scheint einfacher zu sein: ein Mensch hört auf zu atmen und stirbt. Und doch ist in diesen Sekunden der schärfstmögliche Gegensatz zu einem einzigen Moment zusammengepreßt: das flackernde, schwache, vergehende Leben wird in dem Augenblick, in dem es erlischt, als etwas so unvergleichlich anderes als der nun eintretende Zustand sichtbar, daß man glaubt, gerade dieses letzte Lebensflackern sich nicht genug einprägen zu können, um nie wieder zu vergessen, was das Leben überhaupt ist.

Ludwig war ganz in Staunen versunken. Jede andere Gemütsregung trat da zurück. Es war ihm, als habe er das größte Wunder gesehen, das auf Erden möglich ist. Das also war der Tod. Diesen Tod war Fidi Lopez gestorben, und diesen Tod würde auch er selbst eines Tage sterben. Sein Vater hatte ihm das Sterben gezeigt, wie er ihm das Laufen beigebracht hatte. In diesem Augenblick meinte Ludwig, am Sterben aller Menschen teilgenommen zu haben. Der gekrümmte Leib wie ein Wurm am Angelhaken, das Gesicht aus rotgeschwollener Haut und Nase waren nicht die Körperteile eines einzelnen Wesens mit einem Namen, sondern gehörten nur noch der Gattung.

Während er dastand und sich nicht rührte, von dem Schmerz noch entfernt durch die Macht des Gesehenen, war die Mutter eifrig am Werk. Sie verschob die Tränen auf den Augenblick, in dem die Pflicht getan war. Die im Tod halbgeöffneten Augen drückte sie zu. Dann nahm sie die falschen Zähne aus dem Glas auf dem Nachttisch und setzte sie in die Mundhöhle ein, nicht ohne Mühe, aber in Eile, damit sie nicht von der Todesstarre überrascht wurde. Und schließlich wand sie ihm ein Tuch über den Kopf, als habe er Zahnschmerzen, um das Kinn hochzubinden. Auch Hermann machte sich zu schaffen, indem er Stühle wegrückte und den Nachttisch beiseite schob. Dann holte er aus dem Wohnzimmer zwei hohe Kerzenleuchter mit angezündeten Kerzen und stellte einen zu Füßen des hohen Totenbettes, den anderen zu Häupten auf.

»Das geht nicht«, sagte die Mutter, die vom Knüpfen des Kinnbandes aufsah, »die Kerze dort wird den Vorhang in Brand setzen.«

»Aber wohin sonst? Die zweite Kerze muß hinter den Kopf …«

»Rück den Nachttisch wieder heran, und stell sie darauf, am Vorhang bleibt sie nicht stehen.«

Hermann gehorchte, aber unglücklich. Er hätte lieber den Vorhang abgenommen, statt die Kerze zu verrücken.

Dann schlug er wieder sein Buch auf. Ludwig sah hinein. »Seit wann liest du Latein? Das verstehst du ja gar nicht!«

»Wenig verstehe ich, zu wenig«, antwortet Hermann, »aber das macht nichts, ich lese es ja nicht für mich.« Die Mutter ging aus dem Zimmer.

Es war vier Uhr morgens, dann bald fünf, es wurde hell. Wie sicher sich die Mutter und Hermann, jeder auf seine Weise, im Angesicht dieses Sterbens bewegt hatten. Sie waren dafür gerüstet wie Wohlerzogene, wenn eine seltene Speise auf den Tisch kommt, dafür vorbereitet sind, sie manierlich zu essen. Ludwig fühlte sich so hilflos wie neulich, als vor seinen Augen ein schmutziger junger Mann in einem epileptischen Anfall zusammengebrochen war. Sofort war jemand zur Stelle, der den hin und her schlagenden Kopf festhielt, aber Ludwig »glotzte nur blöd«, wie er nachher zu sich selbst sagte, ein aus den Abläufen des Lebens Herausgefallener, eine Frucht dummer Zivilisation, die die Wirklichkeit in Sparten einteilt und sich Spezialisten hält.

Der Tod hatte unterdessen sein Werk noch nicht abgeschlossen. Das kühle Licht, das zum Fenster erst einsikkerte, dann in klaren Bahnen auf den Kopf des Toten herabfiel, täuschte nicht. Das schmutzige Violett, das abgestorbene Rot verblaßten, alles Bläuliche wich. Wie von innen her stieg ein Weiß in dem toten Fleisch auf, mit einer leicht gelblich an gebleichtes Bienenwachs gemahnenden Färbung. Und mit der neuen reinen Färbung war auch eine Änderung der Substanz verbunden. Die eben noch zerwrungene, erschöpfte, von großen Poren und zerstörerischen Falten bis zur Unkenntlichkeit entstellte Haut glättete sich. Auf der Stirn lag keine einzige Falte mehr. Sie war glatt und schimmernd wie matt polierter Marmor. Die tiefen Furchen um Wangen und Mundwinkel füllten sich, die Löcher erschienen weniger schroff. Am verblüffendsten war die Rückverwandlung der knollenhaft gewordenen

Nase. Es war, als würden ihr hineingestopfte Polster herausgenommen. Nach einigen Stunden, es war fast Mittag, und die Kerzenflammen gingen in der Helligkeit unter, war die Nase wieder klar geschnitten, gerade und schlank. Sie war jetzt geradezu schön, was sie im Leben denn doch nicht gewesen war, der Tod stilisierte sie wie ein klassizistischer Porträtist.

Der Vater war nun wieder da. Aus der Formlosigkeit des Zerfalls und der in seinem Innern schon beginnenden Verwesung trat er als sein eigenes Standbild hervor, als solle er auf dem Deckel eines Sarkophags in einer Kathedrale liegen. Ludwig hatte bis dahin geglaubt, die Vergleiche der Totengesichter mit Wachs oder Marmor entstammten einem pietätvollen Euphemismus, der das grausige Totenantlitz mit einem Schleier zu bedecken suchte. Statt dessen waren diese Vergleiche der schiere Naturalismus, was die Verwandlung des Vaters anging jedenfalls.

Und was war mit dem Mund geschehen? Es war kaum zu glauben. Hermann trat an das Bett und steckte dem Vater ein kleines schwarzes Kruzifix mit einem gußeisernen, silbern angemalten Corpus in die Hände. Ludwig zeigte auf den Mund des Toten.

»Er lächelt«, sagte Hermann. Und das stimmte. Unbeweglich lag der Vater da, von einer Schwere, als hätte er niemals einen Finger gehoben, marmorschön, streng und kalt, und mit einem deutlichen Lächeln auf den Lippen.

Jetzt mußte es also doch heraus, das Familienargument. Wenn Mr. Khan in der Senator's Lounge nun Bella gegenübersaß, dann war die Erklärung, Ludwig weile unterdessen auf der Beerdigung seines Vaters, sogar die einzig mögliche Begründung seines Ausbleibens. Bella schickte einen Kranz, der zu den fünf größten gehörte, aber es fehlte eine Kranzschleife mit dem Namen der Spenderin. Die Mutter betrachtete das Gebinde aus dunkelroten Rosen und weißen Lilien angelegentlich. Am Abend nach der Beerdigung ging Bella zwei Tage auf Reisen.

Als Ludwig am nächsten Tag gegen vier Uhr seine Wohnung betrat, hörte er aus dem großen leeren Zimmer mit dem gelbglänzenden Parkettboden Schritte, das Klappen von hohen Absätzen, die den Hohlraum unter den Holzdielen zum Schwingen brachten. Wer konnte das sein? Es war nicht der Tag der Putzfrau, und mit Bella hatte er eben vom Büro aus in Aachen im Hotel telephoniert.

In der Küche kochte Wasser. Die Wolken stiegen als wirbelnde Säule in die Höhe. Das Fenster war beschlagen. Hier waren Selbstgefühl und Arglosigkeit am Werk, kein Einbrecher betrug sich so. Trotzdem durchfuhr Ludwig ein Schreck, als er die Tür öffnete und sich unvermittelt und sehr nah Erna Klobig gegenüberfand. Wieviel die paar Zentimeter der Absätze ausmachten. Das letztemal war sie ihm barfuß entgegengetreten, da erschien sie ihm klein, aber jetzt stand sie gestreckt vor ihm, nicht mit offenem Haar, das ihr den Hals wegnahm, sondern mit einem Turban in schönem Rot wie von einer alten erbeuteten Türkenfahne. Und in der Hand hielt sie einen gelben Fächer, nein, einen fächerartig gefalteten gelben Zollstock. In der anderen Hand eine Zigarette, nicht die erste, denn im Aschenbecher lagen schon zwei rotbefleckte Mundstücke, und im Zimmer hing feiner blauer Rauch und füllte die Leere mit schönem Licht. Erna Klobig verstand, die Umgebung um sich herum zu formen und zu beleben.

Welch ein Glück, daß sie ihn hier sehe! Ihre aufgerissenen Augen ließen sie wie eine der Gefahr Entronnene erscheinen, Höflichkeitsfloskeln gab sie einen dramatischen Ernst.

»Ich plane, ich arbeite hier. Ich messe aus. Ich koche Kaffee. Sie kommen mitten in die konzentrierte Arbeit herein, aber Sie stören nicht, im Gegenteil. Ich brauche Sie, brauche Ihren Rat, Ihre Inspiration.«

Bella hatte ihr den Schlüssel gegeben, oder besser, sie hatte Bella den Schlüssel abgenommen, denn das Mädchen kam ja nicht zur Vernunft und mußte geführt werden. Bella stammte aus einem hochstehenden kultivierten Milieu, hatte dessen wirkliche Lebensform jedoch nie kennengelernt, sie war nur in der Improvisation zu Hause. Improvisieren müsse man können, vor allem aber lernen. Der richtige Hintergrund für die Improvisation sei das Erlebnis einer gefestigten und künstlerisch ausgereiften Umgebung. »Ich bin in einer Villa aufgewachsen. Bella nicht, leider, und das merkt man eben.«

Daß Bella hier in diesen Umständen nicht zurechtkomme, habe sie sofort gespürt. Tatsächlich war von Bellas Einzug nicht sehr viel zu sehen. Der Schwung, mit dem aus dem Souterrainzimmer die rötlich dunkle Höhle geschaffen worden war, blieb hier aus, oder war es Fidis Hand, die hier fehlte? Man könnte sagen, daß Bella sehr behutsam, gleichsam von den Rändern her, die Gestalt der Wohnung veränderte. Wie Schüchterne, die in einem leeren Gasthofsaal einen Tisch an der Wand oder in der Ecke wählen, vermied sie es, in die Erscheinung der Räume einzugreifen, indem sie etwas in die Mitte stellte. Ihre Besitztümer glichen Treibgut, das von der Strömung an den Quai des Flusses gedrängt wird und dort im stehenden Gewässer dahindümpelt. Es entsteht Ordnung, wenn man die Natur walten läßt, sie sortiert alles schön säuberlich auseinander.

In dem großen Zimmer, in dem Bella mit Ludwig das Matratzenlager teilte, hatte sie, was sie brauchte, auf Stühlen oder unter Stühlen und über Stühlen untergebracht und an der Wand aufgereiht: die kleine Armee der schwarzen Lackpantöffelchen, die auf frischem weißem Handtuch ausgebreiteten Schönheitssächelchen, die schwarze Reisetasche, in der viel herumgekramt wurde, ein Photo im Messingrahmen, auf dem Erna Klobig vor zwanzig Jahren im Sommerkleid mit einer dicklich verdutzten Bella zu sehen war, in die Ecke hatte sie zur Vervollkommnung dieser Weihnachtskrippe ein zerknicktes Paßbild ihres Vaters als Neunzehnjähriger geschoben, der darauf aussah wie eine in einen Wolkenbruch geratene Bella. Aus den Kartons Fidis war eine Skiausrüstung mit orangefarbenen, Bella vermutlich bis ans Knie reichenden Kunststoffschuhen hervorgekommen, eine Sammlung von Musikkassetten und Schallplatten in praktischen Ständern nahm reichlich Platz ein.

Die Wohnung sei prachtvoll, herrschaftlich. Sie habe sofort gesehen, daß Ludwig Allüre habe, sagte Erna Klobig. Es folgte einer der wichtigsten Sätze in ihrem Leben, zahllose Male ausgesprochen, in leeren Fabrikhallen, Kuhställen, Kellerlabyrinthen und Hinterhöfen: »Hieraus könnte man etwas machen!«

Geschmack bestand in der Fähigkeit, aus nichts etwas zu machen. Aus fast nichts jedenfalls. Jemand mußte schon bereit sein, die vielen köstlichen Einfälle – »meinen Entwurf«, sagte Erna Klobig – in die Wirklichkeit umzusetzen. Die Welt hätte aus Palästen bestehen können, wenn man sie hörte – mit geringen Mitteln! In England hatte eine Dame von Adel ein Buch verfaßt, das zeigte, wie man an einem langweiligen Sonntagnachmittag mit Sperrholzplatten, Stoff aus dem Ausverkauf und einer Tackerpistole schon gegen Abend eine schloßhafte Dekoration hergestellt haben konnte. »Affordable splendour« hieß das Werk; Erna Klobig hatte es aus einer sehr feinen Kunstbuchhandlung entwendet und blätterte manchmal darin, um sich für künftige Gelegenheiten, und jeder Tag winkte mit einer künftigen Gelegenheit, meist allerdings von Ferne, mit Einfällen zu versorgen. Das Werk sei natürlich überhaupt nicht ihr Geschmack, aber es zeige eben, was möglich sei.

»Alles Mögliche« sagten die Leute so dahin und meinten damit, daß sie zu faul waren, genau aufzuzählen, was sie gesehen hatten. Für andere war »alles Mögliche« eine Einschränkung: nur das, was möglich war. Erna Klobig hingegen berauschte sich an der Vorstellung, daß wahrhaft alles möglich sei, wenn sie nicht sogar noch einen Schritt weiterging und zur Umkehrung gelangte: nur das Mögliche war alles. Daß Bella nun in einer großen leeren Wohnung saß, durfte nicht ungenutzt verstreichen. Da gab es zwar auch einen Mann, dem die Wohnung gehörte, aber den »kannte sie« – »Den kenne ich!« rief sie stets, wenn von einer einflußreichen Persönlichkeit die Rede war, »den kann ich rumkriegen!« Wahrscheinlich war Bella das größere Problem.

Sie sei nicht gegen eine Verbindung von Bella und Ludwig, so etwas zu behaupten sei abwegig. Es sei natürlich offen, ob er und Bella wirklich zusammenpaßten. Es sei fraglich, ob er mit Bella wirklich so gut bedient sei, wie sich das gegenwärtig vielleicht ausnehme. Sie, Erna Klobig, lasse sich nicht hinters Licht führen, sie dringe stets bis zur Wahrheit vor. Und deshalb müsse sie Ludwig jetzt, wo sie so intim beieinandersäßen, einmal ganz deutlich sagen, daß alles, was sie von Mr. Khan gehört habe, einen ganz großen Eindruck auf sie mache.

Ludwig schaute so entgeistert drein, daß er den Mund nicht zubekam.

Sie komme jetzt zu einem sehr gewichtigen Punkt. Ludwig sei, das habe sie gesehen, als er ihr das erstemal auf der Treppe entgegenkam, zu ihrem Verbündeten auserkoren – Geliebten, nein, oder vielleicht später einmal. Ein großer Plan wurde, so Erna Klobig, in einem einzigen Gehirn gezeugt und geboren, aber aufgezogen, ernährt, entwickelt durch eine verschworene Gemeinschaft, die sich, was das Ziel anging, aber auch sonst natürlich, einig war. Erna Klobig schilderte nun, wie sie Bellas und Ludwigs Zusammenleben sah. Für Bella war diese Verbindung mit Ludwig ein Himmelsgeschenk. Ludwig hatte sie mit »Nephew & Nephew Europe« in Berührung gebracht, ihre Begabungen rankten sich efeugleich um dieses schöne eiffelturmartige Stahlgerüst empor, ein Anblick wie in einem Zaubergarten. Dazu das Geformtwerden durch eine kultivierte Persönlichkeit, einen zwar noch jugendlichen, aber doch gereiften Charakter, der sich vom Zusammenleben der Geschlechter keine falschen Vorstellungen machte, unschätzbar.

Erna Klobig ergriff Ludwigs Hand und erklärte ihm, ewig dankbar zu sein für sein Eingreifen in Bellas unwürdige, ärgerliche Ehe. Ludwig habe mit dem Blick des Menschenkenners gesehen, daß Bella hier zugrunde gehe und der Posse ein Ende bereitet, und dafür werde sie ihm zum Zeichen ihrer Bewunderung jetzt die Hand küssen.

Und das tat sie wirklich. Sie hob seine Hand und neigte sich tief darüber, als sei Ludwig ein Prälat der Römischen Kirche, aber ihr Kuß war saftig und hinterließ ein Speichelfädchen.

Nun war, wie man von Philosophen und Naturforschern sattsam belehrt worden sei, alles relativ: Ludwig hatte Bella aus einem Sumpf ans Licht gezogen – richtig! –, und weil dieser spanische Sumpf bodenlos genannt werden mußte, genug, um darin zu versinken und ersaufen jedenfalls, war es vor allem notwendig, die Gestrauchelte auf festes Land zu ziehen. Mehr war damit, ganz ohne Ludwig zu kränken, allerdings nicht erreicht.

Wer aber war Ludwig? Erna Klobig war bisher immer davon ausgegangen, daß er Jurist sei, Doktor der Rechte, Rechtsanwalt, Assessor mit der Befähigung zum Richteramt. Das war es, was man in ihrem akademischen Milieu, dem sie als Tochter eines promovierten Kreisveterinärrates schließlich selbst entstammte, unter einem »Juristen« verstand. Ludwig traf an diesem Mißverständnis nur geringe Schuld. Es mochte schon sinnvoll sein, nicht überall als abgebrochener Student aufzutreten. Durch ihre Freundschaften mit Rechtsanwälten und Ärzten sei Bella aber den Umgang mit Männern, die das akademische Pensum selbstverständlich schafften, gewöhnt gewesen und habe sich bei Ludwig gar nichts anderes vorstellen können.

Ludwig müsse ihr verzeihen, rief Erna Klobig und stand auf. Schmerz und Ungeduld lagen in ihren Zügen. Sie habe mit Reinhold gelebt, und Reinhold war ein abgebrochener Student, und sie wisse, was es heiße, mit einem abgebrochenen Studenten zu leben. »Nie soll Bella das mitmachen müssen!« Die Vorbereitung für diesen Aufschrei, den Schwur einer Mutter, war nicht schlecht getroffen. Ludwig war Achterbahn gefahren, was seine Eindrücke anging. Er schwieg verdattert. Was wollte Erna Klobig?

Sie wollte ihn trösten. Den »abgebrochenen Studenten« möge er sich bloß nicht zu Herzen nehmen. Davon gebe es viele – aber wenige, die ihr Schicksal so wie Ludwig in beide Hände nahmen. Er mache das alles sehr gut so. Sie bewundere ihn. Auch Bella bewundere ihn. Bella erkenne durchaus den Abstand, der zwischen ihr und Ludwig klaffe. Die Verliebtheit schuf das Gefühl, so Erna Klobig, über solche Abstände haltbare Brücken schlagen zu können. Das sei aber unmöglich. Die größte Brückenbaumeisterin war Erna Klobig. Da war Schwanzke, ein hochbegabter Proletarier, da war Klobig, ein weniger begabter, aber journalistisch sehr geschäftstüchtiger Kleinbürger, da war Reinhold, der unbegabte, hochsensible Bürgersohn. Zu allen hatte sie Brücken gebaut, phantastische Viadukte über Schluchten hinweg, die rhätische Eisenbahn war ein Spielzeug dagegen. Die Männer sahen gar nicht, was sie leistete. Die Männer tanzten mit ihr über dem Abgrund, der sie voneinander geschieden hatte. Und dann war sie es, die diese Brücken wieder sprengte, mit Dynamit, weniger tat es nicht, so grundfest waren sie errichtet.

»Und das würden Sie nach ein paar Jahren mit Bella auch tun.«

Nein, nein, Bella sei keine Frau für ihn. Er müsse jetzt sehen, daß er gefahrlos aus der Sache herauskomme. Bisher war das ein herrliches Ehebruchsvergnügen, aber wenn Ludwig jetzt nicht deutlich Zeichen setzte, glaubte Bella womöglich, er hege ernste Absichten. Die »ernsten Absichten« waren offenbar mit demselbem Lieferwagen, der auch die Nähtischchen und Vertikos und Kippspiegel aus der Hofgeismarer Villa gebracht hatte, ihrem Sprachschatz angeliefert worden.

»Nein, wir machen etwas anderes; etwas, das allen nützt, bei dem keiner auf der Strecke bleibt.« Aber dazu sei Ludwigs Hilfe vonnöten, und er schulde Bella auch etwas. »Bella wird Mr. Khan heiraten.«

»Bella wird Mr. Khan heiraten?« Das war beinahe geschrien. Erna hatte wie ein Arzt in offener Feldschlacht ohne Betäubungsmittel den Schwerverletzten beruhigt und sich entspannen lassen und dann den tiefen Schnitt getan.

Warum er denn nur so herumschreie? sagte sie ein wenig ungehalten zu Ludwig, um den soeben Verletzten durch eine kleine Zurechtweisung in neue ablenkende Verwirrung zu stoßen. Das müsse nun alles erst einmal auf den Weg gebracht werden.

Ja, sah denn niemand, wie großartig ihr Einfall war? Mußte sie ständig gegen die Übermacht der Dummheit kämpfen? Mr. Khan war reich, ein wirklich reicher Mann, was Ludwig auch bei den tollsten Erfolgen niemals werde. Mr. Khan war schon etwas älter, gesetzter, vernünftiger, vor einem Jahr Witwer geworden. Bella brauchte vor allem einen Vater. Was in ihrem Leben bisher gefehlt hatte, war die Vaterfigur.

»Bella ist in die Ehe geflüchtet.« Und nun an der Seite eines steinreichen Orientalen, verwöhnt, gepflegt, auf Händen getragen, mit Schmuck behängt. »Ich bin ihre Mutter.« Jetzt war es Erna Klobig, die die Stimme hob. Eine Mutter kämpft für ihr Kind, das Beste ist für sie gerade gut genug. Und für Ludwig wäre es auch das Beste. Zum ersten wäre er Bella los. Hier appellierte Erna Klobig an seinen männlichen Unabhängigskeitstrieb. »Sie wollen doch in Ihrem Alter nicht plötzlich mit einer verhärmten unzufriedenen Frau und schreienden Bälgern dasitzen?« Und dann saß seine beste Verbündete in Hyderabad und hatte den Mann längst unterworfen und unter ihren reichbestickten Haremspantoffel gebracht, und auf Ludwig käme dann auch ein ganz netter Segen herab. Ein so einfaches, ein so geniales Konzept. Sie würde jedenfalls erst einmal alles tun, um den Fisch an der Angel zu halten.

»Ich kämpfe ja an meheren Fronten – ich muß Bella und Sie überzeugen und Mr. Khan gewinnen.«

Jetzt kam es vor allem auf Ludwig an. Wenn Mr. Khan in sechs Wochen wiederkam, mußte er Bella in anmutigen, reizvollen Umständen vorfinden. Er mußte sehen, daß er sich nicht herabließ, wenn er sich um Bella bemühte. Es ging nicht darum, ihn zu täuschen. Aber er sollte Bella in einem entzückenden Nest aufstöbern, wie in Tausendundeiner Nacht, wo die Damen in lampengeschmückten Gemächern mit einer Laute, mit Blütenranken und erlesenen Düften auf den vermögenden Verehrer warteten.

»Die Münchener Straße steht voller Möbel.« Einen Augenblick verstand Ludwig, die Münchener Straße sei auf den Bürgersteigen und zwischen den Straßenbahnschienen mit Mobiliar vollgestellt worden, bis ihm die schlauchartigen Zimmer mit dem Vogel »Querora« einfielen.

Er habe doch gewiß nichts dagegen, wenn man hier für Bella eine verführerische Garçonnière einrichte, um

Mr. Khan einladen zu können. In die Münchener Straße wolle sie ihn nicht bitten, da werde der Mantel schon beim ersten Knopf falsch zugeknöpft.

Ludwig hatte zugehört, ohne etwas zu entgegnen. Unterdessen war die dritte Flasche Wein geleert, auch Kaffee war weiterhin getrunken worden. Es wurde fahl draußen. Die Sonne versteckte sich hinter einer dicken Wolkenmilchglaswand und ließ immer weniger weißes Licht auf die Erde fallen. Wenn es einen Mann gab, den Erna Klobig fesseln konnte, war es Ludwig. Ihre Stimme, raunend und höhnend, enthusiastisch und selbstvergessen, lullte ihn ein. Es hatte lange gedauert, bis er von dem sinnlichen Reiz, der von dem Monolog ausging, absehen und sich dem Inhalt zuwenden konnte.

Die Vorstellung von Bella als Mrs. Khan war wie ein Stich mit einem scharfen kurzen Messer zwischen die Rippen. Von diesem Augenblick an war aller Genuß verschwunden. Es war dies Gefühl der Gefahr, das ihn davon abhielt, Erna Klobig zu unterbrechen. Er mußte alles, alles wissen. Hier war Entsetzliches geschehen, und noch Schlimmeres stand bevor. Man mußte alles wissen, bevor man zurückschlug. Ludwig sah, wie sich der Schleier über einer Gemeinheit hob, die ihm nach dem Leben trachtete. Er war jetzt gespannt, und zugleich wuchs seine Wut. Wenn Erna Klobig ihn gelegentlich betrachtet hätte, sie wäre vorsichtiger gewesen. Statt dessen trug sie die Argumente eimerweise herbei und leerte sie in den Brunnen von Ludwigs Aufmerksamkeit. Man konnte vom Gießen geradezu ins Schütten kommen, so reizte die Aufnahmefähigkeit Ludwigs. Und dann, ohne daß sich das vorher angekündigt hätte, waren es auf einmal ein paar Tropfen zuviel. Auch Ludwig wußte nicht, daß die Grenze seines Fassungsvermögens nun überschritten war. Er wurde davon genauso wie Erna Klobig überrascht.

Was nun geschah, lag ganz außerhalb seiner Verantwortung. Die überlaufende Flüssigkeit platschte auf einen großen Hebel, und der Hebel hob Ludwig in die Höhe. Zugleich pumpte ihn aber irgend etwas auf, seine Augen traten vor, als wolle er Erna Klobig ähnlich werden. Er kam auf sie zu, mit einem langsamen, automatisch starr wirkenden Schritt, blickte sie durchdringend an und rief mit ihm selbst fremder, gequälter Stimme: »Jetzt ist es genug!«

Und dann packte er sie mit beiden Händen an ihrem Hals und schüttelte sie.

Wie leicht Erna Klobig war. Sie wehrte sich nicht eigentlich. Ihre Hände krallten sich in seine Handgelenke eher wie um Haltegriffe bei rasender Fahrt. Warum hörte er schließlich auf?

Erna Klobig taumelte zurück. Sie rieb sich den Hals. An der Seite war etwas Dunkles zu sehen – ein blauer Fleck? Ganz ruhig, und indem sie es vermied, Ludwig den Rücken zuzukehren, suchte sie ihre Handtasche und ihren linken Schuh, der bei dem Angriff davongeflogen war, sie hatte ihn vorher auf den Zehen herumgewippt. Ganz zu sich selbst gewandt, hörte er sie ungläubig murmeln: »Er wollte mich wirklich umbringen.«

Ludwig starrte sie aus dumpfen, erschöpften Augen an, blutunterlaufen waren sie nicht, aber ihm kam es vor, als sehe er weniger deutlich.

Jetzt war sie aus der Tür gewitscht. Ludwig konnte nicht mehr stehen, so zitterten seine Knie. Sophas und Ottomanen gab es keine in der herrschaftlichen Prachtwohnung, deren Leere in Erna Klobig einen solch begeisterten Ideensturm ausgelöst hatte. Es blieb die Matratze. Ludwig fiel auf die Matratze.

Schnappte das Türschloß? Ludwig hatte nicht einmal das Bedürfnis nachzusehen. Mochte die Tür doch offen sein, mochte doch jeder, der wollte, hier hereinspazieren, es war ohnehin nicht zu verhindern. Ihm war, als habe er ein großes Insekt totgeschlagen, das jetzt nebenan auf dem gelben Lacksee lag und den Raum unbetretbar machte. Er hatte gesiegt, aber das hieß nur, daß er das Insekt daran gehindert hatte, sich in ihn zu verbeißen, es war kein Triumph mit diesem Sieg verbunden. Ihm war schlecht. Er lag auf der Matratze wie aus vielen Wunden blutend.

Bella erschien ihm, fern und streng stand sie vor seinen geschlossenen Augen, und sagte, was sie nach kürzestem schon ohne Blick in die Akten am Telephon diktieren konnte: »Nephew & Nephew Limited, nineth floor, Adamjee House, I. I. Chundrigar Road, Post Office Box 6637, Karachi – 2 Pakistan, Cable: Nephewmodes.« Das war ihr Kommentar zu den Ereignissen, die Rückkehr zu den Tagespflichten. Wenn Ludwig versuchte, sich Bella vorzustellen, und einen Film von ihr entwarf, in dem sie auf und ab ging, sich das dichte weißblonde Löwenhaar strählte und, den Telephonhörer eingeklemmt zwischen Wange und Schulter, etwas notierte, und wenn in diesem Film ein bißchen Text gebraucht wurde, dann war es oft diese Adresse, oder Teile von ihr, es fielen ihm einfach keine anderen Worte für sie ein. Er wollte ja ein Bild von ihr herstellen, wie sie wirklich war. Wirklich – das hieß ohne ihn.

»Wie ist sie, wenn ich nicht dabei bin?« Bella allein oder mit anderen: das war Bella in Quintessenz. Wenn er dazukam, verwässerte seine Person alles. Bella begann, seine Gedanken zu übernehmen und Ausdrücke von ihm zu benutzen. War das nicht ein Grund zur Freude, diese Bereitschaft zu lernen und sich anzuverwandeln? Es hätte ein Grund zur Freude sein können, wenn Ludwig mit Bella auf eine einsame Insel verschlagen worden wäre, wo Affen und Papageien die einzige Konkurrenz für seinen Einfluß darstellten.

»Wenn man sich für ein Mädchen interessiert, muß man immer die Mutter ansehen, wenn man wissen will, wie sie sich später entwickelt«, war ein Ratschlag von Ludwigs Mutter, ein zunächst einmal abzulehnender selbstverständlich, denn zwischen den Kindern und den Eltern gab es inzwischen nicht mehr die geringste Verbindung. Da mochten in alten Zeiten einmal Charakterlinien und die Ähnlichkeit der Nasen zu verfolgen gewesen sein. Ein kleiner Junge mit Stehkragen und schwarzer Taftschleife, in einem engen Spenzer, Ludwigs Großvater als Kind, sah dann in seinem schon halberwachsenen Kostüm tatsächlich dem eigenen Vater ähnlich, dessen Bild als Corpsstudent mit kleinem Mützchen – die Farben des Corps waren der Schwarzweißphotographie mit Buntstiften eingezeichnet – und langer Porzellanpfeife seinem damals noch gar nicht gezeugten Ältesten tatsächlich aus dem Gesicht geschnitten war.

Aber Ludwig und Hermann, um beim Nächstliegenden anzufangen, was hatten sie mit der Elterngeneration zu tun? Wer vor den Kriegen geboren war und wer danach, der war durch eine alles verändernde Zeitwende geschieden. Wie ein junges Mädchen als alte Frau werden würde, hatte man sagen können, solange die Lebensspannen in derselben Epoche lagen. Alte Frauen, wie es sie vor den Kriegen gegeben hatte, gab es nicht mehr und würde es nie wieder geben.

Ludwig dachte an seine Großmutter, die in den fünfziger Jahren gestorben war, eine zierliche kleine Dame in Witwentracht, die mit siebzig Jahren einen schwarzen Hut aus feinem Stroh trug und eine Brosche am Stehbündchen der Spitzenbluse. Ihr Lächeln war so geheimnisvoll wie die Schachtel, die sie aus einer Schublade holte, wenn Ludwig kam; darin lagen elfenbeinerne und ebenhölzerne Dominosteine und gedrechselte Schachfiguren. Schon der Rückschluß von dieser Dame auf ihre Tochter, Ludwigs Mutter, glich dem Versuch, eine persische Miniatur aus den »Sieben Prinzessinnen des Nisami« mit Mr. Khan zu vergleichen. Auch da gab es Ansatzpunkte, aber die Gegenwart trompetete einem so kraftvoll mit dissonantem Messinggetöse in die Ohren, daß das Zirpen der Vergangenheit unhörbar wurde.

Wenn die Herkunft, an der Erna Klobig so sehr hing, das bürgerliche Heim des beamteten Tierarztes, keine Chimäre war, wenn es in dieser Villa tatsächlich einst eine Ehefrau dieses Kreisveterinärrates gab, dann konnte man sich vorstellen, wie sie aussah, obwohl sie für die Portraitphotographien des August Sander aus den zwanziger Jahren schon zu jung war. Gleichgültig wie elegant, wie bieder, wie verworfen, wie provinziell diese Tierarztgattin auf ihrer Holzveranda auch gewesen sein mochte, jeglicher Rückschluß von ihr auf so etwas wie Erna Klobig war ausgeschlossen. Und so wenig die Tierarztgattin, Erna Klobigs Mutter, heute als junge Frau in Frankfurt oder Hofgeismar möglich war, so wenig hatte sie ahnen können, was sie einst hervorbringen würde. Erst recht konnte das Gesetz von der Mutter als vorweggenommenem Alter der Tochter nicht auf das Verhältnis von Erna und Bella zutreffen. Die Einheit der Epoche war hier zwar gewahrt. Beide waren Töchter des Chaos, aber das gehörte eben zu den Regeln des Chaos – »Die Hölle selbst kennt ihre Rechte?« –, daß von hier aus keine kollektivgeprägten Familienlinien in die Zeit hineinwuchsen. Jeder fing beim Punkt Null an, unbeschenkt von der Vergangenheit, aber auch unbeschwert.

War Bella nicht das Muster solcher neuen Menschenart? Ihre Geburt, ihre Erziehung und ihr Aufwachsen konnten verworrener, trüber, zerstörter nicht gedacht werden. So jung sie war, sie besaß eine Lebensgeschichte, wenn auch keine erfreuliche. Ludwig hingegen hatte nach seinem eigenen Urteil überhaupt keine und war damit gleichfalls ein Sohn der Zeit. Aber auch Bella war von ihren Eltern, dem neurotischen Selbstmörder und dem proletarisch akademischen Sumpf Erna Klobigs, unberührt geblieben, als sei sie aus einem perlweißen Ei gekrochen.

Und doch, gab es da nicht einen Augenblick, in dem auf Bellas reines Gesicht ein Zug trat, der darin verborgen gewesen sein mußte und dennoch fremd und erschreckend war? Bella im Halbdunkel eine Zigarette anzündend, gewiß, Schattenspiele konnten das unschuldigste Gesicht zur Fratze machen. Und doch war solch ein Lichtzauber aufschlußreich. Die Bildhauer betrachteten ihr Werk einst bei Fackeln und Kerzenschein. Als Ludwig am Bett seines Vaters im Schein der roten Kerze plötzlich das Teufelsgesicht sah, war ihm, als werde er Zeuge einer nun beginnenden Prozession von Gesichtern. Ludwig suchte sich zu erinnern, was beim Zigarettenanzünden sekundenlang in Bellas Gesicht aufgeflammt war. Als er jetzt dalag, meinte er auf einmal, man könne Bellas und Ernas Gesicht ineinanderschieben wie zwei Diapositive, die ein einziges, dunkleres, farbglühenderes Bild ergaben.

War Bella von dem Vorhaben ihrer Mutter unterrichtet? Besprach sie mit ihrer Mutter ihre Zukunft? Glaubte auch Bella, daß es ihr nützte, wenn sie Mr. Khan in repräsentativen Räumlichkeiten empfinge? War sie einverstanden, oder hatte sie mit der gefürchteten, unbeherrschbaren Mutter gekämpft?

Bella war mit sich immer vollkommen im reinen, was auch geschehen mochte. Sie betrog ihren Mann, nur um ihm gerade dadurch ein Denkmal ihrer Liebe zu schaffen. Sie ging auf Freiersfüßen, wenn man das von Frauen sagen durfte, und war zugleich die vollendete Witwe. Sie war die hingegebene Geliebte, aber sie hielt auch die Augen für neue, günstigere Verbindungen nicht geschlossen. Sie verabscheute ihre Mutter und gehorchte ihr aufs Wort, und wenn er ihr all das vorgehalten hätte, dann wäre ihre stumme Antwort aus Mitleid und Verachtung gemischt, für einen Mann, der nichts, und vor allem sie nicht, verstand.

Wie eine Stahlsaite, die beim Zupfen metallisch helle

Töne von sich gibt, stand Ludwig plötzlich ein Satz vor Augen, ein kleiner vom Himmel gefallener oder aus der Hölle aufgestiegener Satz, der seine Überlegungen auf den schneidenden Begriff brachte: »Sie ist zu allem imstande.« Und nun senkte sich diese Saite in ihm, was einen schmerzhaften Druck verursachte, durch das dicke drängende Knäuel in seiner Brust, die schon körperlich gewordene Wucherung seiner angstvollen Gedanken, die seit der Unglücksnacht in ihm wohnten und alles in ihm abschnürten und einwickelten. Das Knäuel öffnete sich, und es enthielt im Inneren einen zweiten Satz, der nicht mehr schnitt, sondern brannte, ein kleiner Schwelbrand in der Herzgegend: »Sie hätte mich schließlich noch dazu gebracht, Fidi umzubringen.«

Mit der Beerdigung von Ludwigs Vater begann es zu regnen. Bei einem Besuch auf dem Friedhof wenige Tage später leuchtete der Blumenberg in allen Farben, eine befremdend bunte Pracht, die über dem Grabhügel niedergegangen war, in Nässe triefend. Die Schleifen hingen mit ihren goldenen Fransen in den Pfützen, in den roten Kerzen, die in die quietschend farbigen Blumenhaufen gepflanzt waren, stand das Wasser über dem schwarzen Docht. Hermann half seiner Mutter, die Kränze durchzusehen, damit kein Dank vergessen wurde, und tappte in seiner Weltvergessenheit plattfüßig mit Turnschuhen in die tiefsten Wasserlachen. Er war jetzt wieder erkältet, wie die Mutter am Telephon mitteilte. Sie hatte ihn überredet, sich bei ihr auszukurieren und erst später in sein Zimmer, seine Wohnung, seine Bleibe – Genaueres wußte niemand – zurückzukehren Hermann erkältet, das war wie immer ein Naturereignis. Ludwig brachte es nicht über sich, Beileid zu spenden, so bewegt die Mutter das Leiden schilderte.

Im Büro sah Ludwig nicht viel von dem Regen. Aber

dafür triefte und rann es in seinem Innern. Kein Schnupfen, aber Freudlosigkeit, eine kahle trübe Laune erfüllte ihn ganz und ließ ihn Bella gegenüber nur wortkarg sein. Sie schaute ihn prüfend an, stellte aber keine Fragen, wie sie es schließlich nie tat. Hatte ihre Mutter mit ihr gesprochen? Wenn die Sturmfluten der Erregung abflossen, war doch genaugenommen alles gleichgültig, was da zurückblieb. Da lag Schlamm, der nicht gut roch, Abfälle, wie das Wasser sie ausschwemmt, Schuhe mit spitzen Absätzen, ein Musterbuch voller Kattunschnipsel, rote Stoffetzen, ein blinkender Autoschlüssel lag auch dazwischen.

Hatte zwischen der Literatur und dem Leben eigentlich immer schon solch ein unüberbrückbarer Graben gelegen? Die alten Trauerspiele, die Romane erzählten von schicksalhaften Ereignissen, die wie göttliche Donnerkeile in das Leben geworfen wurden und dort tödliche Verletzungen und einen das ganze Leben füllenden Schmerz verursachten. Eine Frau liebte einen Mann. Das war genug für eine Katastrophe. Die Liebe zu einem bestimmten Mann machte aus der Frau eine einzigartige Figur, wie eine Heilige mit Kornähren oder Pflugscharen oder einem kniehohen Türmchen stand sie mit ihrer Liebe da. Oft war diese Liebe verboten. Sie war ehebrecherisch oder verletzte alte heilige Rechte.

Die Eifersucht grub tiefe Furchen in die Seele, nie gab es Heilung davon, dann wurde man zum Mörder, und nun stand die ganze beleidigte Schöpfung dem Täter gegenüber. Ein geliebter Mensch starb, und der Schmerz um ihn war unstillbar, die liebenden Nächsten verbluteten sich an den Tränen, die Leiche wurde unter einem Grabmal von Tonnenschwere bestattet, zehntausend Messen wurden für ihr Heil gelesen. Was einer getan hatte, das wurde sein Charakter. In der Hölle saßen die Mörder und Eidbrüchigen, jeder von ihnen mit seiner Tat identisch. Eine einzige Tat machte ein ganzes Leben.

Nach diesen Maßstäben betrachtet, hätte es auch in Ludwigs Leben Gewichtiges gegeben. Er hatte sich in Bella verliebt, die Frau eines anderes Mannes, und sie war seine Geliebte geworden. Daß Fidi in ihrem Leben nichts mehr zu suchen hatte, darüber waren sie sich einig. Dann hatte er Bella betrogen. Fidi hatte ihnen die Sorgen, wie man sich seiner entledigte, abgenommen. Der Vater war gestorben, ohne daß er Ludwig ein Zeichen gegeben hätte, daß er ihn trotz allen Versagens noch als seinen Sohn liebe.

War das nicht ein großer Stoff für eine ergreifende Erzählung? Wie mußte Menschen zumute sein, denen so etwas zustieß? Den Helden eines solchen Romans – man sprach tatsächlich von Helden, weil ein heroischer Kampf geschildert wurde, bei dem die Menschen an den Institutionen, die Institutionen an den Menschen, alles zusammen aber an Sünde und Schuld zugrunde ging.

Ludwig Drais und Bella Lopez als Helden eines Stücks von Shakespeare oder Schiller, eines Romans von Wolfram von Eschenbach oder Balzac – warum war das eine absurde, ja komische Vorstellung? Besaßen die Verkäufer von pakistanischen Billighemden keinen Anspruch auf ein Schicksal, oder war Ludwig im besonderen die in der Schicksalsbuchführung zu vernachlässigende Größe, nach unten abgerundet, wenn sie auftauchte? Oder gab es irgendeinen vernünftigen Menschen, der Ludwigs Handlungen unter dem Gesichtspunkt der Schuld ernsthaft untersuchte? Da war diese Kinderehe zwischen Bella und Fidi, zwei verwilderten Halbwüchsigen, die diesen Rechtsakt ohne Bewußtsein für seine Tragweite und ohne die Absicht schlossen, daran festzuhalten, wenn das unbequem werden sollte. Das Karussell drehte sich ein Stückchen weiter, wie es die Art des Lebenskarussells ist, das oft lange stillsteht, dann nach vorn rutscht, kreiselt und wieder lange pausiert, und Bella fand sich in Ludwigs Händen wieder, in die sie besser paßte als in Fidis geschwinde Kartenbetrügerfinger. Ehebruch? Ein betrunkener Abend mit der gastfreundlichen Hermine, bei dem schließlich alles durcheinanderkroch – Betrug? Ein anderer als der geplante Lebensweg, gleichwohl erfolgreich beschritten – Versagen? Der Tod – ein Unglück? Was sonst hätte eigentlich bei dem Vater eintreten sollen? Und dann – wo waren die Taten, die klaren bewußten Handlungen? Wer hatte zu einem bestimmten Zeitpunkt eigentlich was genau gewollt und dann auch getan? Je schärfer und rücksichtsloser man diese Lebenssubstanz untersuchte, desto mehr zerfiel sie zu nichts, da gab es doch nichts Faßbares, Darstellbares, in den Ablauf einer Kausalität zu Zwingendes? Zufälle, Wohlsein, Unwohlsein, Ängste, Erregungen, Freudenfeuerchen und ihr Zusammenfallen und Erlöschen bildeten den Lebensstoff. Er war flüchtiger als Staub von Schmetterlingsflügeln, und er verlor seine Farbigkeit, wenn man ihn aufsammelte und das Häufchen in einer Vitrine ausstellte, mit einem Pappschildchen daneben, das aussagte, was der Staub selbst, mit dem Vitrinenstaub längst ununterscheidbar gemischt, nicht mehr zu berichten vermochte. Etwas Graues blieb zurück, wenn die Gefühlswallungen abgeflaut waren.

Hermann saß vor der weiten Fläche des polierten Eßtischs wie an einem Schreibtisch. Neben ihm stand der Papierkorb, in den er die benutzten Taschentücher warf. Vor ihm lagen Patiencekarten ausgebreitet. Er hatte sich gerade ein neues Spiel ausgelegt. Wie er da, mit Taschentuchpaketen und dem Papierkorb ausgerüstet, die Karten akkurat sortiert vor sich, am Tisch saß, sah er aus, als ob er angestrengt arbeite.

Hermann legte zügig die Karten aus. Aber dann versank er in Meditation. Das wirkte, als sei sein Ziel nicht das Ordnen der Karten nach den festgelegten Regeln, sondern als versuche er in den Zufälligkeiten des vor ihm ausgebreiteten

Blatts die Ordnung zu entdecken, die ihn der Notwendigkeit zu spielen enthob. In den Schuljahren, in denen Ludwig zu Hermann aufgeschaut hatte, gehörte das Patiencelegen schon zu dessen Gewohnheiten. An dieser Gewohnheit hatte er festgehalten, auch nachdem seine Unfähigkeit, im Erwerbsleben zurechtzukommen, nicht mehr mit Trotz oder Bohèmeallüren oder der Zerstreutheit des Hochgebildeten erklärt werden konnte. Übriggeblieben war der närrisch feierliche Eckensteher mit den unbeholfenen Eßmanieren und den ungewaschenen Händen und Strümpfen.

Aber wenn er sich an den Patiencetisch setzte, wich das hilflos Unscharfe von ihm. Da waren die Soldaten aufmarschiert, und ihr Feldherr nahm die Parade ab. Wenn man auf Kupferstichen die Pläne eines barocken Feldlagers mit den langen Zelten inmitten eines Wallgevierts sah, dann lag die Verwandtschaft zu den gleichmäßigen Reihen aus kleinen Karten schon nahe. Hermann benutzte übrigens besonders häßliche. Die Kartenbilder hatten nicht die heraldische Zweidimensionalität der englischen, aber auch nicht das Puder- und Federrokoko der französischen Karten, sondern waren nach gemütvoll-ironischen Entwürfen eines deutschen Professors gedruckt, die Könige nach dem Vorbild des »Weinprüfenden Mönchs«, Honoratioren in Karnevalsprinzenstaat, die Damen als Stummfilmkokotten, die Buben als »wilde Männer« aus dem Schnitzwerk der Ratskeller. Er besaß sie schon mehr als fünfzehn Jahre. Sie waren wahrscheinlich das einzige, das er so lange Zeit aufbewahrte, abgegriffen und einer Reinigung mit Terpentin bedürftig, aber sie waren unersetzlich. Es war vorstellbar, daß er das Patiencelegen aufgegeben hätte, wenn ihm diese Karten genommen worden wären. Vor seinen schmutzigen Karten wurde er zur Autorität.

Das Wohnen war ein vieldeutiges und dadurch geradezu abstraktes Wort für die Fülle von Tätigkeiten und Zuständen, die es erfaßte, aber durch die halbgeöffnete Tür Hermann am Tisch sich schneuzend und Karten hinblättern zu sehen, verwirklichte es auf eine beruhigende Weise. Ja, es wohnte hier jemand, auch nachdem der Tod den Menschen, um den alle Gedanken und Maßnahmen bisher gekreist waren, aus diesen Räumen entführt hatte.

»Ach, das wird sehr schwierig«, seufzte Hermann und blickte trübsinnig über das weite Kartenfeld, aber es war die Schnupfentrübsal, ohne die Tränen in den Augen hätte er vor Vergnügen gestrahlt. Die häßlichen Karten sahen jetzt, wo sie nebeneinanderlagen, viel angenehmer aus, weil das Gesetz der Wiederholung den Bildchen etwas hinzufügte. Drei Arten von Patiencen gebe es, lehrte Hermann: die rein auf dem Glück basierenden, in denen der Spieler kaum einen Fehler machen konnte, weil die Karten nun einmal fielen, wie sie fielen; entweder ließ sich ein solches Spiel im Rausch beenden, oder man scheiterte früh an einem stumpfen Schicksalsblock, der eben dort lag und nicht wegzuschieben war. Diese Patienceart ordnete er den Träumen zu, in denen dem Schläfer entweder die Wünsche erfüllt oder quälende Vergeblichkeiten auferlegt wurden. Lange Zeit hatte er diese Art am meisten geliebt, weil er sich bei ihr vor einem Gegenüber befand, das ohne sein Dazutun belohnte und bestrafte. Er nannte sie deshalb bei sich »die kleinen Offenbarungen«.

Dann gab es die angesehenste Art, die schwierigste und komplizierteste: die Karten kamen in einem besonders vertrackten Muster auf den Tisch, der Anteil des Zufalls war in eine äußerste Ecke zurückgedrängt, und alles kam auf Analyse und Durchackerung des Feldes an. Wenn sie nicht aufging, hatte man Fehler gemacht, aber Fehler waren schnell gemacht in dem abstrakten Karteneinerlei, aus dem nur die bunten Figurenlivréen hervorleuchteten. Das waren die »Arbeitspatiencen«, vergleichbar der Neujahrsinventur in der Buchhandlung von Frau Müller-Servet, bei der eine übers Jahr angewachsene Unordnung zum Ende der Nacht aufgeräumt sein mußte.

Die gegenwärtig bevorzugte Patienceart war die dritte, die »Lebenspatience«. In ihr waren der Zufall und die systematisch kombinierende Arbeit etwa zu gleichen Teilen gemischt. Man mußte höllisch aufpassen, aber dann fiel einem ein Goldregen in den Schoß. Niemals konnte man sagen, ob sie aufgehen werde, oft bis in die allerletzten Augenblicke hinein nicht. Ein niedriges kleines Kärtchen versperrte den Weg, Bollwerke und Barrikaden von eiserner Solidität schmolzen plötzlich dahin.

»Es ist wie bei den Königen Shakespeares«, sagte Hermann, »manche sind von Glück überhäuft, erben Aquitanien, Normandie und Bretagne, alles fließt ihnen mit Wappen, Herolden, Schilden und Turnierpracht zu, während andere, genauso hochgeboren, Könige ohne Land bleiben. Wenn sich plötzlich eine lange Reihe aus König, Dame, Bube und den Zahlen ergibt, ist es wie bei einer mittelalterlichen Hochzeit, bei der ganze Reiche zusammengeheiratet wurden.« Die Patience enthalte viel politische Theorie, sagte Hermann, während er still eine rote Sieben an eine schwarze Acht legte. Immer schon hatte er seine planlos gesammelten Lesefrüchte zu eigentümlichen neuen Anordnungen gruppiert. Ziel des Spieles wie des Staates sei es, eine gerechte Ordnung herzustellen. Um zu dieser Ordnung zu gelangen, nach der jeder Mensch und jede Karte sich sehne – denn mit dem ihr eingezeichneten Wert sei auch der Wunsch, diesen Wert zur Geltung zu bringen, verbunden –, müßten alle zusammenwirken, die Schwarzen und Roten müßten sich dafür verschränken und miteinander verbinden. »Die gerechte Ordnung ist ständisch, denn die Kartenwerte sind nicht gleich, aber es gibt so viele Stände wie Kartenwerte und Menschen, und im Turmbau der Gesellschaft hat jeder Wert, auch der kleinste, seinen unverzichtbaren, zum Bestehen des Ganzen notwendigen Platz. Obendrein ist die Wohlfahrt und Vollständigkeit der einzelnen Königreiche für deren Bewohner zwar von höchstem Interesse, aber nur von Bestand, wenn die anderen Reiche gleichfalls blühen – gelingt es nur einem von den Achten nicht, zu seiner Ordnung zu gelangen, dann ist das ganze Imperium Romanum, der Commonwealth, die Tafelrunde aus Königen zum Untergang verurteilt. Und schließlich gibt es sogar noch eine Transzendenz, einen Kartenhimmel der Reinheit und Erlösung: das sind die Häufchen außerhalb des Spiels, die nur aus einer Farbe aufgeschichtet werden und bei denen die niedrigste Karte die erste ist, auf die alles gründet.« Klinge das nicht sehr plausibel?

So hatten sie als Buben zusammengesessen, Kakao trinkend und Äpfel essend, Hermann phantasierte Ludwig etwas zusammen, von dem der hingerissene Jüngere nie wußte, ob es der Erfahrung des Großen entstammte oder seiner Erfindung, eine Pseudoalternative eigentlich, denn die Erfindungsfähigkeit wurzelt in der Erfahrung, aber das lernte Ludwig erst, als es längst unmöglich geworden war, miteinander zu sprechen.

»Dann gibt es natürlich noch den Gesichtspunkt der Prophetie«, sagte Hermann. Für viele sei er der wichtigste. Die meisten Patiencespieler verbänden das Aufgehen oder Nichtaufgehen ihrer Patience mit dem Eintreten oder Nichteintreten von Ereignissen. Er lehne das nicht grundsätzlich ab. Warum solle nicht alles mit allem auf unerforschliche Weise zusammenhängen?

»Dreimal hintereinander ging die Patience auf – und am nächsten Tag hat Frau Müller-Servet mich hinausgeworfen – ist das nicht verblüffend?« Auch Ludwig fand das verblüffend.

»Man muß sich einschwingen auf das, was um einen herum und mit einem passiert, man muß den Rhythmus der Ereignisse heraushören lernen. Im Grunde kann niemand über die Zukunft erfahren, was er nicht im geheimen längst von ihr weiß.« Unser Prophet sei die Angst, die müsse man herauskitzeln, so gut sie sich oft auch verberge. Es sei ganz einfach. Was wir befürchteten, das trete ein.

»Am nächsten liegt doch immer, sich an die Menschengesichter der Karten zu halten und sie mit jemandem in Verbindung zu bringen: wie er dasteht, wenn er im Glück ist, und wie er das Pech aufnimmt.«

König, Dame, Bube, zwei Männer und eine Frau. Das war ohne jeden Nachdruck gesagt, an Schlichtheit auch nicht zu überbieten. Ludwig glaubte zunächst, Hermann spreche von seinem aktuellen Spiel, denn er hatte einem Herzkönig, der bis dahin Junggeselle war, eine soeben aus der Verdeckung aufgetauchte Pikdame und dieser einen Karobuben, der schon offen herumlag, angelegt. Sein Spiel kam trotz des Redens und Naseputzens gut voran, denn er war ein Routinier und konnte der Hauptsache die unbedeutenden Tätigkeiten, das Nachdenken zum Beispiel, unterordnen.

»Der König bist du«, fuhr er dann fort, weiterhin ohne aufzublicken, »die Dame ist Bella – Gomez, Sanchez, Lopez? –, und der Bube ist ihr Mann.«

»Ihr Mann ist tot«, sagte Ludwig. Seine Stimme klang belegt und fremd. Er ärgerte sich, daß ihm ausgerechnet für diesen Satz die Stimme nicht hatte zu Gebote stehen wollen, und deshalb wiederholte er mit mannhaft fester Stimme, nicht ohne sich vorher demonstrativ zu räuspern: »Ihr Mann ist tot.«

Es fiel ihm ein, daß Hermann in bezug auf Bella und Bellas Ehe und seine Liebe zu Bella seltsame Bedenken geäußert hatte. Er fand, es gelte da etwas in Ordnung zu bringen. Das war kein Thema, worauf Ludwig sich einzulassen gedachte, jetzt noch weniger als je zuvor. War er nicht wie der Verteidiger einer belagerten Burg, der mit eigener Hand die Sturmleitern umwirft, während ihm gemeldet wird, daß die Feinde in seinem Rücken hereinfluten? Entsprach es noch einer Wirklichkeit, wenn er vor Hermann sein Recht, mit Bella zu leben, verteidigte?

Hermann hatte jetzt viel zu tun. Er legte lange Reihen um, ohne die glatten Karten durcheinanderzubringen, die sich schon auf eine leichte Berührung hin verschoben, aber es handelte sich trotz seiner Geschicklichkeit um einen größeren Umbau in der Architektur. Deshalb klang die Frage, die er währenddessen stellte, doppelt beiläufig; er war wirklich mit Wichtigerem beschäftigt.

»Das ist ja fabelhaft«, sagte er, den Blick auf seine Karten gerichtet, die nun einer endgültigen Ordnung, von zwei ernsten Hindernissen abgesehen, schon sehr viel näher gekommen waren. »Da bist du doch sicher sehr glücklich?«

Ludwig war erst verblüfft und dann empört. Wofür Hermann ihn halte? Fidi sei keine Dreißig gewesen!

»Aber er war euch doch im Weg, wenn ich das richtig verstanden habe, und er war auch gar nicht nett zu Bella und hätte doch ohnehin verschwinden müssen.«

War das Hohn, eine Herausforderung?

»Um Himmels willen, nein«, sagte Hermann, weiterhin abgelenkt, »ich hatte nur das Gefühl, daß du unter der Lage, in die du geraten warst, gelitten hast.«

Jetzt schwiegen sie. Hermann fehlte ohnehin nichts, wenn nicht gesprochen wurde. Das Wort vom »lastenden Schweigen« war nicht für ihn erfunden worden. Er war bekümmert und schüttelte traurig den Kopf, denn er kam nun, nach den schönsten Hoffnungen, mit seinen Karten nicht mehr einen Schritt weiter. Der Talon war aufgebraucht. Wie ein Kind schob er auf der glatten Tischplatte den Kartenhaufen immer wieder ineinander, anstatt ihn elegant als Stapel von der einen in die andere Hand zu zählen.

Hauptsächlich zum Mischen schätzte er den glatten Tisch. Es gab im Haus auch eine grüne Filzdecke als Unterlage zum Kartenspielen, aber darauf rutschten die Karten nicht so gut hin und her.

»Erinnerst du dich an die Ferien mit den Eltern in der Provence?« fragte Ludwig schließlich. »Es gab da so einen steinigen Garten, eher ein abgezäuntes wildes Feld mit stechendem Gebüsch, hartblättrigen kriechenden Pflanzen und dem splittrigen weißen Kalkstein, eine Macchia, ein Skorpionengelände. In der Ferne lag ein schöner Berg, aber um die Mittagszeit konnte man sich kaum dort aufhalten, so totgeprügelt von der Sonne war der Hang. Das war bei Leuten ...«

»Ja, richtig«, sagte Hermann, »bei Leuten war das.« Der Eigentümer hatte sie herumgeführt, im weißen Licht stolperten sie durch die kratzende, staubtrockene Natur. Und dann brach er von einer Pflanze eine dickgrün fleischige Schote ab, einer krummen Paprika oder aus den Fugen geratenen Bohne nicht unähnlich. »Erinnerst du dich an diese Schote?«

Der Gastgeber knackte den grünen Schlauch auf, und in ihm wimmelten Hunderte von rosafarbenen Tierchen, die übereinanderkrochen und es im grünen Dunkel wie eine Herde von Menschen in einem Schacht der Untergrundbahn zusammen ausgehalten hatten.

»Das sind Cochenilleläuse«, sagte der Mann, »sie enthalten einen roten Farbstoff. Man sammelt sie, kocht sie, zerquetscht sie und färbt den Campari und Wolle damit, und früher machte man auch Schminke für die Frauen daraus.« Ein Insekt stach in das Laub einer wilden Pistazie, und dieses verwundete Blatt begann zu wuchern, sich zum Mund zu stülpen, eine Scheinfrucht aus sich heraus zu treiben, und in deren Innerem lebten die Cochenilleläuse. Ihre rosige Farbe gab ihnen etwas Nacktes. Sie krochen wie ein

Strom von Leuten, die ein großes Kaufhaus verlassen, in Eile und höchster Geschäftigkeit nebeneinanderher. Im Dunkel der Schote gab es keinen Schlaf. Das Leben verlangte hier das Äußerste von dem einzelnen Mitglied der Herde. Der Mann warf die aufgebrochene Schote weg. Herrschte Gleichheit in dieser abgeschlossenen Welt? Oder gab es auch hier schönere, begehrtere Läuse mit üppigen Formen, die die anderen in Dienst nahmen? Gab es Anführer, Häuptlinge, Autoritäten unter ihnen? Kannten sie die Familie? Wer verwaltete die begrenzten Vorräte in der Schote? Gab es die Möglichkeit, sich abzusondern? Reiche und arme Läuse? Wie gingen sie mit ihrer Erinnerung um? Wo befanden sie sich? Liebten sie einander? Verliebten sie sich? Hatten sie eine Vorstellung vom Licht? Stark gefiltert mochte durch das wäßrige Schotenfleisch ein dunkles Smaragdglühen am heißesten Punkt des Tages eindringen.

»Sie waren rosa, Hermann«, sagte Ludwig noch einmal, »sie waren wie wir.«

Ihre Welt in der Schote war ihr Ein und Alles. Außerhalb davon war nichts vorstellbar. Sie hatten darin ihre Art Leben mit allem, was zu einem Leben gehört. Aber auch die weiseste und kühnste und älteste Cochenillelaus konnte sich nicht vorstellen, daß diese Welt, die sie umgab, diese einzig vorstellbare Welt, nichts war als die Krankheit eines Blattes, daß ohne diese sehr spezielle, nur in bestimmten Klimazonen mögliche Krankheit dieser ganze große Cochenillekosmos gar keine Existenzchance besaß und daß das gesamte Schicksal einer solchen Cochenillekultur darin bestand, daß aus den Leibern des Volkes ein bestimmter Farbstoff gewonnen wurde, von dem die Läuse nicht einmal ahnen konnten, wie er aussah und welchen Zwecken er diente.

»Es ist ein seltenes Rot«, sagte Hermann abwesend, »ein klares feuriges Rot wie von einer Fahne …«

Ludwig wollte von der Qualität dieses Rots jetzt nichts wissen, darum ging es ihm nicht. Wenn nun alles so war?

Was? fragte Hermann.

Nun, die Welt, unsere Welt, in der wir leben, antwortete Ludwig, als richte er einen unerhörten Vorwurf gegen seinen Bruder. »Wenn du mit deinem Schnupfen und der Patience und ich mit meiner Firma und Bella und der Vater mit der Mutter eben auch in einer solchen krankhaften Schote leben, in einem allergischen Auswuchs von etwas, das außerhalb unseres Vorstellungsbereichs liegt?« Ob Hermann das für möglich halte? Ob dieser Gedanke, die bloße Möglichkeit eines solchen Gedankens, nicht alles, was wir unablässig anstellten, in einem neuen, schaurigen Licht erscheinen ließe, gleichsam in ein Pflanzengrün getaucht? Ob nicht alles, was wir in höchstem Ehrgeiz von morgens bis abends ins Werk setzten, in Wahrheit nur zu den biologischen Prozessen gehöre, die sich im Innern einer Pflanze abspielten?

Hermann lächelte unter Tränen. Ein Niesanfall hatte Mengen von Feuchtigkeit in sein Gesicht und daraus hervor getrieben. Dabei blickte er auf die in hoher Geschwindigkeit während Ludwigs leidenschaftlichen Worten gelöste Patience.

»Verstehst du mich? Wenn ich eine Patience so weit getrieben habe, daß acht bunte Reihen schwarz-rot vom König abwärts vor mir liegen und oben die acht Asse im Kartenhimmel darauf warten, daß ich nun die bunten Reihen Stück für Stück in die einfarbigen Reihen oben übertrage, dann tue ich das nie. Ich spiele sie nie zu Ende. Als Kind habe ich nicht wirklich geglaubt, daß sich die Karten restlos von unten nach oben übertragen ließen, und war verblüfft, wenn es gelang. Auch jetzt bin ich nicht sicher, ob die Übertragung vollständig, ohne Haken, gelingt. Aber ich lasse es bei diesem Zweifel bewenden. Meine Aufgabe war, die bunten absteigenden Reihen unten zustande zu bringen. Wie sie sich dann oben sortieren, ist nicht mehr meine Sorge. Und du«, jetzt sah er Ludwig zum erstenmal richtig an, »was wirst du tun? Wirst du Bella heiraten?«

Die Frage war gestellt, aber man mußte Hermann nicht darauf antworten. Er sprach mit Menschen, wie andere mit ihrer Katze sprechen. Man sage nicht, Katzen antworteten nicht. Hermann zog aus allem etwas Unterrichtendes. Wie ein antiker Heros, der in den Tartaros verbannt ist und dort eine ewige Arbeit leistet, machte er sich daran, die Karten wieder auszulegen. Es war schön, zu gewinnen, aber das war nur ein Schritt auf einem unabsehbaren Weg. Ludwig wurde sich selbst überlassen. In das Spiel durfte nur die Mutter eingreifen, denn Hermann hatte es nicht so gern, wenn man ihn aufmerksam machte, daß er diese Kreuzneun auf jene Karozehn legen könne, das störte seinen Bewußtwerdungsprozeß. Wenn er nach langem Übersehen plötzlich eine Karte entdeckte, die vor seiner Nase gelegen hatte, sich aber in der Gleichförmigkeit des Kartenfeldes verborgen halten konnte, fand seine glückliche Verwunderung kein Ende. Das waren die geheimen Höhepunkte des Spiels.

Aber obwohl seine Versenkung ausschließlich auf die Karten gerichtet schien und Ludwig hätte hinausgehen können, ohne daß Hermann es bemerkte, war es doch, als entwickle sich in seiner Nähe ein Sog, der alles Bewegliche an sich heranzwang, und so blieb Ludwig denn sitzen und merkte mit Staunen, daß das, was in ihm war, nun auch herausmußte. Jetzt lagen die Wörter schon auf der Zunge, jetzt auf den Lippen, jetzt hörte Ludwig sie mit seiner Stimme, jetzt hatten sie Hermanns Ohren erreicht, und Ludwig blickte ihnen nach, als sei seinem Mund eine große Seifenblase entquollen. »Ich bin mir bei Bella nicht mehr so sicher.«

»So? Und warum?«

Ja, warum? Ludwig sprach voll Empörung, aber er baute, was er vortrug, so schlecht auf, daß Hermann lange nicht verstand, worum es ging. Bella sei plötzlich schwanger gewesen.

Ja, und warum nicht?

Sie war nicht schwanger!

Dann hatte sie sich geirrt.

Sie hatte nur Fidi von ihrer Schwangerschaft erzählt, und der hatte das Kind gar nicht haben wollen.

»Vielleicht traut sie dir nicht?« fragte Hermann. »Bist du loyal zu Bella?«

Seitdem sie ein Liebespaar waren, konnte Ludwig seine unbedingte Loyalität beschwören. Sie war keine Leistung, sie war ein Bedürfnis. Vorher, als er noch nicht wußte, wer Bella war, eine Zeit, die gänzlich unwirklich geworden war, mochten Gleichgültigkeit und Distanz nicht immer ganz aufrichtig gewesen sein, aber da gab es auch keine Verpflichtung zu solcher Offenheit. Was warf sie ihm vor? Waren die beunruhigenden Vergleiche mit Fidi, diese Feststellung von der »größeren Hingerissenheit«, »größeren Verzauberung«, »größeren Hingabe« in Wahrheit eine Klage darüber, daß Ludwig sich ihr nicht völlig preisgebe, weil er weniger liebe? Maß sie etwa mit dem Liebesthermometer, wie es früher an Ausflugsorten neben Muschelkästchen, Schneegestöbern und Brausestangen verkauft wurde, ein Glasröhrchen mit einer rosa Flüssigkeit, die eine warme Hand zum Aufsteigen brachte? Es stimmte schon, daß Ludwig nicht in den Zustand dionysischer Taubheit und Blindheit geriet. Er nahm weiterhin wahr, wenn er Bella liebte, er konnte sie dabei betrachten und sie wie ein Wächter, der ein Feuer hütet, beschützen. Es gab Augenblicke, in denen er davon überzeugt war, ihre Seele gesehen zu haben, und so wenig man wiedergeben konnte, was es da genau zu sehen gab, so fest hielt ihn dies Bild gefangen.

Und dennoch hatte ihn in der Nacht mit Fidi ein böses Vergnügen gepackt. Ludwig hatte nicht der Versuchung widerstehen können, hinter die Kulisse zu treten. Diese Intimität mit Fidi war wie eine Einkreisung Bellas, ein Anschleichen aus unvermuteter und ungeschützter Richtung. Das Ehepaar Lopez, diese ärgerlich feste Nuß, wurde jetzt geknackt. Die Tür zum Souterrain schloß nicht mehr, da hatte Ludwig jetzt seinen Fuß hereingestellt. An dieser Kameraderie mit Fidi war etwas höchst Unaufrichtiges gewesen. Einen Feind darf man so in die Enge treiben, aber war Bella eine Feindin? Hatte er nicht eine verschwenderische Großmut zu beweisen? Hätte Bella nicht bei ihm das Vertrauen lernen müssen, an einem Übermaß liebevollen Vertrauens in jede ihrer Regungen?

»Du meinst, Frauen wissen alles?« fragte er plötzlich.

»Alles«, sagte Hermann.

Nach einer Weile sagte Ludwig: »Sie hat Fidi geliebt. Sie trägt seine Armbanduhr, und sie hebt sein Messer auf.«

Das freue ihn zu hören, sagte Hermann. Sei es nicht eine schreckliche Vorstellung, sich ein solches Paar ohne Liebe denken zu müssen? Wenn Ludwig meine, daß Bella Fidi geliebt habe, dann spreche das für sie. Es mache alles weniger banal. Natürlich müsse Ludwig sich dann auch mehr anstrengen. Fidi sei tot, und das heiße ganz besonders lebendig. Ein Fidi, der nach Australien auswanderte und dort wieder heiratete, unbelehrbar, wie er war, glich einem vom Erdboden Verschwundenen. Der tote Fidi würde bei ihnen bleiben, solange sie lebten. Wenn der Versuch, Fidi wegzudrängen, jemals erfolgversprechend hätte genannt werden können, dann sei er jedenfalls endgültig gescheitert. Aber das hindere doch kein Zusammenleben; es könne vielmehr erst recht verbinden. Noch etwas?

»Das weißblonde Haar ist gefärbt«, antwortete Ludwig gehorsam. Er habe immer davon geträumt, eine weißblonde

Geliebte zu haben. Jetzt habe er sie, eine unechte. Wahrscheinlich denke Bella in denselben erotischen Chiffren. Sie wolle auf Männer wirken, die nach weißblonden Frauen lechzen, nach einem besonders idiotischen, im Pubertätsalter zurückgebliebenen Männertypus also, der Filmschauspielcrinnen angafft und eigentlich noch in der Selbstbefriedigungsphase mit selbstinszenierten Pornofilmchen im Kopf verharrt.

»Wir sind genau einander wert: ich habe die Blondine bekommen, die ich mir ersehnt habe, und sie hat den Mann geangelt, der von Blondinen schwärmt, gemeinsam verehren wir das Ideal des Weißblonden, Essenz geworden in einer Kunststoffflasche, die zweimal im Monat aufgeschraubt wird.«

Hermann lächelte stillvergnügt vor sich hin, ob über die Karte, die er soeben aufdeckte, oder über Ludwigs Worte, war unklar. Seine Stimme klang aber streng. Ludwig schimpfe zuviel. Er überlasse sich dem Schimpfen, er gestatte dem Schimpfen, ihn fortzutragen. Das Schimpfen mache ihn erfinderisch. Wenn er über Bella spreche, solle er aber gar nichts erfinden. Gab es denn nichts, woran er sich gern erinnerte?

Ludwig fand die Rede zu streng, aber er wagte nicht zu protestieren. Sie waren wieder im Kinderzimmer. Sie hatten um sich die Spiele gebreitet, deren Reiz sich erschöpft hatte, und jetzt aßen sie Honigbrote, es wurde langsam dunkel, und Hermann erklärte ihm alles, was Ludwig nicht verstand.

»Der Palmengarten war früher das Paradies, in der großen Schwanenhöhle am Bootsweiher wohnten Adam und Eva. Die Schlange wohnte im Palmenhaus und war anfangs überhaupt nicht gefährlich. Aber es wurde zu eng im Paradies. Es gab zu viele Tiere. Dann wurden Adam und Eva vertrieben, und endlich hatten die Tiere Platz. Sie strömten aus dem Palmengarten heraus und verteilten sich über die Erde. Adam und Eva aber« – ein biblisch-märchenhaftes Aber – »eröffneten an der Ecke Beethovenplatz einen Gemüseladen.«

Den Laden von Herrn und Frau Pilz?

»Das waren Adam und Eva.«

»Ach so.« Es war das träumerische, nicht das desillusionierte Ach so, das Ludwig sprach, die Welt fand zusammen, er begann zu verstehen.

Was war schön mit Bella? Was war es, was er liebte? Das konnte er Hermann nicht mitteilen, bei aller brüderlichen Vertraulichkeit, Hermann war auch nicht auf Details aus. Und um Details, um winzige Details von Details, handelte es sich. Ludwig und Bella lagen im Bett, und Ludwig war vielleicht eine kleine Spur zu eilig und zu stürmisch, ihr tat irgend etwas weh, zog, rieb, eine kleine Trockenheit, und sie sog durch die halbgeöffneten Lippen die Luft ein, mit einer ganz kleinen Schmerzgrimasse, das alles dauerte kaum einen Atemzug, aber es war ein Augenblick, der ihn aufs höchste entzückte, das Mißbehagen einer kleinen Katze. »Sie ist so süß«, das hätte er zu Hermann jetzt sagen müssen, aber das brachte er nicht zuwege. Hermann wollte gewiß die Vorzüge ihres Charakters gepriesen bekommen oder die liebevolle Weise ihres Umgangs oder ihre Einfühlungsgabe bei Geschenken – die fehlte fast vollkommen, sie wußte nie, was sie ihm schenken sollte – und nicht solche zwischen den Laken aufgesammelten Beobachtungen. Also blieb Ludwig allgemein.

Doch, es gebe schon Dinge, an die er sich gern erinnere.

»Ich habe es mir auch nicht anders vorgestellt«, antwortete Hermann. Er war jetzt wie ein Feldherr, der einen Kapitulationsvertrag diktiert: die Karten fielen wie Bedingungen. Dann stockte das Spiel wieder. Hermann, wie ein Falke das Stoppelfeld nach einer Maus absuchend, die Reihen der

Karten durchgehend, bemerkte grüblerisch, daß Ludwig nun wohl nicht zögern werde, Bella zu fragen, ob sie seine Frau werden wolle.

»So einfach ist das nicht«, sagte Ludwig. Bella sei vollständig in der Hand ihrer Mutter. Bellas Mutter habe er sich soeben zur Feindin gemacht, und er sehe nicht, daß er das jemals bereuen werde. Diese Frau sei die Ausgeburt der Bosheit, mit genialen und mit schwachsinnigen Zügen, ein niemals zu fassendes Wesen, außer an der Gurgel, eine tägliche Bedrohung.

»Gerade wegen der Mutter mußt du ihr einen Heiratsantrag machen«, sagte Hermann. Ob Ludwig nicht sehe, welchem Druck Bella ausgesetzt sei? Eine offene Situation sei für Bella genau das Gegenteil von Freiheit. Bella werde aufatmen, wenn sie sich einem Heiratsantrag gegenübersehe.

Ludwig staunte. Sein Bruder lieferte vielleicht soeben eine Erklärung, warum Bella Fidi geheiratet hatte. Verheiratet zu sein hieß für Bella, ein Polster zwischen sich und die Umarmung Erna Klobigs zu schieben. Wenn Ludwig mit Bella leben wollte, dann nur verheiratet, anders würde er die Macht der Mutter noch kennenlernen. Für Erna Klobig stellte die Heirat Bellas eine Katastrophe dar, weil sie das vorläufige Ende des Plänemachens bedeutete. Das war etwas dem Tod Verwandtes. Bellas Ehe mit Fidi hatte immerhin zu einer gewissen Entfremdung zwischen Mutter und Tochter geführt. Erna war ernsthaft an der Hoffnung verzweifelt, Bella noch einmal als Figur auf ihrem Schachbrett einsetzen zu können. Hatte Ludwig das Wichtigste nicht schon geschafft, seitdem Erna Klobig ihn verabscheute?

»Wenn ihr geheiratet habt, werdet ihr lange Ruhe haben«, sagte Hermann, der Friedfertige. Aber hatte nicht auch Macchiavelli als Endziel einen dauerhaften Frieden vor Augen?

Ludwig gab trotz dieser vortrefflichen, schwer widerlegbaren Argumente nicht auf, Zweifel zu äußern: «Werden wir zusammenpassen?«

»Nicht besonders gut«, sagte Hermann ungerührt. Welch ein Wahn, daß Ehen die Verbindung zweier Menschen seien, die zusammenpaßten! Früher habe man diese Frage nicht einmal erwogen. »Er nahm ein Weib«, heiße es in alten Chroniken, gerade daß nicht »irgendein Weib« dastehe. Ludwig sei verliebt. Damit war die Wahllosigkeit, die dem Gesetz der Ehe am besten entsprach, doch schon überaus zeitgemäß eingeschränkt. »Unsere Eltern haben auch nicht zusammengepaßt, was wir als Kinder auch gemerkt haben, und zum Schluß haben sie eine vollkommene Ehe geführt.« Wer schon wisse, daß er zum anderen nicht passe, sei bescheidener. Was als passend gelte, sei die Vermutung, jemand reiche an die eigenen Wunschträume heran. Diesen Wunschträumen gelte es aber doch gerade zu mißtrauen. In diesen Wunschträumen stecke doch bereits der Teufel. Je eher sie geknickt würden, desto besser. Und was ihn bei Bella erwarte, das wisse er inzwischen. Knickendes, aber doch nicht nur Knickendes, auch Aufrichtendes. Machte Hermann sich über Ludwig lustig? Er verzog keine Miene.

Und Ludwig lauschte ihm wie einem Orakel.

Es war ihm, als besitze Hermann eine Art Lampe, wie sie die Restauratoren benutzen, um Ölbilder auf darunterliegende Schichten, alte Restaurierungen, verborgene Schäden zu untersuchen. Ludwig nahte sich mit seinen schon zu ausgeführten Gemälden gewordenen Argumenten, die gegen ein Leben mit Bella sprachen, und jedes davon zerging unter Hermanns leidenschaftslos eingesetzter Lampe als unecht. Darunter aber trat in großen dunkelroten Buchstaben ein viel gewichtigerer Zweifel zutage.

»Was mache ich aber, wenn Bella gar nicht will?«

»Ein schönes Unglück vergiftet das Leben nicht.« Vielleicht habe er sein Glück bereits verpatzt. Vielleicht gebe es überhaupt kein eigens ihm zugedachtes Lebensglück in der großen Büchse. Vielleicht werde er nur reich, reich und einsam. Hermann lächelte plötzlich ganz leicht, denn er hatte in Ludwigs Augen ein Lichtlein glimmen sehen: Reich war doch auch etwas Schönes, die Reichen kamen mit der Einsamkeit oft gut zurecht. Ja, durfte man denn in der Gegenwart dieses besessenen Patiencelegers kein unwillkürliches Gedankenpfeilchen durch die ganze große ernste Bangigkeit zischen lassen, ohne daß er es augenblicklich aufschnappte?

Hermann hatte recht. Daran bestand jetzt für Ludwig nicht mehr der mindeste Zweifel. Er hatte recht, weil er genau das sagte, was Ludwig hören wollte. Er hatte recht, weil er aus allem, was er wußte, die richtigen Schlüsse zog. Und deshalb war es auch angemessen, daß er wirklich alles wußte, was es zu wissen gab.

Hatte Ludwig nicht alles, was er sonst fest in Geheimfächern verschlossen hielt, längst herausgezogen? Gab es noch etwas, was er sich womöglich erst einmal selbst gestehen mußte? Ja, es gab etwas. Daran war bisher zu denken streng verboten, aber es hörte deshalb nicht auf, zu existieren. Es blitzte gelegentlich hervor wie ein kleines Stück Metall im Dunkeln, ein Schlüssel oder ein Manschettenknopf, und wenn auch augenblicklich eine schwarze Decke wieder darübergeschlagen war, blieb das Bewußtsein, daß etwas belastete und drückte. Was Ludwig jetzt aussprach, holte er eben erst unter dieser Decke hervor. Sie zurückzuschlagen und zu sprechen war derselbe Akt. Er hatte, was er dort fand, selbst noch kaum betrachtet. Es gebe da etwas, was ihn hindere, Bella jetzt einfach zu heiraten, sagte er leise.

»Ich habe Fidi Lopez umgebracht.«

»Ja«, sagte Hermann.

Jetzt war es heraus, aber jetzt mußte es auch erklärt werden. Vom Standpunkt des Kriminalisten sei es wenig, was er zu berichten habe. Aber in dem wenigen stecke ein fester Kern.

»Ja«, sagte Hermann.

Ludwig begann nun, den letzten Abend mit Fidi zu beschreiben. Von Hermine wollte Hermann gar nichts wissen. »Ist das wichtig?« »Ich weiß es nicht.« »Na, dann vielleicht später.«

Mit soviel Schnäpsen wie an dem Abend mit Hermine hätte Fidi keinesfalls mehr fahren dürfen. Wer sollte das aber verhindern? Auch Ludwig schwankte leicht, als sie das Haus verließen. Ein Wortwechsel über Fidis Fahrtüchtigkeit hätte nur seinen Trotz geweckt. Daß Ludwig nicht in das Auto des Betrunkenen einstieg, konnte ihm niemand vorwerfen.

»Ich will mich nicht entschuldigen, warte nur«, sagte Ludwig flehend, weil ihm diese Einleitung plötzlich aus dem Stoff der Apologien gemacht zu sein schien, dabei wollte er nur genau sein. Er hätte nämlich mit Fidi gar nicht streiten müssen. Ob Fidi sich ans Steuer setzte, war in Ludwigs Hand gelegt worden. Vor ihm auf dem dunklen Teppich hatte silbrig der Autoschlüssel und daneben golden der vermißte Manschettenknopf gelegen, klimpernder Inhalt aus Fidis Hosentasche, hinausgeglitten, als Fidi seine Hose auf den Boden warf. Da hatte es an Ludwig gelegen, den Schlüssel schweigend einzustecken. Gut, Ludwig war betrunken und zu solch blitzschneller Entscheidung vielleicht nicht fähig. Den Manschettenknopf einzustecken sei er jedoch sehr wohl imstande gewesen – schwupp, war das belastende kleine Ding weg.

Und tatsächlich hatte er in dem Augenblick der Entdeckung, gebannt wie die Elster vom Blinken, aus dem Wodkadunst hinaus in die Nüchternheit gehoben, alles gründlich erwogen. Daß Fidi den Manschettenknopf mit sich herumtrug und ihn, Ludwig, deshalb hierher in dieses

Zimmer geschleppt hatte, ließ eine Stichflamme von Haß in ihm aufschießen. Als er den Knopf versteckte, den Schlüssel aber klingelnd übergab, war er von der inständigen Hoffnung erfüllt, daß Fidi sich auf der Fahrt den Hals breche. Nachts lag die Stadt zwar ausgestorben da, aber dafür besaß die Verfluchung Ludwigs die ganze Kraft des Schwächlings, der sein Geschäft nicht mit eigener Hand besorgen kann und darauf vertrauen muß, daß sein Feind sich selbst erschlägt.

Auf dem Heimweg war das alles wie ausradiert, ein friedliches Bummeln durch die kühle Nacht, aber als Bella ihm zu Hause entgegentrat, da wußte er, daß sein Wunsch erhört war.

»Grund?« fragte Hermann.

»Eifersucht, die beständig größer wurde. Angst, die gleichfalls immer größer wurde. Mir war klar, daß ich Bella nie ganz besitzen würde, solange Fidi lebte. Das war die Grundlage. In der bewußten Nacht kamen noch hinzu: Furcht vor seiner Rache und das Gefühl, sie habe schon begonnen. Die Furcht vor etwas Unbestimmtem, das sich vorbereitete.«

»Gut«, sagte Hermann. Das klang tonlos. Er blickte auf die Karten, aber rührte keine an. Es war, als erwarte er, daß sich dies Spiel jetzt von selbst erledige. Wann er den Entschluß, Fidi zu beseitigen, gefaßt habe?

»An einem Mittag«, antwortete Ludwig schnell und vollkommen sicher. Während eines heißen Liebesstündchens mit Bella; die Hitze beziehe sich hier auf die Temperatur, fügte er hinzu, als habe er sich in Hermanns Gegenwart vor Zweideutigkeit zu hüten. Die Hitze stand still in dem Schacht, auf den ihr Fenster führte, eine kompakte Säule wie in einem Thermometer – Liebesthermometer, dachte er traurig –, im Zimmer war es halbdunkel und dann auf einmal war ein tosender Krach, als stürze ein Haus ein.

»Stürzte ein Haus ein?«

»Das weiß ich nicht.«

»Der Mittag ist sehr gefährlich«, sagte Hermann, »aber für dich ist das keine Entschuldigung. Du bist zu allem fähig.«

Das gleichsam automatische Geständnis Ludwigs, mit dem er sich selbst überrascht hatte, ergriff nun von ihm Besitz. Er machte sich ganz und gar zu eigen, was er gesagt hatte, und es war alles wahr. So hatte sich das zugetragen. Es gab keine Möglichkeit, hinter diese Einsicht wieder zurückzutreten.

»Was kann ich tun?« fragte er, seine Stimme klang sehr beklommen.

»Was willst du erreichen?« fragte Hermann.

»Ich kann doch nicht einfach so weiterleben. Ich muß irgend etwas tun ...«

»Als hättest du nicht genug getan. Wenn du ›tun‹ sagst, meinst du vermutlich: zahlen.«

»Zahlen, ja, warum nicht zahlen!«

Ludwig schöpfte Hoffnung. Er war zu allem bereit, er wollte alles auf sich nehmen, was Hermann anordnete.

Wie hoch konnte man Fidis Leben schätzen? Nach wieviel Jahren könne man sagen: So, jetzt ist das Äquivalent dieses Lebens erreicht? Versicherungsexperten wüßten hier vielleicht Rat. Hilfreich war es, festzustellen, was Fidi im Jahr erwirtschaftete. Seine Aufstiegschancen waren zu berücksichtigen und sein Lebensalter. Er war jung und er hatte Pläne, nicht wahr? Er wollte Präservativautomaten pachten, wenn das wirklich der neuste Stand war.

Waren das nicht sehr nützliche Anhaltspunkte?

Hermann sammelte seine Karten ein. Er habe Fieber, dazu komme ein Nackenkopfschmerz und Gliederschmerzen. Ludwig berührte mit dem Handrücken die Stirn des Bruders. Sie glühte.

Aber ins Bett wollte er sich jetzt keinesfalls legen. »Wir müssen diese wichtige Angelegenheit vorher noch klären.« Der Kapitalfehler Ludwigs sei, daß es ihm nicht gelinge, die Kette der Absichten und Zwecke loszulassen, an der entlanghangelnd er in solche Tiefen gelangt sei. Und nun wolle er sich weiter daran entlangbewegen und vermute, dann nach einer Weile auch wieder aufzusteigen. Man tue etwas Böses, das war wie ein moralischer Rechenfehler, und dann mache man den Schaden wieder gut, und damit sei alles erledigt.

»Das hat etwas Mechanisches, etwas Buchhalterisches, du bist ja jetzt Kaufmann. Aber ich fürchte, so geht das nicht. Es war ja etwas Geheimes, ein Wunsch ...«

»Was würdest du tun?«

»Ich würde beten.« Hermanns Antwort klang trocken, aber auch etwas geniert.

»Das kann ich nicht. Ich weiß gar nicht, was das ist.«

Hermann nickte. Von solchen Sachen war bei ihnen zu Hause nie die Rede gewesen. Die Eltern waren im Grunde altmodische Leute, die einen grundsätzlichen Respekt vor den Institutionen ihrer Jugend pflegten, aber aus den Übungen der Religion herausgefallen waren. Das Schiffsdeck der Kirche neigte sich im Wellental der Geschichte, und da rollten sie davon.

»Ich bin leider nicht der richtige Mann, dir das Beten und solche Sachen beizubringen«, sagte Hermann, »es hat jetzt auch keinen Sinn, daß du etwas lernst und etwas verstehst. Du bist in einer Notlage. Du mußt etwas tun.«

Morgen abend werde in der Innenstadt in einer Kapelle für den Vater eine Messe gelesen. Hermann stockte. Der Schweiß trat ihm auf die Stirn. Ludwig holte eine Decke und legte sie ihm um. Es war dieselbe Decke, mit der er sich während seiner Nachtwache gewärmt hatte, ein kariertes Plaid. Hermann sah aus, als sei er ins Wasser gefallen und trockne sich an einem Lagerfeuer. Seine Augen glänzten vor innerer Hitze, aber auch von seinem Einfall, der in seiner Sonderbarkeit das übliche Hermännische Maß überstieg und vielleicht doch eine Folge des Fiebers, eine kleine Wahnvorstellung war.

»Könntest du nicht« – er zögerte, weil er den Gedanken selbst zu gewagt fand und ein um Entschuldigung bittendes Lächeln trat in sein Gesicht –, »könntest du nicht mit mir dort hingehen?«

Hermann helfe dort in der Sakristei, mache den Küster und bereite den Ritus vor. Seine Vorstellung sei die: Ludwig gehe ihm ein bißchen zur Hand und setze sich dann in die Bank. »Ich versuche besser nicht, dir zu erklären, was dort abläuft. Es ist vielleicht gar nicht schlecht, wenn du den ganzen Vorgang als etwas vollkommen Unverständliches erlebst.« Hermann stotterte herum. Was ihm da in seiner mächtigen inneren Erhitzung vorschwebte, war schwer in Worte zu fassen, aber er hätte sich keinen folgsameren Zuhörer wünschen können. Ludwig war allzu bereit, das Unverständliche als Chance zu begreifen. Vielleicht glaubte Hermann, das Unverständliche oder gar Sinnlose und Absurde könne seinem Bruder einen Weg zum Beten öffnen. Das beschäftigte Ludwig aber nicht weiter. Es war ein anderer Gedanke, der ihn reizte, Hermann zu folgen und etwas zu tun, dessen Bedeutung sich ihm verbarg. Alles, was geschehen war, kam ihm zwangsläufig vor, ihm war, als hätte er niemals, an keinem Punkt die Richtung seines Lebens ändern können. Aus der langen Reihe der fallenden Dominosteine einmal einen herauszunehmen und den notwendigen Ablauf zu unterbrechen, das schien ihm jetzt als die größtmögliche, die befreiende Tat, auch wenn sie praktisch nur darin bestand, daß er sich auf Hermanns Wunsch in diese Kapelle setzte. »Das Ganze hätte noch das Gute, daß kein Mensch diesen Besuch als auch nur annähernd angemessene Buße betrachten wird«, sagte Hermann, als sei er Ludwigs Gedanken gefolgt.

»Und dann?«

»Wann?«

»Danach. Was ist dann?«

»Dann gehst du nach Hause. Und dann könnte es ja sein, daß dir doch etwas einfällt, was du tun könntest. Und hör nicht darauf, was der Priester sagt, wenn er deutsch redet. Er ist für die Messe unentbehrlich, aber er selbst weiß nicht, worin seine Unentbehrlichkeit besteht.«

Die Mutter kam zurück. Hermann wurde unruhig und blickte schuldbewußt. »Sie wird schimpfen, daß ich keine Pantoffeln anhabe.« Jetzt war er wieder ein Schuljunge, der die Nase hochzog, mit dem Glück vor Augen, heißen Tee mit Honig, Ei mit Zucker und Portwein und ein Buch in der Arche des warmen Bettes zu genießen.

Die Not ließ Ludwig nach dem verheißenen, dem verordneten Strohhalm greifen. In dieses kirchliche Hotel zu gehen, in dessen zweitem Stock Hermanns Kapelle lag, war jetzt einen Tag nach der Dämmerstunde am Kartentisch ein noch fragwürdigeres Unternehmen. In der Beklommenheit, mit der er sich dem häßlichen Hotel näherte, fehlte jedoch eine Empfindung, die ihm sonst oft die Sicherheit nahm: die Angst vor der Lächerlichkeit. Das war etwas Neues. Er wußte sich von Hermann erwartet, und er hatte seinen Bruder seit unausdenklich langer Zeit noch niemals so wenig lächerlich gefunden.

Es war hell, als er das Hotel betrat. In der Pförtnerloge saß eine verhärmte Frau, die ihn mißtrauisch ansah. Herr Drais sei schon hinaufgegangen; das war das erstemal, daß jemand von Hermann als »Herrn Drais« sprach. Der Bau stammte aus den fünfziger Jahren, als in Frankfurt in öffentlichen Gebäuden alle Böden mit Solnhofener Platten ausgelegt wurden. Aus der Restaurantküche drang Suppengeruch. Das Hotel lag am Rand eines Bordellviertels, aber die verspätete Modernität, die es mit vielen neueren kirchlichen Gebäuden gemeinsam hatte, ließ in fader Solidität die Umgebung vergessen.

Die Kapelle war klein und nüchtern wie die Hotelhalle. In eine graue Betonwand waren runde Fenster aus buntem Glas eingelassen. Die Bänke waren aus gelbem Birkenholz, über dem Altar schwebte ein Aluminiumkruzifix mit einem Corpus aus rotem Glasfluß wie eingetrocknete Erdbeermarmelade. Ein augenloses Kykladensymbol aus Beton stellte die Madonna dar. Den heißen Raum, auf dem die Sonne stand, erfüllte ein fauliger Geruch, der von der Blumenvase auf dem Altar herkam. Die Herbstblumen waren in bräunliches Gemüse verwandelt. Daneben stand ein silbernes, mit Bergkristallknollen besetztes Schränkchen. Als Ludwig eintrat, war Hermann gerade dabei, diese Blumen fortzuschaffen.

»Nicht vergessen, vor dem silbernen Schränkchen eine Kniebeuge zu machen«, sagte er flüsternd, als er Ludwig bemerkte. Er freute sich, aber war zugleich voll Eifer.

In der Sakristei stand ein Kunststoffkanister mit Wasser. »Bitte fülle das Becken an der Tür!« Das Becken war eine Glasschale in einer Messinghalterung, verkrustet von alten Ablagerungen. Die wurde wahrscheinlich besser vorher gespült. Wie gut, daß sie zwei Stunden Zeit hatten. Auf dem Altar durfte nichts so bleiben, wie es war. Dort lag eine gelbliche Kunststoffnoppendecke, links stand das Schränkchen, rechts davon zwei getöpferte Tonschalen mit dicken Kerzen. Das mußte alles abgeräumt werden. Das Schränkchen wurde in die Mitte gerückt. Über den Altar waren übereinander drei schmale, sehr lange, gestärkte weiße Leinendecken zu breiten, die rechts und links bis zum Boden hinunterhingen. Ludwig und Hermann hielten diese langen

Decken gespannt und senkten sie dann hinab, bis eine über der anderen lag. Rechts und links von dem heiligen Schränkchen stellte Hermann drei neugotische Bronzeleuchter auf. Auf die Leuchter kamen gelbe Kerzen – »gelbe, nicht weiße!« erklärte Hermann gedämpft. Dann suchte er aus einer Schublade drei Tafeln hervor, eine breite und zwei schmale: auf der breiten standen viele Textkolonnen, darüber in roten Buchstaben: »Canon missae«, auf den schmalen je eine Kolonne, die eine rot mit dem Wort »Lavabo«, die andere gleichfalls rot mit dem Wort »Initium« überschrieben, die erste wurde rechts an eine Kerze gelehnt, die zweite links, die große vor das Schränkchen. Jetzt setzte er auf die Steinstufe des Altars, indem er seine Kniebeuge nicht vergaß, eine Bronzeglocke, genaugenommen mehrere Glöckchen an einem Griff, und dann war der Altar fertig.

Nun wandte er sich der Kredenz zu. »Kredenz« hieß das Tischchen neben der Sakristeitür. Eine weiße Decke kam darauf. Aus einem Wandschrank übergab er Ludwig zwei seltsam geformte Glaskännchen mit hochgeschwungenen spitzen Schnuten, aus denen nur ein feiner Strahl rinnen konnte. Das Kännchen ohne Henkel wurde mit Wasser gefüllt, diesmal nicht aus dem Kanister, das Henkelkännchen mit Wein aus einer angebrochenen Flasche »Rheinhessen«, einer trockenen Spätlese, wie auf dem Etikett stand. Der Weingeruch hatte etwas fremdartig Medizinisches in diesem schlauchartigen Räumchen. Auf der Kredenz bedeckte Ludwig die Kännchen mit einem gestärkten, dreifach gefalteten Leinentüchlein. Daneben kam eine Messingschale mit einer kleinen Messingkanne – »Wasser aus dem Kran!« – und ein kleines neuvergoldetes Tablett – »Nicht mit den Fingern berühren, sondern mit einem weißen Tuch anfassen.« Und damit war auch das Kredenzkapitel beschlossen. Ludwig hoffte, daß er die Sachen richtig anordnete, wenn er, wie auf dem Altar, alles möglichst symmetrisch aufstellte. Hermann erwähnte hierzu nichts.

»Brennt die rote Kerze auf dem Altar?« Daher kam also Hermanns rote Kerze. Auf dem Altar stand keine rote Kerze. Aber auf dem Sakristeitisch gab es zwei. Eine davon zündete er an und stellte sie – Kniebeuge – neben das silberne Schränkchen.

»Jetzt können wir in die Sakristei gehen.«

Wieder fühlte Ludwig sich zusammen mit Hermann in die Kinderzeit zurückversetzt. Waren sie nicht in einem großen Spiel, in dem jede gelöste Aufgabe zu neuen Aufgaben führte? Hermann bemerkte bekümmert, daß die Kapelle Ludwig wahrscheinlich nicht gefalle. Ludwig entdecke überall etwas Geschmackloses; mit Gewißheit sei auch die Kapelle geschmacklos. Um so genauer müßten sie sich an die Vorschriften halten, wo es keine Schönheiten gab, die von Unvollkommenheiten der Form ablenkten.

»Der Kelch« hieß das nächste Kapitel. Der Kelch steckte in einem hohen Lederfutteral. Ludwig öffnete es und sah ein goldenes Gefäß auf hohem Fuß, in einer kleinen Schublade zu dessen Füßen einen flachen goldenen Teller. »Kelch und Teller darfst du nicht berühren. Nimm sie mit einem weißen Tuch heraus.« Hermann legte ein zu einem Streifen gefaltetes Tuch in den Kelch, so daß die beiden Enden über den Rand hingen, und bedeckte den Kelch dann mit dem goldenen Teller. Aus einer Holzdose nahm er eine große weiße Oblate, der Bruchstellen eingeprägt waren. Die kam auf den Teller. Den Teller bedeckte eine quadratische Tafel in einem bestickten Leinenüberzug. Und nun suchte er aus einer tiefen Schublade mit roten, grünen und violetten Seidentüchern ein schwarzes, und dies schwarze steife Seidentuch verhüllte den Kelch und seinen Aufbau vollständig. Eine quadratische Seidentasche, in der ein steifgestärktes Leinentuch lag, bildete das Dach des Kelchs. Er war jetzt zu einem schwarzen Seidenzelt geworden. In steifen Falten stand das Tuch um den Kelch herum.

Im Schrank hingen die Meßgewänder, in denselben Farben wie die Tücher aus der Schublade. Die meisten Ornate entstammten dem neunzehnten Jahrhundert. Die Farben leuchteten, die Stoffe glänzten. An Halsansatz und Schultern waren sie abgescheuert. Diese Sachen gehörten nicht hierher, das war deutlich zu sehen. Da hing das schwarze Gewand. Sein Damast hatte neugotische Muster. Das Meßgewand legte er auf den Tisch. Alle möglichen schwarzen Seidenstreifen und Leinenhemden und Tücher und Gürtel wurden darüber gehäuft. Jetzt war auch das geleistet.

Ludwig setzte sich in die Bank. Die Kapelle war immer noch leer, aber die rote Kerze brannte. Das Tageslicht wurde schwächer. Die Kapelle war jetzt bereit; sie war so karg und öd wie zuvor, aber ihr Motor war gleichsam angeworfen. Obwohl die Tür zur Sakristei geschlossen war, ahnte man, so befand Ludwig, daß dahinter gleichfalls alles bereit war. Er dankte Hermann, daß er ihm hatte helfen dürfen. Wie ein Gastgeber, der den gedeckten Tisch und die geöffneten Rotweinflaschen überblickt, erwartete er die Gäste.

Bella war heute freundlich gewesen, wenngleich in Gedanken versunken. Aber ihr Blick war nicht abweisend, als er ging. War da nicht sogar die Andeutung eines Lächelns?

Ein Mann mit Aktentasche trat geradezu stürmisch ein, mit gereizter Verdutztheit sah er um sich. Sein weißes Haar war akkurat gescheitelt, das gab ihm etwas altmodisch Offiziersmäßiges. Was ist denn hier schon wieder? schien er sich ungehalten zu fragen. Jetzt sah er Ludwig in der Bank sitzen. Mit starr werdender Miene nickte er ihm knapp zu, als habe er auf den ausrasierten Nacken einen Klaps erhalten, und suchte schnell an ihm vorbeizugelangen. Dann hielt er inne, sah noch einmal zu Ludwig hinüber, als sei ihm etwas eingefallen, und beugte langsam und feierlich sein Knie vor dem silbernen Schränckchen. Ludwig folgte ihm in die Sakristei.

Dort fand er den Mann im Hemd vor. Hermann hing soeben die Anzugjacke und die gestreifte Krawatte über einen Bügel. Der Mann hielt einen schwarzen Lappen aus dünnem Stoff in der Hand, den er sich wie ein Lätzchen um den Hals zu stecken suchte. Es gelang mit Mühe. Oben in dem schwarzen Lätzchen steckte ein gelblicher Zelluloidrand, der jetzt als niedriger Stehkragen daraus hervorsah.

»Sie wollen zu dieser Messe hier kommen?« Der Mann reckte alarmiert den Hals. Zugleich trat er einen Schritt zurück, in einer vogelhaften Mischung aus Zorn und Vorsicht. Diese Messe sei nicht öffentlich. Es sei nicht verboten, daran teilzunehmen, aber erwünscht, daß der Kreis klein bleibe. Diese Messe sei ein besonderes seelsorgerisches Entgegenkommen für einen eher problematischen Kreis von Gläubigen. Der normale gebildete Katholik gehöre da nicht hin.

»Dies ist nicht die Mitte der Kirche, wenn Sie mich recht verstehen.« Überhaupt sei diese Messe vor allem für alte Leute – »Senioren«, sagte der Mann – gedacht. Es kämen zwar auch Jüngere, aber das bereite ihm Kopfschmerzen, denn diese Messe hier »sei klar ein auslaufendes Modell«. Die Kirche habe sich in einem überfälligen Akt von ihrem gesamten animistischen, magischen Ritualienkomplex getrennt, den sie allzulange durch die Neuzeit geschleppt habe, eine Riesenlast, »eine Kathedrale auf einem Schubkarren«, die die Kirche von den großen Fortschritten des neuzeitlichen Geisteslebens getrennt habe. Nun gebe es einige wenige, die dem alten magischen Gesicht der Kirche verhaftet seien, eine winzige Schar, intellektuell auf bescheidenstem Niveau, soziologisch zu vernachlässigen, geistlich natürlich nicht. Man habe diesen Leutchen jahrzehntelang die Sündenangst eingepaukt und lasse sie nun allein im Dunkeln, während die neue Kirche ihren Weg ans Tageslicht gefunden habe. Hier leiste er Sterbehilfe.

»Behutsam«, sagte er, mit dem Kopf nachzuckend und die kräftigen Arme schwenkend. Deshalb habe er sich hier auch das Kollar umgewürgt. »Wenn die Leute ihren Priester haben, sind sie ja so leicht zu lenken.« Beim Bischof gebe es gar kein Verständnis für diese Seelsorge. Man plädiere um den Bischof herum dafür, diese verbohrten Ritualisten ganz abzuschreiben. Der Bischof finde diese Messe hier im zweiten Stock des Hotels »gefährlich«.

Hermann war schweigend, aber mit heiterer Miene hinausgegangen. Ludwig stellte sich vor, er sei Hermanns Bruder.

»Ich schätze Herrn Drais«, sagte der Mann, als halte er Ludwig stolz eine gewagte Ansicht entgegen. Der Bruder des Herrn Drais sah so vertrauenerweckend geschäftsmäßig aus, daß der Mann offen zu sein wagte.

»Das Schwarz«, er zeigte auf das ausgebreitete Meßornat, »das haben wir zum Glück überall abgeschafft. Dieser düstere Trauerpomp hatte etwas Nekrophiles. Wir kennen jetzt endlich die Freude des Christseins«, dabei wurden seine Lippen schmal, und sein Ausdruck bekam etwas Zänkisches. »Gessner«, sagte er dann und reichte Ludwig die schraubstockhafte Hand. Auch Ludwig fühlte sich zu festem männlichem Händedruck verpflichtet. Er lese Kirchengeschichte an der Universität. Ludwig entgegnete, er sei Großhandelskaufmann.

»Die Mühlen der Kirche arbeiten langsam«, sagte der Professor. »Jetzt erst nehmen wir die Errungenschaften der Reformation auf.« Das Christentum entstamme dem Mittelmeerraum. Seine Ritualien hätten zunächst einmal alles aufgesaugt, was da mittelmeerisch in diesem großen Religionssuppentopf Spätantike herumgeschwommen sei. Heidnisches, römischer Kaiserkult, Mithraskult, Isiskult, Dionysoskult, orphische Kulte, eleusische Mysterienkulte, die platonische Akademie, jüdischer Tempelkult, jüdischer Synagogengottesdienst, von orientalischen Ritualen beeinflußte frühe Mönchsbräuche, jüdische, heidnische und christliche Gnosis – eine faszinierende Mischung vom Archäologischen her gesehen – vom Religiösen her unappetitlich. Und dieser Riesensumpf sei dann noch unter römische Herrschaft gefallen: römisch-kanonistisch-rubrizistisch-juristisch hätten die Römer ihn trockengelegt und eingefaßt und Deiche gebaut und Teiche vollaufen lassen, ein ganzes System von Teichen, ohne ein Gefühl dafür, was man da eigentlich geordnet habe. Jetzt, wo der Berg von Vorschriften, kostbar gedruckt, zu Makulatur geworden sei, die phantastischen theatralischen Ornate im Museum, die alten Riten abgeschafft und aus dem Gedächtnis der Katholiken bereits gründlich verdrängt, komme allmählich zum Vorschein und dringe auch überall ins Bewußtsein, was eigentlich dahintergesteckt habe. Der Professor sah Ludwig durchbohrend an. Er hatte das panisch Gereizte verloren. Seine Vorfreude war spürbar, einem erfolgreichen, im neuzeitlichen Lebenskampf stehenden jungen Mann etwas Erschreckendes mitzuteilen, das ein solcher Jüngling einem weißhaarigen Priester nicht zugetraut hätte.

»Wir Pfaffen haben unsere Geheimnisse, aber jetzt ist bald Schluß damit. Die Pfaffenherrschaft ist zu Ende. Es hat unter diesem gigantischen kulturellen Wust, dieser liturgischen Riesenperücke, eine Glatze gesteckt – nichts – oder jedenfalls nicht viel – oder jedenfalls Ungenaues, schwer zu Fassendes. Das Letzte Abendmahl – denn das ist es doch, was in der lateinischen Zeremonienpracht versteckt sein soll –, was war es eigentlich? Wir wissen es nicht. Ein Opfer, wie da hochgemut stets aufs neue behauptet und nachgeplappert wurde! Ein Mann ißt mit seinen Freunden zu Abend, und das soll ein Opfer sein? Sie sehen schon, was man der Sache alles aufgepfropft hat: die schaurige Opfertheologie mit ihrem steinzeitlichen Blutgeruch. Versuchen Sie mal, einem Nichtchristen das zu erklären: Gott erschafft den Menschen, und der Mensch beleidigt Gott so sehr, daß als Entschädigung nur ein Übermenschenopfer akzeptabel ist. Also läßt Gott seinen Sohn in Menschengestalt barbarisch schlachten und ist danach zufrieden und versöhnt. Versuchen Sie das mal!«

»Ich kann Ihnen dazu nichts sagen, aber ich wüßte gern, was mein Bruder darüber denkt«, sagte Ludwig.

»Ihr Bruder würde sagen, das ist ein Geheimnis«, sagte der Professor schroff und ging zum Waschbecken. Hermann achte auf jedes Detail. »Sie müssen beim Händewaschen das Gebet Lavabo sprechen«, versäume er nie zu erinnern, bevor die Ankleidung beginne. Die Hände wasche er sich ohnehin, und zwar weil er aus dem Omnibus komme und fühle, daß sie klebrig seien. Das Gebet hingegen lasse er weg, denn das sei »durch Dekret der Ritenkongregation bereits zur Zeit Pius des Zwölften nur noch fakultativ« gewesen. Dem müsse Hermann sich beugen, aber er versuche es stets aufs neue.

»Er ist eigensinnig, er macht sich alles kaputt«, sagte der Professor. »Ich könnte ihm Tür und Tor öffnen. Er könnte Priester werden, als Spätberufener in kürzester Zeit, ich wäre bereit, das alles möglich zu machen, aber er müßte sich dann einen Ruck geben und diese Fixierung auf die hoffnungslose Sache endgültig überwinden. Er mag sie lieben – ich liebe sie auch! –, aber das muß eine platonische Liebe werden«, jetzt lachte er unheiter polternd, so hatte auch Ludwigs Schuldirektor gelacht, ein protestantischer Theologe diesmal, das war wohl ein konfessionsübergreifendes Lachen der männlich herben Theologen, die sich damit von den süßlich-salbungsvollen Theologen absetzten.

Draußen hatte Hermann die Kerzen angezündet. Drei Frauen mit Hüten aus Kunstpelz, eine blonde Frau mit zwei kleinen Kindern, ein älterer Mann mit einem Milchglas in der Brille, ein bärbeißiger rotgesichtiger Mann, eine akkurat frisierte blasse feinnasige Frau, ein unrasierter Mann, der verwirrt in einem der ausgelegten schwarzen Bücher blätterte, saßen in den ersten Reihen. Nach und nach kamen vielleicht dreißig Personen zusammen. Ludwig versuchte, etwas Gemeinsames an ihnen zu entdecken, wie sie da in stiller Erwartung saßen, aber es gelang ihm nicht. Es war, als habe man dreißig Menschen, die an der Haltestelle auf den Omnibus warteten, zusammen hierher geführt. Als dann ein Glöckchen klingelte und die Sakristeitür sich öffnete und alles sich von den Plätzen erhob, empfand Ludwig einen Moment lang eine wirkliche Überraschung, obwohl er sich doch selbst in dem Hinterzimmer aufgehalten hatte.

Vom Untergang Konstantinopels wird berichtet, daß sich die ganze nichtkämpfende Bevölkerung der Stadt in der Hagia Sophia versammelte, um dort bei nicht abreißenden Messen ein Rettungswunder zu erflehen. Gerade dort an ihrem heiligsten Ort, der zugleich bis dahin auch das Asyl der Verfolgten war, mußten die Griechen dann die Vernichtung aller Hoffnungen, die Schändung aller bis dahin bewahrten Heiligtümer, Ausrottung und Untergang erleben. Unter den Überlebenden verbreitete sich die Geschichte, beim Eindringen der Türken habe ein Engel eine Mauer geöffnet und die zelebrierenden Priester durch den Spalt weggeführt. An derselben Stelle werde sich die Mauer einst öffnen und die für diesen zukünftigen Heilstag Aufgesparten wieder zurück in den Tempel ziehen lassen. Ludwig, der von allem Historischen meist nur das Anekdotische behielt, war das Bild der durch den Spalt verschwindenden und wiederkehrenden Prozession als Ausdruck einer Hoffnung gegen jede Vernunft und jeden Augenschein und gegen alle Gesetze der Geschichte haftengeblieben, aber als sich die rumpelnde Schiebetür jetzt auftat, war es, als sei dieser von den unglücklichen Griechen beschworene Augenblick eingetreten, nur daß die Prozession sich verirrt hatte und statt in Istanbul im Agyasofya-müze in diesem kahlen Wartesaal angelangt war. Hermann trug nun einen schwarzen bodenlangen Talar und darüber ein knielanges mit Spitzen besetztes weißes Leinenhemd, das auch seinen Hals mit einer kleinen gekräuselten Spitze umgab. Er sah überraschend kindlich und reinlich aus, als solle er getauft werden. Ihm folgte Professor Gessner, er hatte einen kleinen schwarzen Hut ohne Krempe, mit einem dunkelroten Seidenpompon auf dem Kopf und war in alle Gewandstücke, die Ludwig und Hermann übereinander gestapelt hatten, gekleidet. So schritten sie durch die Bänke, bis sie bei dem Altar angelangt waren. Dort stellten sie sich auf und beugten das Knie. Ein bärtiger Mann an der kleinen Orgel begann mit Baßstimme einen langsamen Gesang. Der Professor reichte Hermann seinen Hut, der ihn entgegennahm und ihm dabei die Hand küßte. Nun begann der Professor, der tief gebeugt stand, einen geflüsterten längeren Dialog mit dem neben ihm knienden Hermann, währenddessen sich beide an die Brust schlugen. Der Bärtige sang dazu seine verschlungene Moll-Melodie, die in einen Sprechgesang überging und dann wiederkehrte. Es waren Gesänge, die an orientalische, arabische oder indische Musik erinnerten. Manchmal sangen die Leute in den Bänken mit ihm zusammen, dann wieder sang Professor Gessner mit angestrengter, unschöner Stimme etwas aus einem großen Buch auf dem schwarzverhüllten Lesepult, aber man sah sein Gesicht nicht dabei, er stand mit dem Rücken zu den Leuten und wandte sich nur gelegentlich um, mit gesenktem Kopf und geöffneten Armen, die Handinnenflächen vorzeigend, um mit der Gemeinde gleichfalls einen formalisierten Dialog zu sprechen. Seine Bewegungen waren die einer aufgezogenen Puppe, starr ruckend. In jedem Augenblick zeigte er, daß ihm nicht selbstverständlich war, was er tat, sondern daß er sich hier einem Zwang unterwarf.

Ludwig sah es verwundert, vermutete dann aber, daß dieses automatenhafte Schreiten Hermanns Vorstellungen entgegenkam: nichts deutete darauf hin, daß das, was geschah, irgend etwas mit Professor Gessners Persönlichkeit, seinem Geschmack und seinem Intellekt zu tun hatte. Seinen Zornmut und seine Ungeduld mußte er für die Dauer dieser Geschehnisse zurückstellen. Es war geradezu, als müsse er sein entrüstetes, energiegeladenes Gesicht für diese Zeit verbergen. Der Bärtige sang jetzt ein langes Lied mit vielen kurzen Strophen in gereimtem Latein, jede dieser Strophen, wurde, so schien es, von einer Variation der Melodie getragen, das weiße Mondgesicht des Sängers war starr, seine Augen traten etwas vor, er sah wie eine Brunnenfigur aus, und dem Wasser vergleichbar flossen die Töne aus seinem Mund, ein endloser Gesang, dem dann wieder ein längerer krähender Sprechgesang von Gessner, diesmal auf der linken Altarseite, folgte.

Hermann hatte Ludwig Nichtwissen verordnet. »Hermann ist mein Papst«, dachte er lächelnd und lehnte mit einer Handbewegung das von seinem Nachbarn ihm zugeschobene aufgeschlagene schwarze Buch ab. Und doch war auf die Unversehrtheit dieser Ahnungslosigkeit schon ein Anschlag verübt worden, als Professor Gessner den Begriff »Opfer« wie den Gipfel des Unsinnigen mit diesen Riten in Verbindung brachte. Zum Glück war kein Unheil entstanden. Der theologische Streit, den Gessner, indem er Ludwig für einen in diesen Fragen unterrichteten Katholiken hielt, polemisch umrissen hatte, blieb ihm fern. Und doch berührte es ihn eigentümlich, daß er womöglich soeben an einem »Opfer« teilnahm.

Opfer waren doch meist eine blutige Angelegenheit, auch Gessner sprach davon. Der persische Großkönig tötete jeden Morgen ein schönes Pferd als Opfer. Auf aztekischen Pyramiden wurde ausgewählten jungen Menschen in buntschillernden Federmänteln das Herz aus dem lebendigen Leib geschnitten, als Opfer für mächtige Gottheiten. Die Griechen opferten Stiere, die Römer Schafe oder Widder, Sokrates opferte einen Hahn. Heute wurden die Leute, die bei einem Unfall starben, »Opfer« genannt. »Ein Unfall auf dem Alleenring mit einem Todesopfer«, so hatte Fidis Ende in der Zeitung gestanden. War Fidi ein Opfer oder war das nur der gedankenlose Sprachgebrauch einer Zeit, die von Opfern nichts mehr verstand? Ludwig dachte an das Bild, das Bella ihm beschrieben hatte: Fidi unverwundet, schlafend, nackt auf einem hohen Bett, von feinen Schläuchen beatmet und mit wirkungslosen Wirkstoffen versorgt, in hellem Licht. Auch der Vater lag auf einem hohen Bett, aber es war nicht hell, und er lag nicht ausgestreckt, sondern wie ein Wurm gekrümmt. Als Ludwig mit den weißgestärkten und scharfgebügelten Altartüchern kämpfte, um sie sorgfältig übereinanderzulegen, war das nicht, als helfe er, dem Vater das Bett frisch zu beziehen?

Und dann hatte der Vater in diesem weißen Bett gelegen, in dieser neuartigen Bewegungslosigkeit, die sich von der Reglosigkeit eines Lebenden unfaßbar und unbegreiflich unterschied. In dem sonnen- und rauch- und gesangerfüllten Raum fiel ihm Presslers Bemerkung ein: »Dies sind die beiden Sätze, die ich am häufigsten ausspreche: Das verstehe ich nicht, und: Das ist doch ganz einfach.« Beides zugleich hätte Ludwig jetzt sagen können, denn er verstand tatsächlich nichts von dem, was sich um und vor ihm tat, aber zugleich schlich sich die Vorstellung in ihn ein und war dann plötzlich zwingend, etwas Offensichtliches, sehr Einfaches, daß auf den weißen Tüchern des Altares der Vater und Fidi lagen und vielleicht noch mehr Tote, aber die Leichen waren klein, und der schwarze Rücken des Professors Gessner verdeckte sie vollständig.

Und jetzt war es still, alle Leute knieten, und Professor Gessner flüsterte und schlug die Seiten in dem Meßbuch um, und Hermann in seinem Talar kniete neben ihm und hatte die Glocke in der einen Hand, die andere hielt das Meßgewand etwas in die Höhe, und Professor Gessner beugte sich vor und flüsterte etwas vernehmlicher, und dann machte er eine Kniebeuge, das Glöckchen wurde geläutet und dann reckte er mit beiden Händen eine kleine weiße Scheibe hoch in die Luft, während dreimal das Glöckchen geläutet wurde, und Ludwig vergaß, daß Hermann die Oblate aus der Holzdose auf den kleinen goldenen Teller auf dem Kelch gelegt hatte, er sah diese weiße Scheibe in der Rauchwolke gar nicht als etwas Materielles an oder jedenfalls doch als etwas sehr Zartes, verfestigtes Licht, einen stillen Augenblick lang. Dann senkten sich die Hände wieder, und Professor Gessner begann aufs neue flüsternd zu lesen.

Als Ludwig das Hotel verließ, war es fast dunkel. Er hatte Hermann beim Aufräumen geholfen. Eine Frau mit Flaumwollhut und großen Brillengläsern hielt ein weißes Säckchen auf. Dorthinein sollte Ludwig das Tüchlein tun, mit dem der Kelch ausgewischt worden war; es mußte nach bestimmten Regeln gewaschen werden. Die Frau wußte, daß Hermann krank war, und übergab ihm ein Glas Honig, »mit besten Genesungswünschen von Frau Emma Brust«. Professor Gessner bemerkte beim Abschied, er habe die lateinischen Texte eigens für Ludwig so gelesen, daß die grammatischen Bezüge bei den Sperrungen herauskämen; so habe Ludwig hoffentlich von der Sache etwas gehabt. Kaum war die Messe zu Ende, kehrte die alltägliche Welt mit Macht zurück.

Als Ludwig durch die herabfallende Dunkelheit und das gleichfalls jetzt herabfallende weiße Licht der Lampen in die Stadt hineinlief, dachte er plötzlich daran, daß Fidis Reste in ihrem Pappkarton noch auf eine Beerdigung warteten. Das war das erste, was sie beide leisten mußten: ein Grab für Fidi Lopez mit einem Stein, auf dem sein Name stand. Und wenn Bella darin einwilligte, dann würde Ludwig den nächsten Schritt tun, wie Hermann es verlangte, und sie bitten, ihn zu heiraten. Und dann – dann war der Tag zu Ende, und an seinem Ende stand eine große Mauer, und dahinter war nichts.

ISBN 3-351-02895-4

1. Auflage 2000

Einbandgestaltung Preuße & Hülpüsch Grafik Design
Druck und Binden Ebner Ulm
Printed in Germany

www.aufbau-verlag.de